KRISTIN MACIVER

DER MUT DER LADY LEAF

ROMAN

Besuchen Sie uns im Internet:
www.droemer-knaur.de

Originalausgabe August 2024
© 2024 Knaur Verlag
Ein Imprint der Verlagsgruppe
Droemer Knaur GmbH & Co. KG, München
Dieses Werk wurde vermittelt durch die
Literarische Agentur Gaeb & Eggers.
Redaktion: Heike Fischer
Das Zitat in der Danksagung stammt aus dem Gedicht:
Willkommen und Abschied von Johann Wolfgang von Goethe von 1775.
Covergestaltung: Alexandra Dohse / grafikkiosk.de
Coverabbildung: Alexandra Dohse unter Verwendung von
eigenen Bildern (auch unter Verwendung von Midjourney)
und eines Motivs von Shutterstock.com
Ornamente im Innenteil: MLWilson / stock.adobe.com
Satz und Layout: Adobe InDesign im Verlag
Druck und Bindung: CPI books GmbH, Leck
ISBN 978-3-426-53032-0

2 4 5 3 1

Liebe Leser:innen,

bestimmte Themen lösen bei manchen Menschen unbeabsichtigte Reaktionen aus. Deshalb findet ihr am Ende des Buches eine Triggerwarnung.

Ich wünsche euch ein schönes Leseerlebnis.

Eure Kristin

Für Colin.

Und alle, die nach dem Mut suchen, verletzlich zu sein.

VORWORT

Ihr denkt, dass ich Leaf mag? Dass ich wirklich vorhatte, sie zu heiraten? Dann seid ihr noch viel größere Narren als sie. Leaf ist der Feind. Eine MacKay. Ich hasse sie. Und jeder Satz, den ich zu ihr gesagt habe, war eine einzige Lüge.«

KAPITEL 1

CASTLE VARRICH, HERBST 1487

Nicht schon wieder. Leaf schnalzte mit der Zunge, damit ihr Hengst schneller über den Waldboden galoppierte, nahm die Zügel in eine Hand und schob die andere umständlich in den Bund ihrer Hose. Als sie sie wieder herauszog, haftete Blut daran.

»Ach, zur Hölle!« Sie wischte ihre Finger an ihrem schwarzen Leinenhemd ab. Kurz erinnerte sie sich an ihre älteste Schwester Flower, die ihr für den Fall, dass die Blutung mit Bauchkrämpfen einhergehen würde, nicht nur Eisenkraut, sondern auch Ruhe empfohlen hatte. Dann drückte sie die Fersen nur noch einmal fester gegen den Bauch ihres Pferdes.

Der Oktoberwind riss gelbe und orange Blätter von den Birken und Eschen und wehte sie beharrlich über den schlammigen Weg, auf dem bereits mehrere abgebrochene Äste lagen. Vor ihrem inneren Auge sah Leaf ihre Mutter, die erleichtert aufatmete und schlussfolgerte, dass Leafs Sorge und Wut der letzten Tage also nur auf ihre Blutung zurückzuführen waren. Dass sich beides bald wieder legen würde.

Was für ein Unsinn! Leaf lehnte sich im Sattel nach vorn, als ihr Pferd über einen Graben sprang und auf der anderen Seite wieder aufkam. Erstens musste man sich immer Sorgen machen. Und zweitens war Wut nichts, das sich legen sollte. Denn Wut machte stark. Und unverletzlich.

Wenn sie eines sein musste, jetzt, nachdem Lennox Ross ihren Onkel Malik getötet hatte, war es unverletzlich.

»Leaf, du kannst die Spur des Wolfs nicht mehr sehen, wenn du so schnell reitest!«

Sie musste seine Stimme nicht hören, um zu wissen, dass Artair fast zu ihr aufgeschlossen hatte. Wenn er da war, spürte sie es. Die Härchen auf ihrem Arm richteten sich nicht auf, sondern legten sich. Sie blickte schräg hinter sich. »Hat da jemand Angst, dass er seine Wette verliert?«

Artairs Mundwinkel hoben sich leicht, so wie sie es immer taten, wenn er sie zur Einsicht bringen wollte, gleichzeitig aber wusste, dass er damit scheitern würde. »Die Spur ist schon mehr als hundert Fuß vor dem Graben ins Unterholz verlaufen, Wildfang.«

Leaf blinzelte einmal mehr als sonst, ließ sich aber nicht anmerken, dass sie tatsächlich keine ovalen Pfotenabdrücke mehr vor sich sah. Sie rückte den Köcher mit den Pfeilen auf ihrem Rücken zurecht, an dem auch ihr Bogen befestigt war, und gestand sich ein, dass sie bisher nur halbherzig nach dem Wolf suchte, der in der Nacht ein Hochlandrind angefallen hatte. Sonst wäre sie zu Fuß aufgebrochen.

»Wenn du lieber ausreiten willst, kannst du mir das sagen«, fügte Artair spöttisch hinzu. Er ritt mittlerweile neben ihr und hielt sich ebenso mühelos im Sattel wie sie. »Andernfalls drehen wir besser um.«

»Wölfe ruhen in der Nacht nicht. Es muss mehrere Spuren in diesem Wald geben.« Leaf duckte sich unter dem immergrünen Ast einer Kiefer hinweg, der gefährlich tief hing, und musterte Artair von oben bis unten. »Am Ende willst du mir doch nur sagen, dass wir den Wolf nur wegen dir gefunden haben.«

Artair lachte. »Wenn wir getrennt suchen, werde ich eher sagen müssen, dass *ich* den Wolf nur wegen mir gefunden habe.«

Leafs Mundwinkel zuckten, dann schüttelte sie den Kopf. »Weißt du was, heute ist mir das gleich. Denn du hast recht. Der Wolf hat die Rinder verletzt, und wir sollten ihn finden. Getrennt gelingt uns das eher.«

»Leaf MacKay gibt auf?« Artair sah sie prüfend an.

»Niemals. Aber hier geht es nicht um mich, sondern um den Schutz meines Clans.« Sie zwinkerte ihm zu. »Was nicht bedeutet, dass ich das Tier nicht trotzdem vor dir finden werde, großer Bruder.«

»Nenn mich nicht so«, gab er prompt zur Antwort und ließ sich zurückfallen. Sofort packte Leaf die Zügel so fest, dass ihr das Leder schmerzhaft in die Finger schnitt, denn sie wusste, dass er es nicht mochte, wenn sie ihn so nannte. Sie würde daher nach ihrer Rückkehr nach Castle Varrich als Wiedergutmachung auch sein Pferd trocken reiben.

Kurz sah sie Artair noch nach, dann wandte sie den Kopf wieder nach vorn und schnalzte abermals mit der Zunge, um noch ein wenig Strecke zurückzulegen, da der Wolf mittlerweile überall sein konnte. Dabei kam ihr wieder der ungute Gedanke, dass vielleicht gar kein Wolf das Hochlandrind verletzt hatte. Sondern ein Mann aus Clan Ross, der sich bis nach Castle Varrich geschlichen hatte.

Ein Knurren entstieg ihrer Kehle, während ihr der Wind die Haare ins Gesicht peitschte. Niemand versehrte ihren Clan. Und doch, rief sie sich ins Gedächtnis, hatten die Mitglieder von Clan Ross genau das getan. Sie hatten ihrem Onkel Malik erst einige Rinder gestohlen, danach wehrlose Bauern verletzt, seine Tochter Fia getötet und zuletzt ihn selbst umgebracht. Und das alles nur aus Grausamkeit und Gier. Und Lennox Ross …

Leaf biss sich so hart auf die Lippe, dass sie Blut schmeckte. Lennox Ross war der schlimmste von ihnen. Er hatte den Pfeil durch das Herz ihres Onkels getrieben. So hatte ihr Vater es zumindest Artair erzählt, bevor er diesem die Verantwortung für Castle Varrich übertragen hatte, um danach als neuer Clanführer der MacKays gen Süden aufzubrechen und sich der dortigen Lage anzunehmen. Vor bald zwei Wochen hatte Lennox die Burg Maliks, Achfary Castle, zwar noch nicht eingenommen gehabt, aber Leaf zweifelte keinen Augenblick lang daran, dass er dies nun mit allen Mitteln versuchte. Er war hinterlistig und musste möglichst rasch gefangen genommen werden, damit ihre Familie sich an ihm rächen konnte.

Für Fias Tod, die mit Lennox sogar verlobt gewesen war. Für Maliks Ermordung. Und für das, was vor all den Jahren zwischen ihnen vorgefallen war.

Ein krampfartiger Schmerz in ihrem Unterbauch ließ sie kurz innehalten, und nicht zum ersten Mal überlegte sie, ob sie nicht trotz des ausdrücklichen Verbots ihrer Mutter ebenfalls nach Achfary Castle reiten sollte, um sicherzustellen, dass das auch wirklich geschah. Aber was würde dann aus Castle Varrich werden? Hatte sie sich nicht auch geschworen, dass sie die Burg in der Abwesenheit ihres Vaters zusammen mit Artair so wehrhaft machen würde, dass die Menschen in ihr vor einem möglichen Hinterhalt der Ross geschützt wären?

Auch wenn sie aufgrund dieser Gedanken am liebsten noch schneller und ohne Sattel geritten wäre, parierte Leaf ihr Pferd unmittelbar in den Schritt durch und saß in einer flinken Bewegung ab. Artair hatte recht. Wenn sie den Verantwortlichen für das verletzte Hochlandrind finden wollte, sei es ein Wolf oder ein Mitglied des Clans Ross – und eher wollte sie nicht auf die Burg zurückkehren –, sollte sie wachsamer nach ihm suchen. Zumal es, der Wunde am Hals des Rinds nach zu urteilen, wahrscheinlich eher ein Wolf war, der seinen Pfotenabdrücken nach zudem noch jung und folglich ohne Rudel unterwegs war.

Sie band die Zügel ihres Pferds um dessen Hals, damit es nicht darauf trat, und ließ es dann am Wegrand zurück. Sie hatte Ealair zwar beigebracht, auf sie zu warten, wusste aber, dass der Hengst fliehen würde, sobald ihm Gefahr drohte. Dann war sie auf sich selbst gestellt, aber das war sie ohnehin. Und besser das Tier suchte das Weite, als dass ein Angreifer es verletzte, weil es angebunden war.

Leaf tätschelte Ealair noch einmal kurz den Hals, dann bog sie die Äste eines Brombeerstrauchs zur Seite und tauchte tiefer in den Wald abseits des Wegs ein. Die Eichen und Eiben standen hier enger, das wenige Licht des grauen Tages brach nur spärlich durch die herbstlichen Baumkronen. Steinpilze und Heidekraut überzogen den Boden, ebenso wie Hölzer, gefiederte Farne, Moosbüschel und manchmal auch Steine. Sie gab acht, worauf sie trat, sah einmal etwas durch die Brennnesseln huschen, doch von einem Jungwolf mit graubraunem Fell und zu groß wirkenden Ohren war keine Spur zu sehen.

Zwischen den Baumstämmen pfiff der Wind noch schärfer und lauter. Es war alles andere als behaglich, denn sie konnte nicht einmal mehr ihren Herzschlag noch irgendwelche sonstigen Bewegungen um sich herum vernehmen. Sie befeuchtete ihre Lippen mit der Zunge, sog den erdigen Geruch tief in ihre Nase und sehnte sich nach Stille. Doch der Wald lebte nun einmal nach seinen eigenen Regeln, genau deshalb mochte sie ihn auch so sehr. Trotzdem riet ihr ein inneres Gefühl dazu, besser ihren Bogen samt Pfeil vom Rücken zu nehmen.

Sie schlich eine Weile weiter, zuckte zusammen, als ein Habicht über ihr aus den Ästen einer Pappel flog, und war danach froh, dass Artair nicht Zeuge davon geworden war. Er hätte sie das nächste Jahrzehnt damit aufgezogen.

»Wo bist du?«, flüsterte sie und überlegte, ob sie nicht lieber zu der Stelle, an der sie die Fährte des Wolfs vorhin verloren hatte, zurückgehen und Artair folgen sollte. Aber erstens würde das nichts bringen, und zweitens würde Artair dann noch glauben, dass sie Angst davor hätte, sich dem Wolf allein zu stellen. Was nicht stimmte, oder zumindest nicht mehr.

Weitere Zeit verging, in der sie neben Fußspuren auch nach dem oft von Knochen durchsetzten Kot eines Wolfs Ausschau hielt, bis Leaf aus dem Augenwinkel heraus tatsächlich die Bewegung eines Tieres sah. Sofort schlug ihr Herz schneller, ihr Griff um den Bogen wurde fester, und ihre Sinne schärften sich. *Du kannst das*, ermahnte sie sich und spürte gleichzeitig, wie die zwei punktförmigen Bissnarben an ihrem Arm zu jucken begannen. *Ein Wolf ist zwar weit gefährlicher als ein Haushund, aber du bist nicht mehr sechs, du bist erwachsen.*

Sie wartete einige Atemzüge, bis sich das elende Zittern in ihren Beinen legte, dann näherte sie sich vorsichtig dem Wacholderstrauch, hinter dem sie das Tier vermutete. Sobald sie es sah, würde sie ihren Pfeil abfeuern. Zumindest wenn es sich tatsächlich um einen Wolf handelte und sie es über sich brachte, ihn zu töten, obwohl er andere Tiere doch nur angriff, um sie zu fressen und zu überleben. Doch genau deshalb waren die Rinder der MacKays nicht sicher, und diese gewährleisteten nun einmal das Überleben ihres Clans.

Ihre Hände wurden feucht, und sie ertappte sich dabei, wie sie sich nach Artair umsah. Als sie das bemerkte, schüttelte sie grimmig den Kopf. Sie musste damit aufhören. Artair war für sie da, ja. Aber sie brauchte ihn nicht.

Für einen kurzen Moment schloss sie die Lider, dachte an ihre jüngste Schwester Skye, der sie erst gestern erklärt hatte, dass man sich seinen Ängsten stellen musste, und trat mit gespanntem Bogen um den Wacholder. Nur um dort kein Tier vorzufinden, sondern den mannshohen Eingang zu einer Höhle, die sie mit Artair vor Jahren einmal erkundet, aber bis gerade eben wieder vergessen hatte.

Ein bitteres Lachen brach aus ihrer Kehle. Sie hätte ihren Pfeil am liebsten geradewegs in das Innere der Höhle abgeschossen, doch für eine so unsinnige Handlung hatte sie den Pfeil viel zu mühevoll gefertigt. Ob der Wolf sich dorthinein verkrochen hatte?

Sie gönnte sich einen Moment, um sich zu sammeln, ehe sie den Bogen kurzerhand gegen den Wacholder lehnte und dafür ihren Dolch aus ihrem Stiefel zog. Vor ihr waren keinerlei Wolfsspuren zu erkennen, aber wie hätte es auch anders sein sollen, da bereits am Eingang zur Höhle der Erdboden knöchelhoch vom Wasser überspült war. Von früher wusste sie, dass nicht nur der Eingang, sondern auch das Innere der Höhle mannshoch war und genug Licht von draußen hereinfiel, sodass man zumindest während der ersten Schritte gut sehen konnte. Sie musste es also schaffen, den Wolf dorthin zu locken, wenn das Tier, das sie vorher gesehen hatte, überhaupt ein Wolf gewesen war, damit sie ihn mit einem gezielten Wurf ihres Dolchs möglichst schmerzfrei töten konnte. Oder aber sie versperrte ihm mit Hölzern den Fluchtweg, damit er verhungerte, aber das wäre feige und grausam, und sie war weder das eine noch das andere. Anders als Lennox Ross.

Das Wasser unter ihren Stiefeln platschte leise, als sie den ersten Schritt in die Höhle zwischen die moosbedeckten Felsen wagte, und dann den zweiten. »Komm zu mir«, flüsterte sie, während sich die Härchen auf ihrem Arm aufstellten und ihr Mund trocken wurde, auch wenn sie das nie jemandem verraten würde. Ein Grund mehr, sich endlich der Vergangenheit und ihrer Angst seit Kindertagen zu stellen.

Sie beugte die Knie ein wenig, damit ihr Stand stabiler war, dann sagte sie erneut und etwas lauter zu sich selbst: »Komm zu mir. Wo bist du?«

»Hier.«

Unwillkürlich entfuhr ihr ein kurzer Schrei, doch als sie gerade herumwirbeln wollte, legte sich bereits ein starker Arm um ihren Hals. »Tut mir leid, aber das war die Gelegenheit«, raunte ihr eine Stimme sanft ins Ohr. »Und ich glaube nicht, dass du es mir vergeben hättest, wenn ich sie nicht genutzt hätte.«

Unwillkürlich schnellten Leafs Hände zur Hand des Angreifers, die sie nach unten zog, damit dieser den Würgegriff nicht mit seiner zweiten Hand festigen konnte. Gleichzeitig machte sie einen Schritt zur Seite, nahm die Stellung ein, in der sie ihn über ihre Hüfte zu Boden werfen konnte. »Wenn hier einer etwas vergeben muss, Artair, dann du mir, wenn du mich nicht auf der Stelle loslässt«, warnte sie mit flachem Atem. »Da könnte ein Wolf sein, und ich will dich nicht zu seinen Füßen schleudern.«

Ein warmes Lachen. »Das Drohen als Kampfmittel hast du also verinnerlicht. Aber mich schüchterst du damit nicht ein, Wildfang.«

»Verdammt, ich meine es ernst.«

Doch Artair nahm rasch eine andere Position ein und festigte seinen Griff um ihren Hals erneut. »Ich habe dir bei unseren Kampftrainings auf deinen eigenen Wunsch hin einmal versprochen, dass ich dich stets unerwartet angreife und mich verhalte wie ein echter Feind. Ich kann dich jetzt nicht loslassen, du würdest mir sonst nie wieder glauben.«

»Ich habe einen scharfen Dolch in der Hand, Artair!«, herrschte sie ihn an und bot all ihre Beherrschung auf, um ruhig zu bleiben.

»Und jetzt hast du mich sogar noch vor ihm gewarnt«, entgegnete er und zog ihren Hals nach hinten, sodass sie bald das Gleichgewicht verlieren würde und er sie mühelos mit sich zu Boden ziehen könnte. »Leaf, wenn ich wirklich böse Absichten hätte, sähe es jetzt gerade überhaupt nicht gut für dich aus. Du zögerst zu lange und redest zu viel.«

»Weil du es bist, verdammt«, zischte sie und erinnerte sich an eine andere Taktik. Entschieden warf sie ihr Gewicht nach vorn und riss dabei seinen Arm mit der freien Hand einige Zoll nach unten, dabei darauf bedacht, die andere Hand, die den scharfen Dolch umfasste, von ihnen beiden wegzuhalten. Dann wand sie sich mit einer Drehung aus seinem Griff, wobei sie jedoch ungewollt mit der Klinge Artairs Unterarm traf, als dieser erneut nach ihr fassen wollte.

Sofort verwarf sie den nächsten Schritt, der vorsah, ihm mit dem Ellbogen gegen den Hals zu schlagen und mit den Füßen zwischen die Beine zu treten, und warf kurz einen besorgten Blick auf die Schnittverletzung, die jedoch nur oberflächlich zu sein schien. Was wiederum ein Fehler war, da Artair den Moment nutzte, um ihr den Dolch ruckartig aus der Hand zu biegen und diesen in den hinteren Teil der Höhle zu schleudern.

»Großartig«, entfuhr es Leaf, und ihr Puls beschleunigte sich. »Da habe ich Mitgefühl mit dir, und du versenkst die einzige Waffe, die ich bei mir trage.«

Artair rührte sich keinen Zoll und betrachtete sie mit ernstem Blick. »Hör niemals auf zu kämpfen, bevor du nicht gewonnen hast, Wildfang.«

Leaf schluckte, denn eigentlich wusste sie das. Trotzdem handelte sie bei Artair viel zu oft wider dieses Wissen. Vielleicht, weil ihr nur allzu bewusst war, dass er diese Angriffe nur durchführte, um ihre Kampfkunst zu verbessern, und sie ihn deshalb nicht verletzen wollte. Fluchend befreite sie sich aus seinem Griff und sah wieder ins Innere der Höhle. »Woher wusstest du, dass der Wolf nicht hier ist?«

Sofort trat ein Grinsen auf Artairs Gesicht. »Das habe ich doch gar nicht gesagt.«

Sie sah ihm unverwandt in die Augen, nun wieder in der Lage, klarer zu denken. »Du hättest meine Waffe nicht ins Höhleninnere geschleudert, wenn er hier wäre. Also?«

Artair lehnte sich gegen die Wand der Höhle. »Er war nie hier. Was du gesehen hast, war ein Rehkitz. Das in die andere Richtung geflohen ist, als du dich genähert hast.«

»Also bist du mir gefolgt?«

»Dachtest du wirklich, ich lasse dich allein einen Wolf jagen?« Leaf streckte den Rücken durch und schüttelte den Kopf.

»Aber ich gebe dir darin recht, dass Wölfe gern in Höhlen schlafen. Nur ist es in dieser viel zu nass dafür. Du solltest nicht ständig und überall Gefahr wittern, Leaf«, erwiderte Artair.

Die Narben an ihrem Arm juckten wieder, und sie presste die Lippen zusammen. Damals hatte sie auch nicht gedacht, dass ihr Hund Bhaic ihr beinahe den Arm durchbeißen würde, und doch war es geschehen. Sie war in einem der unterirdischen Gänge von Castle Varrich auf dem Boden gelegen, in vollkommener Dunkelheit mit seinen Zähnen in ihrem Fleisch. Allein. Hilflos. Und ohne Waffe, so wie jetzt.

»Lass uns gehen.« Leaf wollte sich an Artair vorbei zurück ins Freie schieben, doch er griff nach ihrem Arm. Dieses Mal nicht so fest wie vorhin, sondern sanft. Fragend. Sie drehte sich wieder zu ihm um und roch seinen unverwechselbaren Geruch nach frischem Heu.

»Leaf«, sagte er leise und strich mit der Hand ihren Arm hinab. »Wenn du wirklich nicht weglaufen willst, dann gehst du jetzt mit mir in diese Höhle hinein und holst dir deinen Dolch zurück.«

»Nein.« Bevor Artair ihre Narbe berühren konnte, zog sie ihren Arm zurück und trat ins Freie. »Das überlasse ich getrost dir, großer Bruder.« Sie deutete auf den halbmondähnlichen Schnitt, den sie ihm vorhin unabsichtlich am Arm beigebracht hatte und für den sie sich noch immer schlecht fühlte. »Aber beschwere dich nicht, wenn du dabei mehr Wunden davonträgst als diese.«

Artairs Blick fiel auf seinen Arm, und er wischte das wenige Blut fort, das aus dem Kratzer getreten war, ehe er ihr folgte. »Erstens sind wir keine Geschwister, sondern Freunde. Und zweitens ist meine Wunde nicht das Problem.« Artair trat wieder zu ihr, zupfte ein Haar von ihrem Leinenhemd und hielt es bedeutungsschwer vor ihr in die Luft. »Sondern dass du alle Wunden zu Narben werden lässt. Es kommt mir beinahe so vor, als ob du jedes Mal absichtlich ein Haar in deine Verletzungen legst.«

»So einen Unsinn habe ich selten gehört«, blaffte sie und nahm Artair das Haar aus den Fingern. Zeitgleich glitt über ihr wieder ein Habicht durch die bunten Baumwipfel, und sie hätte geschworen, dass es der gleiche war, der sie vorhin erschreckt hatte. Sie streckte ihr Gesicht gen Himmel, und erste Regentropfen fielen darauf. Eine Unruhe erfasste sie, von der sie nicht wusste, woher sie kam, und sie sah Artair unverwandt in die Augen. »Denkst du denn wirklich, dass ich es in unserer gegenwärtigen Lage mit meiner Vorsicht übertreibe?«

Er schwieg einen Moment, denn er kannte sie gut genug, um zu wissen, dass sie nicht von dem Wolf sprach. Dann neigte er leicht den Kopf. »Aye. Ich denke nur, dass du die Dinge mehr auf dich zukommen lassen solltest.«

Leaf zögerte. Sie wusste genau, warum. Nur wollte sie das Artair nicht sagen, sondern endlich lernen, allein mit ihren Sorgen zurechtzukommen.

»Leaf, hast du etwa etwas Beunruhigendes gehört?«, fragte er, und eine Sorgenfalte trat auf seine Stirn.

Sie zog ihre Lippe nach innen, ballte die Hände, öffnete sie wieder und schüttelte den Kopf. »Nein.« *Sag nichts, sag ihm nichts …* Doch sie konnte ihr Wissen nicht länger für sich behalten. »Aber ich habe etwas gelesen.«

»Du wirst ganz bleich«, murmelte er, während sie tief Luft holte und ihm dieses Mal nicht widersprach.

»Als ich kurz nach Vaters überstürztem Aufbruch in die Burg zurückkam und du mir erzählt hast, was geschehen ist, habe ich dich gefragt, ob Vater Cailan und Morgan zu Hilfe holen wird.«

Artair nickte. »Ich erinnere mich. Du warst ungehalten, obwohl Gregor den beiden schon geschrieben hatte. Er hat mir die versiegelten Briefe selbst gezeigt.«

»Aye, du hast die Briefe gesehen«, sagte Leaf, »aber sie nicht gelesen. Anders als ich, als ich später die Tür zu seinem Zimmer aufgebrochen habe und dort die Wachstafeln gefunden habe, auf denen er seine Briefe immer vorab schreibt.«

Artair verschränkte die Arme, sagte aber nichts. Auch nicht, dass er einen Schlüssel zu diesem Raum hatte, sodass Leaf herausplatzte: »Vater hat Cailan und Morgan nicht gebeten, ihm im Kampf beizustehen, Artair. Er hat sie nur wissen lassen, dass sie ihre Männer bereithalten sollen.« Ihre Kehle war so eng, dass sie die Worte kaum herausbrachte. »Für den Fall, dass er die angespannte Lage nach dem Angriff der Ross nicht mit Verhandlungsgeschick lösen kann.«

»Verhandlungsgeschick«, raunte Artair und wurde nun seinerseits blass. »Aber Clan Ross ist doch geschwächt, nachdem er bei den harten Kämpfen kurz vor Maliks Tod so viele Männer verloren hat. Unsere momentane Lage ist daher gar nicht so schlecht für uns, um … Leaf, weinst du etwa?«

»Nein«, sagte sie rasch und wischte sich trotzdem über die Wange. »Nur weiß ich genauso gut wie du, dass Vater nur einen Weg kennt, um Fehden zu lösen, und das ist nicht der Kampf. Die Lage ist aus seiner Sicht also tatsächlich bestens. Und zwar für …«

Artair riss die Augen auf und stützte sich mit der Hand am nächstgelegenen Baumstamm ab.

»Ich sehe, du hast mich verstanden«, nickte Leaf und fuhr dann fort: »… für eine gottverdammte Hochzeit zwischen mir und unserem Feind.«

KAPITEL 2

Nein, das würde Gregor nicht tun. Mit gefurchter Stirn durchtrennte Artair die nächste Ranke des Efeus, der zusammen mit dem letzten Sturm die ohnehin baufällige Burgmauer nahe dem Burgtor zum Einsturz gebracht hatte. Denn auch wenn Leaf sich oft übermütig und vorlaut verhielt, war sie doch Gregors eigenes Fleisch und Blut. Sein Kind, das er als Vater beschützen musste. Er konnte sie deshalb doch unmöglich mit dem Feind verheiraten. Und erst recht nicht, nachdem dieser Gregors eigenen Bruder getötet hatte.

Sein Dolch glitt ihm aus der Hand, fiel auf den großen Steinhaufen vor ihm und brachte dadurch einen von ihnen ins Rollen. Beinahe wäre er ihm auf den Fuß gefallen, hätte er diesen nicht rechtzeitig weggezogen. Sein Blick wanderte vom Hügel, auf dem Castle Varrich thronte, in Richtung des Dorfs Tongue, über dem dunkle Regenschwaden hingen. Nach ihrem gemeinsamen Morgen im Wald, der im Gegensatz zu ihren sonstigen Ausritten kein unbeschwertes Ende genommen hatte, war Leaf zu Graham, dem Sohn des Schmieds, ins Dorf gegangen, um sich einen neuen Dolch zu beschaffen.

Artair rieb sich den Hals und blickte zur Sonne, die nur schwach durch die Wolken schien. War es nicht längst an der Zeit, dass sie zurückkam? Oder war endlich Grahams Cousin eingetroffen, auf den er schon seit Tagen wartete, weil sein Vater kaum noch in der Schmiede arbeiten konnte, und Leaf war noch bei beiden geblieben? Fremden misstraute sie schließlich grundsätzlich, eine Eigenschaft die sich in letzter Zeit nochmals verstärkt hatte.

Artair krempelte die Ärmel seines Leinenhemds hoch und legte den Stein wieder auf den Haufen. Unabhängig davon, ob Leaf bezüglich Gregors Plänen recht hatte oder nicht, mussten sie die Burgmauer wieder aufbauen. Der Efeu musste entfernt, die Steine mussten mit Mörtel wieder zu einer festen Mauer gefügt und vielleicht sogar Stützpfeiler angebaut werden, so, wie Leaf es schon seit Jahren vorschlug. Das würde viel Zeit und Arbeitskraft in Anspruch nehmen, die er jetzt aber, nachdem Gregor ihm die Führung von Castle Varrich übertragen hatte, von den Dorfbewohnern einfordern konnte. Schließlich wollte er etwas Gutes für die Burg tun, die nun seit vierzehn Jahren sein Zuhause war. Seit jenem Tag, an dem Gregor und Father Maxwell, der Abt des nah gelegenen Bergklosters, ihn als erinnerungslosen, etwa neunjährigen Jungen am Strand unterhalb von Castle Varrich gefunden hatten.

Ein mulmiges Gefühl stellte sich in seiner Bauchgegend ein, und er ging rasch zurück zu dem eingestürzten Teil der Mauer, um die restlichen Efeuranken von den links und rechts der Einbruchstelle stehen gebliebenen Mauern zu entfernen. Da drang das Donnern von Hufen an sein Ohr, und ein Lächeln legte sich auf sein Gesicht. Wenn er sich jetzt umwandte, würde er Leaf sehen, die mit erhobenem Kinn und wehendem dunkelbraunem Haar den Hügel hinaufgaloppierte. Vermutlich sogar einhändig, denn das tat sie ausgesprochen gern, seit er ihr vor Jahren gezeigt hatte, wie das ging.

Er wischte sich den Steinstaub, der an seinen Händen haftete, an der Hose ab. Dann drehte er sich um, um Leaf ein Stück entgegenzugehen, hielt aber mitten in der Bewegung inne. Denn es war nicht Leaf, die auf ihn zuritt.

Er zog seine Augenbrauen zusammen und verschränkte die Arme vor seiner breiten Brust, wobei er die Holzpfeife streifte, die er an einer ledernen Schnur stets unter seinem Leinenhemd trug. Tief atmete er die kühle Luft ein, meinte fast, den erdigen Duft des Grases auf seiner Zunge zu schmecken, während er jenem Mann fest in die Augen sah, den er zutiefst verabscheute. Und zwar nicht erst, seit dieser ihm vor einem Wettkampf, den Artair eigens zu Leafs Geburtstag veranstaltet hatte, irgendein Kraut in den Wein gemischt hatte, damit er von starken Krämpfen geschüttelt wurde und sein Gegner gewinnen konnte.

»Artair, mein Bester.« Mit einem überheblichen Gesichtsausdruck deutete Ninian zu dem Steinhaufen, während er sein Pferd zum Stehen brachte, aber nicht absaß, damit er weiter auf ihn herunterschauen konnte. »Da haben die MacKays wohl doch noch erkannt, für welche niedrigen Aufgaben du geeignet bist. Sag, hat Lady MacKay nur einen oder doch zwei Tage dafür gebraucht?«

Artairs Kiefermuskeln spannten sich an, aber er würde sich im Gegensatz zu früher nicht von Ninian provozieren lassen und erst recht nicht im Hinblick auf seine Ziehmutter. Denn das hatte noch nie gut geendet. Also bemühte er sich um einen ruhigen Tonfall, während die Anspannung in ihm wuchs, denn Ninian sollte doch eigentlich bei Gregor sein, und nicht hier. »Das fragst du Rhona am besten selbst, aber ich muss dich warnen. Sie spricht nicht gern mit Bediensteten.«

Ninians Gesicht färbte sich rot, und seine Augen funkelten frostig. »Ich bin kein Bediensteter, sondern ein Krieger. Das hast du offensichtlich vergessen.«

»Wie könnte ich, da du doch ständig alle daran erinnerst«, brummte Artair und musterte Ninian abschätzig vom Scheitel bis zur Sohle seiner fein polierten Stiefel. Sollten diese bei einem guten Krieger im Einsatz – oder Söldner, denn das war Ninian in Wahrheit – nicht dreckig sein, wenn er für seinen Auftraggeber unterwegs war, anstatt dass er versuchte, wie ein Lord aufzutreten?

Er schüttelte sich kurz, weil ihm nicht nach einem Streit mit Ninian zumute war. Stattdessen wuchs die Beklemmung in ihm, denn Ninians Ankunft konnte nur eins bedeuten. »Du bringst Nachrichten von Gregor?«

»Aye«, erwiderte Ninian mit einem hämischen Grinsen. »Nur überlege ich gerade, ob ich diese nicht besser aufschreibe, damit du sie nicht auch noch vergisst. Bei jemandem, der sich sogar nicht mehr an seinen eigenen Namen und seine Herkunft erinnern kann, muss ich schließlich davon ausgehen.«

Artair trat unwillkürlich einen Schritt auf Ninians Pferd zu, riss sich dann aber zusammen. Er hätte dem Söldner nie zeigen dürfen, wie sehr er unter diesem Umstand litt. Wie gern er wüsste, wer seine leiblichen Eltern waren, bevor Gregor MacKay ihn als Ziehsohn bei sich aufgenommen hatte. In eine Familie, die nicht die seine war, wie Rhona ihm als Kind immer wieder deutlich gemacht hatte. Mit Schwestern wie Flower, River, Leaf und Skye, die eigentlich nur Freundinnen waren.

Er wandte kurz den Blick ab und sah zu den aus der Burgmauer herausgebrochenen Steinen. Vielleicht hatte Ninian ja recht, und er stammte aus einer Familie von Steinmetzen. Und vielleicht lebte diese Familie auch noch irgendwo. Er spürte das sanfte Gewicht der Holzpfeife auf seiner Brust, des einzigen Gegenstands, den er neben seiner schäbigen Kleidung nach dem Schiffbruch noch am Leib gehabt hatte. Wie oft hatte er in den ersten Jahren auf Castle Varrich in die Pfeife hineingepustet und ihr einen schrillen Ton entlockt, in der Hoffnung, dass seine echte Familie ihn hören würde. Dass sie zurückkommen und ihn finden würde. Doch seine Hoffnung war stets enttäuscht worden.

Er presste die Zähne fest aufeinander und richtete seinen Blick wieder auf Ninian, der noch immer selbstzufrieden auf ihn herabsah und sein Leid zu genießen schien. »Also, was lässt Gregor mir ausrichten?«

Ninian lächelte und zeigte dabei seine makellosen Zähne. »Genau genommen ist die Nachricht für Lady Leaf.«

Artair atmete scharf ein und trat nun doch vor Ninians Pferd. Eine Nachricht von Gregor für Leaf. Ihm wurde schlecht. »Wie lautet sie?«

»Wo ich herkomme, ist es üblich, dem Boten einen Groschen für die Überbringung einer Nachricht zu geben.« Ninian beugte sich zu ihm nach unten. »Vor allem, wenn sie an jemand anderen gerichtet ist.«

Artair knurrte, packte Ninian nun doch am Gürtel und zog ihn vom Pferd herunter. Dieser zeigte sich darüber keineswegs überrascht, sondern vielmehr erfreut. »Ich warne dich, Ninian. Du sagst mir jetzt sofort, was du weißt, oder ich zeige dir eindrücklich, warum ich die Verantwortung für diese Burg übertragen bekommen habe und nicht du.«

Ninians Augenlider zuckten kurz, er schien sich daran zu erinnern, dass er noch nie in einem ehrlich ausgetragenen Kampf gegen ihn gewonnen hatte. Trotzdem schlug er Artairs Hände fort und reckte das Kinn empor, damit er nun, da er stand, nicht allzu sehr zu ihm aufsehen musste. »Du Mistkerl hast die Verantwortung für Castle Varrich nur aus dem einen Grund bekommen, dass Lord MacKay Mitleid mit dir hat. Wahrscheinlich, weil du sein Bastard bist.«

Ein eisiger Schauer durchfuhr Artair, als zum ersten Mal in seinem Leben jemand diesen Gedanken offen aussprach. Ohne nachzudenken, verpasste er Ninian einen Kinnhaken, der diesen einige Schritte zurücktaumeln ließ. »Das sagst du nie wieder zu mir.«

Ninian entfuhr ein wüster Fluch, und er ballte ebenfalls die Fäuste. Dann trat er mit bebenden Schultern einen Schritt auf ihn zu. »Weil es … stimmt?«

Artairs Hände zitterten, und er musste seinen ganzen Willen aufbieten, um der Mann zu bleiben, der er sein wollte. Denn es gab keine Vorstellung, die schlimmer für ihn war als die, dass er Gregors Bastard war. Nicht nur, weil Rhona in diesem Fall wahrlich Grund hätte, ihn zu hassen, sondern vor allem, weil dann in Leafs Adern das gleiche Blut fließen würde wie in seinen. Und dieser Gedanke war von allen der unerträglichste, weshalb er auch nie gewagt hatte, ihm nachzugehen. Zumal Leaf, als er vor Jahren einmal mit ihr darüber gesprochen hatte, geradezu darauf beharrt hatte, dass Gregor niemals sein Vater sein könne. Allein schon deshalb nicht, weil dieser seinen unehelichen Sohn doch keinen Schiffbruch erleiden lassen würde, nur um ihn danach bei sich aufzunehmen.

Bevor er noch etwas tat, was er später bereuen würde, verschränkte Artair seine Arme wieder vor der Brust und sah sein Gegenüber verächtlich an. »Die Nachricht, Ninian, oder alle erfahren, mit welch niederträchtigen Mitteln du beim letzten Wettkampf gegen mich gewonnen hast.«

Ninian keuchte, und hinter Artair ertönte auf dem noch nicht eingestürzten Teil des Wehrgangs eine weitere Stimme. »Artair, machst du Ninian wieder Angst?«

Sofort wirbelte Artair herum, nur um überrascht in Leafs belustigtes Gesicht mit den Sommersprossen zu blicken. Er wusste nicht, ob und wie viel sie von seinem Wortwechsel mit Ninian mitbekommen hatte, bezweifelte aber, dass er dort oben gut verständlich angekommen war.

»Lady Leaf.« Ninians Stimme klang eine Spur freundlicher, denn er wusste nur zu gut, dass sie, anders als Artair, ihren Mund nicht hielt, wenn sie jemanden nicht leiden konnte.

Leaf nickte ihm kurz zu, dann ging sie in die Knie und … Oh nein, sie wollte doch tatsächlich vom Wehrgang springen! Sofort eilte Artair zu ihr, um sie aufzufangen, doch da war Leaf schon grinsend im Gras gelandet.

»Keine Sorge«, meinte sie, als sie sich aufrichtete. »Du weißt doch, dass ich das schon oft gemacht habe.«

Er schüttelte den Kopf und hatte plötzlich das Bedürfnis, Leaf in seine Arme zu ziehen. Aber erstens würde Leaf das nicht wollen, und zweitens war Ninian noch immer zugegen.

Dieser öffnete nun den Mund, vermutlich, um endlich seine Nachricht zu überbringen, doch auf einmal wollte Artair nichts lieber, als dass Ninian schwieg. Dass Leaf nicht erfuhr, was der Söldner zu sagen hatte, bevor er selbst nicht wusste, wie schlimm seine Botschaft war.

»Wildfang, lass mich kurz mit Ninian allein reden. Es gibt da Dinge, die ich mit ihm zu zweit besprechen muss.«

Sofort wich die Farbe aus Leafs Gesicht, und sie ging, ohne ein weiteres Wort zu sagen, an ihm vorbei. Natürlich, stöhnte er innerlich, denn Leaf konnte sich schließlich denken, warum Ninian gekommen war. Sie hatte seinen Versuch, sie zu beschützen, wieder einmal sofort durchschaut.

»Raus mit der Sprache«, befahl Leaf, während sie sich vor Ninian aufbaute. Artairs Herz setzte einen Schlag lang aus, als er die Verletzlichkeit in ihrer Stimme wahrnahm. Sofort trat er neben sie, woraufhin Ninian einen Schritt zurückwich.

»Lady Leaf«, setzte er an, während ein Rabe über ihn hinwegglitt und auf dem Wehrgang landete. »Euer Vater lässt Euch ausrichten, dass Ihr Euch ein neues Kleid nähen sollt.«

Ohne den Blick auf sie zu richten, spürte Artair, wie Leaf sich verspannte, und er trat noch näher an sie heran. Sie schaffte es trotzdem, klar, ja sogar in amüsiertem Tonfall zu antworten: »Ich bedauere, aber weder trage ich Kleider, noch nähe ich welche.«

Ninian schluckte, und plötzlich ärgerte es Artair, dass der Söldner vor Leaf mehr Achtung hatte als vor ihm. »Nun«, fuhr Ninian fort, »das werdet Ihr aber müssen, wenn Ihr Lennox Ross nicht in Leinenhemd und Hose heiraten wollt.«

Nun fluchte Leaf heftig und wandte ihren Kopf zu ihm. Der furchtsame Ausdruck, der für einen Lidschlag in ihrem Blick lag, brach ihm das Herz, und ihm wurde übel. Er ballte die Hände zu Fäusten, doch das änderte nichts daran, dass er machtlos war und ihr nicht helfen konnte.

Leaf dagegen trat mit voller Wucht gegen einen Stein, der im Gras lag, und setzte Ninian den Zeigefinger auf die Brust. »In diesem Fall schwingst du dich auf der Stelle wieder auf dein Pferd und richtest meinem Vater aus, dass ich Lennox Ross eher mein Schwert ins Herz stoße als ihn heirate.«

Ninian hob abwehrend die Hände. »Noch ist die Ehe nicht beschlossen. Die Höhe der Mitgift ist noch stritt…«

»Die Mitgift«, unterbrach Leaf ihn, und Artair hätte schwören können, dass dabei nicht nur ihre Lippe, sondern der gesamte Erdboden bebte. »Glaubt Lennox Ross ernsthaft, dass die MacKays ihm auch nur ein Silberstück zahlen würden, nachdem er meine

Cousine und meinen Onkel getötet hat? Dass ich so wahnsinnig bin, zum Besitz eines widerwärtigen Mörders wie ihm zu werden?« Leaf lachte höhnisch und spuckte dann vor dem Söldner auf den Boden. »Nur über meine Leiche, Ninian. Und das weiß mein Vater auch.«

Ninian presste die Lippen zusammen, er hatte sich das wohl alles anders vorgestellt. »Lady Leaf«, versuchte er es noch einmal. »Ich habe klare Anweisung, Euch über die angedachte Ehe in Kenntnis zu setzen, damit Ihr Eure Einstellung dazu gut überdenken könnt. Ihr habt zwei Wochen Zeit dafür. Das ist genau die Zeit, die sich Torin Ross, der Clanführer der Ross, von Lord MacKay erbeten hat, da sein Sohn Lennox mit hohem Fieber erkrankt ist und er die Entscheidung nicht ohne ihn treffen will.«

»Wie bitte?«, entfuhr es Leaf und wurde augenblicklich bleich. »Zwei Wochen Bedenkzeit, ein kranker Sohn …« Sie wandte sich an Artair. »Das klingt genau wie die verfluchte Geschichte, die Cailan uns letztes Mal erzählt hat.«

Artair zog die Augenbrauen zusammen, denn er wusste nicht, worauf sich Leaf bezog.

»Am Strand, weißt du nicht mehr? Damals, als es plötzlich aus heiterem Himmel gehagelt hat?«

»Welche Geschichte?«, wollte nun auch Ninian wissen, während es Artair langsam dämmerte, worauf sie anspielte. Sofort wurde sein Mund trocken. Denn Leaf meinte jene Geschichte über Lennox' Großvater, der nach einer Fehde mit den MacKenzies ebenfalls um zwei Wochen Bedenkzeit vor der angestrebten Eheschließung gebeten hatte, da sein Sohn Torin vermeintlich erkrankt war. Nur dass das nicht gestimmt hatte und Torin die vierzehn Tage dazu genutzt hatte, sich heimlich mit einigen Männern auf das Land der MacKenzies zu schleichen, um dort die angedachte Braut als Geisel zu entführen. Sodass die MacKenzies am Ende die junge Frau, anstatt sie zu verheiraten, gegen das umstrittene Land austauschen mussten, das sich seitdem im Besitz des Clans Ross befand.

»Ich weiß, was du meinst«, sagte Artair langsam. »Nur sagte Cailan auch, dass Torin dieser Tage ein Ehrenmann sei. Und er nicht glaubt, dass dieser so etwas je wieder tun würde. Zumal dein Vater diese Geschichte ebenfalls kennt und obendrein ein gutes Urteilsvermögen besitzt.«

»Außer, wenn es darum geht, seine Töchter möglichst vorteilhaft für den Clan zu verheiraten«, entgegnete Leaf und wandte sich an Ninian. »Hast du Lennox Ross denn krank auf Achfary Castle gesehen, als du dort warst?«

»Nein«, antwortete Ninian zögernd. »Aber ein kranker Mann braucht Ruhe. Auch wenn weder Torin Ross noch Euer Vater Zweifel daran hegen, dass Lennox wieder gesund wird. Die besten Heiler sind bei ihm.«

»Die besten Heiler sind wohl eher in einer Kammer mit einem leeren Bett!« Leaf schnaubte verächtlich. »Artair, das ist dir doch ebenso klar wie mir.«

»Leaf«, sagte Artair zögernd, denn er wollte Leaf auf keinen Fall in den Armen von Lennox Ross sehen. Andererseits kannte er Gregor aber gut genug, um zu wissen, dass sich dieser nicht so einfach täuschen ließ. »Dein Vater ist ein kluger Mann. Und wenn er glaubt, dass Lennox krank ist, will ich ihm nicht grundlos Dummheit unterstellen.«

»Aye«, pflichtete Ninian nun bei. »Außerdem sagte er mir schon, dass Ihr die wildesten Vermutungen anstellen werdet, um dieser Ehe zu entgehen, und ich mich auf keinen Fall darauf einlassen darf. Also bleibe ich dabei, Euch daran zu erinnern, dass es Eure Pflicht ist, Eurem Vater Folge zu leisten. Und er verlangt eindeutig, dass ich …«

»Mir ist gleich, was er verlangt«, zischte Leaf, und Artair sah, wie ihre Unterlippe zitterte. »Ich werde mich in keinem Fall wie ein Rind zur Schlachtbank führen lassen. Zumal Castle Varrich echte Gefahr droht. Richte meinem Vater daher aus, dass er, anstatt sich weiter von vermeintlichen Ehen ablenken zu lassen, seine Männer auf Achfary Castle für einen Kampf rüsten und die

Ross dort ein für alle Mal auf dem Schlachtfeld besiegen soll. Ich werde derweil unsere Burg hier uneinnehmbar machen, damit wir vor jedem Hinterhalt von Lennox sicher sind.«

»Und dafür soll Euer Vater Euch zudem so viele Männer senden, wie er entbehren kann?«, fragte Ninian sarkastisch.

»Aye«, sagte Leaf. »Zumindest ein Dutzend, denn mit viel mehr Männern wird Lennox seinerseits nicht unbemerkt durch unsere Ländereien ziehen können. Gibt es denn schon Kunde von Grenzüberschreitungen der Ross?«

»Nein«, sagte Ninian. »Aber Euer Vater hat Wachposten hinter Achfary Castle platziert. Die würden sofort merken, wenn sich jemand tiefer in die Ländereien der MacKays schleichen will.«

»Weshalb Lennox selbstverständlich an einer anderen Stelle die Grenze zu unseren Ländereien überqueren wird«, sagte Leaf mit gefurchter Stirn. »Ein abgelegener Wald oder ein Bergkamm in Dunkelheit … Wir können nie wissen, wo genau er ist, dafür hat mein Vater nicht genug Männer. Sag, Ninian, wie lange hast du bis hierher gebraucht?«

»Drei Tage«, erwiderte dieser. »Auch wenn das nichts zur Sache tut, denn ich …«

»Drei Tage«, wiederholte Leaf unbeirrt. »Lennox kann es nicht riskieren, dir zu begegnen, weshalb er dir sicher einen Vorsprung gelassen hat. Zudem muss er langsamer reisen, da er nicht allein unterwegs ist, auf den Schutz der Nacht warten muss und nur abgelegene Pfade nutzen kann. Die letzte Meile wird er zudem nicht zu Pferd zurücklegen, da Pferde zu laut und auffällig sind. Wir haben ab heute also etwa eine Woche, bis er hier auftaucht.«

Ninian lachte trocken. »Mylady, ich wiederhole mich. Lord Lennox gesundet derzeit auf Achfary Castle.«

»Nein«, widersprach Leaf heftig. »Das glaube ich nicht. Aber wir sollten es natürlich überprüfen. Sieh also nach der Überbringung der Nachricht an meinen Vater auch zu, ob du Lennox auf Achfary Castle finden kannst. Wenn ja, stell sicher, dass er die

Burg nicht verlässt, während du einen zweiten Boten mit der Kunde über seine An- oder Abwesenheit hierher sendest. Verstanden?«

Ninian raufte seine Haare. »Na gut, wenn das Eure Wünsche sind, werde ich sie Eurem Vater übermitteln. Aber er allein entscheidet dann, was getan wird. Und ich kann Euch jetzt schon sagen, dass er nichts unternehmen wird, denn er wird mich auslachen und seine Meinung nicht ändern.«

»Das werden wir noch sehen«, sagte Leaf mit bebenden Schultern. »Richtig, Artair?«

»Leaf …«, setzte dieser an und lauschte seinem eigenen, wild hämmernden Herzen. Er suchte nach den richtigen Worten, die einerseits trösten und andererseits keine Lügen sein sollten. Aber auch wenn er unter keinen Umständen wollte, dass Leaf heiratete, musste er doch realistisch bleiben und konnte sich keinen Angriff herbeidenken, nur um sie nicht zu verlieren. Ganz gleich, wie viel Leid Clan Ross auch zu Zeiten der Fehde durch den Tod von Fia und Malik sowie durch die Schandtaten an den Dorfbewohnern nahe Maliks Burg verursacht hatte.

Noch ehe er ihr antworten konnte, rann die erste Träne aus Leafs Auge. Sofort wandte sie sich ab und hastete in die Burg.

»Leaf, warte!«, rief Artair ihr hinterher, und tatsächlich blieb sie kurz stehen. Doch was sollte er ihr sagen? Was tun? Er schluckte und schwieg, hätte Leaf am liebsten in den Arm genommen, doch das konnte er vor Ninian nicht tun. Und schon ging Leaf wieder Richtung Burgtor.

»Was für ein tragischer Abgang«, höhnte Ninian, der sich nach Leafs Weggang wieder wohler in seiner Haut zu fühlen schien. »Aber mir soll es recht sein, denn dann kann ich jetzt in Ruhe meine zweite Nachricht überbringen.«

»Und die wäre?«, antwortete Artair gereizt, während das ungute Gefühl in seinem Bauch immer stärker wurde. Kurz überlegte er, Ninian nicht länger anzuhören und stattdessen Leaf nachzugehen. Aber er wusste, dass er sie zuerst allein mit ihrer Wut und Enttäuschung lassen musste. Weil sich sonst beides gegen ihn richten würde, wenn er sie jetzt bedrängte.

»Wie gesagt, hat Lord MacKay schon vermutet, dass Lady Leaf sich so aufführen wird«, sagte Ninian gedehnt. »Weshalb du jetzt ins Spiel kommst.«

Artair wurde es heiß, am liebsten hätte er sich mit der Hand Luft zugefächelt. Doch diese Blöße würde er sich vor Ninian nicht geben. Also wartete er ab.

Ninian dagegen schien seine überlegene Lage in vollen Zügen zu genießen, denn er legte ihm doch tatsächlich eine Hand auf die Schulter und meinte mit falschem Mitgefühl: »Wenn Lady Leaf in zwei Wochen noch immer nicht bereit ist zu heiraten, soll nicht ich sie zu ihrem Vater bringen. Sondern du.«

»Was?«, stammelte Artair und glaubte, nicht mehr genug Luft zu bekommen.

»Du hast richtig gehört.« Ninian grinste hämisch. »Ich werde nach Lord Lennox' Zustimmung zur Ehe wiederkommen und die Verantwortung für Castle Varrich übernehmen. Während du Lady Leaf zum Traualtar geleiten wirst. So lautet Lord MacKays Anweisung.«

»Ich würde eher sterben, als dass ich Leaf verrate«, antwortete Artair wahrheitsgetreu und mit vollem Ernst.

Ninians Mundwinkel zuckten. »Also hintergehst du lieber Lord MacKay? Den einzigen Vater, den du je hattest? Denn ich versichere dir: Lady Leafs Nachricht an Lord MacKay wird ihn ganz sicher nicht umstimmen.«

»Das hast du dir doch alles nur ausgedacht«, entgegnete Artair wütend. »Wo ist sein Brief an mich?«

»Er hat mir keine schriftliche Order für dich mitgegeben. Du kannst schließlich nicht lesen.«

In Artairs Ohren rauschte es. Denn tatsächlich hatte er kurz nach seiner Ankunft auf Castle Varrich große Schwierigkeiten gehabt, sich die einfachsten Dinge zu merken, weshalb Rhona ihn kurzerhand für einfältig erklärt und seine Teilnahme am Unterricht ihrer Töchter verhindert hatte. Was Leaf wiederum als ungerecht empfunden hatte, sodass sie ihrerseits den Unterricht verweigert und mit ihm zur Aufmunterung durch den Wald gestreunt war. Er schüttelte die Erinnerung ab und senkte drohend die Stimme. »Gregor würde das niemals von mir verlangen.«

»Lord MacKay verlangt es gerade von dir, weil du der Einzige bist, auf den Lady Leaf hört und dem sie vertraut.« Nun lachte Ninian offen. »Nur hat er dabei wohl übersehen, dass du ganz andere Gefühle für deine Schwester hast. Doch sobald er das herausfindet, wird es sicher nicht mehr lange dauern, bis er dich davonjagt.«

Obwohl er es nicht wollte, begann Artair zu zittern. »Fahr zur Hölle, Ninian.«

»Vorsicht!«, warnte ihn dieser. »Du vergreifst dich im Ton gegenüber dem Mann, der zukünftig diese Burg befehligen wird.«

»Nein, Ninian«, erwiderte Artair mit schneidender Stimme. »Castle Varrich wird von einem MacKay geführt. Und du bist kein MacKay und auch kein Krieger, sondern nur ein käuflicher Söldner.«

»Immerhin besser als ein Bastard«, höhnte Ninian.

Artair schnaubte, schaffte es jedoch erneut, seine Wut zu zügeln, und ließ Ninian einfach stehen, denn er würde ihn ganz gewiss nicht in die Burg bitten. Als diesem seine Zurückweisung klar wurde, rief er noch einmal: »Du bist ein verfluchter Bastard, und sonst nichts!« Doch Artair ging geradewegs weiter.

Aye, vielleicht war er ein Bastard und möglicherweise sogar ein Bastard von Gregor MacKay. Aber sicher wusste er das nicht, denn bisher war er einer abschließenden Klärung dieser Frage immer ausgewichen. Einer Frage, die alles zerstören könnte, wonach er sich tief in seinem Herzen sehnte.

Doch damit musste nun Schluss sein. Er presste die Zähne fest zusammen. Wenn Ninian die Wahrheit gesagt hatte und er entscheiden musste, ob er Leaf oder Gregor verriet, musste er zuvor wissen, wer er war. Und vor allem, mit wem er verwandt war oder nicht.

Aber das konnte er nur herausfinden, indem er das Gespräch führte, vor dem er seit Jahren davonlief. Und mit der Frau sprach, die wissen musste, ob ihr Ehemann sie betrogen hatte oder nicht.

Und das würde er tun.

Am besten gleich …

… morgen.

KAPITEL 3

Am nächsten Morgen, nach einer nahezu schlaflosen Nacht, ohne ihren Dolch ins Dorf zu gehen, war seltsam für Leaf. Zwar konnte sie sich zur Not auch mit bloßen Händen verteidigen, aber trotzdem hatte sie das Gefühl, dass ihr etwas fehlte. Ganz ähnlich erging es ihr, seitdem Flower und River nicht mehr auf Castle Varrich wohnten und sie nur noch hoffen konnte, dass es ihnen gut ging. Skye hatte letztens einmal gesagt, der Grund dafür wäre, dass Leaf ihre großen Schwestern eben vermissen würde, und vermutlich hatte sie damit recht, auch wenn sie sich das nur ungern eingestand.

»Morgen, Wynda«, grüßte Leaf und bemühte sich trotz der gestrigen schlechten Neuigkeiten um einen freundlichen Gesichtsausdruck, als ihr die Köchin entgegenkam. Diese verbrachte seit ihrer Hochzeit mit dem Schankwirt ihre Nächte nicht mehr auf der Burg, sondern im Dorf.

»Nanu, Leaf«, wunderte sich Wynda, blieb stehen und stemmte die Hände in die Hüfte. »Wo willst du denn zu so früher Stunde schon hin?«

Ein Schmunzeln umspielte Leafs Lippen, das erste, seitdem Ninian ihr gestern die Nachricht ihres Vaters überbracht und Artair den Ernst der Lage nicht verstanden hatte – weder im Gespräch mit Ninian noch bei ihrer zweiten Unterredung vor dem Abendessen. »Ach, Wynda. Glaubst du wirklich, dass du das wissen willst?«

Wynda schüttelte besorgt den Kopf und sah kurz aus, als wollte sie etwas sagen, doch dann ging sie einfach weiter. Es war besser so. Denn wenn Wynda nichts wusste, konnte sie ihrer Mutter Rhona auch nichts verraten. Diese vermutete ohnehin schon, dass etwas nicht stimmte, nachdem Artair und sie nach ihrer Meinungsverschiedenheit gestern Abend nicht mehr miteinander gesprochen hatten. Doch Leaf wollte ihre Mutter nicht unnötig beunruhigen – falls diese ihr überhaupt glaubte –, sondern lieber erst mit ihr besprechen, dass Castle Varrich ein Überfall seitens der Ross bevorstand, wenn sie einen guten Plan hatte, mit dem sie der Bedrohung standhalten konnten.

Bei der Erinnerung daran beschleunigte Leaf ihren Schritt und wich dabei den Regenwürmern aus, die sich heute auf dem Pfad ins Dorf befanden. Ihr Vater ekelte sich vor Regenwürmern, doch Leaf fand es beeindruckend, dass die Tiere selbst dann weiterlebten, wenn man sie entzweiriss. Ihr Weg führte sie vorbei an der baufälligen Kirche, bis sie schließlich die reetgedeckte Schmiede erreichte, die sich wegen der lauten Hammerschläge und der Brandgefahr etwas außerhalb des Dorfs befand. Schon oft hatte sie überlegt, dass man genau hier einen Brunnen schlagen müsste, damit der Schmied und seine Familie nicht immer das nötige Wasser für die tägliche Arbeit vom Strand hinaufschleppen mussten.

»Graham?« In alter Gewohnheit öffnete Leaf leise die unverschlossene Tür zur Schmiede. Es war noch früh, doch Graham begann mit seiner Arbeit meist vor Sonnenaufgang, erst recht, seitdem sein Vater ihn dabei nicht mehr unterstützen konnte. Seine Schwester Nessa half ihm seit Neuestem dabei, bevor sie ihren eigenen Pflichten nachging. Doch heute, an diesem kalten Herbstmorgen, lag die Schmiede noch im Düsteren, und nur die Kohle glomm rötlich im Schmiedeofen neben dem Amboss.

Leaf blinzelte mehrmals und hielt sich die Nase zu, bis sie in dem vom Rauch verhangenen Raum besser sehen konnte. An den Wänden hingen Hammer und Zangen in unterschiedlichen Größen, der lederne Blasebalg stand wie immer neben dem Schmiedeofen. In einer Ecke des gestampften Lehmbodens lagen gestapelte Metallbarren neben dem mit Wasser gefüllten Löschbecken.

Auf dem Tisch dagegen, an dem Graham seinen Werkstücken den letzten Schliff verlieh, fanden sich Feilen, Punzen und Meißel zwischen Skizzen, Lumpen und teilweise bearbeiteten Eisenstücken. Darunter befand sich neuerdings Grahams Schlafstatt, die er seit der Krankheit seines Vaters oft nutzte und auf der er, das Gesicht zur Wand gedreht, noch schlief. Vielleicht, weil er die halbe Nacht lang den Dolch fertiggestellt hatte, an dem er schon seit einigen Wochen arbeitete und den er ihr gestern verkauft hatte.

Leaf zögerte kurz. Eine Frau mit Anstand wäre später wiedergekommen. Aber angesichts der Hochzeitspläne, die ihr Vater derzeit auf Achfary Castle schmiedete und Lennox Ross damit die Zeit für einen Hinterhalt auf Castle Varrich und seine Bewohner verschaffte, musste der Anstand wohl daran glauben. Sie brauchte unbedingt ihren neuen Dolch. Zumal sie Graham dafür nicht eigens wecken musste, anders als für ihr zweites Anliegen, das wohl tatsächlich noch warten musste. Denn wenn sie Graham nun absichtlich aus dem Schlaf riss, würde er nur schlechte Laune haben und sich genauso zögerlich ihr gegenüber zeigen wie Artair gestern. Dabei musste sie ihn unbedingt auf ihre Seite ziehen.

Sie holte noch einmal tief Luft, dann schlich sie auf leisen Sohlen in Richtung des Tisches. Vielleicht lag der Dolch zwischen den anderen Gegenständen ja ebenfalls auf der Tischplatte. Sie würde ihn einfach mitnehmen und Graham dafür den ledernen Beutel mit Silber dalassen, von dem er nie genug hatte.

Da schnaubte Graham kurz, und sie hielt inne. Kurz befürchtete sie, dass sie ihn trotz ihrer Bemühungen, leise zu sein, geweckt hatte, denn er hatte keinen tiefen Schlaf. Doch dann entdeckte sie auf dem Tisch einen leeren Weinkrug.

Sie verdrehte die Augen und widmete sich wieder der Suche nach ihrem Dolch. Es dauerte nicht lange, bis sie zwischen den Punzen und Meißeln einen in ein Tuch eingeschlagenen Gegenstand entdeckte. Ein Lächeln huschte über ihr Gesicht, als sie den Stoff zurückschlug und ihren neuen Dolch betrachtete. Andächtig fuhr sie mit ihren Fingern über den mit einem Muster verzierten

Griff, prüfte sanft mit ihrer Fingerspitze, ob die Klinge wirklich scharf war.

Sie war es.

Ein kleiner Tropfen Blut quoll aus Leafs Finger, doch sie merkte es kaum. Stattdessen zog sie den ledernen Beutel unter ihrem schwarzen Leinenhemd hervor, legte ihn auf den Tisch und nahm den Dolch an sich. Die Klinge war einwandfrei austariert, aber sie hatte auch nichts anderes erwartet, denn Graham war ein Meister seines Faches.

Während sich ihre Finger um den kalten Griff aus Metall schlossen, stellte sie sich für einen Moment vor, wie es wäre, ihn in Lennox Ross' Brust zu rammen, sobald er hier auftauchte. Denn auch wenn sie hoffte, dass es nicht dazu käme, weil ihr Vater entsprechend handelte, riet ihr Bauchgefühl ihr dazu, dass sie zumindest damit rechnen mussten. Denn Lennox würde niemals ernsthaft über das Eheangebot ihres Vaters nachdenken. Er wusste, wie sehr sie ihn hasste. Oder dachte er möglicherweise, dass sie ihm in den Jahren seit ihrer letzten Begegnung vergeben hatte? Nein, sollte er tatsächlich eine Ehe mit ihr eingehen wollen, dann nur, weil ihm die Vorstellung gefiel, dass er sie dadurch ein Leben lang quälen könnte. Und von ihr verlangen, was immer ihm beliebte.

Leaf schnaubte. Als ob sie jemals einem anderen Menschen dieses Recht einräumen würde. Zumal sie ganz genau wusste, was es war, was ein Ehemann von seiner Ehefrau vorrangig forderte. Allein schon der Gedanke, mit Lennox das Lager teilen zu müssen, ließ Übelkeit in ihr aufsteigen … obwohl sie nach den schwärmerischen Schilderungen ihrer Schwestern die Vorstellung gemeinsamer Lust keineswegs abstoßend, sondern durchaus erregend fand. Allerdings nicht mit Lennox. Niemals.

Die Wut, die Leaf die ganze Nacht über zurückgedrängt hatte, indem sie unerbittlich bis zum Morgen im Mondschein Kampfübungen ausgeführt hatte, kehrte zurück. Wie sollte sie ihrem Vater je wieder ins Gesicht sehen, wenn er sie ausgerechnet mit dem Feind ihres Clans verheiraten wollte? Denn selbst wenn er tatsächlich daran glaubte, dass Torins Versöhnungswunsch aufrichtig war, konnte er doch nicht so einfältig sein zu glauben, dass Lennox ihr nicht wehtun würde, sobald er die kleinste Gelegenheit dazu bekäme.

Sie presste die Lippen so fest aufeinander, dass es schmerzte, und wirbelte den Dolch einmal in ihrer Hand herum. Sie hatte gute Lust, ihn in die Tischplatte zu rammen, doch davon wäre Graham wohl trotz seiner Trunkenheit aufgewacht.

»… es nicht tun, komm runter …«, schrie dieser plötzlich im Schlaf und drehte sich mit einer so heftigen Bewegung auf den Rücken, dass Leaf bis ins Mark erschrak und die Decke ihm bis zur Hüfte hinabglitt.

Sogleich umfasste sie den Dolch fester, während sie flach atmend auf den schlanken, muskulösen Oberkörper des Mannes zu ihren Füßen starrte. Der aber nicht Graham war, wie ein Blick in sein Gesicht verriet.

»Was zur Hölle«, murmelte sie verständnislos und ging in die Knie. Es war noch immer düster in der Schmiede, doch die glimmenden Holzkohlen spendeten genug Licht, um den Schlafenden mustern zu können. Er hatte wie sie dunkelbraunes Haar, doch es war nicht schulterlang wie bei Artair, sondern kürzer. Seine Gesichtszüge waren ebenmäßig, er hatte dichte dunkle Brauen, einen Bartschatten und die längsten Wimpern, die sie bei einem Mann je gesehen hatte. Seine Nase war gerade, vorn etwas spitz, und seine schmalen, aber gut geschnittenen Lippen waren im Schlaf geöffnet. Er sah schön aus, wenn auch düster und aufgewühlt.

Leaf schluckte, als sich ihr Puls bei seinem Anblick beschleunigte. Wer war dieser Fremde? Vielleicht der besagte Cousin Grahams, der ebenfalls Schmied war und zu dessen Unterstützung gekommen war?

Sie musterte wieder den blassen Oberkörper des Mannes, während ihr sein Geruch nach Feuer und Rauch in die Nase stieg. Kurz verspürte sie den Drang, ihn zu berühren, über seine Haut und

Muskeln zu streichen. Sie hatte noch nie einen Mann berührt, zumindest nicht auf diese Weise.

Im nächsten Moment bäumte sich der Fremde im Schlaf auf und und stieß dabei gegen ihre Knie. Ihr entstieg ein heftiger Fluch, woraufhin der Mann ruckartig die Augen aufriss, keinen Lidschlag später Leafs Handgelenk mit dem neuen Dolch umfasste, sie zu Boden drückte und sich nur mit seiner Hose bekleidet auf sie setzte.

»Wolltest du mich etwa umbringen?«, zischte er fassungslos und presste ihre Hand mit dem Dolch heftig atmend über ihrem Kopf auf den Boden.

Leafs Herzschlag raste. Artair brachte ihr alle möglichen Verteidigungstechniken bei, doch den Nahkampf am Boden übten sie nur selten. *Wenn du jemals wehrlos vor deinem Gegner liegst, was ohnehin nie geschehen wird,* hatte er einmal gesagt, *hast du ohnehin schon verloren.* Genau in dieser Lage befand sie sich jetzt.

In ihren Ohren rauschte es, doch sie durfte sich keinesfalls geschlagen geben. Sie musste nachdenken. Der Fremde hielt nur eines ihrer Handgelenke fest, das andere konnte sie noch bewegen. Er war etwas größer als sie und auch schwerer, aber nicht so schwer, dass sie nicht gegen seine Muskelkraft ankäme. Also hob sie ihr Becken ruckartig an und hieb ihm gleichzeitig mit der freien Hand zwischen die Rippen, worauf er sein Gleichgewicht verlor und zur Seite kippte. Er reagierte schnell, dennoch war Leaf nun diejenige, die über ihm war, während er auf dem Boden lag, und ihm ihr Knie in die Kehle drückte.

»Halte mich nie wieder fest, wenn dir dein Leben lieb ist«, warnte ihn Leaf und suchte dabei mit den Augen nach ihrem Dolch, der bei ihrem Befreiungsschlag davongeschlittert war. Sie fand ihn vor dem Schmiedeofen, außerhalb ihrer Reichweite.

Fluchend wandte sie sich wieder dem Fremden zu, der jedoch keine Anstalten machte, sich zu wehren. Stattdessen fuhr er sich mit der Zunge über die Zähne und musterte sie eindringlich aus grünen Augen. »Freut mich, dich kennenzulernen.«

Der dunkle Klang seiner Stimme und sein eindringlicher Blick ließen Leaf erschauern. Und zu ihrer großen Überraschung auf eine angenehme Art. Dabei hatte der Mann sie gerade erst angegriffen. Ließ sie ihr Schlafmangel etwa ihren Selbsterhaltungstrieb vergessen?

Sie drückte ihr Knie noch ein wenig fester gegen seinen Hals, was ihn aber zu ihrem Missfallen nicht zu stören schien. Vielmehr kam es ihr so vor, als würde er mit ihr spielen. »Wer bist du?«, verlangte sie zu wissen, denn Grahams Cousin hatte sie sich friedvoller vorgestellt.

»Jetzt fragst du mich also doch nach meinem Namen«, sagte er langsam, und auf sein Gesicht trat ein Ausdruck, den sie nicht deuten konnte. »Dabei dachte ich schon, dass du anders bist.«

Leaf fiel auf, dass er eine kleine Narbe zwischen den Augenbrauen hatte, die jedoch weniger von einer Verletzung herrührte, sondern eher den Pocken geschuldet war. »Anders in welcher Hinsicht?«

Er sah sie unvermittelt an. »Anders im Sinn von, dass es dir auch gleich ist, wer unter dir liegt.«

Leaf verschlug es für einen Moment die Sprache. Verstand sie es richtig, dass er tatsächlich eine anstößige Andeutung machte, während er mit ihrem Knie an seiner Kehle auf dem Boden lag? Nahm er sie nicht ernst? Und warum dachte sie plötzlich daran, ihr Knie wegzuziehen und ihn zu küssen?

Verstört sagte sie zu ihm: »Du hast dir wohl den Kopf ziemlich heftig am Boden gestoßen.«

Der Fremde wagte es nun doch tatsächlich, ihren Oberschenkel mit seinen rußverschmierten Fingerkuppen zu berühren. »Rede dir ein, was du magst. Aber ich überspringe die Lügen lieber.« Leaf schnappte nach Luft, doch er mahnte leise: »Es ist doch so: Wenn du mich töten wolltest, hättest du es längst getan. Und wenn du Angst vor mir hättest, hättest du um Hilfe geschrien. Aber du bleibst auf mir sitzen.« Er lächelte schmal. »Das sagt mir alles, was ich wissen muss.«

Sofort schlug Leaf seine Hand zurück, ohne ihr Knie von seiner Kehle zu lösen. »Du sagst mir jetzt, wie du heißt und ob du Grahams Cousin bist oder nicht. Andernfalls werde … «

»Leaf?«, hörte sie Grahams überraschte Stimme hinter sich, worauf die Augenbrauen des Fremden nach oben schossen. Sie blieb unverwandt auf ihm sitzen, wandte nicht einmal den Kopf zu Graham, denn den Mann unter sich sollte sie besser keinen Lidschlag aus den Augen lassen.

Dessen Gesichtsausdruck verhärtete sich, und er verkündete trocken in Richtung Tür. »Ich muss dich enttäuschen, *Cousin*. Es ist leider nicht, wonach es aussieht.«

Graham räusperte sich daraufhin verlegen, und Leaf atmete langsam aus. »Also seid ihr verwandt.«

Grahams Cousin deutete, so gut es ging, ein Schulterzucken an. »Jemand anders würde wohl kaum hier schlafen, *Mylady*.«

Leaf presste die Zähne zusammen, da er diesbezüglich recht hatte, da drang Grahams unsichere Frage an ihr Ohr: »Soll ich besser wieder gehen?«

»Aus deiner eigenen Schmiede?« Nun fuhr Leaf doch herum und sah den Sohn des Schmieds ungläubig an.

Doch Graham kratzte sich am Ohr und wies mit dem Kinn bedeutungsschwer auf seinen Cousin, auf dem Leaf noch immer hockte und damit wohl einen falschen Eindruck erweckte.

Sofort stand sie auf und reichte dem Fremden die Hand. »Entschuldige. Ich weiß nicht, was ich dachte.«

»Lügnerin«, hauchte er so leise, dass Graham es nicht verstand und ihr gleichzeitig heiß und kalt wurde.

Sie schüttelte sich kurz, trat dann vor den Schmiedeofen und hob ihren Dolch auf. »Graham, meinst du nicht, dass du mir gestern Mittag hättest sagen müssen, dass dein Cousin angekommen ist?« Wenn Fremde das Dorf betraten, auch wenn sie angekündigt waren, wollte sie das wissen. Und erst recht während einer Fehde.

»Da war er doch noch gar nicht angekommen«, verteidigte sich Graham. »Außerdem hätte ich ihn dir schon noch vorgestellt, nur dachte ich, dass er sich nach der Reise erst mal eine Nacht ausruhen kann.«

»Oh«, brummte Leaf, als sie den Vorwurf in Grahams Stimme hörte.

»Keine Sorge«, sagte Grahams Cousin, der sich nun ein Leinenhemd überzog und ironisch lächelte. »Ist schon vergeben.«

»Vergeben?« Leaf sog scharf die Luft ein. Immerhin hatte er sie zuerst angegriffen und auf den Boden geworfen. Sie verkniff sich jedoch eine entsprechende Bemerkung und wandte sich stattdessen an Graham. »Der Beutel mit dem Silber für den Dolch liegt auf dem Tisch. Und da du jetzt wach bist, würde ich gern noch einen Augenblick mit dir reden. Unter vier Augen – ohne den Mann ohne Namen.«

»Natürlich hat mein Cousin einen Namen«, sagte Graham irritiert.

Leaf blickte wieder zu dem Fremden und zog spöttisch eine Augenbraue hoch. »Er will ihn anscheinend aber nicht verraten.«

»Er heißt Graham«, platzte Graham daraufhin heraus.

»Graham?« Leaf runzelte die Stirn. »Genau wie du?«

Die Miene des Fremden zeigte einen Anflug von Belustigung, während Graham eifrig nickte und seine Hände aneinanderrieb. »Aye, Graham. Das ist ein verbreiteter Name in meiner Familie. Deshalb hat auch jeder von uns einen Spitznamen. Ihn hier nennen wir … Ham.«

»Ham?« Leaf musste lachen, als sie den missmutigen Ausdruck im Gesicht des Fremden sah. »Wie Schinken?«

Nun musste auch Graham lachen. »Ja, nun ja, Ham mag das nicht besonders, aber es ist …«

»Nennt mich Grey, wenn Ihr wollt«, unterbrach ihn der Fremde mit ruhigem Tonfall.

»Grey«, wiederholte Leaf und schmeckte die düstere Bedeutung des Namens beinahe auf ihrer Zunge. Dann wandte sie sich wieder an Graham. »Ich muss jetzt wirklich mit dir sprechen. Allein.«

»Oje, was hat mein Cousin nur angestellt«, murmelte Graham, begleitete sie aber nach einem mahnenden Blick auf Grey ins Freie. »Ich höre?«

Leaf blickte ins Innere der Schmiede zurück, doch Grey schien nicht zu versuchen, sie zu belauschen. Stattdessen wirkte er, als habe er jeglichen Gefallen an ihr verloren oder überhaupt nie gehabt. Hatte sie, was zwischen ihnen vorgefallen war, denn falsch gedeutet oder sich gar nur eingebildet?

Sei es, wie es sei, beschloss sie und fragte: »Graham, wie gut kennst du deinen Cousin? Wie oft hast du in den letzten Jahren mit ihm gesprochen? Hat er einen Hang zum Verrat? Oder ist er den MacKays treu?«

Graham kniff die Augen zusammen. »Ich würde meine Hand dafür ins Feuer legen, dass Grey niemandem hier etwas zuleide tut, wenn du das meinst. Er hat sogar gestern angeboten, deinen Dolch zu Ende zu schmieden. Was ich jedoch verhindert habe, da er sich auf feine Schmiedearbeiten leider weniger gut versteht als erhofft und auch sonst noch einiges von mir lernen muss. Aber wenn er die Grenze des Anstands dir gegenüber überschritten hat und du deshalb verlangst, dass er nicht hierbleiben …?«

»Nein, darum geht es mir nicht, zumal ich meine Grenzen sehr gut ziehen kann. Es geht um meinen Clan.«

Graham kratzte sich am Kopf. »Nun, Grey ist selbst ein Teil deines Clans. Genau wie ich und Nessa und alle anderen im Dorf.«

»Nur kenne ich euch schon mein ganzes Leben lang.«

Graham verschränkte die Arme und wirkte nun fast ein wenig beleidigt. »Ich meine, ich kann Grey nur so gut einschätzen, wie ich ihn kenne, und es stimmt, dass ich ihn lange nicht gesehen habe, aber bisher lässt mich nichts vermuten, dass er schlechte Absichten hat. Er ist hier, um mir zu helfen, so gut er kann. So, wie mein Vater es verlangt hat.«

»Hm«, brummte Leaf und wollte Graham gern glauben. Grey war immerhin Teil seiner Familie. Nur konnte auch ein Familienmitglied das andere verraten, schließlich erlebte sie das gerade bei ihrem eigenen Vater. Sie würde also so lange Vorsicht gegenüber Grey walten lassen, bis sie sich ihr eigenes Bild von ihm gemacht hatte, und erst dann entscheiden, ob sie ihn wie alle anderen hier beschützen oder sich vor ihm hüten musste.

»Da ist noch etwas«, wechselte Leaf das Thema, da sie Graham gerade jetzt auf keinen Fall verärgern wollte, und senkte die Stimme. »Ich habe eine Nachricht von meinem Vater erhalten.«

»Oh«, brummte Graham, und eine Falte erschien auf seiner Stirn. »Wie schlimm ist es?«

Leaf spitzte die Lippen. Konnte sie Graham die Wahrheit sagen? Sie waren Freunde, sicher, aber er war eben nicht Artair, von dem sie wusste, dass er ein Geheimnis für sich behielt. Und was, wenn Graham sie nicht einmal absichtlich, sondern ungewollt verriet? Nein, entschied sie, die Wahrheit war ein scharfes Schwert, an dem man sich nur allzu leicht schneiden konnte. Darum sagte sie stattdessen: »Mein Vater sagt, dass wir uns auf das Schlimmste vorbereiten sollen.« *Und das war nicht einmal allzu sehr gelogen.*

»Wirklich?« Graham wirkte irritiert. »Das klingt gar nicht gut.«

»Ich weiß.« Leaf nickte. »Er befürchtet, dass uns Lennox Ross überfallen könnte. Deshalb brauche ich deine Hilfe, und wohl auch die von Grey und Nessa. Wir brauchen Waffen für unsere Verteidigung, viele Waffen, so viele, wie ihr nur schmieden könnt.«

»Ich habe meinen Namen gehört«, sagte Grey und trat in die offene Tür, einen Meißel in der Hand, mit dem er den Dreck unter seinen Fingernägeln seelenruhig entfernte. »Nun höre ich, dass sich Castle Varrich für einen Kampf rüstet?«

Leaf biss sich auf die Lippe. Sie hätte lieber allein mit Graham gesprochen, doch dieser bezog Grey sofort in das Gespräch mit ein. »Aye. Leaf hat die Anweisung von ihrem Vater erhalten, uns für einen Kampf gegen Clan Ross vorzubereiten.«

»Tatsächlich?«, entfuhr es Grey, und er sah sie so aufmerksam an, dass sie kurz fürchtete, er habe sie durchschaut. Doch das konnte er natürlich nicht. Sie richtete sich wieder an Graham.

»Schwerter brauchen gewiss zu lang, und Dolche und Äxte haben die Dorfbewohner selbst. Was wir brauchen, sind Pfeilspitzen.«

Graham zögerte kurz, dann atmete er geräuschvoll aus. »Pfeile muss man abschießen. Wer soll das tun? Dein Vater hat doch die meisten Kämpfer auf Castle Varrich mitgenommen.«

Leaf nickte. »Aber er wird einige Männer zurückschicken, sobald er sie auf Achfary Castle entbehren kann. Bis dahin müssen die Dorfbewohner das Bogenschießen wohl lernen.«

Doch Graham stand der Unmut ins Gesicht geschrieben. »Weiß Artair davon? Und sollte man nicht besser die Burgmauer wieder aufbauen und verstärken?«

»Um beides werde ich mich kümmern«, sagte Leaf selbstsicherer, als sie sich fühlte. »Und noch um einiges mehr. Von dir brauche ich nur möglichst viele scharfe Pfeilspitzen.«

»Dafür müssen wir in Schichten arbeiten, denn ich habe nur einen Amboss«, sagte Graham und blickte nachdenklich zu Grey, der jedoch schwieg. »Einer schmiedet bei Tag, der andere bei Nacht, auch wenn das die Nachtruhe im Dorf stört.« Er trat von einem Fuß auf den anderen. »Ich weiß nicht, Leaf. War das wirklich die ausdrückliche Anweisung deines Vaters? Die Fehde wird doch bei Achfary Castle und nicht hier ausgetragen.«

»Und wer sagt, dass das so bleibt?« Selbst wenn Torin Ross wider Erwarten die von ihrem Vater vorgeschlagene Ehe ernsthaft in Erwägung zog, konnte sein Sohn Lennox dies immer noch anders sehen und die Dinge selbst in die Hand nehmen, indem er zur Waffe griff. Oder jeder andere Mann aus Clan Ross, dem es nach einem Sieg auf dem Schlachtfeld zumute war.

Graham rieb sich über die Stirn. »Also versprichst du mir, dass das im Sinn deines Vaters ist und er auch dafür bezahlt, ja? Ich will ihm nicht zuwiderhandeln, und verzeih mir, Leaf, aber du hast mich schon zu mehr Unsinn in meinem Leben angestiftet, als gut für mich war.«

Eine dunkle Empfindung erfasste von Leaf Besitz, und sie schüttelte den Kopf. »Dieses Mal ist es aber kein Unsinn, sondern es geht um unser aller Sicherheit. Und nicht mein Vater wird dafür bezahlen, Graham. Sondern Clan Ross. Nachdem die MacKays ihn ein für alle Mal besiegt haben.«

»Leaf«, setzte Graham noch einmal an. Doch Grey legte einen Arm um die Schulter seines Cousins und neigte den Kopf. »Hast du nicht gestern erst gesagt, dass Lady Leaf eine Frau von unerschütterlicher Überzeugung ist, Cousin?«

»Schon, aber …«

»Du hast sie gehört«, widersprach Grey und sah ihr dabei so eindringlich in die Augen, dass ihr schwindelig wurde. »Unsere Lady will mehr Waffen. Und zumindest von mir soll sie bekommen, wonach sie verlangt.«

KAPITEL 4

Leaf?« Nachdem er dreimal an die Tür zu ihrer Kammer geklopft hatte, drückte Artair diese vorsichtig einen Spalt weit auf. Gestern hatten Leaf und er sich so heftig gestritten wie schon lange nicht mehr, weshalb er nun auch noch einmal in Ruhe mit ihr sprechen wollte.

»Hey, Wildfang, bist du wach?«

Wieder keine Antwort. Mit frechen Sticheleien und kecken Antworten konnte er mittlerweile gut umgehen, aber wenn Leaf kein Wort mehr sagte, bestand Grund zur Sorge. Dann war sie entweder zutiefst verletzt oder führte etwas im Schilde. Und nachdem sie gestern von der angedachten Ehe zwischen ihr und Lennox erfahren hatte, vermutete er, dass beides zutraf.

»Leaf, ich komme jetzt herein«, sagte er und spannte vorsichtshalber schon einmal seine Muskeln an. Denn vielleicht war Leaf bereits aufgewacht und wartete nun mit einem frechen Grinsen hinter der Tür, um ihm ein Kissen über den Kopf zu ziehen, sobald er eintrat. Er musste kurz lächeln. Wenn er ehrlich war, wäre diese Art von Willkommen, das er seit Kindertagen von ihr kannte, genau das, was er jetzt brauchte.

Doch Leaf stand nicht hinter der Tür, sondern lag zusammengerollt unter den Laken. Er blinzelte, als ihm durch das Fenster neben dem Bett nicht nur die kühle Morgenluft, sondern auch die ersten zaghaften Sonnenstrahlen entgegenkamen. Nahm das Vorhaben ihres Vaters Leaf denn tatsächlich so mit, dass sie aufgegeben hatte?

Ohne lange zu überlegen, griff er nach der halb vollen Wasserschüssel, die auf dem Tisch neben Leafs Bett stand, und kippte deren Inhalt über sie. »Guten Morgen, Langschläferin. Es ist Zeit, aufzustehen.«

Ein Schrei war die Antwort, ehe die nasse Decke zurückgeschlagen wurde und nicht Leaf, sondern Skye ihn mit zerzausten braunen Haaren und wütendem Blick anstarrte. »Was fällt dir ein? So spät ist es nun auch wieder nicht!«

Artair zog schuldbewusst die Brauen zusammen, konnte seine Überraschung aber nicht verbergen.

»Ih, mein Nachthemd ist ebenfalls klitschnass geworden«, stöhnte Skye. »Sag mal, Artair, weckst du Leaf immer so?«

»Ich wecke sie nicht«, erwiderte er wahrheitsgemäß und sah sich in der Kammer nach einem trockenen Kleid für die viertgeborene MacKay-Tochter um. Erfolglos, denn Leaf besaß nur seine abgetragenen Leinenhemden und Hosen. »Ich gehe rasch in deine Kammer und hole dir etwas zum Anziehen.«

Doch Skye schien mit ihren Gedanken noch woanders zu sein. »Es stimmt nicht, dass du sie nicht weckst. Ich habe dich schon oft morgens in Leafs Kammer gehen sehen.«

»So?« Artair rieb sich über das Kinn. Er hatte bislang nicht gedacht, dass das jemandem aufgefallen war, da er stets darauf geachtet hatte, dass ihn niemand sah. Denn auch wenn Gregor ihn als Leafs Bruder betrachtete, gehörte es sich nicht, dass er in die Kammer seiner unverheirateten Ziehschwester schlich, und Rhona wäre außer sich, wenn sie davon erführe. Zumal sie nach dem Vorfall mit River auf den Klippen vor einem Jahr ohnehin noch misstrauischer als früher gegenüber allen war, die nicht im eigentlichen Sinn zur Familie gehörten.

»Warum weckst du mich eigentlich nie?«, erkundigte sich Skye und strich sich eine nasse Strähne hinter das Ohr. »Ich bin doch auch deine Schwester.«

Artair sah, dass die Unterlippe der Vierzehnjährigen vor Kälte zitterte, und reichte ihr zumindest das Fell, das über Leafs Truhe lag. »Weil ich mir um dich zum Glück keine Sorgen machen muss.« Anders als bei Leaf, bei der er nie wusste, ob sie in der

Nacht nicht doch allein einen Ausflug in den Wald oder sonst wohin unternommen hatte.

»Aye«, murmelte Skye. »Mir Sorgen zu machen, schaffe ich schon selbst, nicht wahr?«

Eine Traurigkeit lag in Skyes Blick, die er schon öfter wahrgenommen hatte, seit Flower und River fortgezogen waren, und die sich auch in ihren Zeichnungen widerspiegelte, die allesamt einsame Bergwipfel zeigten.

»Ach, Skye.« Artair setzte sich neben sie auf die Bettkante, obwohl seine Hose dadurch nass wurde. »Du brauchst wieder einmal ein echtes Abenteuer.«

Der Blick des Mädchens hellte sich für einen Moment auf, doch dann schüttelte sie den Kopf. »Was ich vor allem will, ist, dass Leaf mir die Wahrheit sagt. Irgendetwas ist gestern geschehen.«

Artair nahm ihre Hand tröstend in die seine. Skye schien etwas zu ahnen, aber er hatte Leaf selbst im Streit versprochen, erst einmal Schweigen zu bewahren. Also fragte er ausweichend: »Weißt du denn, wo Leaf ist?«

Skye sah ihn unverwandt aus ihren grauen Augen an. »Du weißt demnach, was passiert ist?«

»Ich … wie schaffst du es nur, alle immer sofort zu durchschauen?«, verlangte er zu wissen.

Skye zuckte mit den Schultern. »Jeder muss irgendetwas gut können. Also?«

»Jeder muss auch etwas lernen«, entgegnete Artair und drückte kurz Skyes Hand. »Und für dich bedeutet das, abzuwarten und dir keine Sorgen um Leaf zu machen.«

Skye schwieg und schlang ihre dünnen Arme um ihren Oberkörper. »Das würde ich vielleicht versuchen, aber ein Blick auf dich sagt mir, dass ich das nicht sollte.«

Verwirrt sah er an sich hinunter. »Wie meinst du das?«

»Du hast Augenringe«, meinte Skye kurz und bündig. »Und du hast nie Augenringe.«

»Ach«, sagte Artair und lächelte, um Skyes Sorgen zu vertreiben. »Das ist nur, weil ich schlecht geträumt habe. Vollmond, du weißt schon.«

Dieses Mal nickte Skye verständnisvoll und sah aus dem Fenster, wo man den verblassenden Schatten des Mondes noch am Horizont über den Hügeln erahnen konnte. »Aye, Vollmond ist nie gut. Wenn der Mond am hellsten ist, muss, was kommt, zwingend dunkler werden.«

Er schluckte und konnte nicht verhindern, dass die Traumbilder der vergangenen Nacht ihn erneut überfielen: Die schrillen Klänge einer Holzpfeife, die er wie ein erdrückendes Gewicht auf seiner Brust spürte. Das Kichern eines Kindes, das daran zog, dann ein lauter Schrei und plötzlich Leaf, die reglos auf dem Boden lag und nur noch flach atmete, die er nach Hause bringen wollte, aber nicht konnte, weil andere Arme sich um sie legten. Arme mit feinen roten Härchen – die Lennox Ross gehörten.

Er schüttelte sich und sah zu Skye, die nachdenklich auf ihrer Lippe kaute. »Du solltest mich zu Father Maxwell ins Bergkloster begleiten. Vielleicht weiß er, was man dagegen tut.«

»Wogegen?«, fragte er verwundert und zitterte nun ebenfalls leicht. »Albträume hat doch jeder einmal.« Und zumindest war es dieses Mal nicht der immer wiederkehrende gewesen, in dem ein Schiff im Sturm kenterte und er im dunklen Meer ertrank.

»Gegen die Angst. Und sag jetzt nicht, dass du keine hast. Ich kann es spüren, Artair. Und du auch.«

»Ich hole dir jetzt ein Gewand, damit du aufhörst zu bibbern. Und danach suche ich Leaf.«

»Nicht Rhona?«

Nun wurde Skye ihm beinahe unheimlich. »Wie kommst du jetzt auf Rhona?«

»Nun, gestern Nacht standest du sehr lange vor der Tür zu ihrer Kammer.«

Ihm wurde kalt, als er daran dachte, warum er gestern dort gestanden hatte, nachdem Ninian schon längst wieder fortgeritten war. Und warum er dann doch nicht angeklopft und Rhona gefragt hatte, was er unbedingt erfragen musste.

»Weißt du was«, sagte er langsam, »das Bergkloster ist ein guter Einfall. Vielleicht treffen wir Leaf auf dem Weg dorthin, und du kannst sowieso nie genug von deinen Gesprächen mit Father Maxwell bekommen.«

Skyes Gesicht strahlte vor Freude. »Keine Gespräche, Artair. Seit Jan nicht mehr hier ist, gibt Father Maxwell mir auch echten Unterricht.«

»Umso besser«, befand Artair, verspürte jedoch gleichzeitig ein merkwürdiges Unbehagen. »Worauf warten wir dann noch?«

»Artair, was für eine Freude!«, empfing sie Father Maxwell mit seinem stoischen Lächeln keine zwei Stunden später. Er stand zu Artairs Erstaunen auf der hüfthohen Mauer, die das Kloster umgab, und seine rundliche Gestalt mit dem schütteren Haar und den vielen Falten im Gesicht wirkte dort irgendwie fehl am Platz. Doch Skye schien davon nicht irritiert zu sein, woraus Artair folgerte, dass sie den Cousin ihres Vaters nicht zum ersten Mal dort oben in dieser Haltung vorfand – das Gesicht gen Sonne gerichtet, die Arme nach vorn gestreckt, den rauen, orange verfärbten Berghang des Ben Loyal unterhalb von sich.

»Ja, ist lange her«, nickte Artair und versuchte, das beklemmende Gefühl zu überspielen, das ihm seit seinem Gespräch mit Skye in Leafs Kammer mittlerweile so stark die Brust zusammendrückte, dass er nur flach atmete und am liebsten umgekehrt wäre.

»Das letzte Mal haben wir uns an Rivers Hochzeit vor über einem Jahr gesehen«, stimmte ihm Maxwell zu, während er ihn mit seinen aufgeweckten Augen musterte. »Und davor an Flowers. Heiratet also deine nächste Schwester? Oder verdanke ich deinen Besuch meiner eigenen Person?«

»Sei nicht albern«, kam Skye Artair dankenswerterweise mit einer Antwort zuvor, denn bei der Erwähnung von Leafs Hochzeit wurde sein Mund trocken wie Staub. »Leaf wird niemals heiraten.

Und wenn sie nicht heiratet, werde ich das auch nicht. Falls ich es aber doch vorhätte, wüsstest du es längst, weshalb du auch weißt, dass keine von uns beiden heiratet.«

Artair blinzelte verwirrt. Seit wann sprach Skye denn so schnell und so viel?

Maxwell schien davon jedoch nicht überrascht zu sein, sondern lächelte wissend. »Die Zeit hat noch die eisernste Überzeugung zum Schmelzen gebracht. Man muss nur ein wenig Geduld haben.«

Wohl kaum, dachte Artair, *zumindest nicht bei Leaf*. Denn Leaf war nicht wie Eisen, das man schmelzen und in eine neue Form gießen konnte. Sie war wie ein Fels. Nur veränderbar, wenn man sie gewaltsam zerbrach. Und das würde er niemals zulassen.

»Was macht der Glücksbaum?«, erkundigte sich Skye derweil. »Hat er schon etwas zu dir gesagt?«

Maxwell schüttelte den Kopf. »Bedauere. Er hat noch nicht zu mir gesprochen, aber vielleicht hat er dieses Mal eine Antwort für dich.«

Skye nickte bedächtig. »Es wäre an der Zeit.«

Artair räusperte sich, mehr als erleichtert, dass das Gespräch eine andere Richtung nahm. »Du sprichst mit einem … Baum?«

Skye verdrehte die Augen. »Sag es nicht Leaf. Ich weiß, dass sie nicht daran glaubt. Aber die Glückseiche hier im Kloster ist ein Abkömmling von der Eiche im Dorf. Und na ja … wenn ich mich lang genug an ihren Stamm lehne, finde ich die Antworten auf meine Fragen.« Ihre Stimme wurde leiser. »Zumindest war das so, bevor Vater aufgebrochen ist.«

»Oh«, sagte Artair nur, da er darauf nichts zu erwidern wusste. Denn die Erwähnung von Gregor verstärkte sein Unbehagen derart heftig, dass er sich tatsächlich kurz am hölzernen Tor zum Klostergarten abstützen musste.

»Komm mir nach, wenn du willst. Dem Sohn des Schäfers hat es auch geholfen«, sagte Skye und berührte ihn nachdenklich am Arm, ehe sie kurzerhand über die Mauer stieg und im Klostergarten verschwand.

Artair wurde es trotz des kühlen Windes warm, denn nun war er allein mit Father Maxwell. Jenem Mann, der neben Rhona und Gregor vermutlich als Einziger die Antwort auf die Frage kannte, die er eigentlich gar nicht stellen wollte, hatte der Abt ihn damals doch gemeinsam mit Gregor am Strand gefunden.

»Komm zu mir hoch auf die Mauer, Artair«, sagte Maxwell freundlich und so bestimmt, dass Artair es für einen Moment tatsächlich in Erwägung zog. Doch dann machte er eine abwehrende Handbewegung.

»Danke, nein, ich sollte lieber … nach Leaf sehen. Sie war heute Morgen verschwunden, und ich sollte herausfinden, wo sie ist.«

»Ist das so?«, fragte Father Maxwell und starrte unvermittelt auf Artairs Hals, sodass er erst dadurch bemerkte, wie heftig die Ader dort pochte. »Sie kann sich glücklich schätzen, einen Bruder wie dich zu haben.«

Einen Freund wie mich, wollte Artair ihn verbessern, sagte dann aber nichts, da seine gesamte Stellung innerhalb der Familie darauf beruhte, dass Gregor ihn als seinen Sohn ansah. Die Frage war nur, ob er das tatsächlich auch sein könnte.

Artair schluckte und machte einen Schritt zur Seite. »Ich muss jetzt wirklich los. Rhona sucht bestimmt auch schon nach Leaf, und ich will nicht, dass sie … «

»Rhona war heute Morgen schon hier.«

»Wie das?« Rhona verließ doch sonst kaum die Burg.

Maxwell sah ihn forschend an. »Genau wie du kam sie zu mir, anscheinend ohne Grund, und wollte sich dann sofort wieder verabschieden, kaum dass wir ein paar Worte miteinander gesprochen hatten.«

Artair hätte am liebsten vor Verzweiflung laut gelacht. Konnte es sein, dass Rhona die Antwort auf die gleiche Frage gesucht hatte wie er? Womöglich weil sie nun, da Gregor Clanführer war, Sorge hatte, dass er, Artair, ihrem erst zweieinhalbjährigen Sohn Conall später einmal den Anspruch auf die Führung des Clans streitig machen würde?

Artair atmete langsam aus. Wenn er Maxwell jetzt nach der Wahrheit fragte und herauskäme, dass Gregor tatsächlich sein leiblicher Vater wäre … dann war Leaf seine Schwester. Unabänderlich. Ihm für immer verboten. Doch wenn sie es nicht war, so, wie sie selbst es seit jeher annahm …

»Die Antwort ist: nein.«

»Nein?«, hauchte Artair und bekam eine Gänsehaut unter Father Maxwells durchdringendem Blick. Er hatte doch noch gar nicht gefragt und dennoch eine Antwort bekommen. Wieder musste er sich abstützen, diesmal gegen die Mauer, auf der Maxwell stand. »Nein, zu was?«, vergewisserte er sich schließlich.

»Nein zu der Frage, die jedes Mal in deinen Augen steht, wenn wir uns treffen, und die du doch nie gestellt hast.«

Artair schloss eben jene Augen. Kein Wunder, dass Skye sich so gut mit Maxwell verstand, da dieser offensichtlich in ihm lesen konnte wie in einem offenen Buch. Er kniff die Lider fest zusammen, sein Herzschlag dröhnte in seinen Ohren, dann holte er tief Luft: »Ich bin also nicht Gregors Sohn, ist es das, was du mir gerade sagst?«

Maxwell räusperte sich. »An jenem Tag vor vierzehn Jahren, an dem Gregor und ich dich zum ersten Mal gesehen haben, war da keine Frau, die dich uns übergeben hat, Artair. Keine ehemalige Geliebte von Gregor, und erst recht nicht die verstorbene Frau des Schankwirts, wie Rhona mich heute Morgen mehrmals fragte. Da warst nur du. Der bleiche Junge mit dem Sand im Haar und den Lumpen am Körper, der sich an seine Holzpfeife klammerte, als sei sie eine rettende Planke des Schiffs, von dem der Sturm dich wohl hinabgerissen hat, bevor es in den Fluten versank.«

Ein Schauer lief über Artairs Körper, und er grub seine Fingernägel in das Moos zwischen den grob gehauenen Steinen der Mauer. »Und du bist dir ganz sicher?«, flüsterte er und wusste nicht, ob er nun erleichtert oder enttäuscht war. Dabei hatte er es doch eigentlich geahnt.

Maxwell schwieg einen Augenblick, dann stieg er mit überraschender Behändigkeit von der Mauer und stellte sich vor ihm ins Licht der Sonne. »Wieso sollte ich lügen?«

Artair fielen dafür eine Menge Gründe ein. »Weil du Gregor nicht in Verlegenheit bringen willst«, war einer davon. »Oder weil du ihm schlichtweg zu schweigen versprochen hast.«

»Wenn ich glauben würde, dass du gern Gregors Bastard wärst, könnte ich dir jetzt zustimmen. Aber erstens wäre das eine Lüge, und zweitens glaube ich nicht, dass du diese Vorstellung tröstlich fändest.«

Maxwell zog eine Augenbraue hoch, so, als erwarte er eine Bestätigung. Artair hingegen bemühte sich um Fassung und rieb seine schweißnassen Hände aneinander. »Ich weiß nicht. Ich habe mir immer gewünscht, meine Eltern zu kennen.«

»Nein«, widersprach Maxwell. »Ich glaube, du hast dich immer davor gefürchtet, deine Eltern zu kennen. Sonst hätten wir dieses Gespräch nicht erst jetzt.«

Artairs Hand wanderte zu der Holzpfeife an seinem Hals. »Ich bin also wirklich und ohne jeden Zweifel kein MacKay.« Seine Stimme klang hohl. »Nicht Gregors Sohn.«

Maxwell nickte, und Artair fühlte sich für einen Augenblick, als ob er sein Zuhause ein zweites Mal verloren hätte. Er war also tatsächlich ein Mann, der den Namen MacKay nur aus Mitgefühl tragen durfte. Der nur ein aufgenommenes Kind der Familie war, die ihn großgezogen hatte.

Begleitet von einem dumpfen Ziehen in seinem Bauch rieb er sich mit den Händen über die Schläfen. Immerhin behielt Ninian jetzt nicht recht. Gregor hatte ihm die Verantwortung für die Burg also nicht wegen seiner Schuldgefühle ihm gegenüber übertragen, sondern wegen seines Könnens. Und trotzdem … ein Bastard konnte er immer noch sein, wenn auch der eines anderen Mannes. Ein ungewolltes Kind. Vielleicht von einem Gaukler? Das würde immerhin die flötenförmige Holzpfeife erklären. Oder auch nicht, denn er konnte sie ja genauso gut gestohlen haben. Aber wie kam ein diebisches Kind auf ein Schiff?

»Fragen wie diese«, sagte Maxwell, als könne er in seinen Kopf sehen, »meinte Skye vorhin, als sie sagte, du könntest wie sie mit dem Glücksbaum sprechen.«

Artair schnaubte. »Niemand weiß, wer ich bin. Was soll eine Eiche daran ändern?«

Maxwell legte eine Hand auf seine Brust, auf der ein Marienkäfer gelandet war, und ließ ihn auf seinen Finger krabbeln. »Weißt du, Artair, vielleicht ist die Frage nicht die, wo wir herkommen, sondern die, wo wir hinwollen.«

Schlagartig sah Artair darauf wieder vor sich, wie er mit Leaf gemeinsam im Wald um die Wette ritt und lachte, und seine Brust wurde eng. »Nicht jeder kann hingehen, wo er hinwill.« Er deutete auf den Marienkäfer. »Er hier wird es nie bis zum Ozean schaffen.«

Maxwell lächelte. »Es sei denn, er landet das nächste Mal nicht auf mir, sondern auf den Flügeln einer Möwe.«

KAPITEL 5

Als Leaf nach der Unterredung mit Graham den Rosengarten betrat, entdeckte sie zwar eine Gestalt unter der knorrigen Esche, die inmitten der Beete ihre herbstlichen Äste gen Himmel reckte, doch diese Gestalt war nicht Artair. Sofort machte sie kehrt, aber es war zu spät. Ihre Mutter hatte sie bereits gesehen.

»Leaf, nicht so schnell. Komm bitte zu mir.«

Leaf seufzte, während ihr der Duft der verblühenden Rosen, die sich am Torbogen über ihr emporrankten, in die Nase stieg. Sie sollte Nein sagen, sich umdrehen und gehen, denn mochte sie ihrer eigenen Meinung nach auch noch so gute Gründe für ihre Handlungen haben, endeten die Gespräche mit ihrer Mutter doch stets damit, dass sie alles falsch machte. Deshalb wäre es besser, wenn sie jetzt mit erhobenem Kopf zurück in den Burghof ginge, ihr Pferd aus dem Stall holte und Artair im Wald suchte. Denn da Graham sie nun unterstützte, musste sie unbedingt noch einmal in Ruhe mit Artair sprechen. Sie brauchte ihn an ihrer Seite und musste seine Zweifel daher nicht wie gestern aufgebracht, sondern überlegt entkräften. Nur, wo konnte er noch stecken, nachdem er weder im Dorf, in der Burg noch auf dem Wehrgang oder im Burggarten zu finden gewesen war?

»Leaf MacKay! Auch wenn es sich wie eine Bitte angehört hat, war es keine. Ich muss mit dir reden.«

Der schärfere Ton ihrer Mutter brachte Leaf zurück in den Rosengarten. Rhona und sie hatten nicht viel gemeinsam. Rhona liebte Regeln und Anstand, sie nicht. Rhona zog sich an wie eine Lady und verhielt sich auch wie eine, sie nicht. Rhona brauchte immerzu Gesellschaft, und sei es nur die von Leafs zweieinhalbjährigem Bruder Conall, während sie es liebte, allein zu sein. Nur eins hatten sie gemeinsam: Wenn Rhona ernstlich wütend war, zeigte sie für einen Augenblick ein Feuer, wie es beständig in Leafs Innerem brannte. Nie fühlte sie sich ihrer Mutter näher als in diesen Momenten. Bis erneut die bekannten Vorwürfe kamen.

»Ich muss dich warnen«, sagte Leaf und wandte sich nun doch zu ihrer Mutter um, die mit Conall auf dem Arm entschiedenen Schrittes auf sie zukam. »Ich habe meine Blutung.« Ihre Mundwinkel zuckten, und für einen Augenblick gewann der kleine Teufel in ihr die Oberhand. »Ich bin heute also unberechenbar.«

»Du bist immer unberechenbar, Leaf«, lautete die prompte Antwort ihrer Mutter, und dieses Mal klang Rhona beinahe wie die Anführerin einer Kampftruppe. Entschlossen. Erbarmungslos. Als duldete sie keinen Widerspruch. »Nur auf eines kann man sich bei dir ganz sicher verlassen.« Rhonas missbilligender Blick wanderte von ihrem schwarzen Leinenhemd über ihre dunkle Hose bis hin zu den ledernen Stiefeln. »In ein Kleid bekomme ich dich nicht.«

Leaf deutete einen spöttischen Knicks an. »Nichts ist bemerkenswerter, als wenn jemand der Wahrheit unmittelbar ins Auge blickt.«

»Leaf hat Dreck am Bein, Leaf hat Dreck am Bein!« Conall strampelte auf Rhonas Arm, woraufhin sie ihn absetzte und ihm über seine braunen Haare strich. »Aye, Conall. Leaf sollte ihre Hose wieder einmal waschen.«

»Nur wird sie dafür viel zu schnell wieder dreckig, stimmt's, Conall?«, fragte Leaf und ging zwinkernd vor ihrem Bruder in die Knie. Der versteckte sich jedoch hinter Rhonas Rock.

»Das ist nur deine Schwester, Conall«, sagte Rhona und schob ihn wieder nach vorn. »Sie bellt zwar oft, aber sie beißt nie.«

Sofort stellten sich die Härchen auf Leafs Arm auf. In ihrem Kopf hörte sie wieder das Knurren des Hundes, fühlte wieder die ihr nun fast schon vertraute Beklemmung. Ihr Blick wanderte über den Kräutergarten hinweg zu dem Küchengebäude, das an den Rosengarten grenzte. Wie wäre ihr Leben wohl verlaufen, wenn sie vor nunmehr zwölf Jahren nicht allein dort hineingegangen wäre?

Entschlossen krempelte sie ihr Leinenhemd hoch und hielt Conall ihren Unterarm hin, an dem die zwei punktförmigen Bissnarben deutlich zu sehen waren. »Siehst du das?«, fragte sie mit weicher Stimme.

Ihr Bruder kam nun wieder näher und beäugte unsicher die zwei verblassten Stellen. »Hast du da Aua gemacht?«

»Aye«, sagte Leaf und drückte behutsam die Hand ihres Bruders. »Da habe ich Aua gemacht. Denn man weiß nie, wann das Leben bellt und wann es beißt. Daher sollte man seine Zeit auch nur mit wichtigen Dingen verbringen, und nicht mit dem Waschen von Hosen.«

Conall antwortete darauf nichts, sondern sah sie nur mit großen Augen an: »Spielen wir jetzt wieder Holzpferd?«

Doch Leaf schüttelte den Kopf, denn heute war ihr gewiss nicht danach, eine Fehde mit ihrem Bruder nachzustellen. »Ein anderes Mal«, versprach sie daher.

»Wann denn?«

Leaf lachte. »Du bist ja genauso ungeduldig wie ich.«

»Gott bewahre«, keuchte ihre Mutter und bedeutete Conall, dass er schon einmal zurück zur Esche gehen sollte, unter der sein Spielzeug im Gras lag. Was er nach lautem Protest erst tat, als sie ihm zur Belohnung einen weiteren Honigkuchen versprach.

»Wirklich, genau wie du«, sagte ihre Mutter kopfschüttelnd.

»Was ist daran denn so falsch?«, fragte Leaf, und plötzlich ergriff eine altbekannte, meist gut verborgene Enttäuschung wieder von ihr Besitz. »Ist doch gut für ihn, dass er sich noch ein Stück Kuchen erkämpft hat.«

»Aye, für ihn mag das gelten. Er wird schließlich ein Mann.«

»Aye, stimmt«, höhnte Leaf. »Als Mann ist die Welt ja plötzlich eine andere.«

Rhona schüttelte den Kopf. »Du raubst mir die letzte Kraft. Womit habe ich das verdient?«

Sogleich erhob sich Leaf und zog den Ärmel ihres Leinenhemds wieder hinab. »Du glaubst mir eben nicht, wenn ich dir etwas sage.« *Genau wie damals.*

Rhona schien die Anspielung nicht zu verstehen, sondern zupfte nur einen zerbrochenen Strohhalm von Leafs Leinenhemd. »Wie soll ich dir auch glauben, wenn du mir nichts erzählst. Wo etwa kommt dieser Strohhalm her? Hast du dich wieder einmal im Pferdestall gewälzt? Mit Artair?«

Niedergeschlagen schüttelte Leaf den Kopf. Es war kein Geheimnis, dass ihre Mutter Artair nicht leiden konnte. Zumal dieser bereit war, jeden Unfug mit ihr zu machen, der ihnen einfiel. Aber dieses Mal war es ein anderer Mann gewesen, dem sie den Dreck auf ihrer Hose und den Strohhalm auf ihrer Kleidung verdankte. »Nein, das lag wohl an Grey.«

»Grey?«, erkundigte sich Rhona in einem Tonfall, der nicht einmal ansatzweise versuchte, ihre Missbilligung zu verbergen.

Leaf zuckte mit den Schultern. »Es war eine denkwürdige Begegnung.« Und das war es wirklich gewesen. Denn seit sie die Schmiede verlassen hatte, suchte sie zwar nach Artair, gleichzeitig ging ihr aber Grey nicht mehr aus dem Kopf. Und seine unverblümte Äußerung, dass er mit ihr schlafen wollte. Zwar wollte sie nicht im Arm gehalten werden, brauchte keinen Mann, der sie beschützte. Aber seine Hand auf ihrem Oberschenkel und sein eindringlicher Blick hatten eine Sehnsucht in ihr geweckt. Eine gefährliche Sehnsucht, die sie auf keinen Fall vergessen lassen durfte, ihn auf seine Loyalität gegenüber den MacKays zu prüfen.

»… dich fernhalten. Leaf, hörst du mir überhaupt zu?«, drang die Stimme ihrer Mutter auf einmal zu ihr durch, und sie antwortete wahrheitsgemäß: »Nein.«

»Wo ist nur Artair?«, fragte Rhona und raufte sich die Haare. Wenn ihre Mutter nicht nur die Gewalt über ihre Stimme verlor, sondern ihre Wut sich auch in ihren Gesten zeigte, wirkte sie für einen Augenblick wie befreit. Und nicht wie die sittsame Ehefrau und Mutter, die immer nur nach den Regeln der Gesellschaft lebte.

»Folgt er dir etwa nicht mehr wie ein Schatten?«

»Du wünschst dir Artair als meinen Begleiter?« Nun wurde Leaf hellhörig.

Rhonas Lippen wurden schmal, vom Burghof erklang das Geschrei eines Huhns, gefolgt von einem unflätigen Fluch der Köchin Wynda.

»Kann sich denn niemand mehr benehmen?«, zischte Rhona, bevor sie kurz zum Himmel sah und dann wieder zu Leaf. »Ich … ich war wohl etwas zu hart zu Artair in den letzten … Jahren.«

»Was du nicht sagst«, antwortete Leaf trocken. Sie erinnerte sich noch genau daran, wie oft Artair im Pferdestall geschlafen hatte, weil Rhona ihn nicht im Inneren der Burg haben wollte. Wie gern er an Jans Unterricht teilgenommen hätte, es aber nicht gedurft hatte. Wie oft er versucht hatte, Rhona einen Gefallen zu tun, meistens jedoch nicht einmal ein Lächeln dafür bekommen hatte. Aber vielleicht waren er und sie genau deshalb so gute Freunde geworden. Weil sie beide Rhona niemals glücklich machten.

»Jedenfalls«, sagte Rhona, »freut es mich, dass ihr zwei euch so gut versteht.«

Leaf traute ihren Ohren nicht, und eine seltsame Kälte erfasste sie. »Bist du etwa krank?«

Rhona schüttelte den Kopf. Sie wirkte nun wieder ruhiger, gefasster, wenn auch nicht weniger angespannt. »Ich habe nachgedacht. Über … vieles. Über Wege, Möglichkeiten. Über deinen Vater.«

»Was hat mein Vater denn damit zu tun?«, platzte es aus Leaf heraus, und sie kniff die Augen zusammen. »Hast du etwas von ihm gehört?« *Etwa von Ninian?* Dabei war dieser nach ihrer klaren Ansage gestern nicht einmal mehr zum Abendessen geblieben.

Rhona blickte noch einmal über ihre Schulter, wo Conall mit seinem Holzpferd die Rosenbeete entlanggaloppierte, dann legte sie ihrer Tochter die Hand auf die Schulter. »Ich weiß es, Leaf.«

Du darfst niemals ausschließen, dass der andere dir sein Wissen nur vorspielt, erinnerte sie sich, während ihr Puls sich beschleunigte. Sie nahm die Hand ihrer Mutter von der Schulter. »Du weißt was? Und von wem?«

Rhona strich sich eine glatte, ergrauende Strähne hinter das Ohr. »Tevin hat gestern mitbekommen, was Ninian zu dir und Artair gesagt hat. Er wollte gerade die Pferde auf die Koppel bringen, ist dann aber schnell wieder gegangen, weil er euch nicht belauschen wollte.«

Leaf presste ihre Zähne fest aufeinander. Tevin also. Sie wusste schon lang, dass er eine Gefahr war, da er trotz seiner aufgeschlossenen Art und seines guten Herzens viel zu einfältig und gutgläubig handelte. Und immer auf der Seite ihrer Mutter war.

»Tevin würde dir alles sagen, damit du glücklich bist«, konterte Leaf. »Er vergöttert dich.«

Ein sanftes Lächeln trat auf Rhonas Gesicht. »Er ist ja auch ein goldiger Junge, und mittlerweile spricht er sogar ganz annehmbar mit mir.« Dann zog sie die Augenbrauen zusammen. »Auch wenn ich mir gewünscht hätte, dass du mir die Nachricht selbst überbracht hättest.«

Leaf zupfte beiläufig eines der verdorrenden Rosenblätter von den Ranken entlang des Torbogens. »Es gab nichts zu sagen. Und das gibt es immer noch nicht.«

Sie machte Anstalten, sich abzuwenden, doch ihre Mutter hielt sie am Arm fest. »Zu einer Ehe zwischen dir und Lennox Ross ist ganz sicher etwas zu sagen.«

Leaf befreite sich mühelos aus dem Griff ihrer Mutter und funkelte sie an. »Wozu? Damit du fortan stündlich auf mich einredest, wie glücklich ich doch sein werde, wenn ich zum Besitz unseres Feinds geworden bin? Damit du mich zwingst, mein Hochzeitskleid zu nähen, wie eine Verurteilte, die sich ihren eigenen Strick drehen soll?« Sie lachte und spürte dabei die Angst, die allein die Vorstellung in ihr auslöste. »Nein danke, da suche ich lieber nach Artair.«

»Das solltest du auch«, sagte ihre Mutter ruhig. »Unter den gegebenen Umständen sollte er besser in deiner Nähe bleiben.«

Leaf zog die Augenbrauen hoch. Bekam sie diesmal nicht zu hören: *Leaf MacKay, eine Lady tut, was von ihr verlangt wird?* Was war nur mit ihrer Mutter los?

»Weißt du«, fuhr diese mit grimmiger Miene fort, »es war schon schlimm genug, als dein Vater River mit Morgan verheiratet hat. Denn er war ein Fremder für uns alle, der River offensichtlich nicht geliebt hat. Zum Glück sind sie doch noch miteinander glücklich geworden, aber dich an unseren erklärten Feind zu verheiraten, der die MacKays offensichtlich hasst? Ich glaube, Gregor hat den Verstand verloren!«

»Das kannst du laut sagen«, stimmte Leaf vorbehaltlos zu. »Nur seit wann denkst du so? Du tust doch sonst immer, was Vater will.«

Rhona fuhr sich unwillig mit der Hand über den Mund. »Darum geht es jetzt doch nicht.«

Leaf lachte auf. »Rhona MacKay, versuchst du gerade etwa, einem Gespräch über deine Ehe zu entgehen?«

Kurz zuckten die Mundwinkel ihrer Mutter. »Oh, es gibt einiges, was ich über meine Ehe sagen könnte. Aber nicht zu meiner Tochter.«

Leaf musterte ihre Mutter aufmerksam. Wenn sie es sich genauer überlegte, war dies wirklich das erste Mal, dass ihre Mutter sich gegen ihren Vater stellte? Beharrte sie nicht öfter darauf, dass auch er einmal die Verantwortung für Conall übernahm? Schrieb sie nicht Gedichte, auch wenn diese sinnfrei waren, anstatt Gregors Kleidung zu besticken?

»Du bist unglücklich«, stellte Leaf mitfühlend fest. »Die Ehe macht dich unglücklich.«

Rhona kräuselte die Lippen. »Meine Ehe hat eine lange Geschichte.«

»Erzähl sie mir«, bat Leaf und wurde sich nicht zum ersten Mal bewusst, wie wenig sie eigentlich über ihre Eltern wusste. »Wann habt ihr geheiratet? Kurz vor Flowers Geburt? Und aus welchem Grund?«

»Keine Chance, Leaf.«

»Also reden wir wieder nicht miteinander«, sagte Leaf leise. Dabei würde sie ihrer Mutter gern helfen, wenn sie könnte und sie besser verstünde.

Rhonas Blick wurde weicher. »Doch, wir reden, aber über dich. Denn ich will nicht, dass du in deiner Ehe unglücklich wirst.«

»Danke, Mutter«, sagte Leaf und fühlte sich plötzlich ungewohnt bewegt. »Aber da musst du dir keine Sorgen machen, denn ich werde nicht heiraten, auch wenn Vater es verlangt. Und zwar weder Lennox Ross noch sonst wen.«

Rhona hob einen Zeigefinger. »Und wie du heiraten wirst, Leaf MacKay. Aber einen guten Lord. Vielleicht einen MacDonald, das sage ich deinem Vater schon lange, dass ein MacDonald eine gute Sache wäre.«

Leaf glaubte, ihren Ohren nicht zu trauen, und der kurze Moment der Nähe war erneut verflogen. Natürlich hatte ihre Mutter ihre Meinung nicht wirklich geändert. »Ich verspreche dir, dass auch das nicht geschehen wird.« Sie legte den Kopf schief, und ihre Stimme klang bitter. »Soll ich deswegen also besser gleich nicht zum Abendessen erscheinen?«

Rhona atmete kurz hörbar ein, dann schüttelte sie sich leicht. »Nein. Du sollst Artair suchen. Und ihm sagen, dass wir aufbrechen. Flower hat geschrieben. River ist bei ihr zu Besuch auf Castle Girnigoe, und sie und ihr Mann fragen an, ob wir nicht ebenfalls kommen wollen. Dort können wir in Ruhe überlegen, was zu tun ist.«

»Ich weiß ganz genau, was zu tun ist«, schnaubte Leaf. »Und das ist, nicht zu fliehen! Castle Varrich ist mein Zuhause, und wir können die Menschen hier nicht ungeschützt zurücklassen.«

»Aber für die Menschen hier besteht doch keine Gefahr. Und deine Schwestern würden sich freuen, uns zu sehen!«

»Doch, es besteht Gefahr«, sagte Leaf und biss sich sogleich auf die Lippe, da sie ihre Mutter eigentlich nicht hatte beunruhigen wollen.

»Wie meinst du das?«, fragte diese irritiert.

Leaf stieß einen tiefen Seufzer aus, dann sagte sie: »Vonseiten der Ross ist diese Ehe nichts anderes als eine Täuschung, Mutter. Cailan hat mir im Sommer erzählt, dass Clan Ross schon früher einmal den Clanführer eines verfeindeten Clans mit einer geplanten Eheschließung in Sicherheit gewogen hat, nur um seine Familie hintenherum heimtückisch als Geiseln nehmen zu können.«

Rhona wurde darauf so bleich wie eine gekalkte Wand. »Ist deinem Vater das bewusst?«

»Eigentlich schon«, sagte Leaf. Zumal ihr Vater bei Achfary Castle doch auch die Spuren der Verwüstung sehen musste, die Clan Ross dort als eindeutiges Mahnmal für seine Grausamkeit hinterlassen hatte: die abgebrannten Katen, die hungernden Kinder, die verwundeten Greise. »Aber du weißt, wie er ist, wenn es um Ehen geht.«

»Aye«, murmelte Rhona. »Er ist dann blind wie ein Neugeborenes. Nun, unter diesen Umständen müssen wir hier wohl erst recht fort.«

»Nein«, sagte Leaf und sah zu der Burgmauer, die auch im Rosengarten schon einige Risse bekam, die der Efeu von außen jedoch noch friedlich verdeckte. Sie schüttelte sich und versuchte, nicht an die zusätzlichen Gefahren zu denken, die womöglich zu diesem Zeitpunkt bereits im Verborgenen lauerten. »Ohne Geleitschutz zu reisen, wäre unklug. Zumal wir auch eine Verantwortung gegenüber den Menschen hier haben. Wenn du meine Schwestern sehen willst, sollen sie herkommen. Und zwar mitsamt einiger kampffähiger Männer, denn wir brauchen dringend mehr Wachen.«

»Auf keinen Fall! Flower ist hochschwanger und sollte nicht reiten. Und die arme River hat doch gerade erst ihre Rückreise vom Kontinent hinter sich, ganz zu schweigen von ihren Kindern.«

»Dann geh eben allein nach Castle Girnigoe«, gab Leaf kurz angebunden zurück. »Aber schicke mir Kämpfer. Artair und ich können die Schutzbefohlenen der MacKays besser verteidigen, wenn wir mehr als eine Handvoll sind. Ja?«

Dass ihre Mutter nicht widersprach, war wohl das größte Zugeständnis, das sie von ihr bekommen konnte. Nichtsdestotrotz wollte sie zusätzlich noch einen Brief an ihre Schwestern schreiben, den sie Flowers Boten mitgeben würde – unabhängig von ihrer Mutter, die, sie konnte es noch immer nicht fassen, die Dorfbewohner im Stich lassen wollte. Sie warf Rhona einen letzten abschätzigen Blick zu, dann wandte sie sich ab und hastete mit langen Schritten in den Burghof.

»Leaf, warte, eine Lady rennt doch nicht! Bleib stehen!«, rief ihr Rhona hinterher, worauf sich Leaf noch einmal zu ihr umdrehte.

»Eine Lady rennt vor allem nicht vor etwas davon, Mutter. Aber genau das hast du vor.«

KAPITEL 6

Zu sagen, dass Artair nie verstanden hätte, warum Flower die Weiden von Ribigill so liebte, wäre gelogen. Die leicht abfallende Wiese, die im Sommer von Blumen übersät war, die Hochlandrinder, die friedlich in der Nähe des tiefblauen Sees Loch Hakel grasten, der Blick auf die schneebedeckten Gipfel von Ben Hope und Ben Loyal, von denen sie gerade zurückkamen. Die Weiden waren ein bezaubernder Flecken Erde, dessen Anblick ihn berührte. Und dennoch wollte er heute hier mit Skye keine Rast machen. Nicht nach dem, was er kurz zuvor im Bergkloster erfahren hatte.

»Es muss auch nicht lang sein«, bat Skye, sah ihn mit ihren grauen Augen sehnsuchtsvoll an und hielt dabei den Beutel hoch, den Father Maxwell ihnen mitgegeben hatte. »Hier schmeckt es auch viel besser.«

Artair blickte über sie hinweg auf den Weg, der zurück nach Castle Varrich führte. Er wusste immer noch nicht, wo Leaf steckte. Aber das musste er auch nicht, da er nicht ernsthaft glaubte, dass ihnen seitens der Ross Gefahr drohte. Trotzdem wünschte er sich nichts mehr, als dass sie jetzt hier wäre. Zwar würde er ihr nicht von seinem Gespräch mit Father Maxwell erzählen, da Leaf ohnehin von keiner engen Blutsverwandtschaft zwischen ihnen ausging. Vielmehr wollte er sie einfach in seiner Nähe haben. Und sich wieder mit ihr aussöhnen.

»Sieh nur, wie groß Fionas Kalb geworden ist!«, sagte Skye da, als sich ihnen ein Hochlandrind näherte und sie abwartend anstarrte. »Na du, willst du auch von unserem Essen kosten?«

Artair verdrehte die Augen, gab dann aber schließlich Skyes Wunsch nach. »Du weißt schon, dass Flower nicht da ist und du sie nicht beeindrucken kannst, indem du unser Mittagessen an ihr Lieblingskalb verfütterst?«

Skye warf ihm einen verständnislosen Blick zu. »Flower wird es trotzdem merken.« Im nächsten Moment näherte sie sich vorsichtig dem zotteligen Tier, das daraufhin seinen Kopf zu der Wiesenhütte wandte, neben der in dem umgrenzten Stück Weide zurzeit keine erkrankten oder verletzten Rinder standen. Dann muhte es einmal und trottete, noch ehe Skye es erreicht hatte, wieder davon.

»Großartig«, murmelte Skye und ließ sich vor dem Zaun ins Gras sinken. »Flower wäre das bestimmt nicht passiert.«

Artair gab sich erneut einen Ruck und ließ sich neben seiner jüngsten Ziehschwester nieder. »Vielleicht hättest du den Apfel aus dem Beutel holen sollen, damit das Rind ihn sieht.«

»Das Rind heißt Fionella«, verbesserte Skye ihn, holte den Apfel hervor und biss selbst hinein.

Fionella, dachte Artair, in Anlehnung an seine Mutter Fiona. Wie hatte seine eigene Mutter wohl geheißen? Würde ihr der Name gefallen, den Gregor ihm gegeben hatte? Oder wäre er ihr vollkommen gleichgültig, weil sie ihn ohnehin nicht vermisste oder längst tot war?

Er zog seine Beine näher an den Oberkörper. Artair bedeutete Bär. Gregor hatte ihm einmal erzählt, dass er ihn so genannt hatte, weil Rhona Namen mochte, die von der Natur inspiriert waren. Doch Rhona war nur erbost darüber gewesen, und er hatte eins verstanden: Bär passte zu ihm, weil er in seinem Leben ein sehr dickes Fell brauchte. Ein noch viel dickeres, als es die Hochlandrinder auf der Weide vor ihnen hatten.

»… meine Wachstafel mitnehmen sollen«, drang Skyes leise Stimme an sein Ohr. »Siehst du, wie dieses Rind da immer wieder seine Zunge ins Nasenloch steckt? Das hätte ich festhalten sollen.«

»Du kannst dir den Anblick doch merken«, entgegnete Artair und atmete tief den frischen Duft des Grases ein, der eine beruhigende Wirkung auf ihn hatte.

Doch Skye schüttelte nur langsam den Kopf. »Father Maxwell sagt, dass unsere Erinnerungen unsere eigenen Lügen sind. Oft sind sie schöner, als sie waren, oder schlimmer. Selten sind sie echt.«

»Zeichnest du deshalb so gern? Weil du den Moment festhalten willst?«, wollte Artair wissen und dachte unvermittelt daran, wie er Leaf gestern in der Höhle zu Übungszwecken angegriffen und sie in seinem Arm gehalten hatte. Wie er ihren Geruch nach regenfrischer Erde eingeatmet und die Knochen ihrer Wirbelsäule, die gegen seine Brust drückten, gespürt hatte. Und wie er abends dann doch ein Pferdehaar in seine Wunde gelegt hatte, um sie als Erinnerung an diesen Tag zu behalten.

»Aye, das ist der eine Grund«, antwortete Skye. »Der andere ist, dass ich auf meinen Bildern die Wirklichkeit verändern kann. Beinahe so, als hätte ich magische Kräfte. Wünschst du dir das nicht auch manchmal?«

»Gott, nein«, wehrte er rasch ab. »Und du solltest das niemals zu laut sagen, nicht, dass man dich am Ende noch für eine Hexe hält.« Im nächsten Moment spürte er einen Arm um seinen Hals, der seinen Oberkörper hart gegen den Zaun in seinem Rücken presste und ihm für einen Augenblick den Atmen raubte.

Sofort drehte er den Kopf zur Seite und zog den Arm des Angreifers mit voller Kraft nach unten, während Skye neben ihm ein entsetztes »Leaf, hör auf!« von sich gab. Als Leaf daraufhin leise aufstöhnte, lockerte Artair sogleich seinen Griff, ließ ihren Arm aber nicht los, weil er wusste, dass sie ihn sonst erneut angreifen würde.

»Wir haben jetzt zwei Möglichkeiten«, sagte er gepresst. »Entweder du gibst auf, oder Skye steigt über den Zaun und kitzelt dich zu Tode.«

Ein belustigter Ausdruck trat in Skyes Augen, doch sie zögerte. »Tut mir leid, Artair, aber ich habe mehr Angst vor Leaf als vor dir.«

Leafs Lachen erklang, und irgendwie schaffte sie es, ihn mit ihrer freien Hand unterhalb der Achsel zu kitzeln. »Meinst du etwa so?«

Er lachte, dann ließ er Leafs Arm los und rückte gleichzeitig aus ihrer Reichweite. »Na gut«, schmunzelte er und hob die Arme. »Ich werte das als gerechte Rache für meinen Überfall in der Höhle, Wildfang.«

Er blickte in Leafs Augen, die kurz in dem schönsten Braun glänzten, das er je gesehen hatte, und hoffte, dass sie den gestrigen Streit vergessen haben könnte. Doch dann wurde ihre Miene wieder finster. »Das war das letzte Mal, dass ihr mit dem Rücken an einem Zaun gesessen seid, versprochen?« Ihr Blick wanderte zu Skye. »In Zeiten wie diesen musst du immer sicher sein können, dass niemand hinter dir ist.«

Skye zögerte einen Moment, dann wies sie mit der Hand zu der Wiesenhütte hinüber. »Wenn ich mich dort angelehnt hätte, hätte ich eine Wand hinter mir gehabt. Aber wer sagt mir, dass du dann nicht vom Dach auf uns hinabgesprungen wärst?«

Leaf lachte kurz und strubbelte Skye durch die Haare. »Das sind genau die richtigen Gedanken, kleine Schwester.«

Skyes Augen funkelten. »Von wegen klein. Ich bin beinahe so groß wie du, Leaf.«

»Dann bin ich beinahe so groß wie Artair«, neckte Leaf und ließ sich zögernd neben ihm im Gras nieder. »Es fehlt kaum noch eine Ellenlänge.«

»Mehr als eine Ellenlänge«, erwiderte Artair und bemühte sich um einen unbeschwerten Tonfall.

»In deinen Träumen vielleicht«, erwiderte Leaf keck, aber nicht mit dem gewohnten Schalk in den Augen.

»Gott bewahre, dass ich auch noch von dir träume«, log er und rieb sich über seinen Hals. »Du plagst mich bei Tageslicht schon genug.«

Leafs Gesichtsausdruck zeigte deutlich, dass sie das als Kompliment auffasste. Doch dann dachte er wieder an all das Unausgesprochene zwischen ihnen und fragte: »Wo warst du überhaupt, Wildfang? Hast du Fallen für den Wolf gelegt?«

Leaf ließ sich neben ihm in den Schneidersitz nieder und blickte nachdenklich auf die Hochlandrinder. »Nein, aber das muss wohl getan werden, bevor noch ein Rind verletzt wird.«

Skye legte den Kopf schief. »Kann ich mitkommen? Ich habe noch nie einen Wolf gesehen. Und vielleicht ist es ja auch gar kein Wolf, sondern ein Werwolf, der …«

»Es gibt keine Werwölfe«, unterbrach Leaf sie und drückte Skyes Hand. »Und das wird auch kein schöner Anblick, denn wenn er uns in die Falle gegangen ist, müssen wir ihn töten.«

»Oh.« Sofort ließ Skye den Apfel sinken, in den sie gerade hatte beißen wollen. »Warum errichten wir denn nicht einfach einen Zaun um die ganze Weide? Du sagst doch schon seit Jahren, dass die Rinder hier besser geschützt werden müssen, und wer sagt denn, dass nach diesem Wolf nicht der nächste kommt?«

»Da kommt zuvor wohl jemand anderes«, brummte Leaf, verschränkte ihre Finger und ließ sie knacksen, ehe sie zu Artair sagte: »Wir müssen noch einmal reden. Bitte.«

»Vor allem müsst ihr mich einweihen«, warf Skye ein. »Ich sterbe beinahe vor Sorge, wenn ihr mir nichts sagt.«

»Also gut«, sagte Artair und sah zu Leaf, die nach einem Zögern nickte. »Dein Vater hat gestern einen Boten gesendet, mit der Nachricht, dass er Leaf mit Lennox Ross verloben möchte, sobald dieser wieder gesund ist.«

»Was du keiner Menschenseele erzählen darfst, Skye«, warf Leaf ein, während sich Skye vor Schreck die Hand vor den Mund hielt.

»Leaf«, fuhr Artair fort, »befürchtet nun, dass die Hochzeit nur ein Ablenkungsversuch der Ross ist, um Zeit zu gewinnen. Die Zeit, die Lennox braucht, um Castle Varrich zu überfallen und die MacKays gefangen zu nehmen.«

Skyes Augen weiteten sich vor Entsetzen, sodass Artair beruhigend hinzufügte: »Nur macht das überhaupt keinen Sinn, da euer Vater ein kluger Mann ist, der sich nicht so leicht hereinlegen lässt.

Er wird gründlich geprüft haben, dass die Heiratsabsichten der Ross ernst sind.« Was für ihn, Artair, das eigentliche Übel darstellte … einmal abgesehen von Gregors vermaledeitem Auftrag an ihn …

»Ich höre, was du sagst«, meinte nun Leaf und strich sich eine Strähne aus dem Gesicht, die der Wind dorthin getragen hatte. »Aber ich habe noch einmal darüber nachgedacht. Wenn Lennox wirklich Fieber hätte, und zwar ein derart hohes, dass er zwei Wochen lang das Bett hüten muss, kann auch kein Heiler versprechen, dass er es überlebt. Die Ross müssten folglich, wenn sie ehrliche Friedensabsichten hegen, Himmel und Hölle in Bewegung setzen, damit ich augenblicklich nach Achfary Castle komme und die Ehe geschlossen wird, bevor Lennox als Torins einziger lebender Sohn stirbt.«

Artair ließ seine Schultern kreisen. »Vielleicht stellt sich Lennox ja auch quer … weil er ganz bei Verstand sein will, bevor er sich für eine Braut aus dem verfeindeten Clan entscheidet.«

»Nur dass Torin der Clanführer ist und die Entscheidungen für die Ross trifft. Selbst wenn Lennox Zweifel hegt, müsste Torin doch zumindest dafür sorgen, dass ich vor Ort bin, falls sein Sohn seine Meinung ändert.«

»Da hat Leaf recht«, sagte nun Skye. »Und jeder weiß doch, dass Vater, sobald es um Ehen geht, jede Vorsicht fallen lässt, wenn er davon überzeugt ist, dass er dadurch ein gewinnbringendes Bündnis schließen kann.«

»Jetzt fängst du auch noch damit an«, brummte Artair, und seine Nackenhaare stellten sich auf. Denn Skye hatte von allen MacKays die beste Beobachtungsgabe. Wenn nun also auch sie die Sache so wie Leaf betrachtete, durfte er das nicht ignorieren. Zumal er zugeben musste, dass Leaf mit ihren vorherigen Argumenten nicht unrecht hatte …

Skye schlang ihre Arme um ihre Beine. »Ich will nicht, dass uns etwas geschieht.«

Sofort kniff Leaf sie mit einem Grinsen in die Schulter. »Keine Sorge, kleine Schwester. Du glaubst doch nicht ernsthaft, dass ich mir nicht längst überlegt hätte, wie wir uns am besten schützen können?«

Artair hielt für einen Moment den Atem an und musterte Leaf angespannt. Denn bei Leaf gab es nur drei Arten von Einfällen. Einfälle, die ungefährlich waren und Spaß machten, wie die vielen Wettritte, die er gegen sie gewonnen, aber noch öfter verloren hatte. Dann die Einfälle, die ungefährlich waren, aber keinen Spaß machten, zum Beispiel so lange es nur ging, die Luft im eiskalten Wasser anzuhalten. Und dann gab es noch die Einfälle, die so gefährlich waren, dass man besser nicht darüber nachdachte, ob sie Spaß machen würden oder nicht. Und einen solchen Einfall, vermutete er, würde Leaf ihnen nun unterbreiten.

»Erstens schlage ich vor, dass wir Wachposten einrichten«, erklärte sie und sah dabei nicht mehr Skye, sondern ihn an. »Und zwar in engem Kreis um Tongue und Castle Varrich, jeweils bewaffnet mit einem Speer und einem Schild, um sofort Alarm schlagen zu können.«

»Und die Rinder?«, fragte Skye.

Leaf kniff die Lippen zusammen. »Können wir leider mit nicht mehr als zwei Mann bewachen, so gern ich es würde. Dafür haben wir zu wenig Leute. Zumal wir auch noch je zwei reitfähige Dorfbewohner einige Meilen entfernt zu der Brücke nahe Altnaharra sowie zu der Schlucht nahe Loch Hope senden sollten, da Lennox zumindest einen der Orte früher oder später passieren muss, wenn er keinen großen Umweg machen will. Sobald sie in der Ferne etwas sehen, reiten sie, so schnell sie können, zurück zu uns, um uns zu warnen.«

»Das wäre ein gutes Vorgehen«, sagte Artair langsam, »wenn wir uns der Gefahr vollkommen sicher wären, da wir ansonsten nur Menschen von ihrer Arbeit abhalten. Und wenn dein Vater es angewiesen hätte. Was er nicht hat.«

»Aye, er hat es nicht angewiesen«, stimmte Leaf zu. »Aber er hat dir die Führung dieser Burg überlassen, Artair. Weshalb du nun die Entscheidung treffen musst, ob du uns schützen oder Gefahr laufen willst, dass du, Rhona, Conall, Skye und ich entführt werden und unschuldige Dorfbewohner ihr Leben verlieren.«

Artair fröstelte bei diesem Gedanken, antwortete aber nicht. Denn der Entführer, vor dem Leaf am meisten Angst haben musste, war nicht Lennox, sondern er selbst. Zumindest wenn es nach Gregor ging. Denn wenn Leaf sich nach Ablauf der beiden Wochen noch immer der Ehe verweigerte, was sie ohne jeden Zweifel tun würde, hatte er sie nach Achfary Castle zu bringen. Doch das konnte er Leaf auf keinen Fall sagen, bevor er selbst nicht einmal wusste, wie er sich verhalten sollte. Sie würde ansonsten jeder Bewegung von ihm misstrauen, selbst wenn er auf sein Leben schwor, dass er sich offen gegen Gregor stellen würde. Was er jedoch lieber nicht tun würde …

»Die Burgmauer«, fuhr Leaf fort, nachdem er nicht antwortete, »sollten wir auch unbedingt wieder aufbauen. Sie ist im Moment unser schwächster Punkt.«

»Daran arbeite ich bereits«, sagte Artair zögerlich, kam gleichzeitig aber nicht umhin, Leaf für ihre strategisch sinnvollen Vorschläge zu bewundern. Und plötzlich überwog in ihm wieder die Erleichterung, dass er doch nicht mit ihr verwandt war.

»Ich weiß, nur kommst du allein leider nicht schnell genug voran«, erwiderte sie. »Wir brauchen die Unterstützung einiger Männer und Frauen aus dem Dorf. Der Efeu muss nicht nur entfernt, sondern auch samt Wurzel ausgegraben werden. Außerdem brauchen wir einen Graben, den wir mit Kiesel füllen, damit der Efeu nicht zurückkommt und das Regenwasser vor der Mauer besser abfließen und versickern kann. Und wir benötigen mehr Steine, am besten von der eingestürzten Kirche im Dorf, um die Burgmauer zu erhöhen und Vorrichtungen für Bogenschützen anzubringen.«

»Nur haben wir keine Bogenschützen«, warf Artair ein und zog einen Grashalm aus dem Boden, um ihn sich in den Mund zu stecken. Und überhaupt entwickelte sich das Gespräch gerade in eine Richtung, die ihn nur in Verlegenheit bringen konnte.

»Was mich zu meinem nächsten Punkt bringt«, fuhr Leaf ruhig fort. »Waffen. Im Fall eines Angriffs müssen wir alles dafür tun, dass die Ross nicht hinter die Burgmauern gelangen, wo wir uns zusammen mit den Dorfbewohnern verschanzen. Also müssen wir sie mit Pfeilen davon abhalten. Das sehe ich doch richtig, Artair?«

Er schluckte, denn er wusste genau, dass ihr seine ehrliche Meinung wichtig war. Also nahm er den Grashalm wieder aus seinem Mund und warf ihn zur Seite, ehe er langsam sagte: »Aye, innerhalb der Burgmauer ist es am sichersten. Auch wenn Lennox nicht offen angreifen würde, da er mit höchstens einem Dutzend Männern unbemerkt reisen könnte. Er würde also vielmehr versuchen, mit diesen wenigen Männer auf unbemerktem Weg – wie die Geheimgänge in den Kalksteinhöhlen – in die Burg zu kommen.«

»Guter Punkt«, befand Leaf und lächelte. »Also benötigen wir auch dort Wachen. Und jemanden, der auf dem Burgturm Aussicht hält. Von dort überblickt man ein noch weiteres Gebiet und auch den Strand. Die Bogenschützen kämen demnach nur zum Einsatz, sollte Lennox trotzdem einen Frontalangriff wagen.«

»Nur, und da hat Artair recht, haben wir überhaupt keine Bogenschützen«, merkte Skye an. »Geschweige denn Bögen.«

»Richtig«, sagte Leaf. »Mein Vorschlag ist daher, dass ich mit den älteren Menschen aus dem Dorf das Holz für die Bögen sammle und ihnen beibringe, wie man damit schießt. Die jüngeren stehen dagegen Wache oder arbeiten an der Burgmauer.«

»Warte, warte«, unterbrach Artair sie. »Das Ausbessern der Burgmauer und die Wachposten an den genannten Stellen kann ich durchaus vertreten. Aber dass auch die Frauen im Dorf bewaffnet werden? Leaf, wenn dein Vater das erfährt …«

»… wird er hoffentlich erkennen, dass wir das schon längst hätten tun sollen!« Sie atmete heftig ein und aus, hielt sich aber zurück und blieb ruhig. »Wir befinden uns in einer Fehde, und wir müssen handeln wie in einer Fehde. Weshalb du, Skye, auch mit Wynda dafür sorgen solltest, dass wir genug Lebensmittel und Wasservorräte in der Burg haben.«

»Nur wenn ich auch an den Kampfübungen teilnehmen darf«, sagte Skye prompt. »Du hast schon lang nicht mehr mit mir geübt.«

»Natürlich«, sagte Leaf und schien dabei ein schlechtes Gewissen zu haben, denn zuletzt war sie tatsächlich öfter mit ihm ausgeritten, als Zeit mit Skye zu verbringen. Sie sah mit aufgewühltem Blick zu ihm: »Also, Artair? Bist du dabei?«

Artair schloss für einen Augenblick seine Augen, denn Gregor würde ihm nie wieder die Burg überantworten, wenn er das zuließ. »Euch beiden, und ganz besonders dir, Leaf, fehlt es an Vertrauen. Wenn du etwas üben willst, dann das.«

»Vertrauen?«, höhnte Leaf. »Welcher Clan hat je eine Fehde mit Vertrauen gewonnen?«

»Es kommt zu keinem Überfall auf Castle Varrich«, widersprach Artair barsch und blickte zu den Hochlandrindern, die noch immer friedlich grasten. Er atmete langsam aus, mäßigte seinen Ton und wies mit dem Kopf zum herbstlichen Waldrand. »Stell es dir doch so vor wie bei einem Baum. Du bist ein Blatt, das vom Ast auf den Boden hinabfällt. Dabei trägt dich der Wind mal nach rechts, dann wieder nach links, aber am Ende kommst du immer unten an. Genau dort, wohin du aufgebrochen bist.«

»Das Blatt ist nicht aufgebrochen, sondern vom Baum abgefallen«, zischte Leaf. »Und wenn es am Boden ankommt, ist es nicht am Ziel, sondern tot.«

Sie sprang auf und zog Skye mit sich auf die Beine. »Wenn du mir nicht hilfst, treffe ich die notwendigen Maßnahmen eben allein, um uns alle zu schützen. Oder mit den Männern, die Flower uns hoffentlich senden wird.«

»Wir könnten auch Mutters Familie in den Lowlands schreiben«, warf Skye ein. »Vielleicht hilft sie uns.«

»Verbündete zu suchen ist ein guter Einfall.« Leaf nickte Skye anerkennend zu. »Nur werden unsere Verwandten in den Lowlands Vater unterstützen, nicht uns. Genau wie Artair. Stehst du am Ende auf der Seite der Ross, Artair?«

»Jetzt hör schon auf«, brummte Artair und erhob sich ebenfalls. »Nur weil ich nicht bei jedem Unsinn mitmache, bin ich noch lange kein Verräter.«

Leaf trat einen Schritt auf ihn zu und stand nun so nah vor ihm, dass er ihren Atem auf seinem Gesicht spüren konnte. »Es geht hier nicht nur um den Überfall und damit auch dein Wohl«, flüsterte sie so leise, dass nur er es hören konnte. »Vater muss auch verstehen, dass es eine andere Möglichkeit als eine Ehe zwischen mir und Lennox Ross gibt. Dass unser Clan bereit ist für den Kampf.«

Artair senkte den Blick zu Boden, sah erneut das Bild eines rothaarigen Mannes vor sich. Er hatte Torins Sohn zwar noch nie mit eigenen Augen gesehen, da Rhona ihn bei Lennox' letztem Besuch vor vielen Jahren auf den Stallboden des Pferdestalls verbannt hatte, dafür aber von Flower eine sehr genaue Beschreibung von dessen Schwester Bonnie erhalten. Wenn Lennox daher auch nur annähernd so gut aussah wie diese, wollte er Leaf ganz sicher nicht in dessen Armen wissen. Und erst recht nicht, wenn hinter Lennox' anziehendem Äußeren das grausame Ungeheuer lauerte, das bereits viele MacKays getötet hatte.

»Ich bin mir trotzdem nicht sicher, ob das richtig ist«, murmelte er.

»Zum Glück bin ich sicher genug für uns beide«, antwortete Leaf mit beinah flehender Stimme.

»Na gut«, stimmte er schließlich zu, und sein Blick wanderte für einen Augenblick über ihre Sommersprossen zu Leafs Lippen. *Wie gern ich doch Lennox Ross wäre,* dachte er, aber nur kurz, denn dann würde Leaf ihn hassen. So schlug sie ihm immerhin freundschaftlich auf den Arm.

»Dann ist es also beschlossen«, atmete Leaf auf. »Wir beginnen sofort mit den Vorbereitungen.«

»Artair«, meinte Skye. »Warum zittern deine Hände?«

»Tun sie nicht«, sagte er, versteckte sie aber sogleich, indem er seine Arme vor der Brust verschränkte. Leafs Geruch hing ihm noch immer in der Nase, sein Mund war seltsam trocken – zudem war der Tag anstrengend gewesen.

»Ich dachte immer, dass ich euch beide irgendwann verliere, weil ihr heiratet und wegzieht«, hauchte Skye und vergrub ihre Hände in den Stoffbahnen ihres Kleids. »Aber was ist, wenn ich euch verliere, weil ihr sterbt?«

»Niemand stirbt«, sagten er und Leaf zeitgleich, die ihm daraufhin verschmitzt zuzwinkerte, bevor sie fortfuhr. »Dafür werden wir schon sorgen.«

»Und wenn doch?« Skyes Augen glänzten feucht. »Ihr seid alles, was ich habe.«

»Skye«, murmelte Leaf beinahe vorwurfsvoll, doch da schmiegte sich Skye schon in ihre Arme und bat: »Artair, komm zu uns. Ich will euch beide umarmen.«

Er zögerte und sah zu Leaf. Würde sie es zulassen, dass er sie ebenfalls noch umfassen würde?

Sie schien seine Gedanken zu lesen, zögerte kurz, sagte dann aber: »Nun komm schon her. Ich will nicht, dass Skye weinen muss.«

»Ich weine nicht«, schniefte Skye und legte ihren Kopf auffordernd an Artairs Schulter. Hinter ihm ertönte das Muhen einer Hochlandkuh, beinahe so, als fragte sie ihn, warum er untätig verharrte, anstatt Skye und Leaf in den Arm zu nehmen. Dabei war eine Umarmung doch nichts Verwerfliches unter Geschwistern. Nur waren sie eben nicht seine Schwestern.

Schließlich legte er einen Arm um Skye und den anderen vorsichtig um Leaf. Ihr Körper fühlte sich zart und zerbrechlich an, dabei hatte Leaf für eine Frau ungewöhnlich viel Kraft. Er fühlte die Wärme ihres Körpers unter seiner Hand, und beinahe hatte er das Gefühl, dass er sich daran verbrannte. Dass diese sanfte Berührung noch viel tiefer gehend war als die festen Haltegriffe, mit denen er Leaf sonst während ihrer Kampfübungen anfasste.

»Ich liebe euch«, wisperte Skye. »Ihr seid meine Familie. Und wir sollten uns Bilder unter die Haut stechen, damit keiner von uns je vergisst, dass wir drei zusammengehören.«

»Aye, wir gehören zusammen, aber deshalb werden wir uns trotzdem nicht selbst verletzen«, sagte Leaf. Sie sah kurz zu ihm, mit einem Ausdruck in den Augen, den er nicht deuten konnte, und trat dann rasch zwei Schritte zurück. »Ich habe schon genug Narben am Körper.« Sie krempelte den Ärmel ihres Leinenhemds hoch. »Und in nächster Zeit werden wohl noch weitere Verletzungen dazukommen.«

Artair schwieg und sah von Leafs Narben zu ihren blitzenden Augen. Und da wusste er, dass die größte Verletzung, die er wohl davontragen würde, nicht auf seiner Haut, sondern in seinem Herzen sein würde. Aber was konnte er schon tun, außer darauf zu vertrauen, dass diese Wunde nicht zu einer Narbe wurde?

KAPITEL 7

Dass beinahe alle Frauen des Dorfs sich am nächsten Mittag der Gruppe anschlossen, die sich den Kampfübungen widmete, anstatt jener, die an der Burgmauer arbeitete, bestätigte Leaf darin, dass sie richtig entschieden hatten. Die Frauen wollten sich bei Gefahr selbst schützen können und nicht nur darauf vertrauen, dass die Männer diese Aufgabe für sie übernahmen. Und sie würde es ihnen ermöglichen, würde ihnen hier auf dem staubigen Marktplatz geduldig beibringen, wie sie sich mit und ohne Waffen gegen einen Angreifer zur Wehr setzen konnten. Was sie unabhängig von Lennox Ross schon seit Jahren vorgehabt hatte.

»… ist eben weniger anstrengend, als den ganzen Tag Steine zu schleppen.« Greer gähnte und stützte ihren Ellbogen auf die Schulter der alten Moira. »Und du bist auch schneller wieder zurück bei deinem Ale, nicht wahr, Schätzchen?«

Leaf blinzelte und wusste nicht, was sie mehr irritierte. Dass die Heilerin Greer die faltige, grummelige Moira Schätzchen nannte und die Witwe zum Trinken ermutigte, wo doch jeder im Dorf wusste, dass Moira dabei meist die Kontrolle über sich verlor. Oder dass Greer keine Lust auf die Übungen hatte, wo doch gerade sie, die zumindest früher mit jedem anziehenden Mann ins Bett gestiegen war, lernen sollte, wie man sich gegen körperliche Übergriffe verteidigte.

»Das kannst du laut sagen«, knurrte die alte Moira. »Als ich jung war, hätte es das nicht gegeben. Frauen, die kämpfen, ha! Ihr Vater sollte dem jungen Ding mal eine gehörige Tracht Prügel verpassen, dann weiß es vielleicht wieder, was sich gehört.«

»Ihr wisst schon, dass ich euch hören kann.« Leaf warf sich ihren Zopf über die Schulter. Die Frauen wollten ihre Hilfe also nicht? Obwohl sie gut gemeint war und von Herzen kam?

»Was sagt sie da?«, grunzte Moira, legte die Hand an ihr Ohr und beugte den Oberkörper in Leafs Richtung.

»Ich sagte«, wiederholte sie lauter und trat näher vor die Frau, die schon jetzt den sauren Geruch von Ale verströmte, »dass ich dich hören kann. Und du froh über meine Sorge um dich sein solltest.«

Ein raues Lachen brach aus Moiras Kehle, und sie stützte sich auf Greers Arm ab. »Wenn ich genug zu essen habe, bin ich froh. Wenn meine Füße nicht abfrieren und die Läuse mich nicht zwicken, dann geht's mir gut. Aber diese Sorgen kennt Ihr nicht da oben auf Eurem feinen Castle Varrich, was?« Sie deutete mit der Hand zur Burg hinauf, die auf dem Hügel hinter dem Dorf hoch zwischen den Nebelschwaden aufragte. »Wer uns wirklich helfen will, lässt uns in Ruhe, *Mylady*.«

Leaf schluckte einmal und blickte dann in die Runde der Frauen, die sich sonst noch auf dem Marktplatz eingefunden hatten. Da war Lorna, die Frau des Fischers, deren Gesicht grau und übermüdet wirkte. Mhairi, Skyes Freundin, die den Blick gesenkt hielt. Nessa, die immer wieder zur Tür der Schmiede sah, als wäre sie lieber dort, obwohl Graham gerade seine Schicht übernommen hatte. Und noch zwei Dutzend andere Mädchen und Frauen, die sich ähnlich unwohl zu fühlen schienen. Und Skye, die unsicher und entschuldigend mit den Schultern zuckte.

»Nein, so ist es nicht.« Leaf streckte den Rücken durch und ging vor den Frauen auf und ab. »Du magst jetzt noch denken, dass mangelnde Nahrung oder Kälte deine Sorgen sind. Und du lieber in der warmen Stube sitzen würdest.« Sie wies mit der Hand auf die reetgedeckten Katen um sie herum. »Aber nach was sehnst du dich wohl, wenn das hier alles brennt und die Ross-Männer in den Straßen wüten und plündern, so, wie sie es vor der Ermordung meines Onkels nahe Achfary Castle getan haben? Nach einem Krug Ale?«

Sie hörte, wie einige Frauen scharf einatmeten, ging zu der Tochter des Schankwirts und packte sie am Handgelenk. »Befrei deinen Arm aus meinem Griff.«

Mhairi blinzelte mehrmals, versuchte, ihren Arm zurückzuziehen, doch vergebens. Unbehagen trat in ihre Augen, sie warf sich mit mehr Kraft zurück, sodass ihre rotblonden Haare ihr Gesicht umwehten, doch Leaf geriet nicht einmal ins Wanken. »Ist das alles, was du aufzubieten hast?«

Mhairi presste die Lippen zusammen, versuchte es noch einmal. Leaf hatte Mitgefühl mit der jungen Frau, doch mit Mitgefühl würde sie hier niemanden retten. Also trat Leaf näher an Mhairi heran und warf sie kontrolliert über ihre Schulter, sodass diese rücklings auf dem Boden landete. »Autsch«, nuschelte das Mädchen, während Leaf sich breitbeinig auf sie setzte.

»Wenn dir das schon wehtut, hast du keine Ahnung, was Schmerz ist.« Und das stimmte, denn so vorsichtig wie Mhairi hatte Leaf noch nie jemanden zu Boden geworfen, nicht einmal Artair. »Ich könnte dir, so, wie du hier und jetzt vor mir liegst, die Zähne ausschlagen. Oder die Augen ausdrücken. Und du wüsstest nicht, was du dagegen tun kannst.«

Mhairi nickte stumm, und Leafs Stimme wurde lauter. »Weiß irgendeine von euch, was sie dagegen tun könnte?«

»Spucken«, sagte Skye, nachdem alle anderen schwiegen. »Und an erster Stelle nicht zu Boden fallen.«

»Und wie macht ihr das?« Leaf ließ ihren Blick wieder über die Reihe wandern, während sie aufstand und Mhairi wieder auf die Beine half. »Weiß das irgendjemand hier außer Skye?«

»Man tritt dem Bastard in die Eier, jawohl! So mach ich's immer bei meinem Edward!«, rief eine der Frauen.

»Das ist schon einmal gut«, nickte Leaf. »Aber ein erfahrener Kämpfer wird auch damit rechnen. Das allein reicht also nicht aus.«

»Ja, stimmt schon«, nuschelte die Frau. »Ist bei meinem Edward mittlerweile auch so.«

Leaf nickte. »Die bittere Wahrheit ist, gegenüber einem Mann, und erst recht, wenn er ein guter Kämpfer ist, seid ihr grundsätzlich im Nachteil. Ihr seid schwächer und habt weniger Erfahrung. Also ist das Allererste, was ihr im Fall eines unerwarteten Angriffs tut, euch hinter die Burgmauern von Castle Varrich zu flüchten.«

»Na, da wäre ich auch selbst draufgekommen«, brummte Moira.

»Sobald ihr die Wachen Alarm schlagen hört«, überging Leaf ihren Einwand, denn ihr lag das Wohl der Menschen ernsthaft am Herzen, »rennt ihr los, verstanden?«

»Droht uns denn eine solche Gefahr?«, fragte nun Lorna mit einer steilen Falte auf der Stirn.

»Ich fürchte, ja«, sagte Leaf wahrheitsgemäß. »Aber genau deshalb bin ich hier. Um euch vorzubereiten, auf alles, was kommen kann. Heute beginnen wir damit, wie ihr euch von einem Angreifer losreißen könnt, falls ihr es nicht schnell genug in die Burg geschafft habt und euch einer festhält. Später gehen wir dann zum Waldrand und suchen geeignetes Holz für Bögen, mit denen wir das nächste Mal üben werden.« Leaf nickte Mhairi aufmunternd zu. »Aber jetzt halte erst einmal meinen Arm fest.«

Mhairi zögerte kurz. »Wird es arg wehtun?«

Leaf schüttelte den Kopf. »Nein. Das ist eine Übung, dabei verletzen wir den anderen nicht absichtlich.«

Doch Mhairi zögerte. »Mylady, ich möchte trotzdem lieber nicht, ich …«

»Ich tue es.«

Leaf fuhr augenblicklich herum und sah direkt in Greys grüne Augen, unter denen dunkle Schatten lagen. Ein Lächeln umspielte seine Lippen, und Leaf merkte, wie sich ihr Puls bei seinem Anblick unwillkürlich beschleunigte. »Hast du nicht in der Schmiede zu tun?«

Grey nickte. »Aye, aber eine Lady in Not hat Vorrang.«

»Ich bin nicht in Not«, stellte Leaf richtig und blickte zu den Frauen, die Grey allesamt betrachteten. Einige musterten ihn überrascht, andere mit offenkundigem Wohlwollen, während Greer ihn gerade-zu mit den Augen auszog. Dabei hatte die Heilerin doch ein Verhält-nis mit Kerr. »Danke, aber wir kommen hier allein zurecht, Grey.«

Grey trat trotzdem näher an sie heran. »Wenn es Euch gelingt, mich zu Fall zu bringen, wäre das für die Frauen doch die beste und glaubhafteste Veranschaulichung Eurer Worte. Außerdem«, fügte er mit so leiser Stimme hinzu, dass nur sie seine Worte ver-stehen konnte, »habt Ihr doch schon Übung darin, Euch mit mir auf dem Boden zu wälzen.«

Erneut beschleunigte sich Leafs Puls, und sie reckte das Kinn. »Also gut, wir haben einen Freiwilligen«, verkündete sie und stell-te sich mit herausfordernder Miene gegenüber von Grey auf. »Hal-te mich am Handgelenk fest.«

Ein finsterer Ausdruck huschte über sein Gesicht, und ohne sei-ne rußverschmierten Hände zuvor an seiner Hose abzuwischen, umfasste er mit seinen Fingern mühelos ihr Handgelenk. »Noch fester?«, fragte er leise.

Eine bisher nie verspürte Hitze stieg in Leaf auf, doch sie ließ sich nicht beirren, sondern hielt weiterhin seinem Blick stand. »So fest du kannst.«

Greys Mundwinkel zuckten kaum merklich, und im nächsten Augenblick war Leaf sicher, dass kein Blut mehr in ihre Hand floss. Sie unterdrückte ein Keuchen, atmete stattdessen tief in den Bauch hinein und wandte sich wieder an ihre Zuschauerinnen. »Ich zeige euch jetzt, wie es geht. Danach schließt ihr euch zu zweit zusam-men und macht es mir nach.«

»Ich nehme ihn als Partner«, säuselte Greer und klimperte da-bei mit den Augenlidern. Grey beachtete sie jedoch nicht, sondern sah Leaf nach wie vor unverwandt in die Augen.

»Wenn Ihr nachher mit mir ausreitet, lasse ich mich freiwillig fallen.«

Leaf schnaubte. »Wenn du freiwillig fällst, nehme ich den Schmiedehammer und sorge dafür, dass dein Zeigefinger genauso blau wird wie dein Daumen.«

Grey sah kurz auf seinen geschwollenen, blau unterlaufenen Daumen, und ein Schatten huschte über sein Gesicht. »Ich bin kein Mann, der ein Angebot wiederholt, Leaf MacKay.«

Sie legte den Kopf zur Seite. »Bereit zu fallen?«

Er beugte sich etwas näher zu ihr. »Seid Ihr es denn?«

Leafs Nacken prickelte, doch anstatt auf seine Provokationen einzugehen, richtete sie sich wieder an die Frauen. »Grey hält mich gerade mit seiner linken Hand fest. Ihr müsst immer schauen, in welche Richtung der Daumen des Angreifers zeigt, denn das entscheidet darüber, in welche Richtung ihr die Hand bieg…«

Ehe sie verstand, was geschah, schlug sie so hart mit dem Rücken auf dem Boden auf, dass ihr kurz schwarz vor Augen wurde. »Was zur Hölle«, entfuhr es ihr. »Ich war mitten im Erklären.«

»Und ich war schon beim Zeigen«, antwortete Grey. »Denn noch viel wichtiger als die Richtung des Daumens ist doch, dass man einen Vorteil nutzt, wenn er sich bietet.«

»Das hier ist eine verdammte Übung«, knurrte Leaf.

»Gut, dann war das wohl die erste und wichtigste Lektion.« Grey grinste und reichte ihr die Hand, um sie nach oben zu ziehen.

Leaf zögerte kurz, dann ergriff sie sie und nutzte den Augenblick, um ihn seinerseits erst mit ihrem Fuß aus dem Gleichgewicht zu bringen und dann mit einem flinken Hebelgriff zu Boden zu werfen. Ein Raunen ging durch die Menge, als Grey über den Boden schlitterte.

»Wenn ich hier einen Schaukampf veranstalten wollte, hätte ich es vorher gesagt«, meinte Leaf, während sie sich die Hände an der Hose abklopfte. »Aber es geht hier darum, euch etwas beizubringen. Also steh wieder auf, Grey, und führe die Übung dieses Mal so mit mir aus, dass alle hier etwas davon haben.«

Sie reichte Grey nun ihrerseits die Hand, innerlich jedoch darauf vorbereitet, dass nun auch er versuchen würde, sie zu Boden zu werfen. Er zögerte kurz, bevor er antwortete. »Wenn Ihr das sagt, Mylady.«

»Halte mich am Handgelenk fest«, forderte sie ihn auf, als sie beide wieder standen, und bot ihm ihren rußverschmierten und leicht aufgeschürften Arm dar.

Er ergriff ihn mit seiner rauen Hand. »Auf drei dann?«, spottete er leise. »Nachdem ihr brav zu Ende erklärt habt?«

»So ist es«, sagte Leaf und fuhr in ihrer Erklärung fort, beobachtete Grey dabei jedoch aus den Augenwinkeln. Dann wandte sie sich wieder an ihn. »Du ziehst mich auf drei zu dir, ich biege dein Handgelenk zur Seite und zwing dich in die Knie.«

Grey schmunzelte. »So ist das also. Ihr wollt mich vor Euch auf den Knien sehen.«

Allein für diese Frechheit hätte Leaf ihm am liebsten sofort das Handgelenk verdreht, doch sie beherrschte sich. »Eins, zwei, drei.«

Wie besprochen zog Grey sie nun leicht zu sich heran, worauf sie seinen Arm so weit drehte, dass er augenblicklich in die Knie gezwungen wurde.

Zufrieden blickte Leaf ihn an, doch in seinen Augen stand nicht Schmerz oder Missmut, sondern Belustigung. »Ihr schuldet mir einen Ausritt«, formten seine Lippen stumm, worauf sie sein Handgelenk nun doch so ruckartig weiter nach hinten bog, dass er keuchend und erneut viel zu hart für eine Übung auf dem Boden aufschlug.

»So geht das also!« Lorna klatschte in die Hände und nahm dann die alte Moira am Arm. »Das versuchen wir jetzt auch. Nicht wahr, Moira?«

Eine Weile später blickte Leaf stolz auf die vielen Frauen in Zweiergruppenn, die sich abwechselnd zu Boden zwangen und dabei nicht nur schneller, sondern auch immer wirksamer wurden. »Gut gemacht«, sagte Grey neben ihr.

Sie wandte den Kopf und sah ihn misstrauisch an. »Der Wurf, mit dem du mich vorhin zu Fall gebracht hast, war recht ausgefallen. Wo hat ein Schmied wie du so zu kämpfen gelernt?«

Greys Lippen wurden schmal. »Ich spreche nicht gern über meine Vergangenheit.«

»Warum? Gibt es da etwas zu verbergen?«, fragte Leaf nach und musterte Grahams Cousin noch einmal genauer.

»Nein«, sagte Grey hart. »Nur Vorfälle, an die ich mich nicht gerne erinnern will. Zum Beispiel an meinen Bruder. Seinetwegen war ich genötigt, das Kämpfen zu erlernen.«

Ein Schrei von Greer, der Nessa das Handgelenk über die Maßen stark zur Seite bog und dabei über das ganze Gesicht strahlte, schreckte Leaf auf. *Oje,* dachte sie und erinnerte sich an die begehrlichen Blicke, die Nessa Greers Freund Kerr schon seit Jahren zuwarf. Diese beiden sollte sie besser trennen, bevor noch ein offener Streit zwischen ihnen entbrannte.

»Lass sie«, sagte Grey leise neben ihr. »Sieht ganz danach aus, als ob meine Cousine Nessa gewinnt.«

»Du vergisst, dass das hier mein Kampfunterricht ist«, warnte Leaf und schritt, ohne ihn eines weiteren Blickes zu würdigen, auf Greer und Nessa zu. »Greer, du übst jetzt mit Skye, und du, Nessa, mit Mhairi.«

»Gern«, giftete Greer und warf ihre blonden Haare über die Schultern. »Sonst bricht sie mir noch den Arm, und dann kann ich ihrem Vater wohl keine Minze mehr gegen seinen ewigen Husten bringen.«

»Das würdest du nicht wagen«, zischte Nessa, doch Greer hatte sich schon abgewandt. »Sie ist furchtbar überheblich«, schimpfte Nessa nun an Leaf gewandt.

»Nein«, widersprach Leaf. »Sie weiß nur, was sie will, und nimmt es sich.«

»Na, wenn das nicht überheblich ist!«

»Das ist vor allem notwendig, um zu bekommen, was man will. Und jetzt geh zu Mhairi und übe weiter.«

Nessa fuhr sich durch ihr dunkles, gekräuseltes Haar und wandte sich ab. Sie waren zwar keine Freundinnen, aber von allen Mädchen aus dem Dorf mochte Leaf Grahams Schwester am liebsten. Sie packte in der Schmiede mit an und war weder hinterlistig noch einfältig. Doch ihre Gefühle für Kerr führten dazu, dass Nessa sich immer öfter lächerlich machte, und das war nicht gut. Sie musste damit aufhören.

Leaf wandte sich schwungvoll um und wäre dabei fast mit Grey zusammengestoßen, der hinter sie getreten war. »Hast du mich dort drüben etwa vermisst?«, spottete sie und und wich keinen Schritt zurück, da er das besser tun sollte.

Doch Grey blieb stehen, sodass sie weiterhin nur eine Handbreit voneinander getrennt waren, und raunte ihr ins Ohr. »Ihr würdet einen guten Anführer abgeben, Mylady.«

»Stimmt«, nickte Leaf. »Als Mann wäre ich ein guter Anführer. Aber als Frau bin ich eine herausragende Anführerin.«

Grey schmunzelte. »Weil Ihr auch noch einen hübschen Po in dieser Hose habt?«

Wäre sie nicht schon so nah vor ihm gestanden, dass sein Geruch nach Feuer und Rauch sie einhüllte, wäre sie noch einen Schritt näher auf ihn zugetreten. »Das sagst du nicht noch einmal zu mir, außer du willst wieder auf dem Boden landen.«

Grey lächelte düster. »Wirklich bemerkenswert, wie viel Gewalt Ihr mir schon angedroht habt, seit wir uns kennen. Wo ich doch Eure Fähigkeiten mit meinem ernst gemeinten Kompliment gar nicht angezweifelt habe. Stelle ich so eine große Gefahr für Euch dar? Oder wollt Ihr Euch in Wahrheit nur wieder mit mir auf dem Boden rollen?«

Leafs Puls beschleunigte sich, und sie verfluchte sich dafür. »Jeder stellt eine Gefahr dar. Und Fremde, die nicht über ihre Vergangenheit reden wollen, besonders.«

Grey lachte leise und trat endlich einen Schritt zurück. »Ihr habt Euch doch ohnehin schon ein Bild von mir gemacht. Würdet Ihr es wirklich ändern, wenn ich Euch mehr von mir erzähle?«

Leaf blinzelte. »Das kommt darauf an, ob ich dir glauben kann.«

»Moira, nein!«, drang da ein Schrei an ihr Ohr. Sofort drehte sie sich um und sah, wie Moira auf Lorna saß, diese gerade an den Haaren zog und deren Gesicht in den Staub drückte.

»Sofort aufhören!«, befahl Leaf, doch Moira lachte nur.

»Dieses Weibsbild hier hat mich gerade einen Trunkenbold genannt«, grunzte Moira. »Dabei stinkt sie erbärmlich nach Fisch. Aber habe ich ihr das je gesagt? Habe ich jemals ein böses Wort über sie verloren?«

»Du hast Lady Leaf gehört«, sagte Grey hinter ihr. »Runter von der Frau.«

Doch Moira drückte Lornas bleiches Gesicht nur noch fester in den Dreck. »Hier, nimm das. Du miese Fischerhexe! Du …«

Ehe Leaf es sich versah, hatte Grey Moira mit einem Griff von Lorna heruntergezerrt. »Hat man dir nicht beigebracht, dass man auf seine Lady hört?«

»Pah! Sie ist doch nur ein verzogener Balg, ihr Vater hätte sie längst mit einem Mann aus Clan Ross verheiraten sollen«, schimpfte Moira. »Dann müssten wir uns auch auf keinen Überfall vorbereiten.«

»Was hast du da gesagt?«, zischte Leaf und baute sich vor Moira auf.

»Die Wahrheit«, grunzte diese. »Aber um Euch mit dieser auseinanderzusetzen, seid Ihr wohl zu feige, was?«

Leaf hätte sie am liebsten mit beiden Händen gepackt und kräftig durchgeschüttelt, bewahrte aber Haltung. »Du kannst für heute gehen, Moira. Aber wenn du dich morgen wieder so verhältst, erfährt Artair davon, und das wird Folgen haben.«

Moira öffnete den Mund, als wollte sie noch etwas sagen, schwieg dann aber. Als Grey sie daraufhin losließ, spuckte Moira noch neben ihnen aus, dann ging sie.

»Hier gibt es nichts zu sehen«, erklärte Leaf den anderen Frauen, bevor sie in gemäßigterem Ton hinzufügte: »Wechselt jetzt die Hand und übt andersherum. Bitte.«

»Bitte?«, murmelte Grey neben ihr. »Wo bleibt der glühende Zorn?«

»Den kannst du haben«, sagte Leaf, packte ihn am Leinenhemd und zog ihn ein Stück von den übenden Frauen fort. Er ließ es geschehen, schien es sogar zu genießen, was sie nur noch wütender machte.

Sie tippte mit dem Zeigefinger auf seine Brust. »Du provozierst mich und verteidigst mich im nächsten Moment, nur um mich wieder zu provozieren. Warum?«

»Es macht mir Spaß«, gestand Grey achselzuckend. »Und ich tue gern, was mir Spaß macht.« Er lehnte sich mit dem Rücken gegen eine Hauswand. »Solltet Ihr auch mal ausprobieren, ich verspreche Euch, das Leben wird gleich viel unbeschwerter.«

»Ha«, knurrte Leaf. »Findest du etwa, dass irgendetwas an unserer gegenwärtigen Lage unbeschwert ist? Wir befinden uns in einer Fehde mit Clan Ross, meine Cousine und mein Onkel sind bereits tot, und weiß Gott, wie es meinem Vater in diesem Moment ergeht.« Ihre Unterlippe bebte, da sie befürchtete, dass es diesem wohl nicht allzu schlecht ging, solange er mit Torin Ross auf einer Burg saß und über ihre Ehe verhandelte. »Also nein, jetzt ist nicht die Zeit für Spaß. Jetzt ist die Zeit für Verantwortung. Aber davor drückst du dich wohl gern?«

Zu ihrer Überraschung wurde Grey noch eine Spur blasser, als er es schon war. »Ich habe beinahe die ganze Nacht hindurch Pfeilspitzen geschmiedet. Fragt die Dörfler, einige haben sich über den Lärm beschwert. Ich habe mir eine Pause verdient.«

»Hattest du nicht schon die ganzen Tage Pause, in denen du hier erwartet wurdest, aber nicht gekommen bist?«, gab Leaf zurück.

Grey zuckte mit den Schultern. »Ich habe mir auf meiner Reise eben ein wenig Zeit gelassen. Ich habe in den letzten Jahren hart genug für meinen Vater gearbeitet.«

»Wirklich? Ich würde wetten, dass du dich daheim die meiste Zeit um die Arbeit gedrückt hast.«

»Wenn Ihr es ganz genau wissen wollt«, sagte Grey mit finsterem Gesichtsausdruck, »habe ich das längst nicht oft genug getan. Sondern mir Tag um Tag von meinem Vater angehört, wie sehr er sich wünscht, dass ich wie mein Bruder wäre.«

»Das ... tut mir leid«, sagte Leaf mitfühlend, als sie der Schmerz in Greys Augen seltsam berührte. Auch sie hatte sich ein Leben lang von ihrer Mutter anhören müssen, wie viel besser ihre

Schwestern doch waren, weit sittsamer, weit damenhafter. Und irgendwo tief in ihrem Innersten hatte das Spuren hinterlassen.

»Ich gehe jetzt zurück in die Schmiede«, sagte Grey und wandte sich ab.

Doch Leaf hielt ihn, einer Eingebung folgend, am Arm fest. »Wieso hast du mich vorhin während meinen Erklärungen zu Fall gebracht?«

»Das habe ich Euch schon gesagt. Weil Findigkeit noch wichtiger ist als Fertigkeit. Besonders, wenn man unterlegen ist, so, wie es die Frauen gegenüber Kriegern wären.«

»Benutzt du immer List und Tücke, um im Leben zurechtzukommen?«, fragte Leaf, während sie sich eingestand, dass Grey recht hatte.

Nun kehrte das verwegene Lächeln auf Greys Gesicht zurück. »Wenn es so wäre, würde ich es Euch wohl kaum sagen.«

»Das war mir Antwort genug«, sagte Leaf, als ihr ein Einfall kam, den sie eigentlich nicht aussprechen wollte. Doch dann gab sie sich einen Ruck, denn Artair sagte immer, dass zu guter Führung auch dazugehörte, zu wissen, was man nicht gut konnte. Und es ging hier schließlich nicht um ihren Stolz, sondern um das Wohl der Dorfbewohner. »Schließ dich zukünftig unseren Kampfübungen an. Du lehrst die Frauen Findigkeit, ich lehre sie Fertigkeit.«

Greys Miene blieb ungerührt, und er beugte sich näher zu ihr. »Findigkeit und Fertigkeit schließen einander nicht aus, Mylady. Ich könnte ihnen auch beides beibringen.«

Leaf sah ihn prüfend an. »Du denkst also, dass du auch in einem ehrlichen Kampf gegen mich gewinnen kannst? Greif mich an.«

Grey ließ seinen Kopf mit leisen Knackgeräuschen kreisen, aber nicht, um sie einzuschüchtern, sondern um seinen Nacken zu entspannen. »Nein, denn ich denke, dass Ihr mir das nicht verzeihen würdet.«

»Das war ein Befehl«, widersprach Leaf.

Er sah sie lange an, ohne einmal zu blinzeln. »Vertraut mir, Mylady. Ihr wollt gar nicht wissen, zu was ich fähig bin. Es würde Euch nur Angst machen, und dazu mag ich Euch zu sehr.«

»Mir macht nichts Angst«, gab sie scharf zurück und packte ihn ihrerseits mit beiden Händen am Ausschnitt seines Leinenhemds.

Sofort zog er seinen linken Arm unter ihrem hindurch, und vollzog eine rasche, kreisförmige Bewegung, mit der er ihre Arme mühelos von seinem Hemd löste. Hätte er dabei mehr Kraft eingesetzt, wäre sie zu Boden gestürzt, doch er hielt sie sogar noch sanft an der Schulter fest. »Reizt mich nicht, Lady Leaf. Reitet lieber morgen mit mir aus. Vielleicht überlege ich es mir mit dem Unterrichten dann noch einmal.«

KAPITEL 8

A rtair, bist du da?«, durchbrach Leafs Stimme die Stille des Pferdestalls, in dem Artair gerade dabei war, seinen Hengst nach der anstrengenden Arbeit an der Burgmauer zu satteln. Sein Körper spannte sich unwillkürlich an, als Leaf mit wehenden Locken aufgewühlt auf ihn zustürmte. Er kannte sie gut genug, um zu wissen, in welcher Stimmung sie war, und hatte auch eine Vermutung für deren Grund.

»Die Frauen im Dorf waren wohl nicht von deinen Verteidigungsübungen begeistert, was?« Er legte den Sattel über die hölzerne Box anstatt auf den Rücken seines Hengstes und sah Leaf mitfühlend an.

Sie antwortete nicht sofort, sondern streckte ihre Hand nach seinem Hengst aus, der seinen Kopf an ihrer Schulter rieb und ein Bruder ihres eigenen Pferds war. »Lass das«, brummte Leaf, hörte jedoch nicht auf, durch die Mähne des Hengstes zu streichen.

»Lust auf einen Ausritt?«, fragte Artair, doch Leaf schüttelte erwartungsgemäß den Kopf. Sie redete nicht oft über ihre Sorgen, und wenn sie es doch einmal tat, dann ohne zeitlichen Aufschub.

»Ich habe eine Bitte«, brachte Leaf schließlich hervor, als er schon dachte, sie würde überhaupt nichts mehr sagen.

»Ich bin ganz Ohr«, sagte Artair. »Solange es nicht darum geht, dass ich wieder eine Nacht mit dir bibbernd auf einem Baumwipfel verbringen muss anstatt in meinem Bett.«

»Wir waren wegen dir auf dieser Birke«, sagte Leaf und schmunzelte. »Weil du mir dein Klangspiel zeigen wolltest, erinnerst du dich?«

»Aye«, stimmte Artair zu. »Ich wollte dir mein Klangspiel zeigen. Für etwa eine halbe Stunde. Danach wollte ich zurück zur Burg, aber da hattest du schon den Gedanken gefasst, die Nacht auf dem Baum zu verbringen. Und wenn ich dich dort oben nicht gehalten hätte, nachdem du irgendwann eingeschlafen bist, wärst du wohl von ihm hinabgestürzt.«

»Sagst du«, gab sie zurück, doch er sah an ihrem Gesichtsausdruck, dass sie genauso gut wie er wusste, dass es die Wahrheit war.

»Also«, setzte Artair wieder an. »Wenn es kein Baumwipfel ist, auf dem du mit mir erfrieren willst, wobei kann ich dir dann helfen?«

»Dieses Mal ist es der Boden«, sagte Leaf zögernd. »Du musst mir alle schmutzigen und hinterhältigen Listen beibringen, die man bei einem Bodenkampf einsetzen kann.« Sie sah ihn mit einem seltsamen, beinahe schüchternen Ausdruck in den Augen an. »Und zwar für den Fall, dass der Gegner vor einem steht, man von ihm festgehalten wird ... oder man unter ihm liegt.«

Bei Leafs letzten Worten wanderten Artairs Gedanken sofort an einen Ort, an den sie besser nicht gehen sollten, und er blickte rasch zur Decke des Stallgebäudes hinauf, wo Schwalben sich zwischen zwei Balken ein Nest bauten. Was er einen Moment später sofort bereute, als Leaf ihm spielerisch in den Bauch boxte.

»Hey, hörst du mir überhaupt zu?«

Seine Muskeln spannten sich an, und er verschränkte die Arme. »Lass uns das morgen besprechen, Wildfang.«

»Übernimmt denn kein Mann mehr Verantwortung?«, lautete die prompte Antwort von Leaf, die ihn nahezu verzweifelt ansah. »Oder geht es dir nicht gut? Hast du dich heute überanstrengt?«

Doch nun war Artair schon hellhörig geworden, und er überging ihre letzten Fragen. »Es geht also um einen Mann? Ist dir jemand zu nah getreten?«

Leaf machte eine abwiegelnde Handbewegung, und Artair wollte schon nachfragen, als er Tevin auf sie zukommen sah. »Artair, Mylady, ich will ja nicht stör'n, aber die Viecher brauch'n ihr Futter, und ich sag's ehrlich, die werd'n ziemlich ungemütlich, wenn ich's ihnen nicht rechtzeitig geb.« Er deutete auf Leafs Hengst, der bereits seinen Kopf über die Stalltür reckte und Tevin seine Zähne zeigte. »Besonders der da, der ist der Schlimmste von allen, so was Ungeduldiges wie den hab ich noch nie gesehn.«

»Tevin«, sagte Leaf und klang auf einmal bemüht beherrscht. »Es wäre besser, wenn du später wiederkommst. Denn nach dem, was du meiner Mutter erzählt hast, werde ich dir gegenüber gleich sonst noch ungemütlicher als mein Pferd.«

Sofort wurde Tevin knallrot. »Ach je, diese Sache. Also da wollt ich mich noch entschuldig'n. War gar nicht meine Absicht gewesen, ihr was von der Hochzeit zu verrat'n, aber die Lady MacKay hat mir ein Silberstück gegeb'n, und ich hab doch noch die Spielschuld beim Schankwirt gehabt, und da war ich wohl ein bisschen hastig, weil ich deshalb schon gar nicht mehr schlaf'n konnt. Aber ich hätt's trotzdem nicht sag'n dürf'n, und ich bereu's und kann jetzt auch nicht mehr schlaf'n, außer wenn Ihr mir vielleicht vergebt?«

Artair runzelte die Stirn. Er mochte Tevin und seine wohlmeinende Art, und wie er nun so vor ihnen stand, von einem Fuß auf den anderen tretend, und die schweißnassen Hände aneinanderrieb, hatte er Mitgefühl mit ihm. Nur wenn stimmte, was Leaf sagte, würde Mitgefühl nicht reichen.

»Du bittest mich um Vergebung?«, fragte Leaf und machte einen Schritt auf Tevin zu, woraufhin der Stallbursche sofort zwei Schritte zurückwich. »Weißt du überhaupt, was sie in anderen Burgen mit Verrätern machen?«

»Leaf, hör auf«, sagte Artair und trat hinter sie. Mit einer Kopfbewegung bedeutete er Tevin, schnellstmöglich zu verschwinden.

»Wollt Ihr das Silberstück von Lady MacKay vielleicht wiederhab'n?«, krächzte Tevin. »Ich könnt's mir vielleicht von Kerr borg'n, und ...«

»Nein«, sagte Leaf und entspannte sich ein wenig, als Artair seine Hände auf ihre verkrampften Schultern legte. Es folgte eine Pause, in der man nur das unruhige Wiehern der Pferde hörte, ehe sie mit gefasster Stimme sagte: »Du, Tevin, wirst andere Dinge tun.«

»Alles, was Ihr wollt, Mylady«, stammelte der Junge und rieb sich über seine glühenden Wangen.

»Erstens wirst du meiner Mutter nie wieder ein einziges Wort von einem Gespräch, das du belauscht hast, verraten.«

Tevin nickte eifrig.

»Zweitens wirst du niemandem ein Sterbenswörtchen von dem irrsinnigen Vorhaben meines Vaters erzählen.«

Wieder ein Nicken.

»Und drittens verlässt du auf der Stelle die Burg …«

»Nein«, ging Artair dazwischen und stellte sich zwischen Leaf und den Jungen, dem nun tatsächlich die Tränen in die Augen schossen. »Jetzt gehst du zu weit, Leaf.«

»… um Grey zu beschatten und so viel über ihn herauszufinden, wie du nur kannst«, beendete Leaf ihren Satz.

Tevin atmete erleichtert auf, verbeugte sich zweimal, stammelte »Alles, was Ihr wollt, Mylady« und erkundigte sich erst danach: »Aber wer ist eigentlich der Grey?«

»Das würde ich auch gern wissen«, sagte Artair, den plötzlich nicht einmal mehr der vertraute Geruch des Pferdestalls beruhigte.

»Grey ist Grahams Cousin und arbeitet mit ihm in der Schmiede«, erklärte Leaf. »Und er behauptet, dass er besser kämpfen kann als ich.«

»Na, hoffentlich nicht«, entfuhr es Tevin. »Der Grey ist doch ein guter Mensch, wenn er mit dem Graham verwandt ist, nicht wahr?«

»Er wird dir schon nichts tun, solange er nicht merkt, dass du ihn beschattest«, gab Leaf zurück.

»Und die Pferde?«, hauchte Tevin und blickte mit hängenden Schultern auf die zwei Futtereimer mit Äpfeln, die er neben sich abgestellt hatte.

»Wir kümmern uns um sie«, sagten Artair und Leaf wie aus einem Mund, woraufhin Tevin schleunigst den Pferdestall verließ.

»War das wirklich nötig?«, tadelte Artair und sah Leaf streng an. »Der arme Junge wird heute bestimmt keine gute Nacht haben. Du wirst ihm sicher in einem Albtraum erscheinen, und dieser Grey ebenfalls.«

Leaf nahm die beiden Futtereimer. »Ich weiß. Aber ich habe das aus keiner Laune heraus getan. Sondern damit Tevin diesmal so viel Achtung vor mir hat, dass er nicht erneut alles ausplaudert. Denn wenn er das weiterhin tut, bringt er sich eines Tages noch selbst in Gefahr. Und uns ebenfalls.«

Artair schüttelte den Kopf. Er kannte die wahre Leaf, wusste um ihre verletzliche, weiche Seite. Aber er wusste auch, dass sie, sobald sie Gefahr für sich und andere witterte, hart und gnadenlos wurde. Deshalb fürchtete er sich auch so sehr davor, was passieren würde, wenn er sie nach ihrem Dafürhalten jemals verriet.

Er strich sich fahrig über die Stirn, wollte nicht länger daran denken und beobachtete Leaf, die mit zusammengepressten Lippen ihrem Hengst den Futtereimer hinhielt. Dann trat er hinter sie und nahm ihr den Futtereimer aus der Hand. »Raus mit der Sprache, Wildfang. Was ist mit diesem Grey geschehen?«

Leafs Wangen röteten sich, während ihre Kiefer mahlten. »Er hat angedeutet, dass er mit mir schlafen will.«

»Was?« Der Eimer krachte zu Boden, und die Äpfel darin purzelten, begleitet vom Wiehern der Pferde, den Stallgang entlang. Normalerweise hätte Artair die Tiere sofort beruhigt, doch jetzt blickte er Leaf wie zur Salzsäule erstarrt an.

Diese zuckte missmutig mit den Schultern. »Grey sieht gut aus, und er hat sicher genug Erfahrung, um zu wissen, was er tut. Aber ich vertraue ihm kein bisschen. Schon gar nicht, seitdem er mich mit seiner hinterhältigen Art vor den Frauen bloßgestellt hat.«

»Du würdest hoffentlich auch nicht mit ihm schlafen, wenn du ihm vertrauen würdest«, platzte es aus Artair heraus, der seine Hände hinter dem Rücken verbarg, damit Leaf nicht sah, dass sie wie Espenlaub zitterten.

»Warum denn nicht?« Leaf musterte ihn mit großen Augen, während sie ihre Handflächen aneinanderrieb. »Flower und River schwören, dass sie die besten Momente ihres Lebens zwischen den Laken haben. Und da ich ohnehin nicht heirate …«

Artair konnte nicht anders, als Leaf an den Schultern zu packen. »Leaf, du kannst doch nicht einfach mit irgendeinem Schmied schlafen, nur weil … nur weil du es ausprobieren willst.«

Leaf reckte ihr Kinn, ihre Stimme klang heiser. »Das hast du mit Greer doch auch gemacht. Ich habe genau gesehen, wie du damals nachts aus ihrer Kate geschlichen bist.«

Artair stöhnte. Er wollte jetzt nicht auch noch darüber reden, was vor einiger Zeit zwischen Greer und ihm genau geschehen war, zumal die Erinnerung keine angenehme war und er sich auch zum Teil dafür schämte. »Das ist etwas anderes«, wiegelte er deshalb ab.

»Ist es nicht«, beharrte Leaf und nahm seine Hände von ihren Schultern.

»Ist es doch«, widersprach er. »Denn eine Frau wie du kann dabei schwanger werden.«

»Außer ich habe gerade meine Blutung oder die Blutung liegt noch keine sieben Tage zurück«, antwortete Leaf. »Flower hat es mir genau erklärt.«

Artair atmete scharf ein und verfluchte Flower wegen ihrer Belehrungen. Es war ja wohlmeinend von ihr, dass sie ihre jüngeren Schwestern über die Geschehnisse zwischen Mann und Frau in Kenntnis gesetzt hatte, aber er war sich sicher, dass sie das in Hinblick auf deren spätere Verheiratung getan hatte. Und nicht, damit Leaf ihre Unschuld an den nächstbesten Schmied verlor, nur weil sie jetzt nicht mehr befürchten musste, jederzeit ein Kind zu empfangen.

Ihm fielen noch viele weitere Punkte ein, die er hervorbringen könnte – Leafs Mutter, die Möglichkeit, sich eine Krankheit einzufangen, dass sie nichts überhasten musste –, doch damit hätte er nur Öl ins Feuer gegossen. Zumal er den für ihn wichtigsten Grund nicht anführen konnte, da Leaf ihn lediglich als ihren großen Bruder und engen Vertrauten ansah. Also schüttelte er sich kurz und meinte: »Du hast gesagt, dass Grey dich überlistet hat. Wie genau?«

Leaf trat einen vor ihr liegenden Apfel zur Seite. »Er hat mich zu Boden geworfen, während ich noch dabei war, den Frauen die Abwehrgriffe zu erklären.«

Artair starrte Leaf einen Moment ungläubig an, dann musste er laut lachen. Das zu tun, war zwar nicht ehrenhaft, aber ganz sicher keine Überlistung. Doch er kannte Leaf gut genug, um zu wissen, dass Greys Verhalten für sie einem Hinterhalt gleichkam. Und das nur deshalb, weil sie diesem anfänglich nicht vollkommen misstraut hatte.

»Warum hast du dich mir gegenüber nie so verhalten?«, wollte Leaf leise wissen.

Artair presste die Lippen zusammen. »Selbst im Kampf gibt es Regeln, die man nicht verletzt, Wildfang. Finten, die man nicht anwendet, weil man seinen Gegner achtet.« Sein Blick wanderte zu dem Stallboden über ihm, und er erinnerte sich daran, dass Rhona diese Regeln ihm gegenüber so gut wie nie eingehalten, sondern sich stets über sie hinweggesetzt hatte. War Gregor anderweitig beschäftigt gewesen, hatte Artair wegen jedem noch so kleinen Vergehen auf dem Stallboden schlafen müssen, obwohl ihm Gregor eine Kammer in der Burg hatte einrichten lassen. *Die Kammer ist für meinen eigenen Sohn,* hatte sie ihm dann jedes Mal vorgehalten. Obwohl Conall erst zwölf Jahre nach Artairs Ankunft auf Castle Varrich geboren worden war.

»Das ist doch Unsinn, Artair. Ich will meinem Gegner schaden, was das genaue Gegenteil von Achtung ist.«

»Selbst der Henker schärft seine Axt vor der Hinrichtung«, gab er aufgewühlt zurück, während er sich Leaf in den Armen von Grahams Cousin vorstellte. »Außerdem hast du es nicht nötig, dich unehrenhaft zu verhalten, Wildfang. So bist du nicht.«

»Aber so muss ich sein!« Leaf nahm ihre Lippe zwischen die Zähne. »Denn was passiert sonst, wenn ich jemandem wie Grey gegenüberstehe, der sich aufs Kämpfen versteht und auf List und Tücke? Ich muss doch auch den Frauen beibringen, was sie dann zu tun haben.«

»Wenn du ihnen außer der reinen Kampftechnik noch etwas anderes beibringen willst, dann setze auf die Macht der Worte. Auch wenn man einen Kampf verloren hat, kann man sein Leben unter Umständen auf diese Weise immer noch retten.«

»Und als Nächstes wirst du mir damit kommen, dass ich meine Weiblichkeit zu meinem Vorteil einsetzen soll.«

»Ja, genau«, sagte Artair.

»Nur rede ich nicht von dieser Art von List, sondern von einer reinen Kampfeslist. Einer List, die auf mehr als purem Lügen beruht.«

Artair runzelte die Stirn. »Ich kann mir nur schwer vorstellen, dass Grey sich überhaupt aufs Kämpfen versteht. Denn wenn er es schon nötig hat, sich bei einer simplen Kampfübung so ehrlos zu verhalten, kann er sicher nicht viel mehr als diesen einen Wurf, den er heute angewandt hat.«

»Es geht doch nicht nur um Grey«, erwiderte Leaf verzweifelt. »Es geht um Lennox Ross. Ihn zum Gegner zu haben bedeutet, dass wir auf alles vorbereitet sein müssen. Wir sind wie die Regenwürmer, verstehst du. Wir denken, unsere Feinde sind die Raben. Aber in Wahrheit ist es jede einzelne Stiefelsohle.«

»Leaf, der Sinn einer List ist doch gerade, dass man sich nicht auf sie vorbereiten kann«, erklärte Artair geduldig. »Und du wirst auch nicht gegen Lennox Ross kämpfen, das verspreche ich dir.«

»Und was, wenn doch? Lennox hat keine Skrupel, also darf ich auch keine haben«, sagte sie aufgewühlt und sah ihn erneut mit dieser seltsamen Mischung aus Entschlossenheit und Scheu an, die er nicht einzuordnen wusste. »Es geht vor allem um den Nahkampf. Ich muss dort hinterlistiger werden, nicht nur im Stehen, sondern eben auch … am Boden.«

Artair hatte plötzlich einen schalen Geschmack im Mund, und er dachte an die zwei Male, die er sich hatte breitschlagen lassen, Leaf im Bodenkampf zu unterrichten. Beide Male war sie unter ihm gelegen, und beide Male hatten ihn seine eigenen Empfindungen dabei derart übermannt, dass er beinahe jegliche Vorsicht fallen gelassen und sie geküsst hätte. Damals hatte ihn letztendlich nur der Gedanke davon abgehalten, dass sie seine leibliche Schwester sein konnte. Doch jetzt, wo er wusste, dass dem nicht so war ...

Er musterte Leaf nachdenklich, fragte sich kurz, ob eine Kampfübung bei ihr ähnliche Empfindungen auslösen könnte wie bei ihm. Doch dann verwarf er den Gedanken, hatte sie ihm doch gerade erst erzählt, dass sie mit diesem Grey schlafen wollte.

»Nein«, antwortete er daher entschieden und kämpfte dabei gegen das Gefühl von Zurückweisung an, obwohl doch er Leaf gerade eine Absage erteilte, und nicht sie ihm. »Ich baue die Burgmauer zusammen mit den Dorfbewohnern wieder auf und unterstütze deine anderen Kampfvorbereitungen. Aber ich bringe dir keine hinterlistigen Finten bei und verstoße wider besseres Wissen gegen mein eigenes Kampfprinzip. Zumal ich dir damit, da bin ich mir sicher, keinen Gefallen tue.«

»Das zu beurteilen, überlässt du besser mir«, sagte Leaf und trat zögernd einen Schritt näher an ihn heran. »Wenn du mir den Bodenkampf nicht beibringst, bleibt mir nichts anderes übrig, als Grey zu fragen. Ich muss wissen, wie ich mich wehren kann.«

Artair schloss kurz die Augen und rang um seine Fassung. »Du bist verdammt gut darin, andere zu erpressen«, murmelte er und hätte am liebsten eine Hand an ihre Wange gelegt. Gleichzeitig musste er sich eingestehen, dass sie zumindest in einem Punkt recht hatte. Es war unverantwortlich, Leaf nicht zu zeigen, wie man sich als Frau unter einem Angreifer herauswand. Nur wollte er an erster Stelle lieber dafür sorgen, dass ihr erst gar niemand zu nah kam ...

»Du hast versprochen, dass ich mich immer auf dich verlassen kann. Ich brauche dich jetzt, Artair. Bitte.«

Ich brauche dich, Artair. Ihre Worte trafen ihn mitten ins Herz. *Ich brauche dich auch,* wollte er sagen, antwortete stattdessen aber eine Spur zu hart: »Es sind oft nicht die Geschehnisse selbst, die uns beunruhigen, sondern die Vorstellung, die wir von ihnen haben. Und du, Leaf, siehst alles viel zu schwarz.«

»Und du ziehst immer den Schwanz ein, wenn es unangenehm wird.«

Er atmete scharf ein, denn Leaf hatte recht. Nach dem Gespräch mit Father Maxwell im Bergkloster hatte er beispielsweise Rhona, so gut es ging, gemieden. Wovor hatte er Angst? Davor, dass Rhona ihn nun zwar nicht mehr für Gregors unehelichen Sohn hielt, ihn aber trotzdem weiter hassen würde? Dass sie sich wünschte, Ninian wäre geblieben, um statt seiner die Burg zu führen, und er Castle Varrich verlassen würde?

Bei dem Gedanken an Ninian wurde seine Stimmung noch schlechter, denn dieser würde morgen bei Gregor eintreffen. Was würde sein Ziehvater dann wohl tun? Würde er Leafs Bedenken Gehör schenken? Oder Ninian, wenn sich Lennox tatsächlich auf Achfary Castle befand und bereits gesundet war, sofort mit dem Auftrag zurücksenden, Leaf schon jetzt zu ihm zu bringen?

Artair wurde schlecht, und er bückte sich nach dem Eimer, um die noch immer auf dem Boden verteilten Äpfel einzusammeln.

»Verräter«, zischte Leaf, hob ihrerseits einen Apfel auf und schleuderte ihn in seine Richtung. Bevor ihn der Apfel traf, fing Artair ihn jedoch mühelos mit der linken Hand ab. Leafs Unterlippe bebte, und sie griff nach dem nächsten Apfel, doch bevor sie ihn werfen konnte, hatte er sich bereits wieder aufgerichtet und zielte seinerseits mit dem Apfel auf sie. »Und ich dachte, nachdem ich dich bei der letzten Schneeballschlacht vernichtend geschlagen habe, hättest du genug vom Bewerfen.«

»Sehe ich so aus, als ließe ich mich von einer Niederlage einschüchtern?«, sagte Leaf und schleuderte den Apfel nun erst recht in seine Richtung. Kurz trat dabei der freche Schalk in ihre Augen, der in letzter Zeit viel zu selten dort zu sehen war.

Artair wehrte den Apfel mit seinem Ellbogen ab, worauf er gegen die Stallwand prallte. Leaf machte sich derweil daran, den nächsten Apfel aufzuheben, also trat er zu ihr und griff nach ihren Armen. »Lass das.«

Kurz glaubte er, sie würde sich losreißen, doch dann ließ sie seine Berührung zu und blickte ihm unvermittelt in die Augen. Die

Unsicherheit, die in ihrem Blick lag, brach ihm beinahe das Herz. »Bitte. Hilf mir, besser zu werden.«

»Alles wird gut«, raunte er mit heiserer Stimme und strich sanft über ihren Arm. »Ich verspreche es dir.«

»Wie kannst du etwas versprechen und doch nichts tun?«, wisperte sie.

Er schob den rechten Ärmel ihres Leinenhemds vorsichtig nach oben, was sie zu seiner großen Überraschung ebenfalls geschehen ließ. Schon wollte er mit dem Daumen über die Narben des Hundebisses streichen, verbot es sich dann aber. »Wenn es wirklich ernst wird, bin ich immer für dich da«, sagte er leise. »Genau wie damals. Ich werde dich nie im Stich lassen, Wildfang. Aber ich helfe dir auf meine Art.«

Leaf schwieg zunächst, und er konnte spüren, wie ihr Puls schneller ging. Dann sagte sie: »Du bist damals zu spät gekommen. Bhaic hatte mich schon gebissen.«

Diesen Teil der Geschichte verdrängte er immer gekonnt. »Er hatte dich bereits gebissen, aye«, sagte er und erinnerte sich daran, dass er Leaf, als sie ihn damals gebraucht hatte, nur dank eines puren Zufalls zu Hilfe gekommen war. »Aber ohne mich hätte er damit nicht wieder aufgehört, und deine Narben hier wären nicht blass, sondern wulstig und rot.« Er hielt Leaf seinen Unterarm hin, auf dem der halbmondähnliche Schnitt, den sie ihm in der Höhle versehentlich beigebracht hatte, aufgrund des Pferdehaars genau zu solch einer Narbe verheilen würde.

Leaf blickte auf den Schorf, der sich bereits über der Wunde gebildet hatte. »Narbe ist Narbe«, flüsterte sie. »Und heute kamst du nicht zu spät, sondern gar nicht. Und falls ich je … durch einen miesen Streich des Schicksals doch mit Lennox über mir ende, wirst du auch nicht da sein. Also versprich mir nichts, was kein Mensch halten kann.«

Leaf zitterte nun am ganzen Körper, und alles in ihm verlangte danach, sie in seine Arme zu ziehen. Sie zu küssen, ihr ins Ohr zu wispern, dass sie sich irrte, dass er niemals zulassen würde, dass

Lennox auch nur in ihre Nähe käme. Doch im Grunde konnte er Leaf nicht einmal das versprechen, solange Gregor vollkommen gegensätzliche Erwartungen an ihn hatte. Von denen Leaf noch immer nichts wusste …

»Leaf«, begann er leise und legte zögernd eine Hand an ihre Wange. Alles in ihm drängte danach, sich ihr zu öffnen. Er wollte diese Bürde nicht länger allein tragen. Zumal er anders als Leaf nicht glaubte, dass Gregor von seinen Hochzeitsplänen ablassen würde.

»Was?«, hauchte Leaf, ihr Blick war so fest und innig mit seinem verschränkt, als wollte sie ihn nie wieder lösen.

Er schluckte. Das Blut schoss aus seinem Kopf in seine Lenden, das Denken wurde noch schwerer. »Leaf«, wiederholte er. »Ich …«

Ich würde lieber mein Leben hergeben, als dich nach Achfary Castle zu bringen, und kann doch gleichzeitig unmöglich den einzigen Vater im Stich lassen, den ich je gehabt habe. »Ich muss dir etwas sagen.«

Leaf erbebte, und kurz befürchtete er, dass sie die Wahrheit bereits in seinen Augen las. Ihr Blick streifte sein Kinn, dann trat sie mit zitternden Schultern einen Schritt zurück. »Das Einzige, was ich heute Abend wissen muss, ist, ob du mir hilfst oder nicht.«

Artair rang mit sich. Dem Ausdruck in Leafs Augen nach zu urteilen, war es jedoch besser, jetzt nicht weiterzusprechen. Es war sowieso ein dummer Einfall gewesen. Leaf würde ihm danach nur misstrauen. Also schüttelte er bedauernd den Kopf. »Das kann ich nicht, Leaf. Dafür habe ich zu viele andere Verpflichtungen.«

Leaf schloss kurz die Augen, dann ging sie ohne jedes weitere Wort an ihm vorbei.

»Leaf, warte!«, rief er ihr hinterher. »Wo willst du denn hin?«

»Meinen Brief an Flower und River beenden«, antwortete sie ihm über die Schulter hinweg. »Und danach zu jemandem, der keine Ausflüchte gebraucht.«

KAPITEL 9

Hatte Artair sie nun küssen wollen oder nicht? Diese Frage hatte Leaf den gesamten gestrigen Abend dermaßen umgetrieben, dass sie den Brief an ihre Schwestern nur mit Mühe zu Ende gebracht und dem Boten von Flower übergeben hatte. Den sie zudem völlig zu fragen vergessen hatte, ob ihre Mutter ihn nun zu ihren Schwestern begleiten würde oder nicht. Zu Grey war sie an diesem Tag auch nicht mehr gegangen, sondern hatte sich stattdessen Stunde um Stunde zwischen den Laken gewälzt, weil sie ständig an Artair dachte und nicht in den Schlaf fand.

Ich muss dir etwas sagen.

Selbst jetzt, während sie vollkommen übermüdet und mit ihrem Pfeilköcher auf dem Rücken ins Dorf ritt, rätselte sie noch immer, was er ihr wohl hatte sagen wollen. Und wie es ihm ergangen war, nachdem sie aus dem Pferdestall gestürmt war.

Sie schüttelte über sich selbst den Kopf und ließ Ealair antraben. *Leaf, du warst nie nur eine Freundin für mich. Und erst recht keine Schwester. Ich weiß, ich sollte dir das nicht sagen, aber nun, da du Lennox Ross heiraten sollst, muss ich dir einfach gestehen, was ich für dich empfinde.*

Leaf biss sich so fest auf die Lippe, dass sie Blut schmeckte. Was war denn nur los mit ihr? Schließlich war es nicht das erste Mal, dass sie sich überlegte, ob mehr als freundschaftliche Zugewandtheit in Artairs Blick lag, und bisher war es ihr noch immer gelungen, diesen Gedanken wieder zurückzudrängen. Nur hatte er bisher auch nie seine Hand auf ihre Wange gelegt. Hatte er deswegen auch nicht schlafen können?

Leaf fluchte heftig und trieb ihr Pferd weiter an. Artair und sie waren gute Freunde. Nicht mehr und nicht weniger.

Nichts anderes als gute Freunde, wiederholte Leaf und spürte den Wind auf ihrem Gesicht. Denn zu mehr war sie ohnehin nicht bereit, führten übermäßige Gefühle und tiefes Vertrauen doch nur dazu, dass man vom anderen abhängig wurde und damit blind für Gefahren, so wie sie es einst nicht nur bei sich selbst, sondern auch bei River erlebt hatte. Dabei brauchte sie gerade jetzt ihren Verstand und ihre Sinne stärker denn je. Obwohl …

Ein Schauer ergriff sie, als sie daran dachte, wie sie Artair vor einem Monat in einem von Heidekraut umgebenen See beim Nacktbaden überrascht hatte. Sie erinnerte sich an seine sonnengebräunte Haut, sein blondes Haar, das ihm nass an seinen Schultern geklebt hatte, seine muskulöse Brust, den Bauch und alles, was darunter kam. Besonders das, was darunter kam.

Sie merkte, dass sie unnötigerweise in ihrem Sattel vor- und zurückrutschte. Sofort hörte sie damit auf, doch das drängende Gefühl in ihrem Schoß verschwand deshalb nicht.

Er ist mein Bruder, verdammt, redete sie sich kurz ein, obwohl sie nur allzu gut wusste, dass das nicht stimmte und sie Artair nur so nannte, wenn er sie ärgerte.

Aber sie dachte bestimmt nur auf diese Weise an Artair, weil sie noch keinen anderen Mann nackt gesehen hatte. Vielleicht war es deshalb auch zu ihrem Besten, wenn sie den Nahkampf am Boden nicht mit ihm übte, sondern mit jemand anders.

»Leaf, huch!« Nessa kam so rasch aus der Schmiede gehastet, dass sie beinahe in Ealair hineingelaufen wäre. Sofort trat Grahams Schwester einen Schritt zurück und strich sich das Kleid glatt. »Entschuldige bitte, ich …« Nessa hob den Blick. »Oh, nein, Leaf, ist etwa etwas geschehen? Du bist so rot im Gesicht!«

Leaf stöhnte innerlich, presste dann die Lippen zusammen und schüttelte den Kopf. Sie musste ihre Empfindungen unbedingt in den Griff bekommen – am besten durch körperliche Erfahrungen mit einem anderen Mann, der ihr weniger bedeutete? So, wie man zuerst mit stumpfen Schwertern kämpfte, um dann eines Tages auch eine scharfe Waffe führen zu können, ohne dabei verletzt zu werden?

Sie saß von ihrem Pferd ab, da Nessa sie noch immer besorgt musterte, und tätschelte Ealair den Hals. »Ist Skye bei dir?«

Nessa nickte und deutete auf die Tür zur Schmiede. »Aye, sie kam gerade von Dubh zurück, er muss heute außergewöhnlich viele Fische gefangen haben. Ich hole uns gerade die Hölzer, die wir gestern Nachmittag gesammelt haben. Auch wenn du uns wohl noch einmal erklären musst, wie wir daraus einfache Bögen fertigen sollen.«

Es dauerte bis zum Mittag, bis jede Frau ihren eigenen Bogen angefertigt hatte. Es waren keine Bögen, die lang halten würden, da sie grünes Holz verwendet hatten, das zwar biegbar, aber nicht getrocknet war und sich daher mit der Zeit verformen würde. Die Enden des Holzes hatten sie schmaler geschnitzt und auch die steifen Stellen im Holz beim mehrfachen Biegen entfernt, ehe sie die ledernen Sehnen angebracht hatten. Zwar wären die Sehnen von Tieren besser gewesen, aber alles in allem war Leaf sehr zufrieden.

»Jetzt fehlen uns nur noch ausreichend Pfeile«, erklärte sie. »Darauf werden wir unser Augenmerk in den nächsten Tagen richten, aber für heute können wir unsere Übung mit den Pfeilen beginnen, die ich bereits besitze.«

»Die Strohscheibe habe ich auch schon aufgestellt«, sagte Skye und nickte auf die Grasfläche hinter der Schmiede, die von bunten Herbstblättern übersät war.

»Danke dir«, sagte Leaf und drückte ihrer Schwester kurz die Hand, ehe sie die Frauen aufforderte, sich hinter ihr zu versammeln. »Einen Bogen hält man in jener Hand, die man öfter benutzt. Bei mir ist das die rechte. Die Beine stellt ihr seitlich zum Ziel. Schaut, so.«

»Toll«, brummte Moira. »Nur verstehe ich überhaupt nicht, was ich denn mit dem Bogen soll. Auf die Straße rennen und die Ross von ihren Pferden schießen?« Sie lachte krächzend.

Leafs erstes Verlangen war, Moira zurechtzuweisen, denn sie hatte gestern doch ausdrücklich erklärt, dass die Frauen im Fall eines Angriffs zuallererst rennen sollten, und hatte obendrein das Gefühl, dass die Alte die Bedrohung nicht im Geringsten ernst nahm. Doch dann erinnerte sie sich an Artair, der ihr oft gesagt hatte, dass es nicht der Fehler des Kämpfers war, der etwas nicht verstand, sondern jener des Anführers, der etwas nicht verständlich genug erklärt hatte. Also atmete sie ruhig aus.

»Du hast recht, Moira. Ich sollte zuerst ein paar Worte dazu sagen, warum wir das hier tun.« Leaf ließ ihren Blick über die Gesichter der Frauen wandern und wartete, bis sie die Aufmerksamkeit aller hatte. »Wenn wir angegriffen werden, ist unser oberstes Ziel, den Feind außerhalb unserer Burgmauer zu halten, bis uns mein Vater mit seinen Männern zu Hilfe kommt. Dafür werden wir Pfeile auf die Angreifer schießen, die so präzise wie möglich fliegen sollten.«

»Können wir sie nicht einfach mit Pech übergießen?«, ereiferte sich nun Lorna.

»Oder mit Steinen bewerfen?«, fragte Greer.

»Aye«, sagte Leaf. »Das sind gute Vorschläge.« Die sie selbst auch schon gehabt hatte, aber das musste sie den Frauen jetzt nicht sagen. »Wenn ihr weitere habt, wendet euch gern an mich. Aber dafür muss der Feind schon sehr nah sein. Mit Pfeilen erwischen wir ihn bereits, wenn er noch weiter entfernt ist. Macht das für euch Sinn?«

Ein allgemeines Brummen ging durch die Menge, woraufhin Leaf wieder nach dem Bogen griff und dieses Mal auch einen Pfeil aus ihrem Köcher nahm. »Den Pfeil«, fuhr sie fort, »legt ihr an der markierten Stelle in die Sehne. Vorn liegt er am Bogen auf, den ihr etwas schräg haltet, damit der Pfeil nicht abrutscht. Dann zieht ihr die Sehne bis zum Auge zurück, visiert noch einmal das Ziel an«, Leaf führte, was sie sagte, zeitgleich vor, »und schießt.«

Keinen Augenblick später schlug der Pfeil surrend genau in die Mitte der Strohscheibe.

»Na, das sah einfach aus«, sagte nun Nessa.

»Nur ist nicht immer alles so, wie es aussieht«, merkte Skye mit einem bewundernden Lächeln an. »Leaf hat viele Jahre hart dafür geübt.«

»Dann können wir es auch gleich lassen«, maulte Moira erneut. »Denn Jahre mach ich das gewiss nicht mit.«

»Wir bleiben jetzt erst einmal bei heute«, sagte Leaf und warf der Frau nun doch einen warnenden Blick zu. Denn auch wenn sie die Frauen miteinbeziehen und nicht von oben herab behandeln wollte, war es dennoch wichtig, genug Autorität zu bewahren. »Wir beginnen mit der richtigen Haltung des Bogens ohne Pfeil. Bitte, nehmt eure Bögen.«

»Nimm das«, drang Greers Stimme zwei gute Stunden später an Leafs Ohr. »Und das! Und da ...«

»Halt, stopp!« Mit wenigen Schritten war Leaf bei der blonden Heilerin, die wohl, während Leaf gerade mit Mhairis Fußstellung beschäftigt gewesen war, ihren Bogen zur Seite geschleudert hatte und Nessa nun mit Dreck bewarf.

»Warum?«, zischte Greer und schleuderte den nächsten Dreckklumpen auf Nessa. »Es hat doch gerade erst angefangen, Spaß zu machen, und nach dem, was sie zu mir gesagt hat ...«

Leaf rollte mit den Augen und packte Greer bei der Schulter. »Mir ist gleich, was sie zu dir gesagt hat. Das hier hat nichts mit euren Streitigkeiten zu tun, verstanden?« Sie schloss kurz die Augen, versuchte, sich zu beruhigen und die richtigen Worte zu finden. »Wenn ihr euch ständig von euren Gefühlen überkommen lasst, könnt ihr nicht mehr klar denken. Ihr werdet unvorsichtig ... und angreifbar.«

»Mir doch gleichgültig«, wetterte Greer und trat mit dem Fuß den nächsten Dreckklumpen in Nessas Richtung. »Ich will sowieso nicht denken, sondern das Kleid der kleinen Hexe genauso dreckig machen, wie sie es gestern mit meinem getan hat.«

»Ach, jetzt habe ich also auch noch angefangen, ja?« Nessa drehte ihren Bogen um und setzte dessen Spitze auf Greers Brust.

»Ich habe doch nur die Wahrheit gesagt. Und die Wahrheit ist: Du bist heute verdammt mies drauf, weil Kerr nicht mehr mit dir spricht, nachdem du gestern seinen mittlerweile siebten Hochzeitsantrag abgelehnt hast.«

»Und wer hat ihn zu diesem verdammten Antrag ermuntert, hm?«, knurrte Greer und sah nun vorwurfsvoll zu Mhairi, die jetzt ihrerseits versuchte, Nessa zurückzuhalten. Leaf verspannte sich. Drehte sich denn alles in dieser Welt immer nur um Männer?

»Alle legen die Waffen weg«, befahl Leaf daher nun harsch, »und bilden einen Kreis. Sofort.«

Viele verwunderte Blicke waren die Antwort, Moira grummelte etwas Unverständliches, doch nach und nach taten die Frauen trotzdem, wie Leaf ihnen geheißen hatte. Sie trat zu ihnen in den Kreis. Kurz war sie davor, ihnen nun doch gehörig die Meinung zu sagen. Ihnen möglichst bildlich auszumalen, zu welchen Gräueltaten Clan Ross fähig war, und sie dadurch daran zu erinnern, dass sie die Übungen verflucht noch mal ernst nehmen sollten. Doch dann erinnerte sie sich schon wieder an Artair, und was er von solchen Ansagen hielt.

Sie schüttelte sich kurz, legte dann aber dennoch ihre Arme einerseits um Greer und andererseits um Nessa, die links und rechts neben ihr standen. Die anderen Frauen taten es ihr daraufhin mit ihren Nachbarinnen gleich.

»Die Welt da draußen«, begann Leaf mit eindringlicher Stimme, »ist böse. Und machen wir uns nichts vor, sie wird nicht von uns, sondern von Männern bestimmt. Wenn ihr, wenn wir daran etwas ändern wollen, müssen wir unsere Kraft gemeinsam gegen sie einsetzen. Nicht gegen uns untereinander. Wenn Clan Ross morgen dieses Dorf überfallen sollte, wollt ihr, Greer und Nessa, dann, dass euch die andere grollt, weil ihr sie mit Schlamm beworfen habt? Oder wollt ihr, dass sie euren Rücken deckt? Wer ist euer eigentlicher Feind?«

»Die Ross«, murmelte Lorna nach einigen Augenblicken betretenen Schweigens. »Mylady, meint Ihr, dass sie auch Ardvreck

Castle überfallen werden? Ist meine Isla da überhaupt noch sicher?«

Man ist nie sicher, war ihre innere Antwort, doch sie wollte die Moral ihrer Schutzbefohlenen nicht noch weiter untergraben. Zumal diese, nachdem beinahe keine Frau die Strohscheibe getroffen hatte, ohnehin nicht mehr besonders hoch war. Also antwortete sie stattdessen: »Die Ross haben keine Fehde mit den MacLeods, sondern mit uns. Und deshalb tun wir hier alles, um uns im Fall der Fälle zu verteidigen. Wir haben genug für heute mit dem Bogen geübt. Ihr geht jetzt zu viert zusammen, zwei gegen zwei, und dann zeige ich euch, wie nützlich ein Partner im Kampf sein kann. Greer und Nessa, ihr beide übt gemeinsam.«

»Das war schlau von dir«, bemerkte Skye eine Weile später, als Leaf die Kampfübungen für beendet erklärte. »Nur warum warst du nicht Teil einer Gruppe?«

Leaf legte ihrer kleinen Schwester einen Arm um die Schultern. »Ich kann mittlerweile so gut auf mich aufpassen, dass ich keine Gruppe mehr brauche.«

»Ich wäre gern in deiner Gruppe«, sagte Skye leise. »Du und ich gegen den Rest der Welt.«

Leaf zog Skye näher an sich. »Wenn Mutter das hört, bekommst du gewaltigen Ärger.«

»Und wennschon«, sagte Skye. »Dir macht das doch auch nichts aus.«

»Das stimmt nicht«, widersprach Leaf. »Ich mag es keineswegs, wenn sie mir böse ist, nur kann ich es auch nicht ändern, weil sie in meinen Augen einfach falschliegt. Aber wenn du sie jetzt auch noch ärgerst, lässt sie ihre Wut nur wieder an Artair aus.«

»Also sorgst du dich vor allem um ihn«, stellte Skye fest und blieb stehen. »Wenn du nur einen von uns beiden retten könntest, wen würdest du wählen?«

»Dich«, antwortete Leaf wahrheitsgemäß. »Denn Artair kann für sich selbst sorgen.«

»Und wenn er es nicht könnte?«, drängte Skye. »Weil er gefesselt wäre? Würdest du dann immer noch mich retten?«

Leaf hörte den Schmerz in der Stimme ihrer Schwester und ging vor ihr auf die Knie. »Was würdest du denn tun, Skye, wenn du zwischen mir und Artair wählen müsstest?«

»Natürlich selbst sterben«, antwortete Skye prompt.

»Das würde ich auch tun. Ich kann mich nämlich genauso wenig zwischen euch beiden entscheiden.«

»Oh, ich würde nicht deshalb sterben«, widersprach Skye. »Ich mag dich lieber als Artair. Nur würdest du vermutlich ebenfalls sterben, wenn er tot wäre.« Sie blickte Leaf direkt in die Augen. »Ihr zwei gehört einfach zusammen.«

Skyes Worte gingen Leaf noch immer durch den Kopf, als ihre Schwester kurz darauf mit Mhairi und den anderen Frauen in Richtung des Waldrands lief, um dort auf einer Wiese die wöchentliche Wäsche zum Trocknen auszulegen. Begleitet wurden sie dabei von einigen Männern aus dem Dorf, die ihnen Artair zur Sicherheit als Wachposten mitgegeben hatte. Leaf selbst hatte sich den über Werwölfe plaudernden Frauen nicht angeschlossen, da sie nach dieser Kampfübung wohl oder übel noch einmal mit Grey sprechen musste. Denn obwohl die Frauen sich bemüht hatten, waren sie vor allem in den Nahkampfübungen bei Weitem nicht gut genug gewesen, und sie selbst besaß darin zwar einige Fertigkeit, aber noch zu wenig Findigkeit.

Dennoch zögerte sie, die Schmiede zu betreten, da sie eigentlich außer Artair keinen anderen Mann um Hilfe bitten wollte. Doch selbst wenn Artair nach ihrem gestrigen Streit seine Meinung geändert hätte, war er gerade mit dem Wiederaufbau der Burgmauer beschäftigt, wovon ihn Leaf keinesfalls abhalten wollte. Zudem konnte es nicht schaden, Grey selbst auf den Zahn zu fühlen, nachdem Tevin ihr heute noch nicht begegnet war und sie mit neuen Auskünften über Grahams Cousin versorgt hatte.

Entschlossen betrat sie die Schmiede, blieb aber sofort stehen. Und zwar nicht wegen Graham, der gerade mit der Zange ein Eisen in den Schmiedeofen legte und anschließend den Blasebalg betätigte. Sondern wegen Grey, der anstatt ihm zu helfen, seelenruhig am Tisch saß und etwas auf eine Wachstafel zeichnete.

»Mylady, womit verdienen wir die Ehre Eures Besuchs?« Auch wenn Greys Stimme spöttisch klang, waren seine Gesichtszüge hart und unnahbar. Als wünschte er sie sich weit weg. Und das konnte sie ihm nicht einmal verdenken. Schließlich erwischte sie ihn gerade dabei, wie er weder beim Schmieden half noch schlief, um wieder zu Kräften zu kommen. Warum zur Hölle ließ Graham ihm das durchgehen?

Leaf richtete einen freundlichen Gruß an Graham, dann ging sie zu Grey an den Tisch, auf dem schon die ersten Pfeilspitzen lagen, und stützte ihre Hände auf der Platte ab. »Hast du dir den Fuß gebrochen, oder warum stehst du nicht mit Graham am Amboss?«

Grey legte seine Arme über die Zeichnung, sodass sie diese nicht erkennen konnte. »Ihr sagtet, dass wir in Schichten arbeiten sollen, und meine ist gerade vorbei. Ihr stört mich daher in meiner Pause.«

Leaf blinzelte überrascht, während Graham erschrocken den Hammer zur Seite legte. »Grey«, stammelte er, »du sprichst mit Lady Leaf MacKay, der Tochter meines Herrn.«

»Ich weiß, wer sie ist«, antwortete Grey daraufhin schroff, schob seinen Stuhl zurück und machte eine übertrieben höfliche Verbeugung. »Zu Euren Diensten, Mylady. Was kann ich Euch dieses Mal geben?«

»Grey«, zischte Graham erneut, doch sein Cousin zeigte sich davon nicht beeindruckt. Legte er es vielleicht sogar darauf an, die Arbeit bei seinem Cousin zu verlieren? Damit er sich während der Rückreise zu seinem Vater wieder viel Zeit lassen und ohne jegliche Verpflichtung durch das Land ziehen konnte?

Leaf reckte das Kinn und deutete auf die Zeichnung, die nun nicht mehr verdeckt war. »Was wird das überhaupt? Ein Anhänger für eine Halskette?«

Rasch klappte Grey die Wachstafel zu, seine Miene wurde noch finsterer. »Das geht Euch nichts an.«

Leaf wollte gerade etwas erwidern, da trat Graham neben Grey. Er rieb seine Hände an der Lederschürze ab. »Wolltest du nicht die Pfeilspitzen härten? Nessa kommt zudem gleich zurück und kann mit dir …«

Doch Grey schüttelte den Kopf. »Das mache ich später, denn wenn ich die Nacht durcharbeiten soll, brauche ich eine Pause. Oder einen Ausritt. Nun, da Lady Leaf schon einmal da ist.«

»Einen … Ausritt?«, stammelte Graham. »Mit Lady Leaf?«

»Graham, du kannst deinem Cousin doch nicht durchgehen lassen, dass er sich deiner Arbeitsanweisung widersetzt«, sagte Leaf. Kein Wunder, dass Graham so oft überarbeitet war, wenn er es nicht verstand, sich durchzusetzen. Doch dann erinnerte sie sich, warum sie eigentlich in die Schmiede gekommen war, und sagte: »Na gut, eine Pause also. Aber ausreiten werde ich nicht. Unterrichte mich stattdessen.«

Greys Blick streifte kurz den offen stehenden Kragen ihres Leinenhemds. »Das lässt sich einrichten.«

»Im Nahkampf«, stellte Leaf klar. »Bring mir alle Kniffe bei, die du kennst. Es sei denn, du hast gelogen, was deine Findigkeit betrifft.«

»Ich habe nicht gelogen«, sagte Grey lässig.

»Gut für dich«, entgegnete Leaf schmunzelnd und nickte zur Tür. »Also?«

»Grey, ich weiß nicht, ob das ein guter Einfall ist«, murmelte Graham und kratzte sich am Kinn.

»Ist es nicht«, bestätigte Grey, trat vor Leaf und streckte ihr die Hand hin. »Aber wenn es meine Lady verlangt?«

Leafs Hals wurde eng, war sie sich auf einmal doch nicht mehr sicher, worauf sie sich einließ und ob es klug gewesen war, sich mit ihrem Anliegen ausgerechnet an ihn zu richten. Sie starrte zögernd auf Greys Hand, dachte dann aber an Lennox und die Bedrohung durch die Ross und ergriff sie.

Sie rechnete schon damit, im nächsten Moment auf dem Boden zu landen. Doch nichts dergleichen geschah. Stattdessen lächelte Grey sie mit schmalen Lippen an. »Dann ist es abgemacht. Ich zeige Euch alles, was ich weiß. Nach unserem Ausritt. Selbst wenn er nur bis zu den Rinderweiden geht.«

KAPITEL 10

Leaf hatte recht. Er zog den Schwanz ein, sobald es unangenehm wurde. Aber das sollte sich jetzt ändern. Er war schließlich an die dreiundzwanzig Jahre alt, sechs Fuß eins groß, stark und in der Lage, ein Gespräch mit Rhona zu führen. Also klopfte er an die Tür zur Bibliothek von Castle Varrich, die sich kurz darauf öffnete.

»Nanu, Artair, hast du gerade geklopft?«, fragte ihn Rhona.

»Hm, ja ... ich ...« Er verstummte und verfluchte sich im selben Moment dafür. Er hatte keine Schwierigkeiten, die Männer im Kampf zu unterrichten, war manchmal auch schüchtern, wenn er mit fremden Frauen sprach, aber es konnte doch nicht sein, dass es ihn solche Überwindung kostete, mit der eigenen Ziehmutter zu reden. Selbst wenn sie das in vierzehn Jahren so gut wie nie getan hatten. »Also ... ich ... wie geht es Conall?«

Rhona stemmte die Hände in die Hüfte. »Oje. Was hat Leaf dieses Mal angestellt, dass sogar du dazu bereit bist, sie zu verpetzen?«

Artair schüttelte den Kopf. Er hasste diesen vorwurfsvollen, fast verächtlichen Klang in Rhonas Stimme. Wie oft hatte er sich als Kind gewünscht, sie würde ihm lieber eine Ohrfeige verpassen, als ihn mit Worten, die ihn noch Wochen später verfolgten, zu verletzen. »Ich würde Leaf nie verpetzen, ganz gleich, was sie tut.«

»Ich weiß.« Rhona sah ihn lange an, dann verschränkte sie ihre Hände ineinander. »Willst du nicht zu mir in die Bibliothek kommen?«

Artair traute seinen Ohren nicht, und das musste sich wohl in seinem Gesicht widerspiegeln, denn Rhona neigte den Kopf. »Nun komm schon. Conall wird nicht ewig mit Wynda Regenwürmer suchen, und ich will dir etwas zeigen.«

»Setz dich«, forderte ihn Rhona auf, als er zögernd hinter ihr den Raum betrat. Er war schon sehr lange nicht mehr in der Bibliothek gewesen und fühlte sich plötzlich vollkommen überwältigt, fand er sie doch noch eindrucksvoller als beim letzten Mal. Die Wände wurden von Regalen voller Bücher gesäumt, während sich in der Mitte des Raums ein hölzerner Tisch mit einer Kerze und mehreren Schriftstücken befand. Die Fenster waren hoch und lichtdurchflutet. Sie gaben den Blick auf die blaue Meeresbucht und die umliegenden heidekrautbewachsenen Hügel frei und wirkten wie Tore in eine unendliche Weite. Kein Wunder, dass River dieses Zimmer so sehr liebte.

Eine tiefe Bitterkeit stieg in ihm auf, als ihm erneut klar wurde, was ihm von Rhona all die Jahre vorenthalten worden war. Die nicht zugelassen hatte, dass er ebenso wie Flower, River, Leaf und Skye hier unterrichtet wurde.

»Das ist mein neuestes Gedicht.« Rhona griff nach einer Wachstafel und hielt sie vor sich hin. »Blätter fallen, Wirbeltanz, tiefer Schmerz, Federnkranz, der Wind, er sehnt, er sucht, ich wüte, und du verrätst …«

»Hör auf«, verlangte Artair.

»Gefällt es dir nicht?«, hauchte Rhona betroffen. »Sicher, es ist noch roh, aber …«

»Ich verstehe nichts von Gedichten, weil ich nichts über sie gelernt habe.« Artair umklammerte die Lehne eines Stuhls. »Ich kann die Buchstaben auf der Wachstafel nicht lesen, weil du es verhindert hast. Ich …« Seine Stimme brach, als er merkte, dass seine Augen feucht wurden. Sofort wandte er sich ab und trat vor das Fenster, starrte auf das Meer.

»Das ist auch nicht wichtig«, sagte Rhona leise. »Du bist ein Kämpfer. Deine Sprache ist die des Schwerts.«

»Glaubst du das wirklich, oder redest du dir das nur ein, damit du nachts besser schlafen kannst?«, erwiderte er offen.

Rhona schwieg eine Weile, und auch er war nicht fähig, etwas zu sagen. In diesem Moment war ihm alles zu viel. Die Kindheit, die zwar viel besser gewesen war als die der meisten Bauernkinder, in der er aber immer wieder Ablehnung und Geringschätzung erfahren hatte, die ihn schmerzten, tief und dauerhaft. Die langen, einsamen Nächte auf dem Stallboden. Das Wissen, dass es seine Ziehmutter lieber gesehen hätte, er wäre damals im Meer ertrunken.

»Warum?«, hauchte er schließlich und drehte sich zu ihr um. »Warum hast du mir das angetan, wo ich doch keinen bösen Gedanken in meinem Herz getragen habe? Wo ich mir doch so sehr eine Mutter gewünscht habe und auch gebraucht hätte?«

Rhona zitterte und ließ sich matt auf einen Stuhl sinken. »Das weißt du doch längst«, sagte sie kaum hörbar. »Ich dachte, du seist Gregors Bastard. Der Sohn, den ich ihm nach vier Töchtern immer noch nicht geschenkt hatte.«

»Und selbst wenn ich sein Bastard gewesen wäre, was hätte ich dafürgekonnt?«, zischte er und konnte nun nicht mehr verhindern, dass ihm Tränen über die Wangen rannen.

»Nichts«, sagte Rhona. »Du konntest nichts dafür.«

Artair wischte sich mit der Hand über die Augen. »Ich hatte alles verloren. Meine Eltern. Meine Heimat. Wusste weder meinen Namen, noch wer ich war.« Er schlug mit der Faust gegen die steinerne Mauer neben sich. »Warum bist du erst gestern und nicht schon früher zu Father Maxwell gegangen, um ihn zu fragen, ob ich wirklich am Strand angeschwemmt wurde?«

Rhona fuhr mit den Fingern auf der Tischplatte hin und her. »Und warum hast du es nicht getan?«

»Ich habe mich nicht getraut«, antwortete Artair nach einer Weile.

»Ich mich auch nicht«, gestand Rhona leise.

Er rang nach Luft. »Und warum dann jetzt? Warum nach vierzehn Jahren?«, flüsterte er heiser, unsicher, ob seine Wut in Wahrheit nicht eher seiner eigenen Untätigkeit galt.

Rhona erhob sich. »Gregor ist jetzt Clanführer. Ich musste wissen, wer von euch beiden, du oder Conall, tatsächlich der erstgeborene Sohn meines Ehemanns ist. Und ich habe mir auch Sorgen um Leaf wegen der geplanten Ehe mit Lennox Ross gemacht, denn Leaf hasst Lennox mehr als wir alle zusammen. Und zu diesem Zeitpunkt wusste ich noch nicht einmal, dass er uns womöglich überfallen wird.«

»Du weißt auch, warum sie ihn hasst«, schnaubte er abschätzig, verstand aber nicht, was seine Abstammung wiederum mit Leafs Ehe zu tun haben sollte.

Rhona schwieg. »Aye, ich weiß, warum meine Tochter Lennox hasst, aber Gregor weiß es nicht.«

Artair drehte sich zu ihr um. »Vielleicht hättest du ihm damals, so, wie Leaf und ich dich gebeten hatten, einfach die Wahrheit sagen sollen, anstatt mich zum Sündenbock zu machen.«

Rhona straffte die Schultern. »Wir alle machen Fehler, aber ich werde nicht zulassen, dass meine damalige Entscheidung weiterhin das Leben meiner Tochter bestimmt.«

»Das tut es doch längst, und das weißt du auch«, herrschte Artair sie an, der seine Wut nicht länger im Zaum halten konnte.

Rhona fegte nun ihrerseits die Blätter vom Tisch und trat gegen das Tischbein. Ihre Reaktion überraschte ihn, denn so unbeherrscht hatte er sie noch nie erlebt. »Glaubst du etwa, ich habe das Leaf gewünscht?«, schmetterte sie ihm entgegen. »Es tut mir leid«, fügte sie schon wieder etwas ruhiger hinzu, stand auf und trat einen Schritt auf ihn zu. »Es tut mir von Herzen leid, dass ich nicht die Mutter war, die du gebraucht hast.«

Das sagt sich leicht, jetzt, da du weißt, dass ich nicht Gregors Sohn bin, dachte er, trotzdem beschleunigte sich sein Puls. Wie lächerlich, dass er sich doch tatsächlich über ihre Worte freute, obwohl Rhona ihn immer wieder enttäuscht hatte.

»Ich meine es ernst.« Sie umfasste zögernd sein Gesicht mit ihren Händen. »Es tut mir leid, Artair.«

Er schloss die Augen, spürte die Berührung, nach der er sich so viele Jahre lang gesehnt hatte. Von der er nie gedacht hatte, dass er sie je erleben würde. »Ohne mütterliche Liebe habe ich mich manchmal verdammt einsam als Kind gefühlt.«

»Das kann ich mir vorstellen«, hauchte sie. Er öffnete wieder die Augen und sah mit Schrecken, dass Rhona weinte. »Wo man doch selbst mit Liebe einsam sein kann.«

Artair nahm ihre Hände von seinem Gesicht. »Ich weiß nicht, ob ich dir verzeihen kann«, sagte er schließlich.

»Das musst du auch nicht«, sagte Rhona und blickte kurz aufs Meer hinaus. »Trotzdem muss ich dich um etwas bitten.«

Artair zog die Brauen zusammen. Daher wehte also der Wind. Sie war nur freundlich zu ihm, weil sie etwas von ihm wollte. Und er konnte sich auch denken, was es war. »Leaf hat mir schon gesagt, dass du zu Flower und River reisen willst«, sagte er tonlos. »Ich werde dich nicht daran hindern. Leaf und ich kommen auch allein zurecht.« Er fand es feige von Rhona, zu fliehen, aber hatte er etwas anderes von ihr erwartet?

»Nein«, sagte diese so entschieden, dass er kurz glaubte, sich verhört zu haben. »Leaf hatte recht. Eine Lady rennt nicht davon. Und ich bin schon viel zu lange davongerannt.«

Artair schwieg und sah sie abwartend an.

»Ich werde also bleiben«, sagte Rhona und holte tief Luft. »Weil ich darauf vertraue, dass es euch gelingt, die Burg zu verteidigen. Und mir, sollte doch kein Überfall stattfinden, zudem eine andere Möglichkeit eingefallen ist, um Leaf vor Gregors wahnwitzigen Plänen zu schützen.«

»Und die wäre?«

Rhona fächelte sich Luft zu und sah gleichzeitig so entschlossen aus wie nie zuvor. »Du heiratest meine Tochter. Damit Lennox Ross es nicht mehr kann.«

»Wie bitte?« In seinen kühnsten Träumen hätte Artair höchstens gehofft, mit Leaf im Verborgenen zusammen zu sein, sie im Schutz des Waldes zu küssen, zu berühren. Sie zu lieben, während alle anderen dachten, sie gehöre zu niemandem. Aber sie zu heiraten? Ihr Ehemann zu werden?

»Ich weiß, ich weiß«, sagte Rhona. »Du bist kein Lord und hast keinen Titel ... und keine Ländereien ... und keine ...« Sie winkte ab. »Aber ihr seid Freunde. Und ich weiß, dass du Leaf beschützen wirst und kannst.«

»Sie wird mich niemals heiraten«, sagte Artair nun so sachlich, als würde nicht er, sondern ein anderer reden. Denn er befürchtete, dass er, wenn er sich auch nur die leiseste Hoffnung erlaubte, dass Leaf und er tatsächlich als Mann und Frau zusammen sein könnten, daran zerbrechen würde. Denn Leaf liebte ihn nicht, sondern betrachtete ihn lediglich als ihren besten Freund.

»Ich weiß, dass meine Tochter die Ehe ablehnt«, sagte Rhona. »Aber sie wird trotzdem um einiges lieber dich heiraten als Lennox Ross. Zumal sie meines Wissens sowieso nie davon ausgegangen ist, dass ihr miteinander verwandt seid.«

Doch Artair schüttelte den Kopf. »Nein, das geht so nicht. Denn auch Gregor wäre dagegen.« Er wollte nicht einmal daran denken, was sein Ziehvater tun würde, fände er heraus, dass er Leaf geheiratet hatte, anstatt sie zu ihm und Lennox nach Achfary Castle zu bringen.

»Artair.« Rhonas Stimme klang verzweifelt. So hatte sie sich ihr Gespräch offenkundig nicht vorgestellt. »Wenn du Leaf heiratest, wärst du ein echter MacKay. Ein Mann unseres Clans. Hast du dir das nicht immer gewünscht?«

»Wenn ich Leaf heirate, bin ich nur so lange ein MacKay, bis Gregor mir den Kopf von den Schultern schlägt.«

»Das würde er nicht tun. Er liebt dich wie einen echten Sohn.«

»Und ich achte ihn wie einen echten Vater«, konterte Artair und überlegte kurz, Rhona von Gregors Auftrag an ihn zu erzählen. Doch dann verwarf er den Gedanken, denn dafür traute er ihr nicht genug.

Rhona räusperte sich. »Weißt du ... dass man sich über Lennox Ross erzählt, er habe einmal seinen Hund mitgebracht, weil er dabei zusehen wollte, wie das Tier und seine Gespielin ... im Bett ...«

Sofort wurde Artair übel, doch Rhona sprach trotz der Tränen, die aus ihren Augen traten, weiter. »Willst du wirklich zulassen, dass das Leafs Schicksal wird?«

Nein, lautete die klare Antwort auf diese Frage. Er wollte nicht einmal, dass die Worte Lennox, Leaf und Bett in einem Satz verwendet wurden, von der Sache mit dem Hund ganz zu schweigen, die sicher ein Gerücht sein musste. Dennoch konnte er Leaf nicht heiraten. Nicht, solange Gregor nichts davon wusste und vor allem Leaf ihn nicht heiraten wollte. Niemals würde er sie zu einer Ehe zwingen … niemals.

»Frag sie zumindest«, bat Rhona. »Es erwartet ja niemand, dass es eine Liebesheirat wird. Alles, was von dir verlangt wird, ist ein Ehegelöbnis und eine Hochzeitsnacht.«

»Hochzeitsnacht«, wiederholte Artair. Er sah Leaf vor sich auf dem Bett liegen, wie sie ihn auf sich zog, wie sie ihre Arme um seinen Nacken schlang, ihn küsste. Wie er seine Lippen von ihrem Mund zu ihrem Hals, den Brüsten … »Nein«, wiederholte er. Leaf würde ihn allein schon für den Umstand, dass er solche Gedanken hegte, mit ihrem Dolch durchbohren.

»Sei kein Narr«, zischte Rhona. »So unansehnlich ist meine Tochter nun auch wieder nicht.«

»Sie ist wunderschön«, platzte es aus Artair heraus.

»Ah«, machte Rhona nur und lächelte wissend. »Wir müssen es ja auch nicht heute entscheiden.«

Artair wollte auf einmal nur noch weg. Die Möglichkeit, Leaf zu heiraten, und das auch noch mit Rhonas Segen, war einfach zu viel für ihn. Zu unwirklich. Und zu gefährlich.

»Sagst du nicht immer, man muss dem Leben vertrauen?«, setzte Rhona nach, als er nicht antwortete.

Artair wandte sich ab, und sein Blick fiel auf die halbmondähnliche Schnittwunde an seinem Arm, die langsam verschorfte. Aye, verdammt, genau das sagte er immer.

Er griff nach der Holzpfeife unter seinem Leinenhemd.

»Entschuldige mich«, sagte er und drückte sich an Rhona vorbei.

Er brauchte jetzt ein Ale. Und zwar dringend.

KAPITEL 11

ollt Ihr einen Schluck Wein?«, erkundigte sich Grey, der auf Leaf übermäßig zufrieden wirkte, als er neben ihr auf seiner gefleckten Stute die herbstlichen Rinderweiden erreichte. Beinahe so, als hätte er vergessen, dass sie nicht freiwillig hier war, sondern er sie gewissermaßen zu diesem Ausritt gezwungen hatte.

»Ich hätte dir vorhin beim Trensen deines Pferds in die Kniekehle treten und dich zu Boden werfen sollen«, sagte sie kopfschüttelnd. Damit hätte sie ihn gewiss so sehr provoziert, dass er ihr sofort gezeigt hätte, was er tatsächlich vom Kämpfen verstand.

»Also habt Ihr keinen Durst«, folgerte Grey und genehmigte sich selbst einen Schluck aus dem Trinkschlauch. Um sie herum wogten die Gräser im Wind, und in der Ferne funkelten die schneebedeckten Gipfel von Ben Hope und Ben Loyal in der Nachmittagssonne.

»Ich trinke keinen Wein«, erklärte Leaf daraufhin. »Ich habe genug betrunkene Menschen in meinem Leben gesehen. Auf diese Erfahrung kann ich verzichten.«

Grey verschluckte sich beinahe. »Ihr wart noch nie betrunken? Nicht einmal ein wenig?«

Leaf brachte Ealair zum Stehen und grüßte die beiden Wachposten am anderen Ende der Weide, die verwundert in ihre Richtung sahen. »Ich verschwende meine Zeit mit dir. Ich reite besser zurück.« Zumal sie auch nicht wollte, dass Artair sich Sorgen um sie machte.

Keinen Lidschlag später versperrte Grey ihr mit seinem Pferd den Rückweg. »Ihr nehmt alles zu ernst, Mylady.«

»Und du nimmst alles zu leicht. Das Leben ist kein Spiel.«

Ein Lächeln spielte um Greys Lippen. »Das wird sich noch zeigen. Aber gut, wenn Ihr meine ernste Seite bevorzugt: Was haltet Ihr davon, die Dorffrauen auch im Speerwerfen auszubilden? Auch Ungeübte lernen schnell, mit ihnen umzugehen.«

Leaf blinzelte. »Nur ist der Feind schon ziemlich nah, wenn Speere zum Einsatz kommen.«

»Na und?«, sagte Grey hart. »Am Ende zählt doch vor allem, dass er tot ist.«

Leaf schwieg einen Augenblick und musterte den Mann, der seinem Pferd nun beruhigend den Hals klopfte, nachdenklich. Hatte er damit recht?

»Komm, Horse. Zumindest wir machen jetzt einen Ausritt«, sagte Grey nun unvermittelt und lenkte sein Reittier von den Weiden in Richtung des Pfads, der entlang des Waldrands hinunter zu Loch Hakel verlief.

»Du nennst dein Pferd Horse?«, entfuhr es Leaf, und sie musste ungewollt lachen.

Grey zuckte mit den Schultern, und Leaf folgte ihm nun doch, obwohl sie wusste, dass die Männer der Ross jederzeit im Wald auftauchen konnten, ein Ausritt dorthin also unklug und gefährlich war. Gleichzeitig merkte sie aber auch, wie sehr sie das Reiten und die Freiheit auf dem Pferderücken in den letzten Tagen vermisst hatte.

»Woher hast du das Pferd überhaupt?«, fragte sie daher, während sie neben Grey herritt. »Jemand wie du hat niemals genug Silber, um sich ein Pferd zu kaufen.«

»Ich habe auch nicht dafür bezahlt.« Grey trabte die gescheckte Stute an, woraufhin einige Hochlandrinder in der Nähe erschraken und das Weite suchten.

»Du hast sie also gestohlen?« Leaf schloss mühelos zu ihm auf.

»Nein«, erwiderte Grey. Er saß dabei so fest im Sattel, als besäße er das Pferd schon seit Ewigkeiten. Auch wenn Leaf beim besten Willen nicht verstand, wieso er sich gerade eine gescheckte Stute ausgesucht hatte, wo das doch überhaupt nicht zu seiner undurchdringlichen Art passte. Aber vielleicht war genau das der Grund. Ein Pferd, das aneckte, für einen Mann, der aneckte.

»Du musst es gestohlen haben«, wiederholte sie. »Die Stute kann nicht anders in deinen Besitz gelangt sein. Außer du hast sie beim Kartenspiel gewonnen.«

Nun drehte er den Kopf zu ihr, ein Funkeln glomm in seinen Augen. »Vertraut mir, Lady Leaf. Ihr wollt nicht wissen, was ich getan habe, um dieses Pferd zu bekommen.«

Ihr Mund wurde trocken. »Du hast es … dir erschlafen?«

Greys Augen wurden noch eine Spur düsterer. »Gefällt Euch diese Vorstellung?«

Leaf schluckte, und sie sah wieder auf den Weg vor sich. Den Weg, den sie schon so viele Male mit Artair geritten war. »Wir machen ein Wettreiten bis zu Loch Hakel«, beschloss sie kurzerhand. »Wenn ich gewinne, war es das mit unserem Ausritt. Dann zeigst du mir, was du wirklich vom Kämpfen verstehst.«

»Und wenn Ihr verliert, küsst Ihr mich.«

Leaf atmete scharf ein. »Ich verliere nicht«, sagte sie frech, fasste die Zügel ihres Pferdes nach und schnalzte mit der Zunge.

Einen Moment schaute Grey ihr ungläubig nach, dann schnalzte auch er mit der Zunge und beugte sich über den Hals seines Pferds. Bunte Blätter wurden vom Wind verwirbelt und schlugen ihnen entgegen, die Hufe der Pferde schleuderten feuchten Wiesenboden in die Luft, und die Eichelhäher in den nahen Baumkronen flogen aufgescheucht davon.

Leafs Herz pochte schnell, und zum ersten Mal, seit Ninian ihr die Nachricht ihres Vaters überbracht hatte, pulsierte wieder die pure Lebenslust durch ihre Adern. Sie war frei und wild und … wurde überholt?

Ungläubig blickte sie zur Seite, sah, wie Grey mit seiner Stute Hufschlag für Hufschlag an ihr vorbeizog. Sie presste die Lippen zusammen, erhob sich leicht im Sattel, beugte sich weiter nach vorn. Sie hatte doch nicht so viele Male gegen Artair gewonnen, um nun gegen Grey zu verlieren.

»Los, Ealair!« Sie presste ihre Waden enger an dessen Bauch. Der Hengst schnaubte, seine Galoppsprünge wurden schneller, seine Mähne peitschte ihr ins Gesicht.

Sie würde gewinnen. Sie musste gewinnen. Dort vorn näherte sich bereits Loch Hakel, doch Grey lag noch immer eine halbe Pferdelänge vorn.

»Nun mach schon«, feuerte sie ihren Hengst an, gab ihm mehr Zügel, damit er noch rascher galoppieren konnte. Dieser verstand sie sofort, gewann noch einmal an Geschwindigkeit, ließ die Eschen und Pappeln zu ihrer Linken und die Weiden zu ihrer Rechten so schnell an ihr vorbeiziehen, dass sie deren Gelb-, Orange- und Grünfärbung nur noch verschwommen wahrnahm. Sie hatten den tiefblauen See nun fast erreicht … Nein! »Nein, nein, nein!«

Leaf hieb mit der Faust auf ihren Oberschenkel und schmeckte Bitterkeit auf ihrer Zunge, als sie in den Schritt durchparierte. Knapp hinter Grey. Er sah sie amüsiert an. »Ihr dürft mir jetzt gratulieren.«

Leaf schüttelte den Kopf. »Warum habe ich das Gefühl, dass du irgendwie betrogen hast?«

»Würde es mir etwas bedeuten, wäre ich jetzt beleidigt, weil Ihr meine Fähigkeiten unterschätzt habt.« Seine Miene wurde finster. »Aber es bedeutet mir nichts. Ich hatte Jahre, um mich daran zu gewöhnen.«

»Wie meinst du das?«, fragte Leaf, doch er antwortete nicht, weshalb sie schließlich sagte: »Wir reiten noch mal um die Wette, den gleichen Weg zurück. Und wenn ich gewinne, verrätst du mir, was du mit deiner Bemerkung gemeint hast.«

Grey lächelte und zeigte dabei seine spitzen Eckzähne. »Man bekommt im Leben nicht für alles eine zweite Chance.«

Leaf wandte ihr Pferd. »Nein, man nimmt sie sich. Bereit?«

Doch Grey lachte nur auf und ritt gemächlich in die andere Richtung weiter, um den See herum. »Habt Ihr etwa Angst davor, mich zu küssen, Lady Leaf MacKay?«

Sie starrte ihm einige Augenblicke hinterher, sog den frischen Geruch des Wassers ein und schloss dann erneut zu ihm auf. »Wir haben nicht ausgemacht, wann ich dich küsse.«

»Ihr dürft es Euch aussuchen.«

»Wirklich?« Leaf sah ihn prüfend an. Jemand wie Grey meinte das sicher nicht ernst.

Doch er nickte. »Ehrenwort. Nur darf ich mir dann aussuchen, wohin Ihr mich küsst.«

Leaf verschlug es die Sprache, doch Greys Miene blieb unbewegt. Zur Hölle, er meinte das wirklich ernst!

Ein wohliger Schauer lief ihr den Rücken hinab, und ihr Blick wanderte über seinen sehnigen Oberkörper zu seiner Körpermitte. Er bemerkte es, und nun bekam sein steinerner Gesichtsausdruck doch Risse. »Dich schreckt die Vorstellung nicht ab«, stellte er fest.

Sie musste dem Gespräch eine andere Richtung geben. Jetzt. »Erzähl mir von deiner Familie«, war das Erste, das sie zu ihrem ursprünglichen Vorhaben zurückbrachte.

»Wollt Ihr mich etwa erst kennenlernen, bevor Ihr vor mir auf die Knie sinkt?« Der amüsierte Unterton war aus seiner Stimme gewichen. Dafür schwang etwas anderes mit. Tiefe Abneigung? Oder gar Hass?

»Dass sie dir keine Manieren beigebracht haben, weiß ich ja schon«, gab Leaf forsch zurück. »Du bist also nicht in der Nähe einer Burg aufgewachsen. Sondern in einem abgelegenen Dorf.«

»Und womit erklärt Ihr dann Euren Mangel an Anstand?«, entgegnete er mit einem unmissverständlichen Blick auf ihr dunkles Leinenhemd.

Wider Willen musste Leaf lachen, als sie ihren Fehler erkannte. »Also bist du auf einer Burg aufgewachsen.«

»Das habe ich nicht gesagt«, widersprach Grey, und sie merkte, dass sie so nicht weiterkam und ihn ausreden lassen musste.

»Also gut, ich höre?«

Doch Grey schwieg beharrlich, ehe er schließlich sagte: »Ihr würdet den Ort ohnehin nicht kennen.«

Leaf schnaubte. »Jetzt unterschätzt du mich.« Sie war mit Artair schließlich schon einige Meilen weit geritten, um vielleicht etwas über seine Herkunft herauszufinden.

»Genau wie Ihr mich vorhin.«

»Aus gutem Grund. Ich kenne keinen Schmied, der so reiten kann wie du.«

»Ihr kennt genau einen Schmied, und das ist Graham. Warum soll ich also eine Ausnahme sein?«

Leaf wies mit dem Kinn auf sein Pferd. »Du reitest schneller als zuvor. Fast so, als wolltest du vor meinen Fragen fliehen.«

Sofort gab Grey seiner Stute mehr Zügel und lehnte sich im Sattel zurück. Der Wind wehte ihm eine Haarsträhne ins Auge. Kurz blickte er zu den Wolken über ihnen, durch die die Herbstsonne ihr goldenes Licht schickte, dann zuckte er mit den Schultern. »Ich war nicht sehr gern daheim, in Skail, weil Ihr das ja unbedingt wissen wollt. Also bin ich viel ausgeritten.«

»Hm«, sagte Leaf, denn in Skail war sie tatsächlich noch nie gewesen. Sie wartete, ob er noch etwas ergänzte, und fragte, als er das nicht tat: »Und warum warst du nicht gern daheim? Hast du in der Schmiede deines Vaters auch öfter gezeichnet, anstatt zu arbeiten?«

Grey legte den Kopf zur Seite, um seinen Nacken zu dehnen. »Nein, ich zeichne nicht oft. Aber ich hure herum. Und das hat meinem Vater nicht gefallen.«

»Oh.« Leaf musterte Greys Profil. Wie konnte er das so beiläufig sagen, ohne dabei zu erröten? Während ihre Wangen, Gott verfluche sie, immer heißer wurden.

»Bei meinem Vater verlief jeder Tag furchtbar ernst«, presste Grey nach einer Weile hervor. »Es ging immer nur um Verantwortung und Können und … dieser ganze Mist ist nichts für mich. Ich will nicht so bitter werden wie er. Ich will Spaß haben.«

»Ha«, machte Leaf. Ihr Pferd trat in eine schlammige Pfütze, und das Wasser spritzte bis zu ihrer Hose hinauf. »Du bist noch selbstsüchtiger, als ich dachte. Es geht dir wirklich nur um dich.«

»Bei Euch verhält es sich doch nicht anders«, gab er gelassen zurück.

»Nein«, widersprach Leaf heftig. »Nichts geht für mich über meinen Clan. Ich würde alles tun, damit unsere Schutzbefohlenen sicher sind. Und das wird sich auch nicht ändern, solange Blut durch meine Adern fließt.«

Grey zog eine Augenbraue hoch. »Warum tut Ihr dann nicht, was Euer Vater verlangt, und heiratet diesen Lennox Ross?«

Augenblicklich brachte Leaf ihr Pferd zum Stehen und sah ihn mit zusammengekniffenen Augen an. »Ich habe dir nicht davon erzählt. Zumal es auch nicht stimmt, mein Vater will mich nicht mit diesem Bastard verheiraten.«

Grey lachte leise. »Denkt Ihr wirklich, Tevin würde den Mund halten, wenn man ihm einen Dolch auf die Brust setzt?«

»Du hast ihn mit einer Waffe bedroht?« Sofort bereute Leaf, dass sie Tevin den Auftrag, mehr über Grey herauszufinden, gegeben hatte.

»Der Junge ist gestern Nacht an mir geklebt wie Harz«, sagte Grey leichthin. »Lasst Ihr immer die Verwandten Eurer Freunde beschatten?«

»Man weiß nie, wem man trauen kann«, antwortete Leaf.

Greys Miene wurde düster. »Ihr könnt mir vertrauen. Nur hegt um Gottes willen keine Gefühle für mich. Schon gar keine Liebe, denn nach der Liebe kommt der Schmerz. Und ich wäre nicht da, um Euch zu trösten.«

Leaf schnaubte. »Keine Sorge. Ich würde in deiner Gegenwart nicht einmal ein Auge zumachen, geschweige, dir den Rücken zuwenden.«

»Nun, das mit dem Rücken werden wir noch sehen«, sagte Grey mit einem so eindeutigen Lächeln, dass sie ihn beim besten Willen nicht missverstehen konnte.

Sie musste grinsen. »Du bist unmöglich.«

»Und genau das gefällt Euch«, sagte er, bevor seine Stimme wieder ernst wurde und er zu seiner ursprünglichen Frage zurückkehrte. »Also, wieso hasst Ihr Lennox Ross so sehr, dass Ihr lieber Großmütter Kampfübungen machen lasst, als ihn zu heiraten?«

»Er hat meinen Onkel getötet. Und meine Cousine, mit der er einst sogar verlobt gewesen ist«, sagte Leaf bereitwillig, was aber nur die halbe Wahrheit war. Sie verachtete Lennox dafür, dass er ihre entfernte Familie getötet hatte, zu der sie jedoch keine allzu enge Bindung gehabt hatte. Aber sie hasste ihn aus einem anderen Grund, einem persönlichen, der nur sie und niemand anders betraf.

»Haben die MacKays nicht auch Menschen von Clan Ross getötet? Diesen, wie hieß er noch gleich …?«

»Yule Ross«, vollendete Leaf den Satz. »Lennox' Bruder.«

»Genau.« Grey sah sie erwartungsvoll an.

»Genau«, wiederholte Leaf. »Wir haben seinen älteren Bruder getötet. Denkst du, das macht eine Ehe zwischen Lennox und mir besser?« Sie erinnerte sich schließlich noch genau daran, wie sehr Lennox seinen älteren Bruder bewundert hatte. Allein schon deswegen würde er ihr in einer Ehe das Leben zur Hölle machen.

Grey nickte, und zum ersten Mal lag Verständnis in seinem Blick. »Ihr habt Angst, dass er sich an Euch rächt.«

Leaf spuckte aus. »Ich würde mich an ihm rächen, wenn ich ihn in die Finger bekomme.«

»Nur nicht in einer Ehe«, sagte Grey langsam, bevor sich seine Miene verhärtete. »Ich kann Euch gut verstehen. Heiraten macht nur bitter. Wer kann, sollte es lassen.«

»Also warst du schon einmal verheiratet?«

Greys Blick glitt in die Ferne. »Nein. Und bevor Ihr fragt: Ich glaube auch nicht an die Liebe.«

»Woran glaubst du dann?«

Ein unseliger Ausdruck trat in Greys Augen, und er lenkte sein Pferd so nah an ihres, dass sich ihre Oberschenkel berührten. »An Gier. Und an das Hier und Jetzt.«

Leaf blinzelte. Die meisten Männer hatten Angst vor ihr. Entweder weil sie eine Lady war und sie wussten, was sich gehörte. Oder weil Leaf sie mit ihrer forschen Art abschreckte. Unverhohlene Begierde in den Augen ihres Gegenübers zu sehen, war vollkommen neu für sie. Und es gefiel ihr. Ob Artair sie schon einmal so angesehen hatte, ohne dass sie es bemerkt hatte?

Sie galoppierte ihr Pferd ohne Vorwarnung an, vorbei an einer kleinen Gruppe von Bäumen, darunter auch der, an dem das Klangspiel hing, das Artair einst für sie geschnitzt hatte. Grey tat es ihr gleich, nur um kurz darauf heftig zu fluchen. Woraufhin sich Leaf zu ihm umdrehte und sah, wie Grey eine Hand auf sein Auge presste, während ein Ast, den er gerade passiert hatte, auf Gesichtshöhe hin und her schwang.

Sie wollte gerade eine spöttische Bemerkung machen, als sie bemerkte, dass er blutete. »Zur Hölle, du hast dich ernstlich verletzt.«

Sie wendete ihr Pferd und trabte zu Grey, um ihm zu helfen, doch er schüttelte den Kopf und wischte sich das Blut aus dem Augenwinkel. »Der Ast hat mich nur an der Schläfe und der Augenbraue erwischt, dem Auge selbst geht es gut«, sagte er knapp.

Leaf beäugte ihn prüfend, doch abgesehen von dem blutigen Striemen seitlich des Auges schien er tatsächlich nicht verletzt zu sein. »Wir reiten besser zurück«, sagte sie dennoch.

Doch Grey winkte ab. »Sehe ich so aus, als ließe ich mir von einem Ast den Nachmittag verderben? Außerdem habe ich Euch versprochen, noch mit Euch zu kämpfen.«

»Du scheinst mir kein Mann zu sein, der ein Versprechen hält.«

»Doch«, widersprach Grey augenblicklich und wirkte dabei todernst. »Ich verspreche nicht oft etwas, aber wenn, halte ich mich auch daran. Außerdem brauchen die Pferde Wasser. Lassen wir sie daher trinken und schneiden derweil ein paar Äste für Eure Speere von diesen Bäumen.«

Ohne auf ihr Einverständnis zu warten, saß Grey ab, schlang die Zügel seines Pferds um dessen Hals und ließ es zu einer nahen Pfütze trotten.

»Ich mache das auch oft so«, schmunzelte Leaf und saß ebenfalls ab. »Auch wenn sich die Pferde nicht allzu weit wegbewegen sollten.«

»Ihr meint, falls Lennox Ross aus dieser Baumgruppe hervorspringt?« Grey deutete zwischen die Stämme. »Die Bäume stehen hier so weit auseinander, dass sich niemand zwischen ihnen verstecken kann. Ich kann von hier aus sogar die Wiesen auf der anderen Seite sehen.«

»Aye«, stimmte Leaf zu, dachte dann aber kurz an den Wolf, der sich hier noch immer aufhielt. Erst gestern hatten ihr die Wachen berichtet, dass er sich erneut auf die Weiden gewagt hatte, von ihnen aber mit einem Steinwurf vertrieben worden war. Dann machte sie sich gemeinsam mit Grey auf die Suche nach langen, geraden Ästen.

Es dauerte eine ganze Weile, bis sie schließlich etwa zwei Dutzend davon gefunden hatten. »Ich denke, das reicht«, sagte Leaf und legte ihren letzten Ast auf den Stapel, den sie gemeinsam aufgeschichtet hatten.

Grey nickte, löste seinen Gürtel und knotete damit die Äste mit erstaunlichem Geschick zusammen.

»Und wo hast du das gelernt?«, erkundigte sich Leaf.

Grey schmunzelte daraufhin, ging aber nicht auf ihre Frage ein, sondern pfiff stattdessen nach seinem Pferd, das sogleich kam, und löste einen ledernen Beutel von dessen Sattel. »Ich habe uns etwas zu essen mitgebracht«, sagte er und nickte ins Gras unter den Baumstämmen. »Wir haben uns eine Stärkung verdient.«

Doch Leaf schüttelte den Kopf. »Ich setze mich nicht gern auf den Boden, denn nirgendwo sonst ist man wehrloser. Eher klettere ich auf einen Ast.«

Grey blickte den Stamm hinter sich nach oben. Kurz zögerte er, dann lehnte er sich mit dem Rücken an ihn und formte mit den Händen eine Trittleiter. »Also gut, dann essen wir das Brot eben oben mit Aussicht.«

»Danke, aber ich brauche keine Hilfe beim Klettern«, erwiderte Leaf. »Gib mir einfach das Brot, wir essen es im Stehen.«

Doch Grey schien Gefallen an ihrem nicht ernst gemeinten Vorschlag gefunden zu haben. »Kommt schon, Mylady. Oder habt Ihr Angst vor einer Räuberleiter?«

Leaf sah zu der Baumkrone hinauf. Es war ausgerechnet jene Birke, in der der Wind gerade Artairs Klangspiel unheilvoll zum Klingen brachte. Wollte sie wirklich mit Grey dort oben sitzen, an jenem Ort, der eigentlich ihr und Artair gehörte? Doch dann fand sie den Gedanken so albern, dass sie erst recht auf die Birke klettern wollte. Allerdings nicht, ohne Grey vorher zwinkernd zu warnen. »Wehe, du lässt mich fallen.«

»Keine Sorge. Ich verspreche Euch, dass Ihr nicht ungewollt auf dem Boden landet.«

Mit einem unschuldigen Lächeln hielt er ihr nun seine Hände hin. Leaf traute seinen Worten kein bisschen, wollte aber trotzdem wissen, was er vorhatte. Zumal sie nicht glaubte, dass er ihr, abgesehen von seinen Spielchen, ernsthaft etwas Böses wollte, denn dann hätte er sie schon beim Holzsammeln angegriffen.

Also setzte sie ihren schlammverschmierten Stiefel in die Mulde seiner Hände und griff nach dem Ast über seiner Schulter, während der Wind das Klangspiel erneut zum Klingen brachte. Als sie sich jedoch vom Boden abstieß, um den anderen Fuß auf Greys Schulter zu setzen, öffnete dieser wie erwartet seine Hände. Sie fiel nicht, sondern glitt dank ihrer Hand am Ast an ihm hinab und landete mit den Füßen direkt auf seinen Stiefeln.

»Wusste ich doch, dass du lügst«, lächelte sie triumphierend, während sie seinen festen Griff um ihre Taille spürte und sich seltsamerweise nicht aus ihm befreien wollte.

Beinahe unmerklich schüttelte er den Kopf. »Ich habe Euch doch gesagt, dass Ihr nicht auf dem Boden landen werdet. Das seid Ihr nicht.«

Leaf musste wider Willen lachen, denn er hatte recht. »Wieso hast du das getan?«

Grey senkte seine Stimme. »Das wisst Ihr doch. Oder nicht?«

Leafs Atem beschleunigte sich. Sein Geruch nach Feuer und Rauch stieg ihr in die Nase.

»Überschreite ich damit eine Grenze?«, hauchte er, während sein Mund sich langsam dem ihren näherte.

»Bislang ist es mir nicht so vorgekommen, als würde dich das kümmern«, sagte sie und sah ihm unmittelbar in die Augen. Neben seinem linken war noch immer etwas Blut zu sehen.

Ein Schatten legte sich auf Greys Gesicht, als würde er sich gerade an all die Male erinnern, wo er genau das getan hatte. Grenzen überschritten. »Befreit euch aus meinem Griff, wenn Ihr wollt«, sagte er. »Ich halte Euch nicht auf.«

Doch Leaf zögerte, lehnte sich sogar an ihn, während seine Hand von ihrem Rücken zu der Bissnarbe auf ihrem Unterarm wanderte.

Bilder von Artair schossen ihr durch den Kopf, der sie im Pferdestall auch am Arm berührt hatte. Wie vertraut und wohltuend diese Berührung doch gewesen war. Und doch hatte er sie nicht geküsst!

Sie schloss die Augen, lauschte den Klängen des Klangspiels, das der Wind wieder liebkoste.

Greys Finger strichen währenddessen weiter ihren Arm nach oben.

Leafs Puls raste, sie atmete schneller und wartete. Doch nichts geschah.

Als sie die Augen wieder öffnete, starrte Grey sie an. »Nein.«

»Was soll das heißen, nein?«, hauchte Leaf. »Willst du mich jetzt nicht mehr küssen?«

»Doch«, sagte Grey und musterte sie mit plötzlich undurchdringlicher Miene. »Nur merke ich gerade, dass ich zuvor noch pissen muss.«

KAPITEL 12

Nach seinem Gespräch mit Rhona und der Arbeit an der Burgmauer war Artair geradewegs in die Taverne gegangen. Nicht wegen des Ales, denn auch wenn ihm vorhin nach einem oder mehreren zumute gewesen war, hatte er seine Sorgen noch nie mit Alkohol ertränkt. Sondern weil hier, zwischen den abgenutzten Tischen und den Klängen von Kerrs Dudelsack, Leichtigkeit herrschte und alles genauso war wie immer. Hier konnte er für eine Weile an einer neuen Flöte schnitzen und vergessen, dass ihm Rhona die Hand von Leaf angeboten hatte.

»Artair, los, spiel mit mir!«, rief Kerr ihm über die Köpfe der Anwesenden zu. Ein breites Lächeln lag auf seinem Gesicht, denn der Sohn des Schankwirts betäubte seinen Kummer sehr wohl mit Alkohol, und den hatte ihm Greer gestern anscheinend reichlich bereitet.

So kann es also gehen, wenn man der Liebe seines Lebens einen Heiratsantrag macht, dachte Artair und winkte grimmig ab. »Später, Kerr.«

Artair ließ sein Schnitzmesser sinken und starrte in das flackernde Licht der Kerze vor ihm, während Kerr weitere Aufforderungen in seine Richtung grölte. Leaf brannte so heiß, dass man sich an ihr einfach verbrennen musste. Er wusste, dass sie ihn mochte, vielleicht sogar so sehr wie sonst niemanden auf dieser Welt. Aber abgesehen von den Blicken, die sie ihm manchmal zuwarf, wenn sie sich unbeobachtet glaubte, hatte sie sich nie auch nur ansatzweise dahin gehend geäußert, dass sie mehr in ihm sah als einen Freund. Sie ließ sich nicht einmal gern von ihm umarmen!

Er begann, wieder zu schnitzen, und schnitt gerade ein viel zu großes Stück ab, als die Tür zur Taverne aufflog und Greer den Schankraum betrat. Sofort wurde Kerr totenbleich und ließ seinen Dudelsack sinken, doch seine Schwester Mhairi, die neben ihn trat, raunte ihm etwas zu, woraufhin er Greer den Rücken zuwandte und wieder weitermusizierte.

Greer zog ihre blonden Brauen zusammen, blieb einen Moment unschlüssig stehen und setzte sich dann ausgerechnet zu Artair an den Tisch. Wie es schien, hatte seine grimmige Miene sie im Gegensatz zu den anderen nicht abgeschreckt.

»Prost«, sagte sie, nahm seinen Alekrug und leerte ihn in einem Zug. Er blinzelte mehrmals, sagte aber nichts, da ihm nicht nach einem Gespräch war.

»Du hattest wohl auch einen schlechten Tag«, säuselte Greer, verschränkte die Arme und beugte sich so weit nach vorn, dass sie ihm dabei einen großzügigen Blick in ihren Ausschnitt gewährte. Er blickte kurz auf ihre Brüste, dann sofort zurück auf seine Flöte, und Greer lachte. »Du musst dringend deinen übermäßigen Anstand loswerden, Artair. Oder liegt es an mir?«

Beinahe hätte Artair sich in den Daumen geschnitten, und das passierte ihm sonst nie. Aber Greer machte ihn tatsächlich unruhig. Sie war viel zu fordernd und viel zu erfahren. Und immer wenn er mit ihr sprach, hatte er das Gefühl, dass sie ihn am liebsten wieder mit in ihre Kate nehmen würde. Was Leaf wohl dazu sagen würde? Zumindest hatte sie sich gemerkt, dass er einmal dort übernachtet hatte, obwohl das schon lange her war.

»Wir könnten zu mir gehen«, sagte Greer prompt, als hätte sie seine Gedanken gelesen. Sie legte ihre Hand auf seinen Arm, und er musste sich einmal mehr eingestehen, dass er Greer mit ihren braunen Augen und den langen Wimpern ausnehmend hübsch fand. Nur war sie eben nicht Leaf. Und außerdem die Frau, die seinem Freund Kerr gerade das Herz gebrochen hatte.

»Nein danke«, sagte er und widmete sich wieder seiner Flöte. »Sprich lieber mit Kerr.«

»Ich habe ihm schon sechsmal gesagt, dass ich nicht heiraten werde. Wie kann er da enttäuscht sein, wenn ich auch beim siebten Mal Nein sage?«, brummte sie und stützte ihr Kinn in die Hände. »Er sollte sich lieber bei mir entschuldigen. Schließlich befinden wir uns seinetwegen in dieser misslichen Lage.«

Artair legte die halb fertige Flöte auf den Tisch. »Er liebt dich eben, Greer.«

»Ha, Liebe!«, sagte sie. »Ich liebe ihn auch. Aber wer mich liebt, legt mir keine Ketten an.«

»Ehen können Frauen auch schützen«, sagte er langsam und dachte wieder an Rhonas Worte. Schützen … Vielleicht war das ja der Schlüssel für die Lösung seines Problems? Vielleicht musste er Leaf seine Gefühle gar nicht offenbaren, sondern sich auf eine reine Zweckehe zurückziehen, die ihr Schutz vor Lennox bot und ihn zu einem echten MacKay machte. Und mit der Zeit könnte er dann ab und an erwähnen, wie gern er sie hatte. Sie in den Arm nehmen. Ihr einen Kuss auf die Wange geben. Sie zärtlich berühren. So könnte Rhonas Plan tatsächlich aufgehen, wenn er jetzt noch einen Weg fand, um Gregors Zustimmung zu erhalten!

»Danke, Greer«, sagte er unvermittelt und legte nun seine Hand auf ihre. Plötzlich war er aufgeregt, befand sich geradezu in Hochstimmung, weil er sich daran erinnerte, wie strategisch Leaf stets dachte. Wenn sie also davon ausginge, dass die Heirat für beide Seiten nur ein Handel wäre und er ihr gar nicht zu nahe treten wollte … Nein, Schluss damit … hatte er vorhin nicht vermeiden wollen, an eine Heirat mit Leaf zu denken? Aber da war ihm dieser Einfall auch noch nicht in den Sinn gekommen!

»Danke, wofür?«, fragte Greer verwirrt, beugte sich an sein Ohr und wisperte: »Danke mir lieber erst, nachdem du aufgestanden und mit mir nach Hause gegangen bist.«

Da flog die Tür zur Taverne ein zweites Mal auf, und ein Schwall kalter Abendluft strömte herein. Sofort drehte Artair den Kopf zur Seite, nur um in Leafs blitzende Augen zu blicken.

»Was zur Hölle«, zischte diese, sah zwischen ihm und Greer hin und her und blieb wie erstarrt im Türrahmen stehen.

»Tür zu! Es wird kalt«, schrie daraufhin die alte Moira, die wie jeden Abend sturzbetrunken war und Leaf vermutlich nicht einmal mehr erkannte. Er dagegen wich sofort von Greer zurück.

»Das war's dann wohl mit unserer gemeinsamen Nacht«, spottete Greer trocken und erhob sich. »Ich gehe mal besser, bevor sie mir noch das Handgelenk bricht.«

Artair nickte knapp, sah aus dem Augenwinkel, wie Greer zwischen den anderen Gästen verschwand. Kurz darauf war Leaf bei ihm und stützte mit bebenden Lippen beide Hände vor ihm auf den Tisch. »Ich habe dich schon überall gesucht. Amüsierst du dich auch gut, *großer Bruder?*«

»Alle können dich hören, wenn du so laut sprichst«, raunte er und ärgerte sich maßlos darüber, dass sie ihn schon wieder *großer Bruder* nannte. »Setz dich lieber.«

»Steh du lieber auf«, zischte sie. Immer mehr Gesichter wandten sich in ihre Richtung, sodass er tatsächlich aufstand, in der Hoffnung, dass Leafs Zorn sich dann legen würde. Was aber nicht der Fall war.

»Wir hatten ausgemacht, dass du die Burgmauer zusammen mit den Dorfbewohnern ausbesserst. Stattdessen sitzt du hier und trinkst mit ihnen.« Als wollte sie ihm verdeutlichen, was sie davon hielt, stieß Leaf den Krug um, den Greer zuvor geleert hatte. »Bin ich eigentlich die Einzige, die versteht, dass Lennox Ross in zwei Tagen hier sein kann?«

Artair schüttelte den Kopf, blieb aber ruhig. »Das ist möglich, muss aber nicht zwingend geschehen. Außerdem haben wir Wachen rund um das Dorf aufgestellt, auf die wir uns verlassen können, und die Menschen hier haben den ganzen Tag hart gearbeitet. Genauso wie ich. Sie haben sich eine Auszeit verdient, Leaf.«

»Niemand hat eine Auszeit, bevor ich es sage«, erwiderte sie.

Nun reichte es ihm. »Nein, Leaf, *ich* habe hier das Sagen. Und wenn *ich* sage, wir haben genug gearbeitet, haben wir genug gearbeitet. Zumal die Burgmauer bis auf ein kleines Stück schon wieder steht.«

Er nahm erneut sein Schnitzmesser zur Hand und wartete darauf, dass sich sein schnell gehender Atem beruhigte. Leaf war manchmal einfach unmöglich. Sie konnte ihn doch nicht so anherrschen, als sei er ihr Untergebener.

Sie starrte ihn einen Moment lang an, und er war beinahe sicher, dass sie nun den Alekrug nehmen und an der schiefen Wand hinter ihm zertrümmern würde. Doch dann presste sie die Lippen zusammen und setzte sich. »Entschuldige.«

»Hier, das hat noch jedem gutgetan.« Mhairi stellte einen Krug Ale und eine warme Suppe vor Leaf auf den Tisch.

»Danke«, nickte Leaf, doch er hörte ihrer Stimme an, dass sie noch immer aufgebracht war.

»Du und Greer«, sagte sie schließlich, ohne ihn dabei anzusehen, »ihr seht euch jetzt also wieder?«

Ein zartes Gefühl der Hoffnung stieg darauf in Artair auf. »Würde dich das stören?«

Leafs zuckte leicht zusammen, dann nahm sie den Löffel und begann, ihre Suppe zu löffeln. »Nein, wieso sollte es? Wenn Kerr sich nicht daran stört, ist daran nichts auszusetzen. Ich will doch, dass du glücklich bist.«

Artair verschränkte die Arme. »Und wieso siehst du mich dann so an, als würdest du am liebsten deinen Dolch auf mich schleudern?«

Leaf wischte sich mit dem Ärmel ihres Leinenhemds über den Mundwinkel. »Grey hat herausgefunden, dass Tevin ihn beschattet. Er hat gegen mich im Wettreiten gewonnen und … mich fast geküsst.«

»Was?«, rief nun Artair so laut, dass sich alle zu ihm umdrehten und Kerr sogar sein Dudelsackspiel unterbrach. Artair winkte Kerr zu, dass er weitermachen sollte, und wiederholte dann leiser: »Grey hat was getan?«

Leaf zuckte mit den Schultern, sah auf das Ale und wirkte kurz, als ob sie tatsächlich einen Schluck davon nehmen würde. Doch er kannte sie gut genug, um zu wissen, dass sie das niemals tun würde. »Wir waren gemeinsam bei den Rinderweiden«, erklärte sie schließlich, benetzte ihren Daumen und fuhr mit ihm durch die Flamme der Kerze.

Artair verschluckte sich beinahe. »Bist du von Sinnen?«, knurrte er und dachte unvermittelt daran, dass heute während der Arbeit an der Burgmauer sogar ein junger Bursche Grey als unwiderstehlich gut aussehend beschrieben hatte. Die dunklen Haare, die den Schimmer der Nacht in sich trugen, das kantige Gesicht mit Wimpern, für die eine Frau töten würde, die strahlend grünen Augen, der schlanke, durchtrainierte Körper ... Er presste die Lippen zusammen. »Dort bei den Rinderweiden streicht immer noch der Wolf herum, Leaf. Und abgesehen von zwei Wachen ist dort niemand. Ich wusste nicht mal, dass ihr ausreiten wart!«

»Es war auch nicht vorgesehen, wir haben dort Stöcke für Speere gesammelt.«

Artair musterte Leaf eine Weile, dann schüttelte er langsam den Kopf. »Es hat dir gefallen.« Die Erkenntnis traf ihn bitter, während sich gleichzeitig eine unendliche Leere in ihm ausbreitete.

Als Leaf ihm nicht darauf antwortete, und sie antwortete sonst immer etwas, ballte er seine Hand unter dem Tisch zur Faust. So viel dazu, dass er und sie heiraten könnten. »Und warum habt ihr euch dann nicht geküsst?«, presste er hervor.

»Er musste pinkeln.«

Artair konnte es nicht fassen. Grey musste nicht klar im Kopf sein, wenn Leaf bereit gewesen war, ihn zu küssen, und er aus diesem Grund abgelehnt hatte. »Ist auch besser so«, wiegelte er ab. »Am Ende hättest du nur Liebeskummer wegen ihm gehabt.« Und er hätte Leaf dann auch noch trösten müssen ... indem er sie endlich selbst in den Arm nahm?

Bevor er diesen eigennützigen Gedanken weiterverfolgen konnte, schüttelte Leaf den Kopf. »Ich bin doch nicht in Grey verliebt. Ich will nur Erfahrung sammeln.«

»Erfahrung?«, platzte Artair überrascht heraus, denn Leaf hatte ihm im Pferdestall schon anvertraut, mit Grey schlafen zu wollen. Obwohl sie Grey nicht vertraute.

»Du weißt schon. Küssen. Sich berühr…«

»Das habe ich schon verstanden«, winkte er ab. »Aber warum, wozu?«

»Für mich«, antwortete sie leise.

»Grey ist ganz sicher nicht der richtige Mann dafür«, erwiderte er barsch. »Du hast selbst gesagt, dass er hinterlistig ist.«

»Vor allem glaubt er nicht an die Liebe, sondern nur an das Hier und Jetzt«, sagte sie und musterte ihn dabei mit undeutbarer Miene. »Ich muss mir also keine Gedanken machen, dass er sein Herz an mich verlieren könnte.«

»Leaf!«, entfuhr es Artair, aber er sammelte sich sofort wieder. »Was wäre denn so schlimm daran, wenn sich ein Mann in dich verliebt?«

Ihre Blicke trafen sich. Für einen Augenblick glaubte er, Verletzlichkeit in Leafs Augen zu sehen, da drang lautes Geschrei an sein Ohr, und keinen Lidschlag später sah er, wie die alte Moira mit voller Wucht ausholte und Mhairi einen so heftigen Kinnhaken verpasste, dass diese umkippte und hart mit dem Kopf auf dem Boden aufschlug.

Sofort sprang er auf. Warum nur war das rotblonde Mädchen seiner betrunkenen Großtante diesmal nicht aus dem Weg gegangen, wie sie es sonst zu tun pflegte?

So schnell er konnte, eilte er zu Mhairi und half ihr dabei, sich aufzusetzen. Leaf baute sich währenddessen vor Moira auf.

»Raus!«, fuhr Leaf die betrunkene Frau an. Moira holte daraufhin aus, um auch Leaf zu schlagen, und fand sich aber keinen Augenblick später auf dem Boden wieder. »Wenn du noch einmal gegen Mhairi oder mich die Hand erhebst, verlässt du Tongue. Verstanden?«

»Freche Göre, fahrt zur Hölle … Mannsweib«, lallte Moira, sodass Artair die Frau nun am Arm packte und grob auf die Beine zog. »Geh, Moira. Oder ich mache Leafs Drohung noch heute Nacht wahr und verbanne dich von diesem Land.«

»Ha, der Bengel!«, lallte Moira. »Du bist doch selbst nicht besser als wir. Nichts als ein dreckiger Bauernbalg, du …« Sie setzte ihm einen Finger auf die Brust und spuckte ihm abschätzig ins Gesicht.

Sofort begann Artair am ganzen Körper zu zittern. Seit er auf Castle Varrich war, hatte es niemand gewagt, ihn anzuspucken. Trotzdem wusste er plötzlich mit erschreckender Klarheit, die er die letzten vierzehn Jahre nicht gehabt hatte, dass ihm das zuvor schon einmal passiert war.

»Tu das noch mal. Jetzt!«, verlangte er mit heiserer, beinahe flehender Stimme.

»Hat Mhairi sich den Kopf gestoßen oder du?«, stöhnte Leaf neben ihm und winkte Kerr herbei. »Du bringst deine Großtante auf der Stelle nach Hause. Und du, Greer, siehst zu, dass Mhairi nichts fehlt.«

Beide nickten, sahen sich kurz an und gingen dann ihren Aufgaben nach. »Danke, Mylady«, nuschelte Mhairi, ehe sie sich an Greers Arm klammerte, die sie zur Treppe ins obere Stockwerk führte. In das sich der Schankwirt und Wynda bereits vor einer Weile zurückgezogen hatten.

Leaf wartete noch einen Augenblick, bis Kerr die alte Moira aus der Taverne geleitet hatte. Dann richtete sie einige beschwichtigende Worte an die anderen Gäste und nahm Artair beim Arm, um ihn in den Schatten unterhalb der Treppe zu ziehen.

»Artair«, sagte sie mit plötzlich sanfter Stimme zu ihm. »Was ist da gerade geschehen?«

Artair wischte sich zunächst mit dem Hemdärmel die Spucke von seiner Wange. »Ich habe mich auf einmal erinnert«, stammelte er noch immer fassungslos und ließ sich mit dem Rücken an der Wand zu Boden gleiten.

Sofort setzte sich Leaf ihm gegenüber und legte ihm eine Hand auf die Brust. So, wie sie es früher immer getan hatte, wenn er versuchte, sich an etwas zu erinnern, und sein Herzschlag zu rasen begonnen hatte, weil es ihm nicht gelang. Schweigend waren sie dann so lange in dieser Position beieinandergesessen, bis er sich wieder beruhigt hatte und auch sein Schwindel wieder verschwunden war.

»Und an was genau hast du dich erinnert?«, fragte Leaf leise und wischte ihm mit ihrer anderen Hand über die schweißnasse Stirn.

Er schloss die Augen, bemühte sich, die tiefe, lang vergrabene und bisher unzugängliche Empfindung wiederzufinden, die zuvor erstmals in sein Bewusstsein getreten war. »Ich glaube, meine Eltern mochten mich nicht«, murmelte er und lehnte seine Stirn gegen ihre. »Ich glaube, mein Vater hat mich angespuckt.«

»Dein Vater? Wie sieht er aus? Erinnerst du dich sonst noch an etwas?«

Artair kniff die Augen noch fester zusammen, doch je angestrengter er versuchte, sich an Bilder, Stimmen und Personen aus seiner Vergangenheit zu erinnern, desto mehr entzog sie sich ihm. Wieder begann er zu zittern. »Nichts«, sagte er leise. »Ich erinnere mich sonst an nichts.«

Nun nahm Leaf ihn in die Arme und drückte ihn so fest an sich, dass er ihren eigenen schnellen Herzschlag spüren konnte. »In Ordnung«, murmelte sie in sein Ohr. »Es ist in Ordnung.«

Ein Schauer ging durch seinen Körper, denn für ihn war überhaupt nichts in Ordnung. Er hatte geglaubt, dass er seine Erinnerung für immer verloren hatte. Aber sie nun kurz zu finden, nur um sie gleich wieder zu verlieren, war beinahe noch grausamer.

Er atmete Leafs Duft nach regenfrischer Erde tief ein und beruhigte sich etwas. »Ich hatte letztens einen Traum«, sagte er langsam und griff nach der Holzpfeife, die um seinen Hals hing. »Darin habe ich mich mit einem anderen Jungen um meine Pfeife gestritten. Glaubst du, das war auch eine Erinnerung?«

»Was ist noch in diesem Traum passiert?«, wollte sie wissen und löste sich wieder von ihm.

Artair schüttelte den Kopf, obwohl er genau wusste, was noch passiert war. Leaf war flach atmend am Boden gelegen, und nicht er, sondern Lennox Ross war der Mann gewesen, der seine Arme um sie gelegt und sie gerettet hatte.

Leaf nickte langsam, denn sie verstanden einander auch wortlos. Und gerade eben verstand Leaf, dass er nicht darüber reden wollte. »Träume sind nur Träume«, sagte sie. »Wenn du wüsstest, wovon ich alles träume …« Sie schüttelte den Kopf, und kurz bildete er sich ein, dass sie dabei auf seine Lippen starrte.

Er betrachtete ihr Gesicht, das im Schein der Kerzen hinter ihr genauso weich wirkte, wie sie im Grunde ihres Herzens war. »Leaf«, sagte er langsam, »versprichst du mir etwas?«

Sie sah in schelmisch an. »Sehr wahrscheinlich nicht.«

Er schmunzelte und hätte dabei am liebsten über ihre Sommersprossen gestrichen. »Du solltest wieder öfter lachen, Wildfang.«

»Pah, mit dir lache ich doch noch am meisten«, rügte sie ihn, ehe ihre Stimme ernst wurde. »Nur habe ich zurzeit nicht viel Grund dazu.«

Er schluckte. »Ich habe das ernst gemeint, dass ich dich vor allem Unheil beschützen will.«

»Niemand kann mich beschützen, außer ich selbst«, sagte Leaf leise und legte ihre Hand auf seinen Arm. Dann stand sie abrupt auf und bot sie ihm dar, um ihn nach oben zu ziehen. »Na los, es wird Zeit, dass wir nach Hause kommen.«

»Nein, warte«, sagte Artair und schloss kurz die Augen. »Ich muss noch über etwas Wichtiges mit dir reden.«

»Wenn du wissen willst, ob ich nochmals mit dir in einem größeren Umkreis als bislang nach Spuren deiner Vergangenheit suche, sobald die Gefahr durch Clan Ross gebannt ist, lautet die Antwort Ja.«

»Danke«, murmelte Artair gerührt. Doch das hatte er nicht gemeint.

Leaf zog die Augenbrauen nach oben, da sie auch das zu wissen schien, und so ergiff er zögernd ihre Hand und kam ebenfalls auf die Füße. Sein Herz schlug dabei schon wieder schnell gegen seinen Brustkorb, noch schneller als zuvor, und er suchte nach den richtigen Worten. »Leaf, ich …« Ihm wurde warm, und auf einmal spürte er wieder Moiras Spucke, die noch immer auf seiner Wange klebte. Nein, so konnte er Leaf doch nicht fragen, ob sie ihn heiraten wollte, selbst wenn es nur um eine Zweckehe ging. Zumal er noch nicht wusste, wie er Gregor diese Ehe schmackhaft machen konnte, und Leafs offensichtliche Zugewandtheit gegenüber Grey ihn verunsicherte.

Leaf runzelte die Stirn. »Gab es Schwierigkeiten auf der Burg?«

»Nicht unmittelbar«, sagte er und ermahnte sich, sie trotzdem kurz zu fragen. Beiläufig. Weil Leaf ohnehin Nein sagen würde. Aber dann hätte er es wenigstens versucht.

»Wir könnten … Nein, wir sollten …« Was zur Hölle tat er da? Wenn er Leaf jetzt verärgerte und ihre Freundschaft gefährdete, würde sie doch erst recht zu diesem Grey rennen. »… zusehen, dass der Wolf nicht weiter sein Unwesen treibt.«

Leaf atmete scharf ein. »Wurde er etwa noch einmal bei den Rindern gesichtet?«

»Aye«, sagte Artair wahrheitsgemäß. »Und dieses Mal hätte er die Wachen beinahe angegriffen. Wenn du dich nicht mit Grey vergnügt hättest, wüsstest du das längst.«

Leaf blinzelte zweimal, dann trat sie einen Schritt zurück. »Verstanden. Ich kümmere mich darum.«

»Du solltest dieser Tage nicht allein und erst recht nicht nachts in den Wald gehen«, mahnte Artair und bemühte sich um einen versöhnlicheren Tonfall. Leaf nicht in Rhonas Vorschlag einzuweihen, und sich trotzdem mit ihr zu streiten, war schließlich das Letzte, was er wollte. »Wir gehen morgen früh zu zweit.«

Doch Leaf schüttelte den Kopf. »Nein, ich gehe in den Morgenstunden allein. Zumal ich nicht in den Wald hineingehe, sondern auf den Weiden auf die Rückkehr des Wolfs warten werde.«

»Auch dort solltest du Gesellschaft haben.«

Leaf nickte langsam. »Aye, vielleicht. Aber dann nicht von dir, Artair, denn einer von uns sollte stets auf der Burg sein, um im Fall eines Angriffs die nötigen Befehle zu ihrer Verteidigung geben zu können.«

»Also gut«, sagte er entschieden, denn Leaf hatte recht. Nur würde sie jetzt statt ihm mit diesem verfluchten Grey zu den Weiden gehen?

KAPITEL 13

Im Morgengrauen wachte Leaf mit verspanntem Nacken und Skyes Füßen in ihrem Gesicht auf. Sie hatte keine Ahnung, was sie gestern Nacht geritten hatte, aber offenbar hatte sie entschieden, zusammen mit ihrer Schwester in einem Bett zu schlafen.

Vorsichtig richtete sie sich auf der Heidekrautmatratze auf, damit Skye nicht erwachte, und sah an sich hinunter. Oje, sie hatte sich auch noch ein seidenes Nachthemd angezogen, anstatt wie sonst nackt zu schlafen. Artair würde sie bis in alle Ewigkeit damit aufziehen, wenn er sie darin sehen könnte. Oder sie für noch nutzloser halten, nachdem er ihr gestern zu verstehen gegeben hatte, dass sie wegen eines Ausritts mit Grey ihre Pflichten vernachlässigt hatte.

Mit zusammengepressten Lippen setzte sie ihre Füße auf den kalten Steinboden, um, wie versprochen, den Wolf auf den Rinderweiden unschädlich zu machen. Wie Artair wohl die letzte Nacht verbracht hatte. Aufgewühlt in seiner Kammer? Oder doch in Greers Armen?

Entschieden tauschte sie das fürchterliche Nachtgewand gegen ihr Leinenhemd und ihre Hose. Sie sollte sich kein bisschen daran stören, wenn Artair tatsächlich Trost bei Greer gefunden hätte. Nur waren Greers Haare so wunderschön blond … und sicher besaß sie auch viel Erfahrung mit Männern.

Unbewusst ballte Leaf die Hände zu Fäusten, die sie erst wieder öffnete, als sie sich Strümpfe überstreifte und in ihre Stiefel stieg. Dann aber mahnte sie sich zur Ordnung. Alles, was gerade zählte, war der Wolf, und den würde sie nun suchen gehen, verflucht.

»Geh noch nicht«, murmelte Skye da schläfrig, als sie auf leisen Sohlen zur Tür schlich. »Ich hatte einen Albtraum.«

Sofort hielt Leaf inne. Sie ging zurück und ließ sich neben ihrer Schwester auf die Bettkante sinken. »Ich weiß, was da hilft.« Im nächsten Moment fanden ihre Hände den Weg zu Skyes Fußsohlen und kitzelten diese.

»Lass das«, lachte Skye und stützte sich auf den Ellbogen auf.

»Und, geht es dir schon besser?«, fragte Leaf frech.

Skye versuchte, sie ihrerseits unter der Achsel zu erwischen, doch Leaf wich ihr schnell genug aus und kitzelte Skyes Füße nur umso stärker. Bis diese schwungvoll mit dem Kissen nach ihr warf und Leaf wieder an ihre Seite rutschte.

»Sag mal, hast du auch deine Füße mit Lavendel eingerieben?«

»Das tue ich immer«, erklärte Skye. »Willst du etwas von meiner Salbe?«

»Nein«, lehnte Leaf lachend ab, denn wenn ihre Füße in den Socken rieben, würde sie am Ende noch Blasen bekommen. »Ich muss jetzt auch los. Außer du brauchst mich noch?«

»Ich brauche dich immer«, sagte Skye mit solchem Nachdruck, dass Leaf ein Schauer über den Rücken lief.

»Hör auf damit«, sagte sie sanft, aber trotzdem bestimmt. »Der einzige Mensch, den du brauchen solltest, bist du, Skye.«

»Warum sagst du das immer?«, hauchte ihre Schwester. »Ich habe dich doch einfach nur lieb.«

»Ich habe dich auch lieb«, antwortete Leaf. »Aber gerade wenn man jemanden lieb hat, muss man aufpassen, dass man nicht von ihm abhängig wird.« So wie sie als Kind von Artair. Sodass sie vor lauter blindem Vertrauen verpasst hatte, selbst zu lernen, wie man sich vor einem Hund verteidigte. Weil sie wegen ihrer Zuneigung zu Artair und ihrem damit einhergehenden Sicherheitsgefühl mehr auf ihn als auf sich selbst gebaut hatte, ohne es zu merken. Und Artair, als es gefährlich wurde, eben doch nicht rechtzeitig zur Stelle hatte sein können …

»In meinem Traum«, flüsterte Skye nun, »habe ich dich gesehen, Leaf. Tot. In einem Hochzeitskleid. Es war furchtbar. Du darfst nicht sterben.«

»Keine Sorge«, sagte Leaf. »Ich werde nicht heiraten und deshalb nach der Hochzeit auch nicht sterben.«

»Versprochen? Du hast das also nicht auch geträumt, denn das wäre ein Zeichen.«

»Nein«, sagte Leaf, denn sie hatte heute Nacht nur verdammt viel Verruchtes von Grey und Artair geträumt, sodass ihr allein schon bei der Erinnerung daran die Hitze in die Wangen stieg, weshalb sie Skye auch sicher nichts davon erzählen würde. Also strich sie ihr stattdessen über die Haare. »Außerdem weißt du doch, was ich übers Heiraten sage.«

»Dass man dadurch zum Besitz des anderen wird.«

»So ist es«, bestätigte Leaf. »Als Frau gerät man in vollkommene Abhängigkeit. Man ist nicht mehr Mensch, sondern Sache. Und wenn man sich dann auch noch in seinen Ehemann verliebt und sich umgekehrt auf dessen Liebe verlässt …«

»… wird doch alles traumhaft schön? So wie bei Flower und River?«

»Nicht unbedingt«, entfuhr es Leaf. Denn auch wenn sie ihren Schwestern ihr Glück von Herzen gönnte, hielt sie diese doch für fahrlässig, weil sie so stark auf die Liebe ihrer Ehemänner vertrauten. »Aber das erkläre ich dir ein anderes Mal. Denn jetzt musst du mich gehen lassen und weiterschlafen. Und dieses Mal einen besseren Traum haben, hörst du?«

Nachdem Skye sich wieder in ihr Fell gekuschelt hatte, schlich sich Leaf aus der Kammer in Richtung Treppe.

Dort war es noch dunkel, doch Leaf störte das nicht. Sie kannte jede Stelle, die quietschte, und wusste, wo sie hintreten konnte und wo nicht. Zu oft war sie schon nachts ins Freie geschlichen.

Kurz überlegte sie, noch zu Artairs Kammer zu gehen und nachzusehen, ob er da war. Denn obwohl sie ihm gestern das Gegenteil versichert hatte, hätte sie ihn auf den Weiden nun doch gern bei sich gehabt.

»… nicht erwartet, dich heute zu sehen«, drang da ganz leise aus der großen Halle unter ihr eine Stimme zu ihr nach oben, kaum dass sie sich in die Richtung von Artairs Kammer gewandt hatte. Sofort verharrte Leaf mitten im Schritt, denn sie kannte diese Stimme. Sie gehörte ihrer Mutter. War Ninian also zurückgekehrt? Aber einen Reiter, der von Süden kam, hätten ihre Spähtrupps doch melden müssen.

Sofort verspannte sich alles in ihr, und sie schlich näher an die Balustrade. Und tatsächlich, unter ihr traten zwei Gestalten mit einer Kerze an den Tisch der Clanführer, der erhöht auf einem Podest stand, und ließen sich an ihm nieder. Nur befand sich Rhona nicht in Ninians, sondern in Ewan Sinclairs Gesellschaft, dem Vater von Flowers Ehemann Cailan. Er war natürlich nicht aus südlicher Richtung, sondern von Westen gekommen.

Augenblicklich pochte Leafs Herz heftiger in ihrer Brust. Was zur Hölle tat Ewan Sinclair hier, und noch dazu so früh am Morgen? Sofort dachte sie an Flower, die hochschwanger war, und eisige Furcht ergriff sie. Ihrer Schwester war doch hoffentlich nichts geschehen?

Wie von selbst eilte Leaf zu dem Turm, dessen Treppen sie rasch in die große Halle gelangen ließen. Unten angekommen, wollte sie sofort zu ihrer Mutter und Ewan gehen, blieb dann aber wie angewurzelt stehen. Denn ihre Mutter lachte und hatte ihre Hand auf den Arm von Cailans Vater gelegt. Das würde sie nicht tun, hätte er schlechte Nachrichten überbracht.

Das Brennen in Leafs Bauch ließ nach, und doch blieb sie weiter angespannt. Irgendetwas war hier seltsam. Leise schlich sie sich hinter die Säule, die dem Tisch der Clanführer am nächsten stand, und lauschte.

»… die ganze Nacht durchgeritten, nur weil du mit jemandem eine Partie Schach spielen wolltest?«, drang die Stimme ihrer Mutter zu ihr. Du? Seit wann duzte ihre Mutter Ewan Sinclair? »Immerhin das hat sich also nicht geändert.«

Auf Ewans Gesicht trat ein Lächeln. »Du könntest mit mir spielen, Rhona. Ich hätte gute Lust, mal wieder gegen jemanden zu verlieren.« Leaf blinzelte. Ihre Mutter konnte doch überhaupt nicht Schach spielen.

Rhona neigte den Kopf. »Ich habe lange nicht mehr gespielt, Ewan. Kein einziges Mal, seitdem … seitdem ich geheiratet habe.«

Nun legte Ewan seine Hand auf Rhonas. »Es tut mir leid«, sagte er. »Wirklich, Rhona, es tut mir leid.«

Rhona zog ihre Hand zurück und atmete scharf ein. »Sag das nicht«, zischte sie. »Sag das nie wieder.«

Ewan schwieg. »Als ich das letzte Mal hier war, hast du glücklich gewirkt.«

»Natürlich«, sagte Rhona knapp, schüttelte dann aber den Kopf und barg ihr Gesicht einen Moment doch tatsächlich in den Händen. »Nein, was soll das, es stimmt ja doch nicht. Gregor und ich haben nichts gemeinsam. Nichts. Das hatten wir noch nie.«

»Nicht ganz«, widersprach Ewan. »Ihr habt eure Kinder.«

»Unsere Kinder«, seufzte Rhona. »Haben dich deine Kinder etwa näher mit deiner Frau zusammengebracht?«

»Eine Zeit lang, ja.«

»Aye, eine Zeit lang«, murmelte Rhona. »Als ich mit Flower schwanger wurde, war das wohl das glücklichste Jahr meiner Ehe. Aber nun wohnt meine älteste Tochter auf deiner Burg, River ist ebenfalls fort, und Leaf …« Rhona schüttelte den Kopf. »Fragst du dich nicht auch manchmal, wie es gewesen wäre, wenn alles anders gekommen wäre?«

Ewan überkreuzte die Arme. »Ich habe meine Frau mit einem Liebhaber erwischt«, sagte er. »Diesen Sommer, kurz nachdem Lady MacDonald wieder mit Eleanor zu Besuch war.«

Rhona schlug sich die Hand vor den Mund. »Ewan …«

Er schüttelte den Kopf. »Es war mir gleichgültig, einfach nur gleichgültig. Zumal sie mittlerweile zu alt ist, um Kinder zu bekommen.« Er rückte näher an Rhona heran. »Vielleicht kann man ja doch alles haben, Rhona.«

Leafs Herz schlug ihr bis zum Hals. Was geschah da nur gerade? Ihre Mutter wirkte einen Moment wie erstarrt, dann schüttelte sie langsam den Kopf. »Gregor sagt immer, die Sinclairs sind unsere wichtigsten Verbündeten. Er vertraut dir, Ewan.«

Ewan schob seinen Stuhl zurück und stand auf. »Aye, aber Gregor würde vermutlich auch noch dem Henker vertrauen.«

Nun erhob sich Rhona ebenfalls. »Warum bist du eigentlich gekommen?«

Ewan senkte den Blick, stützte die Hände auf den Tisch und meinte dann: »Deine Töchter schicken mich. Gregor hat Nachricht gesandt, dass er gerade dabei ist, Frieden mit Torin Ross zu schließen, und Cailan unsere Männer deshalb nicht länger bereithalten muss. Flower und River denken, dass das nur eins bedeuten kann. Gregor will Leaf an dessen Sohn Lennox verheiraten.«

Rhona nickte langsam. »Aye, so ist es. Und ich habe das Gefühl, dass es Gregor vollkommen gleich ist, wenn sie nach der Hochzeit vergewaltigt wird oder stirbt.«

Ewan rieb sich mit der Hand über die Nase. »Flower wäre beinahe selbst gekommen, um Leaf zur Flucht zu überreden, stände sie nicht kurz vor der Geburt. Ebenso River, doch die Arme hat sich beim Perlensuchen das Bein gebrochen.«

»Oje, wie geht es ihr?«

»Flower hat alles getan, damit der Knochen wieder gerade zusammenwächst«, sagte Ewan beschwichtigend. »Und ihr Fieber sinkt bereits wieder.«

»Gut, das ist gut.« Rhona atmete erleichtert auf, ehe ihre Miene wieder besorgt wurde. »Darum haben meine Töchter also dich geschickt. Nur warum bist du gekommen? Du bist doch seit jeher der Überzeugung, dass eine strategische Ehe höher wiegt als das eigene Wohl. Genau wie Gregor. Oder hat sich das geändert?«

»Nein. Deshalb wollte ich auch erst nicht kommen. Gregor ist Leafs Vater, und er entscheidet, was gut für seine Tochter ist. Nur fürchtet Cailan, und nun auch Flower und River, nachdem er ihnen davon erzählt hat, dass die Ross keine aufrichtigen Eheabsichten haben, sondern die Verhandlungen lediglich nutzen, um Castle Varrich unerwartet anzugreifen, euch alle als Geiseln zu nehmen, um mit diesem Druckmittel die Fehde doch noch für sich zu entscheiden. So, wie sie es schon einmal getan haben.«

»Das hat Leaf auch gesagt ...«

»Daher die Wachen, nicht wahr? Auch wenn sie nicht viel taugen, denn nachdem ich sie daran erinnert habe, wer ich bin, haben sie mir auf der Stelle Zugang zur Burg gewährt, anstatt Alarm zu schlagen.« Er schüttelte den Kopf. »Wenn du mich fragst, Rhona, ist das alles Schwachsinn. Torin ist ein Ehrenmann, und Gregor vertraut zwar seinen Freunden, aber ganz sicher nicht seinen Feinden.«

»Und trotzdem bist du da.«

»Weil ich bei dem Gedanken, dass ich doch falschliegen könnte und dir etwas passiert, nicht mehr schlafen konnte. Deshalb werdet ihr, du und deine Töchter, jetzt auch mit mir nach Castle Girnigoe zurückkreiten. Ich kann nicht verantworten, dich endgültig zu verlieren.«

»Rührend«, entfuhr es Leaf, und sie trat aus dem Schatten. Erschrocken wandten sich Rhona und Ewan zu ihr um, doch sie ließ sich davon nicht beirren. »Ich wusste gar nicht, dass ihr beide eine gemeinsame Vergangenheit habt.«

»Leaf«, mahnte ihre Mutter entsetzt. »Mäßige deinen Tonfall. Du sprichst mit Lord Sinclair.«

»*Lord Sinclair* wird es schon verkraften«, sagte Leaf kurzhin und sah Ewan in die Augen. »Er scheint sich schließlich bestens mit dir zu verstehen.«

Ewan presste die Lippen zusammen. »Ich warne Euch, Lady Leaf. Denn was Ihr gehört habt, war nicht für Eure Ohren bestimmt.«

»Natürlich nicht«, sagte Leaf. Das machte das gerade Gehörte ja so wertvoll.

Ewan holte tief Luft. »Ich hätte besser Cailan senden sollen.«

»Weil er so viel Erfolg darin hat, die Meinung von MacKay-Frauen zu ändern?«, konnte Leaf sich wiederum nicht zurückhalten.

»Leaf MacKay, dein Ton!«

Leaf hob ungerührt die Augenbrauen und sah forschend zwischen Lord Sinclair und ihrer Mutter hin und her. »Was bedeutet ihr einander? Wart ihr früher einmal verlobt?«

Rhona wurde kreidebleich. »Du verstehst nichts davon, Leaf. Nichts.«

»Was auch immer zwischen mir und Eurer Mutter war«, sagte Ewan langsam, »am Ende bin ich davor geflohen. Aber ich habe es für meinen Clan getan. Und um diejenigen zu schützen, die mir etwas bedeuten.«

»Nun, ich kämpfe lieber, um diejenigen zu schützen, die mir etwas bedeuten. Wie ich es schon in meinem Brief an Flower geschrieben habe.«

»Ich weiß, ich bin dem Mann unterwegs begegnet«, sagte Ewan. »Aber ich kann Eure Antwort, hierzubleiben, nicht hinnehmen. Denn Ihr, Lady Leaf, kämpft, weil Ihr es wollt. Während ein guter Clanführer weiß, dass man manche Schlachten besser nicht führt, wenn zu viel auf dem Spiel steht. Und allein, dass ich es mühelos an den Wachen vorbeigeschafft habt, zeigt doch, dass Ihr hier nicht sicher seid.«

Leaf wollte schon heftig widersprechen, da sie Ewans Annäherungsversuche an ihre Mutter und dessen feige Fluchtpläne wütend machten. Doch dann besann sie sich eines Besseren, denn Ewans Anwesenheit bot schließlich die Möglichkeit, genau die Verstärkung zu bekommen, die ihr Vater bisher noch nicht gesandt hatte und wohl auch nie senden würde.

»Wie viele Männer habt Ihr mitgebracht, Lord Sinclair?«, fragte sie daher in einem bemüht ruhigen Ton.

»Ein Dutzend«, antwortete Ewan. »Die Hälfte davon geleitet uns zurück nach Castle Girnigoe, die andere Hälfte bleibt auf Cailans Drängen auf Castle Varrich, falls ich mich irre und Lennox doch einen Überfall wagt.«

»Sechs zusätzliche Männer sind gut, aber zwölf wären besser.«

»Für was? Für eine Bedrohung, die sehr wahrscheinlich nicht besteht?«

Erneut wollte Leaf ihm widersprechen und ihm all die Argumente nennen, die sie auch Artair auf der Rinderweide vorgetragen hatte. Doch sie hatte das Gefühl, dass sie so nicht weiterkam. »Warum machen wir es nicht so, Lord Sinclair?«, sagte sie und lächelte einnehmend. »Ihr und Eure Männer bleibt bei uns, bis mein Vater für die Hochzeit nach mir schickt. Wenn ich recht habe, hat Lennox Ross uns bis dahin bereits angegriffen. Gemeinsam können wir ihn gefangen nehmen, was gewiss auch im Sinn meines Vaters wäre, wenn Lennox sich als der Verräter herausstellt, der er ist. Wenn er aber nicht angreift, konntet Ihr ein paar gemeinsame Tage mit meiner Mutter verbringen und habt auch nichts verloren.«

Ewan lachte. »Das Argumentieren hat sie von dir, Rhona.«

»Vielleicht«, antwortete ihre Mutter und sah Leaf nachdenklich an. »Aber was sie sagt, macht vor allem Sinn. Wenn Lennox Ross nicht kommt, droht uns hier keine Gefahr, und wir können bleiben. Und wenn er doch kommt, wäre das eine ideale Gelegenheit, ihn gefangen zu nehmen.«

»Ich weiß nicht«, sagte Ewan. »Meine Schwiegertochter bekommt bald ihr Kind, meinen ersten Enkel. Bis dahin wollte ich wieder zurück auf meiner Burg sein. Und du kannst es doch gewiss auch nicht erwarten, das Kind zu sehen, Rhona?«

»Aye«, sagte Rhona, und kurz befürchtete Leaf, dass ihre Mutter sich umstimmen ließe. Doch dann schüttelte sie den Kopf. »Nur werde ich hier gerade mehr gebraucht.«

Ewan nickte. »Ich hatte beinahe vergessen, dass du schon immer Wege kanntest, um deinen Willen zu bekommen.«

»Fast immer«, widersprach Rhona leise, ehe sie sich räusperte. »Bitte, tu es für mich, Ewan. Und wegen der Erinnerung an alte Zeiten.«

Ewan stöhnte, dann musterte er Leaf mit seinen eisblauen Augen. »Eure Mutter muss Euch wirklich sehr lieben, wenn sie diese Karte ausspielt.«

Leaf wusste zunächst nichts darauf zu antworten, da sie einerseits die Nähe zwischen Ewan und ihrer Mutter nicht guthieß und andererseits zum ersten Mal wirklich verstand, was Artair damit meinte, wenn er ihr sagte, dass man auch seine Weiblichkeit als Waffe nutzen konnte. Also meinte sie ausweichend: »Am Ende geht es vor allem darum, dass wir das Beste für unseren Clan tun.«

»Ach ja?«, sagte Ewan und bedachte Leaf mit einem prüfenden Blick. »Das heißt dann wohl auch, dass – solltet Ihr Euch irren – Ihr ohne jeden Protest in die Ehe mit Lennox Ross einwilligt? Für Euren Clan?«

»Lennox ist ein Ungeheuer«, sagte Leaf heftig.

»Manchmal braucht es das Opfer von einem, um viele zu schützen.«

»Ewan«, beschwichtigte Rhona, doch dieser schüttelte den Kopf.

»Alles hat seinen Preis. Und wenn Ihr wollt, dass ich bleibe, Lady Leaf, dann schwört Ihr mir hier und heute, dass Ihr Lennox heiraten werdet, wenn sich herausstellt, dass die Friedensabsichten der Ross ehrlich sind. Ich helfe Euch nämlich nicht, Euch gegen Euren eigenen Vater zu stellen, denn das wäre Verrat.«

Leaf sah zu ihrer Mutter. Diese deutete ein sanftes Nicken an. »Aye, Leaf. Wenn sich herausstellt, dass die Ross ehrliche Absichten haben, müsstest du als *unverheiratete* Frau der Ehe zustimmen.«

Leaf runzelte die Stirn und sah ihre Mutter irritiert an. Wieso hatte diese das Wort unverheiratet derart betont?

»Also, Lady Leaf, was ist Eure Antwort?«, fragte Ewan. »Seid Ihr bereit, wirklich wie eine Kämpferin zu handeln? Oder spielt Ihr Euch nur als eine solche auf?«

»Nein«, sagte Leaf entschieden. »Ich spiele mich nicht auf, sondern tue, was ich tun muss.« Was in diesem Fall bedeutete, Ewan Sinclair ins Gesicht zu lügen, damit er ihr half. »Also, aye. Wir haben eine Abmachung.«

»Na gut«, sagte Ewan. »Dann werde ich jetzt erst einmal mein Morgenmahl einnehmen und nebenbei eine Partie Schach mit dir spielen, Rhona. Und danach besprechen wir alles Weitere.«

»Das trifft sich gut«, antwortete Leaf. »Denn da ist noch eine andere Sache, die ich längst hätte erledigen sollen.«

KAPITEL 14

E r würde Leaf bei der Wolfssuche helfen, ob sie es nun wollte oder nicht. Nachdem Artair die Nacht mit dem Kopf auf einem klebrigen Tisch in der Dorftaverne verbracht hatte, war er im Morgengrauen zu dem Entschluss gekommen, dass dies das einzig Richtige war. Also verließ er als letzter Gast die Taverne und schwang sich auf seinen Hengst, den er davor angebunden hatte.

Über Nacht hatte es geregnet, dennoch war auf der matschigen Dorfstraße auch noch eine andere Hufspur zu sehen. Sie begann an der Schmiede, führte schnurstracks an der baufälligen Kirche vorbei zu den Rinderweiden und konnte nur von Greys Pferd stammen. Artair knirschte mit den Zähnen und befand sich keinen Augenblick später im gestreckten Galopp.

Es dauerte nicht lang, da hatte Artair das Dorf hinter sich gelassen und preschte den langen Hügel zu den Weiden empor, als er aus dem Augenwinkel einen einsamen Reiter aus dem Wald kommen sah. Sofort hielt er inne und griff nach seinem Bogen, den er auf dem Rücken trug. Dann erkannte er jedoch anhand der Beschreibungen, dass dies Grey sein musste. Und er beinahe noch besser aussah, als er ihn sich vorgestellt hatte!

Sobald Grey ihn seinerseits erblickte, wirkte er, als wolle er am liebsten sofort wieder umkehren. Doch dann parierte er sein Pferd in den Schritt durch und ritt mit einem verwegenen Lächeln auf Artair zu.

»Grey«, grüßte Artair gleichermaßen schroff wie irritiert und ritt dem Schmied nun ebenfalls entgegen.

»Artair, nehme ich an?«

»Was zur Hölle hast du im Wald zu suchen?«, überging er die Frage. »War Leaf bei dir? Ist sie etwa noch im Wald?«

»Welche Frage soll ich jetzt zuerst beantworten?«, erkundigte sich Grey und zog eine Augenbraue nach oben, als ob er sich über ihn lustig machte.

»Wo Leaf ist«, knurrte Artair und musterte den Mann mit den dunklen Haaren und den feinen Gesichtszügen genauer. Von Nahem erkannte er nun auch die grünen Augen, über denen eine pockenartige Narbe prangte.

»Das weiß ich nicht«, sagte Grey knapp.

»Das weißt du jetzt nicht mehr oder wusstest es schon die ganze Zeit nicht?«, entfuhr es Artair.

»Das kommt darauf an, was Ihr unter der ganzen Zeit versteht«, antwortete Grey, und Artairs Geduld schwand dahin. Auch wenn er ein erinnerungsloser Niemand war, kommandierte er doch Castle Varrich und konnte von Grahams Cousin erwarten, dass dieser ihm mit mehr Achtung begegnete.

»Seit heute Morgen«, entgegnete er daher warnend.

Grey schüttelte den Kopf. »Nein. Das letzte Mal habe ich sie gestern gesehen, als sie auf einem Hengst unterwegs war, der Eurem glich. Sind die Tiere verwandt?«

»Aye, sie haben den gleichen Vater.«

»Hm«, machte Grey. »Familie also.«

»Aye«, knurrte Artair. »Unzertrennlich.«

Grey neigte den Kopf, und Artair bemerkte erst jetzt seine Augenringe, und wie übernächtigt er aussah. »Nichts ist unzertrennlich«, sagte Grey. Dann nickte er ihm knapp zu und ritt gemächlich weiter.

»Halt«, wetterte Artair, denn auch wenn er nun wusste, dass Leaf sich nicht im Wald, sondern wahrscheinlich auf den Rinderweiden befand, war es doch seltsam, was der Schmied dort zu suchen gehabt hatte. »Da war noch die zweite Frage. Was hattest du im Wald zu suchen?«

Kurz glaubte er, dass Grey ihn ignorieren würde, doch dann wandte dieser seine Stute gemächlich um. »Mir kam zu Ohren, dass hier ein Wolf sein Unwesen treibt. Also habe ich ihn gesucht. Leider habe ich ihn nicht gefunden, was schade ist, denn damit hätte ich Lady Leaf sicher beeindruckt.«

Artair schnaubte. »Du sollst Leaf nicht beeindrucken, sondern Pfeilspitzen schmieden.«

»Also führen wir jetzt doch dieses Gespräch«, sagte Grey langsam und ritt ihm wieder ein Stück entgegen. »Um ehrlich zu sein, habe ich mich schon gefragt, warum Ihr Euch so lange Zeit damit gelassen habt.«

Artair sagte kein Wort, kam ihm mit seinem Pferd auch keinen Zoll entgegen, was Grey mit einem kaum merklichen Zucken seiner Mundwinkel quittierte. »Ich habe nichts gegen Euch, Artair«, sagte er. »Ihr mischt Euch nicht in meine Angelegenheiten ein und ich mich nicht in Eure.«

Artairs Körper verspannte sich, und er blickte den Mann vor sich drohend an. »Leaf ist meine Angelegenheit. Ich kenne sie, seit sie sechs Jahre alt ist. Und ich werde nicht zulassen, dass du ihr wehtust.«

Grey legte seinen Nacken zur Seite, um diesen zu entspannen. »Bedauere. Das erste Mal ist für Frauen leider meist schmerzhaft, selbst wenn man vorsichtig ist.«

Artair glaubte, nicht richtig gehört zu haben, während Grey nicht einmal mit der Wimper zuckte. »Was hast du da gerade gesagt, Schmied?«

»Ihr habt mich genau verstanden.«

»Du wirst keinen einzigen Finger an Leaf legen«, zischte Artair wütend.

»Ich dachte auch nicht an meinen Finger.«

Nun verschlug es Artair für einen Moment die Sprache. »Ist dir klar, mit wem du hier sprichst?«

»Mit keinem Lord, soviel ich weiß.«

Artair straffte die Schultern. »Ich bin vielleicht kein Lord, aber Leaf ist ganz sicher eine Lady. Und du wirst sie wie eine behandeln, oder ich werde dir deine verdammten Finger abschneiden.«

»Warum reden wir nicht offen?« Grey schnipste einen kleinen Zweig von der Schulter, der dort gehaftet hatte. »Ihr wollt sie für Euch selbst. Darum geht es.«

»Was ich will, geht dich nichts an«, erwiderte er hart.

Grey lächelte unmerklich. »Ich hatte schon immer eine Vorliebe für Herausforderungen. Nur muss ich Euch warnen.« Er ritt nun so nah an ihn heran, dass Artair sein Geruch nach Feuer und Rauch in die Nase stieg. »Ich bekomme immer, was ich will.«

Artair packte Grey mit beiden Händen an dessen Leinenhemd. »Du schlägst dir Leaf aus dem Kopf. Ich werde dir das Leben in Tongue sonst zur Hölle machen.« Er zog ihn noch ein Stück näher zu sich heran, um das auch deutlich genug zu machen, als aus der Richtung der Rinderweide plötzlich ein markerschütternder Schrei zu hören war.

»Leaf!«, riefen sie gleichzeitig und wendeten beide ihre Pferde in Richtung der Weiden. Die Hufe der Tiere flogen geradezu über den Wiesenboden, beinahe, als ob ein Wettreiten zwischen ihnen entbrannt wäre. Nur dass es Artair plötzlich vollkommen gleich war, ob Grey oder er Leaf zuerst erreichten. Hauptsache, sie war in Sicherheit, vor was auch immer sie zu dem Schrei verleitet hatte. Denn noch nie zuvor hatte er sie derart schreien gehört.

»Himmel, Wildfang!«, rief er aus, als er mit wild pochendem Herzen über den Hügelkamm ritt und Leaf dort endlich nah am Waldrand mit blutverschmierten Händen vor einem großen Laubhaufen sitzen sah. Sie hatte den verstörten Blick auf ihn gerichtet, in der Hand hielt sie Pfeil und Bogen.

Sofort sprang er von seinem Pferd und eilte auf sie zu. »Ich bin es, Leaf«, sagte er und hob vorsichtshalber die Hände, weil sie die Waffe nicht sinken ließ. »Was ist geschehen? Bist du verletzt?«

»Lass mich bitte allein«, flüsterte sie mit heiserer Stimme, legte nun aber immerhin den Pfeil und den Bogen aus der Hand. Dann starrte sie weiter in den Haufen aus Laub, und nur das Rauschen der Blätter war über ihnen zu hören.

»Ich habe versprochen, dass ich immer für dich da bin, und das habe ich auch so gemeint«, sagte Artair und kniete sich neben Leaf. Sein Blick suchte ihren Körper nach Verletzungen ab. Er konnte aber keine erkennen. Das Blut an ihren Händen war also nicht von ihr.

»Sag schon, Wildfang«, versuchte er es erneut. »Hast du den Wolf gefunden? Ihn erschossen?«

Leafs Blick wanderte zu Grey, der noch immer auf seinem Pferd saß und auf Leafs blutverschmierte Hände starrte. Und auch sie selbst wirkte noch immer wie erstarrt. Artair legte eine Hand auf Leafs Rücken. Sie sah kurz zu ihm, schien etwas sagen zu wollen. Dann aber stand sie mit zittrigen Beinen auf und ging auf Grey zu.

Ein Hieb in die Magengrube hätte nicht mehr schmerzen können.

»Was tust du hier?«, verlangte Leaf zu wissen.

Grey reagierte nicht, sondern sah weiter auf Leafs Hände.

»Ach, jetzt hat es dir die Sprache verschlagen?« Artair trat neben Leaf, die Eifersucht brannte in ihm wie tausend Brennnesseln. »Kannst du etwa kein Blut sehen?«

Grey rührte sich immer noch nicht, dann sah er zu Leaf. In seinem Blick lag Kälte. »Ich hörte, dass hier ein Wolf sein Unwesen treibt, Mylady. Ich wollte ihn für Euch finden.«

»Darum habe ich dich nicht gebeten«, sagte Leaf langsam und strich sich ihre langen Haare aus dem Gesicht, die der Wind dorthin trug. »Euch beide nicht.«

Greys Augen wirkten nun völlig leblos, als wäre er längst in eine andere Welt abgetaucht. »Ich weiß«, sagte er nur.

»Grey sollte wohl besser zur Schmiede zurückreiten, er kippt gleich vom Pferd«, bemerkte Artair.

»Aye«, sagte Grey. »Ich hätte nicht kommen sollen.« Dann bewegte er sein Pferd rückwärts und galoppierte so rasch davon, als stände der Wald hinter ihnen in Flammen.

Leaf sah ihm lange nach, sodass Artair schließlich sagte: »Er hat die Manieren eines Rüpels, Leaf. Je weniger Zeit du mit ihm verbringst, desto besser.«

»Ich weiß selbst, was gut für mich ist, danke.« Sie wischte ihre blutverschmierten Hände fahrig an ihrem Leinenhemd ab. Einen Moment stand sie unsicher da, dann trat sie auf ihn zu und schloss ihn fest in die Arme.

Sofort legte Artair ebenfalls seine Arme um sie und strich ihr beruhigend über den Rücken. Dass sie dabei blutige Abdrücke auf seinem Leinenhemd hinterließ, das bald feucht von ihren Tränen war, störte ihn nicht im Geringsten. »Wildfang«, murmelte er in ihr Haar. »Du kannst mir alles erzählen. Hat der Wolf dir doch mehr Angst gemacht, als du gedacht hast? Er liegt doch da unter dem Laub, oder?«

»Aye«, brachte Leaf schließlich heiser hervor. »Ich … ich dachte tatsächlich, dass er mich tötet und nicht ich ihn.«

Sofort schloss er Leaf noch fester in seine Arme und hielt sie so entschieden und innig, wie er sie noch nie gehalten hatte. »Ich kenne niemanden, der so mutig ist wie du«, sagte er leise. »Und so unglaublich stur. Du hast doch gesagt, du nimmst jemanden mit.«

Leaf verharrte noch einen Moment in seiner Umarmung, dann löste sie sich von ihm. Entschieden strich sie sich eine dunkelbraune Strähne, die ihr ins Gesicht fiel, hinters Ohr zurück. Artair hätte nichts lieber getan, als ihre Angst und Verstörung wegzuküssen. Er konnte und wollte sich nicht vorstellen, was gewesen wäre, wenn der Wolf …

»Habe ich auch«, sagte sie. »Die beiden Wachen von der Rinderweide haben den Wolf aus dem Wald zu mir getrieben«, sagte sie. »Aber dann … nachdem ich den Wolf … ich musste einfach einen Moment allein sein. Also habe ich sie zurück in den Wald geschickt.«

»Ich verstehe«, sagte Artair und sah im selben Augenblick, wie die beiden Männer vollkommen außer Atem am Waldrand erschienen. »Schon gut!«, rief er ihnen zu. »Haltet weiterhin Wache, hier ist alles in Ordnung.«

Die beiden Männer nickten und stapften nach einem besorgten Blick auf Leaf wieder zurück. Leaf sah ihnen einen Augenblick nach, dann ging sie zu dem Laubhaufen, neben dem noch immer ihr Bogen lag. »Es musste sein«, sagte sie leise. »Es ging nicht anders.«

Wieder schimmerten Tränen in Leafs Augen, doch bevor Artair sie erneut tröstend in den Arm nehmen konnte, hatte sich Leaf bereits mit ihrem Ärmel über die Augen gewischt.

»Du kannst stolz auf dich sein«, sagte Artair. »Indem du den Wolf getötet hast, hast du die Rinder gerettet, Wildfang.«

Leaf blickte ihn lange an und dann zum Himmel, der selbst nach der Morgendämmerung noch immer grau war. »Aye«, murmelte sie. »Manchmal braucht es das Opfer von einem, um viele zu schützen.«

Ihre Worte ließen Artair aufhorchen. Irgendetwas stimmte hier ganz und gar nicht. Er wusste, dass Leaf Tiere lieber verfolgte als tötete. Aber als sie vor einigen Jahren aus Versehen ein Rehkitz mit einem Pfeil getroffen hatte, war sie längst nicht derart aufgelöst gewesen wie jetzt.

»Denkst du, ich sollte Lennox Ross heiraten?«, fragte Leaf ihn da.

»Was?« Ihre Frage traf ihn unvorbereitet.

»Vergiss es.« Leaf wollte sich gerade abwenden, vermutlich um mit ihm zur Burg zurückzugehen, doch er hielt sie am Arm fest.

»Hast du deshalb vorhin so geschrien? Weil du das Gefühl hattest, dass es dir so ergehen wird wie dem Wolf?«

»Ich dachte, ich wäre allein«, sagte sie und schlang die Arme um ihren Oberkörper.

Artairs Kehle verengte sich, und er starrte auf ihr braunes Haar, durch das der Morgenwind wehte. »Es wird dir nicht so ergehen wie diesem Wolf, Leaf. Ich werde nicht zulassen, dass man dir wehtut.«

Leaf lachte verzweifelt auf. »Ha, das soll sich erst einmal jemand trauen. Du weißt ja, dass man mir besser nicht zu nah kommt.«

Artair fühlte sich hilflos, versicherte ihr aber nochmals: »Dir wird nichts geschehen.« Kurz herrschte Schweigen, dann fragte er:

»Warum hast du überhaupt darüber nachgedacht, ob du Lennox Ross vielleicht doch heiraten solltest?«

»Ewan Sinclair ist heute Morgen auf Castle Varrich eingetroffen. Er und sein Dutzend Männer werden einige Tage bleiben und uns im Kampf gegen Lennox unterstützen, sollte dieser uns angreifen. Nur bin ich mir inzwischen nicht mehr sicher, ob das überhaupt nötig ist … ob ich mir seinen Überfall nicht doch nur zusammengereimt habe, weil ich der Wahrheit nicht ins Gesicht blicken wollte. Der Wahrheit, dass ich für meinen Clan nicht kämpfen soll … sondern ein Ungeheuer heiraten.«

»Oh«, war alles, was Artair dazu sagen konnte.

»Vielleicht wollte ich Castle Varrich ja nur deshalb so gut befestigen«, fuhr Leaf nahezu tonlos fort. »Damit der Trupp, den Vater irgendwann senden wird, um mich nach Achfary Castle zu zwingen, keinen Erfolg hat.« Sie sah Artair an. »Doch das würdest du niemals zulassen, du würdest dem Trupp niemals das Burgtor öffnen, nicht wahr?«

Artair lief ein kalter Schauer über den Rücken, als er sich an Gregors Erwartung erinnerte, dass nicht ein Trupp, sondern er selbst Leaf nach Achfary Castle bringen sollte.

»Ich will für dich nur das Beste«, antwortete er ausweichend und rieb sich über die Wange. Er musste es Leaf sagen. Jetzt. Doch gleichzeitig hatte er das Gefühl, dass er dafür bereits viel zu lang geschwiegen hatte.

Aber hatte Rhona ihm nicht einen gangbaren Ausweg aufgezeigt? Ein Schauer der Erregung erfasste ihn, und bevor er wusste, was er tat, murmelte er: »Deine Mutter hatte da einen Vorschlag.«

Leafs Kiefermuskeln verspannten sich, und sie hob das Kinn. »Seit wann sprichst du mit Rhona?«

Er machte eine wegwerfende Handbewegung, wollte Leaf aber zumindest in dieser Hinsicht die Wahrheit sagen. »Es ging in unserem Gespräch nicht um mich, sondern um dich. Um genau zu sein, hat sie vorgeschlagen, dass du rasch einen anderen Mann heiraten sollst. Damit Lennox es nicht mehr kann.«

Leafs Augen weiteten sich. »Im Ernst? Hat sie etwa auch schon an einen bestimmten Lord gedacht und ihm geschrieben?« Sie lachte unsicher. »Ich wette, einem MacDonald.«

Artair zog sein Leinenhemd weiter nach unten und holte tief Luft. »Sie dachte nicht an einen Lord.«

Leaf taumelte einen Schritt zurück. »Sie würde mich einen einfachen Mann heiraten lassen? So wie meine Cousine in Portskerra es getan hat?«

Artair zwang sich, Leafs Blick standzuhalten. Das Herz in seiner Brust raste. »Würdest du das denn in Betracht ziehen?«

Leaf schwieg und blickte zu Boden. »Sie würde mich jeden einfachen Mann heiraten lassen? Auch jemanden wie … Grey?«

»Grey?« Die Zeit blieb für Artair stehen. »Wenn du die Wahl zwischen allen Männern dieser Erde hättest, würdest du Grey heiraten?«

Leaf sah ihn lange an, erwiderte aber nichts. »Lass uns gehen.«

»Wohin?« Von Angst gepackt, hielt er sie an der Schulter fest. »Leaf, wo zur Hölle willst du denn jetzt hin?«

»Zu Grey«, murmelte sie. »Ich muss wissen, ob er mir helfen würde.«

»Indem er dich heiratet?«

»Sei nicht albern«, widersprach Leaf. »Ich wollte ihn fragen, ob er so tun würde, als hätte er mich geheiratet.«

Artair war fassungslos. »Und warum fragst du das nicht mich?«

Leaf Stimme zitterte. »Wir müssten uns möglicherweise küssen, Artair.«

»Und du glaubst, das würde ich nicht tun, wenn es dich retten würde?«

»Ich dachte immer, du hältst nichts von List und Täuschung«, sagte Leaf und sah ihn gleichzeitig so eindringlich an, wie sie ihn selten angesehen hatte.

Artair trat einen Schritt auf sie zu und atmete tief ihren erdigen Geruch ein. »Was wäre, wenn ich meine Meinung geändert hätte?« Er hob seine Hand und strich ihr vorsichtig über die Wange.

Leaf erbebte und schmiegte sich einen Moment in seine Hand. »Leaf«, murmelte er und fuhr ihr vorsichtig mit dem Daumen über die Lippe. »Glaubst du wirklich, dass du Grey mehr vertrauen kannst als mir?«

»Du würdest es wirklich tun?«, flüsterte Leaf. Ihre Lippen waren leicht geöffnet, und in ihren Augen stand kurz ein sehnsüchtiger Ausdruck.

Artair liebkoste nun ihre Wange, wischte einen übrig gebliebenen Spritzer Blut fort, den sie mit ihrem Hemdsärmel nicht erwischt hatte. »Aye«, sagte er leise. »Ich würde dich an mich ziehen.« Er legte eine Hand an ihre Taille. »Dein Kinn behutsam anheben.« Leaf schnappte hörbar nach Luft, ließ es aber geschehen. »Dir tief in die Augen sehen.« Die Verletzlichkeit, die in diesen lag, brannte sich tief in seine Seele ein. »Meine eigenen Augen schließen, und dann ganz langsam …«

Er beugte sich näher zu ihr, spürte ihren Atem auf seinem Gesicht. Er würde Leaf küssen, tatsächlich ihre Lippen schmecken. Sie hatte ihre Augen nicht geschlossen, sondern starrte auf seine Lippen. Er kam ihrem Mund näher und immer näher … bis sie plötzlich unter seiner Hand hindurchtauchte und ihm diese heftig nach hinten auf den Rücken drehte.

»Was zur Hölle, verdammt, Leaf!« Reflexartig trat er einen Schritt zur Seite und befreite sich aus ihrem Griff. »Was sollte denn das?«

»Überraschungsangriff«, hauchte Leaf, doch er bemerkte, dass sie am ganzen Körper zitterte.

»Ich habe nicht darauf bestanden, dass du mich zur Übung unerwartet angreifst«, erinnerte er sie.

»Ich weiß.« Sie wich drei Schritte zurück. »Aber denkst du wirklich, ich würde mich weniger um dich sorgen als du dich um mich? Dein Vorschlag einer Scheinehe mit mir würde dich in größte Gefahr bringen. Denn Mutter hat sicher nicht an dich als meinen Ehemann gedacht. Und Vater würde dich dafür hängen. Das kann ich nicht zulassen. Niemals!«

»Und das konntest du mir nicht einfach sagen, ohne mir die Hand umzudrehen?«, beschwerte er sich. Auch wenn es ihn gleichzeitig rührte, dass Leaf sich derart um ihn sorgte.

»Nein«, stammelte Leaf und starrte noch einmal auf seine Lippen. »Ich wollte sichergehen, dass du mich auch wirklich verstehst.«

Mit diesen Worten drehte sie sich um und stürmte mit wehenden Haaren davon.

KAPITEL 15

Wenn Artairs Atem auf ihren Lippen schon dazu führte, dass sie beinahe die Selbstbeherrschung verlor, was wäre dann erst geschehen, wenn er sie gestern geküsst hätte? Leaf ließ den großen Brocken, den sie gerade von dem mit Steinen der eingestürzten Dorfkirche beladenen Wagen geholt hatte, auf den Boden vor der Burgmauer fallen.

»Die sind schwer, was?«, sagte Tevin, der oben auf dem Wehrgang stand und grinsend zu ihr hinabschaute.

»Für dich vielleicht, denn sonst würdest du auch welche tragen«, erwiderte Leaf, obwohl der Bursche es nur freundlich gemeint hatte. Mit langen Schritten ging sie zurück zum Wagen, um den nächsten Stein zu holen, während hinter ihr der Schankwirt den vorherigen Stein bereits in den am Flaschenzug befestigten Korb lud.

Bewusst atmete Leaf die kühle Mittagsluft tief in ihre Lungen ein, um sich wieder zu beruhigen. Denn hätte sie Artair am Vortag so leidenschaftlich geküsst, wie sie es gewollt und sich schon mehrmals nachts gewünscht hatte, hätte sie nicht nur sich selbst, sondern auch all ihre Prinzipien über Bord geworfen.

Und das ging nicht, nein. Denn nicht nur hätte sie Artair damit in Gefahr gebracht, es wäre zumindest für sie auch weit mehr als nur ein Kuss gewesen. Und sie würde den Teufel tun, sich ihren Verstand gerade jetzt von ihren Gefühlen für Artair vernebeln zu lassen. Zumal sich das drängende Verlangen zwischen ihren Beinen, das sich nicht nur nach ihren eigenen Berührungen sehnte, seit gestern nochmals verstärkt hatte.

»Bitte, sag es mir doch«, unterbrach Skyes Stimme sie in ihren Gedanken. Ihre Schwester stand neben dem Wagen und musterte sie mit besorgtem Gesicht. »Was ist denn nur geschehen, dass du und Artair seit gestern so dreinseht, als stünde uns der Weltuntergang bevor?«

Augenblicklich schnappte Leaf sich gleich zwei Steine. Schließlich konnte sie der vierzehnjährigen Skye schlecht anvertrauen, dass sie kurz davor gewesen war, ihren Ziehbruder zu küssen. Nachdem er vorgeschlagen hatte, ihr vermeintlicher Ehemann zu werden. Und so antwortete sie stattdessen: »Du musst dir keine Sorgen machen. Aber wenn du mir einen Gefallen tun willst, sieh nach Artair.« Denn dazu hatte sie sich seit gestern nicht durchringen können. »Frag ihn, wie es ihm geht. Und ob er irgendwas braucht.«

»Aber er ist doch mit Lord Sinclair in den unterirdischen Gängen der Kalkfelsen«, flüsterte Skye, da diese Geheimgänge ein Geheimnis ihrer Familie waren. Das Lennox Ross jedoch einst unglücklicherweise bei seinem einzigen Besuch auf Varrich Castle in Erfahrung gebracht hatte, weshalb es notwendig gewesen war, auch Ewan Sinclair einzuweihen, nachdem dieser das genaue Vorgehen im Falle eines Überfalls der Ross hatte besprechen wollen.

»Wir könnten gemeinsam zu ihnen gehen«, sagte Skye nun. »Allein traue ich mich nicht.«

»Nein, dann bleiben wir beide hier«, sagte Leaf entschieden, denn sie scheute sowohl vor dem Betreten der engen Gänge als auch vor einer Begegnung mit Artair zurück. Darum war sie auch froh gewesen, als Ewan darauf bestanden hatte, dass seine Männer, abgesehen von ihren Patrouillen im weiteren Umkreis, dort unten die Verteidigung übernahmen. Leaf sollte hingegen die Fertigstellung der Mauerkrone überwachen und danach die Dorfbewohner den Umgang mit Speeren lehren, da Ewan ebenso wie Grey Speere für die einzig geeignete Waffe hielt, mit der die Dorfbewohner die Burgverteidigung im Notfall unterstützen konnten.

»Lady Skye!«, rief da Tevin von oben zu ihnen hinunter. »Vorsicht mit dem Ast da vor Euren Füß'n.«

»Oh, danke!«, rief Skye mit einer weit höheren Tonlage als sonst zu Tevin hinauf, um gleich danach trotzdem über den Ast zu stolpern.

Leaf verdrehte die Augen, sie hatte wirklich genug von Männern. Der einzige Mann, den sie sehen wollte, war Grey, um mit ihm über eine Scheinehe zu sprechen. Denn auch wenn sie gestern verzweifelt überlegt hatte, ob sie Lennox nicht doch zum Wohle ihres Clans heiraten sollte, wusste sie tief in ihrem Innersten, dass sie dafür einfach nicht stark genug war.

Nur, und auch daher rührte ihre üble Laune, war Grey gestern Abend laut Graham in Greers Kate gewesen, wo sie ihn nicht einmal in höchster Not aufgesucht hätte. Mochten doch alle Männer zur Hölle fahren, um dort gemeinsam mit Lennox Ross für immer zu schmoren.

»Seht nur, da kommt ein Reiter!« Wieder war es Tevin, der vom Wehrgang aus hinabbrüllte. Augenblicklich eilte Leaf mit langen Schritten zum Burgtor. Ihr Puls beschleunigte sich, vor allem, da in der letzten Nacht eine aufgebrachte Wache Alarm geschlagen und behauptet hatte, einen Mann am Strand gesehen zu haben. Der Mann am Strand hatte sich dann aber als die alte Moira herausgestellt, die betrunken zwischen den dortigen Felsen hervorgetorkelt war. Eine weitere Person konnte man dort nicht finden. War nun also der Zeitpunkt gekommen, an dem einer ihrer Späher zurückkehrte und berichtete, dass Lennox gesichtet worden war? Behielte sie also doch recht, und der Angriff der Ross stand nun kurz bevor?

Unwillkürlich legte Leaf die Hand auf den Griff ihres Dolches, obwohl der Reiter eigentlich nur einer ihrer Männer sein konnte. Außer natürlich, Lennox hätte die Späher und Wachen kurzerhand umgebracht …

Sie wollte gerade schon anweisen, das Burgtor zu schließen, als Tevin, der den Ankömmling von der Höhe der Mauer aus besser

sehen konnte als sie, Entwarnung gab. »Ach, es ist nur der Grey!«
Sofort widmete der Junge seine Aufmerksamkeit wieder der Über-
wachung der umliegenden Wälder und Hügel.

»Du hast mir einen Schrecken eingejagt«, mahnte Leaf, als Grey
sie erreichte. Er schwang sich vom Pferd und hatte die Zügel kaum
um dessen Hals geknotet, als Leaf ihn schon in Richtung des
Burgtors zog. »Einen Moment dachte ich tatsächlich, du wärst
Lennox Ross.«

Greys Lippen kräuselten sich, bevor er mit verstellter Stimme
sagte: »Leaf MacKay. Ich bin hier, um dich zu schänden, also dreh
dich sofort um und stell dich gegen die verdammte Burgmauer.«

»Lass das«, zischte sie, auch wenn Grey so leise gesprochen hatte, dass nur sie seine Worte gehört hatte.

Er lachte leise. »Zu echt? Mache ich mich gut als Lord?«

Leaf sah in seine grünen Augen. »Nicht gut genug. Lennox, dieser Bastard, würde so etwas wohl nicht erst ankündigen.«

»Ihr denkt wirklich das Schlimmste von diesem Mann.«

Leaf stemmte die Arme in die Hüfte. »Er hat mir jeden Grund
dazu gegeben.«

»Aye, ich habe es nicht vergessen. Er ist der Mann, der Euren
Onkel und Eure Cousine getötet hat. Nur scheint Ihr ihm das noch
übler zu nehmen als jeder andere hier.«

»Jeder andere hier soll ihn auch nicht heiraten«, giftete Leaf und
wusste doch, dass das nur die halbe Wahrheit war, warum sie Lennox Ross fürchtete und hasste.

Grey strich sich über die Verletzung an seinem Auge. »Ewan
Sinclair scheint die Vorstellung Eurer Verheiratung nicht allzu be-
drohlich zu finden. Zumindest hat Tevin ihn das gestern zu Eurer
Mutter sagen hören.«

Leaf presste die Lippen zusammen. »Halte dich von Tevin fern.«

»Also hat Tevin die Wahrheit über Ewan Sinclairs Auffassung
gesagt?«

Leaf schnaubte. »Aye, das hat er. Nur ist das nicht von Bedeutung.«

Grey sah sie einen Moment nachdenklich an. »Graham schickt mich. Er will wissen, ob wir die Speerspitzen stumpf lassen sollen, damit die Dorfbewohner sich bei ihren Übungen nicht verletzen.«

»Auf einmal tust du also, was Graham dir sagt?« Leaf hob die Augenbrauen. »Gestern konnte ich dich nicht einmal in der Nähe der Schmiede finden.«

Grey schob seine Daumen in den Bund seiner Hose und lächelte. »Wenn Ihr mich nicht gefunden habt, habt Ihr wohl nicht ernsthaft genug nach mir gesucht.«

Leaf spürte Hitze in ihre Wangen aufsteigen. »Du lässt die Menschen hier im Stich, wenn du deine Zeit bei Greer verbringst. Und Graham und Nessa auch. Du solltest den beiden beim Waffenschmieden helfen, nur deshalb hat ihr erkrankter Vater dich nach Tongue gebeten.«

»Gerade haltet Ihr mich auf«, bemerkte Grey trocken.

Leaf ballte die Hände. Am liebsten hätte sie ihn zu Boden geworfen, um alle Wut, Frust und Angst, die sie spürte, an ihm abzulassen. Und das hätte sie vermutlich auch getan, wäre Skye nicht gerade durch das Burgtor gekommen.

»Scharf«, sagte Leaf knapp. »Ich will alle Waffen messerscharf.«

»Das habe ich Graham auch gesagt«, meinte Grey mit einem schmalen Lächeln.

»Was?«

Er massierte sich seinen Nacken. »Jeder, mag er auch nur wenige Sätze mit Euch gewechselt haben, weiß, dass Ihr nichts davon haltet, etwas zu versuchen. Für Euch gibt es nur das Tun. Alles oder nichts.« Er senkte seine Stimme. »Üben wir den Bodenkampf am Strand?«

Leaf wollte ihm gerade widersprechen, als ein schriller Schrei ertönte, gefolgt von einem dumpfen Geräusch. Sie traute ihren Augen kaum: Tevin hatte es tatsächlich zustande gebracht, von der Burgmauer zu stürzen! Und dabei unmittelbar vor Skyes Füßen aufzuschlagen.

»Scheiße«, entfuhr es Grey, und er wurde totenbleich.

»Das kannst du laut sagen.« Sofort eilte Leaf zu Tevin, der zwar stöhnend auf dem Rücken lag, sich aber keinen Fingerbreit rührte.

»Tevin.« Leaf ging neben ihm in die Knie, während Skye vor Schreck noch immer wie gelähmt dastand. Seine Augen waren geöffnet, aber Leaf war sich nicht sicher, dass er sie ansah oder gar erkannte. »Tevin, hörst du mich?«

Noch immer keine Regung.

»Tevin, sag etwas!«

Wieder nichts.

Leaf blickte zu den anderen Dorfbewohnern, die hastig aus dem Burghof ins Freie geströmt waren und ebenso wie Skye wie erstarrt dastanden. Was hätte Leaf darum gegeben, jetzt Flower mit all ihrem Wissen an ihrer Seite zu haben. Ihre Schwester wüsste genau, was zu tun war. So aber musste sie sich auf ihr eigenes Gespür verlassen.

»Tevin, ich verpasse dir gleich eine dermaßen feste Ohrfeige, dass man sie noch Tage lang auf deiner Wange sehen wird.«

Wieder regte sich Tevin nicht, also hob sie, wie angekündigt, ihre Hand. »Ich bin … tot«, sagte der Bursche da endlich. »Und in der Hölle. Zusammen mit Leaf MacKay! Warum bin ich in die Hölle gekommen?«

»Weil du verdammt noch mal nicht auf dich achtgeben kannst«, herrschte Leaf ihn erleichtert an und dachte an die vielen Male, die sie mühelos von dieser Mauer gesprungen war. »Komm, setz dich auf.«

Sie griff unter seine Achseln, doch er bewegte sich nicht. Leaf wandte Hilfe suchend den Kopf zu Grey, damit er Tevin gemeinsam mit ihr auf die Füße zog. Doch Grey stützte sich an der Burgmauer ab und erbrach sich. Gott, konnte er denn überhaupt keine Verletzungen sehen?

»Was ist hier geschehen?«, hörte Leaf da Artairs Stimme und war so froh über sein Kommen, dass sie ihm am liebsten um den Hals gefallen wäre. »Tevin ist von der Burgmauer gestürzt. Wir sollten ihn in die Burg bringen.«

Artair erfasste die Lage in einem Augenblick. Er kniete sich hinter Tevin und stützte dessen Kopf mit einer Hand, während er ihn mit der anderen aufsetzte.

»Der Artair ist auch in der Hölle?« Tevin starrte ihn ungläubig an. »Also bei der Lady Leaf hab ich's noch verstand'n, aber beim Artair?«

Leaf sah, dass Artair schmunzelte, die Sorge dabei aber nicht aus seinem Blick wich. »Da hörst du es, Wildfang«, murmelte er. »Ich bin einer von den Guten.«

Ich doch auch, verkniff sie sich zu sagen, während Artair Tevin nun auf seine Arme hob, nachdem der Stallbursche selbst mit Artairs Unterstützung nicht hatte aufstehen können.

»Ha!«, murmelte Tevin. »Jetzt geh'n der Artair und ich also doch in den Himmel.«

»Greer ist schon in der großen Halle«, erklärte Artair mit gefurchter Stirn. »Ich bringe Tevin zu ihr.«

»Zu Greer?« Hatte sie das tatsächlich gerade gefragt, noch dazu in diesem eifersüchtigen Tonfall?

Artair hob die Augenbrauen. »Kennst du hier sonst noch eine Heilerin?«

»Ich komme mit«, murmelte nun Skye.

Leaf presste die Lippen zusammen. »Danke euch.« Sie warf einen besorgten Blick zu Tevin, dessen Augen nun geschlossen waren.

»Der Bursche wird schon wieder, er ist zäher, als er aussieht«, meinte Artair und fügte mit einem Blick auf Grey hinzu: »Was man nicht von allen behaupten kann.«

»Also.« Grey wischte sich mit dem Ärmel seines Leinenhemds über den Mund, nahm einen Schluck Ale aus seinem Trinkschlauch, gurgelte und spuckte die Flüssigkeit über seine Schulter hinweg zu Boden. »Gehen wir nun an den Strand?«

Leaf musterte ungläubig Grahams Cousin, der noch immer totenbleich war und sich an der Burgmauer abstützte. »Du siehst nicht so aus, als wärst du gerade in der Lage, mir etwas beizubringen. Außerdem bezweifle ich, dass du das überhaupt kannst.«

»Ihr denkt, ich habe Euch angelogen.«

»Das hoffe ich nicht für dich.« Leaf verschränkte die Arme. »Du hast aber wohl noch nie einen echten Kampf auf Leben und Tod in einer Schlacht gekämpft. Alles, was du kannst, sind anscheinend Trockenübungen.«

Grey verneinte. »Da liegt Ihr falsch.« Er stieß sich von der Wand ab und machte Anstalten, einfach an ihr vorbeizugehen.

Doch Leaf hielt ihn von hinten an seinem Leinenhemd fest. Keinen Augenblick später hatte Grey ihr das Handgelenk derart schmerzhaft umgedreht, dass sie in die Knie sinken wollte. Die ersten Dorfbewohner drehten sich zu ihnen um, doch Grey ließ sie nicht los. »Ich warne Euch, Mylady, denn ich bin nicht in bester Stimmung, nachdem Ihr mich beleidigt habt.« Erst jetzt gab er ihre Hand frei.

»Kannst du auch noch etwas anderes, als mir das Handgelenk zu verbiegen?«

»Aye«, erwiderte Grey mit düsterem Blick. »Nur wird dabei meist jemand verletzt oder stirbt.«

Nun musste Leaf lachen. »Ich glaube dir kein Wort. Du kannst ja nicht einmal den Anblick von Blut ertragen, und dir wird übel, wenn jemand von einer Burgmauer stürzt.«

Grey blickte zu Boden. »Wer sagt denn, dass Tevin gestürzt ist? Er kann auch absichtlich gesprungen sein.«

»Niemals«, entfuhr es Leaf. »Das ist lebensgefährlich.«

»Manche Menschen wollen vielleicht nicht mehr weiterleben«, sagte Grey in einem Tonfall, dass Leaf nicht mehr das Bedürfnis verspürte, ihn zu Boden zu werfen, sondern ihm eine Hand auf den Arm zu legen. Es war das zweite Mal, seit sie ihn kannte, dass sie tiefen Schmerz hinter seiner unnahbaren, unbekümmerten Maske wahrnahm. Auch wenn sie nach wie vor davon überzeugt war, dass Tevin nicht lebensmüde, sondern unaufmerksam gewesen war, weil er zu lange auf Skye gestarrt und dabei das Gleichgewicht verloren hatte.

Sie wies die Dorfbewohner an, die immer noch verfolgten, was zwischen ihnen vorging, wieder an die Arbeit zu gehen. Dann wandte sie sich erneut an Grey. »Du wolltest also auch einmal von einer Burgmauer springen?«

Grey rümpfte die Nase, nun war seine Stimme voller Abscheu. »Sicher nicht. Dafür lebe ich viel zu gern. Aber wenn ich mich umbringen wollte, hätte ich genug Verstand, mir ein gottverdammtes Schwert durchs Herz zu rammen. Einen Sturz von einer Mauer überlebt man zu leicht. Und dann kann man nicht mehr gehen und …«

Grey schloss die Augen. Leaf bekam eine Gänsehaut. »Wie meinst du das?«

»So, wie ich es sage. Die Beine gehorchen einem nicht mehr, weil sie durch den Sturz taub, gefühllos geworden sind.«

Leaf wurde eiskalt. »Davon habe ich noch nie gehört. Das denkst du dir aus. Knochen brechen, aye. Aber danach wachsen sie wieder zusammen.« Das hatte ihr Flower zumindest erklärt.

Grey spuckte aus. »Tevin fleht besser den Teufel an, dass es sich bei ihm so verhält, wie du sagst.«

Leaf zog ihre Brauen zusammen. Grey musste unrecht haben mit dem, was er sagte. Dann fragte sie aber dennoch nach. »Wo hast du das, was du behauptest, schon einmal erlebt?«

Grey blickte zu der Stelle, an der Tevin auf dem Boden aufgeschlagen war. »Das geht Euch nicht das Geringste an.«

Er wandte sich wieder zum Gehen. Dieses Mal griff Leaf nicht nach seinem Leinenhemd, sondern lief um ihn herum. Sie versperrte ihm den Weg. »Ich verlange eine Antwort. Jetzt.«

Grey sah aus, als ob er sie einfach zur Seite stoßen wollte. Dann überlegte er es sich offenbar anders. »Dann verlange ich den Kuss, den Ihr mir noch schuldet. Jetzt.«

Leaf schüttelte den Kopf. »Nur Feiglinge lenken ab, wenn es ernst wird. Also?«

Grey lachte rau auf. Seine Miene wurde noch finsterer als zuvor. »Ich hatte eine Affäre mit einer Frau, wenn Ihr es unbedingt wissen wollt. Ihr Mann ist gestorben, und sie wollte mich heiraten. Ich habe Nein gesagt. Da hat sie sich betrunken und von einer Mauer gestürzt.«

Das Schicksal dieser Frau berührte Leaf seltsam, obwohl sie sie nicht kannte. »Sie muss dich geliebt haben.« Was ihr dann wohl zum Verhängnis geworden war …

Grey vollzog mit seiner Hand eine unwillige Geste. »Vor allem hat sie nicht verstanden, dass wir eine Abmachung hatten, was unser Verhältnis zueinander betrifft. Ich habe mich daran gehalten. Sie sich nicht.«

»Wer war sie?« Leaf wollte noch mehr über diese Unbekannte in Erfahrung bringen. »Wo ist sie jetzt?«

»Bei meinem Vater«, sagte er knapp. »Und das war's jetzt mit der Fragestunde, verstanden?«

Aber Leaf dachte nicht daran. »In Skail? Hat er diese Frau denn geheiratet? Wie heißt sie?«

Greys Augenlider zuckten. »Nein, er hat sie nicht geheiratet. Aber wenn Euch meine Familiengeschichte derart brennend beschäftigt, fragt doch Graham. Denn ich bin nicht nach Tongue gekommen, um mich hier mit ihr zu befassen.«

»Ich kann dir befehlen, mir zu antworten«, sagte Leaf, obwohl das nicht stimmte, denn dafür hätte ihr Vater ihr und nicht Artair die Verantwortung für Castle Varrich übertragen müssen.

Greys Blick wanderte zu ihrem Mund. »Ich könnte auch einiges tun, Mylady. Aber dafür seid *Ihr* wohl zu feige.«

»Du hast keine Achtung vor mir«, erwiderte sie.

Grey neigte leicht den Kopf vor ihr. »Richtig, Mylady.«

Leaf schüttelte den Kopf. »Ich werde jetzt nach Tevin sehen.«

Woraufhin Grey sich auf dem Absatz umdrehte und zu seinem Pferd schritt. »Ich erwarte Euch in der Schmiede.«

»Wieso sollte ich in die Schmiede kommen?« Grey konnte schließlich nicht wissen, dass sie mit ihm darüber sprechen wollte,

ob er sie zum Schein heiraten würde, um sie vor der Eheschließung mit Lennox zu bewahren.

»Um Euch dort mit mir zu betrinken, nachdem Ihr Tevins zu-
künftiges Schicksal endlich begriffen habt«, sagte Grey beinahe
mitfühlend. »Oder um dieses auf andere Weise zu vergessen.«

KAPITEL 16

Grey war ein Lügner, denn als Leaf in die große Halle stürmte, stand Tevin schon wieder auf beiden Beinen. Zwar noch wackelig, aber er stand und unterhielt sich gerade mit Skye. Rhona war auch anwesend, hatte Tevin und Skye aber den Rücken zugekehrt, um mit Conall zu spielen. Vielleicht wollte sie aber auch nur Artair beobachten, der seine Hand auf Greers Schulter gelegt hatte, die sich nun auf die Zehenspitzen stellte und ihm einen Kuss auf die Wange gab. Wobei ein roter Fleck an ihrem Hals sichtbar wurde, wie man ihn nur von Küssen bekam.

Ohne ein weiteres Wort drehte Leaf sich um und verließ die große Halle. Den Rest des Tages verbrachte sie damit, Steine zu schleppen und den Dorfbewohnern zu erklären, wie man diese zu einer Mauerkrone stapelte.

Als die Sonne schließlich tief am Himmel stand und die Mauerkrone nahezu fertig war, verzichtete sie darauf, am Abendessen in der großen Halle teilzunehmen, schnappte sich stattdessen einen halben Laib Brot in der Küche und ritt auf Ealair zu den Klippen über der Bucht von Tongue, um ihr Mahl dort allein im peitschenden Wind zu sich zu nehmen.

Sie verschluckte sich dabei und rang um Luft, hatte sich und ihre Atmung aber schnell wieder im Griff. Wie immer. Sie hatte alles im Griff.

Nachdem die Sonne untergegangen war und der Himmel nur noch in einem blassen Lila leuchtete, warf sie einen letzten Blick auf die spiegelnde Wasseroberfläche in der Meeresbucht und die umliegenden Hügel, dann ritt sie im gestreckten Galopp und an den Wachen vorbei nach Tongue. Auch wenn sie keine große Lust dazu hatte, musste sie doch mit Grey sprechen und wissen, ob er im Notfall eine vermeintliche Ehe mit ihr eingehen würde.

Ein scharfes Bellen drang an ihr Ohr, als sie die Schmiede fast erreicht hatte. Abrupt brachte sie Ealair zum Stehen. Ein Hund. Das war ohne jeden Zweifel ein Hund gewesen.

Sie zog ihren Dolch aus der Halterung an ihrem Gürtel und ermahnte sich, ruhig zu bleiben.

Wieder ein Bellen, dunkel und grollend. Es musste von einem großen, aggressiven Hund kommen, wie Bhaic es gewesen war.

Ihr Pferd wieherte unruhig, es spürte ihre Anspannung.

Da flog auf einmal die Tür zur Schmiede auf, und Graham trat ins Freie. »Leaf!«, rief er überrascht aus, doch sie hatte nur Augen für das Tier im Inneren der Schmiede. Einen nicht einmal kniehohen hellbraunen Mastiff-Welpen, der aussah wie eine kleinere Ausgabe von Bhaic und dem Grey gerade seelenruhig den Kopf streichelte.

»Ist das dein Tier, Grey?«, fragte sie ihn noch immer auf ihrem Pferd sitzend.

Irritiert hob dieser den Kopf, und Graham wurde bleich. Nicht jedoch die junge Frau mit den roten Locken, die nun zusammen mit Nessa ebenfalls in den Türrahmen trat.

»Isla?«, entfuhr es Leaf, während die Enkelin des Fischers den Welpen nun auf ihren Arm nahm. »Wie kommt es, dass du hier bist?« Rivers Freundin lebte inzwischen doch auf Ardvreck Castle zusammen mit Rivers Schwägerin Niamh und deren Ehemann Logan.

Isla ließ sich von dem Hund ungerührt die Hand abschlecken. »Na, also gerade habe ich Nessa diesen *süßen Welpen* gezeigt, den ich auf dem Weg hierher gefunden habe. Er soll ein Geschenk für Niamh werden, wenn sie und Logan aus Glasgow zurückkehren. Zudem ist das hier immer noch mein Heimatdorf.«

Leaf wusste, dass Isla sie absichtlich neckte, und steckte ihren Dolch nun zurück in ihren Gürtel. Mit einem Welpen würde sie ja wohl fertigwerden. »Sag, was du willst, Isla, aber ich kann kaum glauben, dass du freiwillig lieber nach Tongue kommst als ins feine Glasgow.« Sie grinste frech. »Wurdest du von den MacLeods etwa nicht dorthin mitgenommen? Und was haben sie überhaupt in Glasgow zu suchen?«

Isla wiegte den Hund in ihrem Arm. »Niamh und Logan besuchen Finley und Hailey. Logan sagt, es sei an der Zeit, sich mit seinem Bruder auszusöhnen. Und er will seine kleine Nichte kennenlernen.«

»Du machst Scherze«, sagte Leaf, da sie bisher ebenso wenig wie Flower daran geglaubt hatte, dass dies jemals geschehen würde. Doch Isla schüttelte den Kopf und meinte:

»Nein, es ist genauso, wie ich es dir gesagt habe. Nur mit deiner Vermutung, dass ich nicht ganz freiwillig in Tongue bin, hast du nicht ganz unrecht. Ich hole zusammen mit zwei von Logans Männern meine Großeltern zu uns nach Ardvreck Castle. Denn nachdem wir von der Fehde mit den Ross gehört haben ...«

»... denkst du, dass sie hier nicht sicher sind und wir MacKays nicht auf unsere Leute aufpassen können.«

Isla zuckte mit den Schultern. »Nichts für ungut, Leaf. Aber die Berichte, die ich gehört habe ... Die Menschen im Dorf vor Achfary Castle sind kurz vor dem Verhungern! Sie verlassen reihenweise ihr Zuhause, weil sie Angst vor dem nächsten Überfall haben, zumal sie trotz der Schlichtungsbemühungen deines Vaters weiter von Ross-Männern drangsaliert werden. Und wenn Gregor es schon dort nicht schafft, durchzugreifen, können hier doch ebenfalls bald Ross-Männer aufkreuzen.«

»Das können wir nicht ausschließen«, antwortete Leaf. »Und trotzdem wird niemandem hier etwas geschehen. Wir haben Späher bei der Schlucht von Loch Loyal und der Brücke nahe Altnaharra, die uns warnen, sobald sich jemand nähert. Wachen, die ...«

»Späher bei der Schlucht von Loch Loyal, sagst du?« Isla runzelte die Stirn. »Wir sind auf diesem Weg hergekommen. Aber Späher haben wir keine gesehen. Dafür aber abends in der Taverne viel Gerede gehört. Und zwar, dass man ganz in der Nähe erst neulich zwei kopflose Männer in einem Graben gefunden hat, von denen niemand wusste, wer sie waren.«

»Was?«, entfuhr es Leaf, und ihr wurde schlagartig eiskalt.

»Ich habe mir nichts weiter dabei gedacht«, sagte Isla. »Aber grausam fand ich es schon, wie ihre abgetrennten Rümpfe blutleer im Schlamm gelegen haben müssen und … «

Bei dieser Beschreibung begann Grey im Inneren der Schmiede schon wieder zu würgen. Leaf dagegen behielt einen klaren Kopf. Denn wenn ihre Späher tot waren, hatten sie nicht nur zwei Menschenleben verloren. Sie wussten auch plötzlich nicht mehr, wie nah Lennox Ross tatsächlich schon war.

»Ich muss sofort zurück zur Burg«, sagte Leaf. »Ich muss Artair Bescheid sagen. Und Lord Sinclair.«

»Was müsst Ihr mir sagen?«, fragte da eine Stimme hinter ihr, und als sie sich umdrehte, erblickte sie Ewan, der mit hocherhobenem Haupt auf seinem Hengst saß. Vermutlich hatte er nach dem Abendessen beschlossen, noch einen letzten Prüfritt zu machen, nachdem Rhona ihn gestern schon darum gebeten hatte.

»Die Späher bei der Schlucht von Loch Loyal sind tot«, sagte Leaf. »Lennox Ross ist auf dem Weg hierher.«

Ewan atmete scharf ein. »Also hattet Ihr recht, Lady Leaf.«

»Wir müssen alle hinter die Burgmauer holen. Sofort.«

»Nein«, widersprach ihr Ewan nach einer Weile des Nachdenkens. »Anders als die Späher sind meine Männer ausgebildete Kämpfer. Der Teil von ihnen, der Wache steht, wird uns warnen, wenn sich Lennox nähert, denn Loch Loyal ist noch immer ein gutes Stück von hier entfernt. Und erst dann ziehen wir uns hinter die Burgmauer zurück.«

»Aber das kann jeden Augenblick der Fall sein«, widersprach Leaf. »Die Männer wurden schon vor Tagen tot aufgefunden.«

Doch Ewan schüttelte abermals den Kopf. »Selbst wenn Lennox Ross nah ist, heißt das noch nicht, dass er uns unmittelbar angreift. Vor allem nicht bei Vollmond in einer sternklaren Nacht wie dieser, in der es viel zu hell ist, um sich unbemerkt anzuschleichen. Ein erfahrener Kämpfer wie er weiß das.«

Leaf biss sich auf die Lippe. »Seid Ihr Euch da ganz sicher?«

»Ich bin seit mehreren Jahrzehnten Clanführer und habe in meinem Leben mehr Schlachten geschlagen, als ich an meinen Händen und Füßen abzählen kann. Ich weiß, was ich tue. Und wenn Ihr wollt, dass ich Euch helfe, Mädchen, dann hört auf mich.«

Leaf wollte widersprechen, besann sich aber eines Besseren. Ewan war in der Tat ein ausgezeichneter Stratege und Clanführer. Wenn er sagte, dass heute Nacht noch keine Gefahr bestand, wollte sie ihm glauben. Zumal sie ihn brauchte.

Nun mischte sich Isla ein. »Bei Nacht kann ich mit meinen Goßeltern ohnehin schlecht abreisen, also können wir jetzt genauso gut alle zu Kerr in die Taverne gehen.« Sie boxte Nessa in die Seite. »Oder willst du ihn etwa von der Schmiede aus anschmachten?«

Nessa wurde rot. »Isla«, zischte sie und sah zu ihrem Bruder. »Ich schmachte Kerr doch gar nicht an.«

»Das will ich doch hoffen«, brummte Graham und sah mit mulmigem Blick zu Lord Sinclair. »Auch wenn wir angesichts der ernsten Lage, in der wir uns befinden, besser nicht in die Taverne gehen sollten.«

Doch Ewan Sinclair schüttelte den Kopf. »Im Gegenteil. Ein Abend der Leichtigkeit vor einer kriegerischen Auseinandersetzung kann sogar von Vorteil sein. Solange ihr nur die Finger vom Ale lasst, verstanden?«

Isla nickte und streichelte wieder ihren Hund. »Sicher doch, Mylord. Der Einzige, der einen Schluck Ale bekommt, ist der Welpe hier. Er liebt das süße Zeug.«

Lord Sinclair schmunzelte, dann sah er zu Leaf. »Vielleicht solltet Ihr Eure Freunde dorthin begleiten.«

Doch Leaf schüttelte nach einem Blick auf den jungen Hund den Kopf. »Nein danke. Aber geht ruhig. Ich muss ohnehin noch etwas mit Grey besprechen.«

»Bist du sicher?«, erkundigte sich Graham, während Lord Sinclair bereits davonritt.

Leaf sah ihn prüfend an. »Willst du mir etwas sagen, Graham?«

»Nur, dass du vorsichtig sein sollst. Denn Grey ist heute nicht er selbst.«

»Grey?«

Nachdem die anderen gegangen waren, betrat Leaf die Schmiede und sah sich nach ihm um. Sie fand ihn vor dem Schmiedeofen, in den er mit noch immer bleichem Gesicht und leerem Blick starrte.

»Lasst mich«, sagte er, als er sie bemerkte.

Leaf hielt einen Moment inne. Sie war aufgewühlt von der Nachricht, dass sich Lennox Ross bereits auf dem Land der MacKays befand, weshalb sie nun erst recht mit Grey sprechen musste. Und zwar nicht mehr wegen der vermeintlichen Ehe, denn dass Lennox in böser Absicht kam, war nun eindeutig. Sondern weil sie immer noch hoffte, dass Grey ihr für den Nahkampf etwas beibringen konnte. Denn auch wenn Lennox Castle Varrich angriff, wusste Leaf doch genau, dass er am Ende vor allem ein Ziel hatte: Sie. »Grey, ich brauche deine Hilfe. Bitte.«

Er fuhr zu ihr herum, in seinen Augen glomm ein merkwürdiges Feuer. »Und ich brauche gerade Ruhe.«

Leaf zögerte, dann ging sie zum Tisch und befüllte einen Becher mit Wein. »Hier«, sagte sie und reichte ihn Grey. »Ich habe gehört, das vertreibt das flaue Gefühl im Bauch.«

»Und woher wollt Ihr wissen, wie es meinem Bauch geht, Mylady?«

»Du zitterst«, sagte sie. »Und vorhin, als Isla von den toten Spähern erzählt hat …«

Grey griff nach dem Wein und leerte den Becher in einem Zug. »Das Zeug schmeckt scheußlich.«

»Dabei hast du erst heute Mittag vorgeschlagen, dich abends mit mir zu betrinken.«

Seine grünen Augen funkelten. »Aye, das war der eine Weg, den ich vorgeschlagen hatte, um zu vergessen, Mylady.« Der Blick, den Grey ihr dabei zuwarf, trieb Leaf einen heißen Schauer über den Körper.

Er rieb sich über die Lider. »Nun, mach schon, dass du davonkommst, Leaf. Ich vergesse mich manchmal, wenn ich in dieser Stimmung bin.«

»Gerade scheint mir, dass du eher vergessen hast, mich mit meinem Titel anzusprechen.«

»Wenn Isla dich nicht mit *Mylady* anredet, muss ich es wohl auch nicht«, erwiderte Grey leise.

Leaf zuckte mit den Schultern. »Um ehrlich zu sein, mache ich mir nicht viel daraus. Du hättest ihn schon die ganze Zeit weglassen können.«

»Für jemanden, der sich nichts daraus macht, hast du ihn zu häufig eingefordert und betont, dass du auf Castle Varrich das Sagen hast.«

»Mach dich ruhig über mich lustig«, gab Leaf zurück. »Aber ich wäre gern Clanführerin, wenn du es genau wissen willst.« Dann hätte sie die Ross längst bei Achfary Castle angegriffen, eine Mauer um Tongue errichtet und die Frauen des Dorfs dauerhaft im Kampf unterrichtet. Denn Frauen sollten sich nicht nur durch Liebenswürdigkeit und ihre Anmut auszeichnen. Es war an der Zeit, dass ihnen auch Respekt entgegengebracht wurde.

Grey stand auf, trat zum Tisch und schenkte sich Wein nach. »Erstaunlich«, bemerkte er und blickte auf das Lederarmband an seinem Arm, das so fest zusammengezurrt war, dass es ihm das Blut abschnüren musste. »Mir erscheint die Vorstellung, Clanführer zu sein, kein bisschen verlockend. Aber wenn du sie magst …«, ein teuflischer Ausdruck trat in sein Gesicht, »… solltest du Lennox Ross heiraten, sobald er hier ankommt. Dann bist du immerhin die Frau eines Clanführers.«

»Er wird nicht Clanführer«, widersprach Leaf, denn nach Torins Tod würde der noch junge Sohn von Lennox' verstorbenem Bruder ihm nachfolgen. »Und dir ist vorhin sicher nicht entgangen, was für ein grausamer Mörder er ist.« Sie atmete tief ein und aus. »Weswegen du auch mit mir den Nahkampf üben sollst. Du hast es versprochen.«

Grey lachte freudlos. »Du akzeptierst also kein Nein als Antwort?« Diesmal griff er gleich nach dem Weinkrug, um diesen in so großen Schlucken zu leeren, dass ihm die rote Flüssigkeit übers Kinn auf sein beiges Leinenhemd rann.

Kurz fragte sich Leaf, wie es wohl wäre, den Wein von seiner Haut zu lecken. Dann überkreuzte sie die Arme. »Akzeptierst du denn ein Nein?«

Grey wandte sich ihr zu. »Meine Mutter hat mich gelehrt, dass man ein Nein immer achten soll. Mein Vater dagegen hat das anders gesehen. Weswegen meine Mutter uns auch verlassen hat, als ich siebzehn war.« Kurz schien er selbst überrascht zu sein, dass er ihr das erzählt hatte, dann zuckte er mit den Schultern. »Ich nehme es ihr nicht übel. Am Ende ist jeder für sich selbst verantwortlich.«

»Sie hat sich also auf und davon gemacht?«, fragte Leaf. »Und … hat es ihr geholfen?«

Grey schnaubte. »Woher soll ich das wissen. Nur mein Vater weiß, wo sie ist.«

»Du vermisst sie«, sagte Leaf, als sie den tiefen Schmerz in Greys Augen sah.

»Verdammt, gibt es hier nicht mehr Wein?«

»Du könntest ihn aus deinem Leinenhemd winden«, sagte Leaf. Was sie sicher nicht getan hätte, wenn sie gewusst hätte, dass Grey sich daraufhin tatsächlich sein Leinenhemd vom Kopf zog und es auf den Tisch warf.

Ihr Puls beschleunigte sich. »Zieh das sofort wieder an. So können wir nicht miteinander kämpfen.«

Grey hob eine Augenbraue. »Ach nein?«

Leaf starrte auf seinen schmalen, aber gleichzeitig muskulösen Oberkörper.

»Du schuldest mir noch einen Kuss, Leaf«, sagte Grey und umfasste ihr Kinn. »Warum beginnen wir nicht damit?«

Augenblicklich zog Leaf ihren Dolch aus dem Gürtel, doch Grey ließ sich davon nicht beeindrucken. Stattdessen drehte er sie so, dass sie mit dem Po die Tischkante berührte.

»Wir haben ausgemacht, dass ich den Zeitpunkt des Kusses bestimmen darf«, sagte Leaf, während Greys Hand ihre Taille nach oben wanderte und ihr Herzschlag sich beschleunigte.

»Nun gut, dann betrachte dies schon einmal als eine Übung im Nahkampf.« Mit diesen Worten fegte Grey den Weinkrug, die Wachstafel, die Meißel, Punzen, und was sonst noch auf dem Tisch lag, zu Boden. Dann drückte er sie rücklings auf die Tischplatte und hielt ihre Hand mit dem Dolch so fest, dass sie sich nicht mehr rühren konnte. »Lektion eins«, sagte Grey und streichelte mit dem Daumen ihr Handgelenk. »Lass dem Gegner seine Waffen, wenn du ihn mühelos daran hindern kannst, sie zu gebrauchen.«

Leafs Herz raste, sie versuchte, sich zu befreien, wollte gleichzeitig aber auch wissen, was Grey als Nächstes tun würde. Wie weit er tatsächlich gehen würde.

Als sie sich dessen gewahr wurde, riss sie sofort ihr Knie nach oben, doch Grey war ihrem Körper schon zu nah, als dass sie ihm ihren Oberschenkel zwischen die Beine hätte rammen können.

»Lektion zwei«, flüsterte er und legte seine andere Hand an ihre Hüfte. »Halte deine Feinde so nah du kannst, und du bist ihnen immer einen Schritt voraus.«

Leaf keuchte nun vor Erregung. Greys Gesicht war dem ihren so nah, dass sie seinen heißen Atem spürte, und auf einmal wünschte sie sich sogar, dass er heute Nacht nicht mit ihr kämpfte, sondern ihr etwas ganz anderes zeigte.

»Lektion drei.« Grey beugte sich über sie, suchte kurz ihren Blick und schien genau zu wissen, was gerade in ihr vorging, bevor er mit den Zähnen den Ausschnitt ihres Leinenhemds weiter nach unten zog. »Bereue, was du tust, erst am nächsten Tag.«

Leaf schloss die Augen, als Grey seine Zunge von ihren Brüsten zu ihrem Hals gleiten ließ. Sie sollte sich wehren, ließ ihn aber gewähren, genoss seine ungehemmten Berührungen.

»Lektion vier«, raunte Grey. »Verletze deinen Gegner nicht dort, wo es am meisten wehtut, sondern dort, wo alle es sehen können.«

Ehe sie verstand, was er damit meinte, saugte er wieder an ihrem Hals. Sie versuchte abermals, ihre Hand mit dem Dolch aus seinem Griff zu lösen, und dieses Mal gab er sie einfach frei.

»Du verstößt gegen Lektion eins«, hauchte sie heiser und setzte ihren Dolch an seine Kehle.

Doch Grey hob nur langsam den Kopf und sah sie herausfordernd an. »Nein, denn ich hindere dich noch immer daran, die Waffe zu benutzen.«

Hitze breitete sich in Leafs Schoß aus. »Du überschätzt dich.«

»Lektion fünf«, sagte Grey und drückte den Hals gegen die Klinge, sodass Leaf den Dolch von sich aus senkte, und zwar immer tiefer, je näher er ihr kam, bis sie ihn schließlich ganz zur Seite legte. »Habe keine Angst vor einer geringfügigen Verletzung.« Greys Gesicht war nun unmittelbar über ihrem, sodass er das Verlangen in ihren Augen sehen musste, und das Einverständnis, das sie ihm wortlos erteilte. »Wenn du dadurch etwas viel Wichtigeres bekommen kannst.«

Leafs Puls raste wie wild, als Grey sie nun küsste. Und zwar nicht behutsam, nicht vorsichtig, nicht, wie sie sich ihren ersten Kuss immer vorgestellt hatte. Sondern hart, fordernd und einnehmend. So, dass ihr klar war, dass er mit jeder Berührung ihrer Lippen und mit jedem Streichen seiner Zunge nicht nur an sie, sondern auch an sich dachte.

Schon spürte sie seine Hand auf ihrer Brust. Früher hatte sie sich manchmal gefragt, ob einem Mann ihre sanften Rundungen wohl missfallen würden, bis sie erkannt hatte, dass diese beim Kämpfen weniger Angriffsfläche boten und für sie daher vorteilhafter waren als eine üppige Brust. Doch nun, als Grey diese abwechselnd umschmeichelte und drückte, stellte sie sich diese Frage nicht mehr, sondern genoss einfach, was er ihr gab.

»Fester«, verlangte sie zwischen ihren Küssen. »Pack sie noch mal fester.«

Das ließ sich Grey nicht zweimal sagen. Ein Schauer ging durch ihren Körper, als er ihre Brüste nun beide mit den Händen ergriff und gleichzeitig seine Bartstoppeln beim Küssen erregend über ihre Haut kratzten. Sie überlegte, die Augen zu schließen, doch das würde nur eine Närrin tun, also starrte sie Grey weiter an. Wie er ihr Leinenhemd nun ganz zur Seite schob und die Spitze ihrer Brust zwischen seine Zähne nahm. Wie er mit seiner Zunge darum fuhr und sich kein bisschen darum scherte, seine Spuren auf ihrem Körper zurückzulassen.

Sie schloss ihre Augen und ergab sich ganz ihren Empfindungen. Die Glut im Schmiedefeuer zischte, doch in Wahrheit war es ihr Körper, der mit jeder weiteren Berührung von Grey mehr in Flammen stand.

»Eine Regel«, stieß Grey hervor, während er seine Hand zum Bund ihrer Hose wandern ließ. »Du erwartest nicht, dass mir das hier irgendetwas bedeutet.«

Leaf keuchte, als er seine Finger zwischen ihre Beine legte und ihre Feuchtigkeit spürte. Zwar hatte sie sich dort schon oft selbst berührt, doch dieses Mal entschied Grey, wo er sie anfasste, wie stark, wie schnell. »Dafür, dass es dir nichts bedeutet, gibst du dir erstaunlich viel Mühe mit mir.«

»Nur weil es mir nichts bedeutet, heißt das noch lange nicht, dass du dich nicht gut an mich erinnern sollst.«

Leaf zweifelte keinen Moment daran, dass er die Wahrheit sagte. Er wollte sie, wollte ihren Körper, und sie wollte das Gleiche – suchte die Erregung und die Erfahrung, auch wenn sie plötzlich nicht mehr wollte, dass er und seine Berührungen, sondern sie und ihr eiserner Wille darüber entschieden, wann sie kam und losließ, wann sie überwältigt wurde.

Doch er berührte sie so gezielt und geübt, dass sie sich immer weiter verlor. Sie presste die Lippen zusammen, und er schmunzelte. »Zehn, neun, acht.«

»Niemals«, stöhnte Leaf. »Ich entscheide, ich werde nicht …«

»Sieben, sechs, fünf.«

Sie versuchte, den Höhepunkt weiter hinauszuzögern, bog ihren Rücken durch.

»Vier, drei.«

Aber was zählte das schon. Sie zog seinen Kopf zu sich hinab, küsste ihn, und er biss in ihre Lippe, während er sie mit den Fingern weiterhin rieb.

»Zwei.« Laut stöhnte sie auf, ließ sich von ihm treiben, war bereit, aufzugeben …

»Nein.« Er lächelte. »Du kommst erst, wenn ich in dir bin.«

»Nein«, stöhnte Leaf, diesmal vor Frust, doch da drehte Grey sie schon um.

Ihr Blick fiel auf das Lederband an seinem Arm und seine bleichen, blutleeren Finger. »Du musst dein Armband loser schnüren«, hauchte sie in ihrem unbefriedigten Zustand.

»Ich muss überhaupt nichts«, sagte Grey in einem so kalten Tonfall, als spreche er nicht mit ihr, sondern mit jemand ganz anderem.

Sie spürte, wie er sich von hinten an sie presste, und plötzlich versteifte sich Leafs Körper, alle Lust und Begierde verschwand, und ihr Verstand kehrte zurück. Und mit ihm das Entsetzen.

Sie war hier allein mit Grey. Der ihr gesagt hatte, dass sie ihm nichts bedeutete, und der auch nicht davor zurückgeschreckt war, seine Kehle gegen ihren scharfen Dolch zu drücken. Dessentwegen sich eine Frau von der Burgmauer gestürzt hatte. Sie musste wahnsinnig sein. Die Lust hatte sie wahnsinnig gemacht.

Sofort drehte sie sich mit einer schwungvollen Bewegung zur Seite und hieb ihm mit dem Ellbogen so heftig in die Rippen, dass er nach Luft schnappte. Keinen Lidschlag später hatte sie ihren Dolch gepackt und rannte zur Tür der Schmiede, wo sie ihr Leinenhemd wieder über die Brüste zog.

»Was sollte das?« Grey lehnte noch immer keuchend am Tisch und sah sie mit verständnislosem Blick an.

»Das war ein riesiger Fehler«, sagte sie leise.

Grey sah aus, als wollte er zustimmen, doch dann atmete er betont langsam aus. »Du kannst nächstes Mal auch einfach sagen, wenn es dir zu schnell geht oder dir etwas nicht gefällt.«

»Und danach richtest du dich dann? Nachdem du mir gerade erst gesagt hast, dass du überhaupt nichts musst?«

»Das bezog sich auf mein Armband, gottverdammt! Auf Dinge, die dich nichts angehen. Nicht auf Dinge, die du und ich gemeinsam tun und zu denen dein Einverständnis dazugehört.« Grey schüttelte den Kopf, öffnete den Mund, als wollte er noch etwas sagen, ließ es dann aber bleiben.

Leaf schnaubte. »Bisher hast du mir keinen Grund gegeben, dir zu vertrauen.«

»Ich verstehe«, sagte er. »Dann lass mich das jetzt nachholen. Die anderen werden noch eine Weile weg sein. Wir können also weitermachen, wo wir aufgehört haben. Langsam. So, wie du es möchtest.«

Leafs Unterlippe bebte. Vielleicht sagte Grey die Wahrheit, vielleicht log er aber auch. Denn jeder konnte seine Absichten ändern – und sie niemandem vertrauen. Niemandem außer …

Leaf blickte zu Grey zurück, doch dann schüttelte sie entschieden den Kopf. »Lektion sechs. Nimm niemals deine Deckung nach unten, denn jeder könnte dein Feind sein.«

Grey verzog spöttisch die Mundwinkel und verschränkte die Arme. »Wenn das so ist, erinnere ich an Lektion zwei. Halte deine Feinde so nah du kannst. Und wo wäre ich dir näher als tief in dir drinnen, Leaf MacKay?«

KAPITEL 17

Im Pferdestall zu schlafen, war keine bewusste Entscheidung gewesen. Vielmehr hatte Artair so lange auf Leaf in der Box ihres Hengstes gewartet, bis er dort eingenickt war. Er hatte sich nach ihrem Ausritt, wenn sich ihr Gemüt wieder abgekühlt haben würde, mit ihr aussprechen wollen. Doch nun hatten ihn polternde Schritte anstatt Pferdehufe aus dem Schlaf schrecken lassen.

War das Tevin, der nun zurückgekehrt war, nachdem Artair und Greer ihn in die Dorftaverne gebracht hatten, damit er seine Schmerzen im Bein mit Ale betäuben konnte? Doch dann hörte er Leafs vertraute Stimme: »Wo zur Hölle bist du nur, Artair?«

Wütend stand er auf, um ihr zu sagen, dass er den ganzen Tag versucht hatte, mit ihr zu reden. Dass er nach dem Zwischenfall mit Tevin noch ein Gespräch mit Rhona gehabt hatte, die ihn erneut gebeten hatte, eine Ehe mit Leaf einzugehen. Dass seine Gefühlswelt kopfstand, seit sie sich auf der Lichtung im Wald fast geküsst hatten, sie ihn dann aber stehen gelassen hatte, weil sie lieber mit Grey eine Scheinehe führen wollte. Er deswegen verletzt und gleichzeitig in Sorge um sie war.

Doch dann hörte er ihr Schluchzen.

»Leaf?« Seine Wut legte sich augenblicklich, doch er konnte die Tür der Pferdebox nicht öffnen, ohne sie Leaf in den Rücken zu rammen, die sich unmittelbar davor auf den Boden hatte sinken lassen.

Erschrocken hob sie nun den Blick und wischte sich mit der Hand über die Augen.

»Du weinst.« Er hatte sie so gut wie noch nie weinen sehen.

Sofort wandte Leaf ihr Gesicht ab. »Ich war in der Küche … da waren Zwiebeln und ich …« Ihre Stimme brach.

»Wo ist dein Pferd?«, fragte Artair, der nicht wusste, wie er Leaf in diesem Zustand am besten begegnen sollte. Zumal sie ihn offensichtlich anlog.

»Ich habe Ealair im Dorf gelassen, nachdem ich Grey …« Wieder verstummte Leaf. Sofort kletterte Artair über die Pferdebox und ging neben Leaf in die Knie.

»Was ist geschehen, Wildfang? Was hat dir Grey getan?«

»Nichts, wir …« Sie schüttelte den Kopf, doch Artair glaubte ihr kein Wort.

»Du riechst so anders.« Er beugte sich noch näher an sie heran und zog dann die einzig mögliche Schlussfolgerung. »Du riechst nach ihm.«

Leaf zuckte mit den Schultern. »Na und?« Sie hieb mit der Hand gegen die Holztür hinter sich, sodass einige Pferde in den angrenzenden Boxen aufschreckten. »Ich kann tun und lassen, was ich will.«

Artair biss sich hart auf die Lippe. Leaf konnte ganz sicher nicht tun und lassen, was sie wollte. Und erst recht nicht mit Grey. »Also hast du mit ihm geschlafen.«

»Eben nicht.« Die Bitterkeit in Leafs Stimme traf ihn härter, als wenn sie ihm mit Ja geantwortet hätte.

»Also wolltest du mit ihm schlafen, und er hat abgelehnt? Musste er etwa wieder pinkeln?«

Kurz musste Leaf schmunzeln und wandte den Kopf wieder zu ihm. Ihre tränenfeuchten Wimpern glänzten im Lichtschein der Fackel, die den Pferdestall erhellte. »Es stimmt schon, dass Grey nicht sehr einfühlsam ist. Aber nein. Er hat nicht abgelehnt. Ich … bin weggerannt.«

Artair wollte nach ihrer Hand greifen, sie wissen lassen, dass sie sich an ihm festhalten konnte, dass er für sie da war. Dann aber sah er den roten Fleck an Leafs Hals.

»Gottverdammt, Leaf.« Er konnte nicht anders, als die Stelle zu berühren. Jene Stelle, die nicht seine Lippen, sondern die eines anderen Mannes berührt hatten. »Was ist das?«

Kurz schien sie nicht zu verstehen, was er meinte, dann schlug sie seine Hand fort. »Du weißt genau, was das ist.« Ihre Stimme wurde bitter. »Nachdem du Greer gewiss schon einen ähnlichen Fleck an ihrem Hals beigebracht hast.«

»Zwischen mir und Greer ist nichts.«

»Nein, natürlich nicht«, brummte Leaf.

»Nein, wirklich nicht.« Artair legte die Hand auf sein Herz. »Greer und ich sind nur Freunde.«

»Die auch miteinander schlafen«, ergänzte Leaf und presste die Lippen fest aufeinander. »Schon klar.«

»Du bist eifersüchtig«, stellte er zu seiner eigenen Überraschung fest.

Leaf blinzelte, dann rieb sie sich über die Augen. »Unsere Späher wurden bei der Schlucht von Loch Loyal tot aufgefunden. Lennox Ross ist im Anmarsch, er kann in diesem Moment schon in unseren Wäldern lauern.«

»Und das sagst du mir erst jetzt?« Artair sprang sofort auf, während ihm gleichzeitig ein riesiger Stein vom Herzen fiel. Denn wenn Lennox Ross sie tatsächlich überfiel, war Leafs Verheiratung damit vom Tisch.

»Ich habe bereits mit Lord Sinclair gesprochen«, erklärte Leaf und erhob sich ebenfalls. »Er hat mir versichert, dass Lennox in der heutigen Nacht nicht angreifen würde, weil es zu hell dafür ist. Aber wer weiß, was morgen sein wird? Ich … ich habe Angst, Artair.« Sie sah zur Decke und schlang die Arme um ihren Oberkörper. »Ich wollte, dass Grey mir zeigt, was er vom Nahkampf versteht, doch dann wurde mir klar, dass ich viel dringender meine Unschuld verlieren sollte … falls Lennox … du kennst doch die Gerüchte … und vielleicht hätte er mich dann ja sowieso verstoßen.«

Sie hatte zuletzt immer leiser gesprochen, sodass Artair sie kaum noch verstanden hatte. Nun lief ihm ein Schauer über den

Rücken, und er spürte das Gewicht seiner Holzpfeife auf der Brust. »Er wird nicht in deine Nähe kommen, das schwöre ich dir.«

»Und wenn doch?« Leaf raufte ihre Haare. »Wie will ich mich auf etwas vorbereiten, das ich nicht kenne? Ich wollte, dass Grey mir zeigt, was zwischen Mann und Frau geschehen kann. Ich dachte, wenn ich weiß, wie es ist … Aber ich konnte ihm einfach nicht vertrauen.«

»Erste Male sind immer Furcht einflößend«, brachte Artair mit Mühe hervor. »Weshalb du gerade bei diesem ersten Mal ein vertrauensvolles Gegenüber haben solltest, das auf dich achtet. Bei Grey sehe ich jedoch nichts als Selbstsucht.« Er schüttelte den Kopf. »Außerdem bestand dafür auch keine Notwendigkeit. Wir haben uns auf diesen Überfall vorbereitet und Ewans Männer als Verstärkung an unserer Seite. Dir wird nichts geschehen. Also hör auf, dich auf Dinge vorzubereiten, die nicht eintreten werden.«

Doch Leaf schien ihm gar nicht zuzuhören, sondern starrte ihm unverwandt in die Augen. »Du.«

»Bitte?«

Sie zögerte, schien mit sich zu ringen, dann sagte sie: »Ich wollte es nicht wahrhaben. Aber es geht nur mit dir.«

»Was geht nur mit mir?«, hauchte Artair, der nun begriff, auf was Leaf hinauswollte.

»Du hast mir alles gezeigt. Das Kämpfen. Das Reiten. Das Spurenlesen. Das Feuermachen.« Sie schwieg eine Weile. »Es muss mit dir sein. Denn du bist der Einzige, dem ich vertraue. Und Vertrauen ist das, was es dazu braucht. Das hast du gerade eben selbst gesagt.«

Nun wurde es Artair heiß. Er blickte wieder auf den Fleck an Leafs Hals, dorthin, wo Grey sie geküsst hatte. »Darf ich dich erinnern, dass du mich letztes Mal stehen lassen hast, als ich dich küssen wollte?«

Leaf antwortete zunächst nicht. Doch dann straffte sie die Schultern. »Ich habe keine Zeit mehr, um mit stumpfen Schwertern zu kämpfen. Heute werde ich also nicht davonrennen.«

Artair rieb sich über seine frisch rasierte Wange. »Vor dem Kuss? Oder vor einer Ehe mit mir?«

»Ich werde niemals heiraten«, sagte Leaf leise. »Auch nicht meinen ... besten Freund. Denn wir sind Freunde, und Freunde müssen wir bleiben. Zumal mein Vater eine Ehe mit Lennox, nun, da dieser in unser Land eingefallen ist, wohl kaum noch in Betracht ziehen wird.«

Artair schluckte. Für Leaf war die Vorstellung, dass sie ein Paar sein könnten, also noch immer vollkommen abwegig. Das schmerzte. Gleichzeitig war er jedoch aufgewühlt, weil sie trotzdem mit ihm eine Nacht verbringen wollte, sei es auch nur, weil sie sich keinem anderen öffnen konnte.

Sein Blick wanderte über Leafs Körper. Über ihr ovales Gesicht mit den frechen Sommersprossen. Den schlanken Hals, die kräftigen, dennoch schmalen Schultern. Die sanft gewölbten Brüste, den flachen Bauch, die wohlgeformten Beine. Den Po, den er nicht sehen musste, um zu wissen, wie vollkommen er geformt war.

»Nein.« Er schüttelte den Kopf und konnte selbst kaum glauben, dass er das sagte. »Ich habe dir schon gesagt, dass es keinen Grund mehr für dich gibt, mit einem Mann zu schlafen. Nicht nur, weil es dich in Schwierigkeiten bringt, falls du doch noch einmal heiratest. Sondern auch, weil du nur mit einem Mann schlafen solltest, den du liebst. Außerdem habe ich versprochen, dich zu beschützen. Auch vor dir selbst.«

»Aber du hast doch auch mit Greer geschlafen«, sagte Leaf. »Was ist bei mir anders? Außer du findest mich nicht hübsch. Gott, River hätte mir wohl doch diesen dämlichen Augenaufschlag zeigen sollen.«

Artair konnte nicht anders, er musste einfach lachen. »Du bist die schönste Frau, die ich kenne.«

Kaum waren die Worte aus seinem Mund, hätte er sie am liebsten zurückgeholt. Doch anstatt des erwarteten Spotts schwieg Leaf. Und wurde sogar rot.

»Bitte«, sagte sie mit bebenden Lippen. »Außer ich schade dir dadurch in irgendeiner Art und Weise?«

»Das nicht, aber Leaf …«, begann er, doch die schüttelte den Kopf und hob leicht das Kinn. »Wenn man vor etwas Angst hat, muss man sich dem stellen, oder nicht? Ich bin bereit.«

Er schloss die Augen. Wie oft hatte er davon geträumt, dass sie ihn nicht nur als Freund, sondern auch als Mann sah. »Da ist etwas, das du vorher wissen musst«, sagte er schließlich, weil er eben auch kein Heiliger war.

»Ich hatte erst meine Blutung«, antwortete sie. »Du musst dir also keine Sorgen machen, dass ich schwanger werden könnte. Und ich werde dich danach auch ganz sicher nicht zwingen, mich zu heiraten.«

Er nickte, obwohl seine vorangegangene Bemerkung auf etwas anderes abgezielt hatte. »Leaf.« Er holte noch einmal Luft und legte eine Hand auf ihre Schulter. »Auch wenn du etwas anderes glaubst, habe ich nicht mit Greer geschlafen. Nicht in letzter Zeit und auch damals nicht.« Er schob sie eine Armlänge weit von sich und sah sie unsicher an. »Ich bin genauso wie du Jungfrau.«

»Oh«, sagte Leaf nur, so überrascht war sie.

»Mm«, erwiderte Artair und kniff die Augen zusammen. Beinahe so, als würde er sich vor ihrer Erwiderung schützen wollen.

»Nun ja.« Einerseits war Leaf wegen seiner Worte unglaublich erleichtert, andererseits hatte sie wirklich nicht damit gerechnet, dass er keinerlei Erfahrung in Liebesdingen besaß. »Hat Greer deshalb eine Zeit lang nicht mit dir geredet?«, fragte sie schließlich mit einem Lächeln. »Weil du sie am Ende abgewiesen hast?«

Artair rieb sich über die Stirn. »Sie hat es mir übel genommen, dass die körperliche Liebe für mich eben doch etwas mit Liebe zu tun hat.«

Leaf atmete scharf ein. »Ach, das ist also der Grund, warum du auch nicht mit mir …« Sie nickte, als sie verstand, und war gleichzeitig enttäuscht, weil Artair in ihr nicht mehr als eine Freundin sah, der er half – aus Freundschaft. Auch wenn sie ihn ihrerseits genau darum und um nichts anderes gebeten hatte.

Artair machte eine wegwerfende Handbewegung. »Vergiss einfach, was ich gesagt habe, in Ordnung?«

Leaf bemühte sich um ein Schmunzeln. »Wenn Cailan das wüsste, würde er dich wohl für immer damit aufziehen.«

»Früher vielleicht«, entgegnete Artair und trat zögernd einen Schritt näher. »Aber jetzt, wo er Flower von ganzem Herzen liebt, nicht mehr.«

Leaf nickte und war sich nun, da Artair vor ihr stand, plötzlich überhaupt nicht mehr sicher, ob das, was sie tun wollte, richtig war. Dennoch konnte sie nicht anders, als auf Artairs Lippen zu starren, die sie in ihren Träumen schon so oft geküsst hatte.

Er merkte es und fuhr sich verlegen durch die Haare.

»Lass uns doch nach oben auf den Stallboden gehen«, sagte Leaf schließlich.

Artair zögerte. »Du hast doch zumindest ein weiches, warmes Bett verdient.«

Doch Leaf schüttelte den Kopf. »Der Stallboden war jahrelang dein Bett, und für mich ist das allemal gut genug.«

Schon während sie über die klapprige Holzleiter hinauf auf den Stallboden kletterte, wuchs Leafs Aufregung ins Unermessliche. Hier oben hatte sie mit Artair einen großen Teil ihrer Kindheit verbracht. Sich mit ihm versteckt, ihn mit Stroh beworfen und in warmen Sommernächten durch eine kleine Luke hindurch den sternenklaren Mitternachtshimmel mit ihm betrachtet.

Als sie jedoch den niedrigen Raum mit den hölzernen Deckenbalken erreicht hatte, blieb sie stehen. An der rechten Seite der Dachschräge lagen noch immer das Fell, das Kissen und die beiden Wolldecken, die sie für Artair nach seiner ersten Verbannung hierher für ihn gestohlen hatte.

»Ist dir kalt?«, wollte Artair wissen. Er hatte die Fackel von unten mit nach oben genommen und steckte sie nun in eine eiserne

Halterung, die er einst selbst angebracht hatte. Doch trotz der Wärme der Pferde, die zu ihnen nach oben stieg, war es Leaf immer noch nicht warm genug, um sich auszuziehen.

Trotzdem verneinte sie mit einer Kopfbewegung. Die Kälte würde immerhin dafür sorgen, dass sie einen klaren Kopf behielt. »Wir sollten uns hinlegen.«

Doch Artair trat näher zu ihr und legte die Hände auf ihre Schultern. »Wildfang«, murmelte er. »Ich mache das mit dir, aber nur, wenn wir uns Zeit lassen. Und du mir sagst, wenn für dich etwas nicht in Ordnung ist.«

Unwillkürlich musste Leaf daran denken, wie stürmisch und hastig Grey vorgegangen war und ihr erst im Nachhinein angeboten hatte, was für Artair an erster Stelle stand. Aber vielleicht war das auch gut gewesen. Denn sonst wäre sie jetzt nicht hier.

Artairs Hände glitten über ihre Schultern. »Du bist ja ganz verkrampft«, stellte er fest und massierte ihren Nacken.

»Das tut gut«, murmelte Leaf und genoss seine Berührung. Ihre Muskeln fühlten sich tatsächlich so hart wie Stein an, doch Artair und seine starken Hände lösten diesen Schmerz.

Langsam drehte sie sich zu ihm um. »Hast du also auch noch nie jemanden geküsst?«

»Doch, das schon.«

Leaf zog unwillkürlich ihre Augenbrauen zusammen, und Artair musste kurz schmunzeln, wurde aber sofort wieder ernst. »Aber ich darf dich erinnern: Du bist diejenige von uns beiden, die gerade eben noch Greys Geschmack auf ihren Lippen hat.«

Leaf schluckte und schämte sich dessen plötzlich. Sie nahm Artairs Hände von ihren Schultern. »Lass das.«

»Was, dich daran zu erinnern?«

Sie schüttelte den Kopf. »Hör auf, mich so sanft zu berühren, als wären wir tatsächlich Liebende.« Die Erinnerung daran würde sie sonst nie wieder aus ihrem Kopf bekommen.

Doch Artair schüttelte den Kopf. »Es ist auch mein erstes Mal, Leaf. Und ich will, dass es schön wird.«

Sie wollte widersprechen, doch da stupste Artair mit seiner Nase sanft an ihre. Sie war ihm nun so nah wie auf der Lichtung im Wald, und ihr Herz begann zu rasen.

Artair legte eine Hand an ihre Wange. »Du glühst ja geradezu«, murmelte er.

»Und du riechst nach Pferdemist«, gab sie hastig zurück.

Er hielt kurz inne, dann zuckte er mit den Schultern. »Na ja. Du wiederum stinkst nach Schmiedefeuer.«

Leaf musste unwillkürlich lachen. Wenn Artair sie beleidigte, war das für sie einfacher, als wenn er ihr Komplimente machte. »Damit rieche ich immer noch besser als du, nachdem du damals von dem Stinktier angegriffen wurdest.«

»Das du mutwillig in meine Richtung gescheucht hast«, grinste er. »Manchmal hasse ich dich, Wildfang.«

»Ich dich auch«, nickte Leaf.

»Gut«, brummte Artair. »Das bedeutet immerhin, dass ich dir nicht gleichgültig bin.«

»Meine Familie wird mir nie gleichgültig sein.«

»Nur bin ich nicht deine Familie«, sagte er, um sie im nächsten Moment zu küssen.

Leafs Herz setzte einen Schlag lang aus, und obwohl sie gewusst hatte, dass sie sich küssen würden, wurde ihr schwindelig. Obwohl sie sich diese Situation oft vorgestellt hatte, war sie kein bisschen auf so viel Zärtlichkeit vorbereitet gewesen. Auf die Art, wie er behutsam seine Hand an ihre Taille legte und sie an sich zog. Auf dieses allumfassende Gefühl der Geborgenheit. Und dabei küsste er sie nur!

Unwillkürlich legte Leaf ihre Hände auf Artairs Brust. »So geht das nicht«, murmelte sie. Gleichzeitig merkte sie, wie schnell sein Herz schlug. »Geht es dir nicht gut? Hast du Angst?«

»Wer hätte keine Angst vor dir und deinen Erwartungen, Leaf MacKay.«

Trotz ihrer eigenen Anspannung musste Leaf lächeln. »Hätte ich das nur ein paar Jahre früher gewusst, dass es nichts außer einem Kuss von mir braucht, um dich das Fürchten zu lehren …«

»… dann was? Hätten wir uns früher geküsst?«

»Dafür, dass du mir gerade etwas beibringen willst, redest du viel. Bei unseren Kampfübungen machst du das nie.«

»Ich bringe dir gerade aber auch nichts bei, sondern wir erkunden gemeinsam«, verbesserte er sie. »Außerdem hast du zu reden angefangen. Ich habe dich geküsst.«

Artair drückte einen Kuss auf ihre Hand, bevor er den Ärmel ihres Leinenhemds unter vielen weiteren Küssen nach oben schob. Sie erschauerte.

»Wusste ich doch, dass dir kalt ist«, brummte Artair, eilte mit langen Schritten zu seiner Schlafstatt und griff nach einer Wolldecke. Leaf folgte ihm zögernd.

»Hier.« Behutsam legte ihr Artair die Decke um die Schultern.

»Du sollst mich ausziehen, nicht anziehen«, sagte sie leise.

Artair fuhr mit seinen Fingern von ihrem Kinn zu dem roten Fleck an ihrem Hals. »Das werde ich. Sobald du dich aufgewärmt hast.«

Und noch ehe Leaf etwas darauf erwidern konnte, küsste er sie erneut. Dieses Mal erwiderte sie den Kuss, erkundete mit ihren Lippen die seinen, die weicher waren als ihre.

»Berühr mich auch«, bat Artair schließlich und führte ihre Hände an seinen Rücken. *Wie im Kampf,* erinnerte sich Leaf. *Es ist alles nur eine Abfolge an Schritten, die zum Ziel führen.*

»Du sollst mich nicht erdrücken«, neckte sie Artair darauf auch prompt.

Leaf musste wider Willen lachen. »Ich wollte dich eher zu Boden werfen.«

Nun musste auch Artair lachen. »Warum überrascht mich das nicht? Du bist sonst ja auch unglaublich ungeduldig.«

Leaf fasste nach Artairs schwarzem Leinenhemd. Sie beide mochten diese Farbe am liebsten, weil sie Flecken am besten versteckte, doch heute fragte sie sich, ob es nicht auch daran lag, weil das Schwarz sie an all die dunklen Sünden und anrüchigen Gedanken erinnerte, die in ihr schlummerten.

»*Du* ziehst *mich* aus?«, sagte Artair ungläubig. »Lass uns das andersrum machen.«

»Nein.« Etwas umständlich zog Leaf Artair das Leinenhemd über den Kopf. »Was ein Mann kann, kann ich schon längst.«

Wieder musste Artair schmunzeln. »Du kannst nicht alles, was ein Mann kann, Wildfang.«

Damit nahm er die Wolldecke wieder von ihrer Schulter und griff nach ihrem Leinenhemd. Doch Leaf machte rasch zwei Schritte zurück und setzte sich auf die Felle am Boden. Artair, dessen muskulöser Oberkörper sich rasch hob und senkte, hob eine Augenbraue. Doch Leaf, der es bei Grey gleichgültig gewesen war, wie er ihre Brüste fand, hatte bei Artair plötzlich Angst, dass sie ihm nicht gefallen könnten. Was vollkommener Unsinn war. Weshalb sie sich kurzerhand selbst das Leinenhemd auszog.

»Wunderschön«, sagte Artair und schüttelte den Kopf. »Du bist wunderschön, Leaf.«

Ohne den Blick von ihr zu lösen, zog sich Artair die Stiefel aus, bevor er sie von ihren befreite und sich seitlich neben sie legte. Wieder griff er nach der Wolldecke, um sie über sie beide zu ziehen, doch Leaf schüttelte den Kopf. »Mir ist auf einmal so warm.«

Artair sog hörbar die Luft ein und schmunzelte. »Du schwitzt auch.«

Leaf musste lachen und schlug ihm spielerisch auf den Oberarm, zog ihre Hand dann aber nicht zurück, sondern fuhr über die Muskeln seines Arms. »Was jetzt?«, murmelte sie, weil sie viel zu aufgeregt war, um nichts zu sagen.

Artair stützte sich auf den Ellbogen und strich mit seiner freien Hand von ihrer Schulter über ihre Taille zu ihrem Po hinab und wieder zurück. »Sag du es mir«, sagte er leise. »Worauf hast du Lust?«

Leafs Augen wanderten zu Artairs Körpermitte und zu der deutlich sichtbaren Beule in seiner Hose. Woraufhin er sie wieder an sich zog und küsste. Erst wollte Leaf ihn daran erinnern, dass sie mit sanften Küssen auch nicht weiterkamen. Aber als Artair ihr über ihre braunen, lockigen Haare strich, die sie sich nur deshalb nicht abgeschnitten hatte, weil sie ihm so gut gefielen, und dann nach ihren Brüsten griff, änderte sich das. Denn anders als Grey umfasste er ihre Brüste so, als wären sie eigens für seine Hände geformt worden, sodass sie gar keine andere Wahl hatte, als sich in sie hineinzuschmiegen.

Ein Stöhnen kam über Leafs Lippen, als Artair über ihre Nippel streichelte. Sie streckte ihre Hand nun ebenfalls nach ihm aus, fuhr ihm über die harten Bauchmuskeln bis zum Po.

Er beugte sich über sie. Die Holzpfeife an der ledernen Schnur drückte dabei hart gegen Leafs Bauch. Artair, der das bemerkte, wollte sie sich gerade über den Kopf ziehen, als Leaf ihn daran hinderte.

»Behalte sie an.«

»Warum?«

Weil du sie in meinen Träumen auch immer anhast. Aber das konnte sie ihm wohl kaum sagen. Also drückte sie ihn auf die Decke zurück und legte sich auf ihn.

Ihr Küsse wurden leidenschaftlicher. Sie erkundeten ihre Münder mit der Zunge, bis Leaf Artair auch an anderen Stellen schmecken wollte.

Sie küsste ihn aufs Kinn, den Hals, die Brust, den Bauch. Ihr Blick suchte den seinen, als sie den Bund seiner Hose erreichte, öffnete sie und zog sie nach unten, nachdem Artair ihr mit einem Kopfnicken bedeutet hatte, fortzufahren. Nur um erschrocken innezuhalten.

»Alles in Ordnung?« Artair, dessen Atem schnell ging, stützte sich auf die Ellbogen und sah sie besorgt an.

»Dein … das … ist ja ganz leicht nach rechts gebogen«, beendete sie hastig den Satz.

Artair zog die Augenbrauen zusammen. »Nun ja … bei den meisten Männern gibt es eine leichte Neigung.«

»Das passt niemals, in tausend Jahren nicht, in mich rein.«

Artair schmunzelte. »Das ist vielleicht das schönste Kompliment, das du mir je gemacht hast.«

»Nein, ich meine das ernst.« Leaf kam wieder zu ihm nach oben. »Wie soll das gehen?«

Artair nahm nun doch die Wolldecke und zog sie über sie beide.

»Vertraust du mir?«

»Ist das bei allen Männern so?«

Artair ging nicht auf ihre Frage ein. »Wir müssen nichts tun, was du nicht willst.«

Leaf zögerte. Ihr Körper stand noch immer in Flammen, war hitzig und hungrig, und sie wollte auch nicht aufhören. Denn wenn sie es jetzt nicht mit Artair tat, mit wem würde sie es sonst je wagen?

»Sehe ich aus wie ein Feigling?«, brachte sie daher hervor.

»Das ist keine Mutprobe, Leaf.«

Doch Artair irrte sich. Das war die größte Mutprobe, der sie sich je unterzogen hatte. Sie schloss kurz die Augen, dann suchten ihre Lippen wieder die seinen.

Er zögerte kurz, doch dann erwiderte er ihren Kuss. Sie küssten sich lang. Bis Artair schließlich ihre Hand nahm und sie unter der Decke um sich legte.

»Die Haut dort ist ja …«

»… weich?«, beendete Artair den Satz für sie. Seine Hand glitt nun in ihre Hose und berührte sie zwischen den Beinen. »Nicht annähernd so weich wie deine«, stöhnte er.

Worauf Leaf sich umgehend von ihrer Hose befreite, damit er sie besser berühren konnte.

»Gott, Leaf«, stöhnte er, während seine Finger über sie strichen. Dass er anders als Grey nicht sofort die Stellen fand, an denen er sie berühren musste, machte überhaupt nichts. Sie zeigte es ihm. Und er zeigte wiederum ihr, wie sie ihn berühren musste, damit es ihm gefiel.

Hitze schoss durch Leafs Körper, und sie drückte ihre Stirn gegen die von Artair. So nah, und doch war es ihr unmöglich zu wissen, was er dachte. Dafür zeigte sein Körper ihr, was er fühlte. Und mit jeder weiteren Berührung, mit jedem weiteren Streicheln fühlte sie sich sicherer, wagte, ihre Gefühle zuzulassen und sich fallen zu lassen.

»Warte.« Artair hielt plötzlich ihre Hand fest und keuchte heiser. »Wenn du nicht sofort damit aufhörst, kann ich nicht länger an mich halten.«

Doch seine Worte spornten Leaf nur noch mehr an. Sie wollte, dass er wegen ihr die Beherrschung verlor.

»Ich warne dich, Leaf«, zischte er und rieb gleichzeitig derart erregend mit seinen Fingern über sie, dass ihr Körper nun die Führung übernahm und sie sich auf Artairs Oberschenkel setzte.

»Du willst oben sein? Wildfang, wenn ich jetzt nicht einmal mehr spüren kann, ob …«

Doch Leaf schüttelte den Kopf. Gerade weil sie wusste, dass es wehtun würde, musste sie es selbst tun.

Sie griff nach Artairs Glied und führte es an ihre intimste Stelle.

Beruhigend legte Artair seine Hände auf ihre Hüften. »Vorsichtig, ja?«

Leaf nickte, schloss die Augen und ließ sich langsam auf ihn hinabgleiten. Sie spürte den Widerstand in ihrem Körper, spürte, dass sie viel zu eng für ihn war. Es zog und ziepte, und sie konnte plötzlich überhaupt nicht mehr verstehen, wie Flower und River so großen Gefallen daran finden konnten.

Da hob Artair sie nach oben und bettete sie sanft unter sich. »Lass mich.«

Rasch griff er nach seinem Kissen und legte es unter ihre Hüften. Im nächsten Moment lag er auf ihr und sah ihr tief in die Augen. »Alles, was du jetzt tun musst, ist, nicht aufhören, mich zu küssen.«

Im nächsten Moment küsste er sie so zärtlich und liebevoll, dass sie sich nicht mehr verkrampfte und die Anspannung aus ihrem Körper wich. Sie spürte, wie seine Hand nach unten wanderte, spürte, wie er seinen Platz fand.

Nicht aufhören, ihn zu küssen, ermahnte sich Leaf und drang im selben Moment mit ihrer Zunge in seinen Mund ein, in dem er sich behutsam und dennoch entschieden zwischen ihre Beine schob.

Artair stöhnte an ihrem Mund, und Leaf krallte ihre Finger in seine Oberarme. Es tat weh. Genau wie sie es erwartet hatte.

Aber Artair bewegte sich lange nicht in ihr, küsste sie einfach weiter, gab ihr Zeit, sich an ihn zu gewöhnen. Und erst dann, als sie selbst ihr Becken gegen ihn drückte, bewegte er sich vorsichtig in ihr vor und zurück.

Leaf stöhnte, teils weil es immer noch wehtat, teils aber auch, weil es sie erregte, ihn in sich zu spüren. Artair so nah zu sein, wie sie ihm noch nie zuvor gewesen war.

Sie legte ihre Arme um seinen Nacken, zog ihn fest an sich, küsste ihn hemmungsloser als zuvor. Und er erwiderte den Kuss, wurde schneller.

»Verdammt, Leaf, ich … oah!«

Sie spürte, wie etwas Warmes in ihren Körper schoss, bevor Artair sich ruckartig aus ihr zurückzog und sie entsetzt anstarrte.

»Oh, Gott, ich … es tut mir leid.« Er schloss die Augen, lehnte den Kopf gegen ihre Brust, ehe er sie wieder ansah. Voller Bedauern.

Was meinte er? »Hat es dir nicht gefallen?«

Artair schüttelte ungläubig den Kopf. »Ich habe dermaßen die Beherrschung verloren, dass ich mich nicht nur viel zu früh meiner Lust ergeben habe, sondern auch noch in dir, obwohl ich doch aufpassen wollte.«

Doch Leaf winkte erleichtert ab. »Ich hatte bis gestern meine Blutung. Und was das andere angeht …« Konnte sie ihm denn vorschlagen, es später noch einmal zu tun?

Artair musterte sie forschend, bevor er seine Hand wieder zwischen ihre Beine wandern ließ. Leaf schloss die Augen, ließ sich in die Berührung fallen. Zwischen ihren Beinen brannte es noch immer leicht, doch die zarten Bewegungen, die sanften Liebkosungen, vertrieben dieses Gefühl. Brachten sie immer näher zu jenem Höhepunkt, nach dem sie sich schmerzlich sehnte.

»Lass los, Leaf.«

Und oh, Gott, das tat sie!

»Das war das Unglaublichste, das ich je erlebt habe, Leaf.« Artair hauchte ihr noch einen Kuss auf die Lippen, die noch immer leicht bebten. »Danke.«

Ein Lächeln breitete sich auf Leafs Gesicht aus. »Jetzt habe ich das auch überstanden.«

»Überstanden?« Artair stupste sie leicht in die Seite. »Tat es denn so weh? Ich kann rasch in die Küche gehen und dir einen heißen Lappen bringen, damit du ihn zwischen deine Beine legen kannst.«

Die Fürsorge in Artairs Stimme traf einen Punkt in ihrem Innersten, von dem sie sich geschworen hatte, dass ihn niemals jemand berühren würde, weil sie dann verletzlich wäre.

Ruckartig setzte sie sich auf, griff nach ihrem Leinenhemd und zog es sich wieder über. »Grey hätte mich jetzt eher gefragt, ob ich Lust auf eine zweite Runde habe.«

Artair zuckte zusammen, als hätte sie ihn geschlagen. »Du denkst in diesem Moment an Grey?«

Leaf suchte nach ihrer Hose und streifte sie sich rasch über. Blut entdeckte sie dabei keines zwischen ihren Beinen, doch sie wusste von Flower, dass nur wenige Frauen beim ersten Mal tatsächlich bluteten.

»Leaf.« Artair erhob sich nun ebenfalls, fasste nach ihrem Handgelenk und zog sie an sich. »Bitte. Geh jetzt nicht. Komm, leg dich wieder mit mir hin. Lass mich dich halten. Nur diese eine Nacht.«

Leaf zögerte. Sie hatte das Gefühl, dass Artair genau wusste, was in ihr vorging. Und sie hatte gedacht, dass ihn zu küssen und mit ihm zu schlafen das Gefährlichste für ihr Herz wäre. Doch sie hatte sich geirrt. Es war genau der Blick, mit dem er sie nun betrachtete. Die Verletzlichkeit, die in ihm lag und ihr klarmachte, wie tief sie ihn treffen würde, wenn sie ihn nun von sich stieß.

»Verzeih mir, was ich gerade gesagt habe«, murmelte sie daher, auch wenn sie damit ihre eigene Schutzmauer zum Einsturz brachte. »Ich bin gerade nur so …«

»… durcheinander?«, fragte er und zog sie mit sich zurück auf die Decke.

Leaf antwortete nicht darauf, sah ihn einfach nur an.

Er lächelte zaghaft. »Skye sagte mir, dass heute viele Sternschnuppen zu sehen wären. Lass sie uns anschauen.«

»Durch die Luke im Dach?«, fragte Leaf leise und drehte sich mit Artair so, dass sie beide durch die Öffnung in der Stalldecke in den mitternachtsblauen Himmel blicken konnten.

»So wie früher«, sagte Artair und legte einen Arm um sie.

Sie zögerte kurz, dann bettete sie ihren Kopf auf seine Schulter. Noch immer wollte sie ihre Freundschaft mit Artair um keinen Preis gefährden. Doch heute Nacht wollte sie sich gestatten, Artairs Nähe, die sie niemals brauchen durfte, weil diese sie schwächte, zu genießen und sich ihr hinzugeben. Es war wie nach Hause kommen und dort geborgen sein.

»Ich glaube, ich werde mir wünschen, dass diese Nacht nie zu Ende geht«, murmelte Artair irgendwann, als sie schon dachte, er wäre eingeschlafen.

Leaf wandte den Kopf zu ihm, gerade, als sie tatsächlich eine Sternschnuppe sah. »Ich habe dir früher schon gesagt, dass das kein guter Wunsch ist«, wisperte sie leise. »Denn er kann sich nicht erfüllen.«

Da küsste Artair sie nochmals zart auf die Lippen. »Das dachte ich bei einigen anderen Wünschen auch, Wildfang. Und trotzdem habe ich sie nie bereut.«

Leaf war sich nicht sicher, was er damit meinte. Doch gerade, als sie ihn danach fragen wollte, hörte sie Tevin unten aufgeregt rufen: »Lady Leaf, seid Ihr hier? Der Ninian ist in der groß'n Halle! Und er sagt, er muss augenblicklich mit Euch sprech'n! Und mit Eurer Mutter und dem Lord Sinclair!«

KAPITEL 18

D as ist eine Falle«, war das Erste, das Leaf in den Kopf kam, während sie aufsprang und die Fackel löschte. »Wenn Ninian angekommen wäre, hätten die Wachen doch Alarm geschlagen, als er sich ihnen genähert hat. Denn von Weitem könnten sie ihn niemals unmittelbar als einen Mann unseres Clans erkennen.«

»Wenn er aus dem Wald kam, haben die Wachen auf den Weiden ihn aber erst gesehen, als er ihnen bereits nah genug war, um ihn zu erkennen«, widersprach Artair leise und zog sich im durch die Luke einfallenden Licht des Mondes wieder an. »In Tongue und auf der Burg ist er schließlich bekannt. Ich fürchte daher eher, er bringt eine dringende Nachricht von deinem Vater.«

»Nur was könnte so dringend sein, dass Ninian dafür die ganze Nacht hindurch reitet? Denkst du, Torin Ross hat Vater kurzerhand selbst gefangen genommen?«

»Ich weiß es nicht«, sagte Artair. »Aber wenn ich raten müsste, würde ich eher sagen, dass es zu einer frühzeitigen Einigung bezüglich deiner Verheiratung kam.«

»Das ergibt keinen Sinn«, beharrte Leaf. »Torin Ross nutzt die Eheverhandlungen doch als Ablenkung, damit Lennox uns hier ungestört überfallen und mich als Druckmittel gefangen nehmen kann. Torin kann nicht wollen, dass ich verfrüht nach Achfary Castle komme und Lennox hier eine leere Burg vorfindet. Außer der Plan hat sich geändert und Lennox soll mich auf dem Weg nach Achfary Castle gefangen nehmen. Weil die Ross davon gehört haben, dass wir Castle Varrich zu gut befestigt haben, um die Burg einzunehmen.«

»Möglicherweise«, sagte Artair. »Aber vielleicht ...« Er verstummte.

»Vielleicht was?«

»Woher wusste Isla eigentlich, dass Lennox Ross die Späher umgebracht hat? Ich habe das vorhin nicht weiter hinterfragt. Aber woher wollen wir wissen, dass er das war? Und nicht einfach ein Pack Wegelagerer?«

Leaf schluckte. »Es war das Naheliegendste.«

»Das Naheliegendste ist aber nicht immer die Wahrheit«, sagte Artair und wirkte plötzlich aufgewühlt. »Weshalb Ninians Kommen genauso gut bedeuten kann, dass Lennox Ross tatsächlich krank auf Achfary Castle liegt und dein Vater dich nun dorthin befiehlt.«

»Nun, dann werden wir Ninian wohl erneut ohne mich zu ihm zurücksenden«, erwiderte Leaf, obwohl sie wusste, dass sie Ewan Sinclair, sollte dieser Fall eintreten, das Gegenteil versprochen hatte und ihr Vater als Clanführer dies von ihr erwartete.

»Lass mich mit ihm reden«, sagte Artair entschieden. »Ich bin zurzeit der Burgherr, weshalb er mir auch als Erstem Kunde erstatten sollte.«

»Nein, wenn Ninian Nachricht für mich hat, wird er sie auch nur mir überbringen. Währenddessen hältst du dich im Burghof verborgen, um, sollte es notwendig werden, einzuschreiten.«

»Was meinst du mit einschreiten?«

Leaf schluckte. »Wenn du recht behältst und Lennox tatsächlich krank daniederliegt, hast du auch recht damit, dass Vater mich nun gegen meinen Willen zu ihm bringen lässt.«

Artair wurde blass und wirkte, als ob er ihr etwas sagen wollte. Nach einer Weile sagte er schließlich: »Wir sollten nicht mutmaßen, sondern erst Ninians Nachricht anhören. Alles andere bringt doch nichts, nicht wahr, Wildfang?«

»Aye«, stimmte Leaf zu. »Dann gehe ich jetzt besser in die Burg, und du wartest noch einen Moment hier oben.«

Damit wandte sie sich ab und stieg die Leiter hinab, als Artair ihr noch einmal nachrief: »Leaf?«

»Hm?«

»Was auch immer Ninian zu dir sagt: Gib auf dich acht. Und vergiss nie, dass du der wichtigste Mensch auf dieser Welt für mich bist.«

»Keine Sorge, Artair.« Leaf lächelte. »Du sagst doch selbst immer, dass mir nichts geschehen kann, solange du mich beschützt.«

Als Leaf aus dem Pferdestall trat und zur Wohnburg schritt, entdeckte sie Tevin, der sie im Rosengarten zu suchen schien.

»Tevin!«, rief sie ihm zu, und sofort hastete der Bursche auf sie zu.

»Lady Leaf, da seid Ihr ja!« Er atmete schnell. »Das ist wirklich eine Erleichterung, jawohl. Der Ninian will nämlich erst sag'n, was er zu sag'n hat, wenn Ihr da seid, und Lord Sinclair sorgt sich schon langsam, wo Ihr so lange bleibt, und wollt Euch such'n, und …«

»Ist der Bote wirklich Ninian?«, unterbrach Leaf seinen Redefluss.

»Natürlich«, sagte Tevin. »Ich weiß ja wohl noch, wen ich seh! Auch wenn ich von der Burgmauer gefall'n bin, weiß ich doch genau, wie der Ninian aussieht.«

»Wer ist sonst noch in der großen Halle?«, wollte Leaf wissen, während sie sich mit einem Blick über ihre Schulter noch einmal vergewisserte, dass das Burgtor geschlossen war.

»Also der Ninian. Der Lord Sinclair. Die Lady MacKay. Und die Lady Skye.«

»Kein Begleiter von Ninian? Keine Wachen? Niemand sonst?«

»Was soll'n denn die Wach'n in der groß'n Halle?«, fragte Tevin verständnislos. »Die müss'n doch die Burg nach auß'n hin bewach'n!«

Leaf stimmte ihm mit einem mulmigen Gefühl zu und überprüfte noch einmal, ob im Burghof alles wie sonst war und die

Wachen tatsächlich auf ihren Posten auf der Burgmauer standen. Erst dann holte sie tief Luft und öffnete das Tor zur großen Halle.

»Bran Sinclair!«, rief Rhona da gerade von ihrem Sitzplatz am Tisch am Ende der großen Halle. »Bran bedeutet Rabe, aber es kann doch nicht sein, dass der Sohn von Cailan und Flower schwarze Haare hat.«

Irritiert blieb Leaf stehen und musterte ihre Mutter, die diese Frage an Ninian richtete. Dieser stand etwas abseits von ihr, Skye und Ewan. War Ninian am Ende also gar nicht wegen ihr gekommen? Sondern brachte Nachrichten von Flower, die ihren Vater bereits erreicht hatten und die Ninian ihrer Familie nun auch ohne ihr Beisein überbracht hatte?

Mit federndem Schritt näherte sich Leaf der Tafel. »Was höre ich da? Flower hat einen Sohn geboren? Geht es den beiden gut?«

»Aye«, strahlte Rhona sie an. »Vor nicht einmal einer Stunde haben wir es erfahren.«

Leaf freute sich uneingeschränkt über die gute Nachricht, zumal ihre Schwester über die Maßen glücklich sein musste, da sie zuletzt befürchtet hatte, vielleicht gar kein Kind empfangen zu können. »Bran, Rabe, klingt für mich eher danach, nicht mit der Tradition naturnaher Namen zu brechen«, schmunzelte sie. »River hat ihren Sohn doch auch Ronan, also kleiner Seehund, genannt.«

»Aye, so wird es sein«, sagte Rhona und legte kurz ihre Hand auf Ewans Arm. »Auch wenn ich Flowers Boten trotzdem bitten werde, mir die Haarfarbe des Jungen zu verraten.«

»Flowers Bote?«, wiederholte Leaf und war sofort wieder auf der Hut.

»Aye, meine Schwiegertochter hat einen Boten gesandt«, sagte Ewan stolz. »Heute Nacht sind wir anscheinend sehr beliebt, denn auch Ninian bringt angeblich gute Kunde. Die er uns nun endlich verraten wird.«

»Noch mehr *gute* Kunde?«, erkundigte sich Leaf irritiert und blickte zu Ninian. »Hat Vater meine Botschaft an ihn also ernst genommen und rüstet sich für einen Kampf?«

Ninian schüttelte den Kopf. »Er hat mir einen Brief für Euch übergeben, den ich im Beisein Eurer Familie vorlesen soll.«

Damit griff Ninian unter seinen Umhang, den er ebenso wenig wie sein Schwert auf der großen Tafel abgelegt hatte, und holte ein versiegeltes Schreiben hervor.

»Das Schreiben hier zeigt eindeutig Gregors Siegelring«, sagte er und hielt ihnen den verschlossenen Brief vor die Augen.

Leaf wollte gerade nach ihm greifen, um sich das Siegel genauer anzusehen, als ihre Mutter ihr zuvorkam.

»Aye, unverwechselbar«, sagte sie, ehe sie das rote Wachs kurzerhand brach und den Brief öffnete. »Meine Tochter Leaf«, begann Rhona zu lesen. »Ich habe frohe Kunde für euch alle. Lord Ross hat eingewilligt, Frieden mit unserem Clan zu schließen, wenn sein Sohn Lennox mit dir den Bund der Ehe eingeht. Der Ehevertrag ist bereits aufgesetzt, und die Vorbereitungen für ein langes Fest haben begonnen.«

»Er hat meine Warnung also nicht ernst genommen«, sagte Leaf frustriert.

»Nein«, runzelte Rhona die Stirn, ehe sie weiterlas. »Ich erinnere dich hiermit noch einmal ausdrücklich daran, dass es deine Pflicht als meine Tochter ist, für deinen Clan und vor allem für den Frieden zu heiraten. Ich habe mich lange mit Torins Sohn Lennox unterhalten. Trotz seiner vergangenen Taten wird er dir ein guter Ehemann sein.«

»Ganz bestimmt«, lachte Leaf. »Und als Nächstes hat mein Vater wohl geschrieben, dass dieser Teufel ihm das selbst versichert hat?«

»Lasst Eure Mutter zu Ende lesen«, sagte Ewan daraufhin, und Leaf war sich nicht sicher, ob er sich nun in seiner ursprünglichen Annahme bestärkt fühlte, dass diese Ehe eine gute Sache war, oder angesichts der toten Späher befürchtete, dass Gregor Clan Ross gehörig auf den Leim gegangen war.

»Um dir zu versichern, dass ich es ernst meine und den Ross vertraue, habe ich ein Dutzend Dorfbewohner in die Obhut von Lord Ross überantwortet.«

»Was?«, platzte es nun aus Leaf heraus, und ihr Puls raste. »Er hat was getan? Ist ihm denn nicht klar, dass Clan Ross diese Menschen nun töten kann? Er muss verrückt geworden sein.«

Leaf sah zu ihrer Mutter, deren Gesicht nun aschfahl war. »Was ist, Mutter? Gott, was hat er den Ross sonst noch versprochen?«

Leaf machte Anstalten, ihrer Mutter den Brief zu entreißen, doch diese trat einen Schritt zurück. »Gleichzeitig«, las sie mit bebender Stimme weiter, »war Lord Ross bereit, seinen Sohn mit Ninian zu dir zu senden. Damit Lord Lennox dich selbst von seinen friedvollen Absichten überzeugen kann.«

»Bitte?« Leaf begann, am ganzen Körper zu zittern, und blickte sich panisch in der großen Halle um. Lennox Ross war schon hier? Mit Ninian? »Wo ist er?«, rief sie und zog ihren Dolch aus der ledernen Scheide an ihrem Gürtel.

»Lord Lennox hat versprochen«, las Rhona nahezu tonlos weiter, »dich für einige Tage zu umwerben, damit auch du ohne Furcht in diese Ehe gehen kannst. Und solltest du das nicht ...« Rhona brach ab und blickte zu Ninian. »Ninian, was wird hier für ein Spiel gespielt? Dieser Brief wurde bereits vor neun Tagen geschrieben und datiert.«

»Was?« Leaf wirbelte zu dem Söldner herum. »Du hattest den Brief also schon bei dir, als du das letzte Mal da warst?«

Ninian presste die Lippen zusammen und nickte. »Aye.«

»Und warum hast du ihn uns dann nicht gegeben?«, fauchte Rhona.

Doch Leaf kannte die Antwort auf diese Frage bereits, bevor Ninian etwas darauf erwidern konnte. Denn es hatte tatsächlich einen Mann gegeben, der sie unter einem anderen Namen in den letzten Tagen gewissermaßen umworben hatte. Und den sie niemals so nah an sich herangelassen hätte, wenn sie gewusst hätte, wer er in Wirklichkeit war.

Schlagartig wurde ihr übel, und sie trat einen Schritt weiter in die Mitte der großen Halle, während sie ihren Fehler in voller Tragweite begriff. Alle Wachen hatten nichts genutzt. Da Lennox schon längst unter ihnen gewesen war. »Guten Abend, *Grey*«, wetterte sie daher nun, während ihr Blick durch die Säulenhalle wanderte und ihre Brust heftig stach. »Oder willst du dich dieses Mal mit echtem Namen vorstellen?«

»Guten Abend, Leaf«, erklang es da von der Balustrade, ehe Lennox noch immer in seiner Schmiedekleidung, aber dieses Mal mit der Haltung eines Edelmanns die Holztreppe in die große Halle hinabschritt.

»Wusste ich doch, dass ich dieses Gesicht schon einmal gesehen habe«, sagte Ewan Sinclair und klatschte mit der flachen Hand auf den Tisch. »Es war mutig von Euch, diese Gefahr einzugehen.«

Lennox, der nun das Ende der Treppe erreicht hatte, neigte den Kopf. »Viel Gefahr bestand zu keiner Zeit. Wäre meine kleine List nicht gelungen und hätte mich jemand früher erkannt, hätte Ninian den Brief unmittelbar überbracht. Denn er ist nie nach Achfary Castle geritten, sondern hielt sich hier in der Nähe versteckt. Außerdem wusste ich, dass Ihr, Lord Sinclair, nicht für einen Kampf, sondern für diese Ehe seid.« Er sah zu Leaf. »Auch wenn ich zugegebenermaßen etwas beleidigt war, dass du mich nicht wiedererkannt hast.«

Leaf atmete heftig aus und schritt auf Lennox zu. »Ich habe dich das letzte Mal gesehen, als ich sechs Jahre alt war. Du warst ein drahtiger Junge kurz vor dem Stimmbruch, der sich den ganzen Tag über mit einer Ledermaske als Henker verkleidet hat.« Ihr Blick wanderte über seine schmalen Lippen zu seinen grünen Augen mit den langen Wimpern. Verflucht, er hatte recht. An den Augen hätte sie ihn erkennen können.

Lennox' Lippen kräuselten sich. »Wohl nicht die beste Aufmachung, um Eindruck auf dich zu machen.« Er deutete eine Verbeugung an. »Ich hoffe, als Schmied habe ich dir besser gefallen?« Er sah auf den roten Fleck von seinen Küssen an ihrem Hals, und Leaf hätte ihm am liebsten auf der Stelle ihren Dolch ins Herz geschleudert.

»Lord Lennox«, mischte sich nun Ewan ein. »Ich verlange eine Erklärung. Denn Euch kann nicht entgangen sein, dass sich ganz

Tongue seit Tagen in Furcht vor einem Überfall von Euch befindet? Lady Leaf miteingeschlossen?«

Lennox verschränkte die Arme. »Aye, das war in der Tat unglücklich. Aber nachdem mir klar war, wie sehr Leaf mich hasst, hielt ich es für klug, dass sie mich ohne jeden Vorbehalt kennenlernt.«

»Vorbehalt, ha!«, schleuderte Leaf ihm entgegen. »Du hast meinen Onkel umgebracht und meine Cousine mit deinen brennenden Pfeilen ermordet. Obwohl du zuvor mit ihr verlobt warst! Du hast die Dörfer der MacKays geplündert und gebrandschatzt, Menschen verhungern lassen und meine beiden Späher, zwei junge Männer aus Tongue, enthauptet!«

»Nein«, widersprach ihr Lennox heftig.

»Nein?«, höhnte Leaf. »Also bestreitest du deine Taten auch noch?«

»Nur die letzte«, sagte Lennox mit harter Miene. »Ich habe keine Ahnung, wie die beiden Späher ihren Tod gefunden haben. Deshalb war ich vorhin auch so aufgewühlt, Leaf. Weil wegen meiner Entscheidung, dir meine wahre Identität und Absichten erst später zu enthüllen, zwei Menschen gestorben sind.«

»Und du erwartest ernsthaft, dass ich dir das glaube?«, schmetterte sie ihm entgegen. »Nachdem du mich nur angelogen hast, seit wir uns kennen?«

»Nichts war gelogen«, erwiderte Lennox. »Außer mein Name und mein Heimatort. Das musste ich Graham versprechen.«

»Pah, Graham«, sagte Leaf. »Nessa und er können mit dir gemeinsam zur Hölle fahren! Wie viel Silber hast du ihnen versprochen, dass sie so tun, als seist du ihr Cousin?«

»Einiges«, sagte Lennox. »Ebenso wie dem echten Grey, den ich auf der Reise nach Castle Varrich zufällig traf und durch den mir erst diese Idee kam. Nessa wusste davon aber nichts. Sie kannte ihren Cousin Grey ohnehin nicht vom Sehen.«

»Noch einmal lasse ich mich nicht von dir täuschen«, knurrte Leaf und kam dann auf das Wesentliche zu sprechen. »Wo sind deine Männer, greifen sie gerade das Dorf an?«

»Hier sind nur Ninian und ich«, sagte Lennox. »Die anderen Männern, die uns begleitet haben, lagern zwanzig Meilen entfernt in einem Wald. Mir schien es nämlich nicht förderlich, hier noch mehr Angst und Schrecken zu verbreiten.«

»Aye, genau«, höhnte Leaf. »Weil du ja so ein herzensguter Mann bist. Mutter, eile sofort nach draußen und verständige Artair. Wir werden angegriffen. Lord Sinclair und ich halten Ninian und Lennox derweil in Schach. Denn das ist – zusammen mit dem gefälschten Brief meines Vaters – ein verfluchtes Täuschungsmanöver. Die nächste Lüge, um von der Wahrheit abzulenken.«

»Das glaube ich nicht«, sagte Rhona mit zitternder Stimme und hob den Brief hoch. »Leaf, das Datum ist in falscher Reihenfolge geschrieben. Zuerst das Jahr, dann der Monat, dann der Tag.«

»Und?«, entfuhr es Leaf.

»Es ist ein Zeichen, das dein Vater und ich einst ausgemacht haben, um den anderen ganz sicher wissen zu lassen, dass ein Brief vom jeweils anderen stammt.«

Leaf erbebte am ganzen Körper.

»Das ist ausgesprochen klug«, sagte Lennox und wandte sich an Leaf. »Du und ich sollten so etwas fortan auch vereinbaren, mein Herz.«

»Wage es nicht, mich noch einmal so zu nennen.« In ihrer blinden Wut und Verzweiflung trat sie zu Lennox und verpasste ihm einen Kinnhaken, der ihn einen Schritt zurücktaumeln ließ. Sogleich wollte Ninian einschreiten, doch Lennox schüttelte nur den Kopf und presste die Lippen zusammen.

»Was ist, du Bastard?«, zischte Leaf und holte wieder mit der Faust aus. »Verlierst du jetzt den Mut?«

»Einen Kinnhaken habe ich wohl verdient«, knurrte er und fing Leafs Faust ab, bevor ihn diese erneut im Gesicht traf. »Einen zweiten unterlässt du besser.«

Leaf lachte und befreite ihre Faust mit einem Ruck aus seinem Griff. »Mir scheint, dass wir doch noch zu unserem Kampf kommen werden, Lennox. Denn anders als meine Mutter vertraue ich dir wegen eines andersherum geschriebenen Datums keineswegs.«

»Darf ich dich daran erinnern, dass du ausgerechnet mich erst vor wenigen Stunden um Hilfe ersucht hast, weil du dich vor diesem Kampf gefürchtet hast?« Er sah sie mit einem düsteren, gefährlichen Blick an. »Lass mich dir lieber mein Geschenk geben, Leaf.«

»Dein Geschenk? Du hast ein Geschenk für mich?« Leaf lachte laut und warf dann Skye über die Schulter einen eindringlichen Blick zu, damit diese Artair holte. Doch ihre kleine Schwester starrte sie nur mit großen Augen an. Anders als Ninian, der auf Lennox' Nicken hin sofort in der Tür zum Turm verschwand. Nur um kurz darauf mit jenem hellbraunen Hundewelpen an einer Leine zurückzukehren, den Isla auf dem Arm gehalten hatte.

Leaf konnte es nicht fassen. »Ein Hund? Du hast Isla ihren Hund gestohlen und willst ihn mir nun schenken? Einen Hund? Ausgerechnet du?«

Lennox sah sie unschuldig an. »Erstens habe ich ihn Isla nicht gestohlen, sondern abgekauft. Und zweitens hätte dir mein ursprüngliches Geschenk wohl kaum gefallen.« Er fasste in seine Hose und zog eine fein gearbeitete silberne Kette mit einem schwarzen Stein aus ihr heraus. »Seit ich dich kenne, weiß ich, dass du kein Mensch bist, dem man Ketten anlegt. Aber du sorgst dich um deinen Schutz. Und ein Hund kann dich sehr gut beschützen. Wenn du ihm die Chance gibst, dir das zu beweisen, und ihn nicht von vornherein ablehnst. So wie mich.«

»Nur dass sowohl du als auch ein Hund mir bewiesen haben, dass euch nicht zu trauen ist!«, rief Leaf und kämpfte gegen ihre Erinnerungen an. Gleichzeitig begann der Welpe, nun zu bellen.

»Beruhige dich doch, Leaf«, beschwichtigte Lennox sie. »Du machst dem Tier Angst.«

»Ich mache dem Hund Angst?« Sie lachte ungläubig und schritt dann zu der Wand, um eines der beiden Schwerter aus der Halterung zu ziehen, die dort zur Zierde hingen. »Los, Ross. Nimm das andere Schwert. Dieser Kampf ist seit einem Jahrzehnt überfällig. Und im Umgang mit Schwertern, da kannst du dir sicher sein, bin ich bestens ausgebildet.«

»Niemand kämpft hier«, mischte sich nun Ewan Sinclair ein. »Habt ihr beide das verstanden?«

»Aye«, sagte Lennox. »Ich hatte auch nicht vor, meine Verlobte mit dem Schwert zu bedrohen.«

»Das ist dann dein Fehler«, sagte Leaf und führte einen schnellen Stoß in seine Richtung, dem er nur knapp ausweichen konnte.

»Ich warne dich, Leaf«, sagte Lennox. »Leg die Waffe weg.«

»Nur wenn du die Hände auf den Boden legst und dich zum Gefangenen der MacKays erklärst.«

»Auf keinen Fall«, sagte Lennox, worauf Leaf kurzerhand das zweite Schwert aus der Halterung nahm und es zu Lennox hinüberschleuderte. Er hob es auf.

»Haltet sofort ein, Lennox«, hallte da die scharfe Stimme von Rhona durch die große Halle. »Ihr werdet auf der Stelle dieses Schwert niederlegen. Niemand bedroht meine Tochter!«

»Eure Tochter bedroht mich, Mylady«, erwiderte Lennox hart, während Leaf ihn zu umkreisen begann. »Und ich fürchte, ich muss sie erst Demut lehren, damit sie mich anhört.«

»Untersteht Euch!«, rief Rhona nun und fegte den Krug Wein vom Tisch, der sich nun auf die Binsen des Hallenbodens ergoss. »Ewan, bring Lord Lennox sofort zu Sinnen.«

»Ich fürchte, nicht Lord Lennox ist es, der den Verstand verloren hat«, sagte Ewan. »Denn Gregors Brief war eindeutig. Und Lord Lennox' Worte gerade auch.«

»Ewan«, zischte Rhona. »Das kann nicht dein Ernst sein.«

Doch Leaf hörte gar nicht mehr, was ihre Mutter weiter sagte, sondern blickte stattdessen in Lennox' Gesicht mit den dunklen Ringen unter den Augen und den schmalen Lippen, dem markanten Kinn und den langen Wimpern. Dem dunklen Haar, das er nun nach hinten gekämmt hatte, dem Hals, an dem noch immer der kleine Schnitt zu sehen war, den er sich zugezogen hatte, als sie sich geküsst hatten. Im nächsten Moment griff sie an.

Wie erwartet, parierte Lennox den Schlag ihres Schwertes. »Verdammt, Leaf«, zischte er. »Was zur Hölle habe ich dir getan, dass du mich lieber umbringen willst, anstatt mich zu heiraten?«

»Das weißt du ganz genau«, antwortete sie empört angesichts so viel Dreistigkeit und führte den nächsten Angriff. Stahl traf auf Stahl, ihr Klirren schallte durch die große Halle, während das Bellen des Hundes im Hintergrund Leafs Wut nur weiter befeuerte.

»Geduld zählt nicht zu meinen Stärken«, mahnte Lennox sie mit blitzenden Augen. »Und das hier ist meine letzte Warnung, Leaf.«

»Hast du früher auch mit Warnungen versucht, deinen Bruder zu besiegen?«, setzte Leaf nun auch Worte als Waffe ein, nachdem ihr Artair dies letztens geraten hatte.

Lennox' Lippen wurden zu schmalen Strichen. »Sprich nicht von meinem Bruder.«

»Du meinst von Yule? Den dein Vater immer lieber mochte als dich, bevor wir ihn in die Hölle gesandt haben?« Leaf lächelte zufrieden, als sie bemerkte, dass ihre gezielten Provokationen Lennox wütend machten und ihn letztendlich unaufmerksamer werden ließen. »Ich hoffe, er erleidet dort die größten Qualen. Vielleicht zusammen mit deiner Mutter? Sie könnte doch inzwischen auch tot sein, nachdem du nichts mehr von ihr gehört hast.«

»Du hast es nicht anders gewollt, Leaf«, zischte Lennox und parierte ihre Schläge nicht länger, sondern griff mit solchem Zorn an, dass er sie erst einmal zwei Schritte zurückdrängte.

Doch anders als den Nahkampf hatte Leaf den Schwertkampf jahrelang mit Artair geübt und fand sogleich ihr Gleichgewicht wieder. Lennox war stärker als sie und größer. Aber er unterschätzte sie, und zudem war sie schneller.

Ihre Klinge surrte durch die Luft und traf abermals hart auf Lennox' Schwert. Ihr ganzer Körper erbebte bei dem Aufprall, was sie nur noch mehr anspornte. Flink machte sie einen Schritt zur

Seite, holte zu einer weiteren Salve von Schlägen aus. Zielte auf Lennox' Bein, das er nur im letzten Moment schützte, dann auf seine Seite, die sie beinahe erwischte.

Er antwortete darauf mit einem kraftvollen Hieb von oben, den Leaf mit der flachen Seite des Schwerts parierte und zur Seite ablenkte. Gleichzeitig nutzte sie den Schwung der Bewegung, um einen schnellen Stich in Richtung von Lennox' Bauch zu machen, den dieser jedoch abblockte und mit einem seitlichen Hieb konterte, der sie nur knapp verfehlte. Mit wild schlagendem Herzen täuschte sie einen Angriff auf Lennox' Kopf vor, um im letzten Moment die Stoßrichtung zu ändern und erneut auf sein Bein zu zielen.

»Verflucht, Leaf«, entfuhr es Lennox, nachdem er diesen Schlag nur im letzten Moment abgewendet hatte.

»Mal schauen, was du sagst, wenn mein Schwert auf deiner Brust sitzt«, zischte sie und setzte eine Reihe von schnellen Stichen und leichten Hieben, um Lennox zu ermüden.

Doch um dessen Lippen spielte nun ein teuflisches Lächeln, und als er ihren nächsten Hieb parierte, nutzte er die Gelegenheit, um unter ihrem Arm hindurchzutauchen und an der Rückseite ihres Beins einen so präzisen Schlag zu setzen, dass er ihre Hose durchschnitt, ihre Haut dabei aber nicht verletzte.

»Schluss jetzt«, drang wieder die Stimme von Rhona durch die Halle. »Ewan, verdammt, tu doch etwas!«

Doch Lord Sinclair legte nur die Hand auf den Griff seines Schwerts und wartete mit angespannter Miene ab. Vermutlich rechnete er damit, dass Lennox sie ohnehin jeden Moment besiegte. Und sie dadurch verstand, dass sie keine andere Wahl hatte, als ihn zu heiraten.

Doch das würde sie nicht tun. Sie hasste Lennox. Hasste sich, weil sie ihn nicht erkannt hatte. Ihn sogar geküsst und sich von ihm berühren lassen hatte. Sie schrie laut, damit Artair und die Wachen sie draußen hören und auf die Vorgänge in der Halle aufmerksam werden würden. Gleichzeitig wurden ihre Schläge noch schneller und heftiger. Sie atmete schwer, auch Lennox schnaufte. Sie vollführte eine Drehung, griff ihn erneut an. Wurde nun ihrerseits von ihm zurückgedrängt.

Ihre Stiefel schliffen über den Boden der großen Halle, das Licht der Fackeln züngelte hitzig, doch für Leaf gab es nur ihr Schwert und das von Lennox. Sie hatte so viele Jahre geübt. Kannte jede Parade, jeden Angriff. Lennox konnte und durfte nicht gewinnen.

Wieder hob sie ihr Schwert, zielte nun auf eine Stelle zwischen seinen Rippen unterhalb seines Herzens, als er plötzlich mit seiner anderen Hand einen Dolch hervorzog und sein Schwert fallen ließ.

»Was zur Hölle!«, entfuhr es Leaf und senkte für einen winzigen Augenblick ihre Waffe. Lennox nutzte diesen Moment, um an ihrem Schwert vorbeizukommen und es ihr aus der Hand zu biegen.

Sofort begann sie, mit ihren Fäusten auf ihn einzuschlagen, doch da trat er ihr schon so heftig gegen die Knie, dass sie vor ihm auf den Boden sank. Keinen Lidschlag später spürte sie seine Hand hart in ihren Haaren und die Spitze seines Dolchs unterhalb ihrer Nase.

»Lektion eins«, sagte er leise. »Lass dem Gegner seine Waffen, wenn du ihn daran hindern kannst, sie zu benutzen.«

Leaf spuckte vor ihm aus, während ihr die Klinge bereits in die Haut schnitt. »Lektion fünf«, zischte sie. »Niemand kümmert ein kleiner Schnitt, wenn man so viel mehr gewinnen kann.«

Damit packte sie ruckartig sein Handgelenk und riss ihn zu Boden. Sie rangen um die Waffe, traktierten einander mit ihren Fäusten, sodass Leafs Lippe aufplatzte, bis Lennox schließlich ihre Haare zu fassen bekam und ihren Kopf hart zurückkriss. Die Finger seiner anderen Hand presste er zeitgleich auf ihre aufgeplatzte Lippe, was höllisch schmerzte. »Ich hasse Blut«, zischte er, »denn ich habe viel zu viel davon in meinem Leben gesehen. Und ich will dir auch nicht wehtun, aber wenn du mir keine andere Wahl lässt, werde ich es tun.« Er stieß sie von sich, ehe er aufstand und ihr eine Hand reichte. »Also lass uns Frieden schließen. So, wie ich es von Anfang an wollte.«

»Das ist ein guter Vorschlag«, sagte nun Ewan, der ebenso wie Ninian mittlerweile sein eigenes Schwert in der Hand hielt. »Wir werden uns jetzt alle beruhigen und dann in Ruhe miteinander sprechen.«

»Niemals!« Leafs Kopf fuhr zu Rhona herum, die den scharfkantig zerbrochenen Henkel des Weinkrugs aufgehoben hatte und damit drohend auf Lennox zeigte. »Leafs Vater mag vielleicht sagen, dass meine Tochter Euch heiraten soll, Lord Lennox. Aber ich als Leafs Mutter sage Euch, dass Ihr zur Hölle fahren könnt! Ewan, entwaffne auf der Stelle diesen niederträchtigen Mann. Oder ich schwöre dir, dass ich nie wieder ein Wort mit dir reden werde.«

»Rhona, du weißt nicht, was du da sagst«, stieß Ewan hervor, während Leaf sich das Blut von der Lippe wischte.

»Dein Hund sollte wohl besser dich beschützen, Ross«, höhnte Leaf und sah zu Ewan, der noch immer mit sich zu ringen schien. »Denn gegen uns beide hast du mit deinen Schwertattacken keine Chance.«

»Du vergisst Ninian«, sagte Lennox mit einem Blick zu Ewan. »Aber gut, wenn du dich weigerst, mich zu heiraten, muss ich deine jüngere Schwester darum bitten.« Er trat vor Skye. »Mylady, darf ich also um Eure Hand anhalten?«

Leafs Augen blitzten. »Nur über meine Leiche legst du die Hände an meine kleine Schwester.«

Lennox zuckte mit den Schultern. »Eine von euch beiden reitet morgen früh mit mir zurück nach Achfary Castle. Und du kannst dir aussuchen, ob das du oder sie sein wird.«

Da tönte erneut eine Stimme von oben in die Halle hinab, und drei Gestalten richteten sich hinter der Balustrade auf und zielten mit ihren Bögen auf Lennox. »Nein, Ross. Niemand von meiner Familie wird Euch irgendwo hinbegleiten. Außer es handelt sich um Euren Leichenzug, und Ihr befindet Euch auf dem Weg in Euer Grab.«

»Artair!«, rief Leaf erleichtert aus. Er hatte ihre Schreie also doch gehört! »Ich würde ihn dir vorstellen, Lennox, aber du kennst den Befehlshaber der Burg ja bereits.«

»Nur ist er mehr als das«, sagte Lennox und wies mit dem Finger auf Rhona. »Denn deine Mutter hat vorhin das Ende des Briefs nicht mehr vorgelesen. Denn dort schreibt dein Vater, dass Artair auch der Mann sein wird, der dich oder Skye auch gegen deinen Willen zu unserer Hochzeit geleitet. Nur hat er dir das bisher wohl nicht gesagt, obwohl er das längst von Ninian wusste. Nicht wahr, Artair?«

KAPITEL 19

S ag mir, dass Lennox lügt.« Nachdem Rhona ihr bestätigt hatte, dass ihr Vater in seinem Brief Artair tatsächlich diesen Auftrag gegeben hatte, lief Leaf zur Treppe. Artair kam ihr seinerseits entgegen und blieb an deren Ende unmittelbar vor ihr stehen, während die beiden Wachen auf der Balustrade noch immer ihre Bögen gespannt hielten.

»Artair«, raunte Leaf mit tonloser Stimme. »Bitte sag mir, dass du davon keine Ahnung hattest und Lennox lügt.«

Er sah sie lange an, dann schloss er die Augen. Sofort wurde es Leaf eiskalt, denn sie kannte Artair gut genug, um zu wissen, was dieses Schweigen bedeutete.

»Nein.« Leaf taumelte rückwärts und konnte nicht verhindern, dass Tränen aus ihren Augen flossen. »Von allen anderen hätte ich es mir vorstellen können, Artair. Nur nicht von dir.«

»Ich will und werde es nicht tun«, sagte er leise.

»Aber warum hast du mir dann nie davon erzählt?«

»Weil ich dachte, dass ich das nicht müsste, weil Ninian doch noch andere Nachricht bringt … du Lennox Ross nicht heiraten musst oder, falls doch, ihn einfach erstichst. Oder Lord Sinclair es sich anders überlegt und sich auf deine Seite stellt, und dann er …«

»Verstehe ich das gerade richtig, Artair?«, unterbrach Rhona ihn und trat mit ungläubiger Miene zu ihnen, während Leaf am ganzen Körper zu zittern begann. »Du warst schon die ganze Zeit dort oben und hast zugesehen, wie Lord Lennox meiner Tochter die Lippe blutig geschlagen hat? Und hast ebenso wie Ewan nichts getan?«

»Ich hätte ihn jederzeit erschossen, wenn er versucht hätte, ernst zu machen.«

»Ein Schlag in Leafs Gesicht und ein Dolch an ihrer Nase waren meines Erachtens schon ernst genug«, empörte sich Rhona. »Wie konntest du nicht nur ihr, sondern auch mir nichts von Gregors Auftrag, Leaf zu ihm zu bringen, sagen? Sondern mir Hoffnungen machen, dass *du* Leaf heiraten würdest, bevor die Ehe mit Lennox geschlossen wird?«

»Was?«, schnappte Leaf nach Luft und suchte kurz am Arm ihrer Mutter Halt. »Mutter wollte, dass du mich heiratest, und auch darüber hast du geschwiegen? Wolltest du mich am Ende doch verraten und mich zu meinem Vater nach Achfary Castle bringen?«

»Ich wusste nicht, wie ich mich verhalten soll«, antwortete Artair nun mit Tränen in den Augen. »Denn Gregor ist der einzige Vater, den ich kenne. Aber du … du bist die Welt für mich, Leaf. Und wenn es dich vor Lennox rettet, heirate ich dich auf der Stelle.«

Leaf stand wie zur Salzsäule erstarrt. Ihr Herz zerbrach in tausend Stücke. Artair hatte zumindest zeitweilig überlegt, sie zu verraten. Wo er doch von allen Menschen am besten wusste, warum sie Lennox Ross niemals heiraten konnte. Wie hatte er ihr vorhin nur in die Augen sehen, mit ihr schlafen und gleichzeitig nicht wissen können, ob er ihr das Schlimmste antun würde, das sie sich vorstellen konnte?

Vor Schmerz bebend sah Leaf zwischen Artair und Lennox hin und her. Beinahe hätte sie gelacht, weil die Situation so absurd war. Beide Männer hatten sie verraten. Und trotzdem wollten sie beide heiraten.

Kurz war sie versucht, ihr Schwert vom Boden aufzuheben. Beiden zu zeigen, dass sie so nicht mit ihr umgehen konnten. Doch dann nahm sie all ihre Kraft zusammen und kämpfte ihren Schmerz zurück. »Auf die Ehe verzichte ich. Aber wenn du auf meiner Seite stehst, Artair, dann nimmst du Lennox jetzt gefangen.«

»Unter keinen Umständen«, ergriff nun Ewan Sinclair das Wort. »Eine Gefangennahme kommt einer Kriegserklärung gleich. Und steht außerdem Gregors Willen entschieden entgegen.«

»Ewan«, stöhnte Rhona, doch dieser schüttelte den Kopf.

»Es tut mir leid, Rhona. Aber sosehr ich dich auch schätze, steht für mich genau wie für Gregor an oberster Stelle die Erfüllung meiner Pflichten als Clanführer.«

»Genau wie damals«, murmelte Rhona kreidebleich.

»Genau wie damals«, sagte Ewan bedauernd.

»Ich tue es«, wisperte Skye da. »Ich werde die Ehefrau von Lennox Ross.«

Leaf bemerkte, dass Lennox bei diesem Angebot blass wurde, ehe er sagte: »Eine ehrenhafte Entscheidung, Lady Skye.«

Leaf ballte die Hände und sah kurz zu Artair, dann drehte sie sich zu den Bogenschützen um und befahl: »Erschießt Lennox. Jetzt.«

»Nein«, ertönte da die Antwort von Artair, und er sah Leaf mit entschlossener Miene an. »Lord Sinclair hat recht mit dem, was er vorher gesagt hat. Wenn du Lennox Ross jetzt tötest, tust du genau das, was du nie wolltest, Leaf. Du bringst Krieg. Und ich habe versprochen, dich zu beschützen. Auch vor dir selbst. Also werde ich dich jetzt in deine Kammer bringen, damit du dich beruhigen und ausschlafen kannst. Wir alle beruhigen uns und besprechen am Morgen noch einmal, was nun zu tun ist.«

»So soll es sein«, stimmte Ewan Sinclair zu. »Lady Leaf, tut, was Euer Bruder befiehlt.«

»Artair, das kannst du nicht tun«, widersprach nun Rhona.

Doch dieser schüttelte den Kopf und trat tatsächlich auf sie zu, um sie in ihr Zimmer zu bringen. »Vertrau mir, Leaf. Es ist zu deinem Besten.«

Woraufhin Leaf vor ihm ausspuckte. »Wenn du das tust, Artair, bringe ich dich um.«

Artair blickte zu Boden, ehe er sagte: »Die Nacht ist sternenklar. Von deinem Fenster aus kannst du den Vollmond sehen, der den

Weg von der Burg bis auf die Weiden und darüber hinaus beleuchtet. Das wird dich beruhigen.«

Den Weg aus der Burg über die Weiden und darüber hinaus? Erst jetzt bemerkte Leaf, dass Artair seine Augenlider leicht zusammenkniff. So wie er es immer tat, wenn sie beide etwas Gemeinsames im Schilde führten.

»Vertrau mir, Leaf«, wiederholte Artair und fasste sie nun am Arm. *Er könnte mit mir fliehen wollen,* kam ihr da in den Sinn. Dann aber dachte sie, dass auch das eine Lüge sein konnte, nachdem sie, nach all den Jahren, nun auch an Artair zweifeln musste.

Weitere Tränen rannen aus ihren Augen, und dann wurde ihr klar, dass sie jetzt nur noch tun konnte, was sie die Dorffrauen zuletzt als Erstes gelehrt hatte.

Und so wandte sie sich um und rannte davon.

Als Leaf nach ihrer Flucht aus der Burg und hinunter zum Strand endlich außer Atem die Kalksteinhöhle erreichte, waren ihre Tränen noch immer nicht versiegt. Sie hasste es zu weinen und konnte dennoch nicht mehr damit aufhören. Der Schmerz in ihr war einfach zu groß.

»Mylady, was ist geschehen?« Eine der Wachen eilte sofort vom großräumigen Eingang der Höhle herbei, die Ewan Sinclair dort platziert hatte.

Leaf blickte auf das Ruderboot im Inneren der Höhle, dem einzigen Fluchtmittel, das sie nun von Castle Varrich fortbringen konnte, um sich anderenorts ein Pferd zu leihen und ihre Schwestern um Hilfe zu bitten. »Lennox Ross wurde oben im Wald gesichtet«, sagte sie. »Lord Sinclair sagt, ihr sollt alle sofort dorthin eilen, um ihn einzukreisen.«

Der Mann betrachtete sie prüfend. »Unser Befehl lautet, die Höhle zu bewachen.«

»Euer gottverdammter Befehl hat sich gerade geändert«, fauchte Leaf aufgelöst. »Oder wollt ihr am Ende dafür verantwortlich sein, dass euer Lord stirbt, weil ihr ihm nicht schnell genug zu Hilfe geeilt seid?«

»Nein, Mylady«, sagte der Mann nach einem weiteren Blick auf die Tränenspur in ihrem Gesicht, woraufhin er dreimal pfiff und auch die anderen Männer aus der Höhle herbeieilten und sie gemeinsam die Klippe hinaufstürmten.

Kaum dass sie außer Sichtweite waren, brach Leaf im nassen Sand in die Knie. Wie hatte Artair das nur tun können! Wie hatte er ihr Vertrauen in ihn so zerstören können, dass sie nun nicht mehr wusste, ob sie ihm glauben konnte oder nicht? In ihrer Brust stach es, und einen Moment lang wollte sie sich einfach nur hinlegen und nie wieder aufstehen.

Doch dann nahm sie stattdessen eine Handvoll Sand und rieb ihre Haut damit ab. Wusch sich, so wie Katzen sich säuberten, tat alles, um die Berührungen und die Küsse von ihrem Körper zu waschen, die sowohl Artair als auch Lennox ihr gegeben hatten.

Wie hatte sie es nur so weit kommen lassen können? Sie wusste doch längst, dass sie sich nur auf sich selbst verlassen konnte. Hatte es seit jenem Tag gewusst, an dem Bhaic seine Fangzähne in ihren Arm gegraben hatte. Und doch hatte sie Artair vertraut und sich darauf verlassen, dass er immer an ihrer Seite stehen würde.

In dieser Hinsicht hatte Lennox also recht gehabt. Lektion sechs: Nimm niemals deine Deckung nach unten, denn jeder könnte dein Feind sein.

Leaf grub ihre Hände tiefer in den Sand. Sie hasste Artair! Und sie hasste Lennox! Beide waren Lügner. Und jetzt stand sie mit dem Rücken zur Wand und bekam kaum noch Luft zum Atmen. Wie damals.

Ich wusste nicht, wie ich mich verhalten soll. Wie anders diese Worte doch waren, als *Höre nicht auf, mich zu küssen.* Leafs Hände krampften, sie sah noch oben zu den Tropfsteinen über ihr und wollte am liebsten schreien. Nie zuvor in ihrem Leben hatte sie sich verzweifelter und verlassener gefühlt.

Ein heftiges Schluchzen schüttelte sie, während neben ihr eine Welle gegen den Strand brandete und sie daran erinnerte, dass jetzt nicht die Zeit für Selbstmitleid war. Sondern dass sie Rivers altes Boot schleunigst zu Wasser lassen und davonsegeln musste.

»Leaf?«

Sie traute ihren Ohren kaum, als Lennox' Stimme von weiter hinten aus der Höhle zu ihr drang, kaum dass sie sich aufgerichtet hatte und wenige Schritte in die Höhle gegangen war. Augenblicklich zog sie ihren Dolch. Sie konnte Lennox nicht sehen, nur seine leisen Schritte hören, und das machte es umso gefährlicher. Sie fühlte sich wie damals, als sie den Wolf in der Höhle im Wald vermutet hatte. Nur mit dem Unterschied, dass sie dieses Mal ganz sicher wusste, dass Lennox dort im Dunkeln lauerte.

Ein Bellen drang zu ihr, und augenblicklich flüchtete sie sich hinter einen Felsen nahe dem Höhleneingang. Lennox hatte schon wieder diesen verfluchten Hund bei sich. Unwillkürlich beschleunigte sich ihr Puls, und sie sah nach oben an die Höhlendecke, suchte nach Fledermäusen, die unerwartet über ihren Kopf hinwegrauschen konnten.

»Leaf, wo bist du?« Lennox' Stimme klang gleichermaßen besorgt wie belustigt. »Hör auf, ausgerechnet immer dann vor mir zu fliehen, wenn meine gute Seite zum Vorschein kommt.«

Leaf hörte, wie Lennox' Schritte näher kamen, überlegte fieberhaft, was sie nun tun konnte. Wieder nach oben auf die Klippen fliehen, denn das Boot würde sie nicht mehr schnell genug ins Wasser bringen? Oder noch einmal den Kampf mit ihm wagen?

»Weißt du, Leaf, du hast mir heute wieder eindrücklich gezeigt, warum ich üblicherweise auf Freundlichkeiten verzichte«, hallte Lennox' Stimme nun von den Höhlenwänden wider. »Hast du überhaupt eine Vorstellung, wie schwer es war, Isla davon zu überzeugen, mir Bhaica zu verkaufen?«

»Bhaica?« Leafs Stimme zitterte, und sie kam hinter dem Felsen hervor. »Du hast den Welpen auch noch Bhaica genannt?«

»Aye.« Lennox kam einige Schritte von ihr entfernt ebenfalls im vom Mondlicht leicht erhellten Eingangsbereich der Höhle zum Stehen, den Hund auf dem Arm. »Du oder deine Familie hattet doch früher diesen Mastiff namens Bhaic. Daher dachte ich, der Name würde dir gefallen.«

Leaf blieb für einen Moment der Atem weg, dann senkte sie die Stimme. »Du bist noch widerwärtiger, als ich dachte. Ha, Bhaica! Dass du dich das traust, nach dem, was du mir angetan hast.«

Lennox schnaubte. »Weißt du, Leaf, ich habe in meinem Leben Menschen wirklich Schlimmes angetan. Unaussprechliches. Aber bei dir erinnere ich mich an nichts dergleichen.«

»Du erinnerst dich nicht einmal?« Leaf machte nun sogar einen Schritt auf Lennox zu, denn sie hatte entschieden, dass sie nicht fliehen, sondern mit ihm kämpfen würde. »Dann lass mich dir auf die Sprünge helfen, Ross. Es war vor zwölf Jahren, im Geheimgang unter der Küche.« Der Sand unter ihren Stiefeln gab nach, als sie einen Schritt auf ihn zutrat.

Lennox runzelte die Stirn. »Ich erinnere mich. Ich hatte durch Zufall den Geheimgang entdeckt und wollte ihn endlich mit einer Fackel erkunden. Erst wollte ich dich fortschicken, aber als wir Schritte hörten, die sich der Küche näherten, sind wir beide rasch in den Gang verschwunden.«

»Du, ich und Bhaic«, verbesserte Leaf. »Du hattest den Hund nämlich entwendet.«

»Ich konnte eben schon immer gut mit Hunden umgehen.«

»Ja, und nur deswegen habe ich mich auch darauf eingelassen, mit dir in deiner Henkersverkleidung und Bhaic in diesen dunklen engen Gang zu gehen. Denn Bhaic hatte mich zwei Wochen davor angegriffen.«

»Er wollte sicher nur spielen.«

»Ha«, höhnte Leaf. »Bhaic hat mit gefletschten Zähnen nach meinem Bein geschnappt. Und mich erst wieder losgelassen, nachdem Artair eingeschritten ist. Doch dir hätte ich nie glauben dürfen, dass ich an deiner Seite ebenso sicher vor dem Hund bin wie an der von Artair, obwohl du mir genau das versprochen hast.«

»Aye, stimmt, das hatte ich ganz vergessen. Du hattest wirklich Sorge wegen des Hundes.«

»Ich hatte verdammte Todesangst«, zischte Leaf. »Und wollte zurück in die Küche. Aber du hast mich immer tiefer in den Gang hineingezogen, und dann …«

»Dann habe ich doch nachgegeben.« Lennox zog seine Augenbrauen zusammen. »Ich habe dir gesagt, dass du nicht weiter mitkommen musst, obwohl ich wusste, dass ich Ärger bekommen würde, wenn du mich verrätst.«

»Nein, Lennox. Du hast mir gesagt, dass ich im Gang auf dich warten soll, während du tiefer in die Höhlentunnel hineingehst.«

»Wo ist das Problem?«

»Du hast die verdammte Fackel mitgenommen.«

»Aber ich habe dir dafür den Hund dagelassen. Und du hättest jederzeit zurückgehen können.«

»Ich habe dir hinterhergerufen, dass ich Angst habe, allein zurückzugehen.«

»Aye, nur war das vollkommen unbegründet.«

»Ich war sechs, und es war vollkommen dunkel um mich herum. Und Bhaic hat unaufhörlich an mir geschnüffelt.«

»Wegen der Wurst, die ich dir gegeben hatte, damit er bei dir bleibt.«

»Du hast gesagt, dass du gleich wieder zurückkommst.« *Nur kurz, Leaf. Warte nur kurz, ich bin gleich wieder da,* waren damals seine Worte gewesen.

»Deshalb also.« Lennox schüttelte den Kopf. »Nicht weil ich deinen Onkel getötet, die Dörfer deines Clans gebrandschatzt oder durch meinen Angriff auf Achfary Castle deine Cousine auf dem Gewissen habe. Der wahre Grund für deine Verachtung ist, dass ich dich vor zwölf Jahren allein in einem Gang habe stehen lassen?« Er lachte ungläubig. »Die Wahrheit ist, dass ich damals als zehnjähriger Junge so viel Spaß am Erkunden des Ganges hatte, dass ich dich schlichtweg vergessen habe. Denn ich habe damals auch diesen Weg, den ich gerade gegangen bin, zum Meer hinab gefunden.«

»Du hast dein Wort gebrochen.« Leafs Stimme zitterte, und ihr war auf einmal furchtbar heiß. »Ich stand Ewigkeiten in der Dunkelheit und habe auf dich gewartet. Ich habe so lange gewartet, bis …« Ihr Mund wurde trocken, und ihre Finger um den Dolch krampften.

»Bis was?«

»Bis ein Schwarm Fledermäuse von der Decke gerauscht ist, Bhaic und ich uns erschrocken haben, und er mich beinahe zu Tode gebissen hat, als ich auf ihn gestürzt bin. Aber das weißt du ja alles längst.«

Lennox sog scharf die salzige Luft der Höhle ein, sagte eine Weile nichts und starrte auf den Welpen in seinem Arm. »Nein, das wusste ich nicht.«

Leaf schnaubte ungläubig und festigte ihren Stand. »Wie willst du das nicht gewusst haben? Dein Vater, dein Bruder und du, ihr wart danach doch noch zwei Tage auf unserer Burg wegen deiner Verlobung mit meiner Cousine Fia. Ist dir dabei nie aufgefallen, dass ich gefehlt habe?«

»Deine Mutter hat gesagt, dass du Fieber hättest.«

»Aye, ich hatte Fieber, weil die Wunde an meinem Arm sich entzündet hat.« Sie spuckte vor Lennox auf den sandigen Boden. »Ich hätte es fast nicht überlebt! Ich hatte Fieberträume, wusste meinen eigenen Namen nicht mehr, habe sogar die letzte Beichte abgelegt … Wenn Artair damals nicht gekommen wäre, hätte ich es nicht einmal mehr aus dem Gang herausgeschafft. Und das alles nur, weil ich mich auf dich und deinen lächerlichen Schutz verlassen hatte.«

»Deine Mutter hat mir vermutlich nichts davon gesagt, um die Verlobung nicht zu gefährden. Es hätte sich wohl nicht so gut gemacht, wenn dein Onkel gewusst hätte, dass ich dich beinahe umgebracht habe.« Er schüttelte noch einmal den Kopf, dann setzte er den Hundewelpen ab.

»Was tust du da?«, knurrte Leaf. »Nimm den Hund sofort wieder an dich.«

»Nein«, antwortete Lennox und scheuchte das Tier dann mit einigen Handbewegungen davon. »Mir ist gerade klar geworden, dass Bhaica hierher mitzunehmen, wohl kein besonders guter Einfall war.«

Leaf schnaubte und trat, da sie Lennox für einen Kampf besser sehen wollte, noch näher an den Eingang der Höhle. Wie erwartet, folgte Lennox ihr. Dabei fiel ihr auf, dass seine Hände mit einem Seil aneinandergefesselt waren.

Erleichterung kam in Leaf auf, denn mit gefesselten Armen würde es viel leichter sein, Lennox zu überwältigen. Auch wenn sie nicht verstand, woher dessen Fesseln kamen. Ebenso wenig wie sein geschwollenes Auge, das nun durch das zusätzliche Mondlicht sichtbar wurde.

Doch bevor Leaf sich danach erkundigen konnte, sagte Lennox mit leiser und ernster Stimme: »Es tut mir leid, Leaf, dass du beinahe gestorben wärst. Es tut mir auch leid, dass Malik gestorben ist. Genau genommen habe ich sogar Ekel vor mir selbst empfunden, nachdem ich ihn getötet und ihm den Kopf vom Leib geschlagen hatte, denn er und ich waren einander sehr ähnlich. Aber er hatte meinen Bruder getötet.« Lennox schwieg für einen Augenblick. »Und mein Vater hat nach Rache verlangt.«

Leaf lachte rau. »Muss ich dich daran erinnern, dass dein Bruder zuerst die Rinder von uns MacKays gestohlen hat? Und dabei unschuldige Bauern getötet hat?«

»Mag sein«, sagte Lennox. »Und doch war das nicht der Grund für den Beginn der Fehde. Sondern der Vorwurf von Malik, dass mein Bruder deine Cousine Fia bedrängt hat.«

»Wirklich?«, fragte Leaf erstaunt. »Aber im Grunde überrascht mich das nicht, denn auf das Einverständnis von Frauen zu verzichten, liegt wohl in eurer Familie. Du wolltest mich auch gegen meinen Willen heiraten, was mich ebenso unfreiwillig in dein Bett gezwungen hätte.«

»Ich bin nicht mein Bruder«, sagte Lennox mit bitterer Stimme. »Und du urteilst vorschnell darüber, was die Wahrheit ist und was nicht. So war Fias Tod alles andere als meine Absicht. Ich wusste nicht, dass sie sich im Burghof befand, als ich den Befehl gab, die brennenden Pfeile zu schießen. Oder nimm Maliks Stute. Ich reite sie nur aus Achtung vor ihm.«

Kurz war Leaf sprachlos, dann meinte sie: »Selbst wenn das stimmt, hast du am Ende trotzdem meine Familie auf dem Gewissen.«

»Ich kann die Vergangenheit nicht ändern.«

»Aber ich meine Zukunft.« Sie deutete auf seine Fesseln. »Was Lord Sinclair, wie es aussieht, doch noch erkannt hat.«

Lennox' Miene wurde grimmig. »Genau genommen hast du das Artair zu verdanken, nicht Lord Sinclair.«

»Artair?« Sofort war der Schmerz wieder zurück. Und der Zweifel. Denn Artair hatte sich doch klar dagegen ausgesprochen, Gewalt gegenüber Lennox anzuwenden.

»Aye, Artair«, knurrte Lennox. »Nachdem du aus der großen Halle geflohen warst, befahl Lord Sinclair, dass er mich in meine Gästekammer geleiten soll. Doch dort angekommen, hat Artair mich angegriffen, mir dann Fesseln angelegt und mich freundlich wissen lassen, dass ich den morgigen Tag nicht erleben werde, wenn er dich nicht finden kann. Und da ich diesem Schicksal lieber entgehen wollte, habe ich mich entschieden, aus dem Fenster zu klettern und durch den Geheimgang unter der Küche die Burg zu verlassen.«

Leaf biss sich fest auf die Lippe, wollte dann aber nicht länger über Artair nachdenken. Sie würde schließlich nie wieder einen Menschen so nah an sich heranlassen wie ihn, um nicht noch einmal so hart und schmerzhaft verletzt werden zu können wie vorhin.

Entschlossen trat sie stattdessen mit erhobener Waffe auf Lennox zu, der vor ihr zurückwich, bis er mit dem Rücken gegen die raue Höhlenwand stieß.

»Lass das, Leaf«, warnte er. »Übermüdung bringt einen dazu, Dinge zu tun, die man später bedauert.«

»Nein, Lennox. Angst treibt einen dazu, Dinge zu tun, die man später bedauert. Ich habe es vorhin ernst gemeint, als ich den Wachen sagte, sie sollen dich erschießen.« Sie schluckte, denn obwohl sie sich schon oft vorgestellt hatte, Lennox zu töten, zitterte ihre Hand nun so stark wie noch nie. »Denn manchmal braucht es das Opfer von einem, um viele zu schützen.«

»Aber du musst doch keine Angst vor mir haben«, sagte Lennox verständnislos, während er seinen Hals, so weit er konnte, nach hinten beugte. »Ich verstehe das einfach nicht, Leaf. Ich habe versucht, deine Freundschaft zu gewinnen. Ich habe versucht, dich zu verführen, und dabei deine Grenzen geachtet. Ich habe alles getan, um dir zu zeigen, dass ich nicht nur der Scheißkerl bin, für den du mich hältst, und du in einer Ehe mit mir nichts zu befürchten hast.«

»Das sagt sich leicht mit einem Dolch an der Kehle«, erwiderte sie und holte tief Luft. Ein Schnitt, nur ein einziger Schnitt, und sie wäre alle ihre Sorgen los. Zumindest für den Moment. Bis die Ross wissen wollten, wie Lennox gestorben war, und eine durchschnittene Kehle alles andere als nach einem schrecklichen Unfall aussah. Doch wenn man seinen Körper überhaupt nicht fände …?

»Warte.« Lennox schloss die Augen. »Ich wollte dir das ursprünglich nicht sagen, aber unter diesen Umständen muss ich es doch tun.«

»Du meinst, du willst mir eine letzte Lüge erzählen, damit ich dich doch noch freilasse?«

»Nein, keine Lüge«, sagte Lennox und blickte sie wieder an. »Du erinnerst dich daran, dass ich mich übergeben habe, nachdem Tevin von der Burgmauer gestürzt war?«

Leaf nickte.

»Das lag daran, dass mich Tevins Sturz an den von Vika erinnert hat.«

Sofort riss Leaf ungläubig die Augen auf. »Vika, die Frau deines Bruders Yule?« Sie hatte gar nicht gewusst, dass diese von einer Mauer gestürzt war und nun nicht mehr gehen konnte. »Sie war deine Liebschaft? Jene Frau, die du nach dem Tod ihres Mannes, deines Bruders, nicht heiraten wolltest?«

Lennox nickte. »Aye.« Er atmete heftig, und Leaf dachte schon, er würde nichts mehr sagen, als er doch noch fortfuhr: »Ich träume von ihr, jede Nacht. Höre immer wieder ihren Vorwurf, dass sie nur wegen mir auf die Burgmauer gestiegen ist und nun nicht mehr gehen kann. Jedenfalls empfinde ich tiefe Schuld ihr gegenüber. Eine Schuld, die ich wiedergutmachen will, indem ich dich heirate, Leaf. Obwohl ich die Ehe verabscheue, denn sie hat meine Mutter so bitter gemacht, dass sie uns verlassen hat.«

»Solltest du in diesem Fall nicht lieber Vika heiraten?«

Doch Lennox verneinte. »Solange die Fehde dauert, sind Vika und ihre beiden Kinder von Yule in Gefahr. Denn was würde mit ihnen geschehen, wenn sie den MacKays in die Hände fallen? Schließlich ist Vika die Witwe des Feinds. Wenn du und ich aber heiraten und diese Fehde endet, kann Vika in Ruhe leben. Vielleicht findet sie auch ihre Lebensfreude wieder und ist ihren Kindern wieder eine echte Mutter. Solltest du jedoch weiter die Ehe mit mir verweigern …«, Lennox' Brustkorb hob und senkte sich schneller, »… wird mein Vater Vika gegen ihren Willen mit dem nächstbesten Mann verheiraten, der sich bereit erklärt, uns im Kampf gegen die MacKays zu unterstützen. Und was glaubst du, wird das für eine Art Mann sein, der eine Frau mit Vikas Einschränkungen ehelicht?«

Leaf wollte sich das lieber nicht vorstellen, da Vika nicht nur gehbehindert war, sondern auch noch die Sünde begangen hatte, sich selbst das Leben nehmen zu wollen. Was sie in den Augen der meisten Menschen gleich zweifach zur Ausgestoßenen machte.

Sie schluckte. »Also verlangst du von mir, dass ich stattdessen mich opfere? Und jene Art von Ehe mit dir eingehe, die du Vika ersparen willst?«

»Aber du hast doch rein gar nichts von mir zu befürchten«, sagte Lennox leise. »Genauso wie ich könntest du fortan jeden Tag tun und lassen, was du willst. Schwerter schwingen, ausreiten, von mir aus auch mit Artair schlafen.«

»Ich will nicht mit Artair schlafen.«

Lennox' Mundwinkel zuckten spöttisch. »Du bist eine miserable Lügnerin. Aber gut, dann meinetwegen mit einem anderen Mann. Oder mit mir, wenn du magst. Bevor du wusstest, wer ich bin, haben dir meine Berührungen doch gefallen.«

Zunächst wollte Leaf verneinen, gestand sich dann aber ein, dass das eine Lüge gewesen wäre. Woraufhin ihr der absurde Gedanke kam, dass, sollte sie sich tatsächlich je wieder von Lennox berühren lassen, die Erinnerung an Artairs Berührungen dadurch vielleicht verschwinden würde. Sie schüttelte sich. »Warum zur Hölle konntest du mir das alles nicht schon früher sagen?« Sofern es überhaupt die Wahrheit war …

»Aus dem gleichen Grund, aus dem du den Dorfbewohnern nicht erzählt hast, dass dein Vater eine Ehe zwischen uns beiden wünscht. Ich habe es nicht für nötig befunden, da ich hoffte, dich anderweitig überzeugen zu können. Besonders, nachdem ich gesehen habe, wie sehr dir der Schutz deines Clans am Herzen liegt.«

Leaf stöhnte, denn damit hatte Lennox recht. Und je mehr er zu ihr sagte und sie zu glauben begann, dass es vielleicht wahr sein könnte, desto mehr musste sie sich ernsthaft mit dem Gedanken auseinanderzusetzen, dass eine Ehe mit ihm das einzig Sinnvolle war, was sie für ihren Clan tun konnte. Genauso wie Ewan Sinclair es ihr schon bei seiner Ankunft auf Castle Varrich gesagt hatte.

»Wenn wir nicht heiraten, Leaf«, setzte Lennox noch einmal nach, »wird es hässlich. Ihr werdet irgendwann Clan Sinclair und Clan Sutherland in diese Fehde mit hineinziehen, und wir dann Clan Munro und Clan Drummond. Noch mehr Menschen werden sterben, unzählige leiden. Fürchtest du mich nach allem, was ich dir gesagt habe, denn immer noch so sehr, dass du das billigend in Kauf nehmen würdest?«

Leafs Augenlider zuckten. »Wenn wir heiraten, werde ich zu deinem Besitz, Lennox. Während du dadurch das Recht bekommst, mit mir zu tun und zu lassen, was du willst.«

Lennox hob seine beiden Hände nun so weit nach oben, dass er mit seinen Fingern ihren Dolch berühren und von sich wegschieben konnte. »Und wenn du es nicht tust, bekomme ich dieses Recht in Bezug auf Skye. Ist dir das lieber?«

»Gerade eben halte ich dir immer noch meinen Dolch an die Kehle«, entgegnete Leaf.

»Kann ich nicht wieder Grey für dich sein?«, bat Lennox leise.

»Wenn ich dir nur vertrauen könnte …«, raunte Leaf und wusste bereits, welche Entscheidung für sie die einzig richtige war.

Da nickte Lennox langsam und nahm seine Hände auseinander, woraufhin die Fesseln zu Boden fielen. Leaf stand der Mund offen. Die Seile waren die ganze Zeit über durchtrennt gewesen, und er hatte sie nur mit den Händen zusammengehalten!

»Ich hätte dich die ganze Zeit überwältigen können«, sagte Lennox langsam. »Und du wärst nicht darauf vorbereitet gewesen. Und würde ich jetzt einmal pfeifen, käme Ninian samt Hund aus dem Schutz der Felsen hervor. Und wenn wir es dann wollten, Leaf, könnten wir Dinge mit dir tun, die viel schlimmer sind als alles, was du dir bisher vorgestellt hast.«

Mit klopfendem Herzen sah Leaf sich um, doch es war zu dunkel, um Ninian zwischen dem Felsgestein erkennen zu können. »Du hast mich schon wieder hereingelegt«, sagte sie.

Lennox' Miene wurde ernst. »Wenn ich dir wirklich Übles wollte, Leaf, hätte ich schon unzählige Male die Gelegenheit dazu gehabt. Bitte, du kannst mich nicht besiegen, also schließe dich mit mir zusammen. Es würde für uns beide und unsere Clans vieles einfacher machen.«

Leaf zitterte, als Lennox ihr seine Hand nun sanft auf die Schulter legte.

Sie schüttelte den Kopf. »Ich kann nicht.«

»Doch, du kannst«, sagte er. »Du bist die mutigste Frau, die ich kenne. Und die Begegnung mit mir hat dich noch einmal stärker gemacht, obwohl das nicht meine Absicht war. So stark, dass du jetzt jeder Herausforderung begegnen kannst.«

Doch Leaf fühlte sich alles andere als stark, sie fühlte sich erbärmlich.

Lennox strich sich kurz über den Hals, an dem ihr Dolch einen kleinen Schnitt hinterlassen hatte. Dann holte er jene Silberkette aus seiner Hose hervor, die er ihr schon in der großen Halle gezeigt hatte. »Ich hatte mir ursprünglich alles anders vorgestellt«, meinte er und sah reuevoll auf ihre aufgeplatzte Lippe. »Willst du doch die Kette als Geschenk annehmen?«

Leaf schüttelte den Kopf. »Ein Hund, der mich an unsere Vergangenheit erinnert, und eine Kette als Warnung für die Zukunft, in der mich die Fesseln der Ehe erwarten? Du solltest mir lieber keine weiteren Geschenke mehr machen.«

Lennox neigte den Kopf. »Wenn du das sagst.«

»Regeln«, brachte Leaf schließlich nach einem langen Moment des Schweigens hervor, in dem sie noch einmal tief in sich gegangen war und eine Entscheidung getroffen hatte. »Wenn ich mich tatsächlich für meinen Clan opfere, will ich verdammt noch mal Regeln für unser Zusammenleben haben.«

»Dann wird das Regel eins.« Lennox' Stimme klang so erleichtert, wie Leaf sie noch nie gehört hatte. »Ich verspreche, dir nichts mehr zu schenken.«

Leaf nickte, ehe sie mit bebender Stimme fortfuhr. »Regel zwei. Ich will den Welpen nie wiedersehen.«

Lennox nickte. »Regel drei. Das war unser letztes Gespräch, bei dem du mir einen Dolch an die Kehle gesetzt hast.«

»Das wird sich noch zeigen«, widersprach Leaf. »Was mich zu Regel vier bringt. Du sagst mir nicht, was ich zu tun habe. Weder jetzt noch irgendwann sonst.«

Lennox neigte den Kopf. »Einverstanden, solange du dich gleichfalls aus meinen Angelegenheiten heraushältst.«

»Regel fünf. Wir bleiben erst einmal auf Achfary Castle, wo ich für die Menschen alles tue, was ich für richtig halte.«

»Dass wir dortbleiben, haben unsere Väter ohnehin vorgesehen.«

»Regel sechs. Mein Körper gehört mir. Es gibt keine Hochzeitsnacht, und ich schlafe auch sonst nicht mit dir.«

»Also keine Kinder?« Lennox wiegte bedenklich den Kopf. »Das wird unseren Vätern nicht gefallen.«

»Aye, keine Kinder, außer ich überlege es mir anders.«

»Du meinst, außer falls du doch von Artair schwanger wirst?«, neckte er.

»Vorsicht, schließlich willst du mich gerade zu etwas überreden, nicht ich dich.«

»Schon gut.« Lennox hob abwehrend die Hände. »Die erbliche Nachfolge von Clan Ross ist mir ohnehin vollkommen gleich. Habe Kinder oder habe keine, solange ich nur meine Sorgen loswerde. Wozu du allerdings zumindest so tun musst, als ob du mich magst.«

»Warum denn das?«, entfuhr es Leaf, die noch immer nicht glauben konnte, dass sie sich überhaupt auf diese Ehe einließ.

Lennox verzog den Mund. »Das ist eine Bedingung meines Vaters. Denn wenn die MacKays auf Achfary Castle denken, dass ich dich zur Ehe zwinge …«

»… was du versuchst …«

»… werden sie diese nicht befürworten, und alles war vergebens. Aber so schwer dürfte das nicht sein. Denn schließlich wolltest du, nachdem du den Wolf getötet hattest, eine Scheinehe mit mir als Grey eingehen, die nach außen hin wie eine echte wirken sollte.«

»Um der Ehe mit dir, Lennox, zu entgehen.« Leaf schüttelte sich. »Aber woher weißt du das?«

»Auch deine Wachen reden, wenn man ihnen genug Silber gibt.« Lennox hielt ihr die Hand hin. »Also, bist du einverstanden?«

Leaf ergriff sie jedoch nicht. »Du hast vergessen, dass es noch eine weitere Regel gibt.«

»Ich höre.«

»Regel sieben. Wenn du dein Wort brichst, bringe ich nicht nur dich um. Sondern auch Vika.«

Lennox' Kiefer malmten. »Du wirst Vika in Frieden lassen. Das versprichst du mir auf der Stelle.«

»Nein«, sagte Leaf und schlug in seine Hand ein. »Denn was mit Vika geschieht, und ob ihre Kinder zu Waisen werden oder nicht, hängt ganz davon ab, wie du dich mir gegenüber verhältst. *Verlobter.*«

KAPITEL 20

E r war ein Narr. Ein gottverdammter Narr. Etwas anderes konnte Artair nicht denken, als er sich drei Tage später, zusammen mit Leaf, Lennox, Ninian, Graham und einigen weiteren Männern zu ihrem Geleitschutz dem Dorf vor Achfary Castle näherte. Warum nur hatte er so lange gezögert? Warum hatte er so lange untätig verharrt und Leafs Vertrauen in ihn enttäuscht, anstatt zu handeln und um die Frau zu kämpfen, die er insgeheim liebte?

Er hätte einfach mit ihr zusammen aus der großen Halle rennen sollen, anstatt ihr mit den Augen zu bedeuten, dass er später gemeinsam mit ihr fliehen würde. Er hätte wissen müssen, dass Leaf ihm nicht mehr vertraute. Doch er hatte die Augen davor verschlossen und insgeheim immer noch gehofft, einen Weg zu finden, der sowohl Leaf vor der Ehe mit Lennox als auch ihn vor einer Auseinandersetzung mit Gregor bewahrte.

Und nun hatte er Leaf verloren.

Die dunklen Regenwolken über ihm verdichteten sich, und er erinnerte sich erneut an Leafs lebloses Gesicht, als sie zusammen mit Lennox in die große Halle getreten war und erklärt hatte, dass sie diesen nun doch heiraten würde. Dasselbe leblose Gesicht, das sie auch gehabt hatte, als sie sich dann im Morgengrauen des nächsten Tages von einer weinenden Skye, Rhona und Ewan Sinclair verabschiedet hatte. Ein Gesicht, aus dem die Unverzagtheit und Unbeschwertheit gewichen war, die er stets an ihr bewundert hatte. Und alles nur, weil er mutlos und zögerlich gewesen war und ihr nie gesagt hatte, dass er sie liebte.

»Leaf!« Auch wenn sie seit ihrem Aufbruch von Castle Varrich kaum mehr mit ihm gesprochen hatte, musste er dennoch versuchen, mit ihr zu reden. Denn noch war sie nicht mit Lennox verheiratet. Und er sollte verflucht sein, wenn er sie nun erneut aufgab und nicht vor jedem Unheil bewahrte, so wie Rhona es ihm vor dem Aufbruch noch eingeschärft hatte.

Die Hufe seines Pferds gruben sich tief in das regennasse Gras, und ein Rabe flog über ihm den Hügelkamm hinauf. Doch Leaf wandte sich nicht zu ihm um, sondern ritt in ihrem sonnengelben Kleid, das sie nun anstatt ihrer üblichen, einst ihm gehörenden Männerkleidung trug, unbeirrt weiter. Schon wollte Artair mit der Zunge schnalzen und sein Pferd angaloppieren, als Lennox neben ihn ritt.

»Lass sie.«

Artairs Körper verspannte sich. »Das hast du mir nicht zu sagen«, antwortete er und verweigerte Lennox in der Anrede bewusst den ihm als Lord geschuldeten Respekt, zumal dieser auch unförmlich mit ihm sprach.

»Doch«, gab Lennox mit harter Miene zurück. »Denn ich bin ihr Verlobter, falls du das vergessen hast. Und als solcher will ich, dass du dich von Leaf fernhältst, bis wir verheiratet sind.«

»Ich bin ihr bester Freund.«

»Mit dem sie offensichtlich nicht mehr sprechen will.«

Artair ballte seine Hände zu Fäusten. »Leaf hatte recht, ich hätte dich verdammt noch mal erschießen lassen sollen.« Dann schnalzte er mit der Zunge und galoppierte erst recht nach vorn neben Leaf. Die ihn jedoch ignorierte.

»Wildfang«, sagte er eindringlich. »Es tut mir leid. Ich weiß nicht, wie oft ich das noch sagen muss, aber ich bereue es sehr, dass ich dir nicht von Anfang an von Gregors Auftrag erzählt habe.«

»Scher dich zum Teufel«, war alles, was er nach langem Schweigen zu hören bekam.

Kurz war Artair versucht, genau das zu tun, denn in dieser Stimmung war mit Leaf schon immer schlecht zu sprechen gewesen. Nur war sie bereits seit drei Tagen in dieser Stimmung, und er bezweifelte, dass sich das demnächst ändern würde.

»Leaf.« Er lenkte sein Pferd näher an ihres. »Was muss ich tun, damit du mir vergibst? Du weißt doch, dass ich mit dir fliehen wollte und dass wir das noch immer tun könnten.«

Leafs Lippe bebte, dann sagte sie schließlich: »Das sind alles nur Worte, Artair. Und ich glaube nur noch an Taten.«

Er sah sich um. Sie ritten noch immer zwischen Heidesträuchern und verstreutem Felsgestein hindurch. Hinter ihnen fiel das Gelände ab, führte zurück zu dem See, den sie gerade erst passiert hatten, und dann über den schneebedeckten Berg zurück in Richtung Castle Varrich. Kein guter Fluchtweg, da die Landschaft dort viel zu offen war. Zu ihrer Rechten standen vereinzelte Eschen mit Vogelnestern, erste Ausläufer eines Walds, den sie nach dem Hügel wohl bald erreichen würden. Dort wäre es besser, zu verschwinden.

»Du willst nicht mit mir fliehen«, unterbrach Leaf seine Gedanken. »Sonst hättest du es längst getan. Also führt dieses Gespräch zu nichts, denn du stehst noch immer auf der Seite meines Vaters.«

»Es ist ja auch nicht so, dass es keine guten Gründe für diese Ehe gibt«, entfuhr es Artair, der seine unbedachten Worte sofort bereute.

Leaf warf ihm einen verletzten Blick zu. »Du hättest zu Hause bei Skye bleiben sollen, wie ich es dir gesagt habe.« Damit galoppierte sie nun ihrerseits ihr Pferd an.

Artair folgte ihr mühelos. »Nun warte doch!«, rief er gegen den Wind an. »Bitte, Leaf.« Er dachte mit einem Blick auf Leafs aufgeplatzte Lippe daran, dass auch verdammt viel gegen diese Ehe sprach – denn noch quälender als die Vorstellung, dass Lennox Leaf zärtlich küsste und berührte, war die Vorstellung, dass er sie nochmals verletzen könnte. »Schmerzt die Lippe noch sehr?«

Leaf schnaubte. »Meine Lippe ist meine kleinste Sorge.«

Sie erreichten den Hügelkamm, und augenblicklich parierte Leaf ihr Pferd durch. Unter ihnen erstreckte sich ein weitläufiger Wald, hinter dem eine stattliche Burg lag. Doch weder Leafs noch seine Aufmerksamkeit galten der Festung. Sie starrten beide auf das Dorf unterhalb der Burg, das an einem dunkelblauen See lag, oder genauer gesagt auf das, was von dem Dorf noch übrig war.

Artair erschauderte beim Anblick der verwüsteten und verkohlten Katen und sah, dass es Leaf nicht anders erging. »Deshalb tue ich es«, murmelte sie und drehte ihren Kopf zu ihm. »Denn anders als du weiß ich, auf welcher Seite ich stehe.«

Obwohl Leaf nur zu gern in das Dorf unterhalb von Achfary Castle geritten wäre, um sich ein genaueres Bild vom Leid der Menschen zu verschaffen, waren sie aufgrund von Lennox' besorgtem Drängen, dass sie sich erst einmal auf der Burg sehen lassen sollten, durch einen seitlichen Ausläufer des Walds zur Festung geritten. Dieser endete jedoch abrupt, und bis zum Eingang zur Burg waren nur noch verkohlte Baumstämme und ein ebenfalls vom Feuer beschädigter Koppelzaun zu sehen.

»Was zur Hölle«, entfuhr es Leaf, als ihr der stechende Brandgeruch in die Nase stieg.

»Das war dein Onkel«, sagte Lennox leise neben ihr. »Er hat es sattgehabt, dass die Bäume mir und meinen Männern Deckung geboten haben, und deshalb das Waldstück bis zur Burg abgebrannt. Eine bedauerliche Entscheidung.«

»Das einzig Bedauerliche ist, dass du nicht mit verbrannt bist«, erwiderte Leaf und wandte sich dann an Graham. »Los, reite vor und sieh nach, ob das hier eine Falle ist.«

»Ich, Mylady?«, stammelte Graham daraufhin.

»Aye, du«, antwortete Leaf. »Du bist mir mehr als das schuldig, nachdem ich eingewilligt habe, dass du uns trotz deines erbärmlichen Verrats begleiten kannst.«

»Um genau zu sein, habe ich darin eingewilligt«, bemerkte Lennox spitz neben ihr. »Du wolltest Graham hängen lassen, und das trotz seiner aufrichtigen Entschuldigung.«

Graham schaute erschrocken zu Lennox. »Mylord, könnt Ihr nicht …?«

Lennox schüttelte den Kopf. »Sei kein Feigling, Mann, oder ich suche mir einen neuen Schmied.«

Graham schluckte mehrmals, bevor er durch das abgebrannte Waldstück auf das mit einem eisernen Fallgitter verschlossene Burgtor zuritt. Sofort traten schussbereite Bogenschützen zwischen die Zinnen der Mauern. Graham rief ihnen etwas zu, das die Zurückgebliebenen aufgrund der Entfernung aber nicht verstanden, dann geschah eine Weile lang nichts.

Leafs Puls beschleunigte sich, doch als sie schon so gut wie sicher war, dass irgendetwas nicht stimmte, wurde das eiserne Fallgitter nach oben gezogen, und ihr Vater trat in einem prächtigen dunkelroten Gewand aus der Burg. Begleitet wurde er von einem ebenso edel gekleideten Mann mit grauschwarzen Haaren, der Torin Ross sein musste, ihr zukünftiger Schwiegervater.

Leaf sah, dass Lennox die Zähne fest aufeinanderpresste und eine Hand auf sein fest geschnürtes Lederarmband gelegt hatte. »Dann wollen wir mal«, sagte er trocken und warf ihr einen Blick zu, den sie nicht deuten konnte. »Und vergiss nicht, mein Herz. Du bist in mich verliebt und kannst mir nicht widerstehen.«

Ein Schnauben von Artair war zu hören, und Leaf wandte den Kopf zu ihrem einst besten Freund. Dann sah sie zurück zu Lennox. »Das habe ich nicht vergessen. Aber nur dass eins klar ist, *mein Herz*. Wenn du mich noch einmal so nennst, wirst du es bereuen.«

»Leaf, mein Kind!« Noch ehe sie von ihrem Pferd abgesessen war, trat ihr Vater auf sie zu und öffnete seine Arme. »Welch eine Freude, dich zu sehen.«

In einer flüssigen Bewegung schwang sich Leaf von ihrem Hengst und schritt, ohne ihr Kleid wegen des Schlamms zu raffen, in seine Umarmung. »Vater«, sagte sie laut. Doch als sie ihn umarmte, ihr Mund an seinem Ohr war und nur er sie hören konnte, fügte sie hinzu: »Vergnügt ihr, du und Torin Ross, euch auch gut hier auf der Burg, während die Menschen, die du in Geiselhaft gegeben hast, vor Angst vergehen?«

Gregor hielt sie darauf einen Augenblick länger als nötig in der Umarmung gefangen. »Benimm dich, Leaf. Du hast keine Ahnung, wie viel von dieser Ehe abhängt.«

»Doch, *mir* ist das sehr wohl klar, sonst wäre ich nicht hier.« Sie drückte ihren Vater heftig von sich fort, jedoch nicht so heftig, dass ein Außenstehender es bemerken konnte. Außer vielleicht Artair, dessen Blick Leaf in ihrem Nacken zu spüren glaubte.

»Lady Leaf«, begrüßte sie nun auch Torin Ross. Er war ein hochgewachsener Mann mit hängenden Backen und tiefen Falten auf der Stirn. »Willkommen auf Achfary Castle.«

»Danke, Mylord, dass Ihr mich auf der Burg meines Clans begrüßt«, sagte sie mit einem schmalen Lächeln auf den Lippen. Denn der Anblick des zerstörten Dorfs hatte ihre Verachtung für Clan Ross erneut glühend entfacht.

Torin zog die Brauen hoch und sah dann zu Lennox, der Leaf daraufhin einen vernichtenden Blick zuwarf, bevor er zu ihr trat und sie hart bei der Hand nahm. »Die Reise war anstrengend. Wir gehen besser hinein.«

Leaf entzog ihm ihre Hand und zischte: »Regel sechs. Mein Körper gehört mir, also fass mich bloß nicht an.«

Lennox beugte sich zu ihr und hauchte ihr einen Kuss auf die Wange. »Wie du wünschst, *mein Herz*. Meine Hände sind fort.«

Leaf hätte Lennox am liebsten einen ordentlichen Hieb in die Magengrube verpasst. Dann aber fing sie Artairs finsteren, eifersüchtigen Blick auf und überlegte es sich anders. »Ich nehme alles zurück.« Sie hakte sich bei Lennox ein und zog ihn eng an sich heran. »Lass die Finger nicht von mir.«

Lennox zog die Augenbrauen zusammen, zuckte dann aber mit den Schultern und führte sie durch das rußgeschwärzte Burgtor in den Burghof. »Zu Befehl, meine Liebste. Auch wenn ich dir sagen muss, dass du stinkst.«

Leaf musste unvermittelt an ihre gemeinsame Nacht mit Artair denken und presste die Zähne zusammen. »Ironie des Schicksals? Hättest du Fia nicht umgebracht, hättest du nun mit ihr durch dieses Tor schreiten können. Und sie hat immer wunderbar geduftet…«

Leafs Stimme brach mitten im Satz ab, als ein großer grauer, zotteliger Hund an einem Huhn vorbei auf sie zugeprescht kam. Unwillkürlich wollte sie nach dem Dolch in ihrem Stiefel greifen, den sie auf Lennox' Drängen hin nicht offen an ihrem Gürtel trug, doch wegen des Kleids kam sie nicht schnell genug an die Waffe heran. Ihr stockte der Atem, und so flüchtete sie sich unwillkürlich hinter Lennox' Rücken, der nun die Arme ausbreitete und sich von dem Ungetüm anspringen ließ.

»Ah, ich habe dich auch vermisst, Großer!«, lachte er, während ihm das Tier das Gesicht ableckte.

»Der gehört dir?«, keuchte Leaf mit rasendem Puls und dachte an den Mastiff-Welpen, den sie bei Skye auf Castle Varrich zurückgelassen hatten. Dieser war nichts im Vergleich zu diesem Monstrum.

»Aye«, sagte Lennox nun und strich dem Hund über den Kopf. »Das hier ist mein treuer Begleiter. Willst du ihn streicheln?«

»Wir haben gesagt, keine Hunde«, erinnerte sie ihn und atmete den Rauchgeruch ein, der auch hier in der Luft hing.

»Genau genommen betraf unsere Regel nur einen ganz bestimmten Hund«, erwiderte Lennox, ehe er sich über seine pockenartige Narbe auf der Stirn strich und seinem Vater knapp zunickte. »Danke, dass du nach Dog gesehen hast.«

»Danke nicht mir, sondern Vika«, erwiderte Torin daraufhin und deutete zu einer Frau, die auf einer hölzernen Kiste am linken Rand des Burghofs saß. Leaf war noch immer aufgewühlt von der Begegnung mit Dog, dem Lennox ebenso wie seinem Pferd keinen echten Namen gegeben hatte, als ihr Blick sich mit dem von Vika kreuzte. Sofort erstarrte sie. Denn die bildschöne Frau mit den eisblonden Haaren sah sie an, als wolle sie sie am liebsten umbringen.

»Deine Vika scheint sich nicht sehr darüber zu freuen, uns zu sehen«, murmelte Leaf und fühlte die Kälte des Nachmittags auf ihrem Gesicht.

»Sie ist nicht meine Vika«, widersprach Lennox heftig und auf einmal totenbleich.

»Lady Ross, meine Teuerste!«, rief da Leafs Vater und ging ihnen voraus in Vikas Richtung. »Darf ich Euch meine Tochter Leaf vorstellen. Leaf, das ist Lord Ross' Schwiegertochter.«

»Die Witwe von Yule Ross«, antwortete Leaf knapp und musterte Vikas pechschwarzes Kleid. »Mein Beileid.«

Vika reckte das Kinn. »Vergebt mir, dass ich das Beileid einer MacKay nicht annehmen kann.«

»Vika«, mahnte Torin sie scharf. »Wir haben doch ausführlich darüber gesprochen.«

Die Frau warf ihrem Schwiegervater einen zornigen Blick zu, dann presste sie ihre vollen Lippen zusammen und wandte sich wieder an Leaf. »Was ich meinte, war: Danke, Mylady, für Eure Anteilnahme.«

Leaf nickte knapp und ließ ihren Blick an der moosbewachsenen Burgmauer hinter Vika nach oben gleiten. Es musste unvorstellbar wehtun, aus einer solchen Höhe in die Tiefe zu stürzen, zumal man sich erzählte, dass die Mauer auf der Burg der Ross noch höher war. Konnte sie es Vika da verdenken, dass sie bitter war?

»Leaf ist müde«, sagte Lennox und fasste sie am Ellbogen. »Wo ist ihre Kammer?«

»Du bist noch nicht einmal eine Stunde hier und willst sie schon ins Bett zerren«, hauchte Vika vorwurfsvoll in Lennox' Richtung. »Ihr beide müsst ja wirklich sehr verliebt sein.«

»Und wie die beiden verliebt sind«, kam Torin einer Antwort seines Sohnes zuvor. »Nicht wahr, Lennox? Lady Leaf ist doch genau die Frau, die du dir immer gewünscht hast?«

Lennox nickte daraufhin Gregor zu und meinte: »Gewiss.«

»Morag, bring mich nach drinnen«, verlangte Vika da und wandte sich zu einer stämmigen Magd um, die etwas abseits von ihnen stand. »Mir ist kalt.« Als ob er sie verstanden hätte, kam zeitgleich Lennox' grauer Hund zu Vika gelaufen und bettete seinen Kopf in ihren Schoß.

»Danke, dass du nach ihm gesehen hast«, sagte Lennox da.

»Irgendjemand musste mir ja Gesellschaft leisten«, gab Vika leise zurück.

»Vika«, erklang Torins mahnende Stimme. »Darüber kannst du dich nun wirklich nicht beschweren, Lord MacKay war uns und unseren Männern ein hervorragender Gastgeber.«

Leaf schüttelte den Kopf, denn es war mehr als fahrlässig von ihrem Vater gewesen, nicht nur Lord Ross, sondern auch dessen Männer ins Innere der Burg einzuladen. War ihm denn nicht bewusst, wie leicht die Ross nun Achfary Castle einnehmen könnten?

Doch Gregor meinte nun vollkommen unbekümmert und beschwichtigend: »Kommt, lasst uns alle hineingehen!«, und an Leaf gewandt: »Die Zeit der Fehde liegt hinter uns. Clan Ross und Clan MacKay sind fortan Freunde. Ich würde Lord Ross mein Leben anvertrauen. Genauso wie du Lord Lennox das deinige.« Er lächelte vorsichtig. »Ihr beide seid ein gutes Paar.«

»Das finde ich auch«, stimmte ihm Torin zu und schlug Lennox auf die Schulter. »Wenn es hart auf hart kommt, kann man sich also doch auf dich und dein Händchen für Frauen verlassen.«

»Aye«, sagte Leaf sarkastisch. »Lennox versteht mich einfach – und macht mir deshalb auch die besten Geschenke.« Sie fasste nach der Kette, die sie auf Lennox' Drängen hin umgelegt hatte, und zog sie unter ihrem Umhang hervor, den sie sich kurz zuvor umgelegt hatte. »Würde nicht jede Frau bei so einem Schmuckstück in Jubel ausbrechen?«

»Sie ist wunderschön«, sagte Vika, und auf einmal schimmerten ihre Augen feucht. »Der schwarze Stein ist makellos gearbeitet.« Sie zog ihren eigenen Anhänger aus ihrem Ausschnitt, der einem missgestalteten Menschen ähnelte. »Wie hat deine Mutter nicht immer gesagt, Lennox: Jedem das, was er verdient?«

Ehe dieser ihr antworten konnte, rief Vika noch einmal nachdrücklich nach Morag, die sie geübt auf den Arm nahm und dann, gefolgt von Lennox' Hund, davontrug. Lennox sah beiden mit bebenden Lippen nach.

»Entschuldigt«, meinte Torin daraufhin. »Vika leidet an starken Stimmungsschwankungen. Sie vermisst ihre Kinder, die noch auf Balnagown Castle weilen, wollte sich aber dennoch nicht davon abbringen lassen, mich zu begleiten. Was sie sagt, darf man nicht allzu ernst nehmen.«

»Du meinst, genauso wenig wie alles andere, das deiner Meinung nicht entspricht?« Lennox schüttelte den Kopf und fasste Leaf am Arm. »Komm jetzt, das war genug Wiedersehen für einen Tag.«

»Aye, geht nur«, fügte Gregor hinzu, zwischen dessen Augen eine steile Falte getreten war. »Ihr braucht eure Kräfte schließlich später für das Fest. Leaf, du kannst dir dafür eines von Fias sauberen Kleidern anziehen.«

»Die Menschen im Dorf verhungern, und wir feiern ein Fest?«, platzte es ungläubig aus Leaf heraus, die der Dreck am Saum ihres gelben Kleids nicht im Geringsten störte.

»Frieden beginnt immer von oben«, sagte Torin streng.

»Ganz recht«, pflichtete ihr Vater diesem bei und wandte sich an Lennox, um sich nach dessen Festlaune zu erkundigen.

Während dieser eine nichtssagende Antwort gab und Ninian in das Gespräch miteinbezog, vermutlich, um die Unterhaltung nicht allein bestreiten zu müssen, wandte sich Leaf aus Gewohnheit zu Artair um. Sie wollte sehen, ob er das Gleiche dachte wie sie und sich daran erinnerte, dass die Einstellung ihres Vaters früher eine andere gewesen war. Doch Artair zitterte am ganzen Körper und war noch bleicher im Gesicht als Lennox.

»Was ist?«, raunte sie und trat entgegen ihren Vorsätzen zu ihm. »Geht es dir nicht gut?«

»Deine Kette«, murmelte Artair. Er starrte auf den schwarzen Anhänger, den Leaf nur mit Widerwillen auf Lennox' Geheiß trug, da man mit Ketten – wie sie einst ihrer Schwester River gesagt hatte – zu leicht erwürgt werden konnte. »Ich kenne sie von irgendwoher.«

KAPITEL 21

B egrüßt mit mir meine Tochter, Lady Leaf MacKay, und ihren Verlobten, Lord Lennox Ross!« Gregor hob seinen Alekrug und breitete seine Arme auf dem Podest des Clanführers in der großen Halle von Achfary Castle aus. »Möge dieses Bündnis ein starkes werden und unsere Clans für Generationen in Frieden einen!«

Rauschender Beifall erklang, Krüge wurden in die Luft gerissen, und begeisterte Rufe hallten durch den hohen, mit zahlreichen Wandteppichen und Hirschgeweihen geschmückten Saal. Das warme Licht der Fackeln verlieh den Gesichtern der Gäste des Clans MacKay sowie des Clans Ross einen warmen Glanz, doch Artair war es eiskalt. Besonders, als er nun auch noch sah, wie Lennox seine Hand auf die von Leaf legte und diese ihn gewähren ließ.

»Die Hochzeit«, verkündete Torin nun, der auf der anderen Seite von Lennox und Leaf saß, »wird ein unvergessliches Fest. Wir feiern ab heute sechs Tage lang, bis die Ehe geschlossen wird. Jeder von euch soll sehen, dass dieses Bündnis ein Bündnis ist, das echter Zugewandtheit entspringt. Zugewandtheit, die mein Sohn und Lady Leaf euch allen zeigen werden, da sie zukünftig als Herr und Herrin von Achfary Castle diese Burg und die umliegenden Ländereien verwalten werden.«

Wieder brandete Beifall auf, dieses Mal noch lauter, denn die Anwesenden stampften nun zusätzlich noch mit den Füßen auf den mit frischen Binsen bedeckten Boden und trommelten mit den Fäusten auf die mit getrockneten Zweigen geschmückten Tische. Artair dagegen trat gegen das Tischbein und sah erneut zu Leaf, die angesichts dieser Ankündigung sogar kurz lächelte. Doch dann trat ein Ausdruck in ihre Augen, von dem Artair wusste, dass er nicht der Vorfreude entsprang. Sondern jener Tapferkeit, die Leaf in ihrem feuerroten Kleid seit jeher zu eigen war und mit der sie nun ihr Schicksal zu ertragen versuchte. Ein Schicksal, vor dem er sie hätte bewahren können.

»Lasst das Fest beginnen!«, rief Gregor nun aus, und augenblicklich traten aus dem Schatten des Säulengangs, der die Halle umgab, zahlreiche Mägde mit großen Abstellbrettern, auf denen gebratene Vögel, ein ganzes Schwein, Brot, Karotten, Pilze, aber auch unzählige Krüge mit Wein zu finden waren.

Artair spürte Gregors Hand auf seiner Schulter, als dieser nun wieder neben ihm Platz nahm. »Wenn das mal nicht prächtig aussieht. Lang gut zu, Junge, du hast es dir redlich verdient.« Gregor beugte sich näher zu ihm und senkte die Stimme. »Lord Ross mag denken, dass Lord Lennox meine Tochter verführt hat. Aber ich weiß, wem ich ihr Hiersein in Wahrheit zu verdanken habe. Das werde ich dir nie vergessen, Sohn.«

Sohn. Artair erschauderte bei diesem Wort. Früher hatte er nichts lieber sein wollen als Gregors Sohn, doch das hatte sich nun geändert. Er wollte noch immer zur Familie gehören, aye. Aber nun, da Leaf offensichtlich unter gewissen Umständen bereit zum Heiraten war, als Gregors gottverdammter Schwiegersohn. Doch diesen Platz hatte er Lennox überlassen.

Artairs Kiefer malmten. »Du überschätzt meinen Beitrag zu Leafs Entscheidung, Gregor.«

Doch dieser schüttelte den Kopf. »Ich kenne meine Tochter. Und ich weiß genau, dass nur ein Mann sie zu dieser Ehe bewegen konnte.«

Artairs Kehle entstieg ein sarkastisches Lachen, das er im letzten Moment in ein Husten verwandelte. Denn in gewisser Weise hatte Gregor sogar recht, hatte sein Zögern und Schweigen Leaf doch erst in die Arme von Lennox getrieben.

Er nahm einen großen Schluck Ale, das unangenehm in seinem Mund klebte. »Dass Leaf hier ist, heißt nicht, dass sie ihre Meinung nicht noch ändert. Und sechs Tage sind viel Zeit.«

Gregor nickte. »Ich war auch dafür, sie sofort zu verheiraten. Aber Torin hat auf mehr Zeit bestanden. Einige seiner Männer sind überhaupt nicht von dieser Verbindung begeistert, denn der Ehevertrag sieht auf meinen Wunsch vor, dass Leaf und Lord Lennox Achfary Castle zwar in meinem Namen führen sollen, die Burg aber nicht als Mitgift in den Besitz der Ross übergeht. Zwar haben wir uns darauf geeinigt, dass ich die Burg eines Tages Leafs erstem Sohn überantworten werde. Doch damit das seinen Männern genügt, sagt Lord Ross, müssen diese erst einmal glauben, dass die Zuneigung von Leaf und Lord Lennox echt ist und es tatsächlich ein Dutzend Söhne geben wird. Erst dann will Lord Ross den Ehevertrag unterzeichnen. Zumal sich auch einige unserer Leute noch immer gegen diese Eheschließung aussprechen ...« Er lächelte. »Aber wenn ich mir die beiden so ansehe, werden sich die Bedenken aller wohl bald in Luft auflösen.« Gregor wies mit dem Kopf nach rechts, wo Lennox Leaf gerade einen Happen Fleisch auf seinem Essmesser anbot. »So, wie Leaf sich gibt, würde selbst ich beinahe meinen, dass sie ihn wirklich mag.«

Artair schnaubte. Ein Blick in Leafs Augen verriet ihm, dass diese Lennox das Essmesser am liebsten aus der Hand gerissen und ihm in den Rachen gerammt hätte. »Weißt du, dass Leafs aufgeplatzte Lippe von Lennox ist?«, entfuhr es ihm.

Gregor runzelte die Stirn. »Ich werde ein ernstes Wort mit ihm reden. Aber letztendlich wird er ihr Ehemann und darf selbst über seinen Umgang mit ihr bestimmen. Und was zählt schon eine aufgeplatzte Lippe, wenn durch diese Ehe unzählige Leben gerettet werden und Frieden zwischen unseren Clans herrscht?«

»Leaf ist deine Tochter«, sagte Artair scharf. »Du solltest sie beschützen.«

Doch Gregor schüttelte den Kopf. »Ich bin an erster Stelle der Führer unseres Clans und muss diesen schützen. Auch durch meine Kinder, indem ich sie so verheirate, dass wir Fehden damit vermeiden oder beenden. Mein Bruder Malik hat dies versäumt. Und du weißt, was daraus entstanden ist.«

»Rhona sieht das anders«, murmelte er.

»Meine Frau hatte schon immer ein weiches Herz«, sagte Gregor langsam. »Besonders, wenn es um ihre Kinder ging. Aber sie wird es verkraften. Zumal sie die Geburt von Flowers Kind ablenken wird.«

»Flowers Sohn ist bereits geboren«, sagte Artair knapp. »Rhona ist mit Lord Sinclair und Skye auf dem Weg nach Castle Girnigoe, um ihn sich anzusehen.« Auch wenn Rhona diese Reise beinahe verweigert hätte, da sie – wie sie Artair vor seiner Abreise gesagt hatte – keinen einzigen weiteren Tag mehr in der Nähe von Ewan Sinclair verbringen wollte, nachdem er sich gegen sie gestellt hatte. Wofür ihm Artair vermutlich dankbar sein sollte, da Rhonas Wut auf Ewan dazu geführt hatte, dass sie Artair keine weiteren Vorwürfe mehr wegen seiner Versäumnisse gemacht hatte.

»Warum war Ewan überhaupt auf Castle Varrich?«, erkundigte sich Gregor nun stirnrunzelnd, winkte dann aber ab. »Aber das kannst du mir auch ein anderes Mal erzählen. Jetzt stoßen wir erst einmal an! Auf Flower, die einen Sohn geboren und mich zu einem stolzen Großvater gemacht hat.«

»Willst du nicht wissen, wie dein Enkel heißt?«, fragte Artair, doch da prostete Gregor schon Lennox zu, der auf seiner anderen Seite saß. Dieser erwiderte das Prost nur knapp und wandte sich dann Leaf zu.

»Was ist mit dir, mein Herz?«, hörte Artair ihn spöttisch sagen. »Du trinkst doch sonst so gern Ale, probiere es doch auch, es schmeckt vorzüglich.«

»Vorzüglich?«, erwiderte Leaf spitz. »In diesem Fall solltest du es selbst trinken, *Liebling*. Ich könnte es niemals ertragen, dir etwas wegzunehmen, das dir derartige Freude bereitet.«

»Aber nicht doch«, gab Lennox zurück. »Wir beide teilen doch fortan alles. Also trink, Leaf.«

Artair sah, wie Leafs Unterlippe bebte. Er wusste, dass sie keinen Alkohol trank, weil dieser die Sinne betäubte und die Gefahr barg, dass man die Beherrschung über sich verlor. Und Lennox, der Leaf ganz bewusst provozierte, schien dies auch zu wissen.

»Was wäre ich für eine Frau, wenn ich dem Befehl meines Mannes nicht gehorchen würde«, zischte sie. Dann hob sie den Krug so schwungvoll an, dass das Ale Lennox geradewegs ins Gesicht spritzte.

Der zuckte kurz zusammen, lachte dann aber leise und bot Leaf sein Gesicht dar. »Hier, mein Herz. Jetzt kannst du das Ale sogar unmittelbar von mir versuchen.«

Artair ballte die Hände zu Fäusten und wandte seinen Kopf in die andere Richtung, um Lennox nicht an Ort und Stelle von seinem Stuhl zu schlagen. Doch auch zu seiner linken Seite war ihm keine Ruhe vergönnt, denn dort starrte ihn ein Mann mit gepflegtem Bart, der etwas älter als Gregor sein musste, mit wachsamen bernsteinfarbenen Augen an.

»Habt Ihr keinen Hunger, Mylord?«

»Ich bin kein Lord«, antwortete Artair schroff, sodass der andere Mann die Augenbrauen hob und Artair freundlicher hinzufügte: »Vergebt mir, ich habe eine lange Reise hinter mir, Lord …?«

»Hamish Munro, sehr erfreut. Und Ihr seid …«

»Artair.«

»Artair und weiter? MacKay? Ich wusste gar nicht, dass Lord MacKay einen Sohn hat.«

»Ich bin nicht sein Sohn«, entfuhr es Artair ungewollt, und er spießte einen Pilz mit seinem Essmesser auf, um Lord Munro zu bedeuten, dass ihr Gespräch für ihn damit beendet war.

Doch Hamish schien nun erst recht Gefallen an einer Unterhaltung gefunden zu haben. »Und doch sitzt Ihr neben Lord MacKay. Was ist also Eure Geschichte?«

»Meine Geschichte ist zu tragisch, als dass ich Euch damit das Fest verderben will«, sagte er höflich. »Erzählt mir lieber von Euch, Lord Munro.« Denn er verstand beim besten Willen nicht, was der

Clanführer der Munros hier zu suchen hatte, zumal diese die Verbündeten von Clan Ross waren.

»Von mir?« Hamish lachte. »Diese Frage hat mir in den letzten Jahren kein Mensch gestellt, nicht einmal meine eigene Frau.«

»Ihr seid ohne Lady Munro hier?«, fragte Artair, nachdem sich neben Hamish kein weiterer Stuhl befand. Denn er hätte nur allzu gern gewusst, ob sie Lennox ähnlich sah, nachdem er aufgrund von Bonnies roter Haarfarbe, von der ihm Flower berichtet hatte, bezüglich dessen Aussehen einen falschen Schluss gezogen hatte.

»Die Ehe ist ein Vertrag, der Liebende zu Feinden macht«, antwortete Hamish ironisch. »Aber keine Sorge, zur Hochzeit ihres eigenen Bruders wäre Bonnie trotzdem gern gekommen. Doch sie ist krank und deshalb auf meiner Burg geblieben.«

»Ah«, machte Artair, als er verstand, dass Hamish also als Hochzeitsgast angereist war. Was dennoch angesichts der angespannten Lage recht ungewöhnlich schien. »Ihr müsst Lord Ross und Lord Lennox sehr verbunden sein, wenn Ihr trotz der Krankheit Eurer Frau diese Reise unternommen habt. Habt Ihr viele Männer mitgebracht?«

Auf Hamishs Gesicht legte sich ein Schmunzeln. »Ein gesundes Misstrauen habe ich mir schon immer gelobt. Aber nein, ich bin nur mit fünf Männern angereist, um keinen falschen Eindruck zu erwecken.«

»Das war sehr umsichtig von Euch«, sagte Artair und war sich trotzdem unsicher, ob er Hamish glauben konnte.

»In der Tat«, sagte Hamish, »denn mit fünf Männern kann ich auch schneller wieder abreisen. Ich bin nämlich nicht vorrangig wegen meines Schwagers, sondern wegen der Wandteppiche gekommen.«

Verwirrt ließ Artair seinen Blick über die bunt gewebten Kunstwerke schweifen, die teils friedliche Landschaften, teils brutale Schlachten zeigten. Sie waren beeindruckend, aye. Aber eben auch nur Wandteppiche.

»Man munkelt, dass sie aus Florenz stammen«, sagte Hamish. »Feinste Webkunst, und vor allem die Darstellung der Pferde ...« Er schüttelte den Kopf. »Sie ist so kraftvoll und wahrhaftsgetreu, wie ich sie noch nirgendwo gesehen habe.«

Artair musste unvermittelt an Skye denken, die darauf bestimmt etwas Passendes hätte antworten können. Über den Entwurf, die Linienführung oder Farbgebung. »Gregor hält nicht viel von Kunst. Wenn sie Euch so gut gefallen, könnt Ihr sie ihm gewiss abkaufen.«

»Man muss nicht alles, was man liebt, besitzen«, sagte Hamish. »Und nicht alles, was man besitzt, gehört einem wirklich.«

Genau in diesem Augenblick hörte Artair wieder Lennox' Stimme und wandte sich erneut in dessen Richtung. »Du bist ja ganz rot im Gesicht, Leaf«, neckte Lennox. »Steigt dir das Ale etwa zu Kopf? Nicht, dass du mir gleich vom Stuhl kippst.«

»Keine Sorge«, erwiderte Leaf. »Sonst müsste ich befürchten, dass du mir noch ein Geschenk zur schnelleren Gesundung machst. Und das will ich dir und mir keinesfalls zumuten.«

»Nicht doch, Leaf«, sagte Lennox lächelnd. »Die Kette für dich hat mir doch keine Umstände bereitet.«

»Das stimmt zweifellos«, murmelte Hamish darauf vor sich hin, sodass Artair seine Aufmerksamkeit wieder diesem zuwandte und ihn fragte, was er damit meinte.

Hamish nahm einen Bissen von seiner Wachtel, ehe er antwortete. »Sagen wir es so. Die Kette, die Lady Leaf trägt, stammt ursprünglich aus meinem Besitz.«

Artair legte die Stirn in Falten. »Wie ist sie dann in Lennox' Besitz gekommen?«

»Nun, Bonnie war wohl eifersüchtig, da die Kette mich an eine Zeit erinnert hat, in der wir noch nicht verheiratet waren. Sie muss sie Lennox gegeben haben.«

»Eine gestohlene Kette als Hochzeitsgeschenk«, sagte Artair und blickte erneut zu dem Schmuckstück an Leafs Hals. Er war sich zuvor so sicher gewesen, dass er die Kette von irgendwoher kannte, doch nach dem, was Hamish ihm gerade erzählt hatte, musste er sich geirrt haben. Zumal es sicherlich viele Silberketten mit einem schwarzen Stein als Amulett gab.

»Woher stammt die Kette denn ursprünglich?«, fragte er dennoch.

Hamish hob die Schultern. »Das ist eine tragische Geschichte, mit der ich Euch wiederum nicht die Stimmung verderben will.«

»Seid unbesorgt«, sagte Artair. »Meine Laune befindet sich bereits auf dem Tiefpunkt.«

»Nichts ist so schlecht, dass es nicht noch schlechter werden könnte«, sagte Hamish und nickte in die Richtung von Lennox und Leaf. Diese erhoben sich gerade, offenbar, weil Leaf im Zorn aufgesprungen war, was Gregor jedoch rasch laut mit den Worten »Seht an. Unser frisch verlobtes Paar kann es nicht erwarten zu tanzen!« herunterspielte.

Leaf sagte etwas Unverständliches, doch da nickte Lennox den Musikern schon zu, die sofort von ihren Tellern aufsprangen und zu ihren Dudelsäcken und Flöten eilten.

»Lass die Augen nicht von mir, mein Herz«, sagte Lennox mit einem unseligen Lächeln und zog Leaf mit sich vom Podest der Clanführer in die Mitte des Saales. Artair sah, wie Leaf zum ersten Mal während dieses Essens einen Blick zu ihm warf. Doch noch ehe er ihr bedeuten konnte, dass sie das hier nicht tun musste, legte Leaf ihre Hand bereits auf Lennox' Arm und ließ sich von ihm zur Tanzfläche führen.

Artair schob seinen Teller von sich. »Entschuldigt«, sagte er sowohl zu Hamish als auch zu seinem Ziehvater, »aber ich brauche frische Luft.«

»Geh nur«, sagte Gregor, dessen Blick wie der aller anderen Anwesenden auf Leaf ruhte, die nun sogar vor Lennox knickste, nachdem sich dieser vor ihr verbeugt hatte. Alle schienen begeistert zu sein, nur ein weiteres Paar Augen bedachte die beiden mit einem vernichtenden Blick.

Und diese Augen gehörten nicht Ninian, der gerade mit gerunzelter Stirn den Ausführungen eines Mannes mit offenkundig mehrfach gebrochener Nase lauschte und von dem Artair den Ausdruck offenen Hasses gewohnt war. Sondern Vika, die blass wie ein Todesengel am rechten Rand der Tafel saß und deren Gesicht ganz offen zeigte, was Artair zu unterdrücken versuchte.

KAPITEL 22

U nter keinen Umständen!« Am ganzen Körper bebend, bahnte sich Leaf einen Weg durch die Menge der Tanzenden, die
nach dem Essen beträchtlich angewachsen war, und prallte dabei
gegen Ninian. »Pass doch auf!«, fuhr sie ihn an.

»Ihr seid in mich hineingerannt, Mylady«, sagte Ninian schroff.
Er hatte seine frühere Höflichkeit ihr gegenüber abgelegt, nachdem sie ihm wegen seines Wissens um Lennox' frühere Ankunft
auf Castle Varrich nicht mehr vertraute und ihn das auf der Reise
hierher auch deutlich hatte spüren lassen.

»Bist du schwer von Verstand?«, fauchte Leaf. »Geh zur Seite,
oder ich steige über dich hinüber.«

Der Mann neben Ninian lachte daraufhin genauso abschätzig, wie er sie betrachtete, und sagte dann: »Du hattest recht,
Ninian. Sie ist eine Furie«, und an Leaf gewandt: »Ist das etwa
die Zugewandtheit, die Euer Vater uns versprochen hat, Lady
Leaf?«

Leaf starrte dem stämmigen Mann mit den schwarzen Haaren
und der schiefen Nase in die Augen. Am liebsten hätte sie ihn um-
geworfen, doch dann bemühte sie sich um einen freundlichen
Tonfall. »Alles hat seine Zeit. Wenn du ein Anliegen hast, kannst
du dich morgen an mich wenden.«

»Gesprochen wie eine heuchlerische MacKay«, knurrte ihr Gegenüber. »Die nicht weiß, dass ihr verdammter Platz unter den
Fußsohlen der Ross ist.«

»Die Wahl deiner Freunde, Ninian, scheint mir nicht die beste
zu sein«, sagte Leaf. Doch dann sah sie aus dem Augenwinkel, wie

Lennox sich durch die Menge zu ihr hindurchkämpfte, und beschloss, dass sie sich morgen um diesen vorlauten Hundesohn kümmern würde. Denn sollte Lennox ihr seinen Vorschlag von gerade eben noch einmal unterbreiten, würde sie ihm wahrscheinlich doch noch vor den Augen aller die Nase brechen.

»Leaf!«, hörte sie ihn rufen, woraufhin sie Ninian grob zur Seite schob und sich weiter ihren Weg durch die Tanzenden bahnte, die ihr, benebelt vom Alkohol, nicht nur keinen Platz machten, sondern sogar begeistert nach ihr griffen.

»Pfoten weg!«, wies sie einen Mann zurecht, der den Ärmel ihres Kleids berührte, ehe sie endlich den seitlichen Ausgang der großen Halle erreichte und hinaus in den Burggarten stürmte.

Die kalte Abendluft schlug ihr wie eine Wand entgegen, doch Leaf sog sie gierig ein. Über ihr funkelten die Sterne, vor ihr rankte Efeu an der Burgmauer empor, und auf dem Boden lag ein lederner Ball, den sie sogleich mit voller Wucht in die Dunkelheit kickte.

»Leaf!« Schon wieder Lennox, der nun ebenfalls in den Garten trat und die Burgtür hinter sich schloss. »Hast du vergessen, dass wir abgemacht haben, dass du so tust, als würdest du mich mögen?«

»Und hast du vergessen, dass wir sagten, dass ich die verdammten Regeln mache? Es bleibt bei einem Nein. Das Vorhaben deines Vaters muss ich mir nicht zumuten lassen!«

Lennox kam einen Schritt näher. »Habe ich dir heute schon gesagt, dass du mit deinem feuerroten Kleid aussiehst wie die Braut des Teufels?«

»Ich passe mich eben an meinen Verlobten an«, knurrte sie. »Vor dem ich mich viel zu lange vollkommen umsonst gefürchtet habe. Denn du hast nicht einmal die Eier, deinem eigenen Vater zu widersprechen.«

Lennox verschränkte die Arme. »Mir ist vollkommen gleich, was du von mir denkst. Aber mein Vater hat recht. Du hast das Gerede über dich doch selbst gehört.«

»Es gibt auch Gerede über dich. Ich habe zwei Frauen tuscheln hören, dass du die Nacht vor deiner Abreise gleich zusammen mit zwei Frauen, und zwar Mutter und Tochter, im Bett verbracht hättest! Und das war doch wohl ebenfalls gelogen.«

»Wie kommst du darauf? Auch wenn ich mich im Nachhinein nur mit der Mutter hätte vergnügen sollen. Sie hat mir danach wenigstens keine schönen Augen gemacht.«

»Du bist widerwärtig«, zischte Leaf.

»Warum?«, fragte Lennox und trat einen Schritt auf sie zu. »Es war ein Austausch. Ich habe der Frau Silber gegeben, damit ich mir ohne Verpflichtungen nehmen darf, was ich will.«

»Du musst miserabel im Bett sein, wenn du dir die Zuneigung anderer kaufen musst«, höhnte Leaf.

Lennox' Blick verdüsterte sich. »Das ist eine Behauptung, die ich auf der Stelle widerlegen könnte. Denn ich wette darauf, dass du dir allein heute Abend schon mindestens dreimal vorgestellt hast, wie es wäre, mich wieder zu küssen.«

Leaf stemmte die Arme in die Hüfte. »Richtig.«

Lennox blieb irritiert stehen, und so trat Leaf nun vor ihn hin und setzte ihm einen Finger auf die Brust. »Ich habe mir fünfmal vorgestellt, wie es wäre, dir in die Lippe zu beißen. Siebenmal, wie es wäre, dir dabei in den Mund zu spucken. Und mich zehnmal gefragt, ob sich dabei vielleicht auch ein Weg finden ließe, dir die Zähne auszuschlagen.«

Lennox lachte und umfasste ihr Kinn. »Meistens sind mir die Menschen gleichgültig, mit denen ich schlafe.« Er kam ihrem Mund mit seinem gefährlich näher. »Aber bei dir, Leaf, ist es anders.«

»Mit mir zu schlafen, könntest du nicht bezahlen«, sagte sie und schlug seine Hand weg. »Außer du hast vor, das Silber dafür von meinem Clan zu stehlen. Genauso wie du es mit Maliks Pferd und unseren Hochlandrindern getan hast. Hat dir deine Mutter nicht beigebracht, dass man das nicht tut?«

Lennox' Kiefer malmten. »Beginnen wir doch besser mit dem, was deine Mutter vergessen hat, dir beizubringen, Leaf. Denn wenn du deine Blicke bei mir, deinem Verlobten, gelassen hättest, hätte Vika meinem Vater die Untersuchung gar nicht erst vorgeschlagen.«

»Das ist lächerlich, denn ich habe an diesem Abend nur ein einziges Mal zu Artair geschaut«, zischte Leaf. »Ein einziges Mal.«

Lennox verschränkte die Arme. »Vika entgeht eben nichts. Das war schon immer so. Außerdem hasst sie mich.«

»Trotzdem willst du deine Schuld bei ihr begleichen«, sagte Leaf. »Ist das nicht seltsam? Hat Lennox Ross am Ende doch ein Herz?«

»Nein«, sagte Lennox hart. »Ich verachte Vika dafür, dass sie alles nur noch schlimmer macht. Aber sie hat ihre Gründe.«

»Eifersucht?«

»Von wegen«, erwiderte Lennox. »Vika lebt nur noch für ihre Rache. Dass sie sich selbst oder ihre Kinder dadurch gefährdet, ist ihr vollkommen gleich, solange sie mir nur das Leben zur Hölle machen kann. Habe ich aber erst meine Schuld bei ihr beglichen, wird mich das nicht weiter stören.« Seine Stimme wurde schärfer. »Aber dafür musst du aufhören, dich gegen diese Untersuchung zu wehren.«

»Der Tag, an dem ich aufhöre, mich gegen Ungerechtigkeiten zu wehren, ist der Tag, an dem ich sterbe. Du musst schließlich auch keine Untersuchung über dich ergehen lassen.«

»Weil es bei mir auch nicht von Bedeutung ist, ob und mit wem ich alles geschlafen habe. Während die Achtung, die dir mein Clan entgegenbringen soll, allein von deiner Tugend abhängt.«

»Und warum ist das so? Das ist doch aberwitzig. Ich habe so viel mehr zu biet…«

»Leaf«, unterbrach Lennox sie und sah kurz zum Nachthimmel, an dem der Mond in dieser Nacht feuerrot leuchtete, dann wieder zu ihr. »Es geht um etwas anderes.«

Ein Windstoß fegte durch den Garten und ließ Leaf frösteln. »Weihst du mich noch zeitnah ein, oder muss ich hier erfrieren?«

»Ich habe dir doch erzählt, dass es meinem Vater bei der Fehde nie um Rinder ging, sondern immer nur um die Richtigstellung des Vorwurfs, dass mein Bruder deine Cousine Fia bedrängt haben soll.«

»Das hast du mir erzählt, aye. Was aber noch lange nicht heißt, dass der Vorwurf nicht berechtigt und dein Bruder unschuldig war.«

»Nun, mein Clan hält ihn aber für unschuldig. Bei uns geht die Geschichte nämlich so, dass deine Cousine Fia sich an meinen Bruder herangeworfen hat wie eine gewöhnliche Hure.«

»Wie kannst du es wagen, so über Fia zu sprechen! Noch dazu in den Mauern jener Burg, in der du sie getötet hast, weswegen Fias Mutter genau hier im Burggarten vor Kummer zusammengebrochen ist und ebenfalls starb!«

»Kensie war schon viele Jahre krank. Und ich habe nie gesagt, dass ich die Geschichte auch glaube.«

»Du hältst deinen Bruder also für schuldig, sich an deiner Verlobten vergriffen zu haben?«, staunte Leaf.

»Genau darum ging es ihm ja«, sagte Lennox mit bitterer Stimme, ehe er den Kopf kurz abwandte, nur um ihr danach noch entschiedener in die Augen zu sehen. »Vika weiß, dass mein Vater sehr empfindlich auf ehrlose MacKay-Frauen reagiert, Leaf. Deshalb hat sie das gesagt. Sie will mir das Leben schwer machen und darüber hinaus auch keinen Frieden haben, wie so manch anderer aus meinem Clan. Umso mehr musst du ihnen zeigen, dass du voller Tugend bist. Ansonsten wird mein Clan diese Ehe nicht akzeptieren.«

Leaf lachte laut auf. »Willst du mir gerade ernsthaft sagen, dass du einen erneuten Ausbruch des Kriegs durch den Nachweis meiner Unschuld verhindern willst?«

Lennox nickte ungerührt. »Genau das.«

»Nur sind solche Untersuchungen doch überhaupt nicht üblich«, sagte sie ausweichend.

»Was ist an unserer Ehe schon üblich?«, fragte Lennox mit einem milden Lächeln. »Allein der Ehevertrag, der vorsieht, dass ich keine Mitgift erhalte, sondern stattdessen deinem Clan so lange auf dieser Burg dienen soll, bis sie unser Sohn erbt, den es nicht geben wird, ist doch wohl unüblich genug.«

Leaf presste die Lippen aufeinander. »Es geht nicht, Lennox.«

»Nun stell dich nicht so an.«

»Nein, ich meine das ernst«, erwiderte sie. »Denn abgesehen davon, dass ich bei so einer entwürdigenden Prozedur nicht mitmachen will, bin ich auch nicht mehr unschuldig.«

»Was?« Lennox atmete scharf ein. »Das liegt aber nicht an mir.«

»Nein«, sagte da eine Stimme hinter Leaf. »Das liegt an mir.«

»Artair«, wandte sich Leaf überrascht um und fühlte, wie ihr das Blut in die Wangen stieg. »Was hast du hier zu suchen?«

»Ich wollte gerade in die große Halle zurückkehren, als ich dich durch die Tür zum Burggarten gehen sah. Deine Haltung hat mir verraten, dass etwas nicht stimmt, und tatsächlich will Lennox dich ja auch zu etwas zwingen, das du nicht willst. Und das werde ich nicht zulassen. Denn ganz gleich, was du von mir hältst, Leaf, bin ich noch immer dein Freund.«

»Rührend«, zischte Lennox. »Mir kommen fast die Tränen bei so viel geschwisterlicher Liebe.«

»Ich bin genauso wenig Leafs Bruder wie du ihr Ehemann. Also lass sie in Ruhe und löse deine eigenen Sorgen selbst.«

Leafs Herz schlug bei Artairs Worten schneller, und sie musste unwillkürlich an all die Male denken, die er sie in den letzten Jahren vor ihrer Mutter oder anderen mit der gleichen Entschlossenheit verteidigt hatte. In einer Zeit, in der sie sich trotz ihres Wunsches nach Unabhängigkeit auf Artair verlassen hatte. Was sie nun nicht mehr konnte. Oder doch?

Artair legte ihr einen Arm um die Schulter. Ein wohliger Schauer lief ihren Rücken hinab.

Sofort rückte sie von ihm ab. »Danke, aber ich brauche keine Hilfe.«

»Keine Hilfe zu brauchen, heißt nicht, dass man keine Hilfe annehmen sollte.« Artair sah sie offen an. »Und ich weiß genau, warum du meine Hilfe nicht annehmen willst. Weil ich dir wehgetan habe und du dich von mir verraten gefühlt hast. Und das tut mir leid, wie ich dir schon mehrfach versucht habe zu sagen.«

»Wenn du mich so gut kennst, weißt du auch, dass ich nicht viel auf Entschuldigungen gebe.«

»Außer bei ihm.« Artair nickte zu Lennox und griff nach Leafs Arm mit der Bissnarbe. Sie wollte sich Artairs Griff entziehen, doch er war darauf vorbereitet und hielt sie weiter fest. »Ihn, Leaf, hast du gehasst. Aus gutem Grund. Und trotzdem willst du ihn heiraten. Aber mir, der immer hinter dir stand und alles für dich tut, willst du nicht verzeihen, dass ich etwas überlegt, aber nie getan habe?«

»Artair hat recht«, sagte Lennox da. »Du solltest ihm vergeben.«
Leaf schnaubte. »Was soll das? Habt ihr euch etwa gegen mich verschworen?«

»Nein«, sagte Lennox. »Aber du hast hier keine Freunde, Leaf, außer mir und ihn. Und in Zeiten wie diesen brauchst du Verbündete, wenn du überleben willst.«

»Unfug«, widersprach Artair. »Du brauchst niemanden. Aber wir waren ein Leben lang Freunde. Und ich bitte dich inständig, das nicht einfach wegzuwerfen.«

Leaf schluckte, und bei der ehrlichen Zuneigung in Artairs Stimme ließ sie ihre Schultern ein wenig sinken. »Freunde, sagst du?«

Artair schien kurz zu zögern, doch dann nickte er. »Aye, Freunde. Genau wie früher.«

»Nur ist nichts mehr wie früher«, sagte Leaf leise.

»Richtig«, wandte Lennox ein. »Denn wie ich gerade erfahren habe, seid ihr nicht nur Freunde, sondern habt auch miteinander gevögelt. Was uns vor große Schwierigkeiten stellt. Also überredest du, Artair, jetzt meine Verlobte dazu, dieser Untersuchung zuzustimmen, die mein Vater verlangt. Und zwar schnell, damit ich danach noch genug Zeit habe, um die Hebamme zu bestechen, damit sie Leafs Unschuld bestätigt.«

Artair rümpfte die Nase. »Leaf trifft ihre eigenen Entscheidungen.«

Lennox trat einen Schritt näher an Artair heran. »Leaf weiß gerade nicht, was gut für sie ist.«

Artair senkte warnend die Stimme. »Sie hat Nein gesagt, Ross.«

Leaf musste unwillkürlich daran denken, dass sich Artair gleichermaßen entschieden und stark gegen Lennox gestellt haben musste, als er ihn in dessen Kammer auf Castle Varrich angegriffen hatte. Kurz zuvor in derselben Nacht, der einzigen, die sie gemeinsam verbracht hatten, jedoch unendlich zart und einfühlsam zu ihr gewesen war.

»Genug«, sagte sie und stellte sich zwischen die beiden Männer. »Ich tue es, Lennox, aber nur unter drei Bedingungen. Erstens sorgst du dafür, dass die Hebamme eine verdammt gute Lügnerin ist.«

Lennox lächelte schmal. »Die Hebamme und ich haben eine gemeinsame Vergangenheit. Das bekomme ich schon hin.«

»Zweitens sorgst du dafür, dass dein Vater die Geiseln, die mein Vater ihm überantwortet hat, noch heute Nacht freilässt.«

Lennox nickte. »Und drittens?«

»Drittens kümmerst du dich darum, dass die Reste des heutigen Festmahls unverzüglich ins Dorf gebracht werden. Selbst wenn du sie dort selbst verteilen musst.«

Lennox' Lächeln wurde breiter. »Da ich dank meiner Zeit als Fias Verlobter auch eine gemeinsame Vergangenheit mit so ziemlich jeder Magd auf dieser Burg habe, dürfte auch das nicht allzu schwer sein.«

Leaf legte den Kopf schief. »Du vergisst, dass du zwischendrin der Feind warst, der ihre Ehemänner getötet und sie damit zu Witwen gemacht hat.«

»Dann werden sie sich wohl erst recht nach Trost sehnen«, gab Lennox knapp zurück.

»Woher wissen wir, dass du nicht lügst?«, fragte Artair nun. »Leaf, wenn die Hebamme deine Unschuld nämlich nicht feststellt, ist hier die Hölle los.«

Lennox verschränkte die Arme. »Ich kann meine Vertrauenswürdigkeit gern erneut unter Beweis stellen, Leaf. Genau wie damals bei unserem Ausritt, als du beim Klettern auf den Baum in meinen Armen gelandet bist. Erinnerst du dich noch?«

Die Erinnerung daran war Leaf tatsächlich noch sehr präsent.

»Nimm dein Schwert, Artair …«, sagte sie daher.

»Jetzt wollen wir es mal nicht übertreiben«, beschwichtigte Lennox.

»… und kämpfe mit mir, sobald ich meine eigene Waffe geholt habe. Mein Verlobter reizt mich über die Maßen, und ich muss mit meinen Gefühlen anderweitig umgehen, bevor ich mich ihm gegenüber vergesse.«

»Alles, was du willst, Wildfang.«

»Großartig«, knurrte Lennox, »dann ist auch das geklärt. Wir sehen uns also morgen beim ersten Tageslicht wieder. Und Leaf?«

»Aye?«

Er zwinkerte. »Es wird mir ein Vergnügen sein, dir unter den Rock zu schauen.«

KAPITEL 23

Nachdem der Kampf in der gestrigen Nacht Leafs Gemüt wieder etwas aufgehellt hatte, hatte Artair sich zur Morgendämmerung erneut mit ihr zum Schwertkampf auf der herbstlichen Grasfläche vor der Burgmauer verabredet. Die Untersuchung stand erst beim Licht der ersten Sonnenstrahlen an, womit ihnen noch eine gute halbe Stunde Zeit blieb.

»Guten Morgen, Langschläferin«, begrüßte Artair sie, als Leaf mit dunklen Augenringen und ihrem Schwert zu spät erschien. »Bist du wieder einmal nicht aus den Federn gekommen?«

»Nein, ich bin schon die ganze Nacht wach«, sagte sie. »Aber ich musste mich noch für ein Kleid entscheiden, in dem ich tatsächlich an meine Waffen herankomme.« Leaf hob den blassblauen Stoff des Gewands, auf das ihre Wahl gefallen war, mit missmutiger Miene an. Dabei stand es ihr zusammen mit dem abendrosafarbenen Tuch, das sie sich wie einen Gürtel um die Taille gebunden hatte und in dem ihr Dolch steckte, hervorragend.

Artair schmunzelte. »Wenn du Fias Kleider nicht magst, kannst du sie ja vergraben. So, wie du es mit deinen Kleidern daheim getan hast.«

»Mittlerweile habe ich die Kleider verbrannt«, verbesserte Leaf ihn bedrückt. »Was ein großer Fehler war. Denn nachdem ich gesehen habe, in welchen Lumpen die Menschen im Dorf herumlaufen, hätte ich ihnen meine Kleider bringen müssen.«

»Du warst im Dorf?«, entfuhr es Artair. »Allein?«

»Nach unserem Kampf gestern. Ich wollte sicherstellen, dass Lennox die Essensreste dort auch wirklich verteilt hat.«

»Und hat er?«

»Nein.« Leaf ließ ihr Schwert einmal durch die kalte Morgenluft fahren. »Er hat ihnen frische Brote bringen lassen. Wie auch immer er das nachts veranlasst hat.«

»Ich kann mir schon vorstellen, wie er das gemacht hat«, brummte Artair. »Aber du solltest nicht allein in ein so heruntergekommenes Dorf gehen. Es ist nicht sicher.«

Leaf beugte die Knie, ging neben einer Pfütze in Kampfstellung. »Ich bin nicht zum Reden, sondern zum Kämpfen gekommen.«

Daraufhin zog Artair sein eigenes Schwert aus der Scheide, rammte dessen Spitze jedoch neben sich ins taufrische Gras. »Ich meine das ernst, Leaf. Ich will nicht, dass einer der Dorfbewohner dir die Kehle durchtrennt, nur um an deine Kette zu kommen, oder dir sonst etwas zustößt.«

»Jetzt klingst du wie meine Mutter«, sagte Leaf und zeigte auf sein Schwert. »Na, dann los.« Keinen Lidschlag später führte sie ihren ersten Angriff, den Artair jedoch mühelos parierte. Er kannte Leaf schließlich und wusste, dass sie immer zuerst seine linke Seite angriff, die er nicht ausreichend schützte.

»Manchmal hat deine Mutter auch recht«, brachte er hervor und wagte nun seinerseits einen Vorstoß, indem er von oben auf Leafs Schulter zielte, die wiederum ihre Schwachstelle war.

»Dass ausgerechnet du sie in Schutz nimmst, wundert mich schon sehr«, sagte Leaf zwischen zwei Hieben. »Aber du warst in letzter Zeit schon für so manche Überraschung gut.«

»Leaf«, bat er, während ihre Schwerter immer wieder aufeinandertrafen. »Was kann ich denn noch mehr tun, als mich bei dir zu entschuldigen?«

Sie machte einen raschen Ausfallschritt nach vorn und hätte ihn beinahe oberhalb des Hüftknochens erwischt. »Ich halte nichts von Entschuldigungen.« Nun war ihre Miene sturmumwölkt. »Oder glaubst du etwa, die Menschen im Dorf hören auf, ihre Greise zu vergiften, weil sie nicht ausreichend Essen für sie haben, wenn ich mich bei ihnen im Namen von Clan MacKay und Clan Ross entschuldige?«

Artair schluckte und machte einen Satz nach hinten. Dass die Menschen ihre eigenen Familienmitglieder vergifteten, hatte er nicht gewusst. Er musste sich dringend ein eigenes Bild von der Lage im Dorf machen, die er bislang bei Weitem für nicht so schlimm gehalten hatte.

Leaf antwortete mit einer Folge schneller Stiche, die seine volle Aufmerksamkeit erforderten, damit sie ihn nicht trafen. Als diese jedoch immer wütender und kraftvoller wurden und in Leafs Augen plötzlich Tränen glitzerten, führte er eine derart schnelle Salve an Hieben aus, dass es ihm gelang, ihr das Schwert aus der Hand zu schlagen.

»Verflucht«, entfuhr es ihr, und sie wischte sich rasch über die Augen, um dann den Dolch aus dem Tuch um ihre Hüfte zu ziehen. Doch da hatte Artair sein Schwert bereits wieder in die Scheide gesteckt und legte ihr seine Hände auf die Schultern.

»Wir bringen das jetzt endgültig hinter uns, Wildfang«, sagte er leise und sah ihr fest in die Augen. »Sag, was du zu sagen hast. Schlag mich, wenn du musst. Aber ich habe es satt, dass wir in einer Welt voller Leid, wie du sie gerade beschrieben hast, auch noch entzweit sind.«

Leafs Unterlippe zitterte, und sie sah zur Seite. »Du hast gerade nur gewonnen, weil ich mich in diesem Kleid nicht so schnell bewegen kann wie sonst.«

»Wohl eher, weil du vollkommen übermüdet bist«, widersprach ihr Artair sanft und wollte nichts lieber, als Leaf in den Arm zu ziehen und die Schatten unter ihren Augen fortzuküssen.

Ihr schien sein Blick nicht zu entgehen, denn sie presste die Lippen zusammen und reckte das Kinn. »Du weißt doch, was ich dir vorwerfe. Du hast mein Vertrauen verraten.«

»Nein«, sagte Artair und zog sie näher mit sich an die Burgmauer, damit man sie von der Burg aus nicht so nah beieinanderstehen sah. »Ich war in einer schwierigen Lage, weil dein Vater mir aufgetragen hatte, dich auch gegen deinen Willen hierher zu bringen. Aber das habe ich nicht, und nur dann hätte ich dein Vertrauen verraten. Auch habe ich zu keinem Zeitpunkt versucht, dich zu dieser Ehe zu zwingen oder dich gegen deinen Willen hierher zu geleiten.«

»Aber du hast es überlegt«, hauchte Leaf.

»Aye«, sagte Artair. »Aber ich habe es nicht getan. Und das ist doch der alles entscheidende Punkt. Weil ich mich am Ende für dich entschieden habe. Das habe ich dir in der Halle von Castle Varrich auch gesagt, ebenso wie ich dir dort zu verstehen gegeben habe, dass ich dich in deine Kammer bringen und von dort aus mit dir fliehen werde. Ich bin mir sicher, dass du mein Zeichen auch verstanden hast.«

Leaf schluckte, und er sah in ihren Augen, dass es genauso gewesen war. »Wie soll ich wissen, dass jemand, der sich überlegt hat, mich zu verraten, dies beim nächsten Mal nicht tut? Wie soll ich dir wieder vertrauen, Artair?«

Artair strich ihre Arme hinab. »Indem du mich nach meinen Taten beurteilst, Leaf. Und nicht nach meinen Gedanken oder Worten. So, wie du es selbst gesagt hast.«

Leaf lachte heiser. »Ich … Gott, weißt du eigentlich, wie sich das angefühlt hat? Von Lennox zu erfahren, dass du schon lange wusstest, was mein Vater mit mir vorhatte. Noch dazu, nachdem wir gerade erst …«

»… miteinander geschlafen hatten?«, vollendete Artair ihren Satz und sah eine Verletzlichkeit in ihrem Blick, die ihm schier das Herz brach. »Wenn es dir irgendwie gelingt, rate ich dir, das eine von dem anderen zu trennen. Denn was auch immer du gespürt hast, als wir zusammen auf dem Stallboden lagen, war echt, Leaf. Und keine Lüge.«

Leaf schnaubte leise. »Echt war daran wohl nichts. Das war doch nur eine verdammte Übung.«

»Für mich nicht.« Artair kam ihr näher. »Und selbst wenn, erinnere ich mich an keine andere Übung mit dir, die mir besser gefallen hätte.«

Leaf sah ihn verwirrt an, dann wanderten ihre Hände zu der Kette an ihrem Hals, die zu kurz war, als dass sie sich diese über den Kopf ziehen konnte. »Dieses Schmuckstück ist das reinste Folterinstrument«, stöhnte sie. »Ich versuche seit gestern, es abzunehmen, aber der Verschluss klemmt.«

»Ich helfe dir.« Ehe Leaf widersprechen konnte, trat er hinter sie und schob ihre Haare über die Schultern nach vorn. Ihr Duft von regenfrischer Erde stieg ihm in die Nase, und die Haare auf seinem Arm stellten sich auf.

Vorsichtig legten sich seine Finger um den feinen Verschluss. Dabei sah er irritiert, wie Leaf ihre Hände von vorn zwischen die Kette und ihren Hals legte. Er wusste sofort, warum sie das tat.

»Ich habe nicht vor, dich zu erwürgen«, sagte er betroffen und hielt in seiner Bewegung inne. »Nimm die Finger aus der Kette.«

Doch Leaf schwieg.

»Leaf.« Artair strich behutsam ihre Arme hinab und beugte sich an ihr Ohr. »Bitte.«

Einen langen Moment antwortete Leaf nichts. Bis sie irgendwann schwer atmend ihre Finger aus der Kette nahm.

Mit Mühe öffnete er den verbogenen Verschluss. Er hielt Leaf die Kette mit ausgestreckter Hand entgegen, aber sie schüttelte den Kopf.

»Behalte du sie«, sagte sie entschieden. »Ich will sie nie wieder sehen.«

Artair hob die Augenbrauen, starrte auf den schwarzen Stein, den er erneut glaubte, schon einmal gesehen zu haben, und steckte die Kette dann in seine Hose. »Ich bewahre sie für dich auf.«

»Artair, warum …?«

»Aye?«

Leaf fuhr sich mit der Hand über das Gesicht, dann trat sie einen Schritt zurück. »Nein, es ist nicht wichtig.«

Also fasste er erneut sanft nach ihrem Arm. »Warum was?«

Leaf wirkte kurz, als wollte sie ihn von sich stoßen, doch dann sah sie mit bebender Lippe zu ihm auf. »Ich kann nachvollziehen, dass Vaters Anweisung dich in eine schwierige Lage gebracht hat. Dennoch hättest du mit mir darüber sprechen können …«

»Oder auch nicht, du weißt selbst, wie schnell du dir aufgrund deines Misstrauens eine falsche Meinung bildest.«

Leaf presste die Lippen zusammen. »Mag sein. Aber … warum hast du mir nicht früher gesagt, dass Mutter dir vorgeschlagen hat, mich zu heiraten, um mich vor der Ehe mit Lennox zu bewahren?«

Artairs Herz setzte einen Schlag lang aus. Bis jetzt hatte er geglaubt, dass sie diesen Teil des Gesprächs in der Halle entweder nicht gehört oder aber wieder vergessen hatte, denn sie hatte ihm sein Schweigen darüber nie vorgeworfen. Bis jetzt.

Über ihnen stürzte ein Rabe krächzend von der Burgmauer, und kurz wanderte sein Blick zum wolkenverhangenen Himmel, dessen Grau immer heller wurde, ehe er zurück zu Leaf sah und sein Herz zunehmend schneller schlug. Denn das war sein Moment. Der Zeitpunkt, um Leaf zu sagen, was er für sie empfand, bevor es zu spät war.

Er strich mit dem Daumen über ihren Arm, spürte die Hitze ihres Körpers durch den dünnen Stoff des blassblauen Kleids. »Lange Zeit dachte ich, dass du meine Halbschwester sein könntest, Leaf. Und Rhona dachte das ebenfalls.« Er schwieg kurz. »Wir haben erst kürzlich von Father Maxwell erfahren, dass dem nicht so ist.«

Leaf griff nach seinem Daumen, damit er ihn stillhielt. »Du hast meine Frage nicht beantwortet.«

Artair schluckte. »Die Vorstellung, dass du und ich wie Mann und Frau zusammen sein könnten, dass wir sogar heiraten könnten, war für mich verdammt erschreckend.«

»Schon gut«, sagte Leaf.

Doch er schüttelte den Kopf. »Sie war für mich verdammt erschreckend, weil ich plötzlich furchtbare Angst hatte, dich dann zu verlieren. Ich wusste doch, wie du über die Ehe denkst, und hätte deshalb auch nie versucht, dich zu einer zu überreden. Und dann hast du stets nur deinen großen Bruder und besten Freund in mir gesehen. Und …« Er schüttelte den Kopf, weil ihm plötzlich die Worte im Hals stecken blieben.

»Und wenn ich Ja gesagt hätte?«, fragte Leaf so schnell und leise, dass Artair ihre gegen den Wind gesprochenen Worte kaum hörte.

»Wenn du Ja gesagt hättest«, er schloss kurz die Augen und nahm all seinen Mut zusammen, »hättest du mich zum glücklichsten Mann auf der ganzen Welt gemacht, Wildfang.« Er umfasste ihr Gesicht mit seinen Händen. »Denn ich lie…«

»Halt!« Leaf presste ihm die Hand auf den Mund. »Halt«, wiederholte sie, plötzlich atemlos und mit noch größerer Dringlichkeit. »Das wollte ich dich nicht fragen.«

Er zog ihre Hand von seinem Mund. »Du musst es auch nicht fragen. Denn ich hätte dir von mir aus sagen sollen, dass ich mich ohne dich nicht fühle, als ob ich hungere, sondern als ob ich verhungere. Als ob ich …«

»Nein!« Wieder lag Leafs Hand auf seinem Mund. »Ganz gleich, was du gerade sagen wolltest, Artair, es ist ohnehin zu spät, nachdem ich jetzt als Lennox' Braut hier bin. Ich kann nicht mehr zulassen, dass die Fehde und damit die Kämpfe weitergehen. Nicht, nachdem ich die Kinder im Dorf gesehen habe. Sie waren wandelnde Skelette, die verhungern! Und auf dem Friedhof, dort fehlen die Steine, weil die Menschen damit ihre Häuser wiederaufbauen. Überall riecht es nach Rauch und verbrannter Asche. Und ich habe sogar einen Mann in seiner halb offenen Kate fluchen hören, dass er seine eigene Frau erhängt, sobald er einen erneuten Überfall der Ross befürchten muss, damit ihr nicht das Gleiche geschieht wie seiner Tochter.«

Artair schwindelte, und er zog Leaf in seine Arme, um sie zu trösten.

Mit zuckenden Schultern bettete sie ihren Kopf an seine Brust, doch als er sanft einen Kuss auf ihr Haar drückte, löste sie sich von ihm. »Nein, tu das nicht.«

»Was soll ich denn dann tun?«, flüsterte er. »Dir zusehen, wie du in dein eigenes Unglück rennst?«

»Aye.« Leafs Stimme war kaum mehr hörbar. »Wenn du wirklich mein Freund bist, tust du genau das. Du hilfst mir dabei, dass die Heirat mit Lennox glückt und ich nicht doch noch im letzten Moment davonrenne.«

»Nein«, widersprach Artair entschlossen, kam aber gleichzeitig nicht umhin, Leafs Mut und Selbstlosigkeit zu bewundern. »Das kann ich nicht tun. Leaf, das kannst du nicht von mir verlangen.«

»Doch«, beharrte sie leise. »Von meinen Schwestern habe ich es auch gefordert. Ich habe ihnen heute Morgen einen Brief gesandt und sie gebeten, sich unter keinen Umständen in das Zustandekommen dieser Ehe einzumischen. Ich will sie nicht in Gefahr bringen. Und ich will auch nicht, dass sie mich davon abzubringen versuchen.«

»Wieso denkst du, dass sie das tun würden?«

»Weil ich in den Augen meiner Schwestern aus den falschen Gründen heirate.«

»Du meinst, nicht aus Liebe?«

»Aye. Obwohl das im Grunde genommen nicht stimmt. Denn ich heirate vielleicht nicht aus Liebe für meinen Ehemann, aber ganz sicher aus Liebe für meinen Clan.«

Artair schmeckte Galle in seinem Mund und ballte die Hände zu Fäusten. »Allein die Vorstellung, wie Lennox und du …« Er schüttelte sich. »Ich kann doch nicht einfach danebenstehen und zusehen, wie du seine Frau wirst.«

»Du musst«, sagte Leaf mit schmerzverengten Augen. »Wenn du mich nicht verlieren und mir wirklich ein Freund sein willst, musst du genau das tun. Und jetzt lass mich bitte gehen. Ich muss zu dieser verfluchten Untersuchung.«

KAPITEL 24

Autsch, verflucht! Ist das eine Hebamme oder eine Metzgers-frau?«

Auch wenn Artair den Raum nicht zusammen mit Torin, Lennox und der Hebamme hatte betreten dürfen, in dem Leaf sich bereits befunden hatte, konnte er sich dennoch vorstellen, welches Gesicht sie gerade machte. Er legte eine Hand an den eisernen Türknauf. Wenn Leaf sich noch einmal über Schmerzen beklagte, würde er allen Anstand fahren lassen und geradewegs ins Zimmer stürmen.

»Oh nein, Mylord«, hörte Artair nun die Stimme der Hebamme. »Ich bin abgerutscht und …«

»Ist das da Blut an deinen Händen, Frau?« Das war Torins Stimme. »Hast du ihr etwa gerade vor meinen Augen die Jungfräulich-keit geraubt?«

»Sieht ganz so aus«, hörte Artair nun Lennox mit harter Stimme sagen. Aber Artair hätte sein letztes Hemd darauf verwettet, dass dabei Spott in seinen Augen lag. »Immerhin wissen wir jetzt, dass sie unschuldig *war*.«

»Bastard!«, schimpfte Leaf, und Artair hörte Schritte. Keinen Lidschlag später wurde die Tür aufgerissen. Er sprang gerade noch rechtzeitig zur Seite, wo Vika mit schmalen Lippen neben ihrer Magd auf dem Fenstersims saß, da sie trotz ihrer Proteste ebenfalls nicht in den Raum gedurft hatte. Leaf kam mit hochrotem Gesicht in den Flur gestürmt, riss dort einen Wandteppich von der Wand und schleuderte ihn Lennox vor die Füße.

Sofort eilte Artair zu den beiden und hörte gerade noch, wie Leaf zischte: »… nicht erwartet, dass sie beinahe ihre ganze Hand in mich hineinschiebt, als du gesagt hast, du würdest sie bestechen!«

Lennox rieb sich das Kinn. »So sehr kann es nicht wehgetan haben. Und dank des Hühnerbluts an ihren Fingern wird mein Vater jetzt auch nicht mehr darauf bestehen, dass wir die Hochzeitsnacht öffentlich vollziehen. Das war gestern nämlich noch im Gespräch.«

»Fahr zur Hölle«, sagte Leaf. »Und nicht jede Frau blutet beim ersten Mal!« Mit diesen Worten drehte sie sich um und rauschte in ihrem blassblauen Kleid davon.

Artair wollte ihr wie Lennox gerade nachgehen, als er Gregors Stimme hinter sich hörte. »Ist die Untersuchung etwa schon beendet?«

Artair, der seit seinem Gespräch mit Leaf heute Morgen zutiefst aufgewühlt war, meinte daraufhin: »Du wusstest doch, dass die Untersuchung beim Licht der ersten Sonnenstrahlen beginnt. Und bist absichtlich zu spät gekommen.«

»Mäßige deinen Tonfall mir gegenüber, Artair«, sagte Gregor barsch.

»Sie haben Leaf unter der Aufsicht von Lennox und Lord Ross gerade sehr wehgetan«, entgegnete Artair. »Also solltest du dich vielmehr empören!«

»Jeder muss manchmal Opfer bringen«, sagte Gregor mit einer steilen Falte auf der Stirn, die nicht verbarg, wie unbehaglich ihm dieses Gespräch war.

»Und wo ist deines?«, fragte Artair, als Torin aus dem Raum kam und Gregor diesen sofort mit einem freundschaftlichen Schlag auf die Schulter und warmen Worten begrüßte.

»Gregor, mein Freund.« Torin schlug Gregor gleichfalls auf die Schulter. »Ich muss mich bei dir entschuldigen. Ich hätte die Tugend deiner Tochter nie anzweifeln dürfen.«

»Wie ich es dir gesagt habe«, entgegnete Gregor, wirkte dabei aber viel zu erleichtert für jemand, der keine Zweifel daran gehabt hatte. »Darauf stoßen wir an!«

»Widerwärtig«, zischte Artair und wollte an beiden Männern vorbeigehen, die sich nun also auch noch duzten, als er plötzlich Vikas Stimme vernahm.

»Artair, wartet! Bringt Ihr mich zur Pferdekoppel?«

»Dafür habt Ihr doch Eure Magd«, entgegnete Artair abweisend, da er mit Vika, die diese Untersuchung herbeigeführt hatte, keine Zeit verbringen wollte.

»Morag klagt schon den ganzen Morgen über Rückenschmerzen«, sagte Vika leise. »Sie kann mich heute nicht so weit tragen, und ich will meinen Schwiegervater nicht aufhalten. Er wollte noch einen Brief schreiben.«

»Artair hilft Euch selbstverständlich«, antwortete da Gregor und sah ihn streng an. »Nicht wahr, Sohn?«

Artair wollte gerade Nein sagen, doch da hatten Gregor und Torin sich schon abgewandt und ließen ihn allein mit Vika und ihren grauen, bittenden Augen zurück.

»Ihr seid mir böse.« Vika hatte den ganzen Weg, den Artair sie von der Burg bis zur Pferdekoppel getragen hatte, geschwiegen, doch als er sie nun auf einem der verkohlten Baumstämme absetzte, die an den ebenfalls vom Feuer beschädigten Koppelzaun grenzten, sah sie ihn so offen an, als würden sie sich schon seit Ewigkeiten kennen.

»Ich gehe jetzt wieder nach drinnen«, sagte er und wies Morag, die ihnen gefolgt war, an: »Ihr müsst Eurer Herrin also später jemand anderen suchen, der sie zurückträgt.«

Morag nickte, und Artair wollte sich gerade abwenden, da legte Vika eine Hand hinter ihr Ohr. »Hört Ihr das?«

Artair verharrte mitten in der Bewegung. »Nein, ich höre nichts.«

»Ihr müsst genau hinhören.« Vika schloss die Augen und legte den Kopf in den Nacken. Und da hörte Artair das leise Zwitschern eines Rotkehlchens, das irgendwo rechts neben ihnen im nahen Wald sitzen musste, der in herbstlichem Rot und Orange leuchtete.

»Es ist immer derselbe Vogel«, sagte Vika leise. »Einer der wenigen, die nicht fortziehen, wenn es im Winter hier ungemütlich wird.« Sie strich sich eine Haarsträhne aus dem Gesicht, die der Wind dorthin getragen hatte, dann starrte sie stumm vor sich auf den grauweißen Schimmel, der einsam auf der Koppel graste.

Artair schluckte. Vika hatte ihm bisher keinen Grund gegeben, sie zu mögen. Aber wie sie so dasaß, mit ihren knochigen Schultern und in ihrer schwarzen Trauerkleidung, hatte er plötzlich Mitgefühl mit ihr. Für eine Frau, die Leaf zwar schaden wollte, gleichzeitig aber auch durch die MacKays ihren Ehemann verloren hatte.

»Ihr müsst oft hier sein, um zu wissen, dass es immer derselbe Vogel ist«, sagte Artair. »Dabei könnt Ihr doch erst seit wenigen Tagen auf dieser Burg weilen.«

Vika wandte sich leicht in seine Richtung, starrte aber noch immer in die Ferne. »Was soll ich schon anderes tun, als hier zu sitzen und zu warten, dass es wieder Abend wird?«

»Das ist eine sehr trübe Sichtweise«, sagte er und trat nun vor Vika, damit sie sich nicht weiter verrenken musste. »Gibt es denn nichts, das Euch Freude bereitet? Außer Leaf die Ehe mit Lennox schwer zu machen?«

Vika lachte bitter. »Ihr mögt mich für herzlos halten, aber das bin ich nicht. Lady Leaf wird in einer Ehe mit Lennox sowieso nicht glücklich werden, denn Lennox ist nicht zum Heiraten gemacht. Das hat Yule auch immer gesagt.«

»Vergebt mir, aber ich glaube Euch nicht, dass Ihr Leaf mit dieser Untersuchung einen Gefallen tun wolltet.«

»Nein.« Vika bedeutete Morag, sich einige Schritte zu entfernen. »Lady Leaf ist nur eine Spielfigur in diesem Schachspiel, wie wir alle. Mit einem Willen, der zu stark für eine Frau ist. Das wird sie zerstören, denn Glas biegt sich nicht. Es zerbricht.« Vika starrte auf ihr Spiegelbild in der Pfütze zu ihren Füßen. »Genau wie ich zerbrochen bin.«

»Es tut mir leid, dass Ihr Euren Ehemann verloren habt, Lady Ross.«

»Vika«, verbesserte sie ihn und atmete sichtbar die nach Erde und Rauch riechende Luft ein. »Nennt mich Vika.«

»Vika.« Der Name rollte weich von Artairs Zunge. »Ich bringe Euch jetzt wieder nach drinnen. Dort gibt es gewiss eine Beschäftigung, die Euch ablenken kann.«

Doch Vika schüttelte den Kopf. »Mein junger Sohn und meine kleine Tochter sind auf Balnagown Castle. Und sonst braucht mich hier niemand.«

»Wieso seid Ihr nicht bei ihnen geblieben?«

Vikas schloss kurz die Augen. »Wer weiß das schon? Ich schätze, die Erinnerung hat mich hierhergetrieben und mich wohl auch mein Pferd mitnehmen lassen.« Sie fuhr mit ihrer Hand über die verkohlte Rinde des Baumes. »Früher einmal hat es mir gut auf Achfary Castle gefallen. Yule und ich waren oft hier, um zusammen mit Lennox Fia zu besuchen und gemeinsam mit den beiden auszureiten.«

Artair wusste darauf nichts zu sagen, also schwieg er und wollte sich gerade zum Gehen wenden, als Vika ihn leise fragte: »Singt Ihr, Artair?«

»Ob ich singe?« Überrascht blieb er stehen. »Aye, aber nur, wenn ich allein bin. Sonst ergreift jeder die Flucht.«

»Ich kann nicht wegrennen«, sagte Vika so traurig, dass Artair erschauderte.

»Und Ihr?«, antwortete er daher rasch. »Singt Ihr manchmal zusammen mit dem Vogel?«

Vika zögerte kurz, dann blickte sie zu der Burgmauer hinter ihnen, die dunkel vor dem wolkenverhangenen Himmel aufragte. »Aye, früher einmal habe ich das getan. Aber seit ich schreiend in die Tiefe gestürzt bin, entweicht meiner Kehle kein schöner Ton mehr.«

Artair rieb sich über die Wange. Von einem Bediensteten hatte er gestern bereits erfahren, dass Vika sich nach Yules Tod in ihren eigenen hatte stürzen wollen. »Manchmal muss man Dinge ein zweites Mal wagen.« Er verschränkte die Finger. »Manchmal gibt man zu schnell auf.«

Vika lächelte traurig. »Glaubt mir. Es geht nicht mehr. Dabei war es immer die Musik, die mich in meinem Leben am meisten getröstet hat.«

»Das kann ich gut verstehen.« Artair spürte das Gewicht der Holzpfeife auf seiner Brust. »Denn wenn ich Flöte spiele und mit meinen Fingern einem leblosen Stück Holz die schönsten Klänge entlocke, fühle ich mich manchmal wie ein Magier, dem alles möglich ist.«

Vika seufzte. »So habe ich mich das letzte Mal gefühlt, als ich im Galopp auf meinem Pferd gestanden bin.« Sie nickte zu dem Schimmel, der gleichgültig das Gras aus dem Boden zupfte.

»Gestanden?« Artair glaubte, sich verhört zu haben.

Doch Vika nickte. »Es war meine andere große Leidenschaft, Kunststücke auf meinem Pferd zu vollführen. Auch wenn mein Vater es gehasst hat.«

Der Wind wehte ein rotes Eschenblatt in Vikas Haare, und Artair griff danach, ohne lang zu überlegen, ob sich das schickte. Vika tat es ihm gleich, und kurz berührten sich ihre Hände.

»Hier«, sagte Artair und reichte Vika das Blatt.

»Danke«, murmelte sie und umschloss es fest mit ihrer schmalen Hand.

»Vielleicht könnt Ihr nicht mehr auf Eurem Pferd stehen, aber Ihr könntet doch gewiss darauf reiten, wenn Euch jemand in den Sattel hebt.«

Vika blickte zu dem Schimmel, dessen Mähne verfilzt war, und schüttelte den Kopf. »Wer einmal gelernt hat, zu fliegen, will nicht in Fesseln gehen.«

Unwillkürlich dachte Artair an Leaf und musste Vikas Aussage zustimmen. Er wollte schließlich auch keine andere Frau außer Leaf. Sie oder keine. Alles oder nichts. Nur hatte Leaf ihm vorhin mehr als deutlich gemacht, dass er sie nicht haben konnte.

Seine Hand schloss sich in seiner Hosentasche um die Kette, die Leaf ihm gegeben hatte. Auf einmal glaubte er, von der gleichen Hoffnungslosigkeit erfasst zu werden, die auch Vikas Stimmung trübte.

»Artair?« Vika sah ihn aufmerksam an. »Ihr wisst, dass Ihr anders als ich keine echten Fesseln habt, richtig?«

»Wie meint Ihr das?«

»Meine Magd trägt mich oft schon im Morgengrauen auf die Burgmauer, wenn ich nicht mehr schlafen kann.«

»Ihr setzt Euch freiwillig wieder an die gleiche Art von Abgrund, in den Ihr gestürzt seid?«, unterbrach er sie ungläubig.

Vika nickte. »Es erinnert mich an all das, was hätte sein können, wenn ich nicht gesprungen wäre. Die Scham, die ich meiner Familie erspart hätte. Das Leben, das ich hätte haben können.«

»Das muss die pure Folter sein. Das könnte ich nicht.«

»Wirklich?«, fragte sie. »Denn als ich von der Burgmauer nach unten geschaut habe, habe ich Euch gesehen. Und Lady Leaf. Und Eure Hände an ihrer Wange.«

Artair starrte in die Ferne, wo sich am Fuß des Hügels das Dorf vor dem See erstreckte. »Das werde ich vor allen bestreiten, falls Ihr das vor Lord Ross wiederholt.«

»Ich weiß«, sagte Vika. »Aber das ist nicht meine Absicht. Ich habe Euch aus einem anderen Grund von meiner Beobachtung erzählt.«

Artair schwieg und wartete, was Vika ihm zu sagen hatte.

Diese sah ihm nun fest in die Augen. »Wenn Ihr Leaf berührt, muss es sich genauso anfühlen, wie wenn ich auf den Grund unterhalb der Burgmauer starre. Die Sehnsucht. Die Wut. Das Verlangen, alles anders zu machen, als es jetzt ist. Nur habt Ihr von uns beiden einen entscheidenden Vorteil, um den ich Euch zutiefst beneide.«

»Ich weiß genau, worauf Ihr hinauswollt, Vika.«

»Ihr seid noch nicht gesprungen. Ihr steht noch oben auf dieser Mauer, könnt Lady Leafs Hand nehmen und zusammen mit ihr Lennox und dieser Ehe entgehen. Warum also tut Ihr es nicht, wo mir Eure Augen doch verraten, wie sehr Ihr sie liebt? Warum wählt Ihr die Fesseln, wo Ihr doch die Flügel haben könntet?«

»Das versteht Ihr nicht«, sagte Artair barsch. Denn die Entscheidung lag nicht bei ihm, sondern bei Leaf.

»Doch, das tue ich. Vor meiner Hochzeit habe ich auch einmal innig geliebt. Und ich bereue es bis zum heutigen Tag, dass ich nicht entsprechend gehandelt habe.«

»Eine Lady, wie Ihr es seid, hätte sich das vielleicht erlauben können«, antwortete Artair. »Aber ich bin ein Niemand ohne meinen Clan.«

Und vor allem war er ein Niemand ohne Leaf. Und er würde einen Teufel tun, sie noch weiter von sich zu stoßen, als er es mit seinen bisherigen Annäherungsversuchen bereits getan hatte. Zumal sie ihm deutlich gesagt hatte, was sie von ihm erwartete.

»Yule hat immer gesagt, dass der Clan über dem eigenen Wohl steht«, sagte Vika bitter. »Aber Yule lag damit falsch. Und jetzt ist er tot, während Lennox, der nur an sich denkt, lebt.«

KAPITEL 25

K annst du einmal nicht an dich selbst denken?« Leaf blieb abrupt neben ihrem Vater auf dem matschigen Pfad stehen, als sie am Tag nach der Untersuchung auf dessen Drängen hin gemeinsam mit ihm, Torin und Lennox von Achfary Castle hinab ins Dorf schritt.

»Bitte?« Gregor sah Leaf verwundert an und blieb ebenfalls stehen, woraufhin auch die Männer, die sie zu ihrem Schutz begleiteten, mit etwas Abstand zu ihnen zwischen den herbstlichen Gräsern und moosbewachsenen Steinen verharrten.

»Du hast mich genau verstanden«, sagte Leaf. »Seit wir die Burg verlassen haben, beschwerst du dich, dass deine Stiefel dreckig werden, du Kopfweh vom vielen Wein in der letzten Nacht hast und der Nieselregen sich kalt anfühlt. Aber wie glaubst du, geht es den Menschen in Achfary, die weder Stiefel noch Wein noch eine Möglichkeit haben, sich wieder aufzuwärmen?«

Gregor zog seine Schultern näher an seinen Kopf. »Leaf MacKay, ich habe angeregt, dass wir diesen armen Seelen Brot bringen.«

»Nein, Vater, ich habe das angeregt. Und du hast entschieden, daraus eine Art Umzug zu machen, bei dem du mich und Lennox Seite an Seite vorführen kannst.«

»Was schlecht gelingt, wenn du mir hier Vorwürfe machst, Leaf«, warf Gregor mit gefurchter Stirn ein. »Komm, lass uns wieder zu Torin und Lord Lennox aufschließen.«

Leaf ballte die Hände. »Ich verstehe dich nicht mehr. Früher waren dir die Menschen daheim in Tongue doch auch wichtig.«

Gregors Miene wurde finster. »Clanführer zu sein, hat mich einiges gelehrt, was ich zuvor nicht verstanden habe. Es geht nicht um die einzelnen Menschen. Es geht um die Gemeinschaft, und dass man eine Grundlage schafft, auf der diese über Generationen in Frieden fortbestehen kann. Wer das erreichen will, darf sich nicht von einzelnen Schicksalen ablenken lassen. Denn wenn ich das täte, könnte ich Torin nie verzeihen. Und was glaubst du, wohin das führen würde?«

»Vielleicht sollten wir Torin ja auch gar nicht verzeihen«, sagte Leaf. Denn nachdem sie gestern nach der Untersuchung den gesamten Tag bei den Menschen im Dorf verbracht hatte, hatte sie sich an einige der Gründe erinnert, warum sie die Ross hasste, auch wenn Lennox bei den Dorfbewohnern überraschend gut davongekommen war. Aber wahrscheinlich nur, weil er für seine Liebesabenteuer schon seit jeher bezahlte.

Leaf schüttelte sich, während ihr Vater ihr noch einmal erklärte, warum der Frieden zwischen ihren Clans so wichtig war. »Das ist mir alles bewusst«, antwortete Leaf, nachdem er geendet hatte. »Aber was ist mit Mitgefühl und dem Willen, den Menschen zu helfen und zur Seite zu stehen? Glaubst du wirklich, dass das dem Frieden schaden würde?«

»Wer zu nahbar ist, wird nicht mehr ernst genommen«, sagte ihr Vater hart und trat so heftig in eine Pfütze, dass der Schlamm auf Leafs Kleid spritzte und dort Flecken hinterließ. Gott, wie sehr vermisste sie doch ihre abgetragene dunkle Männerkleidung. Ein Gedanke, der sie sofort an Artair und sein gestriges Liebesgeständnis erinnerte, das sie noch immer in Aufruhr versetzte.

»Das kannst du nicht wirklich meinen, Vater«, begehrte Leaf auf. »Hat dir Torin eingeredet, dass ein Clanführer hartherzig sein muss?«

»Nein«, wies Gregor sie scharf zurecht. »Das habe ich schon lange zuvor festgestellt, und zuletzt hat mich das Verhalten deiner Mutter darin noch einmal bestätigt. Sie wollte immer öfter, dass ich auf Conall aufpasse, und jedes Mal, wenn ich dem gutmütig zugestimmt habe, hat sie die Grenze noch ein Stück weiter zu meinen Ungunsten verschoben.«

»Zu deinen Ungunsten?« Leaf hätte am liebsten laut gelacht. »Conall ist auch dein Sohn! Und nachdem deine Töchter für dich nur Handelsware sind, kannst du dich doch zumindest um ihn kümmern.«

Gregor presste die Lippen zusammen. »Du und deine Schwestern, ihr seid mir sehr wichtig, Leaf. Nicht weniger wichtig als deine Mutter und Conall.«

»Ach ja?« Leaf wich einem Regenwurm aus. »Dann solltest du dich auch dementsprechend verhalten. Es wundert mich jedenfalls nicht, dass meine Mutter für Lord Sinclairs Zuneigung so empfänglich war.«

»Was sagst du da?« Gregor wurde bleich. »Deine Mutter – und Ewan?«

»Sie haben eine gemeinsame Vergangenheit, weißt du das nicht?«

Gregor schüttelte den Kopf. »Du musst dich irren.«

»Ich mag nicht Skyes scharfe Beobachtungsgabe haben«, erwiderte Leaf. »Aber dass eine enge Verbindung zwischen den beiden besteht, bemerkt sogar ein Blinder. Und du wüsstest es auch, würdest du dich nicht ständig um dein großes Ganzes, sondern auch um den einzelnen Menschen bemühen.«

Ihr Vater öffnete den Mund, als wolle er etwas entgegnen, schritt dann aber wortlos an ihr vorbei und schloss zu Torin und Lennox auf. Leaf wollte sich schon umdrehen, um später allein ins Dorf zurückzukehren, doch da fing sie Lennox' düsteren Blick auf, der bereits auf sie zukam.

»Du lässt mich besser allein«, warnte sie.

Doch Lennox hakte sich bei ihr unter und zog sie eng an sich. »Du machst eine Miene, als wären wir gerade auf dem Weg zum Schafott.«

Leaf rammte ihm ihren Ellbogen in die Seite. »Hoffen wir es nicht, denn dann müsste ich dich auch noch im Reich der Toten ertragen. Dabei ist deine Gegenwart auf Erden schon Strafe genug für mich.«

»Hätte ich ein Herz, hättest du es jetzt gebrochen«, sagte Lennox spöttisch. »Aber du kannst beruhigt sein. Wir werden uns im Reich der Toten nicht begegnen, denn ich komme in die Hölle, und die wirst du nicht betreten.«

»Ach ja? Was macht dich da so sicher?«

»Die Hunde, mein Herz.« Lennox zwinkerte ihr zu. »Wenn diese dir mit nur einem Kopf schon solche Furcht einjagen, wirst du den mehrköpfigen Höllenhund ganz sicher nicht aushalten.«

»Vorsicht, Ross«, sagte Leaf. »Gerade du solltest keine Witze über meine Angst vor Hunden machen.«

»Manchmal hilft Humor, habe ich mir sagen lassen.« Er zog sie ein Stück zur Seite, damit sie nicht in ein Erdloch trat. »Du solltest es ernsthaft noch einmal mit Hunden versuchen. Sie sind viel loyaler als Menschen. Sie reden nicht, und wenn man sie richtig erzieht, beißen sie auch nicht.«

Leaf entzog Lennox ihren Arm. »Bhaic war richtig erzogen. Trotzdem werde ich für den Rest meines Lebens seine Bissnarben am Arm tragen.«

»Lektion fünf: Habe keine Angst vor einer geringfügigen Verletzung, wenn du dadurch etwas viel Wichtigeres bekommen kannst.«

Leaf trat einen Schritt zur Seite, denn Lektion fünf erinnerte sie unvermittelt an den Abend in der Schmiede, an dem Lennox sie wild und stürmisch auf dem Tisch geküsst hatte. »Ich wüsste nicht, was ich durch einen Hundebiss an Wichtigem gewinnen könnte.«

Lennox blieb stehen und sah sie lange an. »Freundschaft«, offenbarte er dann. »Ich hatte nie einen besseren Freund als Dog.«

»Das, *Liebling*, sagt mehr über dich aus als über deinen Hund«, sagte Leaf und bemerkte verwirrt, wie Lennox' Blick kurz ihre Lippen streifte.

»Wir könnten auch Freunde sein«, sagte er dann. »Es wäre weniger reizvoll, aber es würde alles leichter machen.«

»Danke, aber eine Ehe mit dir ist mir schon Nähe genug.«

Lennox lachte leise. »Mit jeder anderen Braut wäre dieser Familienausflug erbärmlich. Aber mit dir macht er beinahe Spaß.«

»Nun, der ›Ausflug‹ wird dir hoffentlich vergehen, sobald du das Leid der Menschen im Dorf siehst …«

»Ross«, fiel ihr da der Mann mit der mehrfach gebrochenen Nase ins Wort, der zusammen mit Ninian von der Baumgruppe vor dem Dorf, das sie nun fast erreicht hatten, auf sie zukam.

»Murdoch«, erwiderte Lennox den Gruß. »Ich sehe, du hast einen neuen Freund gefunden.« Er nickte Ninian kurz zu.

Doch Murdoch ging nicht darauf ein, sondern sah mit abschätziger Miene zu Leaf, bevor er sagte: »Dein Bruder würde sich im Grab umdrehen, könnte er dich jetzt sehen.«

»Dann trifft es sich ja gut, dass wir ihn verbrannt haben.«

Lennox machte Anstalten, weiterzugehen, doch Murdoch hielt ihn mit seiner dreckverschmierten Hand an der Schulter fest. »So viele Monate habe ich an deiner Seite gekämpft. Wir hätten Achfary Castle einnehmen sollen, nachdem dieser Taugenichts von MacKay uns das Burgtor geöffnet hatte. Aber was machst du?« Murdoch wandte den Kopf und spuckte vor Leafs Füßen aus. »Du willst diese kleine Hure heiraten. Dabei hat sie nicht einmal Titten, die das wert wären.«

Leaf atmete scharf ein. »Was hast du da gesagt, Mann?«

»Ich verbessere mich: eine taube Hure ohne Titten. Warum, Lennox? Ist dir plötzlich egal, was die MacKays uns angetan haben?«

»Besprich das mit meinem Vater«, antwortete Lennox hart und griff nach Leafs Hand, um mit ihr an Murdoch und Ninian vorbeizugehen.

»Lennox, dieses Verhalten kannst du ihm doch nicht durchgehen lassen!« Aber Lennox packte sie nur noch fester und sagte: »Halt den Mund, Leaf.«

Doch Leaf dachte nicht daran, denn Murdoch hatte sie nicht nur beleidigt, seine Rede war auch gefährlich, denn sie würde den Unmut anderer befeuern und damit dem gerade erst geschlossenen Frieden schaden.

Doch bevor sie Murdoch zurechtweisen konnte, presste Lennox ihr eine Hand auf den Mund und nickte Murdoch zu. »Mach, dass du davonkommst.«

»Immerhin zeigst du ihr, wo es langgeht«, brummte Murdoch. »Das macht mir Hoffnung.« Damit wandte er sich kopfschüttelnd ab, gefolgt von Ninian, der sich noch knapp von Lennox verabschiedete.

Keinen Augenblick später biss Leaf Lennox fest in den Finger.

»Verflucht, das tat weh.« Lennox schüttelte seine Hand.

»Lass dir das eine Warnung sein, denn nächstes Mal beiße ich dir den Finger ab.« Leaf schüttelte ungläubig den Kopf und sah den Männern hinterher. »Was sollte das? Warum hast du Murdoch nicht zurechtgewiesen?«

»Weil er recht hat. Du benimmst dich oft, als wärst du tatsächlich taub, deine Brüste sind klein, und du hast mit Artair geschlafen, was so gut wie alle als Hurerei betrachten würden. Warum also hätte ich mich mit ihm anlegen sollen?«

»Kein Wunder, dass dein Vater dich für erbärmlich hält.«

Doch Lennox ließ sich nicht von ihr provozieren, zog sie weiter in Richtung Dorf und sagte lediglich: »Was nicht heißt, dass ich deine Brüste nicht schön finde, um das klarzustellen.«

»Es geht hier nicht um meine Brüste«, fuhr Leaf auf. »Sondern um diesen Murdoch ... wer ist er überhaupt?«

»Er war Yules bester Freund und verachtet Frauen. Es ist daher am besten, wenn du ihn einfach ignorierst.«

»Sicher nicht! Merkst du nicht, dass er mit seinem Gerede die Feindschaft zwischen unseren Clans wieder anheizt und die MacKays und die Ross wieder gegeneinander aufbringen will? Und was passiert dann?« Sie hatten nun ebenfalls die Baumgruppe erreicht, die den Dorfeingang säumte. »Die Menschen werden einander wieder abschlachten oder am Hunger sterben, weil sie die Felder nicht mehr bestellen können. Das kann dir doch nicht gleich sein! Du hast doch Verantwortung für deinen Clan!«

»Falsch, mein Vater und nach ihm Vikas Sohn haben als Clanführer die Verantwortung für die Ross. Ich dagegen war nie dafür vorgesehen, für all das hier geradezustehen. Zumal ich sonst nur Dinge tun muss, die ich nicht tun will.«

Lennox beschleunigte seinen Schritt, doch Leaf packte ihn am Ärmel und blieb stehen. »Welche Dinge denn? Etwa dafür sorgen, dass diese Menschen hier genug zu essen haben?«

»Nein, Dinge wie deinen Onkel töten. Oder dich heiraten.«

»Du hättest doch auch Vika heiraten können und ihr den Trost geben, den sie gebraucht hat. Aber das war dir wohl zu viel Verantwortung, weshalb du lieber zugelassen hast, dass sie sich von der Burgmauer stürzt. Wie kannst du nur jeden Morgen aufstehen und dir im Spiegel in die Augen schauen?«

Lennox wandte sich ihr ruckartig zu. »Meinen Spiegel auf Balnagown Castle habe ich an dem Tag mit der Faust zerschlagen, an dem meine Mutter die Flucht ergriffen hat und ich nicht mit ihr gegangen bin, um all dem hier zu entgehen.«

»Nun, dann solltest du wenigstens jetzt das Weite suchen, denn das Leben hier ist alles andere als schön und nichts für verantwortungslose und selbstsüchtige Feiglinge. Denn wäre es anders …«

»… wärst du nicht hier, sondern in Artairs Armen? Obwohl, nein … auf Castle Varrich bist du ja vor ihm davongelaufen.«

In diesem Moment drehte Torin sich zu ihnen um. »Was tuschelt ihr denn da, während es hier gleich an die Verteilung der Brote geht?« Tatsächlich hatten sich hinter ihm bereits die ausgemergelten Dorfbewohner versammelt, die den Männern, die hinter Leaf und Lennox die Brotkörbe ins Dorf brachten, mit tief in den Höhlen liegenden Augen entgegenstarrten.

»Leaf hat mich daran erinnert, dass ich mehr für den Frieden tun soll«, sagte Lennox knapp.

»Na dann, kommt endlich zu uns!«, rief nun auch Gregor. Er hielt zwar die Hand einer alten Frau, ekelte sich aber vor ihr, wie sein Gesichtsausdruck deutlich verriet.

Leaf ging zu einem der Männer mit den Brotkörben und nahm diesem zwei aus der Hand. »Hier«, sie drückte Lennox einen in die Hand. »Verteil das Brot darin.«

Ohne eine Antwort abzuwarten, ging sie an ihrem Vater vorbei und auf die Dorfbewohner zu. Diese kreisten sie sogleich ein, und erste Hände griffen nach dem Brot. »Wartet«, sagte sie mit freundlicher Entschiedenheit. »Bildet bitte eine Reihe, denn jeder soll etwas bekommen. Ich verspreche euch, es ist genug für alle da.«

»Na, was wir von den Versprechungen der MacKays zu halten haben, haben wir in den letzten Jahre ja gesehen«, brummte ein nahezu kahlköpfiger Mann.

»Nun, das ändert sich jetzt, denn ich halte meine Versprechen. Wie heißt du?«

»Tomas«, sagte dieser.

»Tomas«, wiederholte Leaf. Dem Namen nach musste er der einstige Dorfpfarrer sein. »Sorge bitte dafür, dass die Leute je eine Reihe vor mir und Lord Lennox bilden.«

»Bei einem Ross stellen wir uns sicher nicht an«, brummte da ein Greis, der sich auf einen geschnitzten Stock stützte.

»Wenn Lord Lennox mir Brot gibt, küsse ich ihm dafür sogar die Füße«, widersprach eine Frau mit wilden Locken und trat augenblicklich vor diesen.

»Na, du küsst ihm ja auch alles andere«, grummelte der Greis.

»Eifersüchtig?« Lennox warf dem Mann einen kühlen Blick zu. »Oder ist das deine Tochter?«

»Lennox, hör auf«, mahnte Leaf und funkelte ihn wütend an.

Lennox nickte. »Du musst keine Sorge haben, Mann. Denn fortan küsst mich niemand mehr außer meiner Verlobten.«

»Wohl kaum, denn dass Lady Leaf Euch nicht leiden kann, haben wir schon aus hundert Fuß Entfernung gesehen«, mischte sich nun Tomas ein. »Sonst hätte sie Euch wohl kaum in die Hand gebissen.«

Leaf schluckte heftig, weil sie nicht bedacht hatte, dass sie jemand aus dem Dorf sehen könnte. »Du musst dich getäuscht haben«, entgegnete sie Tomas. »Lennox und ich sind einander sehr zugetan, weshalb unsere Verbindung auch den Frieden zwischen unseren Clans gewährleisten wird. Lennox wird nie wieder das Schwert gegen euch erheben, sondern euch fortan schützen.«

»Wohl gesprochen«, bestätigte dieser, woraufhin sich die nächste Frau vor Lennox stellte und ihre Hand nach einem Brot ausstreckte. »Gott sei mit Euch, Mylord.«

»Ich glaube Euch kein Wort«, sagte Tomas, nachdem noch einige weitere Frauen der ersten gefolgt waren. »Diese Ehe ist eine Unterwerfung der MacKays, und das wissen im Dorf auch alle. Erst einmal verheiratet, bestimmt hier nicht Lady Leaf, sondern Ihr, Lord Lennox. Und mit Liebe hat das alles überhaupt nichts zu tun.«

Lennox runzelte die Stirn. »Ihr zweifelt also an unseren Empfindungen füreinander? Nun, Leaf sagte mir vorhin erst, dass ich alles in meiner Macht Stehende tun solle, um den Frieden zu wahren. Daher werde ich deine Aussage auch nicht als Beleidigung auffassen. Sondern stattdessen all eure Zweifel zerstreuen.«

»Was hast du vor?«, fragte Leaf, als Lennox nun seinen Vater und Gregor heranwinkte, die bisher einigen Abstand zu den Dorfbewohnern gewahrt hatten. »Lord MacKay«, sagte er. »Ungewöhnliche Zeiten erfordern ungewöhnliche Maßnahmen. Habe ich Eure Erlaubnis, Eure Tochter hier vor aller Augen zu küssen, damit jedermann sehen kann, dass wir einander aufrichtig zugetan sind?«

»Ja, nun ja ... was meinst du, Torin?«, fragte Gregor überrascht. Der starrte seinen Sohn eine Weile mit undurchdringlicher Miene an und nickte dann. »Lady Leafs Unschuld ist festgestellt. Und wenn sie das auch will ...«

»Wir sollten erst einmal das Brot zu Ende verteilen«, wich Leaf aus und wandte sich unmittelbar an die Dorfbewohner. »Fortan erhaltet ihr jeden Tag um diese Uhrzeit Brot. Hier, nimm.« Sie reichte den nächsten Laib einem schwarzhaarigen Jungen, der sie mit großen Augen ansah.

»Meine Mutter sagt, dass sie Lennox Ross lieber küsst als meinen Vater.«

Leaf biss die Lippen zusammen und hoffte inständig, dass besagter Vater nicht zugegen war. Doch zum Glück zog darauf eine zierliche Frau den Jungen mit einem entschuldigenden Lächeln an sich und trat danach neben Graham, der es nicht wagte, Leaf in die Augen zu sehen.

Lennox reichte seinen Korb Tomas und sah Leaf spöttisch an. »Also, mein Herz. Ein Kuss für den Frieden?«

Leaf wusste genau, dass Lennox den Kuss nur ins Spiel gebracht hatte, um sich für ihre vorangegangenen Bemerkungen über seine Verantwortungslosigkeit und seine fehlende Rücksicht zu rächen.

»Da seht ihr es«, sagte Tomas. »Lady Leaf fühlt nichts als Abneigung und …«

»Still«, unterbrach Leaf den Mann scharf und drückte ihm nun ebenso wie Lennox ihren Brotkorb in die Hand. Kurz sah sie zu ihrem Vater, der ihrem Blick jedoch auswich, während Torin sie aufmerksam musterte.

Bastarde allesamt, dachte Leaf, trat aber lächelnd zu Lennox. »Dann küss mich eben«, wisperte sie, doch Lennox strich ihr zu ihrer Überraschung zwar liebevoll über die Wange, sagte dann aber leise: »Nein, dieses Mal küsst du mich«, und zog sie zwei Schritte weg von den anderen.

Nur mit viel Mühe bewahrte Leaf ihr sanftmütiges Lächeln. »Niemals küsse ich jetzt auch noch dich«, hauchte sie.

»Oh doch«, sagte Lennox und legte seine andere Hand auf ihren Rücken, um sie an sich zu ziehen. »Schließlich wird hier bezweifelt, dass *du* mich freiwillig aus Zuneigung heraus heiratest.«

Leaf musste all ihre Beherrschung zusammennehmen, um ihm nicht kräftig gegen das Schienbein zu treten. Um sie herum war kein Laut mehr zu hören.

Sie verfluchte Lennox, die Ross und das Leben, ehe sie sich auf die Zehenspitzen stellte und ihre Hände um Lennox' Nacken legte. Genau so, wie sie es tun würde, wenn sie ihm eine Kopfnuss verpassen würde.

Seine Hände wanderten an ihrem Rücken entlang, und sein Geruch nach Feuer stieg ihr in die Nase. Sie erschauderte, denn sie erinnerte sich daran, wie sie zu Hause auf den Weiden von Ribigill beide unter dem Baum mit dem Klangspiel gestanden hatten. Er mit dem Rücken gegen den Birkenstamm, sie vor ihm.

»Denk einfach, ich wäre Grey«, sagte Lennox leise und beugte sich zu ihr. Sein warmer Atem strich über ihre Haut, und zum ersten Mal fragte sie sich, ob man einen Kuss auch genießen konnte, selbst wenn man den anderen nicht ausstehen konnte.

Sie grub ihre Nägel in seinen Nacken, ihr Mund war seinem nun ganz nah. »Lennox«, wisperte sie und sah ihm in die Augen. »Ich muss dir noch etwas verraten.« Er zog die Augenbraue nach oben, und da lächelte sie süßlich. »Genieß den Kuss. Denn ich habe morgens Zwiebeln gegessen.«

Damit drückte Leaf ihre Lippen gegen seine, berührte ihn viel härter und fester, als es vermutlich gut war. Er öffnete seinen Lippen leicht, zog sie näher an sich, schob seine Zunge in ihren Mund.

Sofort reckte Leaf sich noch höher auf die Zehenspitzen, verlagerte mehr von ihrem Gewicht auf ihn und drängte seine Zunge in seinen Mund zurück, nur um sie dort ihrerseits zu erobern. Er stöhnte leise, als sie mit ihren Nägeln über seinen Nacken kratzte, und kurz ergab sie sich der Vorstellung, dass er sie gleich packen und gegen die halb verkohlte Hauswand hinter ihnen drücken würde.

Ihre Hände griffen nach seinen Haaren, zogen ihn näher an sich. Er schmeckte salzig und warm, und sie spürte, wie ihr Herz immer schneller schlug und ihr Atem immer flacher ging. Zunehmend vergaß sie die Dorfbewohner um sich herum und verlor sich immer mehr in diesem Kuss, der so gnadenlos und gerade deshalb so wohltuend war.

Ihr Zähne prallten gegen die von Lennox, als er sie nun noch stürmischer zurückküsste. Seine Hände fuhren an ihrer Taille hinab, und für einen aberwitzigen Moment wollte Leaf diese nehmen und auf ihren Po pressen.

Sie erschauderte, spürte die Hitze, die in ihren Schoß schoss. Sie sollte davon abgestoßen sein, sollte von Lennox abgestoßen sein. Doch stattdessen war es, als ob all der Hass auf ihn plötzlich in glühende Leidenschaft umschlug und sie nicht mehr genug von ihm bekommen konnte. Als ob ihre Körper einen Weg gefunden hatten, um sie auf eine Art und Weise zu versöhnen, die mit Worten nicht denkbar war.

Leafs Hand wanderte zu Lennox' Schulter. Sie wollte sein Leinenhemd zur Seite ziehen, wollte dort mit ihren Nägeln Spuren auf seinem Körper hinterlassen, so wie seine Küsse es auf ihren Lippen taten. Ihre Lider flatterten, und ein erregender Schwindel ergriff von ihr Besitz. Das war zu gut. Zu stark. Und viel zu gefährlich.

Und es sollte auf keinen Fall sein.

Das sah wohl auch Torin Ross so, der sich nun laut räusperte: »Genug, alles Weitere spart ihr euch für die Hochzeitsnacht auf!«

Lennox lachte leise, löste sich von ihr und flüsterte ihr ins Ohr: »Aye, alles andere muss wohl noch warten, bis du nicht nur Zwiebeln, sondern auch Knoblauch gegessen hast.«

Leaf schnaubte und formte nahezu lautlos die Worte: »Ich hasse dich.« Gleichzeitig wünschte sich ihr Körper Lennox' Berührungen zurück.

»Jetzt weißt du wenigstens, wie es sich anfühlt, wenn man etwas für seinen Clan tun muss, das man nicht tun will«, gab er leise zurück.

»Deshalb hast du den Kuss also vorgeschlagen?« Leaf war sprachlos. Doch Lennox nahm nur ihre Hand und hauchte einen sanften Kuss darauf. »Eine Liebe, so feurig wie die unsere, kann nicht erlöschen.« Er wandte sich an die Dorfbewohner, dieses Mal mit lauter Stimme. »Oder hat daran noch jemand Zweifel?«

KAPITEL 26

Leaf war nicht mit Lennox, Torin und Gregor aus dem Dorf nach Achfary Castle zurückgekehrt. Oder vielleicht war sie es ja. Jedenfalls konnte Artair sie den gesamten Nachmittag nirgends finden, und auch ihr Pferd fehlte. Dabei musste er unbedingt mit ihr sprechen, hatte sich aber im Burggarten von Hamish Munro in ein Gespräch verwickeln lassen, das schon über eine Stunde dauerte.

»Vikas Sohn ist ein Jahr alt«, führte der Clanführer der Munros gerade aus. »Und ihre Tochter, Akira, ist zweieinhalb Jahre.« Hamish blickte zu Vika, die etwas abseits von ihnen auf einer Bank bei den Kräuterbeeten saß und stumm einen ledernen Ball in den Händen drehte, mit Dog zu ihren Füßen. »Kein Wunder, dass sie die beiden vermisst. Besonders Akira ist ein wahres Engelchen. Hellblonde Haare, das gleiche Lächeln wie ihre Mutter.«

»Hm«, antwortete Artair, der schon mehrmals angedeutet hatte, dass er jetzt gehen müsse, doch Hamish war stets darüber hinweggegangen. Und Artair konnte den Clanführer der Munros nicht einfach stehen lassen.

»Akira hat Grübchen in den Wangen«, fuhr Hamish fort. »Genau wie ihr Vater, auch wenn Yule die Grübchen nie gemocht hat. Meine Ehefrau Bonnie dagegen hätte die Grübchen gern von ihrem Vater geerbt. Sie glaubt, dass sie sich besser mit Torin verstehen würde, wenn sie ihm ähnlicher sähe.«

»Die leuchtend roten Haare hat sie dann wohl auch von ihrer Mutter«, schlussfolgerte Artair.

»Nein«, widersprach Hamish. »Torins Ehefrau hatte ebenso schwarze Haare wie Torin, bevor er ergraute. Darum hat Bonnies rotes Haar auch für einige Gerüchte gesorgt.« Hamish musterte Artairs eigene Haarfarbe. »Ich kann mir vorstellen, das war bei Eurem Blond ähnlich, denn alle MacKays, die ich kenne, sind braunhaarig.«

»Ich sagte Euch doch bereits, dass ich nicht Gregors Sohn bin.«

»Aye.« Hamish nickte. »Aber wer sind dann Eure Eltern? Und wie kommt Ihr zu Clan MacKay?«

»Euch scheint meine Herkunft sehr zu interessieren. Wisst Ihr am Ende etwas darüber?«

Doch Hamish schüttelte den Kopf. »Wer etwas weiß, fragt nicht danach. Ich bin lediglich ein neugieriger Mann. Also, erzählt Ihr mir die Geschichte?«

»Und was ist mit der Kette mit dem schwarzen Stein?«, erkundigte sich Artair, der mehr über sie wissen wollte, nachdem er sich mittlerweile sicher war, sie in seiner Kindheit schon einmal gesehen zu haben. »Ihr sagtet, sie hätte eine tragische Geschichte.«

Hamish nickte. »Aye, das hat sie. Ich werde sie Euch ein andermal erzählen, heute bin ich nicht in der Stimmung dafür. Zumal ich Euch zuerst nach Eurer Geschichte gefragt habe.«

Artair wandte den Kopf und sah zu Vika. Die schleuderte gerade den Ball in eines der verwucherten Kräuterbeete, woraufhin Dog, der neben Vika gelegen hatte, sofort aufsprang und dem Ball hinterherjagte, obwohl das Beet von dornigen Rosenzweigen umgeben war.

»Dog, halt!«, rief Vika, worauf das Tier sofort stehen blieb.

Vika schüttelte traurig den Kopf. »Ich kann ihn dir nicht holen, also komm schon wieder her.«

Sofort entschuldigte Artair sich bei Hamish, trat über die Rosenzweige hinweg in das Beet und fischte den ledernen Ball aus der feuchten Erde. Er rieb ihn an seiner Hose ab, damit er nicht mehr allzu dreckig war, und brachte ihn Vika zurück, wobei ihm

Lennox' Hund schwanzwedelnd folgte. »Hier«, sagte er. »Jetzt könnt Ihr ihn in eine andere Richtung werfen.«

»Ich brauche kein Mitleid«, sagte Vika leise.

»Es gibt einen Unterschied zwischen Mitleid und Mitgefühl, Mylady«, erwiderte Artair und war schon fast an der Burgtür angelangt, als Vika ihm hinterherrief: »Wartet, bitte.«

Artair drehte sich um und sah, wie sie sich über die Augen wischte, während Dog bereits eifrig an dem Ball schnüffelte.

»Ich hätte mich bei Euch dafür bedanken sollen, dass Ihr mir den Ball zurückgebracht habt. Nur bemerke ich es meist zu spät, wenn ich einen Fehler gemacht habe.«

Artair lächelte ihr zu. »Schon gut. Ich merke auch oft zu spät, wenn ich etwas falsch oder gar nicht gemacht habe.«

»Vielleicht ist es ja unsere Bestimmung, das Richtige nicht sofort, sondern immer erst im Nachhinein zu bemerken.«

»Sag doch nicht immer so trübe Sachen, Vika«, mischte sich da Hamish ein. »So kenne ich dich gar nicht.«

»Du hast mich auch lange nicht mehr besucht, Hamish«, entgegnete Vika, bevor sie den Ball nahm und ihn dieses Mal in Richtung Burgmauer warf.

»Es ist eine Schande, was aus ihr geworden ist«, sagte Hamish betrübt, nachdem er Artair ein Stück von Vika fortgezogen hatte. »Ich erinnere mich noch genau, wie wir bei meinen früheren Besuchen stundenlang musiziert haben. Sie hat die hellste Singstimme, die du je gehört hast. Eigentlich wollte ich ihr dieses Mal das Flöten beibringen. Hier.« Er zog eine kurze Flöte aus seiner Kleidung. »Die hatte ich ihr eigens mitgebracht. Aber Vika will nichts davon wissen.«

»Sie muss sehr trauern«, sagte Artair, berührt von Hamishs Anteilnahme. »Ihr Unfall und der Verlust ihres Ehemanns …«

Doch Hamish machte eine wegwerfende Handbewegung. »Vika hat Yule nie geliebt. Sie war eine viel zu freie Seele für den regeltreuen und zugegebenermaßen recht langweiligen Yule.«

»Das wusste ich nicht.«

»Woher auch? Wer nicht nach der Vergangenheit fragt, erfährt auch nichts davon. Was mich daran erinnert, dass Ihr mir noch eine Antwort schuldig seid.«

Artair blickte wieder zu Vika, die nun leise vor sich hin zu summen begonnen hatte und dabei ihren Oberkörper vor und zurück wiegte. »So, wie ich das sehe, tut es niemandem gut, ständig in der Vergangenheit zu verweilen.« Er straffte die Schultern. »Und was mich betrifft, gibt es nicht viel zu sagen. Denn ich habe meine Erinnerung an das verloren, was geschehen ist, bevor Gregor mich als Junge nach einem Schiffbruch am Strand von Castle Varrich fand.«

»Nach einem Schiffbruch?« Hamish hob die Augenbrauen. »Und Ihr erinnert Euch an gar nichts? Auch nicht an den Namen des Schiffs, oder wohin es fuhr?«

»Nein.« Augenblicklich schlug Artairs Stimmung um. Jeder, der seine Geschichte zum ersten Mal hörte, wollte mehr von dem Schiff wissen und warum es gesunken war. Nur wie es ihm dabei ergangen und wie es gewesen war, am Strand vor Castle Varrich wieder zu sich zu kommen, Wasser auszuhusten und sich nicht einmal mehr an seinen Namen zu erinnern, das wollte niemand hören. Außer Leaf. Sie hatte ihn nicht nach dem Schiff gefragt. Sondern ihn mitfühlend angesehen und gemeint, dass sie gemeinsam das Schwimmen lernen sollten.

»Nun, es freut mich, dass Ihr bei Gregor ein neues Zuhause gefunden habt«, sagte Hamish langsam und legte ihm kurz eine Hand auf die Schulter. »Werdet Ihr nach der Hochzeit nach Castle Varrich zurückkehren?«

Artair trat einen Schritt zur Seite. Denn obwohl er Hamish für einen überlegten und umgänglichen Mann hielt, schien dieser doch das Talent zu haben, Salz in seine Wunden zu streuen. »Auch über die Zukunft spreche ich nicht gern. Denn sie ist noch nicht da, und es kann stets etwas geschehen, das verändert, was wir für gegeben gehalten haben.« Unwillkürlich musste er daran denken, dass Leaf in nunmehr vier Tagen Lennox heiraten würde. »Man muss wohl einfach darauf vertrauen, dass sich alles fügen wird.«

»Dass Ihr diese Einstellung als Gregors Ziehsohn entwickelt habt, überrascht mich«, sagte Hamish. »Er scheint mir eher ein Mann zu sein, der alles in die Hand nimmt. Um ehrlich zu sein, kann ich kaum glauben, dass er noch keine Pläne mit Euch hat.«

Artair lachte bitter. »Aye, die hat er.«

»So?«

Artair schüttelte den Kopf. Er würde Hamish jetzt nicht auch noch erzählen, dass Gregor ihm erst vor einigen Stunden offenbart hatte, dass er Artair zum Herrn einer eigenen Burg machen wollte. Artair hatte ihm darauf entgegnet, dass es auf dem Land der MacKays doch gar keine weitere Burg gäbe. Woraufhin Gregor nur geschmunzelt und gesagt hatte, dass er auch an keine Burg im Besitz der MacKays gedacht habe. Was nichts anderes bedeuten konnte, als dass Gregor auch für ihn eine Hochzeit anstrebte. Worüber er sich aber nicht weiter den Kopf zerbrechen musste, da eine Adelige ohnehin niemals einen Niemand wie ihn heiraten würde …

Artair neigte den Kopf. »Lord Munro, ich will nicht unhöflich sein, aber ich muss nun wirklich gehen. Ich war schon den ganzen Nachmittag auf der Suche nach Leaf und will nun, da es bald dämmert, sichergehen, dass ihr keine Gefahr droht.«

»Ihr seid ihr eben ein wahrer Bruder, was?«

Artair biss sich fest auf die Lippe, denn er wollte vieles auf dieser Welt sein, aber nicht Leafs gottverdammter Bruder. »Ihr Wohl liegt mir sehr am Herzen«, antwortete er daher knapp und wollte sich gerade zum Gehen wenden, als Leaf mit wehenden Haaren und in ihrer gewohnten Kleidung – seinem schwarzen Leinenhemd und seiner schwarzen Hose – auf ihn zugestürmt kam.

»Ich denke, Ihr habt sie gefunden«, schmunzelte Hamish. »Ich lasse Euch also allein. Es ist ohnehin bald Zeit für das Abendmahl.«

Artair nickte Hamish dankbar zu, der Vika nun in die Burg zurücktrug. Leaf hatte ihn mittlerweile fast erreicht, und er sah ihr an, dass sie aufgebracht und wütend war.

Lennox' Hund nahm Leafs Stimmung jedoch nicht wahr und sprang nun freudig auf sie zu. Leaf, die ihn zuvor nicht gesehen hatte, flüchtete sich daraufhin keuchend auf die Treppe, die vom Burggarten auf den Wehrgang führte.

Doch noch ehe Artair einschreiten konnte, pfiff Vika scharf, und der Hund trottete brav zu ihr. Artair schenkte ihr zum Dank ein kurzes Lächeln, das Vika erwiderte, ehe sie Leaf einen finsteren Blick zuwarf.

»Seit wann lächelt dir Vika denn zu?«, fragte Leaf. »Hat sie ihre Missgunst abgelegt?«

»Wäre sie missgünstig, hätte sie den Hund wohl nicht zurückgerufen.« Artair verschränkte die Arme.

»Jetzt nimmst du sie auch noch in Schutz? Eine Ross?«

»Ich dachte, es gibt keine zwei Seiten mehr«, entgegnete er schroffer als beabsichtigt. »Durch deine Heirat werden beide Clans doch zu einem.«

Leaf nickte. »Entschuldige. Artair, ich muss dir etwas erzählen.« Sie blickte kurz über ihre Schulter, dann senkte sie die Stimme. »Auf dem Rückweg aus dem Dorf habe ich gehört, wie Torin Vater darum gebeten hat, den Ehevertrag noch einmal zu ändern. Er befürchtet, dass dieser Murdoch und noch einige andere Männer sonst keine Ruhe geben werden. Achfary Castle soll deshalb nun in den Besitz der Ross übergehen, falls ich ohne Kinder sterbe.«

Artair holte mehrmals tief Luft, denn bisher war vereinbart gewesen, dass die Burg in diesem Fall im Besitz von Gregor blieb. Und wenn sich Gregor nun auf diese Änderung einließ, bedeutete das nichts anderes – und ein Blick in Leafs Augen bestätigte ihm, dass sie das Gleiche dachte wie er –, dass es nur noch eins gab, das zwischen den Ross und Achfary Castle stand. Und das war Leafs Leben.

»Gregor wird dem nicht zustimmen. Auch ihm muss klar sein, in welche Gefahr er dich dadurch bringt. Und wie leicht er die Burg zudem verlieren würde, wenn du unerwartet eines natürlichen Todes stirbst.«

»Da bin ich mir nicht so sicher«, hauchte Leaf. »Denn Vater glaubt fest an die guten Absichten der Ross und daran, dass ich ein Dutzend Kinder für den Frieden zeugen werde. Weshalb er die Änderung auch für eine pure Formalität hält. Der Gedanke, dass mich die Ross deswegen umbringen könnten, ist ihm jedenfalls nicht gekommen.«

»Aber dir schon«, sagte Artair.

»Ja, natürlich. Ach … ich weiß es doch auch nicht«, sagte Leaf. »Ich … Lennox hat seine eigene Verlobte erschossen. Und Malik umgebracht. Andererseits …« Leaf verstummte und ließ sich auf den Stufen der Treppe nieder. »Warum erzähle ich dir das schon wieder?«

Artair setzte sich neben sie. »Weil du tief in deinem Inneren weißt, dass du mir vertrauen kannst.«

Leaf schwieg eine Zeit lang, dann sah sie ihm fest in die Augen. »Sprich bitte mit Vater. Mache ihm klar, dass er den Ehevertrag auf keinen Fall abändern darf.«

»Ich fürchte, ich werde ihm das nicht ausreden können, wenn er davon überzeugt ist, dass er damit das Richtige für seinen Clan tut. Du kennst ihn doch«, sagte Artair nach einer Weile.

»Bitte.« Leaf sah ihn so offen an, wie sie ihn das letzte Mal angesehen hatte, als sie nackt in seinen Armen auf dem Stallboden gelegen hatte.

Artair rieb sich über die Wange und schloss die Augen. »Für dich werde ich alles versuchen, Wildfang. Aber du weißt genauso gut wie ich, dass es nichts helfen wird.«

»Verflucht, du hast ja recht.« Leaf schlug so hart mit der Faust gegen die Mauer, dass ihre Haut aufplatzte.

»Lass das«, sagte Artair und hielt ihre Hände fest, damit Leaf sich nicht erneut selbst verletzte.

Sie schüttelte den Kopf. »Ich bin den ganzen Mittag durch den Wald geritten, habe mir vorgestellt, was geschieht, wenn ich Lennox nicht heirate. Das Ergebnis war immer das gleiche: noch mehr Tod und Verderben für die Menschen hier im Dorf, für die MacKays und die Ross. Mir bleibt gar nichts anderes übrig, als diese Ehe einzugehen, Artair.«

Artair drückte ihre Hände. »Deine Mutter hat früher oft gesagt, dass Flower die selbstloseste ihrer Töchter wäre. Aber ich glaube, sie hat sich geirrt.«

»Ich habe Lennox heute wieder geküsst«, sagte Leaf da unvermittelt.

»Was?« Artairs Herz setzte einen Schlag lang aus.

Leaf nickte. »Er hat mir keine andere Wahl gelassen. Aber weißt du, was das Schlimmste daran war? Das Schlimmste war, dass mein Körper es genossen hat, Artair. Dass ich mir sogar gewünscht habe, er würde weitermachen. Ich kann es selbst kaum glauben, denn wie kann ich ihn wollen, wenn ich gleichzeitig doch befürchte, dass er mich umbringen will? Und vor allem, wenn ich doch eigentlich …«

»Wenn du eigentlich was?«

Doch Leaf schüttelte den Kopf. »Nichts.«

Artair wäre am liebsten aufgestanden und davongegangen. Leaf wollte Lennox nicht nur heiraten, sie begehrte ihn auch noch. Was auch immer er in ihrer gemeinsamen Nacht in ihren Augen zu lesen geglaubt hatte – er hatte sich gründlich geirrt.

»Ich …« Artair räusperte sich. »Ich weiß gerade nicht, was ich dazu sagen soll.«

Leaf sprang auf. »Na, was du sonst auch immer sagst. Sag mir, dass mich Herausforderungen stark machen. Sag mir, dass ich auf das Leben vertrauen soll. Sag mir, dass es gut ist, wenn ich die Berührungen meines Verlobten genieße. Sag mir, dass ich mich all die Jahre in Lennox geirrt habe und er im Grunde seines Herzens gut ist und mir nie wehtun wird!«

Tränen rannen aus Leafs Augen, und Artair legte ihr trotz seines Schmerzes und seiner Enttäuschung behutsam die Hände auf die

Schultern. »Was Lennox tun wird oder nicht, weiß nur er selbst. Wie jeder Mensch hat er dunkle und gute Seiten. Und wenn du ihn heiratest, solltest du an die guten glauben.«

»Du verstehst es nicht, Artair. Du verstehst nicht, dass es genau Lennox' dunkle Seite ist, die mein Körper so anziehend findet. Ich muss verrückt sein!«

»Bevor er sich in Flower verliebt hat, hat Cailan auch mit vielen Frauen geschlafen, deren Charakter fragwürdig war.«

»Aye.« Leaf nickte. »Du willst mir also damit sagen, dass ich das auch darf, richtig? Dass ich Lennox berühren kann, wenn es meinem Körper guttut, und das noch lange nicht heißt, dass ich ihm vertraue und darüber vergesse, wie gefährlich er mir werden kann.«

»Sag du es mir. Findet denn nur dein Körper ihn anziehend oder noch mehr von dir?«

»Nun, ich bin ganz sicher nicht in Lennox verliebt«, sagte Leaf. »Nein. Auf keinen Fall.«

Artair zögerte einen kurzen Moment, dann legte er seine Hand vorsichtig auf Leafs Brust. »Und warum schlägt dein Herz dann so schnell, obwohl du tiefere Gefühle für Lennox leugnest?«

Leaf riss die Augen auf. »Keine Ahnung, ich weiß nicht, ich …« Ihr Blick wanderte zu Artairs Lippen, der darauf verwirrt sagte: »Das Herz ist ein Organ aus Feuer. Nur du weißt, warum es brennt.«

»Ich … ich habe Angst, Artair.« Ihr Blick suchte den seinen. »Aber gerade jetzt, in diesem Moment …« Leaf schüttelte den Kopf. »Ich habe das Gefühl, ich habe mich überhaupt nicht mehr im Griff.«

»Warum?«

»Du weißt es doch längst.« Sie schüttelte den Kopf und sagte leise: »Warum nur haben wir nicht an dem Tag geheiratet, als meine Mutter es dir vorgeschlagen hat?«

»Damit du dich jetzt nicht mit deinen Empfindungen für Lennox auseinandersetzen musst? Du vergisst nur, dass du nie heiraten wolltest, Wildfang«, wisperte er, und als Leaf nichts darauf antwortete: »Kann es sein, dass du vorhin gelogen hast, Leaf? Dass du gar nicht willst, dass ich dir sage, dass Lennox ein guter Mann ist, oder dass ich deinen Vater umstimme. Sondern dass ich dir sage, dass du in Gefahr bist, davonlaufen und dich gegen diese Ehe entscheiden sollst ... und für mich?«

Artairs Herz schlug heftig, während er darauf wartete, dass Leaf ihm entschieden widersprach. Doch stattdessen flossen Tränen aus ihren Augen. »Und wenn es so wäre?«

Artair strich vorsichtig über Leafs Sommersprossen. »Ich kenne dich, Wildfang, besser als jeder andere Mensch. Meine Zustimmung reicht nicht, damit du dich gegen diese Ehe entscheidest. Du musst dir selbst die Erlaubnis dazu geben, denn sonst wirst du mir das immer vorwerfen. Ich kann nicht für dich mutig sein.«

Leaf schloss ihre Augen. »Es geht nicht.«

»Alles geht«, widersprach er. »Du musst nur wissen, was du willst.«

Leaf öffnete ihre Augen wieder. »Wusstest du, dass es Lennox gleichgültig wäre, wenn du und ich als seine Ehefrau eine Affäre miteinander hätten?«

Ohne es sich erklären zu können, fühlten sich Leafs Worte für ihn wie eine Ohrfeige an. »Eine Affäre?«

Leaf nickte resigniert. »Ich kann nicht vor dieser Ehe davonlaufen, Artair. Aber du hast recht, ich kann meine Ehe gestalten. Und wenn ich nicht gerade darauf achtgebe, dass mir niemand Gift ins Essen mischt, können du und ich ...«

»Miteinander schlafen? Wenn Lennox keine Zeit dafür hat?« Artair trat einen Schritt zurück. »Schätzt du mich wirklich so gering, dass du denkst, dass ich keine anderen Wünsche für meine Zukunft habe?«

»Deine ... Zukunft?« Leafs Stimme zitterte. »Ich dachte, deine Zukunft ist hier, bei mir.«

Artair griff nach Leafs Händen. »Aye, meine Zukunft kann dir gehören. Aber nicht als deine Affäre. Denn es ging mir nie darum, nur mit dir das Lager zu teilen. Sondern um ein Leben mit dir. Und wir wissen beide, dass wir mittlerweile weit über den Punkt der Freundschaft hinaus sind.«

»Aber die Menschen hier, Artair ... der Friede ...«

Doch Artair schüttelte den Kopf. »Aye, darüber müssten wir gut nachdenken. Aber das nutzt alles nichts, solange du nicht dazu bereit bist, dich auf mich einzulassen. Denn wenn du ehrlich zu dir bist, ist deine Angst vor Liebe noch viel größer als deine Angst vor Krieg. Du musst eine Entscheidung treffen«, flüsterte er eindringlich. »Denn es liegt an dir, ob wir beide ...«

»Nanu, Lady Leaf, Artair! Ihr steht aber sehr eng beieinander«, erklang da Torins Stimme.

Augenblicklich zuckte Leaf zusammen. »Es ist deine Wahl, Wildfang«, flüsterte Artair noch, ehe er rasch einen Schritt zurücktrat und dabei beinahe mit Torin zusammengestoßen wäre.

»Ich verlange eine Erklärung«, sagte dieser nun. »Was tut ihr beide hier?«

Leafs Augen waren noch immer feucht, und sie sah Artair lange an. Kurz hoffte er, dass sie Torin einfach die Wahrheit sagte. Ihm mitteilte, dass sie ihn liebte und sie alle einen anderen Weg finden mussten, um den Frieden zu sichern. Doch stattdessen reckte Leaf das Kinn und erklärte knapp: »Ich war auf der Suche nach meinem Verlobten und hatte gehofft, dass Artair weiß, wo er ist.«

»Na, da sind wir immerhin zu zweit«, brummte Torin. »Ich dachte auch, dass ich meinen Sohn hier finden würde, da ihn eine Magd vorhin in den Garten hinausgehen sehen hat.«

Im selben Moment hörte Artair ein Knarzen hinter sich und sah, wie Lennox sich oberhalb der Treppe in der Abenddämmerung auf der Mauer aufrichtete. »Dann dürftet ihr ja alle sehr glücklich sein, mich jetzt gefunden zu haben. Denn ich bin hier. Und das schon eine ganze Weile.«

Leafs Augen weiteten sich. »Sag mir, dass das ein Scherz ist. Warum hast du nichts gesagt?«

»Das muss wohl meine dunkle Seite gewesen sein«, antwortete Lennox knapp.

»Was redest du da, Junge«, wies Torin ihn scharf zurecht. »Du hast doch keine dunkle Seite, mach deiner Verlobten keine Angst.«

»Du meinst, nicht, dass sie am Ende noch schlecht von mir denkt? Mir gar unterstellt, dass meine Seele die eines Meuchelmörders ist?«

Artair hörte, wie Leaf scharf einatmete, nachdem auch ihr klar geworden war, dass Lennox ihr gesamtes Gespräch mitangehört hatte.

»Lennox«, warnte Torin. »Du weißt, was wir ausgemacht haben, also komm endlich zu uns herab und benimm dich.«

Lennox schritt darauf tatsächlich die Treppe hinab. »Natürlich.« Sein Blick suchte den von Leaf. »Meine Verlobte hat schließlich nach mir gesucht. Nicht wahr, mein Herz?«

Torin schüttelte den Kopf. »Und ich dachte nach dem Vorschlag, den du mir vorhin unterbreitet hast, dass wohl doch mehr in dir steckt, als ich glaubte. Was hast du überhaupt dort oben getan? Vika und Dog beim Spielen zugesehen?«

»Das geht dich nichts an«, sagte Lennox.

»Welcher Vorschlag?«, fragte Leaf da. »Von welcher Abmachung sprecht Ihr?«

Lennox' Lippen verzogen sich. »Ich hatte vorgeschlagen, morgen das ganze Dorf zum abendlichen Fest einzuladen. Damit die Dorfbewohner auch einmal etwas anderes als Brot zu essen erhalten und ins Warme kommen.«

»Das hast du vorgeschlagen?«, fragte Leaf erstaunt.

»Wir haben wohl beide Gedanken, die uns überraschen, nicht wahr?«

»Jedenfalls«, brachte nun Torin hervor, »habe ich mit Gregor darüber gesprochen, und wir halten es für einen ausgezeichneten Einfall. Vielleicht gebt ihr euch auch noch einen weiteren Kuss. Der von heute Morgen hat wahre Wunder im Dorf gewirkt.«

Lennox sah Leaf an. »Das kommt ganz darauf an.«

»Auf was?«, fragte Torin, und Artair hielt den Atem an.

»Wie mutig meine Verlobte ist«, antwortete Lennox schließlich. »Und zu welchen Entscheidungen sie dieser Mut bis morgen Abend verleiten mag.«

KAPITEL 27

Nachdem Gregor am nächsten Morgen doch tatsächlich ein-gewilligt hatte, den Ehevertrag zuungunsten der MacKays neu aufzusetzen, um den Frieden zwischen den Clans zu sichern, preschte Leaf im gestreckten Galopp und mit wehenden Haaren durch den Wald. Ihren Vater hatte sie längst hinter sich gelassen und damit auch seine Mahnungen, sie möge zu Verstand kommen und ihren Teil zur Friedenssicherung beitragen.

»Schneller, Ealair!«, trieb sie ihr Pferd an und wünschte sich für einen Moment, zu Hause in Castle Varrich zu sein und dort mit Artair einhändig über die laubbedeckten Waldpfade preschen zu können. Doch Artair brachte gerade Vika das Flötenspiel bei, was sie beinahe ebenso sehr beunruhigte wie die Entscheidung ihres Vaters. Denn wenn sie sich nicht gegen die Heirat mit Lennox ent-schied, war es nur eine Frage der Zeit, bis Artair ein Verhältnis mit einer anderen Frau eingehen würde.

Sie ritt nun langsamer und bemerkte wegen des dichten Stands der Bäume deshalb auch erst jetzt, dass sich am Fuß des Abhangs neben ihr ein schwarzblauer Waldsee auftat, auf dem sie sogar ein Ruderboot zu erkennen glaubte. Genau in einem sol-chen See hatten Artair und sie damals das Schwimmen gelernt. Artair …

Seine gestrigen Worte kamen ihr wieder in den Sinn. *Wir wis-sen beide, dass wir mittlerweile weit über den Punkt der Freund-schaft hinaus sind.* Sie umfasste die Zügel ihres Hengstes fester und beugte sich weiter nach vorn. Nur wenn das so war, was für eine andere Wahl blieb ihnen dann, die nicht gleichzeitig die Fortsetzung der Fehde zwischen Clan MacKay und Clan Ross bedeutete?

Leaf war zu aufgewühlt, um einen klaren Gedanken zu fassen, also machte sie kehrt und sah auch schon bald die ersten Katen des Dorfs vor Achfary Castle vor sich auftauchen.

»Mylady«, trat Tomas da aus einer Kate auf sie zu, deren Tür zerborsten war und in der Mitte ein großes Loch aufwies. »Wir sind Euch für die Einladung zu dem heutigen Fest unendlich dankbar! Meine alte Mutter hat sich deswegen seit Wochen das erste Mal wieder von ihrem Bett erhoben. Und satt ist sie auch.«

Überrascht von der Freundlichkeit des Mannes, der gestern ihr gegenüber noch sehr verhalten aufgetreten war, schlang Leaf ihre Zügel um den Hals ihres Hengstes. »Die Einladung war, um ehrlich zu sein, der Einfall meines Verlobten.«

Tomas' Augen weiteten sich. »Das müsst Ihr wohl sagen, aber was soll's, es wirkt. Nach dem Kuss, den Ihr und Lord Lennox gestern ausgetauscht habt, war die Stimmung hier eine andere. Als Ross-Männer von der Burg herab ins Dorf kamen, gab es zum ersten Mal keine Schlägerei. Na ja, nicht ganz, aber …«

»Nicht ganz?«, hakte Leaf nach.

Tomas verschränkte die Arme. »Nun, dieser Murdoch und seine Freunde zerstören mutwillig das wenige, das wir noch haben.« Er deutete mit der Hand auf seine Tür. »Und dem kleinen Tommy haben sie seinen Brotlaib weggenommen.«

»Wie herzlos«, entfuhr es Leaf, denn wer würde einem ausgemergelten Kind sein Brot wegnehmen?

Tomas' Miene wurde grimmig. »Deshalb war ich gestern auch so misstrauisch. Denn vor wenigen Wochen, als die Ross unser Dorf überfallen haben, befand sich Lord Lennox noch unmittelbar an der Seite von besagtem Murdoch.«

»Das wird jetzt ein Ende haben«, beruhigte Leaf den ehemaligen Dorfpfarrer. Denn erstens war der Ehevertrag nun an die Vorstellungen von Murdoch und anderen Bedenkenträgern angepasst worden. Und zweitens würde sie mit Lennox reden, damit dieser Murdoch deutlich in seine Schranken verwies.

»Aye, vielleicht habt Ihr recht.« Tomas zuckte mit den Schultern. »Niemand hier hat geglaubt, dass diese Ehe etwas bewirken könnte. Aber jetzt, wo wir sogar auf die Burg dürfen, ändere ich meine Meinung, Mylady. Und will darauf vertrauen, dass Ihr uns tatsächlich vor weiteren Kämpfen bewahrt. Und allein, dass Ihr Graham mitgebracht habt ...« Tomas begann, über das ganze Gesicht zu strahlen. »Nach Nahrung haben wir hier nichts so dringend gebraucht wie einen Schmied! Unsere Türen bekommen wieder Angeln, unsere Frauen wieder Messer, um die Hühner zu zerlegen, die Ihr uns heute Morgen gesandt habt ... Sagt, kennt Ihr nicht auch noch eine Heilerin, die in unser Dorf ziehen könnte?«

Leaf wurde von Tomas' plötzlichem Redeschwall geradezu überwältigt, denn sie hatte bislang weder von den Hühnern noch davon, dass Graham sich für die Dorfgemeinschaft einsetzte, gewusst. Und natürlich mussten auch noch andere Handwerker ins Dorf gebracht werden, um es wiederaufzubauen. Sie stemmte die Hände in die Hüfte. »Bevor eine Heilerin kommt, benötigen wir zuerst viele Steinmetze und Zimmerleute.«

Nun leuchteten Tomas' Augen förmlich. »Ganz recht! Denn wenn der Winter kommt und unsere Häuser offen stehen ...« Er schüttelte sich. »Letztes Jahr haben wir drei Dutzend Menschen an den Frost verloren.«

Leaf nickte. »Wir beginnen sofort.«

»Ihr meint hier und jetzt?« Tomas stützte sich im Rahmen seiner beschädigten Tür ab.

»Ist das nicht in deinem Sinn?« Leaf zog verwirrt die Augenbrauen zusammen.

Tomas zögerte. »Schon. Aber wenn wir heute Abend auf die Burg kommen sollen, muss ich erst meine Mutter waschen, sonst lässt man sie dort nicht ein.« Er warf einen Blick auf seine schwarz geränderten Fingernägel. »Und mich auch nicht.«

Leaf blickte auf ihre eigenen Finger, die weder rissig noch schmutzig waren, und schämte sich. »Sieh du nach deiner Mutter, während ich mich um die Tür kümmere«, sagte sie.

»Aber Mylady, Ihr könnt doch nicht …?«

»Doch, ich kann. Und ich werde.« Denn Artair hatte ihr einst, als er Rivers Ruderboot wieder seetauglich gemacht hatte, gezeigt, wie man beschädigtes Holz notdürftig flickte und verstärkte.

Und genau darum ging es doch, dass das Wohlergehen ihres Clans wichtiger war als ihr eigenes Glück.

Gerade hatte Leaf das erste von vielen weiteren Holzstücken, die sie aus einer zusammengestürzten Kate geholt hatte, auf das Loch an die Tür genagelt, als Graham des Weges kam. Ohne seine Schmiedeschürze hielt sie ihn erst für einen der vielen Dorfbewohner, die ihr überschwänglich für ihre Bemühungen danken wollten. Doch anders als die anderen schien er bei ihrem Anblick lieber fliehen zu wollen.

»Mylady«, grüßte er und wollte schnell an ihr vorbeigehen.

Doch Leaf legte den Stein zur Seite, den sie als Hammer benutzte, und stellte ihn zur Rede. »Mylady? Hast du nach der Loyalität, die du mir geschuldet hättest, jetzt auch noch meinen Namen vergessen?«

»Nein, natürlich nicht«, antwortete Graham. »Aber ich dachte, dass nach dem, was geschehen ist …«

Leaf trat näher an ihn heran und senkte die Stimme. »Du meinst, dass du, nachdem du mich nicht darüber aufgeklärt hast, dass dein Cousin Grey in Wahrheit Lennox Ross ist, und damit alle Menschen in Tongue und auf Castle Varrich in Lebensgefahr gebracht hast, mich nun lieber förmlich ansprichst? Denkst du, das schützt dich vor mir?«

Graham schüttelte den Kopf. »Um ehrlich zu sein, warte ich schon seit Tagen auf meine Bestrafung.«

»Dann war es dir also nicht Strafe genug, dass meine Mutter dich von Castle Varrich verbannt hat und dein kranker Vater nun wieder die Schmiede mit Nessas Unterstützung führen muss?«

Graham senkte den Kopf. »Ich bete jeden Tag, dass Vater jemanden findet, der ihm und Nessa helfen kann.«

»Und wer soll das sein? Der echte Grey?«

»Nein, mein Cousin war schließlich genauso käuflich wie ich.« Graham hob den Blick. »Es tut mir leid. Ehrlich. Ich bedaure, was ich getan habe. Und noch mehr, dass ich es für Silber getan habe, Mylady.«

»Hör schon auf damit«, sagte Leaf, als sie die Tränen in Grahams Augen sah. »Tomas sagte mir, dass du hier viel für das Dorf tust.« Sie senkte die Stimme. »Auch wenn du neben Angeln und Essmessern auch Waffen schmieden solltest. Wir müssen hier nämlich Wachen aufstellen und ausrüsten, die das Dorf vor Murdoch und seinen Freunden schützen.«

Graham nickte. »Aye, das stimmt wohl. Ich werde mich sogleich an die Arbeit machen.«

»Wo wolltest du denn hin?«, erkundigte sich Leaf. Denn auch wenn sie Graham nicht mehr mit Zorn begegnen wollte, traute sie ihm deshalb noch lange nicht.

»Da ist diese Frau, die Mutter des kleinen Tommy.« Graham wurde rot. »Ich wollte kurz nach ihnen sehen, weil Lennox doch in der Schmiede …«

»Lennox hat dich erneut aufgesucht?« Leaf traute ihren Ohren kaum.

Graham hob abwehrend seine rußverschmierten Hände. »Ich schwöre, dass er nichts von mir wollte, außer dass ich ihm meine Werkzeuge kurz überlasse.«

»Hm«, brummte Leaf, die sich nicht im Geringsten vorstellen konnte, wozu Lennox die Schmiedewerkzeuge nutzen wollte, hatte er sich auf Castle Varrich doch immer vor jeder Arbeit gedrückt. Das konnte nichts Gutes bedeuten.

»Die Mutter des kleinen Tommy wird wohl noch ein wenig auf dich warten müssen«, sagte Leaf und deutete auf die Tür hinter sich. »Reparier sie zu Ende. Und danach such genug Holz für die Tür nebenan.«

»Aye«, nickte Graham eifrig. »Und danke.«

»Wofür?«

»Für eine zweite Chance. Ich habe sie nicht verdient, umso mehr ehrt es dich, dass du sie mir gewährst.«

Nur wenig später erreichte Leaf die Schmiede, deren unbeschädigte Tür hinter ihr zuschlug, als sie in den von grauem Tageslicht und rötlicher Glut erleuchteten Raum trat.

Doch wider Erwarten traf sie Lennox dort weder halb nackt mit einer Frau noch beim Schmieden einer Waffe an. Stattdessen hielt er einen Hammer und einen Meißel in der Hand, mit denen er den runden silbernen Kettenanhänger vor sich bearbeitete.

»Ich hatte eigentlich gedacht, dass Artair mich hier aufsuchen würde«, sagte Lennox trocken und sah kurz zu ihr auf. »Aber du hast dich also dafür entschieden, mir selbst mitzuteilen, dass du mich nun doch nicht heiraten wirst.«

»Ist das die Schlussfolgerung, die du aus dem Gespräch gezogen hast, bei dem du uns belauscht hast?«

Ungerührt schlug Lennox noch eine weitere Kerbe in das feine Silberplättchen. »Artair liebt dich, und du ihn offensichtlich auch. Ich kann dich nicht dafür verurteilen, dass du an erster Stelle an dich denkst. Denn das habe ich jahrelang auch getan.«

»Ich bin nicht wie du«, sagte Leaf.

»Nein«, stimmte Lennox zu und legte Hammer und Meißel beiseite. »Denn während du dich jetzt, wo es tatsächlich darum geht, Leben zu retten, für die Liebe entscheidest, werde ich genau das nicht tun.« Er kräuselte spöttisch die Lippen. »Und das verdanke ich nur dir, die du meine helle Seite zum Vorschein gebracht hast.«

Leaf musste ungewollt lachen. »Einen Moment lang habe ich dir fast geglaubt, aber du versuchst mich nur zu manipulieren. Doch du wirst damit keinen Erfolg haben.«

»Ach nein? Muss ich dir dazu erst die Geschichte von der Frau erzählen, die ihr Haus nur verlassen kann, wenn ihre Tochter zu Hause ist, weil sie lediglich ein gemeinsames Paar Schuhe besitzen? Oder die des alten Mannes, der versucht hat, ebenjene Schuhe zu essen, weil sie aus Leder sind, das ihm in seinem Hungerwahn wie ein Stück Fleisch erschien?«

»Diesen Hungerwahn habe nicht ich verursacht, sondern du«, entgegnete Leaf. »Und wie ich höre, tut Murdoch weiterhin sein Bestes, um die Fehde aufrechtzuerhalten.« Sie stemmte die Hände in die Hüfte. »Du musst noch einmal mit ihm sprechen, damit er seine Hetzereien sofort unterlässt. So kann das nicht weitergehen.«

Lennox neigte den Kopf und strich über die Narbe an seiner Stirn. »Ich werde es meinem Vater ausrichten. Er hat den meisten Einfluss auf ihn.«

Leaf war überrascht, dass Lennox ihr so rasch zustimmte, bedankte sich aber dennoch bei ihm. »Danke.«

»Gern, und jetzt sag schon, warum du eigentlich gekommen bist, damit ich es dir ausreden kann.«

Leaf schüttelte den Kopf. »Du liegst falsch, denn ich werde deine Frau werden, Lennox.«

»Wirklich?«, fragte Lennox ehrlich erstaunt. »Obwohl unsere Väter einen neuen Ehevertrag abgeschlossen haben, der deiner Meinung nach dazu führt, dass ich oder einer unserer Männer dich baldmöglichst umbringen.«

»Mein Vater ist ein unfassbarer Narr, dass er diese Möglichkeit nicht sieht.«

»Da gebe ich dir recht«, sagte Lennox. »Denn wenn ich mich auch nur einen Fingerbreit um Achfary Castle scheren würde, wärst du nach unserer Eheschließung tatsächlich eine tote Frau. Nur befände ich mich dann inmitten der nächsten Fehde und könnte schon wieder nicht tun und lassen, was ich will, da mir dein Vater trotz seiner Blindheit deine Ermordung wohl nicht verzeihen würde.«

Leaf reckte das Kinn. »Ich soll dir also allein wegen deines grenzenlosen Egoismus vertrauen?«

Lennox nickte. »Habe ich, seit du mich kennst, nicht immer getan, was ich will?«

»Nein. Seit ich dich kenne, tust du das, was dein Vater von dir will. Auch wenn du mir erzählt hast, dass du es nur wegen Vika tätest.«

Lennox' Kiefermuskeln verspannten sich. »Nach dieser Hochzeit geht mein Vater mit Vika zurück auf seine Burg, und du und ich, wir können uns hier ein schönes Leben machen. Du hilfst den Dorfbewohnern, und ich werde …«

»Was, doch noch ein Schmied?« Leaf trat einen Schritt näher und beäugte Lennox' Werkstück. »Ist das ein Engel?« Jetzt verstand sie gar nichts mehr. »Brauchst du jetzt schon den Beistand Gottes, um dich vor dir selbst zu verantworten?«

Lennox lachte leise. »Der Himmel ist nichts für mich. Aber es freut mich, dass man den Engel diesmal erkennt.«

Leaf spitzte die Lippen, als sie sich an seine Zeichnung in der Schmiede von Tongue erinnerte. Hatte das auch ein Engel sein sollen? »Falls du versuchst, mich mit einer neuen Kette zu bestechen, kannst du dir die Mühe sparen. Regel eins: Mach mir keine weiteren Geschenke.«

Lennox verzog den Mund. »Die Kette ist nicht für dich. Aber wenn wir gerade schon bei Regeln sind.« Er erhob sich. »Mir wäre gerade nach Lektion drei meiner Regeln, die ich dir damals in der Schmiede von Tongue genannt habe. Du erinnerst dich?«

»Bereue, was du tust, morgen. Was zur Hölle hast du vor?« Leaf legte die Hand auf ihren Dolch.

Lennox kam nun um den Tisch herum, vor dem er gesessen hatte. »Du brauchst Artair nicht. Du magst ihn lieben, ja, aber es gibt keine Liebe, die nicht alles zerstört.« Lennox zog seinen Dolch aus dem Gürtel, aber nur, um ihn auf den Boden fallen zu lassen. »Und wenn er dich wirklich lieben würde, hätte Artair dich auch nicht vor eine derart unmögliche Wahl gestellt, sondern wäre gern deine Affäre geworden.«

Leafs Puls beschleunigte sich. »Du verstehst nichts von Liebe. Dein Rat ist genauso wenig wert wie deine sonstigen Worte.«

»Mein Herz.« Er senkte seine Stimme zu einem angenehmen Flüstern. »Ich will jetzt, dass du dich auf den Tisch setzt und dein Kleid nach oben ziehst. Und dann zeige ich dir, warum nur ein Narr an die Liebe glaubt und Menschen wie du und ich an die Lust.«

Gegen ihren Willen erschauerte Leaf. »Du musst wahnsinnig sein, wenn du denkst, dass ich das tue.«

Lennox' Miene blieb unbewegt. »Dann lege ich mich auf den Tisch, und du setzt dich auf mich.«

»Du bist vollkommen verdorben.«

»Aber genau das gefällt dir doch an mir … meine dunkle Seite?« Lennox sah sich im Raum um und fand ein Seil. »Ich könnte dich auch fesseln. Dir zeigen, wie berauschend es sich anfühlen kann, vollkommen die Kontrolle zu verlieren.« Um seine Mundwinkel spielte ein Lächeln. »Ich verspreche dir, dass du danach nicht mehr an Artairs Namen denken wirst.«

Leaf keuchte. »Weißt du, was das Verrückte ist? Wenn das wahr wäre und ich auch nur ein wenig Vertrauen in dich hätte, würde ich es sogar tun.«

»Du kannst mir vertrauen. Denn du und ich, wir wollen beide das Gleiche. Wir wollen, dass diese Ehe möglichst angenehm für uns wird, und nicht wie die deiner oder meiner Eltern.«

»Wie meinst du das?«

Lennox seufzte. »Ich meine damit, bitter und unglücklich. Weil es für meinen Vater immer nur Pflicht und Verantwortung gab. Und danach nur Trauer, nachdem meine Mutter weggelaufen war. Wenn er sich nur ein wenig mehr um sie bemüht hätte …«

Leaf verschränkte die Arme. »Du hast Angst davor, dass ich mit Artair weggehen könnte, und willst mir deshalb Gründe geben, um zu bleiben.«

Lennox zuckte mit den Schultern. »Gründe, um zu bleiben. Und Gründe, um mir zu vertrauen. Denn wenn du das nicht tust, wird unser beider Leben verdammt anstrengend werden.«

Leaf verschränkte die Arme. »Das mit dem Vertrauen ist so eine Sache. Es kann hundertmal gut gehen, nur um beim hundertsten Mal schiefzugehen.«

Lennox nickte. »Es gibt keine Sicherheit, Leaf. Jeder kann dich verraten. Und auch ich würde dich verraten, wenn beim hundertersten Mal unsere Interessen nicht mehr die gleichen wären. Nur sind wir im Moment beim ersten Mal und wollen das Gleiche. Also lass uns doch damit beginnen.«

»Nur kannst du nicht wissen, was ich gerade will.«

»Doch, du willst dich nicht verletzlich machen. Und gleichzeitig fragst du dich, ob ich dich wirklich derart vögeln könnte, dass du über Artair hinwegkommst.« Er streckte seine Hand nach ihr aus. »Ich kann. Also komm zu mir. Oder hast du Angst, dass du dich am Ende doch noch in mich verliebst?«

»Sicher nicht«, erwiderte sie.

Lennox kräuselte die Lippen. »Beim ersten Mal hält man Lust oft für Liebe. Erst mit mehr Erfahrung lernt man, beides voneinander zu trennen und die Kontrolle über seine Empfindungen zu behalten.« Sein Blick glitt über Leafs Körper. »Und das willst du schließlich auch.«

Leaf erschauderte, als Lennox zu ihr kam und seine Hand auf ihren Dolch legte. »Den Dolch werfen wir zu meinem auf den Boden.«

Leaf spürte Lennox' heißen Atem auf ihrem Gesicht, und eine seltsame Mischung aus Verzweiflung, Wut und Erregung erfassten sie, sodass sie seine Hand von ihrem Dolch nahm und ihn selbst zu Boden schleuderte. »Keine Kinder, Lennox. Hast du das verstanden?«

Lennox nickte und zog sich das Leinenhemd über den Kopf. »Dein Feuer hat mir schon immer gefallen, Leaf. Auch wenn ich mich deswegen dennoch nicht in dich verlieben werde.« Er legte eine Hand an ihr Kinn. »Doch ich werde dich so gut lieben, dass du nur noch an mich denken wirst, wenn wir nachher fertig sind.«

»Nein, Lennox.« Leaf stieß ihn gegen die Kante des Tisches und legte eine Hand in seinen Nacken. »Wenn wir fertig sind, wirst du nur noch an mich denken können.«

Damit legte sie ihre Lippen auf seine und küsste ihn mit all der Wut und Leidenschaft, die sie in diesem Moment überkam. Sie vergrub ihre Finger in seinen dunklen Haaren und drückte ihn auf die Tischplatte hinab.

Seine Hände packten ihren Po, zogen sie an sich heran. Leaf keuchte, ihr Atem ging flach, und ihr Herz hämmerte wild. Sie sollte das nicht tun. Und doch wollte sie auch die dunkelsten Abgründe ihrer Lust erkunden, wollte mit Lennox schlafen, als gäbe es keine Reue und kein Gewissen. Und sie wollte es vor allem tun, um dabei endlich Artair und die quälende Erinnerung an seine sanften Berührungen zu vergessen.

Leaf raffte den Stoff ihres Kleids, berührte sich mit den Fingern zwischen den Beinen selbst. Dann kletterte sie auf Lennox hinauf, der sie an der Hüfte nahm und ihre Körpermitte auf sein Gesicht zog. Darauf war Leaf nicht vorbereitet gewesen, doch als er mit der Zunge über ihre empfindlichsten Stellen fuhr, schloss sie die Augen und ließ sich einfach treiben.

»Verflucht, Leaf«, stöhnte Lennox unter ihr, als sie es kaum noch aushielt. Sie bemerkte, dass er sich selbst berührte, während er sie weiterleckte und mit seiner Zunge in sie eindrang.

Ein Schrei entwich Leafs Lippen, und sie erbebte am ganzen Körper, während sie auf seinem Gesicht kam.

»Du bist die freimütigste Frau, die ich kenne«, knurrte er, schob sie von seinem Körper, drehte sie auf die Seite und hob ihr Bein auf seine Hüfte. Im nächsten Moment spürte sie seine Stöße in sich und trieb schon dem nächsten Höhepunkt entgegen.

Stöhnend presste sie seine Hand auf ihre Brust. Er stieß immer schneller und härter zu, saugte an ihrem Hals, drückte ihre Brüste durch den Stoff hindurch, war wild und rau und genau das, was sie brauchte. Denn wo Artair die Sonne war, die ihr Herz langsam verbrannte, war Lennox die Nacht, die alle zarten Gefühle mit ihrer Finsternis erstickte. Die sie mit sich in einen Abgrund zog, wo kein Feuer mehr brennen konnte.

Leafs Lider flatterten, sie krallte sich in Lennox' Arm, der ihre Hüfte an sich presste. Und dann kam sie so lang und heftig wie noch nie zuvor in ihrem Leben, während Lennox sich aus ihr zurückzog und sie eine warme Flüssigkeit auf ihrem Po spürte.

»Teufel, das war knapp«, stöhnte er, bevor er ihr mit einem Tuch, das auf dem Tisch lag, kurz über den Po fuhr, ihr einen Klaps darauf gab und sich dann wieder aufrichtete und anzog.

Leaf, noch immer außer Atem, schob ihr Kleid nach unten und stand ebenfalls auf. »Pass bloß auf. Nicht, dass du dich am Ende doch noch in mich verliebst.«

Lennox lachte. »In einem anderen Leben würde ich das vielleicht.«

»Und in diesem?«

»In diesem Leben heiraten wir einfach und schaffen Regel sechs ab.«

»Die Hochzeitsnacht?« Leaf hob ihren Dolch vom Boden auf und fühlte sich plötzlich unendlich erschöpft.

»Ist was?« Lennox musterte sie aufmerksam, als sie sich zu ihm umdrehte. »Gott, Leaf, weinst du etwa?«

Leaf fasste sich an die Wange, über die tatsächlich eine Träne rann. »Nein«, antwortete sie.

Lennox kam zu ihr und strich ihr zärtlich über die Wange. »Bereust du denn, was wir getan haben?«

»Nein«, antwortete sie und sah in Lennox' leuchtend grüne Augen. »Mein Körper würde es am liebsten auf der Stelle wieder tun.«

Er legte die Stirn in Falten. »Warum weinst du dann?«

Sie wischte sich mit dem Handrücken über die Augen und sah ihn verzweifelt an. »Woher zur Hölle soll ich das denn wissen?«

KAPITEL 28

Irgendetwas zwischen Lennox und Leaf war anders. Das fiel Artair schon auf, als beide zu Beginn des abendlichen Fests im Gleichschritt die große Halle betraten und langsamer als sonst Hand in Hand an den anwesenden Dorfbewohnern vorbei zur großen Tafel schritten.

»Gelobt seid Ihr, Lady Leaf!«

»Wohl Euch, Lord Lennox!«

»Auf das Paar, das uns Frieden bringt!« Das war Gregors Stimme. »Hebt eure Krüge, Leute! Heute feiern wir!«

Auch wenn Artair überhaupt nicht danach zumute war, griff er grimmig nach seinem Alekrug und hob ihn lustlos in die Luft. Dabei fiel ihm auf, dass Leaf einen seidenen Schal um ihren Hals trug. Hatte sie sich etwa erkältet?

»Auf den künftigen Lord und die künftige Lady Ross!«, rief da Torin neben ihm, der heute schon einiges getrunken hatte. Augenblicklich wurde es totenstill in der großen Halle, und fast alle Gesichter waren entsetzt auf Torin gerichtet.

»Wir wollten doch nicht betonen, dass meine Tochter künftig den Namen Ross tragen wird«, raunte Gregor diesem nun mit angespannter Miene zu. »Denn für meine Leute klingt das noch immer nach einer Niederlage der MacKays.«

»Auf die Herrschaft von Clan Ross«, erklang da jedoch schon der nächste Ruf. Er kam aus den Tischreihen seitlich des Podestes von dem Mann, den Artair kurz als Murdoch kennengelernt hatte. Dieser stieg nun auf die Sitzbank und hob grinsend seinen Krug. Eine Gruppe Männer tat es ihm gleich, unter denen sich auch Ninian befand, wie Artair angewidert bemerkte. »Auf die Herrschaft von Clan Ross!«, wiederholten sie.

Nun brach Gemurmel unter den anwesenden Dorfbewohnern und auch unter den Männern von Gregor aus. Schon legten die Ersten von ihnen die Hand an ihre Waffen. Gregor sah hilflos zu Torin, und Artair wollte schon loseilen, um Leaf aus der Mitte der aufgewühlten Menge zu ziehen. Da hob Lennox die Hand.

Sofort wurde es leise im Saal. Alle starrten erwartungsvoll zu ihm. Er dagegen hauchte Leaf einen Kuss auf die Hand und rief dann mit fester Stimme: »Auf die Verbindung von Clan Ross und Clan MacKay! Und eine Zukunft der Achtung und der Freundschaft!«

Einen Augenblick wagte niemand zu atmen, dann brandete lauter Beifall von den Dorfbewohnern und MacKay-Männern auf. Murdoch dagegen stieß einen Schwall wüster Beleidigungen aus, doch da sandte Torin, der sich der Auswirkung seiner Worte nun bewusst geworden zu sein schien, schon einige Wachen in seine Richtung.

Artair wiederum hatte nur Augen für Leaf, die Lennox offen ansah. »Auf meinen Verlobten, dessen Herz für euch alle schlägt.«

Der Beifall wurde lauter, und Murdoch wurde letzte Flüche ausstoßend aus der Halle geworfen. Leaf und Lennox erreichten nun die Tafel der Clanführer, an der auch Artair saß. Kurz streifte Leafs Blick ihn sowie Vika, die neben ihm saß, dann drehte sie sich mit Lennox noch einmal zu den geladenen Gästen um. »Euch alle hier zu sehen, mit euch zu essen und zu trinken, ist mir eine Ehre. Auf euch! Denn nicht Lord Lennox und ich, sondern ihr seid diejenigen, die uns fortan zu einem Clan vereinen werden!«

»Na, dann braucht es die Ehe ja gar nicht mehr für den Frieden«, vernahm Artair im erneut aufbrandenden Beifall Vikas leise vor sich hin gemurmelten Worte, ehe sie einen großen Schluck Wein nahm.

»Was habt Ihr eben gesagt?«, fragte Artair sie, während Leaf und Lennox ihre Plätze einnahmen und Gregor ebenfalls einige Wort an die Anwesenden richtete.

»Nichts«, antwortete Vika erschrocken. »Ich habe nichts gesagt.«

»Doch, habt Ihr«, widersprach Artair. Auf Gregors Bitte hin hatte er den ganzen Tag mit Vika verbracht. Ihr erst das Flötenspielen beigebracht, mit ihr Bälle geworfen, die Dog ihnen zurückgebracht hatte, und war mit ihr zuletzt erneut bei der Pferdekoppel gewesen. Obwohl er Gregors Wunsch zunächst nicht hatte nachkommen wollen, hatte ihm die Zeit mit ihr gutgetan, denn sie hatten den ganzen Tag weder über die Fehde noch über die bevorstehende Hochzeit gesprochen. Doch nun, da Vika es angesprochen hatte … »Ihr habt gesagt, dass es die Ehe von Leaf und Lennox gar nicht mehr bräuchte, wenn nun die Dorfbewohner und die Angehörigen der Clans den Frieden stiften. Dabei dachte ich, dass Ihr überhaupt nicht für diesen Frieden seid, Lady Ross.«

»Ich habe nie gesagt, dass ich gegen den Frieden bin. Sehr wohl aber, dass wir auf die förmliche Anrede verzichten können.«

»Das stimmt, *Vika*. Aber du hast dafür gesorgt, dass Leaf diese Untersuchung über sich ergehen lassen musste. Und du hast versucht, mich dazu zu überreden, mit ihr zu fliehen, damit diese Heirat nicht stattfindet. Und Lennox wiederum sagte, dass du Rache willst.«

»Lennox sagt so einiges, das er nicht meint«, erwiderte sie kühl.

»Du liebst ihn.« Artair konnte es nicht fassen, dass er diese Erkenntnis erst jetzt hatte. »Du bist nicht gegen den Frieden, sondern gegen jede Frau, die Lennox heiraten will.«

»So ein Unsinn.«

»Nein, das ist kein Unsinn. Er war der Mann, von dem du letztens gesprochen hast. Die große Liebe vor deiner Hochzeit.«

»Könnte ich aufstehen, würde ich jetzt gehen.«

Unwillkürlich griff Artair unter dem Tisch nach Vikas Hand, die zitternd auf ihrem Oberschenkel lag. »Was ist geschehen?«

»Nichts ist geschehen«, zischte Vika. »Seit ich meine Beine nicht mehr rühren kann, widere ich Lennox nur noch an. Wie jeden anderen Mann auch.« Sie zog den Anhänger an ihrer Kette aus ihrem Ausschnitt. »Hier, siehst du das? Das hat mir Lennox vor seiner Abreise nach Castle Varrich gegeben. Einen Krüppel.«

Ungläubig starrte Artair auf den Anhänger, der tatsächlich einen missgestalteten Menschen zeigte. »Du solltest diesen Anhänger nicht tragen«, sagte er leise und hätte Vika die Kette am liebsten vom Hals genommen.

Doch sie schüttelte den Kopf. »Es ist besser, der Wahrheit ins Auge zu blicken.«

»Aber das ist nicht die Wahrheit.« Die Tränen in Vikas Augen rührten ihn, zumal er sie heute als eine gefühlvolle und zugleich willensstarke Frau kennengelernt hatte. »Du magst nicht mehr gehen können, aber du ekelst ganz sicher keinen Mann an. Im Gegenteil. Ich gebe dir mein Ehrenwort, dass du wunderschön anzusehen bist.« Und das war sie tatsächlich mit ihrem weißblonden Haar in ihrem goldenen Kleid, mit den feinen Gesichtszügen und den vollen Lippen.

Für einen Moment lag Hoffnung in Vikas Blick, dann nahm sie wieder einen Schluck Wein und schüttelte sich. »Falsche Komplimente sind schlimmer als keine. Genau wie vorhin, als du mich für die erbärmlichen Töne, die ich der Flöte entlockt habe, gelobt hast.«

»Für dein erstes Mal Flöten klangen sie sehr gut«, widersprach Artair. »Du solltest dich nicht unter Wert verkaufen. Nach allem, was ich über dich gehört habe, hast du das früher doch auch nicht getan.«

»Du erkundigst dich bei anderen nach mir?«, fragte Vika nun ehrlich verdutzt.

Artair, der sich an das Gespräch mit Gregor am heutigen Morgen erinnerte, meinte daraufhin: »Sagen wir es so: Deine vorzüglichen Eigenschaften wurden eher an mich herangetragen.«

»Und wieso sollte das jemand tun?«, fragte Vika mit angehaltenem Atem.

Nun griff Artair nach seinem eigenen Krug Ale, denn genau das hatte er Gregor heute morgen ebenfalls gefragt. Doch dieser hatte nur still vor sich hin gelächelt, was Artair Antwort genug gewesen war, da er ihn gut genug kannte, um zu wissen, dass das nur eins bedeuten konnte: Gregor wollte ihn nicht zum Lord irgendeiner Burg machen. Sondern von einer Burg von Clan Ross. Mit Vika als seiner Ehefrau.

»Artair, geht es dir nicht gut?«, fragte ihn diese nun.

»Doch«, antwortete er und nahm nochmals einen großen Schluck Ale. Den ganzen Tag über hatte er den Gedanken an eine mögliche Ehe mit Vika ausgeblendet. Doch nun war er zurück, vielleicht auch wegen der Hoffnung, die kurz in ihren Augen gestanden hatte.

Unbewusst wandte Artair den Kopf in Leafs Richtung. Was würde sie sagen, wenn sie erfuhr, dass ihr Vater auch für ihn eine Ehe anstrebte. Eine Ehe, die ihn sogar zu einem Lord machen würde?

Schon wollte er sich wieder Vika zuwenden, als er bemerkte, dass Leafs seidener Schal verrutscht war. Und plötzlich verstand er, warum Leaf ihn trug.

Sie hatte einen roten Fleck am Hals.

Der nur von einem Kuss von Lennox stammen konnte.

Während des Abendmahls, das auf Gregors Rede hin folgte, brachte Artair kaum einen Bissen hinunter.

Immer wieder gingen ihm ihre Worte: *Warum nur haben wir nicht an dem Tag geheiratet, als meine Mutter es dir vorgeschlagen hat?*, im Kopf herum. Doch letztendlich musste er froh sein, dass es nicht dazu gekommen war, denn sie hatte offensichtlich so große Furcht vor tiefer gehenden Gefühlen, dass sie zu keiner Beziehung fähig war. Oder lag es doch an ihm, da sie sich von Lennox ja offenkundig nur allzu gern berühren ließ?

»Wenn du weiterhin so mit den Zähnen knirschst, sind sie am Ende des Abends glatt geschliffen«, sagte Vika zu ihm und sah ihn mitfühlend an.

»Entschuldige … ich habe heute einfach keinen Hunger.«

»Mir ist der Appetit auch vergangen, nachdem ich den Fleck an Leafs Hals gesehen habe«, erwiderte Vika und deutete auf ihren Teller, der wie seiner unberührt war. Sie pfiff durch die Zähne, woraufhin sofort Lennox' Hund hinter ihr erschien, dem sie kurzerhand ihr Essen gab.

»Deshalb ist er also so wohlgenährt«, sagte Artair.

Vika musterte ihn kurz und griff dann auch nach seinem Teller. »Wenn einer leidet, profitiert ein anderer, weshalb Lennox' Hund heute Abend sogar zwei volle Mahlzeiten bekommt.«

Artair schwieg eine Weile und sah dabei zu, wie vor ihnen die Tische an den Rand der großen Halle geschoben wurden und einige Männer mit Flöten und Dudelsäcken ihren Platz an dem anderen Ende einnahmen. »Wir sollten tanzen«, sagte er, ohne lang darüber nachzudenken.

»Was?«, fragte Vika erschrocken und fügte dann hinzu: »Mach keine Scherze. Du weißt, dass ich das nicht kann.«

Artair blickte kurz zur Seite, wo Lennox erwartungsgemäß mit Leaf aufstand und mit ihr wie schon an den Abenden zuvor auf die Tanzfläche schritt. Nie hatte er ihnen beim Tanz zugesehen, sondern hatte entweder die Halle verlassen, sich mit seinem Sitznachbarn unterhalten oder woanders hingesehen. Doch heute, nachdem Leaf sich gegen ihn und für die Ehe mit Lennox entschieden hatte, wollte er tanzen.

»Unsinn.« Geräuschvoll schob er seinen Stuhl zurück und verbeugte sich vor Vika. »Vika, darf ich dich hochheben und auf die Tanzfläche tragen?«

»Aber das geht doch nicht, ich bin schwer und …«

Doch Artair schüttelte den Kopf, beugte sich zu ihr hinab, fasste sie unter den Achseln und Knien und hob sie vom Stuhl. Sie war federleicht, und nun, da sie ihm so nah war, nahm er auch ihren Duft nach getrocknetem Salbei wahr und wie heftig ihr Herz schlug.

»Leg eine Hand um meine Schulter«, bat Artair, ehe er mit Vika, wie Dutzende andere Paare auch, zu den Klängen der Dudelsäcke auf die Tanzfläche schritt.

»Lord MacKay starrt uns an, als ob wir eine göttliche Erscheinung wären«, murmelte Vika. »Und Torin steht der Mund offen.«

»Lass sie«, sagte Artair, da er ohnehin wusste, dass ihr Tanz im Sinn der beiden Clanführer war.

»Und Lennox …« Vika sah Artair an und verstummte.

»Aye, Lennox?«

Ein Lächeln trat auf Vikas Gesicht. »Er sieht aus, als würde er dich am liebsten umbringen.«

Drei ganze Lieder wiegte sich Artair mit Vika in seinen Armen im Takt der Musik. Anfangs schien Vika es noch immer nicht ganz zu fassen, doch mit jedem weiteren Klang, mit jeder weiteren Drehung trat mehr Farbe in ihre blassen Wangen.

»Ich habe so lange nicht getanzt«, sagte sie und sah ihn dabei so offen und glücklich an, dass Artair zutiefst gerührt war. »Danke.«

Ein Lächeln trat auf sein Gesicht, denn zu der schwungvollen Musik mit Vika und Dutzenden anderen Menschen durch den Raum zu wirbeln, war Balsam für sein Herz. »Du siehst wie ein Engel aus, wenn du so strahlst.«

Und das tat sie wirklich. Wieder betrachtete er Vika – ihr Kleid, ihr Haar, das fein geschnittene Gesicht –, die tatsächlich aussah, als wäre sie aus dem Himmel zur Erde herabgestiegen.

»Darf ich dich etwas fragen?«, sagte Vika leise.

»Habe ich denn eine Wahl?«

Vikas Lächeln wurde breiter, und die Grübchen auf ihren Wangen vertieften sich. »Glaubst du, dass die erste Liebe die einzige sein muss?«

Mit dieser Frage hatte Artair nicht gerechnet, und kurz hielt er in seiner Bewegung inne. Unbewusst glitt sein Blick zu Vikas Lippen, dann zu ihren grauen Augen. »Darüber habe ich noch nie nachgedacht.«

Vika nickte langsam. »Ich auch nicht, bis ich nach meiner Tochter wieder mit meinem Sohn schwanger war.« Sie seufzte. »Ich hätte nie gedacht, dass ich ein zweites Kind so innig lieben könnte wie Akira.

Aber als mein Sohn dann geboren war ...«, Vikas Blick suchte den seinen, »... habe ich keinen Augenblick länger daran gezweifelt.«

»Dann muss ich mich diesbezüglich wohl auf deine Erfahrung verlassen, Mylady.«

»Ich weiß, was Lord MacKay und Torin vorhaben«, sagte sie.

»Und weißt du was? Ich denke ...«

»Einen Moment.« Hätte Artair eine Hand frei gehabt, hätte er Vika sanft einen Finger auf den Mund gelegt. Denn gerade hatte ein Barde ein Lied zu singen begonnen, bei dessen Versen Artair eine Gänsehaut bekam.

Im Schatten der Berge, so kalt und klar,
tanzt ein Wildreh im Mondschein so frei, wie es war.

Ein Fluss singt ein Lied, es flüstert der Wind,
Geschichten von Helden, von dir, mein Kind.

»Die Eule ruft leise vom alten Eichbaum, ihre Stimme verhallt im Nebeldunst kaum«, stimmte Artair leise ein. »Und am Morgen, wenn jeder Klang ist vergangen, bin ich immer noch hier und nicht von dir gegangen.«

Eine Träne trat in seine Augen, als das Lied endete, und er sah zurück zu Vika. »Ich liebe dieses Lied. Seine sehnsuchtsvollen Klänge, die Hoffnung und der Schmerz ... Ich habe es lang nicht mehr gehört.«

Auf Vikas Stirn trat eine Falte. »Mich überrascht, dass du es überhaupt schon einmal gehört hast. Es ist ein Kinderlied.«

»Warum sollte ich keine Kinderlieder kennen?« Nur weil er seine Erinnerung an seine eigene Kindheit verloren hatte, hörte er trotzdem, was die anderen Leute sangen.

»Dieses Lied wurde noch nie in einer größeren gastlichen Runde gesungen. Ein Freund von mir hat es geschrieben. Und es hat einiges an Überredung gebraucht, damit er zugestimmt hat, dass es vor allen gespielt wird.«

Artair wurde eiskalt. »Du meinst, es ist nicht weit verbreitet?«

Vika schüttelte den Kopf. »Du kannst es eigentlich nicht kennen, außer du hast …«

»Das reicht jetzt, MacKay.« Noch ehe Vika ihren Satz beenden konnte, schritt Lennox mit sturmumwölkter Miene und Leaf an seinem Arm auf sie beide zu. »Du hast lang genug mit meiner Schwägerin getanzt. Sie ist jetzt müde.«

Artair hob gerade zu einer Antwort an, als Vika ihm zuvorkam. »Da irrst du, Lennox. Ich bin nicht müde«, entgegnete sie spitz. »Ich habe mich im Gegenteil selten so gut amüsiert wie gerade eben beim Tanz in Artairs Armen.« Sie wandte den Kopf zu Artair. »Am liebsten würde ich die ganze Nacht mit ihm durchtanzen.«

»Das kommt überhaupt nicht infrage«, sagte Lennox.

»Und warum nicht?«, meinte Artair nun. »Willst du deine Schwägerin etwa um ihr Vergnügen bringen, obwohl du dich dem deinem hemmungslos hingibst?«

Er hätte nicht erst auf Leafs Hals blicken müssen, damit Lennox ihn verstand. »Wir beide sind verlobt«, erwiderte er kühl. »Vika dagegen …«

»… muss unbedingt weiter tanzen, wenn es ihr Freude bereitet«, fiel Leaf ihrem Verlobten ins Wort. »Weshalb du deine Schwägerin auch um den nächsten Tanz bitten solltest.«

Artair merkte, wie Vika daraufhin erst ungläubig zu Leaf, dann zu Lennox blickte. Der sah aus, als würde er sich gleich umdrehen und davongehen. Dann aber senkte er die Stimme. »Aye. Wenn das der einzige Weg ist, damit du deine Finger von ihr nimmst, bitte ich um den nächsten Tanz.«

»Wirklich?«, fragte Vika mit kaum vernehmlicher Stimme.

»Wirklich«, bestätigte Lennox und wollte Vika aus Artairs Armen in die seinen ziehen.

Doch Artair zögerte, sie freizugeben, da ihm ihre Worte über das Kinderlied keine Ruhe ließen. Andererseits wusste er, wie sehr sich Vika diesen Tanz mit Lennox wünschte. »Ein Tanz«, sagte er schließlich. »Und ich warne dich, Ross. Wehe, du lässt sie fallen ...«

»Solange ich bei ihr bin, wird Vika nie wieder fallen«, erwiderte Lennox heftig, zog seine noch immer ungläubig dreinblickende Schwägerin an sich und trug sie fort.

»Es ist dir sichtlich schwergefallen, Vika aus deinen Armen zu entlassen«, brummte Leaf. »Dabei hat sie mir diese entwürdigende Untersuchung aufgebürdet.«

Artairs Lippen wurden schmal. »Die hast du dir selbst aufgebürdet, indem du hierherkamst.« Er strich kurz über ihren Schal. »Obwohl die Bürde nicht allzu groß zu sein scheint ...«

Leaf antwortete nicht darauf.

Artair schnaubte, und brennende Eifersucht stieg in ihm empor. »Hast du mit ihm geschlafen?« Denn wenn es nur ein Kuss gewesen war ...

Leaf legte ihre Hände auf seine Schulter, da sie nicht mitten in der Halle stehen konnten, ohne zu tanzen. Und sie wollte kein Aufsehen erregen.

»Leaf, verflucht, antwortest du mir jetzt nicht einmal mehr?«

Leaf wandte den Kopf zur Seite, dann brachte sie tonlos hervor: »Besser man macht seine Feinde zu Freunden, oder nicht?«

Artair war kurz davor, Leaf einfach stehen zu lassen, so schlecht wie ihm war. Doch das konnte er nicht tun, also zog er sie enger an sich, damit er ihr zumindest nicht länger ins Gesicht sehen musste.

»Es hat mir nichts bedeutet«, sagte Leaf, nachdem sie die ersten Tanzschritte gemacht hatten. »Danach ... Es war nicht so wie ...«

»Wie was?«, fragte Artair, doch Leaf schüttelte den Kopf und sagte stattdessen: »Was ist zwischen dir und Vika?«

Artair hatte gute Lust, Leaf anzulügen und ihr zu sagen, dass er und Vika seit gestern eine feurige Affäre miteinander hätten und sie bald heiraten würden. Doch so war er nicht. »Es obliegt der Lady, den Grad einer Bekanntschaft zu benennen«, antwortete er daher.

»Das war Vaters Einfall, oder?«

Artair schwieg. »Du wirst mir jetzt doch wohl nicht vorwerfen, dass ich tue, was er verlangt, nachdem du dich selbst nicht anders verhältst.«

»Du tanzt nicht mehr im Takt, *großer Bruder*«, entgegnete Leaf hitzig.

»Mag sein«, sagte er und zog sie wider alle Vernunft ein Stück enger an sich. »Aber vielleicht ist es an der Zeit, dass ich mein Taktgefühl gegenüber Frauen verliere.«

»Vor allem aber kannst du mich nicht geliebt haben, wenn du Vika jetzt so schnell schöne Augen machst.«

Artair straffte die Schultern. »Vielleicht ist die erste Liebe ja nicht die einzige.«

»Ich glaube eher, dass ich nie deine erste Liebe war.« Sie vollführten gemeinsam eine Drehung.

»Was?«, entfuhr es Artair. »Das ist nicht dein Ernst.«

»Wenn du mich geheiratet hättest, wärst du zu einem Lord der MacKays geworden. Und mit Vika wirst du zu einem Lord der Ross.« Sie neigte den Kopf. »Ist das nicht alles, woran du wirklich denkst? Ein echter Teil eines Clans zu sein, nachdem du dich an deine wahre Familie nie mehr erinnern wirst?«

»Falsch, Leaf«, sagte er. »Erst vorhin habe ich mich wieder an etwas erinnert. Nur warst nicht du diejenige, die mir dabei geholfen hat, sondern Vika. Und wenn du Lennox nicht dazu gebracht hättest, mit ihr zu tanzen, wüsste ich vielleicht längst … «

»… wer du bist? Nun, das kann ich dir sagen. Du bist der Mann, der immer für alles eine Ausrede hat.« Leaf nahm ihre Hände von ihren Schultern und sah ihn verletzt an. »Der mir sagt, dass ich mich für ihn und gegen die Ehe mit Lennox entscheiden müsse, obwohl du genau weißt, dass ich das nicht tun kann. Was dir sehr gelegen kommt. Denn so kannst du mir das schlechte Gewissen überlassen und getrost deine süße Vika heiraten.«

Artair lachte bitter. »So ist das jetzt also? Ich bin derjenige von uns beiden, der nicht genug für unsere gemeinsame Zukunft gekämpft hat? Wie kannst du mir das vorwerfen? Ausgerechnet du, die gleich im Anschluss auf unser Gespräch mit Lennox geschlafen hat?«

Leaf atmete heftig aus, und ihre Augen wurden feucht. »Es war ein Fehler. Ich dachte, ich könnte dich dadurch vergessen. Aber es stimmt nicht. Seitdem muss ich nur noch mehr an dich denken.«

»Tut mir leid, aber deswegen werde ich dich nicht bedauern.«

»Ich will auch kein Mitleid.«

»Was willst du dann?«

Leaf blieb stehen und trat einen Schritt zurück. »Meinen besten Freund zurück. Aber du hattest wohl recht damit, dass das gar nicht mehr möglich ist.«

KAPITEL 29

Sternschnuppen erfüllten keine Wünsche. Die ganze Nacht über hatte Leaf aus ihrem Fenster in den Nachthimmel gestarrt und Skye vermisst, Flower und River, aber am meisten Artair, und doch war keiner von ihnen erschienen. Nun schritt sie im Morgengrauen allein den matschigen Pfad hinab ins Dorf und fühlte sich dabei so einsam wie noch nie zuvor.

Ein Regenwurm schien in einer Pfütze zu ertrinken, und am liebsten hätte sie ihn selbst in zwei geteilt. Die eine Hälfte versinken lassen, die vom schlammigen Wasser hinab auf den Grund der Pfütze gezogen wurde, und die andere Hälfte in frisches Gras gelegt. Und sich selbst dazu. Doch anders als Regenwürmer überlebten Menschen es nicht, wenn sie so viel von sich verloren.

Sie hob den Regenwurm als Ganzes neben die Pfütze, in der sich das Grau des Himmels spiegelte, dann ging sie weiter. Sie wusste, dass sie sich bei Artair entschuldigen musste. Und das würde sie auch tun, nachdem er aufgewacht war. Denn er hatte recht gehabt: Sie war gestern aus Eifersucht heraus ungerecht zu ihm gewesen, obwohl sie mit Lennox geschlafen hatte. Sie war diejenige, die ihm absichtlich wehgetan hatte, um ihn von sich zu stoßen, und deshalb selbst schuld, wenn sie ihn nun verloren hatte. Und sie hätte ihn in Freundschaft freigeben müssen, damit er sein Glück mit Vika fand.

»Na, wenn das nicht unsere tapfere Lady Leaf ist.« Leaf hatte den Rand des Dorfs noch nicht erreicht, als aus der kleinen Baumgruppe vor ihr zwei Männer traten. Augenblicklich bereute sie es, nicht zu Pferd gekommen zu sein. Denn auf Ealairs Rücken wäre sie an Ninian und Murdoch einfach vorbeigeritten.

»Habt ihr nichts Besseres zu tun, als Verstecken zu spielen?«, fragte sie scharf, um ihr Unbehagen zu überspielen.

»Nachdem Euer werter Vater uns aus der Burg geworfen hat und wir mit Fangen schon durch sind, bleibt uns nichts anderes übrig«, höhnte Murdoch und trat einen Schritt auf sie zu. »Habt Ihr Euch gestern noch gut auf Eurem Fest amüsiert, *Lady MacKay?*«

Leaf hatte längst festgestellt, dass sowohl Ninian als auch Murdoch Schwerter trugen und sie den beiden im Falle eines Kampfes hoffnungslos unterlegen wäre. Ihr blieb daher nichts anderes übrig, als ihre Worte als Waffe zu nutzen, wenn sie nicht davonrennen wollte und die Achtung der Männer für immer verlieren.

»Fragt das besser meinen Verlobten«, antwortete sie daher knapp. »Oder meinen Vater und Torin Ross, die mir gleich nachkommen.«

Ein raues Lachen entstieg Murdochs Kehle. »Alle drei hassen es, die Gemütlichkeit von Achfary Castle zu verlassen. Sie sind träge geworden, obwohl es noch so viel zu rächen gäbe.«

»Und was würde diese Rache bringen?«, entgegnete Leaf, der diese Frage noch vor wenigen Wochen niemals gegenüber einem Ross über die Lippen gekommen wäre. Doch seitdem sie hier war und gesehen hatte, welches Leid Rache verursachte, hatte sie den Sinn von Versöhnung verstanden.

»Euer Onkel Malik hat meinen besten Freund Yule getötet«, sagte Murdoch bitter. »Der gekommen war, um sich bei ihm für ein Verbrechen zu entschuldigen, das er nicht begangen hat. Und das nur um des lieben Friedens willen.«

Leaf runzelte die Stirn. »Mein Onkel hätte niemals einen Mann getötet, der in Frieden kommt.«

»Hat er aber«, entgegnete Murdoch. »Die MacKays scheinen nicht viel auf ihr Wort zu geben, ist es nicht so, Ninian?«

»Verdammt richtig, Murdoch. Sie versprechen dir das eine und tun das andere.«

»Dass du es wagst, so über meine Familie zu sprechen.« Leaf funkelte Ninian zornig an. »Wo dich mein Vater stets gut für deine Dienste entlohnt hat. Während du gemeinsame Sache mit Lennox gemacht und uns allen ins Gesicht gelogen hast.«

»Ich war derjenige, der belogen wurde«, widersprach ihr Ninian wütend. »Euer Vater versprach, mir mehr Verantwortung zu übertragen, doch als er die Gelegenheit dazu hatte, hat er Artair zum Befehlshaber von Castle Varrich gemacht. Und jetzt, nachdem Ihr schlecht über mich geredet habt, will er mir Castle Varrich erst recht nicht mehr überantworten. Dabei bin ich ein ausgezeichneter Schwertkämpfer.«

Nur mit Mühe verkniff sich Leaf die Bemerkung, dass Ninian zuletzt gegen Artair nur deshalb im Kampf gewonnen hatte, weil er diesem Krämpfe verursachende Kräuter in den Wein gemischt hatte. »Es geht nicht nur um Waffen-, sondern auch um Führungsgeschick«, erklärte Leaf ruhig. »Um Loyalität. Verlässlichkeit. Vertrauen.«

Ninian ballte seine Hände. »Mir geht es vor allem um Silber und Einfluss. Beides habt Ihr mir genommen. Und ich bin ein nachtragender Mensch.«

»Das ist keine kluge Entscheidung«, sagte Leaf weit selbstsicherer, als sie war. »Du könntest dich stattdessen auch bemühen, mein Vertrauen zurückzugewinnen, indem du Murdoch davon überzeugst, sich ebenfalls dem Frieden zu öffnen.«

Murdoch lachte. »Würde in Euren Adern nicht das Blut von Malik MacKay fließen, würde ich Lennox sogar zu dieser Ehe gratulieren. Aber so sollte ich besser dafür sorgen, dass Euer Verlobter nicht mehr so viel Gefallen an Euch findet. Was meinst du, Ninian? Lady Leaf würde mit einer Narbe auf der Wange doch weit besser aussehen?«

»Und die soll ich ihr beibringen?«, entfuhr es Ninian, der tatsächlich über ihre Worte nachzudenken schien. »Ich weiß nicht, ob das eine gute Idee ist, Murdoch.«

»Du musst auch nichts wissen, da ich es dir befehle«, antwortete dieser barsch. »Wozu bezahle ich dich schließlich, Söldner?«

Auch wenn sie gegen die beiden Männer keine Chance hatte, zog Leaf nun ihren Dolch. »Ich warne dich, Ninian. Ein Schritt auf mich zu, und ich schleudere dir die Waffe mitten ins Herz.«

»Hab ich's nicht gesagt? Sie ist eine MacKay durch und durch. Malik hat Yule den Dolch auch ins Herz gerammt, obwohl Yule in edler Absicht kam.«

»Mein Bruder mag vielleicht mit edler Absicht aufgebrochen sein«, ertönte da eine scharfe Stimme hinter Leaf. »Aber du und ich wissen beide, was danach geschehen ist, Murdoch.«

Mit klopfendem Herzen fuhr Leaf herum und sah Lennox, der samt seinem Hund auf sie zugeschritten kam.

»Lennox«, begrüßte Murdoch ihn trocken. »Wie schön, dass du uns mit deiner Gegenwart beehrst. Du hast dich rargemacht in letzter Zeit und bist jetzt sicher auch nicht wegen mir hier, sondern um deine Verlobte zu retten.«

»Ich bin nicht hier, um meine Verlobte zu retten«, verbesserte Lennox ihn. »Ich stelle nur richtig, dass Malik meinen Bruder nicht erstochen hat, als dieser Friede suchend bei ihm vorsprach. Sondern als er dabei war, mit dessen Tochter Fia zu schlafen. Gegen deren Willen.«

»Eine Lüge, die Maliks Dienstboten verbreitet haben.«

»Die Köchin schwört aber noch immer bei ihrem Leben, dass es sich so verhalten hat, obwohl Malik längst tot ist.«

»Heißt das, Yule hat meine Cousine nicht nur bedrängt, sondern vergewaltigt?«, fragte Leaf.

Lennox' Blick wurde freudlos. »Aye. Und trotzdem haben wir auf Wunsch meines Vaters seinen Tod gerächt, nicht wahr, Murdoch? Also lass die Vergangenheit endlich ruhen, denn der Rache wurde mehr als Genüge getan.«

»So, wie du die Vergangenheit ruhen lässt?« Murdoch spie vor ihm aus. »Einer meiner Vertrauten hat mir zugetragen, was du gestern mit Vika im Weinkeller getan hast. Yule bekam einst deine Verlobte Vika zur Frau, die du nun, nachdem sie sich umbringen wollte und Witwe ist, erneut küsst? Erzähl mir also nichts von Frieden, Lennox. Du willst genauso wie ich Rache.«

Lennox hatte Vika geküsst?

Doch Lennox ging nicht auf Murdochs Worte ein. »Vorsicht, Murdoch. Du weißt genau, dass unser Clan diese Ehe braucht. Also hör auf, Leaf zu bedrohen, und glaube mir, dass ich nur das Beste für uns alle will.«

»Ha, das Beste. Ich weiß doch genau, was du und dein Vater ausgemacht habt. Und das halte ich gewiss nicht für das Beste.«

»Was wäre denn besser? Die Burg bei Nacht zu stürmen und niederzubrennen? Diese Zeiten sind vorbei, Murdoch.«

»Lennox, von welcher Abmachung mit deinem Vater hat Murdoch gesprochen?«, mischte Leaf sich nun ein.

Doch bevor er Leaf antworten konnte, landete ein großer Hirschkäfer auf ihrem Arm. Augenblicklich sprang Dog nach dem Insekt schnappend an ihr hoch und kratzte dabei mit seiner Pfote über ihren Handrücken.

Voller Furcht vor dem Tier hob sie sofort abwehrend ihren Dolch, um es von sich fernzuhalten, um im nächsten Moment hart von Lennox zu Boden gestoßen zu werden. Sie hörte das höhnische Gelächter von Murdoch und Ninian und spürte Lennox' festen Griff um ihre Hand mit dem Dolch.

Lennox wies mit dem Finger hinter sich und befahl seinem Hund, sich dort zu setzen, und zu Leafs großem Erstaunen verschwand dieser tatsächlich aus ihrem Sichtfeld. »Du bist sicher bei mir, Leaf«, flüsterte er. »Du musst den Dolch nicht länger auf meinen Hund richten. Er ist das Einzige, was mir noch von meiner Mutter geblieben ist, und er beißt, wenn man ihn mit einer Waffe bedroht.«

Im nächsten Moment ließ Lennox ihre Hand los und reichte sie ihr, um sie hochzuziehen. Dog saß noch immer hinter ihm auf dem Boden, und so ergriff Leaf sie nach kurzem Zögern.

»Du enttäuschst mich wirklich, Lennox«, knurrte Murdoch da. »Früher hast du diesen Hund absichtlich auf MacKays gehetzt, damit er sie totbeißt.«

»Stimmt das?« Sofort ließ Leaf Lennox' Hand los.

»Aye, es stimmt«, sagte dieser hart. »Aber er beißt nur zu, wenn ich es ihm sage. Und du und ich stehen auf der gleichen Seite.«

Letztendlich wurden sie Murdoch und Ninian los, weil Lennox diese für ihre weiteren abschätzigen Bemerkungen ungewöhnlich scharf zurechtwies und Murdoch zudem mitteilte, dass Torin nach dem gestrigen Zerwürfnis noch einmal in Ruhe mit ihm sprechen wolle.

»Hör gut zu, was er dir zu sagen hat«, beendete Lennox das Gespräch, ehe er nach Leafs Arm fasste und sie langsam in Richtung des Dorfs führte.

»Lass das«, sagte Leaf und befreite sich aus seinem Griff, sobald Murdoch und Ninian außer Sichtweite waren. Sie runzelte die Stirn und blickte misstrauisch über ihre Schulter zu dem grauen Hund, der ihnen folgte. »Woher weißt du, dass er nur beißt, wenn du es ihm sagst und wenn man ihn mit einer Waffe bedroht?«

»Weil ich ihn erzogen habe und er stets tut, was ich will.«

»Hat er keine Leine?«

»Dein Misstrauen mir gegenüber erstreckt sich nun also auch auf meinen armen Hund.« Er strich dem Tier kurz über den Kopf, dann befahl er ihm gleich Murdoch, zur Burg zurückzukehren.

»Wir sollten jetzt ebenfalls umdrehen. Zusehen, dass dein Vater wirklich zu Murdoch durchdringt.«

Lennox schüttelte den Kopf. »Leaf, ich will dich nie wieder auch nur in der Nähe von Murdoch sehen. Hast du das verstanden? Er macht keine leeren Drohungen, und er will dir wehtun. Warum hast du überhaupt mit ihm geredet, anstatt davonzulaufen?«

»Ich laufe nur davon, wenn ich keine andere Wahl mehr habe«, sagte Leaf. Auch wenn ihr nur allzu bewusst war, wie ernst die Lage gewesen war und dass sie Murdochs Hass unterschätzt hatte.

Lennox sah sie eindringlich an, dann meinte er: »Die Kratzer auf deiner Hand bluten. Wir sollten sie reinigen und verbinden.«

»Bist du seit Neuestem der Dorfheiler?«

Lennox' Mundwinkel zuckten. »Nein. Aber wenn sich die Kratzer entzünden, kannst du die Finger in unserer Hochzeitsnacht nicht benutzen.«

Leaf dachte mit Schaudern an die morgige Hochzeit, riss sich dann aber zusammen, denn Lennox hatte recht. Eine Wunde, die sich entzündete, konnte tödlich sein.

»Ich habe Graham Wein in die Schmiede gebracht«, sagte Lennox und schritt mit ihr auf dessen Kate zu. Und Leaf folgte ihm, denn woanders im Dorf würden sie wohl keinen Alkohol finden.

Bei der Schmiede angekommen, klopfte Lennox entschieden an die dunkle Holztür. Allerdings vergebens, denn niemand öffnete. »Graham wird wohl wieder bei Lindsay sein«, sagte er und stieß dann die Tür auf, um dennoch einzutreten.

»Was ist denn hier passiert?«, entfuhr es Leaf keinen Lidschlag später.

Und auch Lennox schüttelte fassungslos den Kopf. »Ich habe Graham gesagt, dass er sich als Erstes ein Schloss schmieden soll. Wenn alles fehlt, wird auch alles gestohlen.«

Ungläubig stieg Leaf über einen zerbrochenen Weinkrug und den umgestoßenen Tisch, auf dem sie und Lennox miteinander geschlafen hatten, hin zu der Bettstatt, von der die Eindringlinge sowohl die Matratze als auch die Felle mitgenommen hatten.

Wut stieg in ihr auf. »Die Menschen sollten sich an uns um Hilfe wenden. Nicht sich gegenseitig ins Unheil stürzen.«

»Jeder ist sich eben selbst der Nächste«, brummte Lennox und riss in Ermangelung eines sauberen Stücks Stoff einen Streifen seines eigenen Leinenhemds ab und tauchte diesen in eine größere Scherbe des Weinkrugs, in der noch etwas Wein war. Anschließend griff er nach ihrer Hand und reinigte behutsam ihre Kratzer.

»Versuchst du, mich gerade zu verführen?«, entfuhr es ihr, da sie seine Sanftheit kein bisschen ertragen konnte, weil diese sie viel zu sehr an Artair erinnerte.

Lennox warf ihr einen kurzen Blick zu. »Nein«, sagte er. »Wollte ich dich verführen, würdest du das ohne Zweifel wissen.«

»Hast du Vika wirklich geküsst?«

Lennox' Miene verdüsterte sich, und er wickelte den Stoffstreifen fest um Leafs Hand. »Nein. Sie hat mich geküsst, nachdem du mir den Tanz mit ihr aufgezwungen hast.«

»Wieso wolltest du sie dann schon beim ersten Tanz aus Artairs Armen reißen? Gib doch endlich zu, Lennox, dass du Vika nicht verachtest und es dir auch nicht darum geht, deine Schuld wegen ihres Sturzes von der Mauer wiedergutzumachen oder sie vor einer Ehe mit einem anderen Mann zu bewahren. Sondern dass du Vika liebst. Und nur deshalb nicht willst, dass sie wieder heiratet.«

Lennox antwortete ihr mit gefährlich leiser Stimme. »Ich heirate dich zwar morgen, Leaf. Aber deshalb teilen wir noch lange nicht unsere tiefsten Geheimnisse miteinander.«

»Aye, du heiratest morgen, aber offensichtlich die falsche Frau!« Leaf raufte sich ihre Locken, sah den Schmerz in Lennox' Blick, den er so mühevoll zu verbergen versuchte wie sie ihre eigenen Empfindungen für Artair. Seine Augenlider zuckten, da bei ihm wohl ebenso wie bei ihr immer mehr Trauer und Frustration emporstiegen und durch die Mauer an Selbstbeherrschung zu brechen drohten.

»Vika ist nicht die richtige Frau für mich«, sagte Lennox da hart und wandte den Blick ab. »Sie mag mich geküsst haben, weil ich ihr die Kette geschenkt habe, die sie schon lang verdient hat. Aber ich würde niemals mehr ihre Küsse erwidern. Verstehst du, Leaf? Niemals.«

»Nein, ich verstehe nicht, warum du sie nie mehr küssen würdest. Du küsst doch selbst mich. Warum also nicht Vika? Die Frau, die du liebst?«

»Das habe ich einmal zu oft in meinem Leben getan«, sagte er nach einer langen Weile. »Und weißt du, wer dieses letzte Mal gesehen hat?« Lennox' Stimme zitterte, und er kam näher auf sie zu.

»Dein Vater?«

»Nein, mein Bruder.« Lennox lachte bitter. »Und weißt du, was er danach getan hat?«

Leaf riss die Augen auf, als sie zu ahnen begann, was passiert war.

»Richtig«, sagte Lennox, der den Schrecken in ihren Augen bemerkt haben musste. »Er ging zu meiner Verlobten, Fia. Und wollte im Gegenzug einen Kuss von ihr.«

»Und das hat mein Onkel gesehen«, murmelte Leaf. »Und ihn erstochen.«

»Nein, das war erst bei Yules zweitem Besuch«, verbesserte Lennox sie. »Bei seinem ersten Besuch hat mein Bruder Fia nämlich tatsächlich nur geküsst. Natürlich hat Malik augenblicklich eine Entschuldigung von Yule verlangt, als er ihn dabei erwischt hat. Doch Yule hat sich geweigert und gesagt, es würde ohnehin in der Familie bleiben. Dein Onkel war außer sich vor Zorn. Er wollte als Wiedergutmachung fünf Rinder von meinem Vater haben. Die dieser ihm jedoch nicht geben wollte, weil er Yule geglaubt hat und Fia für ein loses Mädchen hielt.«

»Also hat Malik die Rinder gestohlen.« Leaf rieb sich über ihre Arme.

»Aye, und mein Bruder brachte die Rinder am nächsten Tag wieder zurück. Das ging eine ganze Weile so, bis Bauern dabei umkamen und alles zu der Fehde wurde, die du kennst. Anfangs konnte ich mich noch heraushalten. Doch als mein Bruder dann erneut zu Fia ging, um sich dieses Mal mehr als einen Kuss zu holen, und Malik ihn umbrachte, hatte ich keine Wahl mehr. Denn ab da war ich Torins ältester Sohn. Und wurde dadurch ungewollt zum Mörder meiner eigenen Verlobten und meines von mir geschätzten zukünftigen Schwiegervaters.«

»Und das nur, weil du Vika geküsst hast«, flüsterte Leaf.

»Aye«, sagte Lennox, zitternd und kreidebleich. »Deshalb kannst du dir sicher sein, Leaf, dass ich Vika nie wieder küssen werde. Genau genommen werde ich fortan auf jegliche Nähe zu ihr verzichten. Was ich ihr schon damals gesagt habe, woraufhin sie sich betrunken von der Burgmauer gestürzt hat.«

»Also liebst du sie – und hasst dich gleichzeitig dafür sowie für Fias und Maliks Tod? Obwohl dir klar ist, dass es dein Bruder war, der entschieden hat, Fia zu bedrängen und damit die Fehde zu beginnen.«

Lennox' Kiefer malmten. »Was auch immer zwischen mir und Vika war – es hätte nie sein dürfen. Und das habe ich Vika gestern noch ein zweites Mal gesagt, nachdem sie mich geküsst hat.«

»Du hast ihr also erneut das Herz gebrochen.«

Lennox schnaubte. »Besser ein gebrochenes Herz als gebrochene Knochen. Denn zumindest vor diesem Schicksal bewahre ich Vika, wenn sie kein zweites Mal heiraten muss, weil ich das Versprechen, das ich meinem Vater gegeben habe, halte und dich heirate. Sie wird ein gutes Leben auf Balnagown Castle haben mit ihren Kindern. Fern von mir, fern von unserer Vergangenheit. Und ich … ich finde hier meinen Frieden.«

»Und das glaubst du wirklich?«, wisperte Leaf. Denn der Kummer in Lennox' Blick strafte seine Worte Lügen.

Lennox rieb sich einmal über die Augen, dann wanderte sein Blick über ihren Körper, dieses Mal aber ohne jede Zugewandtheit, sondern mit unnahbarer Härte. »Warum wiederholen wir nicht unser Zusammentreffen vom letzten Mal hier in dieser Schmiede?«

»Nein.« Leaf reckte das Kinn, da ihre Verzweiflung sie zu überwältigen drohte. »Ich habe keine Lust, deine Ablenkung zu sein.«

»Sag bloß, du hast dich doch in mich verliebt.« Lennox stöhnte. »Dabei hatte ich wirklich gedacht, dass du fähig wärst, Liebe und Lust voneinander zu trennen.«

»Also gibt es sie doch, die Liebe?« Leafs Lippe bebte. »Du hast also gelogen. Du glaubst nicht nur an die Lust und das Hier und Jetzt. Du benutzt beides nur dazu, dich der Liebe nicht stellen zu müssen.«

»Und das gelingt mir verdammt gut«, entgegnete Lennox hart. »Oder hast du etwa an Artair gedacht, während du auf meinem Gesicht gesessen hast?«

»Nein«, sagte Leaf. »Währenddessen habe ich Artair vergessen. Aber danach dachte ich noch mehr an ihn als zuvor.«

»Man darf eben nicht damit aufhören«, sagte Lennox.

»Du meinst, wer nicht stehen bleibt, sondern immer weiterläuft, muss nie die Scherben sehen, die er hinterlassen hat? So wie deine Mutter?«

»Das musst ausgerechnet du sagen, wo du doch in Bezug auf Artair nichts anderes machst.«

»Du hast recht.« Leaf zitterte mittlerweile am ganzen Körper. »Es ist wohl an der Zeit, dass auch ich noch einmal ernsthaft darüber nachdenke, was ich morgen verliere, wenn ich dich heirate. Vor allem ...« Sie stockte, weil ihr ein noch viel beängstigender Gedanke kam.

»Vor allem was?«

»Vor allem, weil es sein kann, dass wir nicht allein vor dem Traualter stehen werden.«

»Was?«

Leaf glaubte, auf einmal keine Luft mehr zu bekommen. »Aye«, hauchte sie. »Denn wenn weder du Vika noch ich Artair einen guten Grund gegeben haben, weiter an ihren Gefühlen für uns festzuhalten, wieso sollten die beiden morgen dann nicht zusammen mit uns heiraten? Oder bereits in diesem Augenblick den Ehevertrag unterzeichnen?«

»Nein«, widersprach Lennox hart. »Niemals. Mein Vater hat versprochen, dass Vika unverheiratet bleibt.«

»Dann hat er gelogen«, sagte Leaf. »Denn Artair hat mir erst gestern erzählt, dass eine Ehe zwischen Vika und ihm angedacht wäre.«

»Gottverflucht«, entfuhr es Lennox und er nahm einen Hammer und schleuderte ihn gegen die Wand. »Das kann doch nicht sein Ernst sein. Denn wenn Vater sich nicht einmal daran hält ...«

Alarmiert fragte Leaf: »Gab es denn noch weitere Abmachungen darüber hinaus?«

Doch Lennox antwortete ihr nicht, sondern stürmte an ihr vorbei ins Freie.

Ein kalter Windzug fegte ins Innere der Schmiede, woraufhin Leaf fröstelnd die Arme um sich schlang und die Zerstörung um sich herum betrachtete. Und auf einmal war sie sich sicher, dass der morgige Tag – ganz gleich, wie Lennox und sie sich entschieden – zu einem Desaster werden würde.

KAPITEL 30

Keine Ausreden mehr. Mit diesem festen Vorsatz hatte Artair heute Morgen Vika dazu überredet, sich gemeinsam mit ihm zur Pferdekoppel zu begeben. Obwohl Vikas Magd ihm mehrfach gesagt hatte, dass Vika heute lieber im Bett bleiben wollte. Doch er wollte nicht länger der Mann sein, der für alles eine Entschuldigung fand, wie Leaf ihm gestern vorgeworfen hatte. Damit war jetzt Schluss – genauso wie mit einigem anderen.

»Bist du froh, dass du doch noch aufgestanden bist?« Artair sah zu Vika, die bisher kein einziges Mal von sich aus das Wort an ihn gerichtet hatte.

»Ich bin nicht aufgestanden«, erwiderte sie leise. »Denn ich kann nicht mehr stehen.«

Sogleich setzte sich Artair neben sie auf den Baumstamm. »Entschuldige, das war gedankenlos von mir.«

Vika wandte ihm den Kopf kurz zu, der Wind trug ihren Geruch nach Salbei in seine Nase. »Ist schon gut.«

Unsicher rieb Artair seine Handflächen aneinander und starrte auf die umzäunte Grasfläche, auf der erneut nur Vikas weißer Schimmel stand. »Wusstest du, dass meine Ziehschwester Flower eine Heilerin ist? Vorrangig behandelt sie Tiere, ab…«

»Lass es gut sein«, fiel Vika ihm ins Wort. »Ein Dutzend erfahrene Heilerinnen war schon bei mir, sogar aus Ländern, deren Namen ich nicht einmal kannte. Ohne sie hätte ich den Sturz und die folgenden Wochen der Krankheit auch nicht überlebt. Doch sie alle waren sich darin einig, dass ich nie wieder werde gehen können. Daran wird Lady Sinclair auch nichts ändern können.«

Artair schwieg, denn das hatte er nicht gewusst. Dabei hätte er Vika so gern geholfen. Doch wenn schon so viele heilkundige Frauen zu diesem Schluss gekommen waren, würde Flower wohl tatsächlich nichts ausrichten können.

Er starrte eine Weile stumm auf die Koppel, ehe er erneut das Wort ergriff. »Warum wird eigentlich immer nur dein Pferd hier hinausgebracht? Wo doch noch genug Platz für mehrere Tiere wäre, meines eingeschlossen.«

Vika blickte nun ebenfalls zu dem Tier, dann seufzte sie. »Das Wohl der Pferde ist hier zurzeit niemandem wichtig, also bleiben sie im Stall. Dafür, dass mein Schimmel auf die Weide kommt, gebe ich einem ehemaligen Kämpfer jeden Tag ein Stück Silber. Er bringt das Pferd dann frühmorgens hierher und wacht über es, bis er es abends nach dem Fest zurück in die Burg bringt. Es verträgt den Lärm der Feiernden nicht.«

Artair sah sich verwundert um, konnte aber niemanden entdecken, während er bei sich dachte, dass Tevin diese Aufgabe bei seinem Pferd sicher auch übernehmen würde.

»Bei Tageslicht ist der Mann auf der Burgmauer«, sagte Vika leise. »Sobald jemand versucht, mein Pferd zu stehlen, wird er einen Pfeil auf ihn abschießen. Er sagte mir, er sei einst einer von Torins fähigsten Männern gewesen.«

Überrascht drehte Artair sich um und erblickte nun am äußeren Rand der Burgmauer einen gelangweilt dreinblickenden Mann mit einem vernarbten Gesicht. »Zum Glück habe ich nicht versucht, mit deinem Pferd auszureiten, damit es mehr Bewegung bekommt.« Er kratzte sich am Kinn. »Hast du ihm tatsächlich die Anweisung gegeben, einen Dieb zu erschießen?«

Vika schüttelte den Kopf. »Natürlich nicht. Es wäre nur ein Warnschuss gewesen, der den Halunken höchstens am Fuß verletzt hätte.« Sie lachte bitter. »Und falls er dann wie ich nicht mehr hätte gehen können, hätte ich wenigstens öfter Gesellschaft.«

»Ich bin doch gerade bei dir.«

»Aye«, sagte Vika und starrte wieder trüb nach vorn. »Gerade.«

»Was soll das heißen?«, erkundigte sich Artair. »Das hört sich nach einem Vorwurf an.«

Vika verschränkte ihre Hände und legte sie in ihren Schoß. »Die Menschen in meinem Leben bleiben nicht. Das ist die Wahrheit.«

Artair wusste darauf nichts zu sagen, also griff er nach Vikas Hand. »Hast du die Flöte dabei? Du könntest eine Melodie oder ein Lied für uns spielen.«

»Nein«, erwiderte Vika, während ein Windstoß einige Blätter zu ihnen herübertrug. »Lieber nicht.«

Artair fühlte sich hilflos angesichts Vikas tiefer Traurigkeit.

»Nun, dann locke ich eben das Rotkehlchen für uns an.« Er nahm seine Holzpfeife aus seinem Leinenhemd und blies einige Male dort hinein, imitierte den Gesang eines Vogels.

Kurz musste Vika lächeln. »Du vergraulst es wohl eher.« Und tatsächlich, eine Antwort aus dem Wald blieb aus.

»Und du bist sicher, dass du es nicht versuchen willst?«

»Artair.« Vika wandte den Kopf zu ihm. »Warum sind wir wirklich hier?«

Artair schloss kurz die Augen. Keine Ausreden, erinnerte er sich, keine Ausreden mehr.

»Gestern, beim Tanzen …«

Augenblicklich erbleichte Vika und versteifte sich. »Daran will ich jetzt nicht denken.«

»Warum nicht?«

»Weil ich weiß, was du fragen willst und worüber wir gestern auch schon gesprochen haben: dass wir heiraten könnten.«

»Oh«, sagte Artair. Denn das war nicht das Thema, über das er mit ihr hatte sprechen wollen, obwohl Gregor heute Morgen tatsächlich noch einmal versucht hatte, ihn zu einer Hochzeit am morgigen Tag zu überreden! Doch obwohl er Vika mochte und sie ihm gefiel, konnte er sich nicht Hals über Kopf in eine Ehe mit ihr stürzen, nachdem sein Herz noch immer Leaf gehörte.

Er strich Vika eine Haarsträhne aus dem Gesicht, die der Wind dorthin getragen hatte. »Das war nicht, worüber ich mit dir reden wollte. Zumal ich den Eindruck habe, dass dir diese Vorstellung, anders als gestern, nicht mehr zusagt. Ist es wegen Lennox?«

Vikas Augen füllten sich mit Tränen. »Ich bin so müde, kannst du mich bitte zurückbringen?«

Artair schüttelte den Kopf. »Dein Kummer verringert sich nicht, wenn du allein in deiner Kammer bist. Außerdem muss ich etwas wissen.« Er holte tief Luft. »Von wem war das Lied, dessen Zeilen ich gestern gesungen habe?«

Vika sah ihn verwundert an. »Du meinst: *Im Schatten der Berge, so kalt und klar, tanzt ein Wildreh im Mondschein ...?«*

Artair nickte, sein Herz schlug heftig gegen seine Brust. Vielleicht war es auch diesmal vergeblich, erneut nach seiner Herkunft zu forschen, doch er musste es trotzdem versuchen. »Aye. Wer hat es geschrieben?«

Vika öffnete schon den Mund, um ihm zu antworten, dann hielt sie inne. »Ich sage es dir, aber dafür sagst du mir zuerst etwas anderes.«

Kurz verschlug es Artair die Sprache, denn Vikas Vorgehen erinnerte ihn unwillkürlich an das von Leaf. »Versuchst du gerade, mich zu erpressen?«

»Wenn man körperlich hilflos ist, muss man die Möglichkeiten nutzen, die einem bleiben«, erklärte Vika.

Artair sah sie ernst an. »Aye, mein Ziehvater hätte gern, dass wir morgen gemeinsam mit Leaf und Lennox heiraten. Aber ich werde nicht versuchen, dich gegen deinen Willen dazu zu überreden. Das war es doch, was du wissen wolltest, oder?«

Doch Vika schüttelte den Kopf. »Nein, ich habe eine andere Frage. Wenn dir jemand sagt, dass er nicht mit dir zusammen sein kann, sich gleichzeitig aber für dich aufopfert, bedeutet das, dass derjenige dich so sehr verachtet, dass er sich lieber auf andere Weise quält, als in deiner Gegenwart zu sein? Oder dass er dich liebt und es nicht zugibt?«

Ein kalter Schauer erfasste ihn. »Sprichst du von Leaf? Ich will jetzt nicht über sie reden.«

Vikas Miene zeigte keinerlei Regung. »Es heißt, dass dich derjenige liebt, nicht wahr?«

»Aye«, sagte Artair nach einer langen Pause. »Ich denke schon. Nur bedeutet es auch, dass er zu viel Angst hat, um mit dir zusammen zu sein, und dir deshalb immer wieder wehtun wird.«

»Außer er gesteht sich das endlich ein«, murmelte Vika vor sich hin.

Artair berührte sie sanft an der Schulter. »Sprichst du am Ende gar nicht von Leaf, sondern von Lennox? Was ist gestern noch geschehen?«

Vika antwortete ihm nicht, stattdessen rannen weitere Tränen aus ihren Augen, und so nahm er sie behutsam in den Arm. Doch nach einer Weile, nachdem ihr Körper zu zittern aufgehört hatte, schob sie ihn von sich fort, und ihr Gesicht zeigte nun einen kämpferischen, gnadenlosen Ausdruck.

»Leaf hat mit Lennox geschlafen. Na und? Willst du dir wegen der einen Stunde dein restliches Leben verderben?«

»Eine Stunde sagst du?« Die Vorstellung war ein weiterer Schlag für Artair, denn bei ihm und Leaf waren es vermutlich nicht einmal fünf Minuten gewesen.

»Oder lass es zwei Stunden gewesen sein. Aber wenn du Leaf gehen lässt, verlierst du Tausende weitere Stunden, die du mit ihr haben könntest. Das kannst du doch nicht wollen.«

»Leaf hat ihre Entscheidung getroffen. Sie heiratet morgen Lennox. Und auf mich wartet eine andere Zukunft, vielleicht mit dir.« Er griff nach Vikas Hand. »Was mich zu meiner Frage zurückbringt ...«

»Nein«, widersprach Vika ihm. »Als ich Yule damals heiratete, habe ich den falschen Mann geheiratet, und ich kann nicht zulassen, dass du den gleichen Fehler begehst. Zumal ...« Wieder rannen Tränen aus ihren Augen. »... es außer deinen Gefühlen für Leaf noch andere Gründe gibt, weswegen sie Lennox morgen auf keinen Fall heiraten darf.«

»Was sagst du da? Vika, was weißt du noch?«

Vika zögerte einen Augenblick, dann griff sie nach dem Anhänger in ihrem Ausschnitt. Doch dieses Mal war es ein anderer als gestern, denn Artair sah statt eines missgestalteten Menschen nun einen Engel. »Von Lennox«, erklärte Vika leise. »Den Anhänger hat er mir gestern gegeben.«

Nun verstand Artair gar nichts mehr. »Aber du hast doch gesagt, er verachtet dich?«

»Ich habe mich geirrt.« Vika schluckte heftig. »Auch die erste Kette sollte schon ein Engel sein, der mich beschützt. Denn Lennox liebt mich, auch wenn er mir das erst gestern gesagt hat.«

Artair atmete heftig aus. Erst stahl Lennox ihm Leaf und nun auch noch Vika?

Diese begann nun, heftig zu schluchzen. »Lennox konnte es mir nicht früher sagen, da er nicht wusste, ob sein Vorhaben aufgehen würde. Denn er hat mit Torin etwas vereinbart.« Vika holte einmal tief Luft, dann sah sie ihm fest in die Augen. »Torin stimmt zu, dass Lennox und ich heiraten dürfen, wenn Lennox davor Achfary Castle durch die Eheschließung mit Leaf für Clan Ross gewinnt.«

»Aber wie soll Lennox dich heiraten, wenn er bereits ...« Die Erkenntnis traf Artair wie ein Schlag mitten ins Gesicht. Denn es gab nur einen Weg, wie Lennox die Burg bekommen und ein zweites Mal heiraten konnte. Und das war Leafs Tod.

Ruckartig erhob sich Artair vom Baumstamm. »Nein, das kann nicht sein, das kann ich nicht glauben.« Er sah Vika bebend an. »Außerdem dürftest du mir das gar nicht sagen, wenn es stimmen würde.«

Vika schluchzte. »Ich weiß, ich bin eine Närrin. Endlich bekomme ich, wonach ich mich so lang gesehnt habe, und dann ... gefährde ich es wieder ...« Sie rieb sich mit dem Ärmel ihres Kleids über die Augen. »Aber du warst der erste Mann seit Monaten, der nicht auf mich herabgesehen und mich wie eine bemitleidenswerte Kreatur behandelt hat, sondern in mir die Frau gesehen hat, die ich einmal war.« Sie lächelte zaghaft. »Ich mag dich, Artair, und deshalb will ich auch, dass du glücklich wirst, genauso wie ich es sein werde. Also nimm Leaf und flieh mit ihr. Rette sie, bevor es zu spät ist.«

»Vika, ich bin ein MacKay. Wenn dein Clan uns hintergeht und Leaf töten will, kann ich nicht davonlaufen, sondern muss es Gregor sagen.«

»Nein.« Vika krallte sich mit den Händen in seinen Arm. »Bitte, nicht. Ich habe alles aufs Spiel gesetzt, indem ich dir die Wahrheit gesagt habe. Stürze mich dafür nicht wieder ins Unglück zurück. Lennox wird mir nie wieder in die Augen sehen – und Gott weiß, was Torin mit mir tun würde.«

»Vika.« Artair ging neben ihr in die Knie. »Ich danke dir für dein Vertrauen. Und ich verspreche dir, dass Clan MacKay es dir mit ewigem Schutz danken wird.«

»Nein.« Vika schlug mit ihren Fäusten auf den Baumstamm. »Hör mir zu, Artair! Erstens kannst du mir den Schutz der MacKays nicht versprechen, weil du als Ziehsohn von Gregor kein vollwertiges Mitglied dieses Clans bist. Und zweitens stürzt du damit beide Clans wieder in den Krieg. Ihr müsst fliehen, das ist der einzige Weg!«

»Nur heiratet Lennox dann meine Schwester Skye.«

»Nein«, erwiderte Vika heftig. »Ich werde Lennox davon abbringen. Jetzt, da ich endlich weiß, dass er mich liebt, werde ich ihn dazu überreden, mich auch ohne Torins Segen zu heiraten.«

»Was Lennox bisher schon hätte tun können, aber nicht getan hat.«

»Aber das lag nicht daran, weil ihm sein Vater wichtig ist, sondern weil Torin ihm noch etwas anderes versprochen hat: nämlich ihm den Aufenthaltsort seiner Mutter zu verraten. Und nichts begehrt Lennox mehr zu wissen, um sie endlich fragen zu können, warum sie ihn zurückgelassen hat.«

Artair erhob sich wieder. »Und wie erfährt Lennox, wo sich seine Mutter befindet, wenn er sich mit seinem Vater zerstreitet?«

»Ich weiß es nicht, aber mir wird schon etwas einfallen. Und der Frieden …«

»Den Frieden gibt es nicht«, sagte Artair. »Nicht, solange Torin die MacKays hasst.«

»Selbst wenn«, warf Vika ein. »Den Frieden gibt es auch nicht, wenn ihr, du und Leaf, bleibt. Murdoch und seine Männer können es jetzt schon kaum erwarten, sie loszuwerden. Geh mit ihr fort und gib uns beiden mehr Zeit, einen anderen Weg zu finden. Denn zunächst wird Gregor nach Leaf suchen lassen, und allein das kann Monate brauchen, in denen Torin nichts unternehmen wird und ich ihn vielleicht sogar zu einer Versöhnung bewegen kann.«

Artair sah in Vikas tränennasse Augen und nahm ihre Hände in seine. »Vika. Es tut mir leid. Aber ich muss es Gregor sagen.«

»Nein!« Ein Schrei löste sich aus Vikas Brust. »Bitte, tu das nicht. Er wird dir nicht glauben, Artair! Er wird sagen, dass das nur die kranken Hirngespinste einer verkrüppelten Frau sind, der man nicht zuhören sollte.«

»Ist es denn so, Vika?«

»Ich sollte jetzt einfach Aye sagen«, murmelte sie. »Denn ansonsten nimmst du mir die Liebe meines Lebens, obwohl ich dir einen Weg gewiesen habe, um deine zu retten.«

»Wenn Lennox dich wirklich liebt, werdet ihr andere Wege finden, um zusammen zu sein. Auch wenn ich dir das nicht raten kann, da er anscheinend über Leichen geht. Auch über meine, wenn wir beide morgen heiraten würden.«

»Nein, Lennox tötet niemanden, den er nicht töten muss«, sagte Vika verzweifelt. »Weswegen er auch gegen unsere Ehe ist.«

»Nun, diese guten Absichten reichen leider nicht aus, um mich umzustimmen. Aber weil ich kein Unmensch bin, verspreche ich dir, Lennox' Leben zu retten. Damit du und er fliehen könnt.«

»Artair, bitte«, flehte Vika noch einmal. »Tu das nicht. Ich müsste sonst meinen Bogenschützen auf dich schießen lassen, um dich aufzuhalten.«

Artair sah zu dem Mann, der noch immer auf der Burgmauer stand, dann zurück zu Vika. »Tut mir leid, Mylady, aber in diesem Fall begleitest du mich wohl zurück zur Burg. Und zwar als mein Schutzschild.«

KAPITEL 31

Hältst du dich nun an unsere Abmachung oder nicht, Vater?«
Leaf hastete gerade die Treppe in die große Halle hinab, als
sie Lennox' schneidende Stimme hinter sich hörte. Sofort hielt sie
inne, denn sie hatte bereits den ganzen Nachmittag nach Lennox
gesucht, um von ihm zu erfahren, was sich hinter seinen heutigen
Andeutungen in der Schmiede verbarg.

»Deshalb störst du mich bei meinem Bad, Sohn?« Torins Stimme klang ungehalten. »Du verstehst es wirklich nicht, einen guten
Moment für ein Gespräch zu wählen. Anders als Yule.«

»Nur ist Yule tot, und ich bin hier.« Leaf schlich die wenigen Trep-
penstufen, die sie bereits hinuntergegangen war, wieder hinauf, um
den Wortwechsel der beiden Männer besser verfolgen zu können.
»Und du solltest mir dankbar dafür sein, dass ich deine vorherigen
Heucheleien gegenüber Gregor nicht unterbrochen habe. Eine
Kreuzung der Hochlandrinder von Clan Ross und Clan MacKay,
dass ich nicht lache. Eine einzige Verbindung zwischen unseren
Clans reicht dir offenkundig als Sicherheit nicht mehr aus?«

»Reich mir mal das Handtuch, Junge.«

»Ich bin doch keine Magd«, zischte Lennox, und Leaf hörte, wie
etwas zu Boden geschleudert wurde. »Also? Warum befürwortest
du eine Ehe zwischen Vika und Artair? Das haben wir nicht ausgemacht.«

»Gregor besteht darauf, nicht ich. Und ich habe nur zugestimmt,
damit er sich beruhigt und deine Hochzeit mit Leaf nicht in Gefahr gerät.«

»Nur brichst du damit dein Versprechen mir gegenüber.«

»Nein, denn ich zwinge Vika nicht zu dieser Ehe. Es ist ihre Entscheidung.«

»Die du ihr verdammt noch mal schmackhaft gemacht hast, obwohl sie unverheiratet bleiben sollte.«

»Dass sie unverheiratet bleiben soll, hättest du dann ausdrücklich sagen müssen«, blaffte Torin. »Denn ich halte mich genau an das, was wir vereinbart haben, und zwinge sie zu nichts.«

»Ich warne dich, du wirst dafür sorgen, dass Vika Artair nicht heiratet, sonst bin ich raus. Und wehe, du vergisst den zweiten Teil unserer Abmachung auch noch.«

»Wie könnte ich, da du mich ja beständig daran erinnerst.«

»Schwöre es beim Leben meiner Mutter.«

»Meinetwegen, ich schwöre es«, sagte Torin barsch. »Solange du deinen Teil der Abmachung ebenfalls erfüllst. Und jetzt mach dich davon, oder ich rufe jemanden, der dich hinauswirft.«

»Murdoch vielleicht?«, fragte Lennox kalt. »Was hat er vorhin zu dir gesagt?«

»Nichts Neues«, sagte Torin. »Ich habe alles im Griff. Und jetzt geh und verzaubere lieber deine MacKay-Braut.«

Lennox brummte etwas Unverständliches, dann stürmte er durch die Tür und warf sie krachend hinter sich ins Schloss. Leaf trat hastig einen Schritt zur Seite, damit er sie nicht umrannte. Dann aber packte sie ihn am Leinenhemd und drückte ihn gegen die nächste Wand. »Was zur Hölle war das, Ross?«

»Ein Gespräch«, antwortete Lennox und schob sie unsanft zur Seite.

»Ein Gespräch, das auch mich betrifft«, stellte Leaf richtig und setzte ihm nach.

»Nein, ich muss dich enttäuschen«, sagte er. »Um dich ging es dabei nur zweitrangig.«

»Lennox, du sagst mir jetzt sofort, was hier vor sich geht.«

Mit zornigen Augen hielt Lennox inne. »Nein, denn es geht dich verflucht noch mal nichts an. Und jetzt lass mich in Ruhe, oder ich pfeife nach Dog, damit er dir Gesellschaft leistet.«

»Sag es mir«, forderte Leaf, während Lennox sie nach dem wohl angespanntesten Abendessen seit ihrer Ankunft erneut auf die Tanzfläche führte. »Sofort.«

Lennox' Blick blieb hart. »Es wundert mich, dass du mir nicht längst dein Essmesser an die Kehle gesetzt hast, so versessen, wie du auf meine Antwort bist.«

»Ich halte mich eben an Regel drei und setze dir bei unseren Begegnungen keine Waffe mehr an den Hals, auch wenn ich diese Vereinbarung nur allzu gern brechen würde.« Leaf stieß ihm beim Gehen unsanft ihren Ellbogen in die Rippen.

»Das würde Artair sicher befürworten, denn er sieht mich auch die ganze Zeit über so an, als wolle er mich umbringen«, antwortete Lennox.

»Na, du lächelst ihn auch nicht gerade an«, erwiderte Leaf und warf einen Blick zu Artair, der mit finsterer Miene vom Tisch aufgestanden und hinter Gregor getreten war. *Immerhin sitzt er nun nicht mehr neben Vika*, dachte Leaf.

Da flog die Tür zur großen Halle auf, und alle Köpfe fuhren herum. Dort, im dunklen Schwarz der Nacht, stand Tomas und führte ein junges Hochlandrind an einem Strick in die große Halle, das sich eindeutig unwohl inmitten der tanzenden Menschen fühlte.

»Lady Leaf.« Tomas neigte den nahezu kahlen Kopf vor ihr. »Im Namen der Dorfgemeinschaft übergebe ich Euch dieses Rind. Es ist eins der letzten, die es um Achfary Castle herum gibt. Euer Vater ließ uns ausrichten, dass Ihr zusammen mit Lord Lennox eine Zucht beginnen wollt, die uns allen mehr Rinder beschert. Wir danken Euch dafür.«

Überrascht löste sich Leaf von Lennox. Sie trat auf Tomas zu. »Ich danke dir.« Vorsichtig ließ sie das Tier an ihrer Hand schnüffeln, ehe sie mit ihren Fingern durch dessen lockiges Fell strich und unvermittelt an Flower denken musste. »Das ist wirklich sehr großzügig.« Sie drehte sich zu ihrem Vater um, der vom Podest herabgestiegen war und nun neben ihr stand. »Wenn auch unerwartet.«

Gregor ging darauf jedoch nicht ein, sondern sah Tomas streng an. »Wo ist Murdoch? Er sollte doch das Rind von Clan Ross zeitgleich in die große Halle führen.«

Doch Tomas zuckte mit den ausgemergelten Schultern. »Ich habe den Ross-Bastard seit heute Morgen nicht mehr gesehen.«

»Sprich nicht so über Clan Ross«, wies Gregor den Mann zurecht.

»Nur dass Murdoch sich wirklich wie ein Bastard benimmt«, erwiderte Leaf so leise, dass nur ihr Vater es hörte.

»Fängst du jetzt mit dem gleichen Unsinn an wie Artair?« Gregor schüttelte den Kopf. »Tomas, sieh zu, dass du Murdoch findest. Das zweite Rind muss sofort hergebracht werden.«

»Eher sollten beide Rinder auf die Weide«, widersprach Leaf und legte ihre Hand beruhigend auf das rotbraune Fell der jungen Kuh. »Wo sie hingehören.«

»Unsinn«, sagte Gregor. »Die Kuh hier ist ein Symbol. Eine große Geste. Sie bleibt.«

»Das Rind leidet«, widersprach Leaf.

»Es erfüllt einen höheren Zweck. Und das ist alles, was zählt.«

Damit griff Gregor nach dem Strick des Tiers und führte es eigenhändig durch die jubelnden Menschen zum Tisch der Clanführer, wo Torin ihn strahlend empfing und sie gemeinsam das Wort an die Anwesenden richteten.

Leaf starrte ihren Vater ungläubig an. Die Ehe war, wie sie es River einst gesagt hatte, tatsächlich nichts anderes als ein Kuhhandel. Und ihr Vater würde wohl auch nicht davor zurückschrecken, sie an einem Strick vor den Altar zu führen, wenn er müsste.

»Ich muss hier raus«, zischte sie, als sie Artairs besorgten Blick auffing und plötzlich Tränen in ihr aufstiegen.

»Nein, bleib.« Lennox hielt sie am Arm fest. »Du kannst jetzt nicht gehen, unsere Väter sprechen gerade über uns beide, mein Herz. Und, oh, hat dein Vater wirklich gerade gesagt, dass du so fruchtbar bist wie diese Kuh?«

Mit zitternden Händen wandte sich Leaf wortlos ab, doch Lennox griff erneut nach ihrer Hand, dieses Mal sanfter.

»Entschuldige. Ich weiß nicht, warum ich das immer wieder mache. Bleib, bitte.«

»Damit du mich weiter verzaubern kannst, wie dein Vater es so schön ausgedrückt hat? Nein, der einzige Weg, mich zum Bleiben zu bewegen, ist, dass du mir endlich sagst, was du mit deinem Vater abgemacht hast. Warum willst du, dass Vika unverheiratet bleibt? Und was ist der zweite Teil der Abmachung?«

Lennox stieß sie kurz in die Seite, weil Gregor auf sie zeigte, worauf sie beide einige Momente in seine Richtung lächelten. Doch sobald die Aufmerksamkeit der Anwesenden wieder dem Rind galt, das sich gerade den Bratapfel von Gregors Teller geschnappt hatte, nahm Lennox sie am Arm und zog sie in den Schatten einer Säule.

»Du vertraust mir noch immer keinen Zoll. Warum glaubst du mir nicht, dass, was auch immer ich mit meinem Vater vereinbart habe, für dich nicht wichtig ist?«

Leaf stemmte die Arme in die Seite. »Es geht mir nicht um das, was du vereinbart hast. Sondern um das, was du dafür tust. Schließlich sagte dein Vater, dass du deinen Beitrag zu dieser Vereinbarung erbringen musst.«

Lennox' Züge verdüsterten sich. »Was denkst du denn, das ich meinem Vater versprochen habe? Dass ich dich auf Lebzeit in eine Kammer sperre, wenn wir verheiratet sind? Dich foltere? Oder umbringe? Habe ich mich nicht an alles gehalten, was wir ausgemacht haben, seit du dieser Ehe zugestimmt hast?«

Leaf schüttelte den Kopf. »Du hast dich nicht von meinem Körper ferngehalten.«

»Fein, manchmal ändern sich die Regeln eben. Aber du hast dieser Änderung zugestimmt. Weil du wie ich erkannt hast, dass wir beide besser dran sind, wenn wir am gleichen Strick ziehen.«

»Und wieso bist du dann heute Morgen aus der Schmiede gestürmt, wenn alles bestens für dich ist?«, wollte Leaf wissen. »Wenn wir am gleichen Strick ziehen, kannst du mir doch einfach die Wahrheit sagen.«

»Die Wahrheit ist, dass du mich heute Morgen verletzt hast, Leaf. Denn ich renne tatsächlich wie meine Mutter davon.«

»Diese Wahrheit meinte ich aber nicht.«

»Du hast mich nicht zu Ende reden lassen. Ich renne davon wie meine Mutter. Vor Vika, vor meiner Verantwortung für meinen Clan, vor einer aufrichtigen Beziehung mit dir.« Er legte einen Finger an ihr Kinn. »Und weißt du was? Es fühlt sich beschissen an. Aber ich kenne es eben nicht anders. Aber du ... du zeigst mir, dass es anders geht. Du übernimmst Verantwortung und bist trotzdem nicht bitter. Du stehst für das ein, was du willst, und bekommst es am Ende auch. Nur eins kannst du nicht: vertrauen. Also wird das der erste Punkt sein, an dem ich Verantwortung übernehme. Ich übe mit dir, zu vertrauen.«

Leaf lachte laut auf. »Das sagst du doch alles nur, um dich weiterhin um die Antwort auf meine Frage zu drücken.«

»Dann gebe ich dir jetzt ein Versprechen. Du erinnerst dich doch noch, was ich dir bei unserem Ausritt auf Castle Varrich über Versprechen gesagt habe?«

»Dass du sie immer hältst.«

»Aye.« Lennox nickte. »Ich verspreche dir, dass ich dir nach unserer Hochzeit sage, was mein Vater und ich abgemacht haben. Das ist in weniger als einem Tag.«

»Und hat überhaupt keinen Vorteil für mich.«

»Leaf.« Nun legte Lennox seine Hand auf ihre Schultern. »Ich weiß, dass du mich dafür hasst, dass dich Bhaic vor all den Jahren gebissen hat. Es hat dir dein Vertrauen genommen. Lass es mich dir jetzt zurückgeben. Vertrau mir, du bist nicht in Gefahr.«

Leaf blinzelte, neben ihr flackerte das Licht der Fackel. »Warum willst du mir jetzt mein Vertrauen zurückgeben?«

»Ich versuche es schon zu gewinnen, seit wir uns in Tongue wiedergesehen haben. Nur lässt du mich nicht. Wo ist die mutige Frau, die ich kenne? Die auch einmal etwas wagt?«

Er strich ihr mit dem Daumen über die Lippe. »Erinnerst du dich nicht, wie viel du letztes Mal bekommen hast, als du dich auf mich eingelassen hast?«

Leaf hielt seine Hand fest. »Aye, ich erinnere mich. Es war jede Menge Herzschmerz.«

»Nein, den Schmerz wegen Artair hattest du schon davor. Genau wie ich meinen wegen Vika. Wir lindern unsere gegenseitigen Schmerzen, Leaf. Es ist der einzige Weg, wenn du das hier«, er zeigte auf den vereint jubelnden MacKay- und Ross-Clan, »nicht zerstören willst.«

»Also bist du bereit, Vika zu verlieren?« Leafs Blick wanderte zu der eisblonden Frau, die gerade entschieden nach Artairs Hand griff.

»Ich habe sie schon verloren, auch wenn ich mir das bisher nicht eingestehen wollte. Genauso wie du Artair.«

»Was lässt dich das glauben?«, hauchte Leaf leise, während Artair Vika etwas ins Ohr murmelte und sie ihn noch näher an sich heranzog.

»Muss ich dir das wirklich sagen?«, fragte Lennox, als Artair Vika nun einen Kuss auf die Hand drückte, der diese zu Tränen zu rühren schien. »Die Nacht und der Tag kommen einander nie näher als im flüchtigen Übergang der Dämmerung.«

»Aye«, murmelte Leaf und schloss ihre Augen. Der Schmerz war unglaublich, die Leere so umfassend wie nie zuvor. Kurz hatte sie in der Schmiede gedacht, dass sie sich doch auf Artair einlassen könnte. Doch nun begriff sie, dass sie nur die Augen davor verschlossen hatte, dass sie Artair gar nicht mehr haben konnte. Nicht nur, weil sie dafür den Frieden der Clans geopfert hätte, sondern weil er längst weitergezogen war. Weil sie ihn einmal zu oft zurückgewiesen hatte und es ihm nun reichte. Und vermutlich war das auch gut so.

Lennox zog sie an sich. »Es ist besser so. Wir brennen zu heiß, um sie nicht zu verletzen. Wenn wir sie wirklich lieben, lassen wir sie gehen.«

»Und wenn ich das nicht kann?«

»Du musst«, antwortete Lennox und strich ihr über die Schulter. »Komm, lass uns in den Burggarten gehen.«

Leaf wandte sich zu ihm um. »Ich dachte, du wolltest unbedingt, dass wir hierbleiben?«

»Die Musiker spielen längst wieder, lass uns doch besser rausgehen.«

»Du bist heute Abend wirklich seltsam und alles andere als vertrauenserweckend. Und du hast mir immer noch nicht auf meine Frage …«

Lennox beugte sich zu ihr hinab und gab ihr einen Kuss auf die Lippen. »Ich werde morgen schwören, dich mit meinem Leben zu verteidigen. Also solltest du besser damit anfangen, mir das zu glauben, und mir klarmachen, was ich von dieser Ehe habe.«

»Ich werde dich jetzt bestimmt nicht wild unter den Sternen küssen.«

»An Küsse hatte ich auch nicht gedacht«, antwortete er, und sein Blick ließ sie erschauern.

KAPITEL 32

G regor, du musst mir endlich zuhören!« Artair wusste nicht
mehr, zum wievielten Mal er sich an diesem Tag schon an
seinen Ziehvater wandte. »Leaf ist in Gefahr!«

Gregor, der inzwischen wieder an der großen Tafel Platz genommen und dem man gleich zwei neue Bratäpfel serviert hatte,
beugte sich mit gefurchter Stirn zu Artair. »Es reicht jetzt. Wenn
jemand deine Behauptungen hört …« Er deutete über seine Schulter, wo Torin gerade mit Tomas sprach.

»Aber du musst mir glauben. Torin ist nicht dein Freund. Und
auch Lennox hat uns MacKays nie verziehen und wird Leaf …«

»Lennox küsst meine Tochter gerade hinter der Säule«, unterbrach Gregor ihn. »Und da willst du mir glauben machen, er wolle
sie umbringen?«

Sofort wandte Artair den Kopf in Gregors Blickrichtung, und
tatsächlich: Dort küssten sich Lennox und Leaf. Artair kämpfte gegen die in ihm aufsteigende Übelkeit an. Denn wenn Leaf nun
auch noch auf Lennox' Spiel hereinfiel …

Artair griff nach Gregors Arm. »Bitte, die Ross versuchen, uns
zu täuschen. Das kannst du nicht zulassen. Du musst mir glauben.
Das hast du doch sonst auch stets getan.«

Doch Gregor nahm nur einen großen Schluck Ale. »Ich weiß
schon, was hier los ist, Artair. Du willst Vika nicht heiraten und
traust dich nicht, es zu sagen. Deshalb hast du diese Geschichte
erfunden.«

»Ich habe nichts erfunden, Vika hat es mir gesagt!« Nur mit
Mühe schlug er nicht mit der Faust auf den Tisch, während er aus

den Augenwinkeln sah, wie Leaf mit Lennox aus der Halle verschwand.

»Nun, ich habe Torin und Vika mit deinen Vorwürfen konfrontiert. Und beide haben darüber gelacht, so absurd fanden sie sie. Vika schwört außerdem, nie etwas Derartiges zu dir gesagt zu haben.«

»Du hast was getan?« Artair erkannte Gregor nicht wieder. Die gemeinsame Zeit mit Torin und die Aussicht auf gleich zwei Ehen mussten sein Urteilsvermögen getrübt haben. »Natürlich streiten sie es ab!«

»Du musst es so sehen, Artair«, sagte Gregor nun beinahe fürsorglich. »Durch die Ehe mit Vika bekommst du eine eigene Burg. Du wirst ein echter Lord.«

»Es geht hier nicht um mich, sondern um Leaf!«

Gregor presste die Lippen zusammen. »Ich weiß, ich weiß. Torin meinte auch, dass du über die Brüderlichkeit hinausgehende Empfindungen für Leaf hast. Nun, ich bedaure deinen Kummer, falls dem tatsächlich so sein sollte. Aber Vika ist eine wunderbare Frau, wenn auch ein wenig zögerlich, was eine Ehe mit dir betrifft. Warum tanzt du nicht wieder mit ihr, hm? Torin sagte …«

»Torin kann mich mal«, zischte Artair und erhob sich, da er verstanden hatte, dass sich sein Ziehvater für eine Seite entschieden hatte. Und das war die von Torin Ross. Ein letztes Mal stützte Artair seine Arme auf den Tisch und sah Gregor ernst an. »Also wirst du nichts unternehmen?«

»Nein«, antwortete Gregor entschieden. »Und du auch nicht, verstanden? Es sei denn, du hältst um Vikas Hand an oder …«

»Zur Hölle!«, schimpfte Torin da mit lauter Stimme. »Das MacKay-Rind hat mir vor die Füße geschissen!«

»Oh, Torin, das tut mir leid«, sagte Gregor, während vereinzeltes Lachen der Feiernden zu hören war. »Du musst wissen, mit Rindern ist es so …«

Ungläubig starrte Artair seinen Vater an. Und spätestens in diesem Moment wusste Artair, dass er dieses Mal nicht darauf vertrauen durfte, dass sich alles zum Guten wenden würde. Sondern dass er handeln musste.

»Artair.« Er hatte die Halle fast durchquert, um draußen nach Leaf zu suchen und mit ihr zu sprechen, als er die Stimme von Lord Hamish Munro hinter sich hörte. Kurz überlegte er, innezuhalten, doch dann tat er so, als habe er den Clanführer der Munros nicht gehört.

Er schob eine dralle Frau zur Seite, die ihm einen aufreizenden Blick zuwarf, und wich einem betrunkenen Paar aus, das beim Tanzen beinahe in ihn hineingestolpert wäre.

Artair stieß den Mann vor sich gröber zur Seite als nötig. Er musste jetzt zu Leaf. Auch wenn sie ihn zutiefst verletzt hatte, musste er zu ihr. Weil er sie dennoch liebte, und weil er sie vor den Ränken der Ross retten musste. Sofern sich Leaf retten ließ …

»Artair!« Verdammt. Einmal konnte er den Ruf des Clanführers der Munros ignorieren, ein zweites Mal war es eine Beleidigung. Wider Willen wandte er daher den Kopf, um Hamish zu sagen, dass sie wann anders miteinander sprechen müssten. Über die Kunst in Florenz oder Hamishs heiß geliebte Pferde oder … Artair erstarrte, als er Hamishs sorgenvolles Gesicht sah.

»Artair.« Hamish legte ihm nun eine Hand auf die Schulter, seine Stimme hatte er trotz des Lärms um sie herum gesenkt. »Wir müssen reden. Jetzt.«

»Mylord, jetzt ist es denkbar schlecht.« Er ließ zu, dass Hamish ihn in Richtung der Tür schob, da er selbst dorthin wollte. »Ich muss jetzt …«

»Zu Leaf, ich weiß. Ich habe mitbekommen, was Ihr zu Gregor gesagt habt.«

Artair erschrak zunächst bis ins Mark, denn Hamish Munro war der Ehemann von Torins Tochter Bonnie und stand damit auf der Seite der Ross. Dann aber überlegte er kurz und sagte: »Das ist nicht möglich, ich habe so leise gesprochen, dass Ihr mich von Eurem Platz aus nicht hören konntet.«

»Ich kann von den Lippen lesen«, sagte Hamish. Sein Griff wurde fester, in seinen Blick trat schmerzliches Bedauern. »Aber daran erinnert Ihr Euch nicht, nicht wahr, Junge?«

»Wie meint Ihr das?« Ein eisiger Schauer erfasste Artair, doch Hamish schüttelte den Kopf. »Das ist jetzt nicht wichtig. Sagt mir besser, ob Vika wirklich zu Euch gesagt hat, dass Lennox Leaf umbringen soll?«

Artair musterte ihn argwöhnisch. »Warum fragt Ihr sie das nicht selbst? Oder Torin? Obwohl Ihr das vermutlich nicht müsst, denn als Familienmitglied werdet Ihr ohnehin in alles eingeweiht sein. Denn dass Ihr nur der Wandteppiche willen hier seid, habe ich Euch von Anfang an nicht geglaubt.«

Hamish presste die Lippen zusammen. »Wohl wahr. Die Wandteppiche sind beeindruckend, aber deshalb bin ich nicht hier. Ich bin hier, weil Lennox etwas hat, das mir gehört. Die Kette von Rose.«

»Rose?«

»Kennt Ihr sie?«

»Nein, ich kenne keine Rose.« Und trotzdem löste die Nennung des Namens etwas in ihm aus: ein Gefühl der Schuld. Er musste jetzt zu Leaf. Und doch geschah hier gerade etwas. Hamish wusste etwas. Etwas, das tief an seiner Seele rührte. Also räusperte er sich. »Sollte ich denn eine Rose kennen?«

Hamish schüttelte langsam den Kopf. »Wie könntet Ihr? Und doch würde es ihr das Herz brechen, wenn sie wüsste, dass ihr einziger Sohn sie vergessen hat.«

»Was?« Einen Augenblick fühlte Artair Schwindel, dann griff er nach Hamish und zog ihn zur Tür. »Was habt Ihr da gerade gesagt?«

»Ihr habt recht, wir sollten nicht hier sprechen, inmitten dieser Albernheit.« Hamish wies auf die Tanzenden, die nun das Hochlandrind in ihre Mitte genommen hatten, und folgte ihm nach draußen.

Kaum dass sie einen ruhigeren Ort erreicht hatten, griff Artair den Faden wieder auf. »Ihr kanntet also meine Mutter? Dabei sagtet Ihr mir doch, dass Ihr nichts über meine Herkunft wüsstet!«

Hamish seufzte und löste seine Finger. »Ich weiß, und dafür entschuldige ich mich, denn das stimmt nicht. Aber ich wollte erst einmal sichergehen, dass Ihr auch wirklich derjenige seid, für den ich Euch hielt. Doch das bin ich mir jetzt.«

»Ich verstehe nicht, was Ihr meint.«

»Ich habe Eure Mutter nicht nur gekannt, Artair.« Hamish sah ihn nun eindringlich an. »Ich habe sie geliebt. Sie und ihr gutes Herz, das deinem so ähnlich ist.«

Artair taumelte. »Dann war das Kinderlied von Euch? Ihr seid … mein Vater? Und ich bin … ich bin Euer Bastard?« Unbewusst fasste Artair nach der Holzpfeife unter seinem Leinenhemd. Gleichzeitig huschte sein Blick über Hamishs Gesicht. Die gleichen dunklen Augen, die gleich Nase, etwas dunklere Haare, aber ähnliche Lippen, wenn auch umgeben von einem Bart. Warum war ihm das bisher nicht aufgefallen?

»Nein, ich bin nicht dein Vater.«

»Nicht?«

»Nein«, wiederholte Hamish und legte ihm die Hände auf die Schultern. »Ich bin dein Onkel. Mein jüngerer Bruder Blaine war dein Vater. Du warst sein einziger legitimer Sohn, bevor er nach dem Tod deiner Mutter und unzähligen Affären und Bastarden letzten Sommer an der Gicht verstorben ist.«

Artair begann, am ganzen Körper zu zittern, und er wusste nicht, ob er weinen oder lachen sollte. Er war kein Bastard, er war der verdammte Sohn eines Lords. Ein echter Munro! Doch sein Vater war tot, genauso wie seine leibliche Mutter. Er war eine Waise. Und dieses Wissen ließ ihn sich noch einmal verlorener fühlen als zuvor, denn es war viel endgültiger als die Mutmaßungen, die er bisher angestellt hatte. Bei denen er immer davon ausgegangen war, dass zumindest ein Elternteil von ihm noch leben würde und er es finden könnte.

»Blaine.« Er ließ sich das Wort auf der Zunge zergehen. »Wie war er?«

»Also erinnerst du dich auch daran nicht.« Hamish nickte, dieses Mal anscheinend erleichtert.

»Ich glaube, Flower hätte ihn beinahe geheiratet, kann das sein? Nur sagte sie mir, dass er …«

»… ein Ekel war? Ein Trunkenbold? Ein Mann, der seine Finger nicht bei sich lassen konnte?« Hamish schüttelte bitter den Kopf. »Ich weiß, dass ich nicht so von meinem Bruder sprechen sollte, aber all das stimmt nun einmal. Nachdem Rose bei deiner Geburt gestorben ist, wurde mein einst fürsorglicher und zuvorkommender Bruder in seinem Kummer zu alldem und noch viel mehr. Deshalb wollte ich dich damals auch auf diesem Schiff zu meiner Schwester senden. Damit du zumindest ein paar deiner Milchzähne auf natürliche Weise verlierst.«

Hamish hatte bei diesen Worten so betrübt geklungen, dass Artair ihn unwillkürlich fragte: »Also hat er mich geschlagen?«

Nun fiel eine Träne aus Hamishs Auge. »Ich habe immer versucht, dich davor zu bewahren. Aber Blaine hat Rose so geliebt, vielleicht noch mehr als ich, und er hat dich für ihren Tod verantwortlich gemacht. Oft habe ich es geschafft. Ich habe dir diese Pfeife geschnitzt.« Ein trauriges Lächeln trat auf Hamishs Gesicht, als er auf Artairs Halskette deutete. »Damit du im Notfall auf dich aufmerksam machen kannst. Ich kann kaum glauben, dass du sie immer noch trägst.«

»Sie ist das Einzige, was mir nach dem Schiffbruch aus der Vergangenheit geblieben ist.«

»Und das tut mir unendlich leid. Ich wollte, dass du bei mir auf Foulis Castle aufwächst. Zusammen mit meinem Sohn aus erster Ehe, Duncan. Ich wollte dich großziehen wie mein eigenes Kind, so, wie ich es Rose versprochen hatte. Aber Blaine wurde von Jahr zu Jahr schlimmer, und mein Vater – Gott hab ihn selig – wollte ihn damals nicht fortschicken. Also musstest du für eine Weile weg, verstehst du? Bei meiner Schwester Ainslee MacDonald hättest du eine gute Kindheit gehabt, nur …« Hamish schluckte schwer. »Nur ist das Schiff dann in einen Sturm geraten und gesunken.«

Artairs Mund wurde trocken, und er holte die Holzpfeife wieder hervor und umfasste sie mit seiner Hand. »Und Ihr habt … du hast nie nach mir gesucht?«

Nun schwieg Hamish eine lange Weile. »Natürlich habe ich nach dir gesucht. Nur ist die Küste zwischen Foulis Castle und der Burg der MacDonalds, wo du hinsolltest, viele Meilen lang. Ich habe trotzdem an unseren Stränden begonnen. Und schließlich auf dem Land der Sinclairs einen Mann gefunden, der mit an Bord jenes Schiffs war, das gesunken ist. Er hat gesehen, wie du ins Wasser gestürzt bist. Er schwor mir bei seinem Leben, du wärst, genau wie die übrige Besatzung, tot. Nur er habe überlebt, weil er sich in das Beiboot flüchten konnte.«

Artair presste die Handballen gegen seine Schläfen. Er hatte so viele Fragen, wollte alles wissen über Rose, seine Mutter. Über Hamish, über die Beziehung, die sie geführt hatten. Wollte wissen, ob Gregor davon wusste. Warum Hamish damals jenem Mann geglaubt und nicht weiter nach ihm gesucht hatte. Und was sein echter Vorname war. Doch nun, nachdem er die erste Fassungslosigkeit überwunden hatte, gab es nur eine Frage, die er sofort stellen musste: »Wenn all das stimmt, wenn du mein Onkel bist, bist du dann auf meiner Seite? Oder auf der Seite von Torin Ross?«

Hamish, selbst kurz verdutzt, brauchte einen Moment, bis er antwortete. »Ich war nie auf der Seite von Clan Ross. Ich habe Bonnie zwar geheiratet, aber nur, weil sie ein Bastard ist und Torin sie verachtet hat, genauso wie Blaine dich. Sie tat mir leid, auch wenn ich ihr im Nachhinein damit keinen Gefallen getan habe, denn sie ist nicht glücklich mit mir. Jedenfalls kann ich Torin nun erst recht nicht mehr leiden, denn er hat sie zu dem bitteren Menschen gemacht, der sie ist, und zwar, weil er stets nur an sich und die Macht von Clan Ross denkt.« Hamish blähte die Backen auf.

»Deshalb glaube ich auch, was Vika sagt. Torin ist kein Mann, der sich grundlos versöhnt.«

Artair schloss kurz die Augen. Also verhielt es sich genauso, wie er es befürchtet hatte. Geistesgegenwärtig griff er in seine Hose und holte die Kette mit dem schwarzen Stein hervor, die Leaf ihm gegeben hatte und die also seiner Mutter gehört hatte. Einmal strich er noch mit dem Daumen über den schwarzen Stein, dann hielt er sie Hamish hin. »Also schwörst du bei Rose' Andenken, dass du nicht auf der Seite der Ross bist?«

Hamish griff nach der Kette und nickte. »Ich schwöre es. Ich stand mein Leben lang nur auf einer Seite, und das ist die Seite von Clan Munro. Unsere Seite.«

Artair erbebte, während Hamishs Worte durch jede Faser seines Körpers vibrierten. *Unsere Seite.* Die Seite seines Clans. Ein Leben lang hatte er sich nichts mehr gewünscht als das. Dazuzugehören. Seine Herkunft zu kennen. Anzukommen.

Nur hatte er dabei eines übersehen. Das wahre *Uns,* nach dem sich sein Herz sehnte, war nicht das seines Herkunftsclans. Es war ein Uns, das aus genau zwei Menschen bestand: aus Leaf und ihm. Denn ganz gleich, was gewesen war, zählte für ihn jetzt nur noch, was sein würde. Wenn er sein Schicksal endlich selbst in die Hand nahm.

»Wenn das so ist«, sagte er entschlossen, »sende bitte augenblicklich einen deiner Männer nach Foulis Castle, um Verstärkung zu holen. Es ist an der Zeit, dass wir Torin Ross ein für alle Mal in seine Schranken weisen.«

KAPITEL 33

L eaf!«
Lennox' Hand strich gerade über ihre Taille, als sie hinter sich im Burggarten Artairs schneidende Stimme hörte.

Augenblicklich zuckte sie zusammen und schlug Lennox' Hand fort. Die ganze Zeit schon hatte sie sich nicht auf Lennox' Berührungen einlassen wollen, gleichzeitig aber auch gehofft, dass er sie damit von der quälenden Furcht vor der morgigen Hochzeit und dem noch quälenderen Schmerz in ihrem Herzen ablenken konnte.

»Komm schon«, murmelte Lennox. »Willst du ihm wieder Hoffnungen machen?«

Leaf atmete die nach Wildkräutern und nasser Erde riechende Luft ein. »Nein. Aber ich habe trotzdem noch ein gewisses Maß an Anstand.«

»Leaf MacKay und Anstand«, spottete Lennox leise und fuhr mit dem Daumen über ihren Mund. »Diesen Tag werden wir beide nie erleben. Davor bekommst du eher die Kinder, über die wir vorhin gespottet haben.«

Leaf suchte nach einer schlagfertigen Erwiderung, doch dieses Mal fiel ihr keine ein. Also wandte sie sich möglichst beherrscht zu Artair um, der seinerseits mit den vom Wind verwehten blonden Haaren, der dunklen Kleidung und dem verstörten Gesichtsausdruck so aussah, als würde er jeden Moment die Beherrschung verlieren.

»Ich muss mit dir sprechen, Leaf.«

Ein Rabe landete hinter ihr auf der Burgmauer und krächzte.

Leaf erschauderte und blickte dann wieder zurück zu Artair. »Wenn du mir sagen willst, dass du dich mit Vika verlobt hast, kann Lennox das ruhig hören«, sagte sie betont ruhig.

»Deshalb bin ich nicht hier«, gab Artair knapp zurück.

»Gut«, erwiderte Lennox daraufhin und legte einen Arm um Leafs Schulter. »Dann kannst du ja wieder gehen, denn meine Braut und ich sind hier beschäftigt.«

»Das glaube ich dir sofort«, erwiderte Artair, und kurz glaubte Leaf, dass er Lennox packen und gegen die rauen Steine der Burgmauer hinter ihnen schmettern würde. Doch dann meinte er ebenso ruhig wie sie zuvor: »Ich nehme dieses Mal kein Nein hin, Leaf. Ich muss mit dir reden. Jetzt.«

Die Mischung aus Zorn und Sorge in Artairs Augen beunruhigten sie. War etwas geschehen? Mit ihren Schwestern vielleicht? Waren sie hier, obwohl sie ihnen geschrieben hatte, dass sie nicht kommen sollten?

»In Ordnung«, sagte sie, auch wenn sie Artairs Gegenwart zutiefst aufwühlte. »Was ist geschehen?«

Artair zeigte auf Lennox. »Unter vier Augen, Wildfang. Oder ist selbst das mittlerweile zu viel verlangt?«

Doch Leaf wollte nicht allein mit Artair sein. Da war einfach zu viel Ungesagtes, das aus ihr herausbrechen konnte. Zu viel Wut, zu viel Schmerz, zu viel verwirrende Gefühle. »Lennox bleibt«, sagte sie daher.

Dieser lehnte sich lässig gegen die Burgmauer. »Weißt du, Artair, ich habe nichts dagegen, die Wünsche meiner Braut zu achten. Wenn sie will, dass ich bleibe, und du willst, was ich vermute, können wir meinetwegen auch zu dritt weitermachen.« Lennox' Blick wurde spöttisch. »Oder hast du Angst, dass Leaf dich mit mir vergleicht? Denn das letzte Mal, als ich sie …«

»Noch ein weiteres Wort«, fuhr ihn Artair an, »und ich schneide dir die Zunge aus dem Mund.«

»Das fände Leaf wohl sehr schade«, antwortete Lennox. »Nicht wahr, mein Herz?«

Leaf wäre vor Scham am liebsten im Erdboden versunken. »Geh bitte, Lennox. Wir sehen uns morgen vor dem Traualtar.«

»Sicher?« Er beugte sich zu ihr und küsste sie neben das Ohr, nur um ihr dabei zuzuflüstern: »Tu dir das nicht an, Leaf. Lass ihn gehen, vertrau mir.«

Leaf atmete scharf die Luft ein, als sie verstand, warum Lennox sich plötzlich so arrogant und derb verhielt. »Hör auf, mir helfen zu wollen«, zischte sie. »Ich kann verdammt noch mal selbst auf mich achtgeben.«

»Wie du willst«, sagte er. »Aber ich will dein Herz nicht vom Boden auflesen müssen, also lass es dir nicht brechen«, und an Artair gewandt: »Ich warne dich. Sie kann einem sehr fest in die Eier treten, wenn man sie aufregt.«

»Ich weiß, denn das habe ich ihr beigebracht.« Artair machte Lennox Platz, und nach einigen Augenblicken war Leaf allein mit Artair im Burggarten.

Einen langen Augenblick herrschte Stille, nur das Rauschen des Winds war zu hören, der die Gerüche der Nacht an Leafs Nase trug.

»Ich kann einfach nicht verstehen, warum dir seine Berührungen jetzt gefallen, nachdem du ihn so lange gehasst hast«, sagte Artair leise. »Liebst du ihn, Leaf?«

Sie schluckte. »Liebst du denn Vika?«

Artair verschränkte die Arme. »Weißt du, wie schwer es gerade ist, nicht einfach Ja zu sagen? Nicht einfach zu erfinden, dass ich sie heute Mittag stundenlang geküsst habe, nachdem du und Lennox nicht einmal die Hochzeitsnacht abwarten konntet?«

»Ich weiß, dass du viel zu viel Gewissensbisse hättest, um das mit Vika vor eurer Hochzeit zu tun.«

»Es gibt keine verdammte Hochzeit, Leaf. Ich kann Vika nicht heiraten und du Lennox auch nicht.«

»Das hatten wir schon«, sagte Leaf leise, während gleichzeitig die aberwitzige Hoffnung in ihr aufstieg, dass Artair trotz all ihrer Zurückweisungen weiter für sie beide kämpfen würde. Um dort mutig zu sein, wo ihr jeglicher Mut fehlte.

»Du kannst Lennox nicht heiraten«, wiederholte Artair, »weil …« *Gott, dachte Leaf, wenn Artair jetzt sagen würde, weil ich dich liebe, würde sie sich dann ebenfalls trauen und das Gleiche zu ihm sagen?*

Doch Artair fasste stattdessen vorsichtig nach ihren Händen und dann, zu Leafs großer Überraschung, an die Narbe an ihrem Arm. »Du kannst ihn nicht heiraten, Wildfang, weil er ein gottverdammter Lügner ist und dich umbringen will. Vika hat mir alles erzählt, du hattest von vornherein recht. Er benutzt dich nur, um die Burg zu bekommen. Und danach wirst du eines tragischen Unfalls sterben, damit Lennox Vika heiraten kann.«

Leaf verschlug es die Sprache. »Das … das kann nicht sein.«

Artair senkte seine Stimme. »Ich dachte zuerst auch, dass Vika lügen würde. Nur warum sollte sie? Denk einmal darüber nach. Lennox hat sich erst auf Castle Varrich eingeschlichen, um mit einer List dein Vertrauen zu gewinnen. Dann setzte er plötzlich alles daran, dass du dich in ihn verliebst, und verführte dich, obwohl jeder weiß, dass Lennox Ross nur an sich denkt. Glaubst du wirklich, dass ihm die Vorstellung einer Ehe mit dir plötzlich gefällt? Hast du nicht gemerkt, wie eifersüchtig er war, als ich mit Vika getanzt habe? Wie er versucht, uns beide voneinander fernzuhalten? Ist er, seitdem er dich mit Bhaic unten im Geheimgang allein gelassen hat, zu einem völlig anderen Menschen geworden?«

Leaf erschauderte. »Lennox hat Vika gestern gesagt, dass er nicht mit ihr zusammen sein kann, weil er zu viel Schuld empfindet.«

Artair lachte auf. »Und ist Lennox Ross in deinen Augen ein Mann, der dieses Gefühl überhaupt kennt? Nein, Leaf, er hat ihr gesagt, dass er sie heiraten wird, sobald du tot bist. Die Ross sind der Feind. Wann war es, dass du das vergessen hast? Unter Lennox' Zunge?«

Leaf trat Artair so heftig gegen das Schienbein, dass dieser fluchend einen Schritt zur Seite machte. »Wer sagt mir, dass du nicht lügst? Dass du dir nicht all das ausdenkst, weil du eifersüchtig bist?«

»Oh, ich bin eifersüchtig«, keuchte Artair mit blitzenden Augen. »Aber das ist nichts Neues, das habe ich dir längst gesagt. Und du hast deine Entscheidung getroffen. Für deinen Clan und gegen mich. Nur dass du das völlig umsonst tust und die MacKays geradezu dem Feind auslieferst!«

Leaf wurde es eiskalt, als ihr klar wurde, dass Artair mit allem, was er gerade gesagt hatte, recht haben konnte. War das also der zweite Teil der Abmachung, von der Lennox ihr nach der Hochzeit erzählen wollte, bevor er ihr zwischen zwei Küssen den Dolch ins Herz rammte?

Wie hatte sie nur erneut so blind sein und glauben können, dass sie jemandem vertrauen konnte, noch dazu Lennox Ross? »Verflucht, Artair, und da bist du dir ganz sicher?«

Sie ließ sich zu Boden sinken, und Artair ging neben ihr in die Knie. »Ich liebe dich, Wildfang. Das habe ich schon immer und werde es auch immer. Ich würde dich nicht anlügen, auch wenn dein Vater denkt, dass ich mir das alles nur ausgedacht habe.«

Nun füllten sich Leafs Augen mit Tränen. »Das solltest du nicht sagen, verflucht. Hast du eine Ahnung, was das mit mir macht? Wozu es bereits geführt hat?«

»Mir ist gleich, ob du es hören willst oder nicht«, sagte Artair bebend. »Ich liebe dich, Leaf. Und du hattest recht. Ich habe ständig Ausreden gefunden und gezögert. Erst dachte ich, ich kann dich nicht verlieren, weil du und die MacKays die einzige Familie seid, die ich habe. Dann dachte ich, dass es keinen Sinn macht, wenn nur ich dafür kämpfe, dass wir zusammen sein können. Dass ich vertrauen muss. Aber weißt du was?«

Leaf hielt die Luft an.

»Das stimmt alles nicht. Ich habe vorhin meinen leiblichen Onkel gefunden. Und die Freude darüber war nichts im Vergleich zu der Sorge, dass ich dich verlieren könnte. Denn du bist mein Zuhause, ich habe kein anderes, und ich will auch kein anderes. Und deshalb werde ich dich auch nicht ziehen lassen, schon gar nicht in dein eigenes Unglück.«

Leafs Herz setzte einen Schlag aus, dann aber fragte sie: »Du hast deine leibliche Familie gefunden?«

»Aye«, sagte Artair, und die Freude in seinen Augen vertrieb für einen Augenblick die Kälte, die von ihr Besitz ergriffen hatte. Erinnerte sie daran, wie lang sie und Artair sich diesen Moment herbeigewünscht hatten. »Ich bin der Sohn von Blaine Munro. Hamish ist mein Onkel.«

»Hamish Munro?« Nun verstand Leaf gar nichts mehr »Du bist … Lord Artair Munro?«

Ein kurzes Schmunzeln trat auf Artairs Gesicht. »Ich sagte doch, dass ich nicht wegen deines Titels mit dir zusammen sein will. Sondern weil du so bist, wie du bist. So unglaublich mutig. So eigensinnig, so frei und wild und dir für nichts zu schade. Und weil du ein Herz aus Gold hast, auch wenn du es schützt, als wäre es aus zerbrechlichem Glas. Ich will mit dir lachen, mit dir weinen, dich für mein verbleibendes Leben durch den Wald jagen und im Wettreiten gegen dich verlieren. Ich will dich lieben und küssen und dir die ersten grauen Haare auszupfen, während du mich dafür zu Boden wirfst.«

»Es wird mich zerstören.« Leaf sah in Artairs dunkle Augen, in die sie in ihrem Leben schon so viele Male geblickt hatte. Auf seine Lippen, die sie am liebsten sofort geküsst hätte. Auf seine Hände, deren Berührungen sie sich so sehnlich wünschte. So sehnlich, dass sie vollkommen blind für Lennox' Lügen geworden war.

»Nein, Leaf, Lennox wird dich zerstören.« Artair legte seine Hände sanft an ihre Wangen. »Ich bin hier, um dich zu beschützen. Vertrau mir. Ich bin nicht Bhaic. Und ich bin nicht Lennox. Und ich werde jetzt verdammt noch mal dafür sorgen, dass du am Leben bleibst. Hamish lässt seine Männer von Foulis Castle holen. Und du und ich, wir reiten zu Morgan und bitten ihn um die Unterstützung der Sutherlands. Gemeinsam mit ihnen und den Munros vertreiben wir Torin und Lennox dann in einem überraschenden Angriff endgültig vom Land der MacKays.«

Leafs Stimme war kaum mehr als ein tonloses Flüstern. »Und die Menschen hier?«

»Mit den Munros und den Sutherlands auf unserer Seite hat Torin keine Chance. Er muss sich ergeben.«

»Und Murdoch? Und die anderen Ross-Männer? Sie werden bei der nächsten Gelegenheit wieder angreifen.«

»Mag sein. Aber diesen Kampf werden wir austragen müssen, anstatt ihm weiter mit Mitteln auszuweichen, die nicht tragbar sind. Und dein Tod ist nicht tragbar. Und dich in den Armen eines anderen Mannes zu sehen, ist auch nicht tragbar. Da ich doch genau sehe, dass du mich auch liebst.«

Leaf begann, am ganzen Körper zu zittern. »Tragbar für wen, Artair? Für dich? Oder für mich? Denn zu lieben bedeutet, dass ich mich verletzlich mache. Dass ich meinen Gefühlen ausgeliefert bin und Entscheidungen treffe, die mich blind für die Gefahren um mich herum machen.« Ihre Stimme brach. »Und solltest du mir eines Tages dann ebenso wie Lennox dein anderes Gesicht zeigen ... nachdem du jetzt ein Lord bist ... wenn sich deine Vorstellungen ändern, wenn du plötzlich willst, dass ich Kinder bekomme, oder du dich in eine andere Frau verliebst ... was dann? Man kann sich nur aus Höhen fallen lassen, aus denen man den Sturz überlebt.«

»Oder man stürzt nicht. Auf wie vielen Baumwipfeln hast du schon gesessen, Leaf, und hast einfach die Aussicht genossen, ohne zu fallen?«

»Das ist etwas anderes.«

»Ist es nicht. Und das werde ich dir jetzt so oft und so lange sagen, bis du es endlich verstehst.«

»Nein.« Furcht ergriff von Leaf Besitz, und sie schüttelte den Kopf.

»Wir müssen jetzt fort von hier, Wildfang.« Er zog sie mit sich auf die Beine und legte eine Hand an ihre Wange. »Oder muss ich dich zuvor erst so lange küssen, dass du den Verstand verlierst und einfach machst, was ich dir sage?«

Leaf sog scharf die Luft ein, während Artairs Nasenspitze ihre beinahe berührte. »Genau das ist es ja.«

»Hm?«

Artairs warmer Atem fühlte sich so gut auf ihrer Haut an, dass sie kurz erschauerte, bevor ihr eine weitere Träne über die Wange rann. »Bei Lennox habe ich die Beherrschung über meinen Körper verloren. Aber bei dir verliere ich auch noch die Beherrschung über mein Herz und mein ganzes Sein.« Leaf trat einen Schritt zurück und wischte sich über die Augen. »Denn es stimmt, ich liebe dich auch, Artair. Und nichts auf der Welt macht mir mehr Angst. Nicht Lennox Ross. Und auch nicht mein Tod.«

»Also willst du ihn noch immer heiraten?« Artair packte sie bei den Schultern. »Leaf, das kann nicht dein Ernst sein!«

Doch sie nickte nur, während sie ihre Gefühle mit grimmiger Entschlossenheit zurückdrängte. »Aye, ich werde ihn heiraten. Nur stirbt danach er an einem tragischen Unfall, und nicht ich. Und dann führe ich Achfary Castle allein.«

»Leaf, auf keinen Fall. Nur über meine Leiche! Murdoch und seine Männer bereiten sich bereits darauf vor, dich zusammen mit Lennox umzubringen. Du hast keine Chance gegen sie.« Er schüttelte sie heftig. »Ich werde das nicht zulassen.«

»Doch, du wirst«, sagte Leaf und versuchte, sich aus seinem Griff zu befreien, doch Artair war stärker als sie. »Lass mich los, verdammt!«

»Nein, Leaf. Ich habe dich bislang immer losgelassen, wenn du es wolltest, weil ich wusste, was für eine Angst es dir macht, festgehalten zu werden. Aber dieses Mal nicht. Dieses Mal gebe ich dich erst frei, wenn du dich entspannst und verstehst, dass du nicht vor mir davonlaufen musst. Dass ich für dich da bin.«

Leaf zitterte nun am ganzen Körper und wollte für einen Augenblick nichts lieber, als sich in seine Arme zu werfen und sich an ihn zu drücken. Doch dann besann sie sich eines Besseren, nahm ihre ganze Willenskraft zusammen und sah Artair ein letztes Mal fest in seine dunklen, aufgewühlten Augen.

»Es tut mir leid«, wisperte sie. Dann schlug sie ihren Kopf so heftig gegen den von Artair, dass ihr selbst für einen Moment schwarz vor Augen wurde, ehe sie sich aus seinem Griff befreite und über die Kräuterbeete hinweg Richtung Burg floh.

»Leaf, bleib stehen!«

Sie hörte, wie Artair ihr hinterhersetzte, doch sie durfte jetzt nicht stehen bleiben. Wenn sie jetzt stehen blieb und Artair noch einmal sagte, dass er sie liebte, würde sie ihm am Ende noch nachgeben. Und das wäre ihr Untergang, noch schlimmer als alles, was Lennox, der Bastard, ihr antun könnte.

Sie erreichte den Burghof, wo sie beinahe über einen Stein gestolpert wäre, sah sich nach einem Pferd um, fand jedoch keines. Der Pferdestall war zu weit entfernt, bis dahin hätte sie Artair eingeholt, also rannte sie in ihrem unbändigen Aufruhr zum Burgtor, das heute wegen des Fests und der Dorfbewohner, die später noch ins Dorf zurückkehren würden, nicht verschlossen, sondern lediglich von zwei Männern bewacht war.

»Mylady, wohin des Weges?«, rief ihr einer der Wachmänner zu, der hastig die Frau von sich schob, die ihm wohl schöne Augen machte.

Unter anderen Umständen hätte Leaf die Männer dafür zurechtgewiesen, denn sie sollten doch das Burgtor bewachen und stanken zudem nach Ale. Doch heute stürmte sie einfach an ihnen vorbei, hinaus auf den von Pfützen bedeckten Pfad.

Es brauchte einen Augenblick, bis sich ihre Augen an die Dunkelheit gewöhnten. Dann erspähte sie auf der Pferdekoppel den Schimmel, der stets einsam vor dem Burgtor graste.

Sie konnte ihr Glück nicht fassen und preschte in diese Richtung. Beim Näherkommen erkannte sie, dass neben dem Pferd ein Mann mit einem Bogen auf dem Rücken stand. Er hielt den Schimmel am Halfter, machte jedoch keine Anstalten, sich mit diesem zu bewegen. Stattdessen war sein Körper dem Wald zugewandt. Beinahe, als würde er auf etwas warten. Oder war ihm nur langweilig, weil er auf das Tier aufpassen musste, das keinen Lärm vertrug?

Leafs Bauchgefühl sagte ihr, dass hier etwas nicht stimmte. Gleichzeitig hörte sie wieder Artairs Rufe hinter sich. Sie musste fort.

Mit langen Schritten erreichte sie den Mann und das Pferd, die beide erschraken, und riss ihm den Strick aus der Hand.

»Lady Leaf? Was soll das? Was tut Ihr hier, das ist das Pferd von Lady Ross, und ich habe Bef…«

Die weiteren Worte hörte Leaf schon nicht mehr, da sie sich auf den Rücken des Schimmels schwang und ihre Unterschenkel gegen dessen Bauch drückte.

»Leaf, komm da sofort wieder runter!«

Artair kam immer näher, also beugte sie sich nur noch tiefer über den Hals des Hengstes und trieb ihn zu dem wohl heftigsten Galopp an, den sie je von einem Pferd gefordert hatte.

»Leaf, verdammt, komm zurück. Zur Hölle, Vorsicht!«

Doch genau in diesem Augenblick surrte schon ein Pfeil nur knapp an ihrem Kopf vorbei. Entgeistert wandte sie sich um und verstand, dass der Mann tatsächlich auf sie geschossen hatte. Dabei wusste er doch, wer sie war! War er wahnsinnig geworden?

Ihr wurde eiskalt, und sie sah nur noch schemenhaft, wie Artair dem Mann den Bogen mit aller Wucht entriss und ihm einen so heftigen Schlag verpasste, dass dieser zu Boden ging. Dann sah sie wieder nach vorn, denn der Hengst setzte nun zu einem Sprung über einen verkohlten Baumstamm an. Ein anderer wäre nun bestimmt zu Boden gestürzt, doch Leaf gelang es, sich gerade noch rechtzeitig in die verfilzte Mähne des Tiers zu krallen, das solche wilden Ritte gewohnt zu sein schien.

Sie atmete heftig aus und ein, versuchte, nicht zu denken, einfach nur wegzukommen. Artairs Schreie wurden zunehmend leiser, bis sie irgendwann ganz verstummten. Leaf wollte sich umdrehen, um zu sehen, ob er aufgegeben hatte, erreichte da aber den Wald und musste sich unter einem Ast hinwegducken.

Der Hengst war noch nicht im Mindesten erschöpft, preschte immer weiter über den nassen Waldboden und die auf ihn gefallenen, verfaulenden Blätter. Leaf war eiskalt, und sie zitterte, doch sie konnte jetzt nicht anhalten oder zurück, sondern musste weiter. Schon wieder so erbärmlich davonlaufen, wie sie es nach Artairs Offenbarungen auf Castle Varrich bereits getan hatte.

Da hörte sie hinter sich plötzlich das Hufgetrappel eines weiteren Pferds. Doch das konnte nicht Artair sein, so schnell konnte er niemals ein eigenes Pferd gefunden und sie eingeholt haben. Verwirrt drehte sich Leaf um, wusste nicht, wen sie hier erwarten sollte.

Und als sie den Reiter dann sah, war es zu spät. Denn im nächsten Moment traf sie ein Stein hart an der Stirn, und alles um sie herum wurde von einem Augenblick auf den anderen schwarz.

KAPITEL 34

Jemand hatte ihn zusammengeschlagen. Das war Artairs erster Gedanke, als er wieder zu sich kam und in die Gesichter von Lennox und Vika sah, die sich über ihn gebeugt hatten und ihn beide anstarrten.

Sein Kopf pochte wie wild, ihn fröstelte, und seine Kleidung war am Rücken von feuchtem Schlamm durchweicht. Doch dann kehrte schlagartig die Erinnerung an Vikas Offenbarung und an das, was Lennox vorhatte, zurück.

»Du Bastard«, entfuhr es Artair, und er holte aus, um Lennox ins Gesicht zu schlagen. Doch ihm war noch immer schwindelig, weshalb Lennox seiner Faust ausweichen konnte.

»Beruhige dich, Mann«, knurrte dieser und drückte ihn mit den Händen zurück auf den Boden. »Nicht ich habe dich bewusstlos geschlagen.«

Augenblicklich stieß Artair Lennox von sich und kam auf die Beine. Sein Kopf pochte noch immer heftig, aber er musste sich jetzt auf seine Kampffähigkeiten besinnen, an denen er jahrelang gearbeitet hatte, anstatt vor seinem Feind auf dem Boden liegen zu bleiben. Seine Hand tastete nach seinem Schwert, es war noch immer in der Scheide am Gürtel um seine Hüfte.

»Ich glaube dir kein Wort, Ross«, spie Artair aus und sah zu Vika, die sich anders als Lennox nicht aus dem Schlamm erheben konnte, da sich ihre Magd bis zum Burgtor zurückgezogen hatte. »Wo ist Leaf?«

»Der Mann, der über Vikas Pferd wachte, sagte mir, Leaf sei nach eurem Streit auf der Pferdekoppel zurück in die Burg gegangen«, kam Lennox einer Antwort von Vika zuvor. »Anders als du. Denn du hast deine Wut ja lieber an dem Mann selbst ausgelassen, bis er dich zusammenschlug und ihm bei dem ganzen Tumult auch noch Vikas Pferd in den Wald davongelaufen ist.«

Ein heiseres Lachen entfuhr Artair. »Gott, Ross, du solltest dir deine Lügen besser überlegen. Vor allem, wenn ich dabei war und weiß, was wirklich geschehen ist!«

Artair packte Lennox am Kragen und zog ihn so nah an sich heran, dass ihre Nasen sich berührten. Kurz überlegte er, ihn einfach zu Boden zu stoßen und Leaf unverzüglich suchen zu gehen. Im Wald, oder wo sie sich sonst gerade befand.

Doch dann wurde ihm klar, dass er sie nicht so leicht finden würde. Und die größte Gefahr für sie ohnehin von Lennox ausging.

»Ich weiß, was du vorhast, Ross«, stieß Artair hervor und festigte seinen Griff. »Aber ich werde es nicht zulassen. Und wenn ich Vika nicht versprochen hätte, dein Leben zu schonen, würde ich dir hier und jetzt meinen Dolch in den Bauch stoßen.«

Lennox stieß ihn von sich. »Du willst einen Kampf, MacKay? Den kannst du haben.« Er löste sein Schwert aus der Halterung an seinem Gürtel. »Ich habe verdammt schlechte Laune heute Abend, und wenn das Pferd nicht bald wieder auftaucht, muss ich es noch suchen gehen.«

»Dass ich nicht lache«, sagte Artair und zog ebenfalls sein Schwert. Denn nun, da Lennox selbst den Kampf forderte, und das auch noch außerhalb der Burgmauer, wo er schutzloser war als innerhalb, konnte er sich nicht mehr zurückhalten. Zwar war er nicht in seiner besten körperlichen Verfassung, doch nachdem er Lennox auf Castle Varrich gegen Leaf hatte kämpfen sehen, wusste er, dass er diesem dennoch gewachsen war. »Nicht einmal im Traum würde ich glauben, dass du dir selbst die Finger schmutzig machst.«

»Was soll das heißen?«, fragte Lennox drohend und festigte seinen Stand.

»Das weißt du genau«, erwiderte Artair. »Du lässt deine Drecksarbeit andere machen. Auch Leaf würdest du nicht umbringen, sondern stattdessen Murdoch oder Ninian oder einen deiner anderen Handlanger damit beauftragen.«

»Du musst dir den Kopf verdammt hart gestoßen haben«, entgegnete Lennox hart. »Denn ich heirate Leaf morgen und werde sie ganz sicher nicht umbringen.«

Nun reichte es Artair, und er griff an. »Nur über meine Leiche, Ross.«

»Das kannst du von mir aus haben«, fuhr Lennox auf und parierte Artairs Hieb mühelos. »Aber Leaf würde das nicht gefallen, also müssen wir es wohl bei ein paar blauen Flecken belassen.«

Artair schnaubte und griff Lennox sogleich mit einer weiteren Reihe heftiger Hiebe und Stiche an. Noch immer pochte sein Kopf. Er war nicht so schnell wie sonst, weshalb Lennox ihm stets ausweichen und ihn seinerseits mit einer Wucht angreifen konnte, die er ihm nicht zugetraut hätte.

Grimmig parierte Artair Hieb für Hieb. Dann wagte er den nächsten Vorstoß, bei dem Lennox ihn am Oberschenkel verletzte, während er diesem eine Wunde am Arm beibrachte.

Lennox stöhnte auf, und in seine Augen trat ein Glimmen, das dem eines Höllenhunds in nichts nachstand. »Das wirst du mir büßen.«

»Nur zu«, sagte Artair und ließ sein Schwert erneut die Luft zerteilen, das Pochen in seinem Bein ignorierend. All die Wut, die sich in den letzten Tagen auf Lennox angestaut hatte, brach sich nun Bahn. All der Zorn darüber, dass Lennox Leaf töten wollte. All die Verzweiflung, all die Ohnmacht, die nun in Tatendrang umschlugen und ihn dazu zu verleiten drohten, Lennox trotz seines Versprechens an Vika umzubringen und damit jegliche Gefahr durch ihn zu beseitigen.

Eisen traf auf Eisen, Artair führte einen Angriff nach dem anderen, gab sich ganz dem Kampf hin. Lennox' Gesicht wurde immer angespannter, sein Atem ging schneller, genauso wie Artairs. Schweiß trat auf seine Stirn, sie schnaubten beide heftig, doch Artair dachte nicht daran, aufzugeben.

Ungnädig hieb er auf Lennox ein, trieb ihn immer weiter in den Schlamm zurück und brachte diesen schließlich, als er knöcheltief in einer Pfütze stand, zu Fall. Sofort trat er ihm das Schwert aus der Hand und setzte ihm seine eigene Klinge schwer atmend auf die Brust. »Ein letzter Wunsch, Ross, und dann grüß mir den Teufel in der Hölle.«

»Hör auf, Artair! Hör auf der Stelle damit auf!«, hörte er Vika da verzweifelt rufen.

Artair blickte in Lennox' Gesicht. Es war totenbleich. »Ich habe keine Angst zu sterben. Nur zu«, sagte der.

»Lennox, nein!«, rief Vika und warf sich nun bäuchlings in den Schlamm und robbte auf den Ellbogen zu ihnen hinüber.

»Was tust du da?«, keuchte Artair, während Vika sich schluchzend Stück für Stück zu ihnen herüberkämpfte.

»Leg das Schwert weg, Artair. Bei Gott, du hast es mir versprochen!«

Artair zögerte. Aye, er hatte es versprochen. Aber nun wollte er dieses Versprechen brechen. Wollte den Mann, der sein Leben auf den Kopf gestellt hatte und das von Leaf gefährdete, ein für alle Mal loswerden.

»Nenn mir einen Grund, Lennox, einen einzigen guten Grund, warum du es nach deinem Verrat an Leaf nicht verdienst, zu sterben.«

»Welcher Verrat denn?«, erwiderte Lennox und sah ihn verständnislos an.

»Deine Abmachung mit deinem Vater«, sagte Artair leise. »Vika hat mir alles erzählt.«

»Nein«, fuhr diese dazwischen und hatte nun Lennox erreicht. »Artair, nein.«

»Nein, was?«, fragte nun Lennox und sah Vika fragend an. »Vika, was geht hier vor sich?«

Diese legte ihre schmale Hand um Artairs Klinge und sah mit tränenüberströmtem Gesicht zu ihm empor. »Es tut mir leid«, schluchzte sie leise. »Es tut mir so leid.«

»Was tut dir leid?«

Vika versuchte, sich an der Klinge in den Sitz zu ziehen, und schnitt sich dabei in die Hand. Doch selbst, als das Blut an ihrem

Kleid hinunterrann, senkte sie nicht den Blick, sondern sagte mit zitternder Lippe: »Ich habe gelogen, Artair.«

»Nein«, sagte er ungläubig. »Das kann nicht sein, das sagst du jetzt nur, damit ich Lennox nicht umbringe.«

Dieser kam derweil wieder auf die Knie und zog Vika an sich. »Engel, was geht hier vor sich?«

»Engel«, wiederholte Vika. »So hast du mich ewig nicht mehr genannt.«

»Die Frage ist wohl eher, wie lange ich dich noch so nennen kann, weil ich nicht weiß, wie lang ich diesen Abend noch überlebe.« Lennox sah Vika eindringlich an. »Also erkläre mir, was hier vor sich geht.«

Vika schluchzte noch heftiger, drückte sich kurz an Lennox' Brust und löste sich dann wieder von ihm. »Ich habe Artair erzählt, dass du Leaf nach der Hochzeit töten willst, um in den Besitz von Achfary Castle zu gelangen und mich zu heiraten. Ich war eifersüchtig und konnte es einfach nicht ertragen, dich mit ihr zu sehen. Und erst recht nicht, nachdem ich gestern verstanden habe, dass du mich noch immer liebst.«

»Du hast was getan?« Lennox starrte Vika mit offenem Mund an, dann ungläubig zu Artair.

»Es tut mir so leid«, beteuerte Vika wieder. »Artair hatte recht. Ich hätte dankbar für das sein sollen, was ich noch habe. Doch ich war voller Missgunst und Neid.« Sie schlug sich die Hände vors Gesicht. »Kannst du mir je vergeben?«

»Nun«, brachte Lennox nach einer Weile bitter hervor. »Außer dass Leaf nun einmal mehr das Schlimmste von mir denkt, ist noch nichts geschehen. Ich bin noch am Leben.« Er rieb sich mit der dreckverschmierten Hand über die Stirn. »Also gehen wir jetzt in Leafs Kammer und klären das Missverständnis auf.«

»Aber Leaf ist nicht in ihrer Kammer«, wiederholte Artair schneidend. »Sie ist auf Vikas Pferd in den Wald geritten.«

»Was?«, entfuhr es Vika und Lennox zeitgleich.

»Das habe ich doch vorhin schon gesagt! Leaf und ich haben im Burggarten gestritten, sie ist auf und davongerannt und ich bin ihr gefolgt. Dann hat sie Vikas Pferd gestohlen, woraufhin Vikas Wache einen Pfeil auf Leaf abgeschossen hat, und zwar nicht auf ihr Bein, sondern auf ihren Kopf, und dann wohl auch mich niedergeschlagen hat.«

»Hölle und Verdammnis!«, entfuhr es Lennox, und er kam sofort auf die Beine. »Und ich habe den Mann auch noch in den Wald gesandt, um das Pferd zurückzuholen! Dabei muss er auf Murdochs Seite stehen.«

»Leaf lässt sich nicht finden, wenn sie nicht will. Der Wald ist groß genug, sie wird dem Mann ausweichen und irgendwann im Morgengrauen zurückkommen.«

»Nur ist dieser Mann nicht der einzige, der heute Nacht im Wald lauert«, fluchte Lennox und blickte zu Vika. »Du hast doch auch gehört, was Vater zu Gregor gesagt hat?«

»Aye«, wisperte Vika. »Dass Murdoch und seine Männer heute, um ihr Missfallen an dieser Hochzeit zu bekunden, nicht zum Fest kommen werden, sondern ihr Lager im Wald aufgeschlagen haben. Himmel, Lennox, denkst du, dein Vater macht mit ihnen gemeinsame Sache? Denn Murdoch war doch noch nie ein Mann, der klein beigibt.«

»Aye, das können wir nicht ausschließen«, stimmte Lennox ihr zu und trat heftig gegen einen Stein am Boden. »Und wenn Murdoch Leaf findet …« Er schüttelte den Kopf. »Ich wollte Leaf nie umbringen, aber auf Murdoch trifft das nicht zu. An meiner Seite war sie nicht in Gefahr, aber jetzt ist sie es, verflucht noch mal. Wir müssen sie auf der Stelle suchen. Und finden.«

»Ich verstehe nicht ganz«, sagte Artair. »Es ergibt doch keinen Sinn, Leaf vor der Ehe zu töten. Weder für Torin noch für Murdoch.«

Lennox lachte trocken. »Für Murdoch und meinen Vater geht es aber nicht um Sinn, sondern um Rache. Und dass ausgerechnet er Frieden durch eine Ehe schließen will, habe ich noch nie geglaubt.

Viel eher denke ich mittlerweile, dass er einen Angriff während des Hochzeitsfests vorhat. Nur wenn Leaf heute Abend schon in die Arme von Murdoch läuft, wird dieser sich auf der Stelle Rache nehmen. Ich kenne ihn. Ich war zu oft an seiner Seite, als er genau das getan hat. Und zwar auf Arten und Weisen, die zu grausig sind, um sie überhaupt auszusprechen.«

Artairs Herz stand still. »Wir brauchen Verstärkung.«

»Nein«, widersprach Lennox heftig. »Denn wenn mein Vater mit ihm gemeinsame Sache macht, ist er damit gewarnt. Wir gehen zu zweit. Ein MacKay und ein Ross. Ist das nicht genau der Frieden, den sich fast alle hier wünschen?«

KAPITEL 35

Leaf wachte davon auf, dass ihr Kinn mehrfach auf ihre Brust sank. Sie saß auf einem Pferd, den Oberkörper weit nach vorn gebeugt, die Hand eines Mannes umfasste ihre Hüfte. Ihr Kopf schmerzte, und an ihrer linken Wange klebte etwas unangenehm. Sie sah den Waldboden unter sich, hatte aber keine Ahnung, wo genau sie sich befand, doch sie wusste, dass sie in Gefahr war. Ihr erster Drang war, sich nach dem Reiter, der sie gerade entführte, umzudrehen. Doch dann würde dieser wissen, dass sie aufgewacht war, und sie brauchte den Überraschungsmoment, um sich aus seinem Griff zu befreien.

Das Pferd fiel vom Trab in den Schritt. *Gut,* dachte sie, denn einen Sturz im Schritt könnte sie besser abfedern.

Also rührte sie sich nicht, ließ zu, dass ihr Kinn weiterhin im Takt der Hufe auf ihre Brust sackte. Lennox konnte nicht hinter ihr im Sattel sitzen, denn er roch anders. Doch dass dieser Bastard einen seiner Handlanger auf sie angesetzt hatte, stand für sie außer Frage.

Obwohl es im Wald trotz des Mondscheins düster war, bemerkte Leaf zu ihrer Linken einen laubbedeckten Abhang, und sie roch Wasser. Befand sie sich vielleicht in der Nähe des Sees, den sie letztens entdeckt hatte? Sie wartete noch einen Moment ab, dann holte sie tief Luft und warf sich schlagartig zur Seite, sodass ihr Entführer nicht schnell genug reagieren konnte und sie hart auf dem Waldboden aufschlug.

»Hinterhältige Hexe!«, rief daraufhin eine Männerstimme. Ninians Stimme, wie Leaf sofort erkannte. Dann tat sie, was Artair sie einst als Allererstes gelehrt hatte. Sie stand auf und rannte, so schnell sie konnte, den Abhang hinunter.

Ninian setzte ihr nach, lachte heiser. »Ihr lauft geradewegs in die Falle, Mädchen.«

Nicht stehen bleiben, ermahnte sich Leaf und raffte ihr blassblaues Kleid. Ihre Seiten stachen bereits vom Laufen, doch sie rannte nochmals schneller, rutschte auf dem Waldboden aus, schlitterte ein Stück nach unten, fing sich aber wieder.

Ninian schien näher zu kommen, er pfiff dreimal laut, und plötzlich hörte sie weitere Schritte zu ihrer Linken, Rufe, Lachen.

Leaf rannte weiter nach rechts. Ihr Herz raste, ihre Gedanken überschlugen sich. Hatte Lennox es sich anders überlegt und wollte sie schon heute Nacht umbringen lassen? Warum sonst wären so viele Männer hier im Wald?

In der Dunkelheit übersah sie einen Strauch, in dem sich ihr Kleid verfing. Heftig riss sie sich los, taumelte, stürzte wieder und rollte mehrere Schritte weit den Hang zum See hinab. Hinter sich nahm sie nun den Schein mehrerer Fackeln wahr, die immer näher kamen.

Gehetzt kämpfte sich Leaf zurück auf die Beine, entdeckte Ninian, der ihr dicht auf den Fersen war, gefolgt von dem Mann, der Vikas Pferd bewacht hatte, und anderen Männern, die alle zu Clan Ross gehörten. Ihr wurde übel, doch sie musste jetzt ruhig bleiben. Ihr Leben lang hatte sie sich darauf vorbereitet, bei Gefahr allein zurechtzukommen. Und die Einzige, die sie jetzt retten konnte, war sie selbst.

Vor ihr befand sich eine Art Vorsprung am Hang, auf den sie nun zuhastete, bis sie erkannte, dass sie sich auf einem Felsen befand, der mindestens eine Mannshöhe senkrecht in die Tiefe abfiel. Sie blickte über ihre Schulter zurück, doch es gab kein Zurück mehr, dafür war Ninian ihr schon zu nah. »Jetzt habe ich Euch«, sagte er breit grinsend.

Hinter ihn traten weitere Männer, und alle starrten sie an, als sei sie ein Tier, das sie gejagt und nun gestellt hätten. Der Feind, den sie alle gemeinsam vernichten wollten. Furcht stieg in ihr auf, als

Ninian seinen Dolch zückte und mit einem Seil in der anderen Hand auf sie zutrat. »Legt Euch bäuchlings auf den Boden und legt die Hände auf den Rücken.«

Leaf jedoch wusste, dass sie sich nicht von ihm fesseln lassen durfte, denn dann wäre sie endgültig verloren.

»Nun macht schon«, herrschte er sie an, und da kam Leaf ein anderer Gedanke. Sie trat einen Schritt zurück an den Abgrund und ging in die Knie, tat so, als würde sie sich wirklich in den Schlamm legen.

Die ersten Männer lachten, rissen derbe Witze, doch Leaf ließ sich nicht beirren. Sie schob ihre Beine samt ihrem Körper so schnell über die Felskante hinab, dass nur noch ihre Finger sie hielten, dann ließ sie sich fallen.

Der Aufprall war schmerzhaft, doch sie musste sich jetzt zusammenreißen und den kleinen Vorsprung nutzen, den sie sich gerade erkämpft hatte. Über ihr auf dem Felsen tauchte Ninians ungläubiges Gesicht im Schein einer Fackel auf, während ein anderer Mann, Murdoch, wie Leaf glaubte, rief: »Alle Mann runter, und wehe euch, sie ist schon tot.«

Leaf erbebte, konnte die Wut und den Hass des Mannes beinahe körperlich spüren. Mit wild schlagendem Herzen kämpfte sie sich auf die Beine und rannte in Richtung des Sees, doch schon nach wenigen Schritten wurde ihr klar, dass sie ihn nicht erreichen würde, sondern die Männer sie zuvor einholen würden.

Sie brauchte einen Schutz. Eine Position, von der aus sie sich verteidigen konnte.

Von links kamen bereits die ersten Männer den Felsen herab, also wandte sie sich nach rechts. Rannte, so schnell sie konnte, und doch nicht schnell genug.

Sie entdeckte einen Baum, auf den sie klettern konnte. Doch dafür müsste sie anhalten, und dann würden die Männer sie erreichen, bevor sie sich auf den rettenden Ast gezogen hatte.

Also rannte sie weiter. Merkte, wie der Abstand zwischen ihr und ihren Verfolgern immer geringer wurde. Wusste, dass sie sterben würde, wenn sie sie zu fassen bekämen. Es waren einfach zu viele.

Sie sah zum nächsten Baum. Sie musste es versuchen. Eine andere Wahl hatte sie nicht.

Und dann sah sie ihn.

Den schmalen Spalt im Felsen neben ihr.

Den Eingang zu einer Höhle.

Das Blut gefror in Leafs Adern. Um nichts in der Welt wollte sie dort hinein. Es würde stockfinster sein. Genau wie damals, als Lennox sie mit Bhaic im Geheimgang unter der Küche von Castle Varrich allein zurückgelassen hatte. Sogar noch schlimmer, denn hier gab es keinen Fluchtweg, den sie nehmen könnte, und die Männer wollten sie töten.

Aber fürs Erste bot die Höhle ihr auch Schutz vor ihren Verfolgern. Denn dort hinein konnte ihr jeweils nur ein Mann folgen. Und gegen einen allein hätte sie zumindest eine Chance.

Mit rasch gehendem Atem quetschte sie sich durch den kantigen Höhleneingang in die absolute Finsternis und zog ihren Dolch, den sie an ihrer Wade befestigt hatte. Kalter Schweiß benetzte ihre Stirn, doch sie war nicht mehr das Mädchen von damals. Sie war nicht mehr sechs, und sie hatte eine Waffe. Sie hatte jahrelang gelernt zu kämpfen, sich zu verteidigen, auf sich zu vertrauen. Und genau das würde sie nun tun.

Genau das musste sie jetzt tun.

»Ihr könnt mir nur einzeln folgen, und wenn ihr das wagt, bringe ich einen nach dem anderen von euch um«, brüllte sie den Männern entgegen, die nun vor der Höhle zum Stehen kamen. »Und es wird mir ein Fest sein, euch Bastarden die Kehle durchzuschneiden.«

»Na, na, da überschätzt sich unsere kleine MacKay mal wieder, nicht wahr, Männer?«, kam stoßweise die Antwort von Murdoch, der vom Rennen offensichtlich außer Atem war. »Wenn wir da jetzt einzeln reingehen, dann wohl eher, um etwas anderes mit ihr zu tun.«

Lachen erklang, und Leaf sah Murdoch vor dem Eingang der Höhle auftauchen. In der einen Hand hielt er eine Fackel, die andere legte er kurz an sein Schwert, überlegte es sich dann aber anders. »Dich bringe ich auch mit bloßen Händen zu Fall.«

Beifall und Johlen ertönten hinter ihm, und Leaf ging in Kampfstellung. Sie hatte noch nie einen Menschen getötet. Aber bei Gott, heute würde sie es tun.

Kurz dachte sie an Artair, der ihr immer gewünscht hatte, dass sie nie in eine solche Lage käme. Und der geschworen hatte, sie in einer solchen Situation zu beschützen. Was er auch getan hätte, wäre sie nicht einmal mehr aus Wut, Enttäuschung und Furcht vor ihren Gefühlen für ihn vor ihm geflohen.

Schlagartig wurde ihr bewusst, dass darin ihr eigentlicher Fehler bestand. Doch ihr blieb keine Zeit, dies zu bedauern, kündigte Murdoch doch nun an: »Mach dich bereit, denn ich komme jetzt zu dir.« Er stand noch immer vor der Höhle und sah sich zu seinen Männern um. »Yule war für mich wie ein Bruder. Und heute werde ich ihn rächen!«

Leafs Hand mit dem Dolch zuckte. *In die Augen,* hatte Artair gesagt. Die meisten zielten auf das Herz oder den Hals, aber ein Dolch durchs Auge machte den Gegner erst blind und dann tot.

»Rührende Ansprache«, höhnte sie. »Aber keine Sorge, du wirst Yule nicht mehr allzu lange vermissen. Denn ich sende dich gleich zu ihm in die Hölle.«

»Ich kann durchaus verstehen, warum Lennox dich heiraten wollte«, entgegnete Murdoch. Er hielt die Fackel nun direkt vor den Höhleneingang, doch noch hielt sie sich zurück. Murdoch musste erst einen Schritt in die Höhle setzen, damit er den Eingang für die anderen blockierte und sie gleichzeitig nicht aus dem Schutz der Höhle herausziehen konnte.

»Eine Frau mit so viel Kampfgeist trifft man selten.« Murdoch lachte eklig. »Du wirst wohl nie aufhören, dich zu wehren, was?«

»Das will ich doch hoffen«, erklang da eine lachende Stimme hinter Murdoch. Die Fackel verschwand vom Höhleneingang, und

Leaf zuckte zusammen, denn diese Stimme gehörte keinem anderem als Lennox Ross. Und wurde auch noch von lautem Hundegebell begleitet.

»Lennox, ich kann es kaum glauben«, entfuhr es Murdoch.

»Was denn? Dass du mir nun doch den Vortritt lassen musst?« Lennox schien näher zu kommen, er klang amüsiert und gleichzeitig hart. »Dabei hast du mir das letztens angeboten, alter Freund.«

»Dein Vater war entschieden dagegen, Leaf oder sonst einen MacKay heute Nacht gefangen zu nehmen. Und ich dachte, auch du …«

»Ich weiß.« Leaf bekam kaum mehr Luft, als Lennox nun eiskalt Murdoch unterbrach. »Mein Vater will damit bis zur Hochzeit warten.«

»Nein, eigentlich wollte er gar nichts tun.« Hass triefte aus Murdochs Worten. »Er glaubt wirklich an diesen Frieden. Und das Gleiche dachte ich bislang auch von dir. Sonst hättest du die kleine MacKay letztens wohl kaum in Schutz genommen.«

Lennox lachte schallend. »Ihr denkt, dass ich Leaf mag? Dass ich wirklich vorhatte, sie zu heiraten? Dann seid ihr noch viel größere Narren als sie. Leaf ist der Feind. Eine MacKay. Ich hasse sie. Und jeder Satz, den ich zu ihr gesagt habe, war eine einzige Lüge.«

Leaf atmete scharf ein, und obwohl sie das schon gewusst hatte, zerbrach in diesem Moment erneut etwas in ihr.

»Der Frieden«, fuhr Lennox mit tragender Stimme fort, »ist etwas für Verlierer. Das war mir schon immer klar. Und mittlerweile auch meinem Vater. Weswegen er morgen, während der Hochzeitszeremonie, wenn alle ihre Waffen niedergelegt haben, einem Angriff zugestimmt hat. Aber wisst ihr, was ich sage?« Lennox machte eine Pause, in der die Männer keinen Mucks von sich gaben und Leaf das Blut in den Adern gefror.

»Ich sage, bis morgen zu warten, ist zu lang!« Lennox lachte wieder. »Denn ihr alle wisst, dass mein Bruder Rache verdient, dass wir alle Rache verdienen. Also lasst uns damit schon heute

Abend beginnen, auch wenn ich fürchte, dass Leaf diese eine Nacht noch überleben muss.«

Erneut herrschte Stille, dann brach Beifall aus, und Murdoch schloss Lennox in die Arme. »Wusste ich doch, dass der Mann, der mit mir Maliks Kopf auf einen Spieß gesteckt hat, nicht für den Rest seines Lebens die Gegenwart einer verdammten MacKay ertragen will. Es tut gut, dich zurückzuhaben, Lennox.«

Leaf sah durch den Spalt der Höhle, wie Lennox Murdochs Umarmung erwiderte, während Dog an dem Mann hochsprang und ihn vertraut abschleckte. Und da wusste sie, dass nicht Murdoch der erste Mann sein würde, den sie töten würde. Sondern Lennox.

»Männer, ihr jagt uns jetzt ein Wildschwein, das wir braten können, und macht Feuer«, befahl Lennox laut. »Und ich statte meiner Verlobten einen Besuch ab, den sie nie wieder vergessen wird.«

»Guter Witz«, lachte Murdoch und klopfte Lennox auf den Rücken. »Aber wir wollen alles hören. Und sehen. Die Rache gehört schließlich uns allen.«

»Und ihr werdet eure Rache bekommen, das schwöre ich.« Lennox griff nach Murdochs Fackel, wandte dann aber nochmals das Wort an ihn. »Aber ich habe Hunger und will, wenn ich mit ihr fertig bin, verdammt noch mal speisen wie ein König, also sorge dafür, dass ihr was zu essen auftreibt.«

Doch Murdoch schüttelte den Kopf und schmunzelte grimmig. »Du willst sie nur nicht mit uns teilen.«

»Würdest du sie denn teilen wollen, wenn ihr Clan deinen Bruder auf dem Gewissen hätte?«

Murdoch hielt kurz inne. »Nein, das würde ich nicht.«

Lennox nickte. »Ninian, gib mir das Seil.«

»Was hast du vor?«, fragte Murdoch.

»Dir dürfte nicht entgangen sein, dass meine süße Braut äußerst scharfe Krallen hat. Und ich will mir nicht den Rücken von ihr zerkratzen lassen.«

Murdoch lachte. »So kenne ich dich, selbstsüchtig bis auf den Grund deiner schwarzen Seele.«

Lennox' Blick wurde undurchdringlich. »Sorg dafür, dass mich niemand stört, Murdoch. Ich will mir Zeit lassen.«

»Du spannst uns ganz schön auf die Folter. Aber wenn das der Preis ist, den ich zahlen muss, um dich zurückzuhaben, zahle ich ihn gern.«

Lennox lächelte und pfiff einmal scharf, woraufhin Dog zu ihm kam. Lennox ging in die Knie, und Leaf sah, wie er unmittelbar zu ihr in die Höhle starrte, obwohl er sie in der Dunkelheit nicht ausmachen konnte.

Dann nickte Lennox mit hartem Gesicht in ihre Richtung und sagte: »Fass.«

KAPITEL 36

L eaf stand einen Moment wie erstarrt, doch als Lennox' riesiger
Hund mit gefletschten Zähnen zu ihr in die Höhle sprang,
drehte sie sich um und rannte, so schnell sie konnte, mit eingezo-
genem Kopf in die umfassende Dunkelheit.

Mehrmals stieß sie sich an den Felsen, hörte, wie ein Schwarm
Fledermäuse über sie hinwegrauschte, und vernahm Dogs Bellen,
das durch die Höhle echote. Ihr Herz raste, sie fühlte Todesangst,
und noch nie hatte sie Lennox so sehr gehasst wie in diesem Moment. All die Küsse, all die Berührungen, all die leeren Versprechen und vorgetäuschten Worte, nur damit er nach all den Jahren
mit voller Absicht seinen Hund auf sie hetzte, um ihr danach Gott
weiß was anzutun.

Sie rannte schneller, Tränen der Verzweiflung traten in ihre Augen. Es gab hier keinen Ausweg, und es stank erbärmlich. Alles
war klamm und kalt. Sie konnte nichts sehen, nur den Hund hören, der immer näher kam. Und dann, schließlich, hörte sie nicht
nur den Hund, sondern auch das Plätschern von Wasser unter ihren Stiefeln. Wasser, das Teil eines Höhlensees sein musste und das
ihr das Rennen noch schwerer machte. Dog war nun beinahe bei
ihr, jeden Moment würde er sie anspringen und beißen. Doch
plötzlich bellte er nicht mehr und schien ihr auch nicht weiter zu
folgen.

Er musste vor dem Wasser stehen geblieben sein. Und alles, das
nun zu hören war, waren Lennox' Schritte, die langsam näher kamen, ebenso wie das Licht seiner Fackel.

Leaf wirbelte herum und nahm ihren Dolch vor die Brust.

Im Schein der Fackel erkannte sie, dass der Höhlensee, an dessen Rand sie stand, rundum von steilen Felswänden umgeben war. Sie konnte nicht durch ihn hindurchschwimmen und am anderen Ufer fliehen. Sie musste bleiben. Und kämpfen.

»Zu mir Dog«, war das Erste, was Lennox sagte. Sofort kam der Hund winselnd zu ihm. »Sitz«, fügte Lennox hinzu, ehe er an ihm vorbeitrat und einige Schritte vor Leaf stehen blieb. Sein Gesicht war eine undurchdringliche Maske. »Hat er dich erwischt?«

Leaf schürzte die Lippen. »Ich muss dich enttäuschen, dein Höllenhund hat wohl Angst vor Wasser.«

»Ich weiß«, sagte Lennox ruhig. »Leg den Dolch weg, Leaf. Ich bin nicht hier, um dir wehzutun.«

»Oh, gewiss nicht«, höhnte sie. »Du hast nur Murdoch gerade Rache an den MacKays geschworen und dieses Ungeheuer auf mich gehetzt, du mieser Bastard.«

»Es tut mir leid«, sagte Lennox und kam einen Schritt auf sie zu. »Aber ich kann dir alles erklären.«

»Ich auch«, fauchte Leaf. »Ich hatte recht, die ganze Zeit über. Du bist der furchtbare Mann, für den ich dich schon immer gehalten habe. Du hasst mich und alle MacKays und weidest dich daran, uns zu verletzen und umzubringen. Selbst die Hölle wäre zu gut für dich, denn du bist schlimmer als der Teufel!«

»Nur hat dich Dog nicht verletzt oder umgebracht«, verbesserte sie Lennox. »Ich kenne diese Höhle. Ich wusste, dass hier Wasser kommt und du entweder vor dem Hund davonrennst oder meinen treuen Begleiter umbringst. Und ich bin sehr froh, dass du gerannt bist.«

»Ach ja, und warum? Weil du weißt, dass meine jetzige Lage noch einmal schlimmer für mich ist als damals auf Castle Varrich? Ich, eingesperrt, tief unter dem Grund, wegen dir? Gefällt dir die Vorstellung, dass ich so noch mehr leiden könnte?«

»Leaf«, sagte Lennox langsam. »Du hast gehört, was Murdoch gesagt hat. Sie wollen dich leiden *hören,* dich leiden *sehen.* Hättest du lieber, dass ich wirklich tun muss, was sie sich vorstellen? Du solltest mir dankbar sein, dass ich genug Abstand zwischen uns und sie gebracht habe. Und du hast mir einst selbst gesagt, dass du nur dann rennst, wenn du keine andere Wahl mehr hast.«

Leaf schnaubte. »Verzeih mir, wenn ich mich jetzt nicht verbeuge vor deiner Gutherzigkeit.« Sie umfasste ihren Dolch fester, versuchte, ruhig zu atmen und nicht die Beherrschung zu verlieren.

»Bring mich um«, sagte Lennox leise. »Das hätte Artair vorhin auch beinahe getan. Doch dann hat er mir geglaubt, dass ich nicht gegen dich bin, und ist mit mir in diesen Wald geritten, um dich zu finden. Wir sollten daher nicht unnütz Zeit verschwenden, denn er kann jeden Moment auf Murdochs Männer treffen. Du bringst ihn unnötig in Gefahr.«

»Ich glaube dir kein Wort«, spie Leaf förmlich hervor. »Die einzige Gefahr, die ich sehe, bist du. Du bist derjenige, der mir erst vorhin versprach, mein Vertrauen zu stärken, obwohl du mit deinem Vater vereinbart hast, mich bei der Hochzeit umzubringen.« Leaf lachte laut. »Und das Schlimme ist, dass ich dir kurz geglaubt habe. Dass ich tatsächlich dachte, dass du und ich gemeinsam eine gute Zukunft haben können.«

»Und das können wir auch.«

»Aye. Du unter der Erde und ich auf deinem Grabstein.«

Lennox setzte gerade zu einer Erwiderung an, wandte dann aber den Kopf, als hinter ihm leise Schritte erklangen. »Verdammt, Leaf«, zischte er, ehe er sich das Leinenhemd vom Kopf zog, es in den Gang schleuderte und laut befahl: »Lasst mich verdammt noch mal in Ruhe, das ist meine Zeit mit der verfluchten MacKay!«

Tatsächlich entfernten sich die Schritte daraufhin wieder.

»Verdammt«, wiederholte Lennox und fuhr sich mit der Hand über die Stirn. »Wir müssen uns aus dieser Lage befreien, Leaf. Du musst mir glauben, dass ich auf deiner Seite bin. Es gibt keinen Angriff auf Achfary Castle während unserer Hochzeit, das habe ich mir nur ausgedacht, damit Murdoch mir glaubt und dich nicht heute Nacht tötet. Und die Abmachung mit meinem Vater beinhaltet auch nicht, dass ich dich umbringe. Das hat sich Vika ausgedacht, weil sie eifersüchtig war. Die Abmachung lautet lediglich, dass Vika unverheiratet bleibt, genau wie ich es dir gesagt habe.«

»Und schon wieder lügst du! Denn vor deinem Vater sprachst du von einem zweiten Teil der Abmachung.«

Lennox kniff die Augen zusammen, fuhr sich durch die Haare. »Aye, du hast recht. Es gibt noch eine zweite Vereinbarung, und zwar, dass mein Vater mir den Aufenthaltsort meiner Mutter nennt.« Lennox hielt ihr seinen Arm mit dem fest geschnürten Lederarmband entgegen. »Denn bezüglich meiner Mutter habe ich gelogen, Leaf. Es ist mir nicht gleichgültig, wo sie ist, warum sie gegangen ist und mich einfach zurückgelassen hat. Ich will eine Erklärung dafür.«

»Der böse Lennox vermisst seine Mutter?« Beinahe hätte Leaf gelacht. »Ist das alles, was dir einfällt?«

Nun schlug Lennox mit der Faust gegen die Steinwand. »Es ist verdammt noch mal die Wahrheit.«

»Deine Wahrheit ist nur eine weitere Geschichte.«

»Leaf, du weißt nicht, wie es mir ging, als meine Mutter von einem Tag auf den anderen weg war und mein Vater mich dafür verantwortlich gemacht hat, weil ich am Tag zuvor mit ihr gestritten hatte.« Lennox atmete heftig ein. »Ich weiß, dass das einen Mann nicht weiter bekümmern sollte. Aber das tut es nun einmal. Genau wie dir manche Dinge nicht gleichgültig sind, obwohl du dir wünschst, dass es so wäre.«

»Du bist mir gleichgültig.«

»Aber Artair ist es nicht. Wenn nicht für mich, dann vertraue mir für ihn.«

»Ich bin in erster Linie in dieser Lage, weil ich dir vertraut habe.«

»Nein, Leaf. Du bist in dieser Lage, weil du mir nicht vertraut hast. Denn hättest du es getan, wärst du mit Artairs Anschuldigungen zu mir gekommen und nicht aus Furcht vor mir davongelaufen.«

»Ich bin doch nicht vor dir davongelaufen, du Bastard.«

»Ach nein? Warum dann?«

»Das geht dich verdammt noch mal nichts an.«

»Vor Artair«, sagte Lennox da langsam. »Weil du dich, wenn du mich nicht heiratest, wieder deinen Gefühlen für ihn stellen musst.« Er schüttelte den Kopf. »Du bist ein verdammter Feigling, mein Herz.«

»Sagtest du nicht letztens: *Wir sind keine Freunde, die ihre tiefsten Geheimnisse miteinander teilen?*«

Lennox nickte. »Nur sollten wir genau das werden, falls wir das hier überleben.« Er hob das Seil in seiner Hand. »Leaf, das wird dir jetzt nicht gefallen, aber ich muss dich fesseln.«

Ein ungläubiger Laut entstieg Leafs Kehle, der Dog bedrohlich knurren ließ. »Das glaubst du doch nicht im Ernst!«

»Ruhig!«, wies Lennox den Hund an, ehe er sich wieder an sie wandte. »Du und ich kommen an Murdoch und seinen Männern nur vorbei, wenn dein Gesicht grün und blau ist oder du aussiehst, als hätte ich dich anderweitig gedemütigt und deinen Widerstand gebrochen.«

Leaf schüttelte den Kopf. »Überheblich bis zum letzten Atemzug, was, Ross?«

»He, Lennox, langsam sind wir auch mal dran!«, ertönte da eine Stimme im Gang.

»Schrei, Leaf.«

»Was?«

»Verdammt noch mal, schrei!«

Als sie nicht reagierte, schleuderte Lennox kurzerhand die Fackel in ihre Richtung, sodass ihr doch ein Laut des Schreckens entwich, als Funken auf ihr Kleid sprühten und sie keine andere Möglichkeit sah, als sich in den Höhlensee fallen zu lassen, um diese zu löschen.

»Wir sind hier beschäftigt!«, rief Lennox derweil mit einem Lachen in den Gang. »Aber keine Sorge, ich lasse euch noch genug von ihr übrig.«

»Du Bastard«, beschimpfte ihn Leaf, kaum dass der Mann sich wieder zurückgezogen hatte.

»Ich bin der Bastard?«, zischte er in die Dunkelheit. »Merkst du nicht, dass ich alles tue, um dich zu retten?«

»Du hast mich in Brand gesteckt«, keuchte Leaf, während sie aus dem See stieg, nachdem sie noch eine Weile vergeblich im Wasser nach ihrem Dolch getastet hatte, der ihr beim Untertauchen abhandengekommen war.

»Leaf, bitte, was muss ich noch tun, damit du mir glaubst? Machen dir deine Gefühle für Artair wirklich so große Angst, dass du dafür in Kauf nimmst, hier mit mir zu sterben? Dass Artair womöglich stirbt?«

»Hör endlich auf mit Artair. Erst vorhin hast du mir gesagt, ich soll ihn vergessen.«

»Aye«, sagte Lennox. »Vorhin habe ich das gesagt. Aber da hatte Vika auch noch nicht zu Artairs Füßen um mein Leben gebettelt. Ich war genauso feige wie du, Leaf. Hatte genauso Angst, dass meine Liebe zu ihr wieder zu einer Fehde oder noch Schlimmerem führt. Aber wollen wir wirklich so leben? In ständiger Furcht?«

»Ich wusste gar nicht, dass du auch noch eine poetische Ader hast.«

»Aye, ich halte viel von mir versteckt, genau wie du.« Lennox senkte die Stimme. »Lass uns damit aufhören. Du siehst doch, wohin es uns geführt hat.«

Leaf erbebte, und zum ersten Mal überlegte sie, was wäre, wenn Lennox die Wahrheit sagte. Wenn Artair wirklich im Wald nach ihr suchte und in die Hände von Murdoch und seinen Leuten fiel. Wenn er starb, wegen ihr. Wenn sie nie wieder sein Lächeln sehen könnte. Wenn nie wieder das Wort *Wildfang* über seine Lippen käme. Wenn er nie wieder gemeinsam mit ihr durch den Wald reiten und sie nie wieder beim Messerwerfen gewinnen lassen würde. Wenn er sie nie wieder umarmen und wecken würde, indem er ihr Wasser ins Gesicht spritzte, und sie nie sehen würde, wie er die ersten Falten bekam.

Sie begann zu zittern, und stumme Tränen rannen aus ihren Augen. Auch wenn Lennox bei allem anderen log, in Bezug auf Artair hatte er recht. Artair hatte ihr vorhin seine Liebe gestanden. Er hatte seine leibliche Familie gefunden, die ihm so wichtig war, und trotzdem nur an sie gedacht. Er hatte für sie da sein wollen, hätte sich gegen alle und jeden gestellt, aber sie war weggerannt. Weil sie Angst hatte, dass ihre Liebe zu ihm sie schwächen und ihr wehtun könnte.

Nur fühlte sie auch so schon genug Schmerz. Und das nur, weil sie falschgelegen und bereits im Vorfeld so viel aufgegeben und vermieden hatte, um später nicht leiden zu müssen. Doch mit diesem fehlenden Vertrauen in Artair und dessen Liebe hatte sie nicht nur ihr eigenes Leben in Gefahr gebracht, sondern womöglich auch noch seins.

»Leaf«, hörte sie nun wieder Lennox' Stimme. »Wenn ich lügen würde, hätte ich dich längst mithilfe von Murdochs Männern hier herausgezerrt. Du musst mir jetzt vertrauen. Und einmal im Leben tun, was ich dir sage.«

»Ich habe Angst«, sagte Leaf und konnte selbst kaum glauben, dass ihr das über die Lippen gekommen war.

»Ich weiß«, sagte Lennox. »Aber eine starke Frau wie du begegnet der Angst nur auf eine Weise: Sie sieht ihr unmittelbar ins Gesicht. Und ich schwöre dir beim Leben von Vika und meiner Mutter, dass ich eher selbst sterben werde, als dich zu opfern.«

Leaf fröstelte. »Das passt nicht zu dir. Du bist ein selbstsüchtiger Bastard.«

»Ich war ein selbstsüchtiger Bastard. Aber der will ich nicht länger sein. Denn das war ich auch nicht, als Vika sich einst in mich verliebt hat.«

»Selbst wenn wir entkommen, sind unsere anderen Sorgen deshalb aber noch lange nicht gelöst.«

»Nein«, sagte Lennox. »Aber als ich vorhin durch den Wald ritt, hatte ich einen Einfall.«

»Und der wäre?«

Da hörten sie zum dritten Mal Schritte im Höhlengang, dieses Mal begleitet vom Schein einer Fackel.

»Später, Leaf«, sagte Lennox beinahe panisch, und wenige Augenblicke später fühlte sie, wie seine tastenden Hände das Seil um ihren Hals legten.

»Bist du wahnsinnig?«, zischte sie. »Wenn sich der Knoten zu-zieht, ersticke ich.«

»Nein, ich passe auf dich auf, los, kreuz die Hände vor deiner Brust.«

»Lennox, dann bin ich vollkommen wehrlos.«

»Mag sein, aber du wirst es mir morgen danken, wenn du in Artairs Armen liegst. Also lass verdammt noch mal los und ergib dich.«

Leaf atmete scharf ein. Es war Wahnsinn. Es war genau das, was sie nie gewollt und wogegen sie sich seit Jahren zu schützen versucht hatte. Doch dann schloss sie die Augen und dachte an Artair. Sie erinnerte sich daran, wie er sie damals im Pferdestall gehalten hatte. Wie er ihr versprochen hatte, dass alles gut werden würde, wenn sie nur nicht aufhören würde, ihn zu küssen. Doch danach hatte sie wieder auf Abstand bestanden, ihn gemieden und immer wieder vor den Kopf gestoßen. Deshalb musste sie sich jetzt, wenn sie ihren unverzeihlichen Fehler wiedergutmachen wollte, fallen lassen und tun, was Lennox ihr gesagt hatte.

»Ich hoffe wirklich, du weißt, was du tust«, flüsterte sie, ehe sie die Hände vor der Brust kreuzte und zuließ, dass Lennox sie mit erstaunlicher Fertigkeit zusammenschnürte.

Das Herz schlug ihr bis zum Hals. Wenn er sie jetzt unter Wasser drückte, würde sie ertrinken. Wenn er jetzt seinen Hund auf sie hetzte, würde sie verbluten. Aber wenn er sein Versprechen hielt, würden sie beide überleben.

»Lennox.« Es war Ninian, der nun mit einer Fackel in der Hand zu ihnen trat. »Murdoch wird ungeduldig. Er sagt, du hättest jetzt lang genug deinen Spaß gehabt.«

Lennox lachte daraufhin rau, riss von Leafs Kleidersaum ein Stück Stoff ab und steckte es ihr grob in den Mund. Sie riss entsetzt die Augen auf, da sie nun nur noch durch die Nase atmen konnte, doch schon hob er sie grob nach oben und warf sie sich über die Schulter.

»Spaß kann man das wirklich nicht nennen«, spottete Lennox. »Leaf stinkt noch erbärmlicher als ein fauler Fisch, ich musste die kleine Hexe erst mal in klarem Wasser waschen.«

»Das rieche ich«, nickte Ninian und rümpfte die Nase. »Ist gut, wenn du ihr endlich Benehmen beibringst, damit sie wieder weiß, wo ihr Platz ist.«

Lennox nickte und pfiff nach seinem Hund. »Ich zahle dir das Dreifache, das Murdoch dir gibt, wenn du dafür sorgst, dass ich meine Rache jetzt erst einmal ungestört genießen kann. Ich habe so lang darauf gewartet, Ninian. Ich will jetzt nicht teilen.«

Ninian zögerte. »Du hast mir auch versprochen, dass ich nach deiner Hochzeit zusammen mit Leaf Achfary Castle führen darf. Doch als sie darauf sagte, dass sie das verhindern wird, hast du ihr mit keinem Wort widersprochen.«

»Wieso sollte ich auch? Ach, du hast ihre Worte ernst genommen?« Lennox lachte. »Ninian, mein Bester, dieses Miststück lügt doch, sobald es den Mund aufmacht. Ich dachte, das wüsstest du?«

»Ich weiß nicht, Lennox«, meinte Ninian unschlüssig.

»Wer nicht auf meiner Seite ist, ist mein Feind. Und das würde ich mir an deiner Stelle gut überlegen.« Er deutete mit seiner freien Hand auf Leaf. »Ich bin nämlich verdammt nachtragend, nicht wahr, mein Herz?«

Kurz tat Lennox so, als würde er sie fallen lassen, und Leaf keuchte erschrocken durch den Knebel. Wieder ergriff sie Furcht. Doch dann erinnerte sie sich daran, dass sie ihm vertrauen musste und er das nur tat, um Ninian auf seine Seite zu ziehen. Und sie sollte besser ihren Teil zu einer gelungenen Täuschung beitragen. Eine andere Wahl hatte sie nicht. Also schrie sie, so gut sie es mit dem Knebel im Mund konnte.

»Dafür zahlst du mir das Vierfache«, brummte Ninian völlig ungerührt von Leafs Jammerlaut. »Ich bekomme zudem die Führung der Burg übertragen. Sowie Silber, das ich Murdoch und den anderen Männern versprechen kann. Sonst werden sie nicht auf mich hören.«

»Ein wahrer Halsabschneider, so mag ich meine Männer.« Lennox klopfte Ninian auf die Schulter. »Ich will eine Stunde mit ihr am Seeufer. Danach könnt ihr mit ihr tun, was ihr wollt.«

Ninian zögerte kurz, dann nickte er. »Für genug Silber tue ich alles. Auch wenn das Mannsweib deine Zeit nicht wert ist.«

»Sie ist die Zeit von niemandem wert«, stimmte Lennox ihm zu. »Aber Rache muss sein.« Er griff nach Ninians Fackel und schritt mit Leaf über der Schulter durch den Höhleneingang ins Freie.

Mit jedem Schritt, den sie sich den anderen näherten, schlug ihr Puls schneller. *Artair, Artair, Artair,* dachte sie und stellte sich sein Gesicht vor. Die dunklen Augen, die ihr Mut zusprachen. Die Lippen, die ihr zuflüsterten, dass sie das Richtige tat. Seine Stirn, die sich gegen ihre drückte. Die starken Arme, die sie bald wieder an sich ziehen würden. Sein Herz, das im Takt mit ihrem schlug.

»Und schon wieder hat Lennox eine Frau zum Triefen gebracht«, höhnte Murdoch da, als er Leaf wie einen nassen Sack auf Lennox' Schulter liegen sah.

Dieser lachte. »Hast du etwas anderes von mir erwartet, mein Freund?«

»Nein«, stimmte Murdoch zu. »Du warst schon immer abartig.«

»Und ich bin noch lang nicht mit ihr fertig«, gab Lennox zurück und schritt an Murdoch und den anderen vorbei in Richtung des Sees. »Ninian, du erklärst ihnen alles.«

»Jawohl, Mylord«, sagte Ninian, und Leaf sah aus dem Augenwinkel, wie dieser Murdoch eine Hand auf die Schulter legte und leise auf ihn einredete.

Das kann niemals gelingen, dachte Leaf, während Lennox sie mit gemächlichem Schritt weiter den Abhang hinunter zum Seeufer trug. Erst als sie das Ufer erreicht hatten, warf er einen Blick zurück, trat hinter einen Baum und setzte sie dort vorsichtig ab.

»Ich ziehe dir nur den Knebel aus dem Mund, wenn du mich heftig beschimpfst.« Er sah ihr mahnend in die Augen, doch das hätte er nicht müssen.

»Lennox, du erbärmlicher Hurensohn, du räudiger, schwanzloser Bastard, du …«

»Gut, das reicht.« Kurz zuckten seine Mundwinkel. »Und schwanzlos war ja wohl nicht sehr treffend.«

Leaf schnaubte und senkte wieder ihre Stimme. »In jedem Fall hirnlos. Mach mich sofort los, wir müssen rennen.«

»Sie haben Pferde«, widersprach Lennox, packte sie erneut und trug sie ins Wasser.

»Lennox, verdammt, was wird das?«

Anstatt ihr zu antworten, ließ Lennox sie auf einen hölzernen Untergrund fallen, der sofort schwankte. »Ein Boot?«, keuchte Leaf.

»Ich habe Achfary Castle monatelang belagert«, sagte Lennox, löste eine Leine und schob das Boot mit Schwung ins Wasser. »Die Höhle oben war mein Hauptversteck. Dachtest du wirklich, ich hätte dabei nicht für Fluchtmöglichkeiten gesorgt?«

Noch ehe Leaf antworten konnte, hob er seinen Hund zu ihr ins Boot. Sofort wollte Leaf zurückweichen, was ihr aufgrund ihrer Fesseln jedoch nicht gelang, doch da schmiegte sich das Tier schon winselnd an sie.

»Er hat gerade noch mehr Angst als du«, sagte Lennox, schwang sich selbst ins Boot und griff nach den Rudern. »Lass ihn ruhig deine Hand abschlecken, das beruhigt ihn.«

»Ganz sicher nicht«, zischte Leaf. »Wehe, du bewegst dich, Dog.«

Ein feines Schmunzeln umspielte darauf Lennox' Lippen, während er das Boot mit leisen Paddelschlägen immer weiter auf den See hinaussteuerte und das Ufer hinter ihnen immer weiter verschwand.

»Immer noch nichts«, sagte Leaf nach einer ganzen Weile erstaunt. »Murdoch und seine Männer haben dir wirklich geglaubt.«

»Die Menschen glauben immer das, was sie glauben wollen«, sagte Lennox, holte abrupt die Paddel ins Boot und zog seinen Dolch. Sofort zuckte Leaf zusammen, doch Lennox schüttelte den Kopf.

»Denkst du wirklich, dass ich dich nach all dem Aufwand noch erstechen würde?«

»Nein«, wisperte sie. »Ich glaube, dass du meine Fesseln lösen willst.«

»Fast«, erwiderte er und beugte sich augenzwinkernd zu ihr nach vorne. »Denn nun, da du schon einmal gefesselt bist, könnten wir uns die Zeit auch vergnüglicher vertreiben.«

Leaf stockte kurz der Atem, dann lachte sie. »Ich bin nicht die Frau, mit der du das tun willst, sondern Vika.«

Lennox' Stimme wurde spöttisch. »Aber was ist dann mit all den Geschichten, die du von mir gehört hast, in denen ich gleich zwei Frauen in meinem Bett hatte?«

Leafs Blick wurde ernst. »Die sind Vergangenheit. Denn so, wie du Vika ansiehst, brauchst du keine anderen Frauen mehr.«

»Ich hasse es, wenn du recht hast.« Lennox nahm den Dolch und durchtrennte flink ihre Fesseln.

Sofort richtete sich Leaf auf und rieb sich die Handgelenke. »Ich hätte nie gedacht, dass ich das einmal sagen würde, aber ich danke dir, Lennox. Du hast mein Leben gerettet.«

Er neigte den Kopf, während er wieder nach den Paddeln griff. »Das tun Freunde nun einmal füreinander. Außerdem habe ich einige Vorschläge, wie du es mir danken kannst.«

Leaf nickte langsam. »Das werde ich. Aber erst müssen wir Artair finden. Solange er im Wald nach mir sucht, ist er in Gefahr.«

»Ich paddle, so schnell ich kann.«

Leaf nickte und wünschte sich, das Boot hätte vier Paddel. Denn wenn Artair wegen ihr in die Hände von Murdoch fiel …

Als könne er ihre Angst spüren, schmiegte sich Dog enger an sie. Sofort wollte Leaf das Tier von sich schieben, doch Lennox schüttelte den Kopf.

»Um mir zu danken, könntest du damit anfangen, dich mit meinem Hund anzufreunden.«

»Wenn ich damit anfangen soll, was muss ich dann als Nächstes befürchten?«

Lennox zuckte mit den Schultern. »Nichts Großes. Du könntest nur rasch unsere Väter mit mir davon überzeugen, dass ich Vika heirate und du Artair. Und ihnen bei der Gelegenheit sagen, dass sich an unserer Stelle eines Tages unsere Kinder miteinander verloben werden.«

»Ich soll meinem Kind, obwohl ich noch nicht einmal weiß, ob ich eines bekommen will, das antun, was ich immer gehasst habe?«

Lennox neigte den Kopf. »Denkst du wirklich, dass dein oder mein Kind tatsächlich tun wird, was wir als seine Eltern wollen, wenn es das seinerseits nicht will?«

Wider Willen musste Leaf schmunzeln, doch dann wurde sie ernst. »Ich weiß gar nicht, ob Artair mich nach allem, was ich ihm angetan habe, immer noch will. Vor allem aber müssen wir ihn erst einmal finden.«

»Nun, wie es scheint, hat sich das bereits erledigt.« Lennox deutete nach vorne, seine Stimme klang gleichermaßen erleichtert wie ungläubig. »Er steht dort am Ufer und sieht aus, als ob er jeden Moment ins Wasser springt, um zu dir zu kommen.«

»Was?« Sofort wirbelte Leafs Kopf herum, und sie sah gerade noch, wie Artair sich das Leinenhemd vom Kopf zog und kopfüber ins Wasser sprang.

»Das muss doch eiskalt sein«, murmelte sie und richtete sich im Boot auf. Gleichzeitig konnte sie ihr Glück nicht fassen. Artair lebte. Ihm ging es gut. Und er wollte zu ihr.

»Was wird das?«, fragte Lennox, als das Boot dadurch ins Wanken geriet.

Da zog sich Leaf jedoch schon ihr Überkleid vom Kopf und erklärte: »Ich schwimme ihm entgegen, das versteht sich doch von selbst.«

»Warte!«, rief Lennox noch, doch da tauchte Leaf schon in das eiskalte Wasser. Ihre Brust zog sich schmerzhaft zusammen, denn das Wasser war noch kälter, als sie gedacht hatte, doch nichts war ihr in diesem Moment unwichtiger. Mit langen Zügen schwamm sie auf Artair zu, während ihre Haut aufgrund des eiskalten Wassers wie tausend Nadeln stach und ihre Glieder zunehmend taub wurden.

»Wildfang!«, rief dieser ihr entgegen, als sie sich beinahe erreicht hatten. »Du bist wahnsinnig, weißt du das?«

»Aye, das bin ich, genau wie du«, sagte Leaf und schwamm weiter auf ihn zu, bis sie ihn mit klopfendem Herzen erreichte. »Aber vor allem bin ich wahnsinnig nach dir, Artair. Und ich hätte schon viel früher springen sollen. Denn ich liebe dich. Mehr als jeden anderen Menschen auf dieser Welt, mehr als meinen Clan, mehr als meine Sicherheit. Und ich will dir ebenso wie du mir graue Haare vom Kopf zupfen, wenn wir alt sind. Falls du mich noch lässt und mir verzeihen kannst.«

Artair blinzelte ungläubig, dann legte er seine Hände an ihre Wangen. »Ich sollte dich jetzt unter Wasser tunken, damit du eine Vorstellung davon bekommst, was für eine Angst du mir gemacht hast.«

»Aye, das habe ich verdient«, flüsterte Leaf und spürte seinen Atem auf ihrer Haut. »Tunke mich, wenn du willst. Solange du mich irgendwann wieder nach oben ziehst und küsst.«

Doch Artair schüttelte den Kopf. »Irgendwann ist zu lang. Das war es schon immer.« Und damit zog er sie an sich und küsste sie so stürmisch und wild, dass sie doch kurz unter die Wasseroberfläche tauchten.

Prustend kamen sie wieder nach oben, und Leaf strich ein Blatt von Artairs Wange. »Du schmeckst nach See.«

»Und du gleich wieder nach mir«, sagte er und küsste sie erneut, dieses Mal lang und innig, sanft und doch so bestimmt, wie er es schon auf dem Stallboden getan hatte. Wärme durchflutete Leaf inmitten des eisigen Sees. Sie küsste Artair zurück, fühlte sich verletzlich und gleichzeitig unendlich geborgen.

»Ich werde dich nie wieder gehen lassen«, sagte Artair und strich ihr durch die nassen Haare. »Du bist mein Zuhause, Leaf. Und ich will, dass du mich heiratest und nicht Lennox.«

Auf Leafs Gesicht trat ein Strahlen. »Ich habe die Ehe immer gehasst, weil ich damit zum Besitz eines Mannes werde. Aber inzwischen ist mir etwas klar geworden.«

Artair gab ihr wieder einen Kuss, ehe er sie an sich zog. »Was ist dir klar geworden, Wildfang?«

Leaf lachte, dann legte sie eine Hand auf seine starke Brust und sah ihm tief in die Augen. »Dass ich mit dir die Ehe wagen kann, Artair. Denn mein Herz und mein Körper gehören ohnehin schon auf ewig dir.«

KAPITEL 37

B ist du dir sicher, dass du das willst?«, fragte Artair, nachdem Lennox sie dazu gedrängt hatte, schnellstmöglich zur Burg zurückzukehren, und sie nun zu dritt vor dem Raum standen, in dem sie Gregor, Torin und Vika nach dem Fest vermuteten. Doch zuvor hatten sie ihre durchnässten Gewänder rasch noch gegen trockene getauscht, weshalb Leaf erneut eines der ihr so verhassten Kleider ihrer Cousine Fia trug.

Leaf wandte sofort den Kopf zu ihm. Ihre Lippen waren noch immer blau gefroren, und er hätte sie am liebsten auf der Stelle wieder warm geküsst. »Du meinst, dich heiraten?«, fragte sie ihn lächelnd und hob dann den Rock ihres Kleids an. »Solange ich dabei nicht so etwas tragen muss, aye.«

Sanft zog er sie an sich und küsste sie. »Es könnte auch eine Waldhochzeit sein«, murmelte er, als er sich wieder von ihr löste. »Nur du, ich und Skye, die uns nach einem uralten, heidnischen Ritual vermählt, das nur für uns Gültigkeit hat.«

Leaf schloss kurz die Augen, doch dann schüttelte sie den Kopf. »Nein, Artair. Ich habe mich überwunden, und jetzt machen wir es richtig. Für uns und für unsere Familien.«

»Habt ihr beide es endlich?«, mischte sich nun Lennox ein, der während ihres Wortwechsels im Gang auf und ab gegangen war. Artair hatte ihn noch nie so aufgeregt gesehen, konnte Lennox' Gemütslage in Anbetracht seines Vorhabens aber gut nachvollziehen.

»Aye, ich bin bereit«, sagte Leaf dann und straffte die Schultern. Auch sie wirkte angespannt, gleichzeitig aber auch entschlossen.

Und genau wegen dieser Entschlossenheit liebte er sie und war sicher, dass ihr Vorhaben gelingen würde.

Leaf hob die Hand, um an die Tür zu klopfen, als Lennox ein derber Fluch entwich. »Ich habe meine Aufmerksamkeit so sehr auf die Männer gerichtet, die Murdoch festnehmen sollen, dass ich darüber das Geschenk vergessen habe.« Er fuhr sich durch die Haare. »Wir hätten zurück in den Wald reiten, Murdoch selbst überwältigen und das hier morgen regeln sollen.«

»Nur ist morgen zu spät«, sagte Artair. »Außerdem suchen nicht nur deine, sondern auch unsere Männer gerade nach Murdoch.«

»So ist es«, sagte Leaf. »Und wenn das Gespräch mit unseren Vätern sogar für mich wichtiger ist, als Murdoch den Dolch ins Herz zu rammen, sollte es das für dich auch sein.«

Lennox warf ihr zunächst einen finsteren Blick zu, doch dann zuckten seine Mundwinkel. »Jawohl, mein Herz.«

»Nicht mehr«, verbesserte Leaf ihn und fasste nach Artairs Hand, ehe sie die Tür nun, ohne zuvor anzuklopfen, öffnete und, gefolgt von Artair und Lennox, den Raum betrat.

Augenblicklich fuhren die Köpfe von Gregor und Vika nach oben, und Torin hob die Feder an, mit der er gerade ein Pergament beschrieben hatte. Artair runzelte die Stirn, und Leaf sprach aus, was er dachte, noch bevor jemand anders das Wort ergreifen konnte. »Wenn das der Ehevertrag zwischen Lennox und mir ist, muss ich ihn leider zerreißen.«

»Was?«, entfuhr es Gregor und Torin zeitgleich, doch da hatte Leaf das Pergament schon an sich genommen.

»Nimm meiner Tochter das Dokument sofort wieder weg«, wandte Gregor sich scharf an seinen Ziehsohn und erhob sich von seinem Stuhl.

»Nein«, antwortete Artair und straffte die Schultern. »Denn ich stehe mit voller Überzeugung dahinter, dass meine Verlobte diesen Unsinn zerreißt.«

»Deine Verlobte?« Nun wurde Torin seinerseits blass. »Was zur Hölle geht hier vor sich?« Er hieb mit der Faust auf den Tisch.

»Lennox, du wirst doch nicht zulassen, dass dir Artair die Braut stiehlt? Unmittelbar vor deiner Hochzeit!«

»Und wie ich das werde«, sagte Lennox, ignorierte seinen Vater, der daraufhin schnaubend aufstand, und schritt bedächtig auf Vika zu. Diese saß zitternd abseits von den beiden Männern vor dem warmen Feuer, das im Kamin flackerte.

»Lennox, ich warne dich«, versuchte Torin, ihn erneut aufzuhalten. »Unsere Abmachung ist hinfällig, wenn du dich nicht an deinen Teil hältst.«

»Alles im Leben ist hinfällig, solange ich nicht mit der Frau zusammen bin, die ich liebe«, antwortete Lennox daraufhin leise und sank vor Vika auf die Knie.

»Lennox, was tust du da?«, stammelte diese.

»Das, was ich schon viel früher hätte tun sollen. Ich frage dich, ob du mich heiraten willst. Vika, von dem Tag an, als du auf unsere Burg kamst, um meinen Bruder zu heiraten, hast du mich in deinen Bann gezogen. Mit deinem Verstand, mit deinem Mut, mit deinem Lachen. Wir hätten uns damals auf dein Pferd schwingen und gemeinsam davonreiten sollen. Doch stattdessen habe ich zugelassen, dass du Yule geheiratet hast. Es tut mir leid, was geschehen ist, vor allem, dass du dich meinetwegen von der Burgmauer gestürzt hast. Aber auch wenn du deshalb nicht mehr gehen kannst, liebe ich dich kein Stück weniger als damals. Und ich hoffe, dass unsere Liebe dieses Mal Frieden bringt anstatt Zerstörung. Also heirate mich, Vika.« Lennox öffnete die kleine Schatulle, die er in den Händen hielt, und ein silberner Ring kam zum Vorschein. »Werde meine Frau.«

Vika schlug sich erschrocken die Hand vor den Mund. »Aber das ist … das ist der Ring deiner Mutter.«

»Ich weiß«, sagte Lennox. »Es ist der Ring der Frau, die ich nie wiedersehen werde, um die Frau zu bekommen, ohne die ich nicht mehr sein will.«

Nun traten Tränen in Vikas Augen, und sie sagte mit leiser Stimme: »Nichts würde ich lieber tun, als dich zu heiraten.«

»Nur habe ich dabei auch noch ein Wort mitzureden«, erhob Torin Einspruch, während Lennox davon unbeirrt Vika den Ring an den Finger steckte und ihr dann einen zärtlichen Kuss gab.

»Lennox, hast du nicht gehört!« Torin trat hinter seinen Sohn und packte diesen an der Schulter. »Du tust, was ich dir sage, Junge. Für unseren Clan!«

»Nein, Vater.« Lennox erhob sich wieder und befreite sich aus Torins Griff. »Die Sache ist beschlossen. Und anders als du werde ich nicht länger das tun, was von mir verlangt wird, und dadurch zu einem Menschen werden, der ich nicht sein will. Einem Menschen, der sehenden Auges das Einzige verliert, was ihm wirklich wichtig ist. Der bitter wird, wo er doch unbeschwert sein könnte. Und der den Rest seines Lebens bereut, dass er die eine Frau hat gehen lassen, die er wirklich liebte, und nun nur noch Gefallen daran findet, anderen das Leben betrüblich zu machen.«

»So denkst du also von mir«, schnaubte Torin.

»Aye«, sagte Lennox, während ein Holzscheit im Kamin mit einem Knacken zerbrach. »Denn andernfalls würdest du mich zu meiner Verlobung beglückwünschen und mir dennoch sagen, wo sich meine Mutter befindet.«

Torin schloss die Augen und stützte sich mit einer Hand am Kaminsims ab. »Dass es so weit kommen musste ...«

»Torin hat recht«, mischte sich nun auch Gregor ins Gespräch ein. »Kinder haben zu tun, was ihre Väter verlangen! Und der Frieden ...«

»Der Frieden beginnt im Aufeinanderzugehen«, unterbrach ihn Leaf und ließ das Pergament sinken, das sie noch immer in den Händen hielt. »Und nicht in Ehen ohne Liebe.« Sie ging im Raum auf und ab. »Der Frieden beginnt im Vertrauen. In der Freundschaft und vielleicht sogar in der Ehe, die unsere Kinder einmal eingehen, Artairs und mein Kind sowie das von Lennox und Vika, sollten sie das denn wünschen.«

»Aber eure Kinder könnten doch frühstens in zwölf Jahren heiraten!«, erwiderte Gregor entsetzt.

Leaf sah ihren Vater lange an, bevor sie sagte: »So bleiben uns immerhin zwölf Jahre, um echten Frieden zu schaffen. Denn dein Versuch, mit Lennox und meiner Ehe Frieden zu schaffen, ist gescheitert. Er hat die Fronten nur noch mehr verhärtet, sodass Murdoch mich sogar beinahe umgebracht hätte.«

»Was?«, fragte Gregor und wandte sich dann bestürzt an Artair. »Also hattest du doch recht?«

Der nickte und verschränkte die Arme. »So ist es. Aber Lennox war nicht daran beteiligt. Er hat Leaf gerettet.«

»Und Leaf gewissermaßen mich«, stimmte Lennox zu. »Denn ohne sie hätte ich nie erkannt, was im Leben wirklich zählt.«

»Und Murdoch?«, fragte Torin nun, der gleich mehrere Schlucke aus dem Weinkrug nahm, der auf dem Tisch stand. »Ich sagte ihm, er könne so lange im Wald verhungern, bis er den Frieden hinnimmt. Aber dass er nun tatsächlich vorhatte …«

»Wir haben uns darum gekümmert«, warf Artair beruhigend ein. »Vermutlich befindet er sich schon in Gewahrsam.«

»Ohne uns zuvor verständigt zu haben?«, beschwerte sich Gregor und sah ungläubig von Artair zu Leaf. »Obwohl ich euer Clanführer bin und euer Vater!«

»Aye, du bist mein Vater«, ergriff Leaf nun das Wort. »Aber du solltest dich auch wie ein solcher verhalten. Ich bin keine Handelsware wie jenes Rind, das du beim letzten Fest in die Halle hast bringen lassen. Ich bin deine Tochter und eine Frau mit eigenem Verstand, die nicht gegen ihren Willen verschachert werden will. Sondern in deine Entscheidungen miteinbezogen werden, soweit sie mich betreffen.«

»So, wie du mich in die deinigen einbezogen hast?«, knurrte Gregor und nahm Torin den Weinkrug aus der Hand. »Und dass du dabei mitmachst, Artair, nach allem, was ich für dich getan habe!«

»Aye, du hast viel für mich getan«, sagte Artair, während Gregor den Krug in einem Zug leerte. »Und dafür werde ich dir auch immer dankbar sein. Nur ändert diese Dankbarkeit nichts daran, dass ich Leaf liebe. Und ich werde sie heiraten, mit oder ohne deinen Segen.«

»Das ist doch alles nicht zu fassen«, murmelte Gregor und blickte zu Torin, der mit den Fingern auf den Tisch trommelte und immerzu den Kopf schüttelte.

»Mir scheint, unsere Kinder haben den Frieden ohne uns geschlossen, Gregor.« Torin setzte sich wieder. »Hättest du dir das je träumen lassen?«

Artair sah Gregor aufmerksam an. Erst sah sein Ziehvater so aus, als wollte er den Kopf schütteln, doch dann nickte er. »Aye, verflucht, ich habe schon geahnt, dass die beiden nicht besonders gut zueinanderpassen. Und du, Torin, hast das wohl auch gesehen, wenn du ehrlich bist.«

»Aye«, gestand Torin nach einer Weile ein, zupfte sich einen Faden von seinem burgunderroten Wams und sah zu Lennox und Vika. »Dass ihr beide die Augen nicht voneinander lassen könnt, wusste ich schließlich schon, seit mir Yule vor seiner Hochzeit davon berichtet hat.«

»Was sagst du da?« Lennox trat entsetzt auf seinen Vater zu. »Das kann nicht sein, mein Bruder hat von meiner Zuneigung zu Vika doch erst erfahren, nachdem …«

»… er gesehen hat, wie du Vika geküsst hast?« Torin schloss die Augen und schob die Hände in seinen Gürtel mit der silbernen Schnalle. »Nein, Lennox, dein Bruder wusste das schon lange davor. Er hat mich deshalb auch inständig gebeten, seine Verlobung mit Vika zu lösen und sie dir zu überlassen. Doch ich habe ihn zu dieser Hochzeit gezwungen.«

»Nein«, stöhnte Vika da.

Torin rieb sich mit den Handballen über die Schläfe. »Es war ein Fehler, gottverdammt. Doch damals dachte ich, es ist so entschieden, also machen wir es auch so. Dabei hätte ich Yules Bitte ernst nehmen sollen. Denn wenn ich es getan hätte … wären nicht nur Lennox und Vika längst miteinander vermählt, sondern säßen heute auch Yule und Fia glücklich auf dieser Burg beieinander.«

»Das glaube ich kaum«, widersprach Lennox mit einem verächtlichen Ton in der Stimme.

»Doch, das würden sie«, beharrte Torin. »Ich hätte es dir längst
sagen müssen, Junge, aber ich wusste, dass du dann nie wieder ein
Schwert gegen die MacKays erheben würdest. Und ich war so wütend auf alles und jeden und vor allem auf mich selbst.«

»Was hättest du mir sagen müssen, Vater?«, fragte Lennox bedrohlich leise.

Torin holte tief Luft. »Yule hat Fia MacKay nie bedrängt. Er hat
sie geliebt. Nur wusste Malik das nicht, und deshalb hat Yule auch
behauptet, nachdem Malik die beiden bei einem Kuss erwischt
hat, gegenüber Fia übergriffig gewesen zu sein, um deren Ruf zu
schützen. Ich hätte es Malik sagen können. Doch dazu war ich zu
stolz, zu beleidigt, weil er meinem Jungen so etwas tatsächlich zu-
traute. Und als Malik mir dann auch noch sagte, dass er der leibliche Vater meiner Tochter Bonnie wäre, wollte ich ihn nur noch
vernichten.« Torin ließ die Schultern sinken und sah zu Gregor.
»Aber das weißt du ja schon längst.«

Gregor nickte, während allen anderen im Raum der Mund offen
stand. Lennox war der Erste, der seine Sprache wiederfand. »Dir
war aber schon klar, dass ich die ganze Zeit über dachte, ich hätte
die Fehde ausgelöst?«

»Aye«, sagte Torin hart. »Und es tut mir leid.«

Lennox wandte sich erschüttert ab und flüsterte vor sich hin:
»So viel Leid … wegen nichts.«

»Nicht ganz«, sagte Leaf da. »Denn wir alle werden uns hier und
heute bei den Seelen der Toten versprechen, dass fortan Frieden
und Freundschaft zwischen unseren Clans herrscht. Und danach
werde ich diesen Ehevertrag zerreißen. Denn diese Fehde hat bereits genug Schicksale leidvoll miteinander verwoben, und ein
Vertrag schafft noch lange kein Vertrauen.«

»So ist es«, stimmte Lennox entschieden zu, und auch Vika
nickte zustimmend. Sie griff nach Lennox' Hand, woraufhin Artair
seinen Arm um Leafs Schulter legte.

»Die Kinder rauben mir meine letzten Kräfte.« Gregor nahm Leaf das Schriftstück aus der Hand und zerriss es eigenhändig. »Wo zur Hölle ist Rhona, die uns allen hier gehörig die Meinung sagen würde?«

Rhona hat uns ihren Segen schon gegeben, wollte Artair gerade erwidern, als zu seiner Überraschung plötzlich Lord Hamish Munro im Türrahmen stand.

»Wo Lady MacKay ist, vermag ich nicht zu sagen. Aber gerade, als ich noch einmal nach meinem Pferd sehen wollte, bin ich einer anderen Dame begegnet, die mit ihren Begleitern die ganz Nacht hindurch geritten ist, um noch rechtzeitig zur Hochzeit ihres Sohnes zu kommen.« Er trat einen Schritt zur Seite und ließ eine Frau mit rabenschwarzem Haar und von magerer Gestalt in den Raum treten.

»Mutter«, entfuhr es Lennox.

»Davina«, flüsterte Torin mit totenblassem Gesicht, während diese zögernd ihren Umhang ablegte. »Du bist tatsächlich gekommen.«

Die Frau warf ihm einen unsicheren Blick zu und nickte. »Dein Brief hat mir Hoffnung gemacht, Torin.« Dann wandte sie sich an Lennox. »Und dich habe ich unendlich vermisst. Auch wenn ich nicht von dir erwarte, dass du mir verzeihst.«

Der rührte sich nicht von der Stelle, bis Vika ihn anstupste. »Na los«, drängte sie. »Du wolltest sie doch unbedingt wiedersehen.«

»Aye«, sagte Lennox und trat auf seine Mutter zu. »Wir müssen reden, Mutter.«

»Ich weiß. Und das werden wir.« Davina Ross breitete ihre hageren Arme aus. »Aber möchtest du mich davor nicht erst umarmen?«

»Nun mach schon, Ross«, forderte Artair ihn auf, als er sah, dass Lennox zögerte. »Würde meine Mutter plötzlich wieder in mein Leben treten, würde ich sie sofort umarmen.«

Lennox sah kurz zu ihm, dann gab er sich einen Ruck und schloss seine Mutter bebend in die Arme. »Ich habe dich auch vermisst. Mehr als du es verdient hast.«

Lange standen Mutter und Sohn miteinander vereint, sodass Artair vor Rührung feuchte Augen bekam und Leaf noch näher an sich heranzog. Bis er die Hand von Hamish auf seiner Schulter spürte. »Deine Mutter kann ich dir leider nicht wiederbringen, aber wie wäre es mit einer Umarmung für deinen Onkel, Lord Keith Munro?«

Artair sog scharf die Luft ein und wandte sich zu Hamish. »Keith? Das ist also mein Name?«

»Er bedeutet Wald«, erklärte Hamish mit einem wehmütigen Lächeln. »Und das passt, wie ich finde, ganz ausgezeichnet zu Leaf.«

Leaf griff ebenso tief bewegt nach Artairs Arm und fragte ihn: »Möchtest du, dass ich dich fortan so nenne?«

Artair überlegte einen Augenblick, doch dann schüttelte er den Kopf. »Es zählt nicht das, was als Erstes da war. Sondern das, was am Ende bleibt.« Er zog Leaf näher an sich, dachte daran, wie sie erst Ziehgeschwister gewesen waren, dann Freunde und jetzt endlich Liebende. »Nenn mich also weiterhin Artair. Oder, wenn du mich mit ganzem Namen ansprechen willst, Lord Artair Keith MacKay Munro.«

»Die beiden Namen passen ja großartig zusammen, mein Bär im Wald«, lächelte Leaf und gab ihm einen Kuss auf den Mund.

»Ich kann es nicht glauben«, mischte sich nun Gregor ein. »Überhaupt ist der ganze Abend einfach unglaublich. *Lord* Artair? Und das ist auch ganz gewiss die Wahrheit, Lord Munro?«

»Ich schwöre es bei meinem Leben«, erwiderte dieser. »Artair ist der Sohn meines jüngeren Bruders Blaine und erhält nun, nachdem ich ihn wiedergefunden habe, dessen Burg und Vermögen.«

»Eine eigene Burg?« Artair konnte es kaum fassen, und Gregor war erneut sprachlos. Während Leaf ihre Hand auf die Holzpfeife legte, die er noch immer unter seinem Leinenhemd trug. »Nur damit das klar ist.« Sie zwinkerte und gab ihm erneut einen Kuss. »Ich befehlige unsere Festung.«

Artair lachte. »Das werden wir noch sehen, Wildfang.«

»Vor allem müsst ihr beide die Burg erst wieder instand setzen«, sagte Hamish. »Sie ist ziemlich verwahrlost.«

»Keine Sorge«, antwortete Artair. »Im Aufbau von Burgmauern haben wir beide schon Übung. Und ich möchte deinen Sohn Duncan gern kennenlernen. Und alles über die Munros und mich erfahren, was du mir noch sagen kannst.«

»Selbstverständlich«, sagte Hamish. »Wir werden über alles reden. Und auch gemeinsam musizieren. Und ich werde dir natürlich auch jeden einzelnen Munro vorstellen, wobei Duncan aber unter den letzten sein wird, denn er ist immer noch auf Reisen.«

»Aber er kommt doch irgendwann zurück«, sagte Gregor auf einmal mit einem Leaf wohlbekannten Glanz in den Augen. »Und dann muss er unbedingt nach Castle Varrich kommen und meine Tochter Skye kennenlernen.«

»Vater«, griff Leaf nun ein. »Ich heirate morgen einen Munro. Lass Skye also in Frieden.« Zumal sie sich nicht vorstellen konnte, dass gerade Skye, die Beständigkeit liebte, ausgerechnet einen Mann heiraten wollte, der heute hier und morgen dort war.

Gregor gab mit einem Lächeln nach. »Aye, heute soll es so sein.«

»Und morgen auch«, beharrte Leaf. »Du solltest deine Aufmerksamkeit lieber deiner eigenen Frau widmen.«

Gregor runzelte die Stirn. »Alles zu seiner Zeit. Jetzt sollten wir besser alle zu Bett gehen, da morgen geheiratet wird.«

»Also bist du damit einverstanden?«, fragte Torin, der seinen Blick nicht von Davina abwenden konnte.

Gregor seufzte und legte Torin eine Hand auf die Schulter. »Nun, mein Freund, ich glaube, wir beide haben keine andere Wahl. Denn wie du bereits sagtest: Nicht wir, sondern unsere Kinder haben den Frieden gemacht.«

»Fast«, verbesserte Leaf leise und sah zu Artair. »Denn am Ende war es wohl eher die verfluchte Liebe.«

KAPITEL 38

etzt stehen wir also doch gemeinsam vor dem Traualtar«, raunte Lennox ihr zu, als Leaf am nächsten Tag zusammen mit ihm, Vika und Artair den Worten von Tomas lauschte, der sie als ehemaliger Dorfpfarrer miteinander vermählte.

»Pass bloß auf, dass ich nicht gleich zu dir *Ja, ich will* sage«, spottete Leaf. »Sonst hast du mich doch noch für den Rest deines Lebens am Hals.«

Lennox lachte leise. »Das habe ich doch ohnehin, nachdem du und Artair erst einmal auf Achfary Castle bleiben wollt, um das Dorf wiederaufzubauen.«

Leaf stieß ihn schmunzelnd mit dem Ellbogen in die Seite. Dann sah Lennox wieder zu Vika in ihrem goldenen Kleid und sie selbst zu Artair, der nicht nur umwerfend in seinem schwarzen Wams mit dem silbernen Gürtel und der dunklen Hose aussah, sondern es auch noch zustande gebracht hatte, ihr das gleiche Gewand zu schenken. Und zwar kurz nachdem sie die Nachricht erhalten hatten, dass Murdoch, Ninian und die anderen Männer gefangen und in den Kerker gesperrt worden waren. Sein blondes Haar fiel Artair leicht ins Auge, seine Lippen waren leicht geöffnet, und als er bemerkte, dass sie ihn anstarrte, wandte er den Kopf zu ihr.

»Du solltest Tomas zuhören«, mahnte er leise und zwinkerte. »Er spricht gerade von Demut.«

Leaf lachte. »Das erklärt zumindest, warum meine Gedanken abschweifen.« Sie sah kurz hinter sich, wo nicht nur ihr Vater neben Torin und Davina, sondern alle Angehörigen ihrer Clans sich im Burghof hinter der durch die Fehde fast völlig zerstörten Kapelle versammelt hatten und die Zeremonie verfolgten. Die meisten von ihnen hatten sich nach der langen Ansprache von Torin und Gregor am Morgen über das Ende der Fehde gefreut. Und die wenigen, die sich besorgt gezeigt hatten, würde Leaf in den nächsten Wochen schon noch umstimmen.

»Hast du es dir so vorgestellt?«, fragte Artair leise, als sie wieder zum Altar blickte.

Leaf schüttelte den Kopf. »Kein bisschen. Früher hätte ich geschworen, dass, falls ich wider Erwarten je heirate, ohne jeden Zweifel meine Mutter freudestrahlend hinter mir stehen würde. Und meine Schwestern.«

Artair griff nach ihrer Hand. »Wir können auf Castle Varrich noch einmal heiraten.«

»Das kommt darauf an.«

»Auf was?«

Leaf drückte seine Finger. »Ob ich eine zweite Hochzeitsnacht bekomme.«

»Daran denkst du gerade? Wildfang, ich weiß gar nicht, wie gut ich … ich meine nachdem du und Lennox …«

Leaf, die sofort wusste, was ihn bedrückte, umfasste daraufhin unter dem erstaunten Raunen der Menge mit beiden Händen Artairs Gesicht und verkündete laut: »Der Bräutigam redet Unsinn. Also werde ich ihn jetzt küssen, denn er ist der einzige Mann, den ich liebe und will.«

Artair lachte. »Das hast du jetzt nicht wirklich gesagt.«

»Oh, doch«, schmunzelte Leaf mit wild schlagendem Herzen. »Und wenn du mich jetzt nicht sofort küsst, verrate ich allen, wie unvergesslich du mich auf dem Stallbo…«

»Halt den Mund, Leaf«, flüsterte Artair und küsste sie so leidenschaftlich, dass sie spätestens jetzt ganz sicher war, dass die Liebe zwischen ihnen das Beste war, was ihr widerfahren konnte, und auch alles andere gut werden würde. Dass sie irgendwann wieder gemeinsam auf Castle Varrich wären, mit Flower, Cailan und Bran, mit River, Morgan, Leith und Ronan, und mit ihren Eltern und Skye.

Und dass Skye, nachdem sie ihr alle stundenlang für ein Familienbildnis gesessen hätten und die Sonne am Waldrand bei den Hochlandrinderweiden schon am Untergehen wäre, stolz sagen würde …

EPILOG

F ertig. Ich bin jetzt fertig.«

»Das bin ich auch«, stöhnte Leaf, als Skye einen Monat später tatsächlich den letzten Pinselstrich am Familienbild vor dem Fuß des Ben Loyal gesetzt hatte. Kopfschüttelnd, aber trotzdem mit einem Lächeln auf den Lippen schritt Leaf durch das matschige Gras zu Skyes Staffelei und zerzauste ihrer Schwester die Haare. »Warum hat das so lange gedauert?«

»Ronan«, erklärte Skye und deutete auf Rivers Sohn, den Morgan in ein wollenes Tuch gehüllt auf dem Arm trug. »Sein Vater hat ihn ständig gekitzelt.«

»Nein, so war es nicht, Ronan hat die ganze Zeit nach meinem Finger geschnappt«, stellte Morgan richtig, bevor er seinerseits auf Cailan zeigte, der den kleinen Bran auf dem Arm hielt. »Seinen Sohn absichtlich gekitzelt hat nur unser lieber Lord Sinclair.«

Sogleich trat ein breites Grinsen auf Cailans Gesicht. »Ich wollte eben, dass mein Sohn sich schon jetzt von seiner besten Seite zeigt«, entgegnete er und legte seinen Arm um Flower. »Damit er eines Tages eine Frau findet, die genauso bezaubernd ist wie du.«

Flowers Wangen röteten sich, und sie gab Cailan einen zärtlichen Kuss. »Bis dahin bleibt Bran jedoch bei uns«, sagte sie. »Wenn wir uns schon von River, Ronan und Leith verabschieden müssen.«

»Keine Sorge, Tante Flower«, sagte der siebenjährige Leith daraufhin sogleich. »Vater sagt, dass wir in zwei Monaten wieder zu Besuch kommen. Und bis dahin sind es ja nur zweiundsechzig Tage. Und wenn man das in Stunden umrechnet und die Zeit abzieht, die ich schlafe ...«

»… sind wir schon so gut wie zurück bei den Sinclairs«, schmunzelte River und zog Leith an sich. »Hewie wird stolz auf dich sein, wenn du ihm bei unser Rückkehr diese Rechnung vorträgst.«

»Ich bin auch stolz«, sagte Morgan und ging vor seinem Sohn in die Knie. »Kannst du kurz deinen Bruder halten?«

»Warum?«, fragte Leith, nahm Ronan aber sofort in seine schlaksigen Arme.

»Weil ich River auch küssen möchte, damit niemand hier meint, Cailan wäre der einzige gute Ehemann.« Damit trat er zu River, strich ihr eine Strähne aus dem Gesicht und gab ihr ebenfalls einen innigen Kuss.

»Also, das können wir so nicht stehen lassen«, sagte nun Leaf und wandte sich an Artair. »Und nur dass du es weißt: Du gibst mir jetzt besser keinen zahmen Gutenachtkuss.«

Artair lachte und zog Leaf an sich. »Ich soll dir also die Zunge in den Hals stecken, ja?«

Leaf zwinkerte. »Ich dachte eher daran, dass du mir die Kleider vom Leib reißt, so wie vor zwei Wochen, als wir …«

»Leaf Munro«, fuhr da Rhona dazwischen. »Du lässt mir dieses Kleid an, denn ich habe stundenlang daran genäht. Und es steht dir so gut.«

Leaf blickte an ihrem orangefarbenen Gewand hinab. »Du wirst es wohl nie aufgeben, Mutter? Aber keine Sorge, mir wurde erst letztens klar, dass Kleider tatsächlich einen entscheidenden Vorteil besitzen.«

»Ach ja?«, fragte Rhona hoffnungsvoll.

»Ja.« Leaf grinste frech. »Einen Rock kann man im Feuer der Leidenschaft viel schneller nach oben schlagen als eine Hose ausziehen. Nicht wahr, Artair?«

Ein lautes Lachen brach aus Cailans Kehle, und er boxte seinen Schwager freundschaftlich in den Bauch. »Ich weiß nicht, ob ich dich zu deiner Frau beglückwünschen oder lieber bemitleiden soll.«

»Beglückwünschen«, kam es gleichzeitig aus Rivers und Flowers Mund, und alle lachten, ehe Artair Leaf an sich zog und sie liebevoll küsste.

»Aye«, lächelte er. »Zweifelsohne beglückwünschen. Denn keine andere hätte das Dorf vor Achfary Castle so schnell wieder aufgebaut und mich trotzdem noch jeden Abend zu unseren Kampfübungen überredet.«

»So nennt ihr das also«, neckte nun Morgan, woraufhin Rhona erneut seufzte. »Wenn ihr alle noch einige Tage bleibt, wird auch mein letztes Haar grau sein.«

»Willst du etwa, dass meine Schwestern wieder abreisen?«, fragte nun Skye.

»Nein, natürlich nicht«, stellte Rhona richtig. »Aber es gibt Dinge, die eine Mutter einfach nicht wissen will.«

»Dass die Menschen vor Achfary Castle wieder ein besseres Leben führen, gehört hoffentlich zu den Dingen, die du wissen willst«, sagte Leaf.

»Selbstverständlich«, nickte Rhona. »Auch wenn ich es nach wie vor nicht gutheiße, dass du in Männerkleidern Dächer ausgebessert hast. Das hättest du ruhig Artair, Lennox und den anderen Männern überlassen können.«

»Für Lennox gibt es noch genug zu tun, während wir hier zu Besuch sind.« Und damit meinte Leaf nicht nur die Arbeit im Dorf, sondern viele weitere Aufgaben, die anstanden.

Denn Vika und Lennox waren so verliebt, dass sie neben ihren gemeinsamen Ausritten, bei denen Vika vor Lennox im Sattel saß, und den vielen Stunden in ihrer Kammer, von denen Vika nicht genug schwärmen konnte, kaum noch Zeit für anderes fanden.

»Ich hätte nie gedacht, dass ich je den Tag erleben werde, an dem du ihn nicht den verfluchten Ross nennst«, lächelte Flower nun. »Sondern dir einfach nur glauben sollen, als du mir vor deiner Hochzeit mit Artair geschrieben hast, dass zwischen dir und Lennox alles in bester Ordnung wäre.«

»Das habe ich geschrieben?«, wunderte sich Leaf und stemmte die Hände in die Hüften.

»Um genau zu sein, gab es zwei Briefe«, stellte River nun klar. »In dem ersten schriebst du uns, dass wir uns keinesfalls in deine Verlobung mit Lennox einmischen sollen. Nun, du bist unsere Schwester, und weder Flower noch ich wollten das hinnehmen. Also haben wir einen Boten zu dir nach Achfary Castle gesandt, der dann jenen zweiten Brief von dir zurückbrachte, von dem Flower gerade sprach. Und in dem du uns gedroht hast, unsere tiefsten Geheimnisse zu verraten, würden wir nicht endlich hinnehmen, dass du Freundschaft mit Lennox geschlossen hast.«

»Seltsam«, sagte Leaf und bemerkte, wie ihre Mutter sich plötzlich um Conall bemühte, der voller Freude in einer Pfütze auf und ab sprang. »Denn bei mir kam nie ein Bote an. Mutter?«

Rhona blinzelte unschuldig, sah kurz zu Ewan Sinclair, der gemeinsam mit Flower und Cailan zu Besuch gekommen war und genauso wie Gregor dem Gespräch lauschte, und sagte dann: »Also gut, ich war es.« Sie blickte zu Flower und River. »Ich wusste genau, dass ihr beide sofort zu Leaf reiten würdet, wenn ihr befürchtet, dass sie unglücklich ist. Und du hattest doch gerade erst entbunden, Flower!«

»Aber deshalb kannst du uns doch nicht anlügen«, empörte sich River.

»Ich weiß«, sagte Rhona und seufzte. »Aber es ist eben schwierig, allen meinen vier Töchtern eine gute Mutter zu sein.« Ihr Blick ruhte nun auf Artair. »Und es war in keinem Fall so, dass ich Leaf im Stich lassen wollte, im Gegenteil. Ich wusste nur, dass sie ihren Beschützer schon bei sich hatte und er ohnehin der Einzige war, der sie noch umstimmen konnte.«

Rhona trat zu Artair und legte ihm eine Hand auf die Schulter. »Ob du Erfolg haben würdest, wusste ich selbstredend nicht, aber ich habe jeden Abend gehofft, dass du meine Tochter nicht vorschnell aufgeben würdest. Danke. Ich bin von Herzen froh, dass du in meiner Familie bist, Artair, und meine Tochter geheiratet hast.«

Leaf sah, wie Artairs Augen feucht wurden, bevor er Rhona in die Arme schloss. »Und dass ich ein Lord bin, wenn auch kein so mächtiger wie Cailan und Morgan, hat es noch einmal besser gemacht, nicht wahr?«

Rhona schob ihn von sich. »Ich würde lügen, wenn ich sage, dass mich das nicht gefreut hat. Aber mein Dank gilt dir auch, sollte sich morgen herausstellen, dass du doch kein Lord bist.«

»Falsch ist lediglich, dass Artair nicht so einflussreich ist wie wir«, schmunzelte Cailan. »Ich habe gehört, Blaine hat dir ein verdammt großes Vermögen hinterlassen.«

»Das stimmt«, nickte Artair und sah zu Leaf. »Wobei wir einen Teil davon bereits dafür aufgewendet haben, um mehr Steinmetze, Schmiede, Gerber und andere Gewerke in das Dorf vor Achfary Castle zu holen. Wir werden dort zusammen mit den Dorfbewohnern eine Stadt errichten.«

»Ihr wisst ja, wenn ihr Handelsware vom Kontinent braucht ...«, mischte sich nun River mit leuchtenden Augen ein. »Nächsten Sommer reisen wir wieder dorthin.«

»Aye«, sagte Leith und griff nach Rivers Hand. »Das sind noch genau hundertzweiundachtzig Tage.«

Flower lachte. »Ich werde euch auf jeden Fall eine Liste mit den Kräutern mitgeben, die ihr mir dort besorgen müsst. Auch für Greer.« Sie schüttelte den Kopf. »Sie hatte wohl einen erneuten Streit mit Nessa um Kerr, bei dem ihre Vorräte in Brand geraten sind.«

Leaf nickte. »Aye, um die zwei muss ich mich wohl auch noch kümmern, solange wir hier sind.«

»Oder ich tue das«, sagte nun Gregor, der etwas unsicher neben Rhona trat. »Was meinst du dazu?«

»Ich dachte, du reist bald wieder nach Achfary Castle ab«, sagte diese kühl. »Ruft dich nicht erneut die Pflicht?«

»Aye«, sagte Gregor. »Das tut sie. Aber ich habe auch Verpflichtungen hier. Und Leaf und Artair sowie Lennox und Vika scheinen auf Achfary Castle alles bestens im Griff zu haben.«

Rhona verschränkte die Arme. »Ewan hat angeboten, noch eine Weile zu bleiben.«

»Ewan war lang genug in deiner Nähe«, sagte Gregor langsam. »Jetzt bin ich wieder da.«

»Wir werden sehen«, erwiderte Rhona und warf einen Blick über die Schulter zu Ewan, der gerade von Conall nass gespritzt wurde. »*Denn da mein Herz in Freiheit schwingt, ist offen, was mein Schicksal bringt.*«

»Was murmelst du da vor dich hin?«, fragte Gregor.

»Nichts, was ich jetzt wiederholen möchte«, sagte Rhona und legte ihm kurz eine Hand auf die Schulter, ehe sie zu Cailan sah. »Sag, Cailan, hast du etwa das Schachbrett entwendet, damit du keine weiteren Partien mehr mit mir spielen musst?«

»Ich?«, fragte Cailan und lächelte dabei unschuldig. »Wo ich es doch so liebe, Schach zu spielen, nicht wahr, Flower?«

Flowers Mundwinkel zuckten kurz, dann nickte sie entschieden. »Wenn Cailan das sagt, muss es so sein.«

Rhona sah beide streng an. »Cailan, du hättest mehr Spaß am Schach, wenn du nicht immer verlieren würdest. Aber du beschützt immer nur deine Dame, anstatt deinen König.«

»Ich weiß eben, was sich gehört«, sagte Cailan zwinkernd.

»Schach ist ein barbarisches Spiel, denn man opfert die Bauern, und die Ritter springen davon«, mischte sich Leaf ein. »Falls ich einmal Kinder habe, werden sie diesen Unsinn jedenfalls nicht lernen.«

»Richtig«, spottete Morgan. »Bei dir lernen sie nur die friedliebenden Dinge wie Messerwerfen, Bogenschießen …«

»Oh, nein!«, rief da Skye, und alle wandten sich abrupt zu ihr um, nur um zu sehen, wie das Bild von ihrer Staffelei vom Wind davon und in die Pfütze getragen wurde, in der Conall soeben noch gespielt hatte.

Sofort eilte Leaf zu dem Pergament und fischte es aus dem Wasser.

»Erkennt man noch etwas?«, erkundigte sich Skye mit belegter Stimme.

Leaf schwenkte die Zeichnung im Wind, dann trat sie zurück zu ihrer jüngsten Schwester. »Aye, das tut man.«

Skye unterzog das Bild einer genauen Betrachtung, ehe sie vorwurfsvoll seufzte: »Von wegen, alles ist verwischt. Man sieht nur noch Schlieren.«

»Das ist eben eine neue Art von Malkunst«, sagte Leaf aufmunternd. »Wir sehen aus wie schemenhafte Geister, und von denen bekommst du doch nie genug.«

»Aber ihr sollt doch nicht zu Geistern werden«, sagte Skye unendlich traurig.

»Werden wir doch auch nicht«, tröstete sie Flower. »Du kannst uns doch nächstes Mal erneut malen.«

»Aber da ist Bran doch schon viel größer«, protestierte Skye. »Alles wird ganz anders sein.«

»Nur ist anders nicht unbedingt schlechter«, sagte River mit einem warmen Lächeln.

»Das glaube ich nicht, warum kann nicht alles so bleiben, wie es ist?«

Leaf strich Skye tröstend über den Arm. »Weil alles seine Zeit hat. Und du hast doch vorhin selbst gesagt, dass wir für heute fertig sind.«

Skyes Augen füllten sich mit Tränen, doch da kam zum Glück bellend der Hund angerannt, den Lennox ursprünglich Leaf geschenkt hatte und der nun Skye gehörte. »He, Bhaica«, lachte Skye, als das Tier an ihr hochsprang.

»Bhaica«, schmunzelte Leaf und ging in die Knie, um den Hund vorsichtig zu streicheln. »Vielleicht werden du und ich ja auch noch Freunde. Aber jetzt munterst du erst einmal meine kleine Schwester auf.« Sie richtete sich wieder auf. »Da ist nämlich noch eine Sache, die du und ich klarstellen müssen, Artair.«

»Ach ja?«, fragte Artair.

»Ja«, antwortete Leaf. »Und zwar, dass du mich auch heute im Wettreiten nicht besiegen wirst.«

»Das werden wir noch sehen, Wildfang«, lachte Artair und nickte ihrer Familie zu. »Entschuldigt uns, aber das kann ich nicht auf mir sitzen lassen.«

Cailan grinste. »Eine Heilerin warnte mich einst, dass man von der Liebe im Freien um diese Jahreszeit eine Erkältung bekommt. Auch wenn sich das bislang nicht bestätigt hat.«

»Cailan«, ereiferte sich Rhona. »Skye ist gerade einmal vierzehn und ...«

Die weiteren Worte vernahm Leaf nicht mehr, da sie sich nach einem letzten Blick auf ihre Familie ebenso wie Artair auf ihren Hengst schwang.

»Bereit, zu verlieren?«

»Wir reiten bis zu der Höhle im Wald. Wenn du zuerst dort bist, tue ich das, was dir gestern Abend so gut gefallen hat, noch einmal.«

»Dir ist schon klar, dass du jetzt auf jeden Fall verlieren wirst?«

Artair schmunzelte. »Ich würde eher sagen, dass ich so oder so gewinne. Denn wenn ich zuerst da bin ...«

»Darüber muss ich mir keine Gedanken machen, weil es nicht eintreten wird«, unterbrach ihn Leaf zwinkernd und schnalzte mit der Zunge, um ihr Pferd anzugaloppieren. »Lass mich nicht allzu lang warten, ja?«

Im nächsten Moment hörte Leaf, wie auch sein Hengst angaloppierte. Seite an Seite preschten sie auf ihren Pferden den Hang des Ben Loyal hinab, hinweg über die spätherbstlichen Weiden von Ribigill, auf denen die Hochlandrinder sie erschrocken ansahen, und hinein in den Wald, der schon immer ihr Zuhause gewesen war.

Der Wind pfiff ihnen um die Ohren, und die Kälte rötete ihr Haut, doch Leaf dachte nicht daran, langsamer zu reiten. Fest presste sie ihre Schenkel gegen ihr Pferd, galoppierte über Blätter, Äste und Pfützen und sah aus den Augenwinkeln, dass sie Artair dieses Mal nicht abhängte.

Vor ihnen gabelte sich der Weg, und hier entschied sich das Rennen, denn auf dem schmalen Pfad zur Höhle war nur Platz für ein Pferd. Leaf beugte sich noch einmal tiefer über den Hals ihres Hengstes, sah wieder zu Artair und bemerkte, dass dieser die Zügel etwas anzog, damit sein Pferd langsamer wurde.

»He, was soll das?«, rief sie. »Du lässt mich doch wohl nicht absichtlich gewinnen?«

»Doch«, schmunzelte er. »Denn wenn du gewinnst, behältst du deine gute Laune. Und ich liebe es, dich lachen zu sehen.«

Leaf schüttelte den Kopf. »So geht das nicht. Jetzt brauchen wir morgen noch ein Wettreiten.«

»Und übermorgen wieder«, sagte Artair, ehe er von seinem Pferd absaß, sich hinter sie auf ihr Tier schwang und es gemütlich auf den Pfad zur Höhle lenkte.

Dort angekommen, stieg er ab und zog sie vom Sattel in seine Arme. »Das letzte Mal, als wir hier waren, hast du mir fast den Arm ausgerenkt.«

Leaf grinste. »Und was lässt dich glauben, dass das heute nicht wieder geschieht?«

Artair umfasste ihren Kopf mit beiden Händen und küsste sie innig. »Dafür liebst du meinen Körper mittlerweile zu sehr.«

Leaf lachte und fasste nach Artairs Hintern. »Soll ich dir zeigen, wie sehr?«

Artair schloss kurz die Augen, als Leaf erst sein Kinn, seinen Hals und dann sein Schulterblatt küsste. Langsam ließ sie ihre Küsse bis zum Bund seiner Hose wandern, als Artair sie stöhnend festhielt.

»Gleich. Ich will dir erst noch etwas geben.«

Überrascht hielt sie inne und meinte: »Bisher hatte ich keine besonders guten Erfahrungen mit Geschenken.«

Artair schmunzelte und zog sie zu sich empor. »Nun, das ändert sich jetzt.« Er fasste in den hinteren Bund seiner Hose und holte einen Dolch in einer verzierten Lederscheide hervor. »Für dich, Wildfang.«

Staunend nahm Leaf die Waffe und zog sie aus dem Leder. »Das ist ja mein alter Dolch!«, rief sie erstaunt aus.

»Ja, ich habe die Höhle nach ihm abgesucht, bis ich ihn gefunden habe.« Artair fasste den Dolch an der Klinge und drehte ihn so, dass ein schwarzer Stein, der in den Griff eingelassen worden war, zum Vorschein kam. »Der Stein zierte einst die Kette meiner Mutter«, sagte Artair. »Hamish hat eingewilligt, dass ich ihn dir schenke.«

Leaf blickte eine Weile gerührt auf den Stein. »Du hättest ihn mir nie an einer Kette gegeben, nicht wahr?«

»Niemals«, bestätigte Artair. »Denn Ketten sind nichts für dich, Wildfang. Du brauchst Freiheit.«

»Vor allem brauche ich dich«, sagte sie und stellte sich auf die Zehenspitzen, um erst Artairs Nase mit ihrer zu berühren und ihn dann erneut zu küssen.

»Vorsicht«, lachte er, als sie ihn dabei beinahe mit der Klinge in den Arm schnitt. »Ich brauche keine weitere Narbe.«

»Sicher?«, grinste sie. »Die letzte Wunde hast du doch mit voller Absicht zur Narbe werden lassen.«

»Aye, das habe ich.« Spielerisch bog Artair ihr den Dolch aus der Hand. Er drehte sie dabei so, dass sie mit dem Rücken zu ihm stand und sie beide auf die Höhle blickten.

Er krempelte sein Leinenhemd nach oben, um seine halbmondähnliche Narbe freizulegen. Dann glitten seine Hände vorsichtig zu ihrem Arm mit den Bissnarben, die unter den Ärmeln ihres Kleids verborgen lagen.

»Darf ich?«, hauchte er an ihr Ohr.

»Aye, aber warum?«

»Ich zeige es dir gleich.« Behutsam schob er den Stoffärmel nach oben. Die beiden Punkte kamen zum Vorschein. »Bereit?«

»Wofür?«, flüsterte Leaf.

»Für den Beweis, dass am Ende doch alles einen Sinn hat«, murmelte er. Er hielt seinen Arm neben ihren. Und da erkannte Leaf zum ersten Mal, dass seine halbmondähnliche Narbe und ihre beiden Punkte gemeinsam einem lachenden Gesicht glichen.

Ein ungläubiges Lachen entstieg ihrer Kehle, und sie drehte sich zu Artair um. »Du weißt schon, dass ein lachendes Gesicht auch für Freundschaft stehen kann?«

Artairs Mundwinkel zuckten. Er hob sie auf seine Hüfte und trug sie zum Eingang der Höhle, da es plötzlich zu regnen begann. »Freunde, sagst du?« Sein Blick suchte ihren, und in seinem lag so viel Zuneigung, dass es Leaf noch wärmer ums Herz wurde.

»Aye, Freunde«, sagte Leaf und reckte herausfordernd das Kinn. »Außer du willst mir das Gegenteil beweisen?«

»Und wie ich das will«, knurrte Artair und küsste sie noch stürmischer als der Wind, der vor der Höhle wütete, während er sie gleichzeitig davor bewahrte, mit dem Kopf gegen die Felswand zu schlagen.

Und spätestens da wusste Leaf, dass sie jetzt die Augen schließen und sich fallen lassen konnte. Denn mit Artair an ihrer Seite war sie nicht mehr das Blatt, das der Wind gegen seinen Willen vom Baum riss. Mit Artair war sie das Blatt, das losließ. In dem Wissen, dass sie genau dort landete, wo sie hingehörte.

Und alles, was sie dafür tun musste, damit das so blieb, war, nie aufzuhören, ihn zu küssen.

DANKE

Und doch, welch Glück geliebt zu werden. Und lieben, Götter,
welch ein Glück.

Johann Wolfgang von Goethe, *Willkommen und Abschied*

Ich weiß, man soll keine Lieblinge haben. Und trotzdem ist mir Leaf besonders ans Herz gewachsen, vielleicht auch, weil sie mir in ihrer unkonventionellen Art und ihrem Eigensinn ein wenig gleicht.

Sie auf ihrem Weg ins Vertrauen zu begleiten und mich mit ihr der überwältigenden Emotion der Liebe zu stellen, war mir ein Bedürfnis und Vergnügen zugleich. Da du, Leaf, all die Pfade beschritten hast, um deinen Herzensmenschen von dir fernzuhalten, hoffe ich, dass ich und andere das nicht mehr müssen. Und den Mut finden, das zu tun, was wir wirklich wollen, auch wenn es irgendwann wehtun könnte …

Besonders ist für mich an Leafs Geschichte auch, dass ich während des Schreibens nicht nur das erste Mal einen Traum aus meinem eigenen Buch hatte – eine unglaubliche Erfahrung –, sondern auch, dass ich mit ihr die Welt von Castle Varrich und den Töchtern von Clan MacKay erst einmal loslasse. Auch wenn das nicht bedeutet, dass ich nie zu Skye und ihrer Geschichte zurückkehren werde, wenn es sich so ergeben sollte. Aber sie ist ja erst vierzehn und Duncan noch auf Reisen, und überhaupt brauchen auch Rhona und Gregor ein wenig Zeit, um zu sehen, ob und wie sie wieder zueinanderfinden …

Und genau das ist für mich das Schöne am Schreiben. Selbst am Ende gibt es kein wirkliches Ende, und es ist nie alles erzählt. Die Fantasie kennt keine Grenzen, und Flower und Cailan, River und Morgan sowie Leaf und Artair haben alle noch so unendlich viel vor sich. Und es wird schön sein, immer wieder an sie zu denken

441

und zu wissen, dass sie ihre Leben so gestalten, wie es ihre Herzen ihnen sagen.

Damit Danke an all die wunderbaren Menschen, die dieses Buch zusammen mit mir von der Fantasie aufs Papier gebracht haben. Gerade weil der Schreibprozess dieses Mal zeitlich so zerrissen war, bin ich unendlich froh, dass wir gemeinsam drangeblieben sind – genau wie Artair am Ende eben auch.

Zuerst danke ich dir, liebe Corinna. Egal, ob zum Inhalt des Romans, zur Gestaltung der Buchklappen oder zur Positionierung der *Celtic Dreams*-Reihe – du hast mich immer mit vollem Einsatz, Ehrlichkeit und Humor begleitet, und unsere Zusammenarbeit war mir ein Vergnügen! Danke auch an dich, liebe Miriam, die du die *Celtic Dreams* von Corinna übernommen hast und die Reihe nun mit der gleichen Leidenschaft und Freude betreust – das ist nicht selbstverständlich, und es bedeutet mir viel. Danke auch dir, liebe Heike, die du erneut mit deinem kritischen Blick und deiner wertschätzenden Art der Geschichte ihre Unstimmigkeiten genommen und sie sprachlich verfeinert hast. Und natürlich danke, liebe Anne. Schon in unserem ersten Gespräch hast du mir verraten, dass du besonders gespannt auf Leafs Geschichte bist, die ohne dich nicht zu Knaur gefunden hätte – auch wenn du mir nachsehen musst, dass Leaf am Ende doch heiratet. Gleichfalls vielen Dank an alle weiteren Beteiligten von Droemer Knaur wie dich, Yvonne, und dich, Sandra, die dieses Buch ermöglicht, gestaltet und sichtbar gemacht haben, sowie an meine Korrektorinnen Angela Kupper, Michaela Zelfel, Anne Di Nunzio und Margit Bachfischer, die in allen drei Bänden für das bestmögliche Leseerlebnis gesorgt haben.

Danke an dich, liebe Eva, und an euch, das Team der Literarischen Agentur Gaeb & Eggers. Euer Vertrauen in mich und meine Geschichten macht mir immer wieder Mut, und es ist so schön, dass ich jederzeit mit allem, was mir auf dem Herzen liegt, zu euch kommen kann. Deine Ratschläge, Eva, sind für mich sehr wertvoll, und ich bin zutiefst dankbar, dass du mir mit den *Celtic Dreams* so einen unvergesslichen Start in das Leben als Autorin bereitet hast.

Danke auch an euch, meine lieben Testleser:innen. Egal, ob es die anfängliche Idee, das Exposé, der erste Entwurf, die finale Fassung oder irgendetwas dazwischen ist – ihr habt immer ein offenes Ohr für mich, und ich bin sehr glücklich, dass ich euch Leafs Geschichte in all ihren Versionen anvertrauen durfte (und manchmal auch mehrfach, liebe Nicole und lieber Colin). Zu wissen, dass ihr da seid, wenn ich selbst noch nicht einmal weiß, was ich von einer Szene denken soll, ist eine große Bereicherung und lässt mich mutiger werden. Denn ich weiß, liebe:r Nicole, Colin, Jana, Jasmin, Bettina, Sabrina, Annka, Isi, Christa und Cata, dass ihr es mir sagen werdet, wenn meine Kampfstrategie miserabel ist, Leaf doch zu sehr über die Stränge schlägt oder Artair mehr Feuer braucht.

Danke auch dir, liebe Sandra, die du dich in unseren Co-Working-Sessions immer für mich und die *Celtic Dreams* gefreut hast. Deine entspannte Art und ehrliche Freundschaft sind unersetzlich, genau wie deine Unterstützung bei allem und besonders bei der Suche nach Bree Savory, der ich an dieser Stelle für die unglaublichen Illustrationen meiner Figuren in allen drei Bänden danken möchte. Ebenso wie Alexandra Dohse, der ich die Darstellung von Flower, River und Leaf auf den Covern verdanke.

Auch euch, meinen Schreib- und Austauschgruppen, danke. Egal, ob es ihr seid, liebe Mastermindies, ihr, liebe Delias, ihr, liebe Writing Sassenachs, oder ihr, die lieben Autor:innen aus unserer Knaur-Support-Gruppe – wann immer eine Antwort nötig ist, seid ihr da. Und zwar vollkommen unabhängig davon, wie erfolgreich und beschäftigt ihr mit euren eigenen Büchern seid. Diese Unterstützung und Fürsorge füreinander anstatt Egoismus und Ellbogenmentalität lassen mich meinen Beruf noch einmal mehr lieben! Das gilt auch für euch, liebes Blogger:innenteam. Ihr wart vom ersten Band *Der Traum der Lady Flower* an einfach unglaublich.

Meine liebe Familie, auch euch von Herzen danke. Manchmal denke ich, dass wir unser eigener Clan sein sollten, so sehr, wie wir miteinander verbunden sind. Die Augenblicke mit euch sind unvergesslich, und ich kann euch für eure Unterstützung gar nicht genug danken. Ich sage nur: die Nachstellung des Hundebisses und einiger Kampfszenen … Danke, dass es euch gibt und dass ich bei euch so sein darf, wie ich bin – egal, wo wir alle sind, ihr seid immer in meinem Herzen. Auch euch, meiner erweiterten Familie und meinen Freund:innen, danke. Mit euch lache und träume ich so gern!

Und nun zu dir, Colin (mein Wildfisch :D). Danke – für deine Liebe und alles, was außerdem noch Lebensfreude bringt: dein Lachen, deine Intuition und dein unerschütterlicher Glaube daran, dass alles gut wird. Durch dich verstehe ich mich und andere besser, und deine tiefe Ruhe und Zuversicht erden mich jeden Tag aufs Neue. Du kennst alles von mir und liebst mich genauso. Du inspirierst mich, mutig zu sein und mich fallen zu lassen, spontan zu werden und die einzigartigen Gelegenheiten des Lebens nicht verstreichen zu lassen. Ich freue mich auf alles, was noch kommt, denn auch wenn die *Celtic Dreams* hier enden, sind wir beide erst am Anfang … und das ist wunderschön!

Und zuletzt, danke dir, liebe:r Leser:in, die/der du die *Celtic Dreams*-Reihe gelesen hast. Wenn sie dir gefallen hat, empfehle sie gern weiter, rezensiere sie und sprich darüber. Nichts hilft uns Autor:innen und unseren Geschichten mehr. Besuche mich auch gern unter: @kristin_maciver. Ich freue mich auf dich!

TRIGGERWARNUNG

Dieses Buch enthält potenziell triggernde Inhalte.

Diese sind:

- Erinnerungen an einen Hundebiss
- Unwohlsein in Höhlen
- Erwähnung von Gewalt in kriegerischen Auseinandersetzungen
- Querschnittslähmung/depressive Verstimmungen nach einem Selbstmordversuch
- Amnesie

Falls es euch momentan mit diesen oder anderen Themen nicht gut geht, unterstützt euch die Telefonseelsorge rund um die Uhr, anonym und kostenlos:

0800-1110 111 // 0800-1110 222
https://www.telefonseelsorge.de/

Ihr seid nicht allein.

*Eine junge Frau zwischen ihren eigenen Träumen,
den Erwartungen ihrer Eltern – und der großen Liebe*

KRISTIN MACIVER

DER TRAUM
DER LADY
FLOWER

ROMAN

Schottland, 1485: Lady Flowers größtes Ziel ist es, Tierheilerin zu
werden, und keineswegs, sich mit ihrer vorgesehenen Rolle als
Ehefrau und Mutter zufrieden zu geben. Cailan Sinclair kämpft
vor allem mit seiner Verantwortung als Clanerbe. Doch nun soll
ausgerechnet Cailan, Flowers heimliche Jugendliebe, ihr einen
standesgemäßen Ehemann aussuchen.
In Flower wehrt sich alles gegen diese Vorstellung, nicht nur, weil
eine Ehe nicht in ihre Pläne passt, sondern auch, weil Cailan immer noch die gleiche Anziehung auf sie ausübt wie früher. Als er
den perfekten Mann für sie findet, steht sie plötzlich nicht nur zwischen zwei Verehrern, sondern auch zwischen ihren Träumen und
der Liebe …

»Der knisternde Auftakt voller Leidenschaft und Humor – pri-
ckelnd, sinnlich und unterhaltsam bis zur letzten Seite.«
Hannah Conrad